인민의 이름으로

인민의
IN THE NAME
이름으로
OF THE PEOPLE

人民的名義

저우메이썬 지음

정세경 옮김

문학수첩

주요 인물

허우량핑(侯亮平) 최고인민검찰원 반부패총국 수사처 처장이자 H성 인민검찰원 반부패국 국장.

샤루이진(沙瑞金) H성 성위원회 서기.

리다캉(李達康) H성 징저우시 시위원회 서기.

가오위량(高育良) H성 성위원회 부서기 겸 정법위원회 서기.

치통웨이(祁同偉) H성 공안청 청장.

루이커(陸亦可) H성 인민검찰원 반부패국 수사1처 처장.

가오샤오친(高小琴) 산쉐이 그룹 회장.

지창밍(季昌明) H성 인민검찰원 검찰장.

천하이(陳海) H성 인민검찰원 전 반부패국 국장.

천옌스(陳巖石) H성 인민검찰원 전 상무부검찰장.

자오둥라이(趙東來) H성 징저우시 공안국 국장.

차이청공(蔡成功) 따펑 의류 공장 사장.

정시포(鄭西坡) 따펑 의류 공장 공회 주석.

자오리춘(趙立春) H성 성위원회 전 서기, 현 부국가급 지도자.

자오루이룽(趙瑞龍) 자오리춘의 아들.

류신젠(劉新建) H성 요우치 그룹 회장 겸 최고경영자.

종샤오아이(鍾小艾) 허우량핑의 아내.

어우양징(歐陽菁) H성 징저우 은행 부행장, 리다캉의 아내.

우후이펀(吳惠芬) 가오위량의 아내.

량루(梁璐) 치통웨이의 아내.

가오샤오펑(高小風) 가오샤오친의 여동생.

자오더한(趙德漢) 국가 어느 부위원회 항목처 처장.

딩이전(丁義珍) H성 징저우시 부시장.

쑨롄청(孫連城) H성 징저우시 광밍구 구장.

톈궈푸(田國富) H성 성기율검사위원회 서기.

우춘린(吳春林) H성 성위원회 조직부 부장.

이슈에시(易學習) H성 뤼저우시 가오신개발구 구위원회 서기 겸 관리위원회 주임.

왕따루(王大路) 따루 그룹 회장.

정성리(鄭勝利) 정시포의 아들.

왕원거(王文革) 따펑 의류 공장 직원.

장슈리(張樹立) H성 징저우시 기율위원회 서기.

샤오강위(肖鋼玉) H성 징저우시 인민검찰원 검찰장.

천칭쵄(陳清泉) H성 징저우시 중급인민법원 부원장.

류칭주(劉慶祝) 산쉐이 그룹의 재무 총감.

조직도

베이징

중앙당위원회
국가지도자 자오리춘

최고인민검찰원

반부패총국
국장 친 씨
수사처장 허우량핑

중앙급

H성

성위원회
서기 샤루이진
부서기 가오위량

성정부
성장 류 씨

기율위원회
서기 톈궈푸

인민검찰원
검찰장 지창밍

공안청
청장 치퉁웨이

반부패국
국장 천하이
수사처장 루이커

성급

징저우시 | 뤼저우시

시위원회
서기 리다캉

시정부
부시장 딩이전

중급인민법원
부원장 천칭췐

공안국
국장 자오둥라이

기율위원회
서기 장슈리

인민검찰원
검찰장 샤오강위

시급

광밍구
구정부 구장 쑨롄청

가오신개발구
구위원회 서기 이슈에시

구급

1

허우량핑(侯亮平)은 항공편 운항이 기약 없이 지연됐다는 소식에 마음이 급해졌다. 마지막 항공편을 타고 H성으로 날아가 징저우시 부시장 딩이전(丁義珍) 체포 협조를 지휘할 참이었던 그의 계획은 갑작스러운 항공편 운항 지연으로 모두 물거품이 됐다. 여성 방송 안내원은 중국어와 영어를 번갈아 사용하며 사과의 말과 함께 공항 위 하늘에서 천둥 번개가 치고 있어 승객의 안전을 위해 비행기의 운항을 잠시 중단한다고 계속 떠들어댔다. 허우량핑의 이마에 작은 땀방울이 송골송골 맺혔다. 공항에 갇히는 고통은 이미 겪어본 적 있지만, 하필이면 지금 다시 맛볼 줄이야.

텔레비전의 큰 화면에서는 크고 두꺼운 흰 구름이 소용돌이 모양으로 자리 잡아 매우 위험해 보이는 기상도가 흘러나오고 있었다. 화면 아래 지나가는 자막은 천둥 번개가 비행 안전에 얼마나 위험하며, 실수로 천둥 번개가 몰려 있는 곳에 들어갈 경우 어떤 공중 재난을 겪게 되는지를 알려줬다. 하지만 이런 정보가 초조한 사람의 마음을 가라앉혀주지는 않았다. 거대한 벌집이 된 공항 대합실 로비는 웅성대는 사람들의 소리로 가득했고, 무리지은 여행객들은 자신이 탈 비행기 카운터로 몰려가 비행기가 몇 시쯤 뜰지, 보상 방안은 어떻게 될지 등을 직원들에게 시끌벅적하게 따져 물었다. 굳이 가보지 않더라도 한 가지 사실만은 분명했다. '천둥

번개가 하늘 위를 가리고 있는 한 어떤 항공편도 하늘로 날아오를 수 없다!'

허우량핑은 빠른 걸음으로 대합실 로비를 빠져나가 한적한 곳에서 휴대전화를 꺼내 이 번호 저 번호를 눌러대기 시작했다. H성 인민검찰원 검찰장 지창밍(季昌明)의 휴대전화는 꺼져 있었다. 반부패국 국장 천하이(陳海)도 마찬가지였다. 한시가 바쁜 이때에 두 사람 모두 실종된 것이다. 물론 허우량핑은 그들이 긴급회의에 참석해 성의 정치법률 업무를 관리하는 성위원회 부서기 가오위량(高育良)에게 딩이전 사건을 보고하고 있으리라는 사실을 잘 알았다. 회의에 들어갈 때는 보통 휴대전화를 꺼놓기 마련이다. 하지만 허우량핑은 그들이 일부러 휴대전화를 꺼놨다고 생각하느니 차라리 실종됐다고 믿고 싶었다. 최고인민검찰원 반부패총국의 수사처 처장으로서 허우량핑은 H성 동료들에게 "범인을 먼저 잡고 회의는 나중에 하자!"라고 여러 차례 강조하고 심지어 부탁했다. 딩 씨 성을 가진 이 부시장은 방금 해결한 자오더한(趙德漢) 수뢰 사건의 핵심적인 연결 고리다. 만약 소문이 새어 나가 그가 도망치기라도 한다면 H성 관료 사회의 수많은 비밀은 저 깊은 수면 아래로 가라앉고 만다. 허우량핑은 대학 동기 천하이에게 불만이 가득했다. 허우량핑은 일부러 보고하지 말고 딩이전을 체포한 뒤에 이야기하자고 했지만, 소심한 천하이가 몇 마디 우물대더니 결국 먼저 보고해버린 것이다. 일을 길게 끌면 행여 그르칠까 봐 허우량핑은 자오더한을 체포하자마자 심야 항공편을 타고 H성으로 날아가려 했지만 그마저도 천둥 번개가 발목을 붙잡았다.

허우량핑은 문득 밖이 비도 바람도 없이 지나치게 고요하다는 사실을 깨달았다. 심지어 수많은 승객을 태우고 왔다 갔다 하던 차 소리마저 들리지 않았다. 대체 어디에 천둥 번개가 몰려 있단 말인가? 그는 대합실 로비를 뛰어나가 밤하늘을 올려다봤다. 검은 구름이 빽빽하고 달과 별빛이 어둡긴 했지만 번개는 보이지 않았고 천둥소리는 더더욱 들리지 않았다. 비행기가 뜰 수 없다는 것은 혹시 잘못된 판단이 아니었을까? 때마침 지나가는 공항 직원을 붙들고 허우량핑은 이런 마음속 의문을 제기했다. 연세가 지긋해 보이는 직원은 한숨을 푹 내쉬더니 그를 빤히 보며 의미 있는 한마디를 건넸다. "사물은 겉으로만 봐서는 모릅니다. 구름 위의 세계를 볼 수 있습니까? 고요함 뒤에 종종 천둥 번개가 숨어 있는 법이죠." 허우량핑은 멀어져가는 늙은 직원의 뒷모습을 보며 한동안 멍하니 서 있었다. 은유적인 표현을 들은 허우량핑의 머릿속에 갖가지 생각이 떠올랐다.

허우량핑이 H대학 정치법률학과를 졸업한 뒤, 그의 은사는 물론이고 여러 동기가 H성 관료 사회에서 일하고 있다. 이런 이유로 그는 H성을 각별히 생각하고, 또한 걱정했다. 전국 각지에서 반부패 폭풍이 거세지고 있는 가운데 H성만은 유독 고요했다. 요 몇 년 사이 이런저런 소문이 연이어 들려왔지만 대부분 소문으로만 그칠 뿐이었다. 그는 물론 그것들이 단순한 소문일 리 없다고 생각했다. 눈으로 직접 구름 위의 세계를 볼 수 없듯이, 햇빛 아래 숨겨진 어두움도 볼 수 없지 않은가. 딩이전이 수면 위로 떠오른 것은 우연이나 다름없었다. 자오더한의 깜짝 놀랄 만한 부정 수뢰 사건이 그와 관련되어 있지 않다면 금세 완벽한 증거를 놓칠지도 모른다. 수사처 처장으로서 그는 적절한 타이밍이 얼마나 중요한지 잘 알았다. 실제로 문을 박차고 들어갈 때가 종종 승부를 결정짓는 중요한 순간이 된다. 허우량핑은 마음이 조급했지만 달리 뾰족한 수도 없었다. 하늘 위 천둥과 번개가 그를 막고 있지 않은가.

그는 다시 보안 검사대를 지나 대합실 로비로 돌아왔다. 로비는 여전히 어수선하기 짝이 없었다. 그는 침착하자고 다짐하며 음수대에 가서 물을 마신 다음, 빈 의자에 몸을 기대고 앉아 두 눈을 감았다. 그때 문득 이미 체포한 자오더한의 모습이 눈앞에 떠올랐다. 허우량핑은 자연스레 그 기억 속으로 빠져들었다. 어젯밤, 자오더한은 커다란 대접에 담긴 자장면을 먹고 있다가 낡은 나무문이 삐걱대는 소리를 들었다. 허우량핑이 운명의 신을 대신해 이 부패한 관리의 집 문을 두드린 것이다.

자오더한은 부패 관리라고 보기 힘든 성실하고 정직한 인상의 소유자였다. 얼핏 보면 기관 간부가 아니라 밭에서 일하고 돌아온 농민 같았다. 그러나 이 농민은 상당히 냉정하게 마음을 다스리는지 뜻밖의 상황에도 크게 놀라지 않았다. 허우량핑은 상대가 오랫동안 큰 권력을 주무르며 대단한 강심장이 됐음을 한눈에 알아챘다. 아마 그는 오늘의 이 장면을 일찌감치 예상하며 마음의 준비를 해왔을 것이다. 다만 허우량핑은 실명 신고를 통해 수천만 위안의 뇌물을 받았다던 부위원회 항목처 처장이 이런 곳에 살리라곤 미처 예상치 못했다.

그곳은 흔히 볼 수 있는 21평 정도의 매우 낡아빠진 공무원 주택이었다. 가구는 자오더한이 결혼할 때 마련했는지 촌스럽기 그지없고 소파 귀퉁이는 해져 있었다. 현관에는 길에 던져놔도 아무도 주워가지 않을 터진 슬리퍼 몇 켤레가 놓여 있었고, 화장실 변기는 물이 새 3초마다 똑똑 물 떨어지는 소리를 냈다. 부엌의 수도꼭지에서도 물이 새고 있었는데 사실 샌다기보다는 일부러 쟁여두고 있는 것 같았다. 수도꼭지 아래에 놓인 대야에 차 있는 맑은 물이 그 증거*였다. 허우량핑은 주위를 둘러보며 보통 사람보다도 못한 생활을 하고 있는 처장의 모습에 고개를 절레절레 흔들며 쓴웃음을 지었다.

무슨 꿍꿍이인지 자오더한은 자유의 몸으로는 마지막 식사가 될 자장면을 먹으며 투덜거렸다. "반부패총국이 어떻게 여기 있는 나를 잡으러 온단 말입니까? 참 나, 세상에 어떤 부패 관리가 이런 데 살아요? 엘리베이터 하나 없는 7층짜리 낡은 건물에 부패 관리가 산다면 국민들이 폭죽 터뜨리고 박수칠 일 아닙니까?" 그의 말은 면 씹는 소리에 묻혀 어떤 단어는 웅얼웅얼 잘 들리지 않았다.

"맞는 말씀입니다. 이렇게 검소하시니 자장면 한 그릇으로 저녁을 때우고 계시겠죠."

자오더한은 맛있게 자장면을 먹으며 말했다.

"농민의 아들 아닙니까? 얼마나 맛있는지 모릅니다."

허우량핑은 혀를 차며 언성을 높여 과장되게 말했다.

"하, 자오 처장님, 그래도 명색이 처장 아닙니까!"

자오더한이 자조하듯 중얼거렸다.

"베이징에서 처장이 뭐 대단합니까? 길에 다니면 발에 차이는 게 처장인데."

그 말에 허우량핑은 고개를 끄덕였다.

"틀린 말씀은 아닙니다만 어느 처인지를 봐야 하지 않습니까. 자오 처장님이 계신 처는 권력이 엄청나죠? 누가 그러던데요. 부장하고도 바꾸지 않는 자리라고요."

---

* 중국에서는 수도요금을 덜 내기 위해 물을 한 방울 한 방울 떨어뜨리는 식으로 수도계량기가 정상적으로 돌아가지 않게 만드는 경우가 많다.

자오더한이 짐짓 엄숙한 표정을 지었다.

"권력이 크든 작든 다 국민을 위해 봉사하는 것 아닙니까. 권력이 크다고 꼭 부패하란 법이 있습니까? 우리 집 형편이 어떤지는 여러분이 다 봤는데 괜히 시간 낭비하지 마시죠."

집 안 수색으로는 아무것도 찾아내지 못했다. 시간 낭비하지 말라는 말이 사실로 증명된 셈이다. 허우량핑은 자오더한에게 다가가 미안해하며 씩 웃었다.

"정말 잘못 찾아왔지요? 이렇게 청렴한 관리 집까지 오시다뇨."

자오더한은 농담하듯 한마디를 던지며 두툼한 손을 내밀어 악수를 청했다.

"허우 처장, 그럼 잘 가십시오."

허우량핑도 자오더한의 손을 잡고 농 던지듯 말했다.

"에이, 자오 처장님. 이왕 왔는데 금방 헤어지면 아쉽지 않습니까. 같이 한 군데 더 들르시죠." 그러더니 그는 탁자 위에 놓인 잡동사니 바구니에서 정확히 흰색 출입문 카드를 꺼내 자오더한의 윗주머니에 꽂았다.

그러자 자오더한은 당황하며 얼른 출입문 카드를 꺼내 떨어트렸다. "이…… 이게 뭡니까?"

"디징위안(帝京苑) 호화 주택의 출입문 카드 아닙니까! 저희 공무 집행에 계속 협조해주셔야겠습니다!"

자오더한은 순식간에 여유를 잃고 무너지듯 바닥에 주저앉았다.

허우량핑은 번쩍 눈을 떴다. 로비에서 갑자기 소동이 일어나더니 많은 사람이 서로 다른 탑승 게이트로 뛰어가 길게 줄을 서는 게 아닌가. 혹시 비행기가 뜰 수 있게 됐나 싶어 허우량핑도 허겁지겁 탑승 게이트로 달려갔으나, 그것은 헛된 오해였다. 사람들은 공항 직원들이 나눠주는 도시락을 받으려고 줄을 서고 있었다. 입맛이 전혀 없는 허우량펑은 성질을 내며 원래 자리로 돌아왔다.

그때 휴대전화 벨소리가 울렸다. 화면을 확인하는 허우량펑의 눈빛이 반짝였다. 천하이였다!

"끝났어? 작전 들어가도 돼?"

"아직. 윗분들 의견이 달라서 새로 오신 성서기께 보고드리고 있어."

그 말에 허우량펑은 고래고래 소리 질렀다.

"천하이! 천 국장님! 내 말 잘 들어. 자오더한이 체포돼서 다 불었다고. 자기한테 뇌물 준 놈들도 100명 넘게 자백했어. 그중에 딩이전이 알선한 수뢰만 1000만 위안이 넘어. 그럼 딩이전 그놈은 얼마나 받아 처먹었겠어!"

"나도 방법이 없다. 무슨 근거가 있어야지. 게다가 너희 반부패 총국에서 딩이전을 잡아도 된다는 서류를 우리 성검찰원에 보내지 않았잖아."

천하이의 말에 허우량펑은 발을 동동 구르며 외쳤다.

"서류는 벌써 다 꾸몄어. 내 가방 안에 있다고!"

"그럼 네가 빨리 날아오든가. 벌써 공항에 도착했어야 하는 거 아냐? 원숭아, 네가 우리 좀 법대로 하게 해주라."

천하이의 말에 허우량펑은 머리가 어질어질했다. "천둥 번개가 몰려 있대! 네 머리 위에 너는 볼 수 없고 들을 수도 없는 천둥 번개가 있어! 됐다, 됐어. 너랑 이런 말 해서 뭐 하나. 딩이전은 지금 어디 있는데? 뭐 한대? 누가 책임지고 감시하고 있지?"

천하이는 책을 읽는 것처럼 쭉 보고했다.

"딩이전은 지금 징저우 국빈관*에서 광밍호(光明湖) 항목 협조회를 하고 있어. 오늘 밤에 연회가 있는데 딩이전은 만취 일보 직전이래. 우리 반부패국에서 가장 믿을 만한 수사처장 루이커(陸亦可)가 거기에 나가 있어. 성위원회에서 결정만 해주면 전화 한 통으로 딩이전을 잡을 수…… 이런, 미안하다, 미안해, 원숭아. 가오 서기가 새 서기에게 보고를 마쳤나 봐. 또 회의 시작한다."

천하이는 낮은 목소리로 마지막 말만 남기고 휴대전화를 끊어 버렸다.

회의, 회의, 그놈의 회의! 허우량핑은 별별 욕을 다 퍼부어댔지만 마음은 결코 편치 않았다. 사실 대학 동기 천하이는 성실하고 일 처리가 확실한 데다 벌써 몇 년 동안 반부패국 국장으로 일하며 풍부한 경험을 쌓아온 능력 있는 친구다.

허우량핑 곁에 앉은 한 부인이 한숨을 내쉬며 말했다.

"어휴, 비행기가 언제 뜰지도 모르니, 원."

자기 문제만으로도 골치가 아픈 허우량핑은 그녀와 말을 섞지 않으려고 고개를 치켜든 채 눈을 감았다.

그러자 다시 자오더한의 모습이 눈앞에 생생하게 떠올랐다.

이 부패 관리는 그가 잊으려 해도 잊을 수 없는 유일무이한 인물이 됐다. 수색을 위해 도착한 디징위안 호화 주택에서 목격한 장면은 허우량핑의 경험과 상상을 훌쩍 뛰어넘었다.

충격으로 철저히 무너진 자오더한은 두 간경**의 부축을 받으

---

* 해외 내빈이나 중요한 손님을 접대하는 곳으로 중국 전역에 총 42곳이 설치되어 있다.

며 자신의 디징위안 호화 주택에 들어섰다. 하지만 호화 주택 안은 소파나 탁자, 의자 하나 없이 텅 비어 침대나 장식장, 식기조차 갖추고 있지 않았다. 두꺼운 커튼이 외부의 빛을 차단했고 바닥에는 얇은 먼지가 쌓여 있었다. 누가 봐도 이곳에는 사람이 다녀간 흔적이 없었다. 자오더한은 낡아빠진 집에서 살면서 정작 이곳에서는 단 하루도 즐기지 않았던 모양이다. 그렇다면 이 호화 주택은 대체 무슨 용도란 말인가? 허우량핑은 한쪽 벽에 세워진 천장에 닿을 만큼 키 큰 철제 수납장을 쳐다봤다. 자오더한이 열쇠 꾸러미를 내놓자 간경들이 차례로 철제 수납장 문을 열었다. 곧이어 그들 눈앞에 엄청난 광경이 펼쳐졌다.

신권과 구권이 뒤섞인 지폐 다발들이 네모반듯하게 층층이 쌓여 철제 수납장 내부를 꽉 채우고 있었다. 마치 바람 한 점 통하지 않는 지폐의 벽처럼 보였다. 큰 은행 금고나 삼류 영화 혹은 드라마의 꿈속 장면에서나 볼 수 있는 풍경이었다. 이렇게 많은 현금이 한자리에 모여 있으니 시각적 충격이 어마어마했다. 갑자기 태풍이 불어오면 그 충격을 전혀 막아내지 못하듯, 그 자리에 있던 간경들과 허우량핑은 한동안 넋을 놓고 그 광경을 쳐다봤다.

"맙소사! 자오더한 처장, 뇌물을 받은 줄은 알았지만 이렇게나 욕심 부렸을지는 몰랐습니다. 대단하십니다. 이 많은 돈을 겨우 처장 자리에 앉아서 손에 넣었습니까? 수단이 엄청나신가 봅니다?" 허우량핑은 자오더한 앞에 쪼그리고 앉아 진지하게 물었다.

***

** 중국 경찰 가운데 주로 정법 경찰(政法警察)을 이르는 말로 사법부, 공안부, 교육부, 인력자원 및 사회보장부 등에 소속되어 있는 경찰을 가리킨다. 그중에서도 법원이나 검찰원에서 일하는 경찰을 사법 경찰이라고 하며 간경이란 호칭으로 흔히 부른다.

자오더한은 금방이라도 눈물을 쏟을 것 같았다. 두려워서가 아니라 가슴이 아파서였다. "허우 처장, 난 단돈 한 푼도 쓰지 않았습니다. 아까워서 쓰질 못했어요. 혹시 들통나면 어쩌나 겁이 나서 그냥…… 그냥 자주 와서 보기만 했는데……."

허우량핑은 이 범죄 혐의자의 심리에 깊은 호기심을 느꼈다.

"자주 와서 봤다? 이 돈들이 보기 좋았습니까?"

자오더한은 꿈을 꾸는 눈빛으로 철제 수납장을 바라봤다.

"보기 좋지요. 보기 좋다마다. 어렸을 때 시골에서 내가 가장 좋아한 일이 풍년이 든 논밭을 쳐다보는 거였습니다. 논밭 끄트머리에 앉아 한참이나 보고 또 봤지요. 나는 자장면을 좋아하지만 땅에 자라는 밀을 보는 건 더 좋아합니다. 밀의 싹이 나고, 줄기 마디가 길게 자라고, 금빛 찬란한 이삭들이 익어가는 것만 봐도 배가 불렀지요." 자오더한은 자신을 농민의 아들이라 칭했다. "대대로 농민이었습니다. 가난이 두려웠지! 돈을 보면 밀을 보는 것처럼 마음이 편안해지고 만족스러웠어요. 오래 보다 보면 지폐가 금빛 찬란한 밀 이삭처럼 출렁거리던걸."

이 사람은 하여간 보통이 아님이 분명했다. 탐욕을 전원시의 경지로 승화시키다니.

그때 문득 허우량핑은 시골에 계시다는 자오더한의 팔순 넘은 모친이 떠올랐다. 혹시 어머니에게도 돈을 부쳤느냐고 자오더한에게 물었더니 매달 300위안*을 부쳤다고 말했다. 고작 300위안 때문에 아내와 싸운 적도 많았단다. 이렇게 많은 돈을 모은 것은 그의 아내에게도 비밀이었다. 그는 늙으신 어머니를 베이징으로

---

* 약 5만 원.

모셔 와 살고 싶었지만 디징위안에 호화 주택이 있다는 사실은 차마 알릴 수 없었다. 이곳은 금고 아닌가. 그렇다고 작디작은 자신의 집에 금고를 만들 수도 없는 노릇이었다. 다행히 어머니는 도시 생활을 좋아하지 않아 가끔 들렀다 가시는 게 전부였다. 그런데도 자오더한은 스스로를 위로하듯 말했다. "매달 300위안씩 보내드렸으니 그 정도면 충분하셨을 겁니다."

그 말에 허우량펑은 평정심을 잃고 폭발했다. "이렇게 돈을 쌓아두고 어머니께 매달 300위안을 생활비라고 보냅니까? 이 넓은 호화 저택을 두고 늙으신 어머니를 모시고 오지도 않아요? 당신 어머니는 온갖 고생을 하며 당신을 이만큼 키우셨을 텐데 이게 그 대가입니까? 말끝마다 농민의 아들 타령을 하는데, 우리 농민들이 그렇게 재수가 없답니까? 당신 같은 이런 양심도 없는 아들을 키우게!"

자오더한은 다시 눈물 콧물을 줄줄 흘리며 부끄러움이 잔뜩 묻어나는 얼굴로 말했다 "내가 잘못했습니다. 내가 큰 죄를 저질렀어요. 당과 국민에게 염치없게 됐습니다. 조직이 길러준 은혜를 저버리고……."

"그 입 다무십시오! 조직이 이렇게 부정한 돈이나 챙기라고 자오 처장을 키웠습니까? 말해보십시오. 도대체 이렇게 많은 돈은 어떻게 모았습니까?"

자오더한은 고개를 절레절레 흔들며 정말 기억이 나지 않는다고 했다. 한번 뇌물을 받기 시작하니 도저히 멈출 수 없었다. 그는 처장 자리에 앉은 4년 동안 마치 밀 이삭을 줍듯 돈이 있으면 무조건 받았다. 꿈속에 있는 것처럼 금빛 찬란한 밀 이삭이 눈앞에 가득했다.

허우량핑은 철제 수납장을 가리키며 물었다. "이게 대충 얼마나 되는지는 아십니까? 대체 얼마입니까?"

"그건 내가 기억하고 있습니다. 전부 합쳐 2억 3590만 4600위안*입니다."

허우량핑은 자오더한의 어깨를 두드리며 말했다. "백 단위까지 외우다니, 기억력이 정말 대단하십니다."

"제아무리 좋은 기억력도 쓰는 것만 하겠습니까? 허우 처장, 나는 사실 장부 적는 걸 좋아합니다. 누가 나한테 얼마를 줬는지, 언제 어디서 줬는지 장부에 정확히 적어놨어요."

자오더한의 고백에 허우량핑은 눈을 반짝이며 캐물었다. "장부요? 어디에 숨겨뒀습니까?"

자오더한은 잠시 망설이더니 천장을 가리켰다. "안방 천장 위에 있습니다."

샤오한이 잽싸게 뛰어가더니 잠시 뒤 비닐봉지에 꽁꽁 싸인 장부를 가져왔다.

허우량핑은 장부를 살펴보다가 자기도 모르게 감탄했다. "세상에, 회계를 배웠습니까?"

자오더한이 여전히 울먹이며 말했다. "아, 아닙니다. 나는 광물 채굴을 전공했어요. 회계는 혼자 공부했습니다."

"이렇게 전문적일 수가 있나. 혼자 공부해서 이 정도 수준이 가능합니까? 자오 처장님, 솔직히 고맙다고 인사해야 할 것 같습니다!"

자오더한은 불쌍하게 벌벌 떨며 물었다. "허우 처장, 그, 그

---

* 약 405억 원.

럼…… 내 공을 좀 인정해줄 수 있습니까?"

"그건 법원에 가서 말하시죠. 그나저나 자오 처장님, 대체 어쩌다 이 지경까지 오셨습니까? 어떻게 하면 이렇게 많은 뇌물을 받을 수 있습니까?"

허우량핑의 말에 자오더한이 울컥하며 언성을 높였다. "내가 고발합니다! 징저우시 부시장 딩이전이 여섯 번이나 사람을 데려와서 내게 뇌물을 줬습니다. 뇌물 금액만 해도 총 1532만 6000위안이오! 그 인간이 처음에 50만 위안이 든 은행 카드만 보내지 않더라면 내가 오늘날 이렇게 되는 일은 없었습니다! 허우 처장, 펜과 종이를 좀 주시오. 지금의 이 뼈아픈 교훈을 낱낱이 적어드리지! 이렇게라도 경종을 울려 앞으로 다른 동료들이 절대 이런 실수, 아니, 이런 죄를 저지르지 않기를 바랍니다."

"감옥에 들어가면 남는 게 시간이니 그때 쓰시죠." 허우량핑은 장부를 덮고 구류장을 꺼내 부하에게 건넸다. "됐어. 밀 이삭 줍는 저 작자 체포해!"

샤오한과 샤오류가 구류장에 자오더한의 서명을 받고 수갑을 채웠다. 손목에 채워진 수갑을 본 자오더한은 사색이 되어 바닥에 주저앉았다.

허우량핑은 수하들을 지휘해 철제 수납장을 깨끗이 비웠다. 잠시 후 거실에 산처럼 돈이 쌓였다. 그는 돈으로 된 산을 몇 바퀴 돌며 휴대전화를 꺼내 당직 검찰 간경들에게 근무 교대를 오라고 연락하면서, 은행에 전화해 자동 지폐 계수기 몇 대를 가져오라고 말했다. 긴급한 업무라는 소식에 은행에서 열두 대의 자동 지폐 계수기를 보내줬으나 그중 여섯 대가 돈을 세던 중에 고장나버리고 말았다.

검찰 간경들이 교대하러 오자 허우량핑은 샤오한에게 자오더한을 압송하라고 명령했다. 자오더한은 샤오한의 부축을 받으며 부들부들 떨리는 다리로 간신히 바닥에서 일어나 현관으로 향했다. 그러다가 갑자기 무슨 생각을 했는지 고개를 돌려 불쌍한 얼굴로 허우량핑에게 물었다.

"허우…… 허우 처장, 내…… 내가 이 집을 한 번만 더 돌아볼 수 있게 해주겠니까? 이번에 가면 다시는 돌아오지 못할 텐데."

허우량핑은 어이가 없어 멍해졌다가 이내 쓴웃음을 지었다.

"좋습니다. 그럼 마지막으로 한 번 보시죠."

자오더한은 수갑을 찬 채 호화 주택을 천천히 돌며 아쉬움 가득한 표정을 지었다. 마치 이 집의 모든 부분을 하나하나 머릿속에 새기는 것 같았다. 마지막으로는 체면 따위 내던지고 거실 가운데 놓인 돈 산을 향해 뛰어들더니, 느닷없이 자신이 상상하던 금빛 밀 더미 위에서 목 놓아 울기 시작했다. 그는 온몸을 부들부들 떨면서도 수갑을 찬 손으로 구권과 신권이 섞인 돈 다발을 만지고 또 만졌다. 실패한 인생은 이렇게 손안의 모든 것을 잃게 마련이다. 더구나 이 모두는 그가 도덕과 양심, 인격을 저버린 대가였다. 이제 와서 보면 아무 쓸모 없는 노력을 한 셈이니 슬퍼한들 무슨 소용이겠는가.

모골이 송연해질 만큼 처량한 자오더한의 울음소리가 오래도록 호화 주택의 거실 안을 채웠다.

새벽 4시, 드디어 방송에서 좋은 소식이 들려왔다. 베이징 상공에 몰려 있던 천둥 번개가 옮겨가 비행기가 이륙할 수 있게 되었다. 허우량핑은 사람들을 따라 탑승 게이트로 걸어가며 겨우 한숨을 돌렸다.

어차피 지나갈 것은 지나가고 올 것은 오게 마련이라는데, 베이징의 천둥 번개가 옮겨 가 이제 H성에 내리치지는 않을지 걱정이 됐다. 허우량핑은 어쩐지 불안한 예감이 들었다. H성에 몰아칠 반부패 폭풍우에 은사님이나 동기 몇 명이 휘말리지 말라는 법이 어디 있는가. H성에서 잇달아 들려오던 소문은 딩이전을 시작으로 더 이상 소문만이 아니게 될 가능성이 높았다.

2

　딩이전은 이 중대한 사건의 핵심이다. 그러므로 딩이전 체포는 핵심 중의 핵심이다. 천하이는 이 점을 분명히 알았지만 지창밍 검찰장은 어쩐 일인지 제대로 파악하지 못하는 것 같았다. 어쩌면 일의 중대성을 알기에 일부러 모르는 척하는 것일 수도 있다. 천하이는 이 최고위 상사에게 간청하다시피 말했다.

　"허우량핑이 반부패총국을 대표해 내놓은 체포 명령을 소홀히 할 수는 없습니다. 만약 문제가 생긴다면 저희 성 반부패국에서 책임을 져야 하지 않습니까."

　하지만 지창밍은 성위원회 부서기이자 정법위원회 서기인 가오 위량에게 먼저 보고를 해야 한다고 고집했다. "말하지 않았나. 성 검찰원은 성위원회 소속이야. 지시를 받지 않고 청국급(廳局級)* 간부를 잡아들일 수는 없어. 게다가 최고인민검찰원의 체포 서류는 아직 도착도 하지 않았잖아. 그 원숭이 전화 한 통만 믿고 작전에 들어간다니, 너무 경솔하지 않은가?"

　허우량핑과 잘 아는 지창밍은 그의 별명인 원숭이를 언급하며 천하이의 입을 막았다. 천하이는 할 수 없이 루이커 수사처 1처장에게 직접 팀을 이끌고 나가 몰래 딩이전을 주시하고 있으라는 명

---

* 　한국의 국장급.

령만 내렸다.

성위원회 부서기이자 정법위원회 서기인 가오위량은 검찰원의 보고를 듣자마자 늦은 밤에 관련 간부들을 자신의 사무실로 소집해 회의를 열었다. 지창밍과 천하이가 도착한 성위원회 건물 2동은 조명을 환하게 밝힌 가운데 직원들이 왔다 갔다 하는 모습이 낮과 다름없었다. 두 사람이 들어선 사무실 안에는 가오위량 외에도 성위원회 상무위원이자 징저우시 시위원회 서기인 리다캉(季達康)과 성공안청 청장 치퉁웨이(祁同偉)라는 두 명의 중량급 인사가 자리하고 있었다. 지창밍은 천하이와 의미 있는 눈길을 마주쳤다. 그의 눈빛은 마치 "이 진용을 보게. 이런 민감한 사건에 대해 보고도 하지 않는 게 말이 되나?"라고 말하는 것 같았다.

천하이는 가오위량에게 다가가 악수를 하며 낮은 소리로 인사를 건넸다.

"선생님, 안녕하십니까?"

가오위량은 나이가 예순에 가까웠지만 관리를 잘해 혈색이 좋았다. 게다가 항상 웃는 얼굴이라 마치 태극권에 능한 고수 관료처럼 보였다. 하지만 사실 그는 학자형 간부이자 법학자로 일찍이 H대학 정법(정치법률)학과 주임 교수를 지냈다. 천하이는 물론이고 공안청장 치퉁웨이와 베이징의 허우량핑도 그가 아낀 제자들이다. 가오 서기 혹은 가오 선생의 제자들은 중국 곳곳에서 일하고 있다.

지창밍이 상황을 요약해 보고하자 가오위량과 리다캉이 진지하고 엄숙하게 귀 기울였다. 사무실 안 분위기는 무겁고 답답했다. 천하이는 함께 자리한 지도자들의 머릿속에 저마다 다른 꿍꿍이가 있음을 잘 알았다. 하지만 겉으로 보기에는 모두 천편일률적으로 무표정했다. 아버지 천옌스(陳巖石)의 일생에서 교훈을 얻은 천하이는 정치에 관해서 각별히 조심했다. 원로 혁명가이자 성인민감찰원 전(前) 상무부검찰장으로 '늙은 돌*'이란 별명을 갖고 있는 그의 아버지는 전임 성위원회 서기 자오리춘(趙立春)과의 투쟁에 반평생을 보냈다. 그 때문에 퇴직할 때까지 청급(廳級) 간부에 머물렀으며 부성급(副省級) 대우를 누리지 못했다. 반면 자오리춘은 베이징으로 승전해 당과 국가 지도자 반열에 올랐다. 툭하면 집에서 나라 정치에 대해 떠들어낸 아버지 덕에 천하이는 H성 정치 노선도에 대해 모르는 것이 없었다. 이를테면 그의 앞에 있는 리다캉은 본래 자오리춘의 주임 비서 출신으로 '비서파'의 수장이란 소문이 있다. 스승 가오위량은 정법학과의 영수로 정법 계통 관리이며, 리다캉과는 매우 복잡한 관계를 맺고 있다. 천하이는 아버지의 전철을 밟고 싶지 않을뿐더러 도리에 어긋나는 일 처리를 하고 싶지 않았기에 누구에게든 적당한 거리를 유지했다. 심지어 스승인 가오위량에게도 존경의 뜻은 표하지만 가깝게 지내지 않았다. 천하이는 마음속에 정확한 계산이 서 있되 달관의 경지에 올라야 큰 실수를 저지르지 않는다는 점을 늘 명심했다.

이 광경을 보라. 성도(省都)** 징저우에서 큰 권력을 손에 쥔 부시장이 떨려나게 되니 얼마나 많은 사람이 연루되는가? 또 H성과 징저우의 관료 사회에는 얼마나 큰 충격을 줄까? 분명 하늘도 알리라! 지창밍은 분명 마음속으로 자신만의 계산을 끝내두었다. 그는 H성에서 잔뼈가 굵은 인물로, 징저우시에서도 여러 해 일했으

---

* 이름 '옌스'가 암석, 즉 돌을 뜻함.
** 성정부 소재지.

니 이 일이 곤란하지 않을 수 없을 것이다. 보고가 끝나자 지창밍이 말했다.

"베이징 쪽에서 이미 확실한 증거가 있다고 증명했답니다. 딩이전 부시장에게 뇌물을 받은 혐의가 있으며 액수도 어마어마하다고 하는데, 어떻게 처리하면 좋을지 지시해주시죠."

가오위량은 미간을 잔뜩 찌푸렸다.

"우리도 딩이전의 일을 몰랐는데, 베이징에서 대체 어떻게 알았지?"

리다캉의 안색은 더욱 형편없었다.

"누가 아니랍니까? 창밍 동지, 이게 어떻게 된 일입니까?"

이에 지창밍이 보충해서 말했다.

"푸젠의 한 투자상***이 국가 부위원회의 한 처장에게 광산 허가를 내달라며 뇌물을 줬는데 결국 허가를 받지 못했나 봅니다. 근데 그 처장이 뇌물로 받은 돈을 토해내지 않으니 투자상이 최고인민검찰원 반부패총국에 신고했다고 하더군요. 그 처장이 체포되자마자 자기가 아는 사실을 죄다 폭로했는데 거기 딩이전이 연루되어 있다고 합니다."

가오위량은 잠시 생각하더니 리다캉에게 물었다.

"딩이전은 무슨 업무를 맡고 있나?"

리다캉은 심각한 얼굴로 입을 뗐다.

"전부 중요한 일이죠. 도시 건설, 구도시 개조, 탄광 자원 조정……. 몇몇 일들은 제가 책임자지만 세부적인 일은 딩이전이 책

*** 어떤 항목, 즉 프로젝트를 심사해 투자할 만한 잠재력이 있다고 판단되면 개발을 진행해 수익을 내고자 하는 장사꾼.

임지고 있습니다."

천하이는 리다캉의 태도가 무슨 뜻인지 확실히 눈치챘다. 그는 딩이전을 결코 쉽게 베이징에 내주지 않을 것이다. 리다캉은 H성의 유명한 개혁 인사로 배짱이 좋고 고집이 센 인물이다. 과거 개혁 시절 그는 "법이 금지하지 않는 것은 자유다! 따라서 어떤 일이든 용감하게 시도할 수 있으며, 어떤 사람이든 과감하게 등용할 수 있다!"라는 구호를 내세우기도 했다. 딩이전은 리다캉이 중용한 간부로 현재 광밍 호수 개조 항목을 총지휘하고 있다. 게다가 그가 관리하는 자산만 해도 수백억 위안에 달한다. 이런 판국에 딩이전이 베이징에 잡혀간다면 리다캉 서기의 입장이 어떻게 되겠는가?

눈치를 살피던 치퉁웨이가 조심스럽게 제안했다.

"이왕 이렇게 된 거, 가오 서기님, 리 서기님, 성기율위원회에서 딩이전을 먼저 잡아들이는 게 어떻습니까? 제가 인력을 보내 집행할 수 있도록 돕겠습니다."

이것은 하나의 절충안이다. 성기율위원회가 딩이전을 처리하면 성위원회 상무위원인 리다캉도 체면이 서 계속 활동할 여지가 생긴다. 천하이는 치퉁웨이의 속내가 무엇인지 눈치챘다. 치퉁웨이는 공안청 청장으로 머지않아 부성장* 자리에 앉을 욕심을 품고 있다. 은사인 가오위량은 이미 상무위원회에 그를 추천했으니, 지금 그에게 중요한 것은 상무위원 리다캉의 한 표인 것이다. 그 때문에 치퉁웨이는 리다캉의 뜻을 따라주려 하고 있었다.

---

*　성장은 성 행정기관의 수장 즉, 성정부의 지도자이며, 성서기는 성의 정치 조직인 성위원회의 지도자로 성장보다 서열상 우위에 있다. 부성장은 성장 아래의 직급.

치퉁웨이의 제안에 리다캉은 즉각적인 반응을 보였다.

"치 청장의 의견이 좋습니다. 우리가 쌍규**를 하죠!" 마치 성위원회를 대표해 결정을 내리는 듯한 모습이었다. 회의를 주관하고 있는 가오위량 부서기의 의견은 묻지도 않았다. 가오위량은 속내를 드러내지 않고 손가락으로 탁자를 탁탁 치더니, 천하이와 지창밍을 차례로 보고는 한마디를 던졌다. "지 검찰장은 어떻게 생각하시나?"

천하이는 선생님의 속내를 잘 알고 있었다. 선생님은 결코 리다캉만 좋을 일은 하지 않을 것이다. 딩이전을 쌍규하면 베이징 쪽의견을 어기는 일이 된다. 또 결정에 대한 책임은 누가 진단 말인가? 선생님과 리다캉은 줄곧 사이가 좋지 않은데, 이는 H성 관료사회의 공공연한 비밀이었다. 선생님이 정치적 맞수를 위해 굳이위험을 감수할 이유가 없었다. 하지만 선생님은 선생님인지라 가오위량은 자기 뜻을 직접적으로 드러내는 대신 성검찰원에 공을넘겼다. 한마디로 너희가 먼저 보고를 했으니 태도를 분명히 하라는 뜻이다.

이에 지창밍이 입을 열었다. "가오 서기님, 저는 서기님과 성위원회의 의견을 존중합니다! 베이징에서 입건 서류만 도착하면 저희가 잡을 수 있습니다. 물론 우선 딩이전을 잡아만 놓고 도망가지 못하게 할 수도 있습니다. 그럼 이후는 순리대로 진행되겠지

** 부정부패 사건이 일어났을 때 기율검사 및 감찰기관이 사용하는 수단으로, 시간과 장소를 지정해 감찰 대상을 조사하는 행위를 말한다. 일반적인 경찰이나 검찰의 조사와 달리 조사 기간 동안 감찰 대상이 외부와 연락하거나 변호사를 선임하고 사건 기록을 열람할 수 없다. 시간과 장소 역시 감찰기관이 임의로 지정한다. 중국 사회체제 특유의 초법적 조치로 흔히 부정부패 사건에 관련된 관리의 인신자유를 제한하는 수단으로 사용된다.

요. 하지만 저희 검찰의 입장에서 봤을 때는 사법 절차를 따라 구속하는 게 적합하긴 합니다."

이도 저도 아닌 참 애매한 그 말은 지 검찰장의 말솜씨를 인정할 수밖에 없게 했다. 천하이의 상사는 정해진 선에서 벗어나지 않으려 했다. 곧 퇴직을 앞둔 마당에 누구에게도 미움을 사고 싶지 않은 것이다. 하지만 가오위량 서기가 태도를 분명히 하라고 했을 때 그는 자신의 입장을 밝혔어야 했다. 두루뭉술한 그의 말은 오히려 리다캉의 미움을 살 가능성이 높았다. 천하이는 그런 지창밍 검찰장의 태도에 웃음이 날 뻔했다.

가오위량은 고개를 끄덕였다. "알겠네. 자네 뜻은 체포해야 한다는 쪽에 가깝군." 그러더니 천하이를 가리키며 물었다. "천하이, 자네도 반부패국 국장이니 의견을 말해보게."

천하이는 깜짝 놀라 자기도 모르게 자리에서 일어섰다. 선생님이 손짓으로 앉으라고 했지만 그는 꼿꼿이 선 채 잠시 멍하니 있었다. 솔직히 아무 의견도 준비하지 못했다. 지금까지 남들의 속내만 연구 중이었는데 갑자기 입장을 밝히라니, 뭐라고 한단 말인가? 천하이는 겉보기에는 신중하고 조심스러웠지만 속마음은 자신의 아버지처럼 매우 강직한 편이었다. 자신을 주시하는 지도자들의 눈빛에 이마에 땀이 송골송골 맺혔지만, 그는 아주 간결하게 자신의 뜻을 밝혔다. "가오 서기님, 저도 딩이전 부시장을 체포해야 한다는 쪽입니다. 그의 죄상이 명백히 드러났고 베이징 쪽에서 그를 잡아……."

리다캉은 못마땅한 기색으로 천하이의 말에 끼어들었다. "천 국장, 만약 우리가 협조해 체포를 한다면 딩이전 사건의 처리권은 베이징으로 넘어가는 게 아닌가, 그렇지 않나?"

그러자 천하이가 직접적으로 리다캉의 오류를 지적했다. "리 서기님, 뭔가 오해가 있으신 것 같습니다. 사건의 처리권이 넘어가는 게 아닙니다. 이 사건은 본래 저희 H성이 아니라 반부패총국이 직접 수사하던 건입니다."

리다캉은 조금 흥분했는지 안경 너머의 두 눈을 더 크게 뜨며 목소리를 높였다. "그래, 내가 말하려던 게 바로 그걸세! 딩이전 사건을 우리가 조사하면 주도권이 우리 손에 있게 되지. 하지만 최고인민검찰원 반부패총국에서 수사를 하면 앞으로 어떤 상황이 펼쳐질지 예측할 수가 없다고! 아, 동지 여러분, 제가 이렇게 말씀드리는 건 누굴 감싸기 위해서가 아닙니다. 그저 우리가 하는 업무의 입장에서 고려할 때……."

회의는 점점 의견 차이를 드러내며 서로를 겨냥하기 시작했다.

가오위량은 자기 제자가 리 서기를 들이받는 것을 탓하지 않았다. 오히려 은근슬쩍 천하이에게 칭찬의 눈짓을 보냈다. 의견이 둘로 나뉘자 선생님은 빙긋 미소를 띠며 미륵불처럼 두루뭉술한 태도를 취했다. 천하이는 리다캉이 좌절하는 모습을 보며 가오위량이 속으로 통쾌해하리란 것을 알고 있었다. 과거에 두 사람이 뤼저우시에서 함께 일할 때 서기였던 가오위량이 시장이었던 리다캉에게 적지 않은 수모를 당했기 때문이다. 당시에는 리다캉의 세력이 강해 대적할 수 있는 사람이 거의 없었다. 그가 강해질수록 다른 사람은 약해지고 굴욕을 당할 뿐이었다. 그러니 누군들 그때 일을 마음에 두지 않겠는가? 가오위량뿐만 아니라 당시 리다캉을 미워하는 사람은 상당히 많았다. 정치적 경쟁 상대의 일이 제대로 풀리지 않는 모습을 보며 속으로 고소해하는 것은 어찌 보면 당연한 일이다. 가오 선생 혹은 가오 서기는 매우 노련한 인물로 겉으로는 딱히 자신의 속내를 드러내지 않고, 오히려 간혹 리다캉의 역성을 들며 자신의 정치적 입장을 드러냈다.

천하이는 옆에 앉은 리다캉의 얼굴을 관찰했다. 그의 눈에 들어오는 것은 잔뜩 찌푸린 미간 사이로 깊게 새겨진 내 천 자뿐이었다. 솔직히 천하이는 내심 리다캉이 대단하다고 생각했다. 능력이 있을뿐더러 자기 고집도 강한 사람이었다. 흡연을 예로 들자면, 사회 인식이 달라지면서 대부분의 간부가 금연했지만 리다캉은 비서 시절 익힌 흡연 습관을 유지했다. 물론 회의를 하거나 사람들과 대화를 나눌 때는 피우지 않지만, 사람들이 없을 때면 한적한 구석에서 깊은 담배 연기를 뿜어냈다. 이제 딩이전 사건은 리다캉을 무대의 주연으로 만들었다. 그의 구역에서 사건이 터진 데다 딩이전은 그의 든든한 오른팔이나 다름없었다. 무슨 수로 책임에서 벗어나겠는가? 속이 편치 않을 것이 불 보듯 뻔했다. 리다캉은 자꾸 안경을 벗어 닦아댔다. 안경을 벗자 그의 본모습도 드러났다. 감출 수 없는 수심과 울분이 얼굴에 가득했다.

가오위량 서기는 목을 가다듬더니 입을 열었다. 그 자리에 있는 모든 사람이 귀를 쫑긋 세우고 사건 처리를 좌우할 그의 한마디를 기다렸다. "지 검찰장, 천하이 국장, 두 사람은 검찰원 소속으로 베이징 최고인민검찰원의 지시를 집행해야 하지만, 우리 성의 실제 업무 상황도 고려하지 않을 수 없을 걸세. 베이징에서 갑자기 딩이전을 잡아가면 징저우시 투자상들이 대량으로 이탈하지는 않을까? 징저우의 광밍호 항목은 어찌 되겠나?"

그 말에 치퉁웨이는 신중하게 리다캉의 안색을 살피며 말을 보탰다. "그렇습니다. 딩이전은 징저우 광밍호 항목의 총책임자 아닙니까. 그자가 손에 쥐고 있는 것만 해도 480억 위안짜리인 대형 프로젝트입니다."

리다캉은 다시 강조하듯 말했다. "가오 서기님, 결코 작은 일이 아닙니다. 반드시 신중해야 합니다!"

가오위량은 고개를 끄덕이며 말했다. "샤루이진(沙瑞金) 동지가 성위원회 서기로 막 부임해 각 시와 현의 여러 현황을 조사하고 있네. 이 시점에 우리가 갑자기 이런 사건을 환영 선물로 드릴 수는 없지 않나."

천하이는 선생님이 오늘 같은 기회에 이렇게 에둘러 말하며 리다캉에게 인정을 베풀 줄은 미처 몰랐다. 가오위량 선생은 원칙을 무시하는 사람이 아니다. 대체 무슨 꿍꿍이 속일까?

지창밍은 외유내강 성격이라 겉보기에는 신중해도 결정적인 순간에는 자신의 의견을 과감히 드러낼 줄 알았다. 그는 사람들을 둘러보며 단호하게 말했다. "가오 서기님, 리 서기님, 저희는 지금 매우 중요한 문제를 이야기하고 있습니다. 검찰장으로서 솔직히 말씀드리자면 딩이전 사건이 우리 성에 그 어떤 큰 영향을 미친다 해도 저희가 최고인민검찰원과 사건의 처리권을 놓고 다투는 것은 옳지 않습니다."

그의 말은 앞으로 그들이 얻게 될 득과 실을 비교적 명확히 지적했다. 그것은 가오 선생에게 주는 일종의 경고와도 같았다. 하지만 선생님은 어떤 경고도 받지 않은 것처럼 사방을 둘러볼 뿐 아무 대꾸도 하지 않았다. 천하이는 자신의 상사를 지지하고자 적당한 때에 일부러 팔을 크게 휘둘러 손목시계를 쳐다봤다. 지도자들에게 얼마나 시간이 급박한지 알려주기 위해서였다.

하지만 리다캉은 급할 게 없다는 듯 자기 입장만 고려하며 지창밍의 견해에 반대했다. 그는 성기율위원회가 우선 딩이전을 잡아들여야 한다고 고집했다. 쌍규를 해야만 딩이전을 조사하고 처리하는 일에서 주도권을 쥘 수 있다는 이유였다. 치퉁웨이도 리 서기의 의견에 동조하며 그편이 훨씬 주도면밀하다고 치켜세웠다.

더 이상 참고 있을 수 없던 천하이는 치퉁웨이가 리 서기의 생각이 얼마나 주도면밀한지 늘어놓고 있을 때 탕 소리를 내며 자리를 박차고 일어나 외쳤다. "예, 예! 그럼 성기율위원회에서 잡아들이는 걸로 하시죠. 어찌 됐든 딩이전이 일단 도망치지 못하게……."

그러자 가오위량이 뜻밖으로 그에게 눈을 부라리며 말했다. "천하이! 뭐가 그리 급한가? 이렇게 큰일에는 충분한 토론이 필요하네." 가오 서기는 아직 결정적인 순간이 아니라는 듯 자신의 제자에게 몇 마디 주의를 주며 에둘러 진짜 속셈을 드러냈다. "서로 의견이 갈릴수록 신중해야 하는 법일세. 이럴 때는 성위원회 서기인 샤루이진 동지에게 지시를 받아야 하지 않겠나?" 그러더니 가오위량은 사무실 책상 위의 빨간색 비밀 전화를 집어 들었다.

맙소사, 이럴 심산이었군! 선생님은 문젯거리를 윗선으로 떠넘길 작정이었던 것이다. 천하이는 스승의 고명함에 절로 감탄했다. 하긴 그렇지 않다면 어떻게 H대학과 H성 관료 사회의 오뚝이가 될 수 있었겠는가?

회의에 참석한 사람 모두가 관리인지라 가오 서기가 빨간색 비밀 전화를 집어 들자 다들 자리를 피했다. 가슴이 답답했던 리다캉은 쉽게 끊을 수 없는 담배를 꺼내 들고 맞은편 접객실로 향했고, 치퉁웨이는 화장실로, 지창밍은 사무실과 화장실 사이 복도를 어슬렁거렸다. 현장 상황이 염려된 천하이는 이 틈에 전화를 하려고 2동 건물 밖으로 나갔다.

순식간에 넓디넓은 사무실 안에 가오위량 한 사람만이 남았다.

가오위량은 샤루이진 서기에게 전화를 걸며 무의식중에 당시 상황 하나하나를 머릿속에 새겨 넣었다. 이날 이후, 가오위량은 종종 당시의 풍경과 사소한 장면 하나하나를 곱씹으며 누가 밀고 자였는지 추측하곤 했다. 확실히 이날의 장면들은 훗날 사건이 다른 방향으로 뻗어나간 관건이 되었다.

천하이는 2동 건물 정원에 들어가 숨을 깊이 들이쉬었다. 낙담과 걱정이 교차했다. 무엇보다 자기 자신에게 불만족스러웠다. 항상 결정적인 순간을 기다려야 한다고 다짐했는데, 이야기를 하다 보니 저도 모르게 마음이 조급해져 늑대의 이빨을 드러내고 말았다. 이런 보고 회의에서 상무위원인 리 서기를 들이받고 선생님의 비판까지 받았으니 중요한 상관들에게 밉보인 것 아닌가. 이래서야 무슨 발전이 있겠는가. 천하이는 일부러 어떤 일을 마주해도 성급히 자기 태도를 드러내지 않아 사람들의 미움을 사지 않도록 훈련해왔다. 아버지와는 다른 사람이 되고 싶었기 때문이다. 하지만 강산은 쉽게 변해도 본성은 잘 변하지 않는다고, 아버지로부터 물려받은 뜨거운 피는 틈만 나면 들끓어댔다.

천하이는 사실 이 끝도 없는 회의가 참기 힘들었다. 속이 타서 그랬는지 저녁이 지나는 동안 그의 입가에 물집이 하나 부풀어 올랐다. 만일 딩이전을 놓친다면 허우량핑은 정말 그를 찢어 죽일지도 모른다. 게다가 이 원숭이 동창 녀석은 화과산(花果山)인 반부패총국의 수사처 처장 아닌가. 성의 반부패국 국장인 천하이는 총국에 경외감을 갖고 있었다. 그 말은 매사를 질질 끄는 이 H성 지도자들에게 불만이 있다는 뜻이었다.

관건은 딩이전을 놓치지 않도록 주시하는 것이었다. 천하이는 비밀이 새어 나가지 않게 2동 건물을 나온 뒤에야 루이커에게 전화를 걸어 그곳 상황을 물었다. 루이커의 보고에 따르면 연회가 절정에 이르러 내빈들이 돌아가며 딩이전에게 술을 올리는 장관이 펼쳐졌다고 한다. 만약 딩이전이 그 술들을 다 마시고 쓰러진다면 오늘 밤은 만사형통이리라. 천하이는 부하들에게 두 눈 크게 뜨고 지켜보라고 신신당부했다.

회의 때는 휴대전화를 꺼놓지만 지금이야말로 원숭이 녀석과 깊이 있는 통화를 할 필요가 있었다. 이 통화로 천하이는 허우량펑이 공항에 발이 묶여 있으며, 반부패총국에서 딩이전을 체포하라는 서류를 허우량펑에게 맡겼다는 사실을 알게 됐다. 서류가 다 꾸며졌다면 먼저 체포한 뒤 보고를 해도 원숭이의 생각대로 실행할 수 있을 터이다.

천하이는 허우량펑과 통화를 끝내고 더 이상 미루지 않기로 과감히 결정했다. '더 이상 성위원회의 의견을 기다릴 수 없어. 우선 소환해 심문한다는 명목으로 딩이전을 잡아둔 다음 베이징에서 서류가 도착하면 바로 체포하자!'

그는 휴대전화로 루이커에게 명령을 내리고 정원에 서서 긴 한숨을 내쉬었다.

잔디를 막 다듬어서인지 성위원회 정원의 공기에는 짙은 풀 향기가 가득했다. 천하이가 가장 좋아하는 냄새였다. 정원 가운뎃길 양쪽에 선 백양나무들은 1950년대에 심은 것이라고 들었는데, 양팔로 껴안아야 할 만큼 두껍고 고개를 들어도 꼭대기를 볼 수 없을 만큼 높았다. 천하이는 나뭇잎들이 부딪히며 내는, 어린아이의 박수 소리 같은 착착착 소리가 정말 좋았다. 그는 스스로가 보다 성숙해지기를 바랐다. 어쩌면 좀 더 약삭빨라지기를 바라는 것인데, 매사에 우유부단한 그로서는 쉽지 않았다. 사람이 자기가 맡은 일을 과감히 책임질 줄 알아야지 만날 무슨 대가를 치를까만 걱정한다면 무슨 소용이겠는가! 그런 면에서 천하이는 진심으로 허우량핑이 부러웠다. 이 원숭이 친구는 손오공처럼 세상에 두려울 게 없었다.

정원에 서 있으니 천하이의 기분이 한결 나아졌다. 밤하늘의 구름이 점점 짙어져 조금 전만 해도 하늘 끝에 걸려 있던 달이 지금은 아예 종적을 감췄다. 비가 내리려나? 밤하늘은 눈에 띄게 무거워지며 점차 칠흑빛으로 뒤덮였다. 이런 때 비가 한바탕 내리는 것도 괜찮으리라.

다시 2동 건물에 들어서며 천하이는 침착함을 되찾았다. 상관들은 천천히 연구들 해보라지. 일찌감치 사후 보고를 하겠다고 마음먹었으면 이렇게 고생하지도 않았을 것이다. 그는 성위원회도 결국 베이징과 같은 결정을 내릴 것이라고 감히 예상했다. 루이커는 행동을 개시했겠지? 그는 머릿속으로 시간을 계산하며 연회에서 딩이전을 잡는 장면을 상상했다. 그런 상상만으로도 온몸이 짜릿했다.

사람들은 대부분 가오위량의 사무실로 돌아와 있었다. 선생은 마른기침을 하며 새로 부임한 성위원회 서기 샤루이진의 지시를 전달했다. "오늘날의 정치 환경에서는 부패에 맞서는 일이 무엇보다 중요합니다. 적극적으로 베이징의 행동에 협조하세요. 구체적인 실행 시기는 가오위량 동지가 성위원회를 대신해 적당한 기회를 노려 결정하기 바랍니다!"

천하이와 지창밍, 치퉁웨이는 모두 가오위량을 주시하며 명령을 기다렸다. 가오위량은 문득 사무실 안에 리다캉이 없다는 사실을 깨닫고 고개를 갸웃거렸다. "이런, 리 서기는 어디 있나?"

말이 떨어지자마자 리다캉이 어두운 낯빛으로 휴대전화를 손에 든 채 맞은편 접객실에서 다급히 뛰어 들어왔다. "왔습니다, 왔어요! 죄송합니다. 담배를 몇 대 피우다 보니……."

가오위량은 못마땅한 얼굴로 미간을 찌푸리며 말했다. "동지 여러분, 저는 이렇게 생각합니다. 반부패 문제에선 그 어떤 머뭇거림도 있을 수 없습니다. 딩이전 부시장은 반드시 잡아야 합니다! 최고인민검찰원 서류는 도착했나?" 천하이는 때를 놓치지 않고 대답했다. "반부패총국 수사처 처장 허우량핑이 지금 서류를 가지고 징저우로 오고 있습니다!" 가오위량이 손을 흔들며 말했다. "그럼 법대로 하면 되겠군. 모두의 의견을 종합했을 때 딩이전의 범죄 혐의 증거가 비교적 확실하고 최고인민검찰원 반부패총국에서 직접 잡은 건이니 굳이 쌍규는 필요 없지 않겠나? 역시 법대로 처리해 사법 절차를 밟도록 합시다!"

리다캉은 실망한 눈빛으로 가오위량을 바라봤다. "이건 딩이전 한 사람의 일이 아닙니다. 자칫 잘못하면 우수수 다 떨어져 나갈 수도 있습니다. 480억 위안짜리 광밍후 투자는 어떻게 한단 말입니까?"

가오위량은 동정 어린 시선으로 말했다. "리 서기, 그 심정 모르지 않네. 하지만……."

리다캉이 손사래를 쳤다. "됐습니다, 됐어요. 더 이상 말해 뭐하겠습니까? 가오 서기님 뜻대로 하시죠."

그러자 가오위량이 천하이를 돌아보며 말했다. "천하이, 오래 기다렸네. 이제 행동에 들어가게!"

천하이는 싱긋 웃으며 말했다. "가오 서기님, 이미 부하들에게 행동에 들어가라고 명령해놨습니다. 이제 좋은 소식만 기다리면 됩니다."

하지만 이게 어찌된 일이란 말인가. 기다리던 좋은 소식 대신 나쁜 소식이 전해졌다. 딩이전이 눈앞에서 순식간에 사라져 체포가 어렵게 됐다며 루이커가 천하이와 지창밍에게 전화한 것이다.

이 뜻밖의 변고에 사무실에 있던 지도자들은 입장이 난처해져 아무 말도 못 했다. 천하이는 더욱 화가 치밀어 올랐다. 이놈의 긴 보고 회의만 아니었다면 딩이전은 벌써 그들 손에 떨어졌을 것이다. 무슨 놈의 보고, 토론, 지시란 말인가! 베이징 쪽의 요청대로 범죄 혐의자를 잡아들이면 그뿐 아닌가? 이것이 이렇게 신중을 기할 일이었던가? 사무실에 앉은 지도자 모두에게 이 일에 대한 책임이 있었다.

그런데 가오위량이 갑자기 얼굴색을 바꾸며 자신에게는 전혀 책임이 없다는 듯 헛기침을 했다. "검찰원의 일은 검찰원이 하면 되는 거 아닌가. 천 국장, 지 검찰장, 얼른 가서 일들 보게. 우리는 소식을 기다리겠네. 리 서기, 치 청장, 더 할 말씀이 있으신가? 없으면 회의 마칩시다."

목표가 사라진 상황에서 회의는 이렇게 막을 내렸다. 회의가 끝난 직후 가오위량은 당시 몇몇 장면들을 기억해내려고 애썼다. 천하이는 회의를 마치고 밖으로 나서다가 마침 들어오는 비서와 부딪칠 뻔했다. 굳이 헤아려보지 않아도 그 심정이 얼마나 불안하고 다급할지 충분히 알 수 있었다. 그리 서두르지 않는 지창밍의 모습은 이미 머릿속에 모든 구상이 서 있는 듯 보였다. 리다캉은 매우 낙담한 듯 얼굴이 어두웠고 안경이 자꾸 흘러내렸다. 반면 그가 아끼는 제자 치퉁웨이는 한결 표정이 밝았다. 회의가 끝나자 여위었던 얼굴에 금세 생기가 돌아올 정도였다.

가오위량은 사무실 문을 나서려는 치퉁웨이를 불러 세웠다. "어이, 치 청장, 잠깐 남아서 나랑 얘기 좀 하지."

치퉁웨이는 본래 이 보고 회의에 참석할 수 없었다. 검찰원에서는 가오위량과 리다캉 두 성위원회 지도자에게 보고하려 한 것으로, 그는 오늘 밤 가오 서기에게 치안 방면 업무를 보고하러 왔다가 공안청 청장으로서 사람 잡는 일과 관련된 자리에 남은 것뿐이었다. 가오 서기는 그의 은사로 두 사람의 관계는 천하이보다 훨씬 친밀했다. 그들은 대화를 나누기 위해 사무실 문을 닫았다.

탁상용 스탠드만 있는 책상을 두고 스승과 제자 두 사람이 마주 앉자 분위기는 더욱 친근하고 또 애매해졌다. 방금 전의 보고 회의는 허울 좋은 그림으로, 겉보기에는 모든 공무를 공정하게 처리한 것 같지만 그 이면에는 복잡한 내용과 의미가 담겨 있었다. 관료 사회의 일이 원래 그렇다. 표면적으로는 어떤 일에 대해 이야기를 나누는 것처럼 보이지만 배후에는 다른 사람과 일 혹은 지역적 배경과 역사적 문제들이 관련돼 있다. 이제 조금 전의 상황을 한번 분석해보자.

치퉁웨이는 선생님의 속내를 눈치채고 넌지시 떠봤다. "선생님께서 제게 오늘 성의 치안 소방 관련 종합 정비 업무를 보고하러 오라고 하지 않으셨다면 딩이전 사건 같은 좋은 드라마를 놓칠 뻔했습니다."

가오위량은 가벼운 한숨을 내쉬며 말했다. "좋은 드라마가 재미만 있나? 의미를 헤아려볼 만한 내용도 적지 않지."

"옳은 말씀이십니다. 이번 건은 베이징에서 직접 잡은 사건이니 영향이 정말 엄청날 겁니다. 오늘 리다캉 서기의 안색 보셨습니까? 꼭 본인이 죄를 저지른 것 같던데요."

가오위량은 고개를 끄덕였다. "딩이전은 리다캉이 중용한 사람이니까. 그건 실수겠지?"

치퉁웨이는 선생님이 자신과 딩이전 사건에 대해 이야기하고 싶어 하는 것을 알고 스승의 입장에서 리다캉의 책임이 작지 않음을 직접적으로 지적했다. "딩이전은 본래 엄청난 아첨꾼으로 어딜 가든 리다캉의 화신으로 불렸다고 합니다. 그런데 지금 그 화신에게 큰일이 났으니 본몸뚱이가 어찌 초조하지 않겠습니까? 게다가 두 사람의 관계에 얼마나 많은 음모가 숨겨져 있는지 모를 일입니다." 치퉁웨이의 적극적인 태도에 스승도 공명정대한 가면을 벗고 제자를 흘긋 보며 능구렁이처럼 물었다. "그렇게 생각하는 사람이 아끼는 리다캉을 도와 사건 처리권을 가져와야 한다고 했나?" 치퉁웨이는 스승의 불만을 알아채고 빠져나갈 핑계를 찾으려 했지만 스승은 고삐를 늦추지 않았다. "다른 사심이 있었던 게 아닌가?" 결국 치퉁웨이는 얼굴을 붉히며 자신의 속내를 인정했다.

부모만큼 자식을 잘 아는 사람은 없다. 그런 부모 다음으로 제자의 성품을 잘 아는 이가 바로 선생이다. 특히 여러 해를 함께 일하면서 치퉁웨이를 직접 발탁한 사람이 가오위량인데 제자의 빤한 속을 모르겠는가? 리다캉이 성위원회 상무위원회에서 자신이 부성장이 되는 것에 한 표 던져주길 바랐을 것이다. 가오위량은 치퉁웨이의 속셈을 단숨에 알아차렸다. 가오위량은 천천히 고개를 저으며, 자신은 낙관하고 있지 않으니 그도 너무 기대하지 말라고 충고했다. 치퉁웨이는 리다캉의 반대로 자신이 부성장 자리에 오르기 어렵게 되었을까 봐 조금 긴장했다. 하지만 가오위량이 고개를 들어 자신의 판단을 이야기했다. "리다캉에게는 자네의 출셋길을 막을 이유가 없네. 문제는 오히려 새로 온 샤루이진 서기야. 퉁웨이, 생각해보게. 제아무리 유능한 사람이라 해도 부임하자마자 간부를 발탁할 준비가 돼 있겠나? 퇴임한 성서기도 신중하고 일을 겁내는 편이라 발탁해야 할 사람들을 잔뜩 두고도 그러지 못하지 않았나? 그런데 이제 막 부임한 서기에게 그런 준비가 돼 있겠어?" 그는 행여 제자가 너무 실망할까 봐 다시 위로하듯 말했다. "물론 절대적으로 그렇다는 건 아닐세. 샤 서기는 지금 각 시의 현황을 조사하고 있으니 발탁할 준비가 꼭 안 된 건 아닐 거야. 조직을 믿고 너무 앞서서 생각하지 말게."

치퉁웨이는 선생님의 말씀에 일리가 있다고 생각했다. 하지만 오늘 선생님이 말하고 싶은 주제는 아마도 그의 오랜 맞수인 리다캉일 것이다. 이를 확신한 치퉁웨이는 다시 과감하게 가오위량을 떠보듯 물었다. "선생님, 한 가지 의문이 있는데 리다캉 서기도 혹시…… 부, 부패한 건 아니겠죠?"

그러자 가오위량은 뜻밖에도 안면을 싹 바꾸며 정색했다. "자네 지금 무슨 헛소린가? 누가 자기 동지를 그렇게 나쁜 쪽으로 몰아간단 말인가? 난 리 서기가 딩이전을 비호하려고 사건 처리권을 가져오려 한 게 아니라고 생각하네."

그 말에 치퉁웨이는 알 수 없다는 듯 말했다. "그럼 리다캉 서기가 왜 그랬을까요? 정말 일을 위해 그랬단 말씀이십니까?"

가오위량은 너무 느리지도 빠르지도 않게 지난 일 하나를 끄집어내 이야기하기 시작했다. 8년 전, 리다캉이 린청시 서기로 있을 때 린청의 부시장이자 개발구 주임이 뇌물을 받아 체포됐다. 그 일로 하룻밤 사이에 수십 명의 투자상이 도망쳤고 여러 투자 항목들이 결렬됐다. 당시 성 내 GDP* 2위를 자랑하던 린청은 한순간에 5위로 내려앉고 말았나. 가오위량의 말은 시사하는 바가 컸다. 만약 GDP가 안정됐더라면 당시 리다캉 서기는 바로 성위원회 상무위원이 됐을 것이다. 치통웨이는 스승의 말이 무슨 뜻인지 알 것 같았다. 사실 그는 8년 전의 또 다른 결과도 알고 있었다. 당시 가오위량 서기가 있던 뤼저우시의 GDP가 성 내 2위로 수직상승해 그가 먼저 성위원회 상무위원 그룹에 들어갔던 것이다.

"이제 류 성장(省長)**이 퇴임할 때가 가까워오니 리다캉도 서둘러 정치적 업적을 쌓아야겠지." 가오위량의 말에 치통웨이는 맞장구치듯 말했다. "그러려고 하겠죠. 듣자 하니 다들 샤루이진 서기와 리다캉 서기가 콤비가 될 거라고 하던데요."

두 사람은 한동안 침묵을 지켰다. 치통웨이가 스승의 찻잔에 따뜻한 물을 더 따랐다.

가오위량은 차를 마시며 복잡한 머릿속을 정리했다. 사실 오늘 일에는 어딘가 수상한 구석이 있다. 그가 여기서 회의하는 동안 검찰원에서 분명 딩이전을 주시하고 있었는데 어떻게 한순간에 사라진단 말인가? 물론 보고 회의가 길긴 했다. 사람들도 들고 났고 전화도 했다. 설마 누군가 비밀을 발설했나? 그의 이런 생각을 치통웨이가 단도직입적으로 말했다. "공안청장의 육감으로 보건대 저는 누군가가 비밀을 발설했다고 생각합니다. 저희가 회의를 할 때 분명 딩이전에게 몰래 소식을 알린 겁니다!"

가오위량은 찻잔을 천천히 돌리며 혼잣말처럼 중얼거렸다. "누

---

* 　일반적으로 한 나라의 영역 안에서 발생한 경제 활동의 가치를 가리키나, 중국에서는 각 성 또는 시의 경제 규모를 나타낼 때도 사용한다.
** 　중국 각 성정부의 수장으로 주로 경제 관련 업무를 담당하며 부서기급이다.

가? 대체 누가 그렇게 대담하지?"

치통웨이는 공통의 이익을 잘 헤아리는 인물이다. 그는 리다캉의 이름을 직접적으로 언급하는 대신 가오위량에게 얼굴을 가까이 대며 낮은 목소리로 말했다. "선생님, 선생님께서는 성의 정법위원회 서기이시니 오늘날 관료 사회 부패 문제의 특성을 저보다잘 아실 겁니다. 대부분 굴비 엮인 듯이 줄줄이 따라 올라오죠. 그러지 않은 사건이 있었습니까?"

아, 그렇다면 딩이전 체포의 중요성이 더 커질 수밖에 없다. 가오위량은 소파에서 벌떡 일어나 우렁찬 목소리로 말했다. "공안청은 가능한 힘을 총동원해 검찰원에 적극적으로 협조하게. 지구 끝까지라도 쫓아가서 반드시 딩이전을 잡아야 하네!"

"예, 선생님! 지금 바로 공안청으로 돌아가 말씀하신 지시를 확실히 수행하겠습니다!"

치통웨이는 꼿꼿이 서서 경례하며 스스로 위용을 드러냈다.

가오위량이 소파 손잡이를 두드리면서 말했다. "앉게, 앉아. 무슨 군사학교도 아니고. 자네와 리다캉 사이에 고려해야 할 문제가있다는 건 알고 있네. 하지만 그렇다 해도 큰 원칙은 말해야겠네. 함부로 리다캉에 대해 언급하지 말게. 한 가지 더 주의를 주자면오늘 밤의 딩이전 사건 같은 이런 일에 자주 얼굴을 내밀지 말게. 자칫 의심 받을 수 있으니까. 이런 때에 너무 설치면 다른 사심이있다고 사람들에게 오해 받을지도 모르네."

치통웨이는 마음 깊이 탄복하며 고개를 끄덕였다. "무슨 말씀인지 알겠습니다. 그럼 가보겠습니다, 선생님."

3

리다캉은 불편한 심기가 극에 달했다. 회의를 마치고 서둘러 세단에 올라탄 그는 휴대전화를 붙잡고 욕을 퍼부어댔다. 그는 우선 시기율위원회 서기 장슈리(張樹立)에게 하루 종일 밥만 축내면서 아무런 낌새도 눈치채지 못했느냐, 징저우 간부들도 다 썩어빠진 게 아니냐며 언성을 높였다. 또한 광밍구장 쑨롄청(孫連城)에게는 눈을 어디 달고 다니기에 궹밍호 항목의 부총지휘자로서 총지휘자인 딩이전의 부패도 눈치채지 못했느냐며 따졌다. 한참이나 험한 말을 퍼부은 리다캉은 두 사람 모두 즉각 자신의 사무실로 들어오라고 명령했다.

통화를 마친 그는 차창 밖으로 지나가는 밤 풍경을 보며 한참 동안 넋을 놓았다.

오늘이 무슨 요일이지? 목요일인가? 그렇다면 오늘이 바로 검은 목요일이군. 지금 그가 그 어떤 해명을 한다 해도 사람들의 의심을 벗을 수 없을 것이다. 딩이전 사건은 그의 뒤통수를 가격한 것이나 다름없었다. 그의 잠재적인 정치 맞수들은 이 상황을 보고 춤을 출 것이 분명하다. 능구렁이 같은 가오위량도 속으로는 좋아 죽었겠지. 치퉁웨이도 튀어나오는 웃음을 간신히 참는 것 같았다. 좀 전의 보고 회의는 그에게 정말 억울하게 돌아갔다. 가오위량과 치퉁웨이는 쌍규를 지지하는 척하면서 순식간에 새로 부임한 성

서기 샤루이진에게 공을 넘겨 그를 곤경에 빠뜨렸다. 게다가 그가 담배를 피우는 동안 딩이전이 도망쳤으니 거기 있던 사람들이 어떻게 생각하겠는가? 자신이 딩이전에게 몰래 비밀을 알려줬다고 의심할 것이다. 상황이 이렇게 되고 보니 그 자신이 정말 깨끗한지 아닌지는 문제가 아니었다.

리다캉은 문인 기질이 강한 인물로 과거 성위원회 건물에서 펜 하나로 비서들의 수장이 되고 여러 지도자를 모시는 주임 비서가 됐다. 당시 그를 중심으로 비서들이 모여 H성 정계에 중요한 힘을 발휘해 '비서파'라 불리곤 했다. 반면 가오위량의 수하들은 대부분 그의 제자들로 정법 계통에서 일하기 때문에 '정법계'라 불렸다. 물론 비서파니 정법계니 하는 것은 간부들 사이에서 자기들끼리 부르는 호칭일 뿐이지만, 이 둘을 중심으로 자연스럽게 인맥이 형성돼 양강 세력이 된 것만은 부인할 수 없는 사실이었다.

비서파의 대표 인물로서 리다캉은 가오위량에게 진심으로 머리를 숙이지는 않았다. 정치적 자격이나 경력도 그가 훨씬 나았다. 가오위량이 학자 스타일이라면 그는 실무에 능했다. 여러 대도시의 최고 책임자로 일해왔으며 정치적 업적도 상당해 성 내에서 공인된 개혁가였다. 그에 비해 가오위량은 뤼저우에서 시위원회 서기로 일하기는 했지만 주요 경력이 아직 부족했다. 하지만 그보다 한발 먼저 성위원회 상무위원 그룹에 들어갔으며, 성위원회 부서기 자리에 올랐다. 만약 이번에 샤루이진이 낙하산 인사로 H성에 내려오지 않았다면 아마 가오위량이 성위원회 서기가 됐을 것이다. 당시 리다캉이 성장이나 부서기를 이어받지 못하고 H성이 아닌 외지로 보내질 것이란 소문도 돌았다. 그와 가오위량은 뤼저우에서 함께 일하던 시절에 갈등이 심했으며, 이는 여전히 사람들의 기억 속에 생생하게 남아 있다. 당시 더 큰 피해를 입은 사람은 바로 리다캉이었다.

하지만 H성에 뜻밖의 전개가 벌어졌다. 중앙당에서 갑자기 샤루이진을 성서기로 내려보낸 것이다. 덕분에 성서기가 되겠다는 가오위량의 꿈은 물거품이 되고 말았다. 반면 리다캉은 곧 정년 퇴임할 류 성장에 이어 성장이 될 가능성이 높아졌다. 그가 정무를 주관하는 징저우는 H성의 성도로, 무려 6년에 걸친 계획 끝에 강한 경제 도시로 완성되기 직전이었다. 더구나 그는 성위원회의 상무위원이기 때문에 성장 자리에 오르는 것이 물 흐르듯 자연스러운 일처럼 보였다. 그런데 이런 중요한 시기에 광밍호 항목을 지휘하는 수하 딩이전이 낙마해버린 것이다. 상황이 이러한데 어찌 상심하지 않을 수 있겠는가.

차가 징저우시위원회 건물에 들어서자 칠흑같이 어두운 하늘에서 비가 내리기 시작했다. 사무실로 들어가는 건물 앞에 내린 리다캉은 서둘러 들어가는 대신 깊은 어둠 속에서 고개를 들어 하늘을 바라봤다. 부슬비가 그의 얼굴을 적셨다. 차가운 빗방울에 정신을 차린 뒤에야 그는 걸음을 재촉해 사무실로 들어갔다.

시기율위원회 서기 장슈리와 광밍구장 쑨롄청이 먼저 와 그를 기다리고 있었다. 그들은 상황이 어찌 됐는지 궁금한 눈치였다. 하지만 리다캉은 어두운 얼굴로 둘을 번갈아 보며 아무 말도 하지 않았다.

장슈리가 더듬더듬 조심스럽게 사과하며 한탄했다. "딩이전이 갑자기 그렇게 될 줄 누가 알았겠습니까? 딩 부시장은 참 겸손하고 처신이 바른 사람처럼 보였는데……." 그는 이내 화제를 돌려 마치 태엽을 감아놓은 것처럼 맹렬히 딩이전을 비판하기 시작했다. "하지만 그 작자는 뭘 하든 리 서기님의 이름을 내걸었습니다. 분명 권력은 자기 혼자 주무르면서 리 서기님의 화신이라는 둥 헛소리나 하고. 돈이든 뭐든 좋은 건 자기가 다 가져가고 리 서기님에게는 오명만 뒤집어씌웠으니 세상에 그런 나쁜 놈이 어디 있습니까!"

리다캉은 그의 열변에도 딱히 기꺼워하는 눈치 없이 두 부하에게 차갑게 말했다. "딩이전 같은 놈을 쓰다니 내 책임이 크네! 하지만 자네들 두 사람은 책임이 없나? 어째서 한 사람도 나한테 언질을 주지 않았어? 특히 장슈리 자네는 기율위원회 서기 아닌가. 제대로 일은 했나, 어?"

장슈리는 억울하다는 듯이 말했다. "리 서기님, 딩이전에 대해서는 이미 보고했습니다. 작년에 아들을 결혼시키면서 제멋대로 사람들에게 선물을 받았다던지, 몇몇 투자상들과 비정상적으로 만나는 것 같다고 분명 말씀드렸다고요!"

리다캉은 됐다는 듯 손을 휘저었다. "알겠네, 알겠어. 책임을 따지자고 자네들을 부른 게 아닐세. 앞으로 어떻게 할지 연구해야 하지 않겠나." 그는 응급조치로 쑨롄청에게 딩이전이 하던 일을 맡아 광밍호 항목 진행이 지체되지 않게 하라고 했다. 또한 장슈리에게는 광밍호 항목에 대한 철저한 기율 검사를 지시했다. 리다캉은 특히 내부 기율을 철저히 검사하되 외부 사람에게는 느슨하게 대해 투자상들이 절대 도망가지 않도록 하라고 당부했다. 8년 전 린청에서 부시장이 잡혔을 당시 놀라서 도망간 투자상이 한둘이 아니었고, 그로 인해 린청은 경제적 슬럼프에 빠져들었다. 리다캉은 엄격한 말투로 두 수하에게 경고했다. "같은 구덩이에 또다시 걸려 넘어질 순 없네. 우선 좋은 투자상들을 안심시키고 민심을 안정시켜 투자에 차질이 없도록 해야 해." 세 사람은 늦은 밤까지 머리를 맞대고 연구하다가 각자 집으로 돌아갔다.

대비해야 할 것은 얼추 한 셈이다. 지금 생각나는 일과 할 수 있는 일은 이 정도뿐이다. 크게 빠진 것은 없겠지? 하지만 어쩐 일인지 마음이 놓이지 않고 뭔가가 걸렸다. 리다캉은 집에 돌아와 아내 어우양징(歐陽菁)을 보고서야 마음에 걸리는 것이 바로 자기 아내임을 깨달았다. 그의 아내는 징저우 은행 부행장으로 평소 딩이전과 왕래하곤 했다. 리다캉은 자신의 청렴 여부가 이 명목상 아내에게 달려 있음을 알아차렸다.

"오늘은 꼭 당신에게 당부를 해야겠군. 제발 광밍호 항목에 머리 디밀지 마. 목 조심해."

리다캉은 집에 들어서자마자 소파에 앉으며 낮은 목소리로 말했다.

그 말에 어우양징이 득달같이 화를 냈다. "뭐? 당신 그게 무슨 뜻이야? 오자마자 날 가르치는 거야?"

리다캉은 탁자를 치며 고함을 질렀다. "가르치는 게 아니고 미리 일러주는 거야. 딩이전이랑 상대하지 말라고!"

"내가 딩이전을 만나는 게 당신이랑 무슨 상관이야? 당신 광밍호 항목에 우리 징저우 은행에서 6억 위안을 대출해줬어. 근데 내가 딩 부시장이 아니라 당신이랑 왕래하면 그게 더 부적절한 거 아니야?"

"대출 업무를 말하는 게 아니야. 공사에 끼어들지 말라고." 리다캉이 좀 더 정확히 설명했다. 하지만 어우양징은 잠시 멍한 표정을 짓다가 이내 다시 대거리를 했다. "나는 오히려 친구들 생각해서 공사를 몇 개나 소개했어. 근데 리 서기 당신은 그런 적 있어?

언제 소개해본 적 있냐고! 당신 눈에 나는 아내도 아니지? 그러니까 딩 부시장이랑 인사도 하지 말라고 하는 거 아냐!"

가만히 듣고 있던 리다캉이 차갑게 한마디 던졌다. "딩이전 그 자식 사고 쳤어! 당신은 나도 거기에 말려들면 좋겠어?"

"뭐?" 어우양징은 깜짝 놀라 한참이나 입을 다물지 못했다.

밤이 깊어지자 리다캉과 어우양징은 각자의 침실로 들어가 잠을 청했다. 두 사람은 부부로서 감정이 식은 지 오래돼 8년 넘게 따로 자고 있었다. 리다캉은 침대에 누워 이리저리 뒤척여도 도무지 잠이 들 수 없어 머릿속으로 계속 한 가지 생각만 했다.

'이혼하자. 괜히 우물쭈물하다가 무슨 화를 입을지 몰라.'

창밖에서 벌레 우는 소리가 커졌다 작아지기를 반복하며 들려왔다. 조용한 밤이라 그런지 그 작은 소리가 더욱 선명하게 들렸다. 여름의 끝물이지만 어쩐지 가을의 처량함이 느껴졌다. 사실 이혼이 쉬운 결심은 아니었다. 어우양징은 그가 부현장(副縣長)이던 시절 결혼해 20여 년 동안 함께 비바람을 맞으며 살아온 사람 아닌가. 그렇게 생각하니 돌덩이 같던 마음도 이내 물러졌다. 어둠 속에서 눈만 크게 뜬 채로 통 잠을 이루지 못한 리다캉은 부스스 일어나 창가로 가 담배를 피워 물었다. 이혼하지 않는다면 또 어떻게 한단 말인가? 만약 아내가 큰일이라도 저질렀다면 어떻게 해야 하나? 그의 정치 생명은 핵폭탄을 맞은 것처럼 다시는 되돌릴 수 없게 되리라.

그러다가 문득 리다캉의 마음을 졸이게 하는 의문 하나가 머릿속에 떠올랐다. '대체 누가 딩이전에게 비밀을 누설했을까?' 그는 오늘 보고 회의에 참석한 사람 모두가 이 문제를 고민하리라고 확신했다. 그는 거대한 음모가 자신의 뒤를 덮쳐오고 있음을 직감했다. 만약 반격의 묘수를 찾지 못한다면 분명 끝을 알 수 없는 심연으로 빠져들고 말리라. 딩이전은 어떻게 갑자기 도망칠 수 있었을까? 딩이전의 도주에 관한 한 그는 가장 혐의가 짙은 인물이다. 그의 적수도 이 점을 누구보다 잘 알고 있을 것이다. 깊이 생각할수록 그는 누군가가 고의로 함정을 파놓고 그가 빠지기를 기다리고 있던 게 아닌가 하는 의심을 지울 수 없었다. 검찰원이 계속 작전을 수행하고 있으니 딩이전이 한시라도 빨리 잡히길 바랄 수밖에. 리다캉은 밤하늘을 올려보며 속으로 기도했다. 잠시 후 담배꽁초를 버리고 침대로 돌아가던 그의 심장이 갑자기 두근두근 뛰었다. 아니, 빨리 잡히면 안 되지 않나? 만약 아내가 정말 딩이전과 경제적인 이익을 주고받는 사이였다면 체포된 딩이전이 아내를 물고 늘어질 테고, 그러면 자신도 끌려들어갈 수밖에 없지 않은가. 이런저런 생각을 하다 보니 어찌 해야 좋을지 알 수 없었다.

리다캉은 곱씹을수록 딩이전의 실종이 기묘하게 느껴졌다.

이 기묘한 체포의 밤은 처음부터 기묘한 조짐을 보이지는 않았다. 수사1처 처장 루이커는 자신이 직접 국빈관 로비에 앉아 있고 검찰관 장화화가 연회홀 입구에서 딩이전의 일거수일투족을 감시하도록 했다. 또 다른 검찰관 저우정은 경찰차에 탄 채 국빈관 대문을 지켰다. 사건 처리 경험이 풍부한 루이커는 여태까지 한 번도 큰 실수를 해본 적이 없었다. 장화화는 이어마이크로 현장 생중계를 하듯 몇 분마다 한 번씩 그녀에게 보고했다. 딩이전은 술잔을 들고 사람들과 이야기하며 시위원회 서기 리다캉 찬가를 늘어놓기도 했다. 부동산 업자들은 줄을 지어 딩이전에게 건배하며 말도 안 되는 아부를 떨어댔다. 사방에서 술을 받느라 잔뜩 취한 딩이전은 비틀비틀 금방이라도 쓰러질 것 같았다.

훗날 돌이켜 생각하면 아주 빈틈이 없던 것은 아니다. 장화화가 선 위치에서는 딩이전의 뒷모습만 보였다. 딩이전은 유리창 밖호수 풍경 쪽으로 얼굴을 향하고 있었는데, 거기가 주인공의 자리였다. 장화화는 자신이 잠깐 시선을 돌린 사이에 시정부의 쑨 주임이 딩이전 자리에 대신 서리라곤 전혀 생각지도 못했다. 쑨 주임은 체형이 딩이전과 비슷해 키가 작고 뚱뚱했다. 게다가 그날은하필 같은 은회색 양복을 입고 있어서 뒷모습이 딩이전과 완전히똑같았다. 그녀가 아무 문제 없다고 보고하고 있을 때, 이미 큰일은 벌어지고 있었다.

상황이 이상하게 돌아간다는 사실을 발견한 사람은 경찰차 안에서 국빈관 입구를 지키고 있던 저우정이었다. 그는 이 사실을루이커에게 보고했다. "딩이전의 아우디 승용차가 입구를 빠져나와 지에팡대로 쪽으로 가고 있습니다." 루이커는 고개를 갸웃했다. 부시장이 아직 술을 마시고 있는데 기사가 왜 혼자 국빈관을떠나지? 뭔가 잘못됐다! 바로 그때 더 이상 성위원회의 지시를 기다리지 말고 딩이전을 체포하라는 천 국장의 전화가 걸려 왔다. 연회홀로 치고 들어간 루이커와 장화화는 메인 테이블에 다가가서야 자신들이 보고 있던 뒷모습이 쑨 주임이었다는 사실을 알아챘다. 루이커는 쑨 주임을 한쪽으로 끌고 가 딩이전이 어디로 갔는지 물었다. 쑨 주임은 딩 부시장이 방금 부성장의 전화를 받고내일 보고할 일이 생겼다며 자료를 준비하러 갔다고 말했다. 루이커는 일이 잘못 돌아가고 있음을 눈치채고 천하이에게 보고한 다음 바로 팀을 이끌고 국빈관 위로 올라가 수색했다.

딩이전은 광밍호 항목 임시 사무실로 사용한다는 명목으로 국빈관의 스위트룸을 상시로 사용하고 있었다. 루이커가 부하들을 이끌고 방에 들어갔을 때 탁자 위의 컴퓨터는 여전히 켜져 있고, 여러 서류들은 펼쳐진 채였다. 딩이전이 정말 그곳에서 자료를 준비하긴 했던 모양이다. 또한 반쯤 마시다 만 레미 마르탱 양주가 찻상 위에 놓여 있었다. 여러 흔적으로 봤을 때 딩이전은 그리 멀리 가지 못했을 것 같았다.

루이커가 직원을 불러 모든 방을 열고 하나하나 수색했지만 아무런 성과도 얻지 못했다.

한 번도 이런 상황과 맞닥뜨린 적이 없는 루이커는 속옷이 젖을 정도로 식은땀을 흘렸다. 세상에 이런 일이 있다니. 딩이전이 마술이라도 부렸단 말인가? 서른 살이 훌쩍 넘도록 홀로 도도하고 고결하게 자신을 지키며 살아온 그녀는 이런 뜻밖의 충격을 감당하기 힘들었다.

루이커의 전화를 받은 천하이는 차를 타고 서둘러 국빈관으로 향했다. 더불어 수사팀 2조와 3조를 각각 딩이전의 집과 사무실로 보내 수색하도록 명령했다. 비가 거세지자 천하이는 자동차 와이퍼를 움직였다. 온통 흐릿한 어둠뿐인 눈앞이 마치 그의 현재 상황 같았다. 일은 이미 만회할 수 없는 지경에 이르렀고, 그는 가슴속에 납덩어리를 매단 것처럼 서서히 가라앉고 있었다. 말로 표현할 수 없는 후회가 일었다. 처음부터 허우량핑의 말을 듣고 딩이전을 체포했다면 지금 같은 상황은 결코 벌어지지 않았을 것이다. 이제 어디 가서 그 빌어먹을 딩이전을 잡아들인단 말인가? 모르긴 몰라도 누군가가 딩이전에게 비밀을 알려줬을 것이다.

천하이가 국빈관에 도착했을 때 루이커가 새롭게 진전된 상황을 보고했다. "CCTV를 확인해보니 딩이전은 연회장을 떠나 주방 통로로 빠져나갔습니다. 딩 부시장의 얼굴을 알고 있는 요리사가 사실을 확인해줬습니다." 천하이는 내심 초조했지만 겉으로는 침착한 척하며 너무 서두를 필요 없다고 부하들을 다독였다.

그때 여러 곳으로 출동한 부하들로부터 전화가 걸려 왔다. 2조는 딩이전이 집에 돌아오지 않았으며, 그의 아내도 이틀째 그를 보지 못했다고 보고했다. 시정부에서 전화를 걸어온 3조는 딩이전의 사무실을 모두 조사했지만 의미 있는 단서를 찾지 못했다고 말했다. 남은 길은 공안 시스템을 이용해 찾는 것뿐이다. 천하이가 가오위량에게 전화를 하려 할 때 마침 선배인 치퉁웨이에게서 먼저 전화가 걸려 왔다. 선배는 후배에게 공안 지휘 센터로 와서 한밤중의 연합 체포 작전을 벌이자고 요청했다. 자신만만한 선배의 목소리를 들으니 그는 이미 딩이전의 흔적을 찾은 듯했다.

풀이 죽었던 천하이는 이내 온몸의 세포가 깨어나는 것을 느끼며 서둘러 차를 몰고 공안청으로 향했다. H대학을 다니던 시절 그와 허우량핑과 치퉁웨이는 '정법과 3인방'으로 불렸다. 세 사람 모두 좋은 친구 사이였지만 천하이는 내심 허우량핑을 더 가깝게 느꼈다. 원숭이 녀석은 단점이 적지 않지만 심지가 바르고 강직한 친구였다. 그에 비해 치퉁웨이는 허영심이 있는 편이라 옷차림이나 행동거지에서 플레이보이 같은 기질을 드러냈다. 하지만 사실 치퉁웨이는 가난한 농촌 출신이다. 학교에 다니던 시절, 천하이는 승부욕이 강한 치퉁웨이와 허우량핑 사이에서 종종 의견을 조율하는 역할을 했다. 대학 3학년 때는 정법과 학생회 주석(主席)* 자

---

* 한국의 회장에 해당.

리를 놓고 치퉁웨이와 허우량펑이 세를 가늠하기 힘든 각축을 벌였는데, 결국 두 사람이 타협해 호인이라 불리던 천하이를 추천했다. 그들 세 사람은 모두 가오위량이 아끼던 제자들로 진로를 결정할 때 스승의 지도와 도움을 받았다. 그렇기에 오늘날 세 사람 모두 공통의 목표를 위해 일하게 된 인연은 서로에게 각별할 수밖에 없었다.

어느새 차는 공안청 건물 앞에 도착했다. 주차를 한 천하이는 빠른 걸음으로 지휘 센터 로비로 들어섰다. 치퉁웨이는 그 앞까지 맞으러 나와 그의 팔을 끌고 가더니, 지휘석에 앉힌 다음 막 끓여낸 따뜻한 차를 대접했다. 천하이의 눈앞에 벽을 꽉 채우는 대형 화면이 펼쳐졌다. 밝은 점 하나가 어망같이 촘촘한 전성(全省) 도로 지도 위를 움직이고 있었다. 치퉁웨이는 대형 화면의 밝은 점을 가리키며 천하이에게 말했다. "천하이, 잘 봐, 딩이전이 저기 있다."

대형 화면을 찬찬히 바라보던 천하이는 딩이전이 이미 징저우를 떠났음을 알아챘다. 그의 차는 징저우에서 옌타이로 향하는 고속도로 위를 달리고 있었다. 딩이전이 옌타이 사람이니 그곳으로 가는 것이 분명했다. 일찌감치 옌타이에 인원을 배치해놓은 천하이는 속으로 쾌재를 불렀다. 딩이전이 정말 거기로 도망간다면 제 발로 그물에 걸려드는 꼴이 된다. 치퉁웨이는 딩이전의 휴대전화 위치를 추적하고 있으며, 지금 딩이전은 낚싯바늘에 걸린 물고기 신세가 됐다고 감탄하듯 말했다. "현대 과학이 이렇게 대단하다!"

대형 화면 위의 밝은 점은 천천히 움직이며 쌍궈지를 지났다. 치퉁웨이는 차이청 출구를 막으라고 명령했다. 그러자 간경이 즉각 차이청 공안국에 연락해 경찰들을 출동시켜 차이청 고속도로 출구 쪽을 막고 차들을 조사하라고 명령했다. 경찰들은 차이청 고속도로 요금소에서 차들을 막았다. 하지만 놀랍게도 딩이전의 차 안에는 딩이전이 없었다! 운전기사에게 물으니 딩이전이 고향에 계신 어머니가 아프다며 그에게 대신 옌타이에 다녀와달라고 부탁했다고 했다. 심지어 어머니에게 건강식품을 사다 드리라며 운전기사에게 1000위안을 주기도 했다. 딩 부시장은 지에팡대로에서 내렸다는 운전기사의 말에도 현장 경찰들은 아우디 자동차를 샅샅이 뒤졌다. 그리고 자동차 뒷자석에서 매너 모드로 되어 있는 휴대전화를 발견했다. 이 교활한 작자가 일부러 승용차에 휴대전화를 놓고 내려 추적자들의 시선을 돌린 후에 자신은 몰래 도망친 것이다.

화가 머리끝까지 치솟은 치퉁웨이는 부하들에게 지에팡대로 근처의 CCTV를 모두 확인하라고 명령했다. 얼마 지나지 않아 대형 화면에 딩이전의 모습이 나타났다. 그는 지에팡대로에서 내린 뒤 빠르게 걸어 어두운 골목길로 사라진 후에 다시 이푸둥로에 나타나 택시를 타고 공항 방향 고속도로로 내달렸다.

골목으로 들어가 두 블록이나 떨어진 곳에서 택시를 타고 공항으로 가다니, 딩이전의 주도면밀함에 사람들은 놀라지 않을 수 없었다. 게다가 일부러 휴대전화를 켜서 수사 팀을 낚는 솜씨는 또 어떤가! 낯빛이 어두워진 치퉁웨이는 허둥대며 수하에게 징저우 국제공항에 연락하라고 명령했다. 하지만 공항에서 들려온 소식은 매우 절망적이었다. "오늘 딩이전이 티켓을 사거나 비행기를 탄 기록은 없습니다."

천하이는 근처의 다른 공항을 수색하자고 제의했다. 간경들은 그 즉시 근방의 세 공항에 연락을 취했다.

모두 정신이 없는 와중에 이어폰을 낀 채 6번 책상에 앉아 있던 간경이 소리쳤다. "치 청장님, 천 국장님, 찾았습니다! 위치를 확인했습니다! 징저우 공항 검문소에 딩이전의 사진을 보냈더니 오늘 전체 출국자 중에서 '톰 딩'으로 이름을 바꾼 딩이전을 발견했다고 합니다. 그런데…… 두 시간 전에 이미 23432편 항공기를 타고 캐나다 토론토로 떠났다고…….

천하이는 눈이 휘둥그레져 물었다. "뭐? 그 작자가 이미 두 시간 전에 도망갔다는 거야?"

"예, 천 국장님. 23432편 항공기는 이미 우리 영공을 벗어나 국제 공역에 들어섰습니다. 현재 위치는 대략 동경 99도, 북위 47도……."

지휘 센터 안의 분위기가 순식간에 얼어붙었다. 사람들은 숨조차 제대로 쉬지 못했다. 결국 천하이가 주먹으로 탁자를 내려치며 폭발했다. "젠장! 다 잡은 놈을 이렇게 날려 보내다니!"

날이 밝자 가오위량 서기가 전화를 걸어 상황을 물었고, 천하이와 치퉁웨이는 함께 보고하러 갔다. 가오위량 역시 밤새 한숨도 못 잤는지 눈동자가 충혈되고 눈두덩이 부어 있었다. 두 제자가 도착했을 때 스승은 아침 식사 중이었다. 스승은 제자들에게 같이 앉아 식사하자고 했지만, 제자들은 부담감 때문에 식사는커녕 차마 앉지도 못했다. 두 제자의 보고를 들은 스승도 더 이상 밥을 먹지 못하고 굳은 얼굴로 반쯤 마시던 우유를 한쪽에 밀어놓고 일어섰다.

"대단하네. 공안이랑 검찰원이 이 정돈가? 두 정법 기관이 하나의 목표를 쫓았는데 결국 놓쳐버리고 말았다? 치퉁웨이, 자네 공안청장 노릇 참 잘하는구먼. 갈수록 능력을 발휘하고 있어! 천하이 자네도 반부패국 국장으로서 아주 전도가 유망해! 한시도 눈을 떼지 않고 지켰다면서 어떻게 겨우 사람 하나를 놓치나!"

치퉁웨이가 억지 미소를 띠며 말했다. "설마 다 잡은 고기를 놓칠 줄 알았겠습니까? 선생님, 제가 반성하겠습니다."

가오위량은 옆의 탁자를 치며 말했다. "지금 이 마당에 선생님이란 소리가 나오나? 일할 때는 직함을 부르게!"

천하이는 스승의 직함을 부르며 입을 열었다. "가오 서기님, 이 일은 저희 반부패국의 책임입니다. 제가 반성해야 옳습니다."

그 말에 가오위량은 마음이 좀 누그러졌는지 한결 부드럽게 이야기했다. "어젯밤 상황이 복잡하긴 했네. 보고 회의 시간이 길어졌으니 말이야. 아마도 내부에 비밀 누설자가 있었겠지. 치 청장, 어떻게 된 일인지 한번 조사해보게."

치퉁웨이는 단호한 말투로 말했다. "서기님, 그 문제에 대해서는 저도 이미 생각하고 있었습니다. 오늘부터 조사하도록 하겠습니다!"

가오위량은 고개를 끄덕였다. "다행이군. 내가 자네 두 사람에게 일러두겠는데, 딩이전을 잡아오지 못하면 결코 용서하지 않을 걸세. 앞으로 내 제자라는 말도 어디 가서 자주 하지 말게."

치퉁웨이와 천하이는 똑바로 선 채 누가 먼저랄 것도 없이 고개를 숙였다. "예, 선생님."

가오위량의 집을 떠나려 할 때, 비는 이미 잦아들었고 동쪽 하늘은 아침놀로 물들어 있었다.

천하이는 치퉁웨이와 헤어져 차를 탄 뒤에야 답답한 가슴을 쳤다. 이게 대체 어찌된 일이란 말인가? 그렇게 많은 사람이 감시하고 있었는데 손쉽게 도망을 치다니, 그는 도무지 상황을 믿을 수 없었다. 스스로가 반부패국 국장이란 호칭도 아까운 팔푼이로 느껴졌다. 딩이전을 체포하기에 앞서 그는 지창밍 검찰장에게 보고했고, 가오위량 서기가 징저우의 리다캉 서기에게 연락했다. 또한 치퉁웨이 공안청장도 함께 있었다. 이 일에 대해서 아는 사람은 거기에 모인 몇 사람이 전부였다. 그중에서도 그와 치퉁웨이는 가오 서기의 제자다. 설마 반부패국 내부에서 비밀이 새어 나간 것은 아니겠지? 루이커는 어제 오전부터 딩이전을 감시하기 시작했다. 만약 루이커와 팀원들이 비밀을 누설했다면 딩이전은 낮에 도망치지 밤까지 기다리지 않았을 것이다.

H성을 연못이라고 한다면, 그 물이 너무 깊어 바닥이 보이지 않았다. 딩이전의 배후에는 분명 어마어마한 누군가가 숨어 있을 것이다.

그때 문득 천하이는 베이징 상공의 천둥 번개가 이동해 이른 새벽에 비행기를 타게 됐다고 허우량핑이 보낸 문자를 떠올렸다. 지금 새벽 6시가 넘었으니 허우량핑이 탄 비행기가 얼추 도착했으리라.

천하이는 액셀러레이터를 밟아 공항으로 달려갔다. 비 내린 들판은 푸른빛으로 가득했다. 도로 양편 녹화지대에서는 가지런히 정리된 관목이 자라고, 고속도로 양편에서는 하늘에 닿을 듯 무성한 교목이 자라 서로 묘한 조화를 이뤘다. 천하이는 차창을 내리고 상쾌한 아침 바람을 맞았다. 속도가 빨라질수록 나는 듯이 느껴지며 아드레날린이 분비돼, 잠시나마 답답한 마음에서 벗어날 수 있었다.

이런 좌절쯤은 그리 대단한 일도 아니다. 진정한 전투는 이제 막 시작됐다고 천하이는 스스로에게 말했다. 딩이전은 도망갔지만 그를 놓아준 사람은 아직 이곳에 있다. 그토록 대단한 능력과 수단이 있는 자라면 대어가 분명하다! 그 물고기가 얼마나 큰지는 아마 H성 간부 모두가 상상하기 어려운 정도일지도 모른다.

4

　허우량펑은 무거운 얼굴로 딩이전 체포에 관련된 서류를 가방에서 꺼내 탁 소리가 날 만큼 거칠게 천하이의 탁자 위에 내던졌다. 그는 후우욱 숨을 내쉬며 천하이의 사무실 의자에 털썩 앉더니, 이내 목에 핏대를 세우며 마치 상사처럼 언성을 높였다. "잘한다, 천하이 국장! 내가 서류를 갖고 도착했는데 범죄 혐의자가 사라졌다고? 이게 네가 말한 원칙적인 일 처리냐? 이게 네가 말한 법대로 하는 일 처리야?"

　천하이는 서류를 손에 쥐고 씁쓸한 미소를 지으며 사과했다. "미안하다, 원숭아. 정말 미안해."

　하지만 허우량펑은 탁자를 주먹으로 내리치며 더 엄격한 말투로 말했다. "천하이, 너 그 자리에 앉은 값은 해야 되는 거 아니냐, 어?"

　지은 죄가 있으니 안 그래도 성격 좋은 천하이는 더 몸을 낮춰 구구절절 해명했다. 어젯밤 성위원회에서 열린 보고 회의, 회의 중에 있었던 의견 차이, 아침에 그들의 선생인 가오위량 서기에게 받은 지시 사항까지 별별 말을 다 했을 뿐만 아니라 반부패국에서 현재 딩이전의 자료를 만들고 있으니 인터폴(ICPO) 중국국가센터에 금세 적색 지명수배령이 내려질 것이고, 공안청에서도 이미 해외로 추적할 준비를 마쳤다고 큰소리쳤다.

업무 이야기를 다 하고 나니 두 사람은 더 이상 할 말이 없어 어색하게 앉아 침묵을 지켰다. 뜻밖의 실패로 오랫동안 지켜온 두 사람의 우정에 금이 가고 말았다. 성실하고 무던한 천하이는 이럴 때 허우량핑이 웃는 얼굴과 장난기 어린 눈빛으로 마음의 부담을 덜어주기를 바랐고, 허우량핑도 그 사실을 잘 알고 있었다.

하지만 그는 굳은 표정을 풀지 않았다. 천하이 이 자식, 다 잡은 부패 관리를 기어코 놓쳐버리고 말았다. 어제 그렇게 전화로 딩이전을 먼저 잡아야 한다고 부탁했건만 결국 자기 말을 들어주지 않더니 이 사달이 난 것이다. 그 때문에 허우량핑은 공항에서 나오는 순간부터 지금까지 두 사람 사이에 우정 따위는 존재하지 않았다는 듯이 잔뜩 미간을 찌푸린 채 무거운 얼굴을 고수하고 있었다. 허우량핑의 이런 얼굴을 보는 것이 천하이에게는 고역이었지만 저지른 잘못이 있으니 견딜 수밖에 없었다.

천하이의 사무실에 있는 어항에는 다양한 종류의 알록달록 금붕어들이 자유롭게 헤엄치고 있었다. 허우량핑은 꽃과 새, 곤충, 물고기를 유난히 좋아하는 아버지 천옌스의 영향으로 천하이도 같은 취미를 갖고 있음을 잘 알았다. 어항 외에도 사무실 구석 곳곳에 봉황죽과 행운목, 몬스테라, 스킨답서스 등 다양한 초록빛 식물들이 자리 잡고 있었다.

유리로 된 어항 앞에 서서 금붕어를 구경하던 허우량핑은 기분이 점차 누그러져 마음이 편해지는 것을 느꼈다. 그는 딩이전이 그렇게 엄청난 죄를 저질렀다면 분명히 흔적을 남겼으리라 생각했다. 허우량핑은 어항을 주시하며 천하이에게 물었다. "반부패국이나 기율위원회 쪽에 어떤 단서도 없어? 딩이전을 신고한 사람이 정말 한 명도 없었어?" 그 말에 천하이는 잠시 생각하더니 몇

건의 신고가 있었지만 모두 익명이라 크게 신경 쓰지 않았다고 대답했다. 다만 한 사람이 실명으로 고발한 적이 있었다고 하자 허우량핑이 천하이에게 눈길을 주며 물었다. "그게 누군데?"

"우리 아버지." 천하이는 어색하게 미소 지었다. "너도 잘 아는 그 퇴직한 지 몇 년 되신 전 부검찰장 천옌스 씨 말이야. 하지만 진짜로 고발한 사람은 아버지가 아니라 따펑 의류 공장 노동자였어. 아버지는 대신 전해주신 거고. 근데 고발 내용에 구체적인 근거가 부족해서 나도 눈여겨보지는 않았어."

허우량핑은 눈을 크게 뜨며 물었다. "뭐? 눈여겨보지 않았다고? 우리 부검찰장님께서 네 엉덩이 걷어차지 않았냐?"

"어이, 원숭이, 네 분이 아직 안 풀렸으면 아버지 대신 네가 걷어찰래?" 천하이는 농담으로 분위기를 풀어보려 애썼다. "그런데 넌 우리 아버지 최근 상황을 잘 모르잖아. 아버진 네가 예전에 잘 알던 그 아저씨가 아니야."

"잘 알던 아저씨가 아니라고? 내가 너희 아버님을 얼마나 잘 아는데! 말해봐. 아저씨께 요즘 무슨 일 있어?"

그러자 천하이는 최근 자기 아버지에게 있었던 일련의 이상한 일들을 이야기했다. "아버지께서 청국급 공무원 주택을 300여만 위안에 팔고 모두 기부하시더니 자기 돈 들여서 어머니랑 양로원에 들어가셨어. 이곳 지역 사회에 파문이 컸지. 누군가는 나이 든 동지가 자기만의 방식으로 불만을 표현한 거라고 하더군. 부패한 간부를 조롱한 거라나. 아버지가 성서기였던 자오리춘을 사방으로 욕하고 다니셨거든. 옛날에 아버지와 자오리춘이 징저우시에서 같은 지도자 그룹에 있었는데, 자오리춘은 순풍에 돛 단 것처럼 베이징으로 올라가 고위 간부가 됐고 아버지는 본래 맡을 수 있었던 부성급 간부도 못 해보셨잖아. 그래서 그런지 퇴직하신 뒤로는 이 사람 저 사람을 도와서 고소 고발을 대신하고 계시다니까. 아버지가 계신 양로원이 곧 '성 제2인민검찰원'이 될 판이야. 경력이 있으셔서 그런지 아무 소장이든 덜컥덜컥 다 써주시더라고. 뭐만 있으면 전화로 신고하시는 통에 내가 이러지도 저러지도 못 하는 경우가 한두 번이 아니야."

여기까지 들은 허우량펑은 별안간 힘이 났는지 외쳤다. "가자! 내가 가서 너희 아버님 좀 뵈어야겠다. 지금 가자!"

천하이가 피식 웃으며 말했다. "원숭이 코라 역시 예민하네. 벌써부터 양로원에서 밥해놓고 기다리고 계신다. 가자. 나 혼자 가기도 솔직히 그런데 네가 같이 가서 나 좀 구박해라!"

H대학에 다니던 시절, 허우량펑은 식사량이 많아 커다란 만두 두세 개를 단숨에 먹어치웠다. 대학 식당에서 먹는 밥으로는 배를 든든히 채울 수 없어서 툭하면 천하이의 집에 따라가 밥을 얻어먹곤 했다. 당시 천옌스는 덥수룩한 수염을 기르고 있었는데, 허우량펑은 그를 털보 아저씨라고 부르며 가족처럼 따랐다. 대학을 졸업하고 베이징에 올라가 일하게 되면서 털보 아저씨와 왕래가 뜸해졌지만, 마음속에 항상 아저씨에 대한 깊은 그리움을 가지고 있었다. 꽤 오랜 세월이 흘러 다시 만나게 되니 아저씨의 모습이 많이 변해 있었다. 일찍이 위엄 있던 수염은 사라지고, 사람이 쪼그라든 것처럼 마르고 키도 작아졌다. 뿐만 아니라 불평불만도 예전보다 훨씬 많아져서 보고 있는 허우량펑의 마음을 아프게 했다.

천옌스 부부는 테라스와 화장실, 작은 주방이 딸려 있는 양로원 건물 3층의 커다란 원룸에 살고 있었다. 평소 부부는 식당에서 밥을 먹거나 직접 해 먹었다. 허우량펑이 문을 열고 들어가자 작은 주방에서 천하이의 수하 루이커 처장이 마치 주방 여주인처럼 바쁘게 요리하고 있었다. 방 가운데 놓인 원탁에는 이미 맛있는 요리들이 가득했다. 루이커가 주방에서 나오자 천하이가 허우량펑에게 바로 소개했다. "여긴 우리 1처 처장 루이커야. 너 대접 좀 하려고 내가 특별히 부탁해서 모셔 왔다."

잠시 후 모두 원탁에 둘러앉아 식사를 시작했지만 의자가 모자라 천하이와 루이커는 침대 가장자리에 걸터앉아야 했다. 허우량펑은 의미 있는 눈빛을 보내며 천하이에게 물었다. "우리 정법과 3인방 중에 치퉁웨이 선배만 빠졌군. 그 원수는 왜 안 와? 안 불렀어?"

"불렀는데 못 온대. 지금 회의 열어서 전화 통화로 비밀이 새어 나갔는지 조사하고 있나 봐. 이 일 터지고 나랑 퉁웨이 선배는 한숨도 못 잤다니까. 돌아가면서 혼은 또 얼마나 났다고." 천하이는 한숨을 푹 내쉬었다.

분위기를 바꿀 요량으로 루이커가 단발머리를 찰랑거리며 일어나 허우량펑의 잔을 채웠다. "별명이 원숭이였다고 하시던데, 우리 천 국장님처럼 온순한 분을 괴롭히신 건 아니죠?"

허우량펑은 술을 단숨에 비운 뒤 억울하다는 듯 목소리를 높였다. "루 처장, 꼭 이렇게 상사 비위를 맞춰야 합니까? 누가 누굴 괴롭혀요? 루 처장 상사가 날 괴롭혔지. 대학 다닐 때 자주 그랬어요. 내가 돈 들여 여학생한테 커피 사 주면 정작 연애는 천하이랑 하더라니까."

천하이도 어이가 없다는 듯 지지 않고 아무 말이나 내뱉었다. "대학 4년 동안 이 원숭이 녀석이 항상 2층 침대 아래에서 잤다니까. 나라고 좋아서 밑에서 자라고 했겠어? 나도 당연히 아래에서

자고 싶었지. 근데 잘 수가 없더라고. 우리 허우 처장이 왕년에는 그야말로 날뛰는 원숭이였거든. 위층에 올라가면 가만있지 못하고 얼마나 펄쩍거리는지! 내가 밑에서 잠들 만하면 그놈의 원숭이 기질이 폭발해서 남의 잠을 깨우더라고. 이 자식이 안 오면 나는 잠도 못 잤어. 결국 내가 침대 아래 칸 내주면서 그랬지. 원숭아, 제발 뛰지 말고 여기서 조용히 자라!"

자리에 있던 사람 모두가 깔깔거리며 웃어댔다. 천옌스 부부는 웃다가 눈물을 흘릴 지경이었다. 두 사람은 그야말로 환상의 콤비가 아닐 수 없었다.

두 콤비는 징저우 최고급 특산주 한 병을 다 비웠다. 허우량핑은 주량이 센 편이라 끄떡없었지만, 천하이는 술기운을 이겨내지 못했다. 게다가 어젯밤을 꼴딱 새웠으니 말은 어지럽다고 했지만 졸린 게 분명했다. 결국 그는 침대에 몸을 기대자마자 코를 골기 시작했다. 딱히 할 일이 없어진 루이커는 인사를 하고 떠났다.

그제야 허우량핑은 천옌스에게 자신이 찾아온 진짜 목적을 설명했다. 그는 따평 의류 공장의 고발장에 흥미가 있었다. 사실 따평 공장 사장 차이청궁(蔡成功)은 그의 어린 시절 동무로, 예전에 전화를 받은 적도 있었다. 그는 함정에 빠져 주주권을 한꺼번에 잃었다고 말했다. 당시 허우량핑은 단순한 경제적 분쟁이라 생각해 별다른 조치를 취하지 않았다. 하지만 오늘 우연히 천옌스도 고발장에 사인을 했다는 이야기를 듣고 나니 그대로 지나칠 수 없다는 생각이 들었다. 천옌스는 허우량핑의 관심에 흥분하며 목소리를 높였다. "내 말이 그 말이다. 천하이 이놈은 내 고발을 눈여겨보지도 않지 뭐냐!"

허우량핑이 대신 자기에게 고발하라고 말하자 천옌스는 눈을 가늘게 뜨고 기억을 더듬었다. 본래 따평 공장은 국영 기업으로, 그가 징저우 부시장으로 있을 때 주주제 개혁을 주도해 공장 노동자들이 회사 주식을 보유하게 해줬다. 훗날 그가 징저우를 떠나 성검찰원에서 일하게 되자 노동자들은 일이 있을 때마다 그를 찾아왔다. 그러던 중 작년에 경제적 분쟁이 발생했다. 차이청공이 따평 공장의 주주권을 저당 잡혀 산쉐이 그룹으로부터 5000만 위안을 빌리고 만기가 될 때까지 상환하지 못한 것이다. 법원의 판결에 따라 주주권이 산쉐이 그룹에 넘어가 따평 공장의 주인이 바뀌었는데, 최근 광밍호 개발 소식으로 땅값이 폭등하면서 공장 부지의 땅값이 10억 위안에 이르렀다. 회사 주식을 보유한 직원들은 공장을 점령하고 산쉐이 그룹이 들어오지 못하게 막았다. 설상가상으로 따평 공장 사장인 차이청공도 실종됐다. 들리는 말로는 상급 기관에 찾아가 문제를 해결하겠다며 베이징에 갔다고 했다.

허우량핑이 고개를 갸웃대며 물었다. "그런데 이 일과 도망친 딩 부시장이 무슨 상관이죠?"

천옌스는 심각하게 말했다. "상관이 있지. 딩이전은 광밍호 항목 총책임자고 산쉐이 그룹의 여자 회장 가오샤오친(高小琴)과 허물없는 사이거든. 공장 사람들은 주주권을 저당 잡히는 과정에 뭔가 개입된 게 아닌가 의심하고 있어. 이를테면 딩이전이 가오샤오친에게 떡고물이라도 받아먹은 게 아닌가 하는 거지. 그래서 딩이전을 고발한 거야. 나도 사실 이 일은 의심이 되더라고. 징저우시 지도자들이 공장 노동자들의 권익을 잘 보호해줬으면 하는 마음에서 고발장에 이런 상황을 적고 사인했지. 하지만 그렇게 써봤자 시 간부들이 거들떠도 안 보니까 소용없더라고. 천 국장 이놈도 단순한 경제적 분쟁으로만 보는지 영 비협조적이야. 최근에는 곧

욕도 치렀어. 내가 무슨 수고비라도 받겠다고 따펑 공장 일에 애쓰는 거 아니냐고 의심하는 놈들이 있어서 말이야."

허우량펑은 잠시 생각에 잠겼다가 물었다. "아저씨, 혹시 어떤 구체적인 단서를 찾으셨어요?"

천옌스는 고개를 저었다. "량펑아, 그건 너희가 힘을 모아 조사해야 할 일이다. 지금 분명한 사실은 딩이전이 도망쳤다는 거야. 잘못이 없다면 어째서 도망갔겠니? 딩이전 그놈만 잡는다면 적잖은 단서를 찾을 수 있을 거야!"

허우량펑이 쓸쓸한 미소를 지으며 말했다. "그놈을 천 국장이 놓쳤잖아요."

그 말에 천옌스는 눈이 휘둥그레지며 깜짝 놀랐다. 지금까지 아들 때문에 딩이전을 놓쳤는지 몰랐던 것이다. 고개를 절레절레 흔들며 한숨을 내쉰 그는 곧이어 아들을 욕하기 시작하더니 자오리춘도 싸잡아 욕했다. 아버지가 무슨 일만 있으면 자오리춘 탓을 한다는 천하이의 말을 눈앞에서 목도한 것이다. 천옌스는 자오리춘 때문에 H성의 당과 정치, 사회 풍조가 죄다 망가졌다고 불만을 터뜨렸다. 자오리춘은 징저우 시장을 하던 시절에 시민들과 가까이 지내기는커녕 여름이면 덥다며 에어컨이 있는 접대소에서만 사무를 봤다고 한다. 당시 부시장이자 공안국장이었던 천옌스는 자오리춘과 같은 지도자 그룹 동료였다. 천옌스는 자오리춘의 이런 행태를 따지러 접대소를 찾아갔지만 오히려 그의 강요로 자아비판을 해야 했다.

이미 천하이에게 여러 번 들은 이야기지만 허우량펑은 짐짓 모른 체하며 물었다. "그 자아비판 말인데, 자오리춘도 한 적이 있나요?"

"한 적 있지. 정부와 당 조직 생활을 하면서 했는걸. 태도도 제법 진지했고."

천옌스의 말에 허우량핑이 피식 웃으며 되물었다. "진지했다고요? 그런 사람이 아저씨께 복수를 했단 말이에요?"

천옌스는 어깨를 으쓱거렸다. "에이, 어쨌든 자오리춘도 당시에는 자아비판을 했어. 량핑아, 나는 사실 그 시절이 정말 그립다. 신앙과 정신이 있었거든! 간부들은 또 얼마나 청렴했다고. 우리 시 정부의 부비서장은 탁상용 에어컨 하나를 받았다가 공직에서 쫓겨나고 당적도 없어졌어! 그런데 지금은 BMW나 벤츠를 받아도 사람들이 청렴한 관리라고 하지 않냐."

"아저씨, 또 불평하시는 거예요? 아무리 그래도 누가 BMW나 벤츠를 받아요? 또 고발하시려고요?"

"아, 이건 그냥 아무 말이나 해본 거야. 물론 좀 과장은 했다만 요즘 관리들의 부패 문제는 정말 심각하다!"

"그래서 저희가 뼈를 깎아 독을 치료하고(刮骨療毒, 괄골요독) 장사가 팔을 끊어내는(壯士斷腕, 장사단완) 용기로 반부패를 고집하고 있는 거잖아요."

천옌스는 오랜만에 하소연할 대상을 만나서 신났는지 새로 술을 따 허우량핑에게 따라준 뒤에 자신의 잔도 채웠다. "어떤 간부들은 반부패 운동 때문에 안심하고 관리 노릇을 할 수 없다고 하더구나. 그게 무슨 뜻이겠니? 저희는 계속 부정부패하며 살 테니 국민들이야 안심하고 살든지 말든지 상관 안 하겠다는 거 아니냐?" 아저씨와 이야기를 나누며 자신의 술잔을 비운 허우량핑은 천연덕스럽게 천옌스의 술까지 마셔버렸다.

천옌스는 여전히 격앙된 목소리로 말했다. "개혁 개방 초기에 누가 그러더구나. 부패는 경제 발전을 위한 윤활유라고. 하지만 난 절대로 그렇게 생각하지 않는다. 그걸 주제로 글을 쓴 적도 있는걸. 이제 와서 보면 부패는 우리 사회 혼란의 도화선 아니냐! 어, 내 술은? 너 이놈의 자식, 내 술은 왜 마셨냐?"

허우량핑은 그 김에 술잔을 정리하며 말했다. "이제 그만 드세요. 아저씨께서 술 마실 때마다 그렇게 관리들 욕을 하면 누가 같이 술을 마시려고 하겠어요? 게다가 저랑 천하이는 아직 할 일이 산더미예요."

저녁 무렵 함께 공항으로 향하며 허우량핑은 천하이와 마음속 이야기를 터놓고 나눴다. 사실 허우량핑에게는 내내 머릿속을 떠나지 않는 의심이 하나 있었다. 광밍호 항목은 현재 H성에서 가장 큰 구도시 개조 프로젝트로 480억 위안이란 거액의 투자금이 관련되어 있다. 딩이전이 이 항목을 관리했으니 부패 문제도 여기서부터 손을 대야 옳다. 현재 문제는 딩이전의 배후에 더 큰 세력이 자리하고 있을 수 있다는 것이다. 혹시 누군가가 의도적으로 단서를 잘라내기 위해 딩이전을 도망치게 하지 않았을까? 어쨌든 딩이전은 여기에서 도망쳤다. 하지만 중은 도망가도 절은 도망갈 수 없다고 하지 않던가. 이 480억 위안이란 광밍호 항목이 바로 가장 큰 절이다. 다음 할 일은 이 빌어먹을 절 때문에 이익 볼 놈들이 수면 위로 떠오를 때까지 지켜보는 것이다.

천하이는 허우량핑의 생각에 고개를 끄덕이며 동감의 뜻을 나타냈지만 별다른 대꾸는 하지 않았다. 허우량핑은 이 친구의 생각도 자신과 다르지 않음을 눈치챘다. 어쩌면 천 국장도 벌써부터 남모르게 이 절을 관찰했겠지.

석양이 서쪽으로 기울자 대지가 황금빛으로 물들었다. 차창 너머로 보이는 맑은 하늘은 푸른 물로 씻어낸 것 같았다. 하늘에 걸린 하얀 구름들은 양이나 솜, 하얀 눈으로 덮인 산처럼 보였다. 그 사이로 비행기들이 날아올라 거대한 강철 새처럼 고요한 하늘을 뚫고 휙휙 소리를 내며 저 멀리로 사라졌다.

헤어질 무렵, 허우량핑이 불쑥 떠보듯 천하이에게 물었다. "어이, 천하이! 너 나한테 숨기는 거 있지?"

천하이는 아무것도 모르는 아이처럼 천진한 얼굴로 쳐다봤다. "내가 또 뭘 어쨌는데?"

허우량핑은 천하이에게 얼굴을 들이밀며 물었다. "넌 분명히 뭔가 실마리를 찾았어. 그렇지? 그뿐만 아니라 목표도 있겠지. 그러지 말고 나한테 얘기 좀 해봐. 딩이전 배후의 그놈이 누구야?"

천하이는 바로 고개를 흔들었다. "허우 처장, 우리가 하는 일이 뜬소문 잡는 일이냐? 그렇게 대충 찔러보다 실수하면 어떡할래?"

"너 혼자만 뭔가 중요한 걸 알고 있는 척하고 싶은 거 내가 모를 줄 아나? 만날 자기 혼자 노련한 척, 뭔 꿍꿍이가 있는 척, 그렇게 계속 잘난 척하고 살아라, 임마!" 허우량핑은 천하이를 보며 눈을 부라리더니 쾅 소리가 나도록 세게 차 문을 닫고 내렸다.

무던한 천하이는 미안해하며 얼른 차에서 내려 허우량핑을 막아섰다. "어이, 원숭이 친구, 괜히 화난 척하지 마. 일단 사건의 돌파구가 보이면 너한테 제일 먼저 전화할게!"

그제야 허우량핑이 씩 웃으며 말했다. "이래야 천하이지! 아 참, 그리고 너희 아버님의 '제2인민검찰원'도 좀 더 이해하고 존중해드려." 할 말을 마친 허우량핑은 손을 흔들며 성큼성큼 걸어 사라졌다.

5

리다캉은 역경을 잘 헤쳐 나갈 줄 아는 사람이라 고무공처럼 힘을 줘 때릴수록 더 높이 튀어 올랐다. 그의 이 악바리 근성은 모든 성 간부 사이에서도 이미 소문이 났다. 그는 딩이전이 도망가면서 자기 주변에 어두운 그림자가 드리워졌다는 사실을 잘 알았다. 그를 의심하고 탓하며 비웃는 이들이 한둘이 아니리라. 이 그림자로부터 벗어나려면 반드시 돌파구를 찾아야 했다. 그가 선택한 돌파구는 바로 광밍호 개조 공사였다. 딩이전이 도망친 다음 날, 리다캉은 신도시 계획 모형을 자기 사무실 안으로 들여와 시간 날 때마다 빤히 쳐다보았다. 가끔은 담뱃재가 모형 위에 떨어져도 모를 정도였다. 호수를 따라 우뚝 솟은 오피스텔과 비즈니스 빌딩, 고급 아파트는 그의 꿈과 희망이었다. 일단 모형이 현실이 되고 나면 어두운 그림자도 밝은 후광으로 바뀌리라.

요 며칠 리다캉은 연이어 시위원회와 시정부 각급 회의를 열어 광밍호 항목의 중요성을 강조하고, 시급 지도자들에게는 투자상들을 안정시키는 임무를 맡겼다. 이 관문만 잘 지나면 대규모 투자 철회를 막을 수 있을 테고 광밍호의 앞날도 그 이름처럼 찬란하게 빛날 것이다. 그렇게 되면 징저우시의 GDP와 재정 세수입도 한 단계 도약해 H성 정계에서 그를 새롭게 볼 것이고, 새 성서기 샤루이진도 그의 엄청난 정치적 존재감에 주목하리라. 리다캉은 투자상들을 안심시키려는 이런 노력이 헛수고가 되지 않길 바라며 진정제 하나를 삼켰다.

하지만 가만히 생각해보면 뭔가 이상한 점들이 있었다. 지금까지 어느 투자상도 딩이전에게 뇌물을 줬다고 인정하지 않았다. 특히 리다캉은 기율회원회 서기 장슈리의 보고에 의혹을 느꼈다. '딩이전이 청백리의 모범이라도 된단 말인가? 설마 베이징에서 헛다리를 짚은 건 아니겠지?' 리다캉은 딩이전이 도망갔기 때문에 다들 시치미 떼고 뇌물을 안 준 척하는 것은 아닐까 생각했다. 하지만 장슈리가 이런 리다캉의 생각에 반박하듯 말했다. "저희 기율위원회 감찰원들이 자세히 조사했지만 딩이전이 광밍호 항목에 특별히 손을 쓴 흔적을 찾아내지는 못했습니다. 기껏 찾아낸 것들도 시시콜콜해서 큰 문제라고 말하기도 뭐합니다." 리다캉은 고개를 갸웃거렸다. "큰 문제는 없다? 아니, 작은 문제도 그냥 흘려보내선 안 되네!" 그러자 장슈리는 잠시 머뭇거리더니 입을 뗐다. "사실 누가 신고를 하긴 했습니다. 따펑 공장 사장 차이청공이 딩이전에서 뇌물을 줬다고 하더군요. 두 사람이 사업상 지저분한 거래를 했다고 하는데 아직까지 확실한 증거가 없어서……."

그 말에 리다캉은 눈빛을 반짝이며 곧바로 지시를 내렸다. "조사해. 그 차이청공이란 작자를 샅샅이 뒤져봐!" 기율위원회 서기 장슈리가 나가자마자 광밍구장 쑨롄청이 들어왔다.

쑨롄청은 광밍호 항목을 총지휘하게 되면서 언제든 리다캉에게 상황을 보고 할 수 있는 특권을 갖게 되었다. 실제로 쑨롄청은 리다캉의 사무실에 자주 드나들었다. 얼굴에 수심이 가득한 쑨롄청은 상사를 볼 때마다 절로 한숨이 나왔다. 그는 리다캉에게 철거 문제를 보고하러 온 참이었다. 광밍호 근처에 자리 잡은 따펑 공장이 철거에 저항하며 콱 박힌 못처럼 요지부동인 탓에 무슨 수를 써도 뽑아낼 수 없으니 여간 골칫거리가 아니었다. 쑨롄청의 보고에 리다캉은 부르르 화를 내며 언성을 높였다. "뽑히지 않는 못이 어디 있나? 그러고도 자네가 광밍호 항목을 총지휘한다고 할 수 있어? 여기까지 달려와서 나한테 하소연하는 겐가?" 쑨롄청은 단순한 하소연이 아니라 알려야 할 상황이 있다고 했다. "산쉐이 그룹에서 리 서기님께 보고를 하나 드리고 싶다는데 약속을 잡아도 되겠습니까?" 리다캉은 산쉐이 그룹이 광밍호 개조 공사에서 차지하는 중요성을 잘 알면서도 고개를 갸웃거리며 쑨롄청의 의견을 물었다. "서기님의 지지를 얻는다면 따평 공장도 쉽게 철거할 수 있겠죠." 어떻게 철거할지 구체적인 방법은 산쉐이 그룹에서 연구하면 될 일 아닌가. 리다캉은 잠시 생각한 후에 고개를 끄덕였다.

그날 밤, 리다캉은 쑨롄청을 비롯해 여러 관련 국장들을 대동하고 산쉐이 그룹 회장 가오샤오친과 광밍 호숫가에서 만났다. 시간은 대략 9시쯤으로 하늘에 뜬 밝은 달이 잔잔한 호수 위로 빛을 반사해 수면을 은빛으로 물들였다. 마침 초가을이라 가벼운 바람이 불고 옅은 안개가 끼면서 뭐라 표현하기 힘든 정취가 흘렀다. 광밍호는 징저우시의 시호(西湖)*로 예전 시위원회 지도자들도 호숫가를 따라 신도시를 건설하고 싶어 했지만 자금 등 조건에 제약이 있어 줄곧 실현하지 못하고 있었다. 사실 까놓고 말하자면 패기와 능력도 부족했지만 리다캉 같은 강한 서기가 없어서였다. 산위에 올라서서 담배 한 대를 무니 리다캉의 머릿속에 호숫가를 따

---

* 중국 항저우시에 위치한 호수로 안개가 자주 끼며 관광 명소로 유명하다.

라 우뚝 솟은 고층 빌딩들이 실제처럼 생생하게 그려졌다.

그때 호수의 수면을 따라 웅장한 노랫소리가 들려왔다. "우리 힘센 노동자들은 매일매일 바쁘게 일한다……." 따평 의류 공장에서 커다란 확성기를 통해 쏟아내는 노래였다. 이런 풍경에서 저런 노래를 듣자니 살풍경하기 그지없었다. 리다캉은 미간을 잔뜩 찌푸리고 눈앞의 현실로 돌아왔다. 광밍호 주변 철거가 대부분 완료된 상황에서 따평 의류 공장은 완고한 장애물이 아닐 수 없었다. 여기저기 철거된 폐허 속에서 눈부신 빛을 밝히며 우뚝 솟은 낡은 공장 건물은 음산한 마법의 성처럼 보였다. 이것은 도전이자 시위요, 리다캉 서기에 대한 조롱이었다. 징저우시 최고 지도자의 기분은 순식간에 가라앉았다. 리다캉은 반쯤 남은 담배를 바닥에 던진 뒤에 발뒤꿈치로 짓이겨버렸다.

그룹 회장으로서 격식에 맞춰 옷을 차려입은 가오샤오친은 적당한 타이밍에 리다캉 곁에서 나긋나긋한 말투로 말을 걸었다. 이 우아하고 아름다운 여인은 고상한 미모뿐만 아니라 날렵한 몸매로 사람들의 시선을 사로잡았다. 모범생 분위기와 호탕한 기질이 묘하게 조화를 이룬 그녀는 남다른 분위기를 풍겼다. 리다캉은 그러나 그녀의 미모가 아니라 자신이 그리는 원대한 대업을 이루기 위해 그녀를 돕기로 마음먹었다.

가오샤오친은 리 서기에게 이렇게 말했다. "부패 관리 딩이전 때문에 정말 죽을 맛입니다. 차이청공에게 검은돈을 얼마나 받았는지 모르겠지만, 따평 공장 노동자들이 불법으로 공장을 점거해서 산쉐이 그룹으로서는 지금까지 손해가 이루 말할 수 없어요. 그런데 딩이전도 도망가고 차이청공도 사라졌으니 철거 문제로 협상하려 해도 사람을 찾을 수가 없네요. 차이청공에게 전화를 하거나 메시지를 보내도 소식이 없고요. 차이청공이 노동자들을 선동해 불법으로 공장을 점거한 목적이 그들을 이용해 정부를 협박하기 위해서라더군요. 딩이전은 차이청공에게 뇌물을 받고 자꾸 저희에게만 양보하라고 하고요."

이야기를 듣는 리다캉의 안경알에 달빛이 넘실거렸다. "가오 회장, 어째서 그렇게 양보만 하셨습니까?"

가오샤오친은 불만을 드러내며 버럭 화를 내는 대신 조곤조곤 이야기를 이어갔다. 차이청공이 부채를 상환하지 못하자 법원은 판결을 통해 따펑 공장을 산쉐이 그룹에 넘겼다. 그 뒤 시위원회와 시정부의 요구에 따라 산쉐이 그룹은 가장 먼저 구(區)정부와 철거 문제를 협의해 반년 안에 공장을 철거하기로 했다. 하지만 노동자들이 공장을 점거했고 딩이전은 철거를 허락하지 않았다. 원래 공장에 남아 있던 주문이 있으니 차이청공과 노동자들이 완성할 때까지 기다리라고만 했다. 그러나 이후로도 생산은 끝없이 이어졌다. 차이청공이 계속 새로운 주문을 받아 반년을 끌면서 공장을 철거하지 못하게 한 것이다. 여기까지 말한 가오샤오친이 갑자기 벌떡 일어났다. "우리 공장인데 우리 직원과 정부 공무원들도 못 들어갑니다." 그녀는 다시 뼈 있는 말을 건넸다. "법률대로 실행되긴 하는 건가요? 우리가 정부와 맺은 계약은 효력이 있나요? 광밍호에 신도시를 짓긴 합니까? 리 서기님, 저희가 어떻게 하면 좋을까요? 저는 정말…… 정말 울고 싶은 심정이랍니다!"

당시 쑨롄청과 여러 간부들은 적당히 거리를 두고 리다캉과 가오샤오친을 뒤따르고 있었다. 낯빛이 어두워진 리다캉이 휙 뒤를 돌아보며 간부들에게 외쳤다. "다들 여기 와서 좀 들어보지!" 그러자 간부들이 앞다투어 뛰어왔다. 리다캉은 산 아래 공장을 가리키며 엄한 목소리로 질책했다. "낡아빠진 의류 공장 아닌가. 거기다 재산권은 이미 넘어갔고. 근데 반년이 되도록 철거를 못 하다니, 대체 문제가 뭔가? 딩이전이 정말 검은돈이라도 먹었나? 대체얼마나 먹은 거야? 이 문제를 철저히 조사해서 법대로 처리하게. 그리고 차이청공 배후에 누가 버티고 있는지, 뭘 하려는 건지도조사해봐!"

간부들은 서로 얼굴을 쳐다보며 어색한 표정을 지었다. 그때 쑨렌칭이 우물쭈물하며 입을 열었다. "리 서기님은 잘 모르실 텐데천옌스 성검찰원 전 상무부검찰장님께서 이 문제를 관리하셨습니다. 당시 그분이 부시장으로……."

"누가 관리를 했던 법대로 처리해! 가오 회장 앞에서 내가 말하는데, 일주일 안에 따핑 공장 철거해. 철거 못 하면 나랑 시위원회가 자네들이 자리 내놓게 할 거야!"

그 말에 쑨렌칭과 간부들은 고개를 끄덕이며 너도나도 알겠다고 대답해댔다.

"감사합니다, 감사합니다, 리 서기님!" 아름다운 가오샤오친 회장은 감격한 나머지 눈가에 눈물이 맺혔다.

비슷한 시각, 노동자 시인 정시포도 광밍호 주변을 천천히 걷고있었다. 노동자 시인은 패기 넘치는 시위원회 서기가 방금 얼마나엄청난 명령을 내렸는지 전혀 모르고 있었다. 더구나 그 엄격한명령이 그와 따핑 공장에 얼마나 큰 영향을 끼칠지는 더더욱 알지못했다. 감성이 풍부한 낭만 시인으로서 그는 이 순간 꿈결 같은달빛과 잔잔한 물이 주는 시적 정취에 단단히 취해 있었다.

젊은 시절, 정시포는 베이징과 상하이의 신문에 일고여덟 편의 시를 발표했으며 나중에는 지방 신문에도 자주 얼굴을 내밀었다. 당시 얻은 명성 덕에 따펑 의류 공장에서도 손쉽게 공회 주석에 자리에 앉을 수 있었다. 사실 그는 정춘라이라는 촌스러운 본명이 싫어 송나라 때의 시인 소동파(蘇東坡)의 아호를 따 정시포(鄭西坡)로 직접 이름을 바꿨다. 하지만 언젠가 사라질 이름 따위보다는 따펑 의류 공장 임시 책임자라는 현재 그의 신분이 더 중요했다. 다시 말해 그는 노동자들의 지도자였다. 공장 안에서 위신이 높은 정시포는 배운 게 많지만 잘난 척하는 법이 없어 동료들과 자주 생각을 나눴다. 그중에 어떤 이는 최근 몇 년 동안 시를 발표하지 않는 그에게 묻기도 했다. "정 주석님, 어째서 시를 쓰지 않으십니까?" 그럴 때면 그는 자못 진지한 태도로 대답했다. "그런 말 못 들어봤나? 요즘은 배고픈 시인의 시대라고 말이야. 시를 짓다 굶어죽을 순 없는 노릇 아닌가." 누가 보면 그가 무슨 대단한 시인이라도 되는 줄 알았을 것이다.

천옌스가 주주제 개혁을 하던 시절, 정시포는 그 곁에서 조수 역할을 하며 밤낮으로 함께 일했다. 직원들이 49퍼센트 주식 지분을 확보한 후에 우리사주조합이 설립됐고, 정시포가 조합 대표를 맡았다. 이렇게 무거운 책임을 지게 되면서 그는 언제 어디서나 노동자들의 이익을 위해 싸웠다. 그 때문에 오늘 밤 산 위에서 공장을 시찰하고 명령을 내린 그 엄청난 인물과 자신도 모르는 사이에 맞서게 된 것이다. 만약 운명이 그 시각에 서로를 만나게 해 호숫가에 서서 담배라도 피우며 앞날에 대해 잘 논의할 수 있게 해 줬다면, 중국 전역을 깜짝 놀라게 할 큰 사건은 어쩌면 일어나지 않았을 것이다. 하지만 안타깝게도 그들 중 하나는 산 위에, 다른 하나는 밑에 서서 같은 호수의 풍경과 달빛을 바라봤기에 서로를 이해할 기회를 아슬아슬하게 놓치고 말았다.

보라. 따펑 의류 공장은 이미 징저우시의 탄약고가 되었다.

정시포가 공장으로 돌아오자 안전모를 쓰고 쇠몽둥이를 든 노동자가 공장 옆문을 열어 그를 들여보냈다. 단단히 잠긴 큰 철제 정문은 주주권 분쟁이 발생한 뒤로는 한 번도 열린 적이 없었다. 공장 안은 경비가 삼엄해 그야말로 군대 요새를 방불케 했다. 가마니로 벙커를 하나씩 만들고 그 뒤에 허리 정도 깊이 참호를 팠다. 공장 벽 밑에는 휘발유통을 줄줄이 세워뒀는데, 이것이 그들의 비밀 무기이자 훗날의 화근이었다. 커다란 확성기에서는 혁명가가 밤새도록 울려 퍼졌다. 공장 지대는 주변이 잘 내려다보이는 곳에 위치했으며, 거대한 국기가 한쪽에서 하늘 높이 휘날리고 있었다. 국기 옆에는 파수대가 있어 노동자들이 가슴에 망원경을 걸고 있다가 정시포를 보면 경례를 했다. 정시포가 공장 앞마당을 지나가자 순찰대를 맡고 있는 노동자들도 손에 쥔 무기를 들어 그에게 인사했다. 그는 군대의 수장처럼 가볍게 고개를 끄덕였다.

하지만 의류 생산은 쉼 없이 계속돼 늦은 밤에도 철컹철컹 기계 소리가 이어졌다. 정시포는 느린 걸음으로 의류 제작 작업장에 들어가 생산 라인 앞에서 야간조로 열심히 일하고 있는 노동자들을 살폈다. 생산 라인을 따라 양복과 재킷이 끊임없이 완성되어 나왔다. 정시포는 이런 상황에서도 생산이 계속되고 공장 노동자들이 침착함을 유지하고 있다는 사실에 만족했다. 마치 그들에게 아무런 일도 일어나지 않은 것처럼 보이지 않는가.

물론 정시포는 자신의 어깨에 놓인 책임의 무게를 잘 알고 있었다. 그나 공장의 노동자 모두 누구에게 대항하고 싶은 생각은 없었다. 다만 자신들의 공장을 지켜내고 싶을 뿐이다. 직원들은 따평 의류 공장에 특별한 애정을 갖고 있었다. 이곳은 그들의 집이고, 그들은 이곳의 주인이었다. 이런 애정은 과거 제도 개혁으로 노동자 모두가 주주가 되어 공장 지분의 49퍼센트를 갖게 되면서 생겨났다. 직원이 회사의 주인이란 말이 더 이상 빈말이 아니었고, 정시포는 이 주인들과 함께 자신의 합법적인 권익을 지키고 싶었다.

따평 공장의 주주 직원들은 모두 천옌스에게 고마워했다. 그의 주도로 제도를 개혁해 현재의 주식을 갖게 됐기 때문이다. 20년 전 중국에서는 흔히 효율을 강조했지만 천옌스는 다른 사람들과는 달리 공평을 강조했다. 하지만 그들은 지금 그 공평함을 상실했으며 자신들도 모르는 사이에 주식을 잃고 말았다. 심지어 퇴직안정지원금도 받을 수 없게 됐다. 산쉐이 그룹이 주식을 양도받을 때 수천만 위안의 퇴직안정지원금을 차이청공에게 지불했는데, 그가 석탄 사업으로 모두 날렸다는 것이다. 하지만 차이청공은 이런 사실을 부인했다. 노동자들은 차이청공과 산쉐이 그룹 가오샤오친의 막후 거래를 일률적으로 인정하지 않았으며, 어떤 방식의 주주권 변동이든 반드시 우리사주조합의 동의를 받아야 한다고 주장했다. 퇴직안정지원금 역시 국가가 정책으로 규정한 것이므로 받아야 했다. 이 두 가지 사항이 해결되지 않는 한 그들은 공장을 철거할 수 없다고 주장했다. 이대로 공장이 철거된다면 그들은 빈털터리가 될 것이 뻔했다.

정시포는 사장 사무실로 들어갔다. 차이청공이 도망가서 이제는 그가 사무실의 주인이었다. 그는 소파에 누워 이불을 덮고 잠시 눈을 붙였다. 이렇게 밤을 보낸 것이 벌써 며칠째인지 이제는 기억도 잘 나지 않았다. 눈을 감고 잠들려 하면 그의 마음속에서 시의 음률이 떠올랐다. 만약 아직 청춘이라면 벌떡 일어나 일필휘지로 시를 써내려갔겠지만, 나이가 지긋해진 지금은 시를 그리며 꿈속으로 떠날 뿐이었다.

6

텔레파시라도 통한 것일까? 허우량핑이 광밍호 항목을 주시하기 시작했을 때 당사자이자 어린 시절 동무인 차이청공이 제 발로 찾아왔다. 베이징으로 돌아와 사흘째 되던 날 밤, 하늘이 이미 컴컴해진 뒤에야 허우량핑이 주택 단지로 들어서자 차이청공이 마치 반려견처럼 그에게 달려들었다.

"어이, 친구! 이제 겨우 찾았네! 베이징 상급 기관에 민원 넣으러 와서 미친개처럼 얼마나 널 찾아다닌 줄 아냐? 원숭아, 나 쫓아낼 생각 하지 마라. 너한테 부패 관리를 신고하러 왔으니까, 진짜로!"

말은 부패 관리를 신고하러 왔다지만, 이 얼빠진 친구 녀석은 허우량핑을 부패 관리처럼 대했다. 보는 사람들도 많은데 자기 운전기사와 함께 엄청나게 큰 뱀피 가방들을 허우량핑이 사는 아파트 앞에 내려놓는 것이 아닌가. 허우량핑이 깜짝 놀라 이게 뭐냐고 캐묻자 차이청공은 대수롭지 않다는 듯 "우리 동네 특산품이야"라고 대답했다. 17층에서 엘리베이터를 내리려 할 때 허우량핑은 마침 반부패총국 친 국장과 마주치고 말았다. 특산품이 들었다는 의심스러운 큰 가방 두 개가 곁에 있으니 어쩐지 찜찜한 기분이 들어 차이청공을 모른 척하며 억지 미소를 띤 채 친 국장에게 인사를 하고 지나치려 하는데, 눈치 없는 차이청공이 그 눈에 거

슬리는 특산품들을 굳이 그의 집 앞에 끌어놓더니 불쑥 "원숭아!"라고 불렀다. 그러자 친 국장이 뒤돌아 차이청공을 위아래로 훑어보며 허우량핑에게 물었다. "허우 처장, 집에 손님이 오셨나?" 허우량핑은 어쩔 수 없이 아무렇지 않은 척하며 말했다. "고향 친군데 베이징에 일을 보러 왔답니다."

집에 들어가 뱀피 가방을 여니 아니나 다를까 마오타이주 두 상자와 담배 한 상자, 짙은 회색 양복 한 벌이 담겨 있었다. 허우량핑은 금방이라도 뚜껑이 열릴 것처럼 목청을 높였다. "야, 만두, 우리 고향에서 마오타이주랑 담배가 나? 너 정말 배짱이 대단하다. 나한테 이걸 선물이라고 주다니, 뭐야, 도대체? 나 감옥 보내려고 그래? 여기까지 와서 나 저격하는 거야? 우리 사이에 무슨 큰 원수 졌나?"

차이청공은 한 손으로 땀을 닦고 다른 한 손으로는 옷자락을 걷어 올려 부채질하며 어떻게든 자신의 초라한 모습을 감추려 했다. "어이, 원숭이, 아니지, 허우 처장! 네가…… 저기…… 아무튼 우리가 누구냐? 죽마고우 아니냐. 가장 순수하던 초등학교 시절 친구 말이야."

하지만 허우량핑은 그의 말을 귓등으로도 듣지 않았다. "방금 그 사람이 누군지 알아? 우리 국장이야!"

"그 반부패총국?"

"그럼 어디겠냐?"

"난…… 난 부패총국인 줄 알았지."

"그래서 너 지금 공공연히 나한테 뇌물 주는 거냐, 어? 대단하다. 배짱이 아주 대단해!"

차이청공은 고개를 절레절레 흔들며 자신도 어쩔 수 없다는 듯

한 표정을 지었다. "무슨 배짱? 이게 우리 사업하는 사람들의 생존 방식 아니냐! 우리끼리는 여자, 돈, 집 이 중에 하나만 있으면 너 같은 놈 꼬일 수 있다고 한다. 근데 겨우 양복이랑 담배 아니냐. 이런 걸로 어떻게 너를 꾀겠어?"

"그럼 나도 너한테 한마디 하자. 탈세, 뇌물 이런 걸로 정부에서 얼마든지 너 잡아넣을 수 있어! 만두, 너 계속 그렇게 해봐라. 언젠가 들어간다. 그때 내가 너 꺼내줄 거라고 기대하지 마!" 허우량핑은 엄숙한 표정을 지으며 선물들을 가리켰다. "당장 이것들 치워, 빨리!"

하지만 차이청공은 여전히 마음을 접지 않고 현관문을 연 뒤 고개를 쭉 내밀고 둘러보며 말했다. "원숭아, 너희 국장 벌써 갔다. 그리고 내가 이 뱀피 가방에 뭘 담아 왔는지 알게 뭐냐?"

허우량핑은 차이청공과 말을 섞느니 직접 나서서 담배 한 상자를 집 밖에 내놓고 다시 술을 집어 들었다. 그제야 차이청공은 뇌물 작전이 실패했음을 분명히 깨달았다. 결국 그는 허우량핑을 말리며 자기 운전기사에게 담배와 술을 가지고 내려가라고 연락했다. 그러더니 자신은 허우량핑의 맞은편 소파에 털썩 앉았다.

옛 친구를 만났다는 기쁨도 잠시, 차이청공의 얼굴에 이내 수심이 가득해졌다. 억지로 괜찮은 척해도 별수 없었다. 공장이 없어지고 주식도 날아갔으니 죽고 싶은 마음이 드는 것도 당연했다. 허우량핑이 차이청공을 위로하듯 말했다. "그럴 정도는 아니잖아. 그냥 철거하는 것뿐이야. 사실 광밍호 옆에 너희 의류 공장이 떡하니 자리 잡고 있는 게 어울리지도 않잖아." 그러자 차이청공은 자기 허벅지를 때리며 답답한 속을 털어놨다. "어이, 원숭이, 아직도 뭐가 뭔지 모르겠냐? 단순한 철거 문제가 아니야. 산쉐이 그룹이 교묘한 방법으로 우리 따평 공장 재산을 집어삼키려 한다고!"

차이청공의 코 옆에는 점이 하나 있는데 긴장할 때면 콧방울이 커졌다 작아졌다 하면서 점도 함께 흔들렸다. 허우량핑은 어렸을 때부터 그 모습이 익숙했다. 두 사람은 초등학교 1학년 때 처음 알았다. 그는 우등생이고 차이청공은 열등생이었지만 이상하게도 금세 친해졌는데, 사실 차이청공이 껌딱지처럼 늘 허우량핑에게 달라붙었기 때문이었다. 차이청공은 툭하면 허우량핑의 숙제를 베끼고, 그의 위신을 빌려 폼을 냈다. 초등학교 시절 말도 못할 말썽쟁이였던 차이청공은 허우량핑의 말만 잘 들었고, 이는 어린 허우량핑의 허영심을 채워주기에 충분했다. 어른이 된 뒤 차이청공은 사업을 하고 허우량핑은 나랏일을 하게 되면서 서로 왕래가 줄었지만 어린 시절의 감정은 고스란히 남아 있었다. 허우량핑이 문득 생각난 듯 물었다. "너처럼 눈치 빠르고 영리한 놈이 어쩌다 따평 공장 주식 지분을 다 넘겨준 거야?"

"부패한 관리 때문이야!" 차이청공이 단호하게 말했다. 그의 말대로라면 차이청공은 세상 누구보다 억울한 사람이었다.

그는 산쒜이 그룹으로부터 5000만 위안의 브리지 론을 제공받았다. 다시 말해 돈을 빌려 은행의 만기 대출을 상환하고, 은행이 신규 대출을 허가해주면 그 돈으로 브리지 론을 상환하려 한 것이다. 이는 중국 비즈니스계에서 통용되는 특색으로 만기와 신규 대출이 맞물려 해결되게 하는 연결 방식이다. 그런데 생각지도 못한 문제가 터졌다. 은행에서 신규 대출을 허가해주지 않아 브리지 론을 상환할 방법이 없어진 것이다. 돈을 빌릴 때 주식을 저당 잡혔기 때문에 법원에서는 간단한 절차 끝에 따평 공장 주식 지분을 산쒜이 그룹에 넘기라고 판결했다. 차이청공의 말에 따르면 주식을 저당 잡히고 신규 대출 허가가 나지 않은 모든 상황이 이미 설계되어, 자신이 걸려들기만 기다리고 있었다는 것이다. 차이청공은 부패한 관리들이 권력을 이용해 바로 이 부분에 손을 썼다고 주장했다. 그렇지 않다면 그처럼 잔뼈 굵은 사업가가 어떻게 한순간에 나락으로 떨어질 수 있겠는가?

허우량핑은 인내심을 갖고 차이청공의 말을 들었다. 따펑 공장 분쟁이 어떻게 된 일인지 머릿속으로 대충 윤곽이 그려졌다. 이거야말로 흔히 볼 수 있는 경제적 분쟁 아닌가. 은행에서 반드시 차이청공에게 신규 대출을 허가한다는 보장은 없다. 주식을 저당 잡혔는데 상환하지 못했다면 가져가는 게 당연하지 않은가. 어쩐지 천옌스 아저씨가 고발했는데도 천하이가 받지 않았다더니, 그럴 만한 이유가 있었다. 당사자의 말을 들어보니 대체 어디에 부패 관리가 있는지 알 수 없었다. 어릴 적 동무라고 반부패총국 수사처장을 마음대로 써먹을 수 있을 줄 알았나? 가소롭긴!

차이청공은 가만히 두고 볼수록 점입가경이었다. 반부패총국을 무슨 개인 탐정 사무소쯤으로 생각하는지, 은밀한 조사로 부패 관리를 잡아내 자신과 따펑 공장의 주식을 지켜달라고 요구했다. 그는 부패한 관리가 넘쳐나는 이런 시절에 이 사건만 제대로 조사하면 걸려들 부패 관리가 한둘이 아니라고 장담했다. 심지어 자기 회사 주식이 모두 없어지면 1300여 명의 노동자들이 산쉐이 그룹과 가오샤오친에 맞서 투쟁을 벌일 것이라고 위협하기까지 했다. 또 지금이야말로 위험한 국면으로, 사회 혼란을 일으킬 도화선이 화르르 타들어가고 있다고 강조하기도 했다.

허우량핑은 더 이상 차이청공의 허풍을 참고 들어줄 수 없었다.
"알았다, 알았어! 괜히 사람 놀라게 하는 소리 그만해라!"

하지만 마음이 급한 차이청공이 눈을 크게 뜨며 말했다. "원숭이, 너 이럴 수 있냐? 내가 부패 관리를 신고하려고 한다니까! 반부패총국에서 하는 일이 부패한 관리 잡아들이는 거 아니야? 신고하려는 시민을 이렇게 대할 순 없다!"

허우량핑은 울 수도 웃을 수도 없었다. "그래, 그래. 신고해라. 누굴 신고할 건데?"

"신고할 부패 관리가 한둘이 아니야. 하지만 비밀을 꼭 지켜줘야 해!" 차이청공은 말을 하면서도 주변을 두리번거리며 긴장하는 눈치였다. 허우량핑은 안심시키듯 말했다. "여긴 국가 기관 가족들이 사는 곳이라 도청하는 사람 없어." 그러자 차이청공은 고개를 끄덕이며 집게손가락을 펴고 말했다. "첫 번째로 딩이전을 신고한다!"

딩이전? 그 순간 허우량핑의 가슴이 철렁했다. 이거 뭔가 구미가 당기는데. 그는 자세를 고쳐 앉으며 차이청공을 주시했다. "너 딩이전이랑 잘 알아? 그럼 한번 얘기해봐."

차이청공은 비밀스럽게 이야기를 시작했다. 딩이전은 마오타이주나 담배 몇 상자로 꼬일 수 있는 인간이 아니다. 광밍호 주변 회사들을 철거하는 문제와 프로젝트 입찰 공고 등을 놓고 딩이전이 사장들에게 얼마나 많은 금품을 받아 챙겼는지는 아무도 모른다. 가오샤오친도 딩이전에게 현금을 박스에 담아 여러 번 보냈다는 소문이 있었다. 뿐만 아니라 하루 종일 산쉐이 그룹의 클럽하우스에서 젊은 서양 여자 두세 명을 끼고 놀았는데 그 화대를 가오샤오친이 지불했다. 장사꾼들은 딩 부시장의 간덩이가 얼마나 큰지 잘 알았다. 아마 보는 눈만 없다면 시위원회 건물을 집에 이고 갔을 인물이다. 가오샤오친의 손에 넘어간 따펑 공장 주식 중 절반은 딩이전이 챙겼을 것이다. 그는 분명 음모의 설계자로, 잡아들이기만 하면 따펑 공장 사건의 진상을 밝혀낼 수 있다.

"증거는? 만두야, 손에 쥐고 있는 증거가 있어? 뭘 근거로 딩이전이 주식 절반을 챙겼다는 거야?"

차이청공이 손을 내저으며 말했다. "원숭아, 증거는 수사처장님께서 찾아내셔야지! 네가 못 찾으면 증거가 어디 있겠냐? 안 그래도 예전에 딩이전 앞에서 네 이야기를 한 적이 있어. 최고인민검찰원 반부패총국에 있다고 강조했지. 그러지 말고 네가 직접 딩이전에게 전화해서 수사해봐!"

허우량핑은 담담한 얼굴로 물었다. "딩이전 전화번호는? 나한테 줘봐!" 그러자 차이청공은 신이 나 품에서 작은 공책을 꺼내펼쳐 보였다. "이게 그 자식 휴대전화고, 이게 집 전화야!" 하지만 허우량핑은 공책을 내려놓으며 말했다. "이거 말고 캐나다 전화번호는 없어?"

"캐나다? 딩이전이 왜 캐나다에 있어? 그 인간이 언제 출국했는데?" 차이청공은 그러다가 문득 허우량핑의 말뜻을 알아듣고자기 이마를 치며 탄식했다. "맙소사, 도망갔구나. 진짜야? 큰일날 거란 말은 있었지만 진짜 큰일이 터졌어? 이런, 원숭아, 어떻게 그놈을 놓칠 수 있냐?"

허우량핑은 농담인 듯 진담인 듯 말했다. "네 신고가 너무 늦어서 그랬나 보다." 그는 자기 찻잔에 차를 따르고 차이청공에게도 따라줬다. "부패 관리가 한둘이 아니라며? 다음은 누군데?"

차이청공은 따뜻한 차를 몇 모금 마시며 잠시 생각하더니 허우량핑의 가슴께로 머리를 쑥 내밀고는 신고가 아니라 애원하다시피 말했다. "원숭아, 성위원회 가오위량 부서기가 네 대학 은사지?

부탁 좀 하자. 네가 나 대신 좀 살려달라고, 살 길 좀 열어달라고 해주라!"

"갑자기 무슨 헛소리야? 너 지금 가오 서기를 신고하는 거야?" 허우량핑은 깜짝 놀라 눈이 휘둥그레졌다.

차이청공은 심각한 얼굴로 차마 신고는 못 하고 자신이 아는 사실만 이야기했다. 그의 말에 따르면 가오 서기는 성 정법계의 최고 지도자로 그의 허락이 없었다면 법원에서 따평 공장 주식을 산쉐이 그룹에 넘겨주라는 판결을 하지 않았을 것이다. 또 여기에는 사람들이 깜짝 놀랄 만한 비밀이 하나 숨겨져 있는데, 가오샤오친이 바로 가오 서기의 조카딸이란 것이다. 그 증거로 산쉐이 그룹 로비 정면의 벽 중앙에 마치 부녀처럼 친밀한 모습으로 가오샤오친과 가오 서기가 함께 찍은 커다란 사진이 걸려 있다.

허우량핑은 차이청공의 이 말이 터무니없다고 생각했다. 스승인 가오위량은 누구보다 그가 잘 알았다. 선생님은 외아들인데 조카딸이 어디 있단 말인가? 하지만 그는 이를 반박하지 않고 차이청공이 계속 이야기하도록 유도했다. "다음은 누군데? 더 신고할 부패 관리가 있어?"

"있지. 엄청 독한 인간!" 차이청공은 말을 하면서도 그를 생각하면 간이 떨릴 것 같았다. "지금도 그 인간이 날 찾고 있어. 아는 친구 통해서 들으니 날 철저히 감시하라고 명령을 내렸다더라. 어느 날 갑자기 내가 죽으면 그 인간 짓이라고 생각하면 돼. 얼마나 독하고 악랄한지, 마누라가 징저우 은행 부행장인데 결정적인 순간에 대출을 끊은 게 바로 그 여자야. 가오샤오친이 분명 그 부부에게 우리 공장 주식을 나눠줬겠지. 대출 중단이란 음모만 없었다면 따평 공장 주식이 몽땅 산쉐이 그룹에 넘어갔겠냐? 내가 말하는 그 인간이 누군 줄 알아? H성위원회 상무위원이자 징저우시위원회 서기 리다캉이야!"

어째 갈수록 일이 묘해지는 것 같았다. 보아하니 차이청공은 입만 열면 허튼소리를 하던 어릴 적 버릇이 도진 모양이다. 허우량핑의 스승을 끌고 들어가는 것도 모자라 징저우시위원회 서기까지 끌어들이다니. 평범한 경제적 분쟁이 끝을 알 수 없는 셜록 홈스의 탐정 소설로 둔갑해버리다니 무슨 신고가 이렇게 흥미진진하단 말인가. 차이청공은 어릴 때도 며칠씩 황당한 소설에 빠져 무단결석을 해 아버지께 흠씬 두들겨 맞곤 했다.

좌우간 차이청공이 계속 소설을 쓰고 있을 때, 허우량핑은 양복이 아직 자기 집에 있다는 사실을 우연히 발견했다. 무심코 고개를 들자 의류 커버에 얌전히 싸여 현관 쪽 옷걸이에 걸려 있는 양복이 눈에 들어왔다. 허우량핑은 그 김에 차이청공의 말을 끊으려고 물었다. "어이, 만두, 저기 있는 양복은 너희 기사가 왜 안 가져갔냐?" 그제야 차이청공은 쓰던 소설을 중단하고 해명하듯 말했다. "가져가봐야 소용없어. 저건 네 사이즈에 맞춰서 만든 거야." 허우량핑이 어이가 없어 자신이 언제 사이즈를 쟀느냐고 묻자 차이청공이 능글맞은 미소를 지으며 대답했다. "작년 설에 동창들이랑 모였었잖아. 너 술 취해서 알딸딸한 동안에 내가 우리 공장 재단사 불러서 쟀지. 네 몸에 딱 맞춘 거니까 입어봐. 외국 옷감 써서 한 벌에 2만 3000위안이나 하는 거야."

허우량핑의 가슴속에서 화가 치밀어 올랐다. 그렇게 조심했는데 저 악덕 사업가가 잔꾀를 부린 것이다. 이게 대체 무슨 일이란 말인가? 그는 고개를 들고 방문을 가리키며 말했다. "빨리 저 양복 가지고 네 갈 길 가라! 네 뜻은 잘 알았으니까 관련 부서랑 연락해서 확인해볼게. 그러니까 얼른 가!"

힘없이 일어서는 차이칭공의 커다란 점이 심하게 흔들렸다. 문 앞까지 간 그가 불쑥 허우량핑의 손을 붙들었다. "원숭아, 네가 속으로 날 악덕 사업가라고 욕한다는 거 잘 안다. 하지만 악덕 사업가도 법을 위반하지 않았다면 역시 선량한 시민이야. 허우 처장, 힘없는 시민 한 사람 구해주라. 내가 한 말은 모두 사실이야! 겉으로 보기에는 가오샤오친이 내 주식을 빼앗아간 것 같지만 그 배후에는 분명 다른 검은손이 있어. 내 걸 잃어버렸는데 누가 훔쳐갔는지도 모른다고! 오늘 내가 너한테 신고한 부패 관리들은 전부 날 죽이고 싶어 할 거야. 나는 든든한 뒷배도 없고 나랏밥 먹고 있는 어린 시절 동무 너 하나뿐이다. 너만 나를 지켜줄 수 있어."

차이칭공이 떠난 뒤 허우량핑은 저녁 식사를 하고 평소처럼 산책을 하러 나갔다. 그가 사는 동네는 베이징에서 흔히 볼 수 있는 정부 기관 주택 단지로 상부가 평평한 5, 6층 높이의 주택 건물들이 줄지어 서 있었다. 크지도 작지도 않은 잔디밭이 있는 단지 앞뒤로 작은 길들이 이리저리 뻗고, 곳곳이 주차한 차들로 가득했다. 길 곳곳에 좌판이 펼쳐져 있고, 아주머니들이 삼삼오오 모여 춤을 췄다. 이런 거리를 지날 때마다 허우량핑은 시끌벅적한 분위기가 따뜻하고 친근하게 느껴졌다. 사람 사는 집이란 이래야 한다. 매일 밤 그는 시간만 나면 밖으로 나와 한가롭게 돌아다녔다. 몸을 움직이는 만큼 머리도 잘 돌아갔다.

H성 사건에는 복잡한 관계가 얽혀 있는 게 분명했다. 이제까지의 경험으로 미뤄봤을 때 딩이전의 도주에는 반드시 감춰진 뭔가가 있다. 차이칭공의 신고도 비록 증거는 없지만 가만히 생각해보

면 일리 있는 부분도 있었다. 예를 들어 가오샤오친이 주식을 가져갈 수 있던 배후에 정말로 검은손이 있었는지도 모른다. 그 검은손이 어쩌면 딩이전은 아닐까? 그리고 그의 스승 가오위량은 어째서 갑자기 가오샤오친과 '조카딸'이란 관계로 엮였을까? 적어도 산쉐이 그룹 건물에 두 사람의 사진이 걸려 있다는 얘기는 사실일 것이다. 징저우 은행의 대출 중단은 단순히 리스크를 피하기 위한 정당한 조치였을까, 아니면 차이청공의 추측대로 어떤 음모였을까? 산책을 마치고 집으로 돌아온 허우량핑은 천하이에게 전화를 걸어 차이청공의 방문과 신고를 통보하며 시간이 날 때 그를 찾아가 이야기라도 나눠보라고 말했다. 혹시라도 딩이전과 관련된 어떤 단서라도 찾을 수 있을지 모른다.

통화를 끝내고 허우량핑이 욕실에서 샤워하고 있을 때, 아내 종샤오아이(鍾小艾)가 아까 그 양복을 들고 와 어떻게 된 일이냐고 물었다. 허우량핑은 그제야 차이청공이 문 앞에서 애원하는 통에 깜빡하고 양복을 들려 보내지 않았다는 사실을 떠올렸다. 그는 어린 시절 친구가 가져온 것인데 자신이 소홀했다고 해명했다. 하지만 중앙기율검사위원회에서 일하는 아내는 즉각 공무원의 청렴이 얼마나 중요한지 훈계하기 시작했다. 게다가 반부패총국에서 일한다는 관리가 아무리 친한 친구라 해도 이래서야 되는가? 허우량핑은 바로 아내에게 사과했다. "종 주임, 당신 말이 무조건 맞습니다. 덕분에 정신 바짝 차렸어요. 그러니까 당신이 택배 좀 불러서 그 녀석에게 돌려보내줘."

7

　어슴푸레 날이 밝아올 무렵 왕원거(王文革)가 정시포를 깨웠다. 왕원거는 공장 수호대의 대장이다. 그는 보통 사람보다 키가 머리 반쯤 큰 데다 피부가 까맣고 온몸에 힘줄이 서 있어 꼭 단단한 철탑처럼 보였다. 정시포도 키가 큰 편이었지만 몸이 말라 왕원거와 함께 서 있으면 철탑 옆에 서 있는 전봇대 같았다. 왕원거는 매우 긴장한 얼굴로 정시포에게 오늘 오전 중에 창샤오후의 철거 팀이 공격하러 올 거라고 말했다. 정시포는 하품을 하며 소파에서 일어났다. "너무 신경이 예민한 거 아냐? 요즘처럼 평온한 날들이 없었는데 철거 팀이 왜 갑자기 공격해?"

　왕원거는 누가 들을 새라 조심스럽게 말했다. "선생님, 사실 철거 팀에 제가 심어놓은 스파이가 있습니다. 그 친구에게서 날이 밝기 전에 전화가 왔는데, 어젯밤 시위원회 리다캉 서기가 명령을 내려서 창샤오후가 밤새 산쉐이 그룹에서 회의를 했답니다. 아침 일찍부터 철거 팀을 모아 행동에 들어가기로요. 우리가 이렇게 넋 놓고 있으면 안 됩니다."

　그 말에 정시포는 깜짝 놀라며 슬리퍼를 신은 채 공장 마당으로 나가 파수대 위에 올랐다. 공장 대문을 마주하고 있는 파수대는 시야가 탁 트여 앞으로 어떤 전쟁이 일어나도 주변을 다 살필 수 있을 정도였다. 하지만 지금의 전쟁터는 고요한 호수 같았다. 정시포는 망원경으로 여러 번 주위를 훑어봤지만 어떤 낌새도 발견되지 않았다. 그제야 정시포는 왕원거와 식당에 들어가 마음 편히 아침을 먹었다.

하지만 뜻밖에도 오전 8시가 조금 지나자 특수경찰이란 글자를 새긴 무장 경찰차가 공장 대문 앞에 서더니 십여 명의 경찰이 방패를 들고 우르르 쏟아져 나왔다. 파수대에서 보초를 서고 있던 노동자가 마침 그들을 발견해 제때 긴급 신호를 보냈다. 큰 확성기에서는 계속 흘러나오던 혁명가를 중단하고 안내 방송을 내보냈다. "여러분, 산쉐이 그룹에서 총공격을 시작했습니다. 모두 전투 준비를 해주십시오!" 뒤이어 경보음이 울리면서 상황이 급박하게 돌아갔다. 남녀 노동자들은 경보음 속에서 사제 총과 쇠몽둥이 등의 무기를 들고 작업장에서 뛰쳐나왔다. 공장 수호대 대원들은 가마니로 만든 벙커 안에서 휘발유병을 하나씩 꺼내 길게 줄을 세웠다.

정시포는 휘발유 병들을 가리키며 왕원거에게 말했다. "저것들은 특별히 조심해야 하네. 함부로 사용하면 안 돼!"

그러자 왕원거가 말했다. "걱정 마십시오. 정말 어쩔 수 없을 때나 사용하지, 저희 중에 목숨 갖고 장난하고 싶은 사람은 아무도 없습니다."

하지만 정시포는 여전히 마음이 놓이지 않았다. 휘발유는 함부로 다룰 수 없는 위험 물질이라 이것만은 차이 사장의 뜻을 따를 수 없었다. 차이청공 사장은 도망치기 전에 따펑 공장을 지키겠다며 참호 안에 휘발유를 쟁여놓았다. 그는 철거 팀이 대형 기계를 이용해 공격해오면 불바다라도 만들어야 그들을 막을 수 있다고 말했다. 하지만 정시포는 행여 큰일이라도 생길까 봐 내내 이를 없애려 했다. 하지만 왕윈거는 그의 말을 듣지 않고 결정적인 순간에는 어떤 무기라도 써야 한다고 주장했다.

왕윈거가 자리를 뜬 뒤, 정시포는 파수대에 올라 바깥을 관찰했다. 경찰들이 방패만 손에 든 채 인간 벽을 만들어 빈틈없이 공장 문을 막고 있었다. 잠시 후 경찰차 확성기를 통해 방송이 들려왔다. "산쉐이 그룹 노동자 여러분, 우리 시 광밍구 인민정부 2014년 9호령에 따라 여러분은 공장 지대의 토지를 광밍구 인민정부에 반환해야 합니다. 즉각 공장 문을 열고 이전을 실시하십시오."

"저 빌어먹을 놈들! 우리는 분명 따펑 공장인데 굳이 산쉐이 그룹이라고 바꿔 부르네!" 화가 나면서도 긴장을 감추지 못하는 공장 노동자들이 사방에서 악담을 퍼부어 댔다.

현장의 분위기는 달아오른 듯 보였지만, 사실 모두가 겁을 내며 얼굴이 창백해져 있었다. 안전모를 쓴 부공장장 라오마는 한 손에 쇠막대기를 들고 다른 한 손으로 안정제를 입에 털어 넣었다. 요우 경리는 혼란 속에서 어찌 해야 좋을지를 몰라 손에 든 휴대전화를 이리 세웠다 저리 눕혔다 하며 걸상 위에 올라갔다가 땅 밑에 내려오기를 반복하며 사진 찍을 준비를 했다. 차이칭공 사장이 사진을 남겨 두면 나중에 인터넷에 올려 나쁜 놈들이 얼마나 무자비하게 폭행을 가했는지 사람들에게 증거로 보여줄 수 있다고 말했기 때문이다. 그때 공장 안 나무 위에 매달려 있는 커다란 확성기에서 평소처럼 혁명가가 흘러나왔다. 그 노래의 데시벨이 얼마나 높은지 일순간에 문밖에서 들려오던 방송 소리를 압도해버렸다. "단결이 힘이다, 단결이 힘이다! 이 힘은 쇠요, 이 힘은 강철이다! 쇠보다 단단하고, 강철보다 강하다……."

상황이 심상치 않게 돌아간다고 느낀 정시포는 휴대전화를 꺼내 구원 요청을 했다. 그와 천옌스는 나이를 뛰어넘은 친구로 지금까지 따평 공장과 천옌스의 연락은 모두 그를 통해 이뤄졌다. 전화가 연결되자 정시포가 다급하게 외쳤다. "검찰장님, 큰일 났습니다. 산쉐이 그룹에서 공격을 해왔어요. 경찰도 함께 왔고요!" 그 말에 천옌스도 마음이 급해져서 말했다. "정 시인, 조금만 기다려 보게. 내가 공안국에 연락해볼 테니!" 얼마 지나지 않아 천옌스로부터 전화가 걸려 왔다. 그의 말에 따르면 공안국은 경찰을 출동시킨 적이 없다고 했다. 공장 앞에 있는 놈들은 가짜 경찰이다. 징저우시 공안국 국장 자오둥라이(趙東來)는 바로 부하들을 보내 그들을 잡아들이겠다고 말했다. 그 말에 정시포는 천옌스에게 고맙다는 말을 할 겨를도 없이 휴대전화를 치켜들고 외쳤다. "걱정하지들 마! 밖에 있는 경찰들은 가짜야! 천 검찰장님이 대신 알아봐주셨어. 진짜 경찰들이 금방 온다네!"

왕원거는 그 말을 듣자마자 더 힘을 내며 목소리를 높였다. "가자! 저 개새끼들 잡아야지!"

공장 수호대는 우르르 공장 대문 밖으로 몰려나갔다. 경찰 행세를 하던 상대편은 자신들의 정체가 들통 난 것을 알고 외쳤다. "철수한다!" 가짜 경찰들은 황급히 방패와 경찰봉을 챙겨들고 경찰차에 올라타 도망쳤다. 밖으로 나온 노동자들은 검은 연기를 뿜으며 꽁지가 빠지게 도망가는 경찰차를 향해 돌을 던졌다.

괜히 한바탕 놀란 정시포는 파수대에서 내려와 다시 천옌스에게 전화를 걸어 감사의 마음을 전했다. "개자식들 죄다 도망쳤습니다! 검찰장님은 저희의 은인이고 구세주십니다. 검찰장님이 도와주시지 않았다면 저희 따평 공장은 벌써 없어졌을 겁니다." 그러자 천옌스가 대꾸했다. "꼭 그렇게 말할 수도 없네. 정부에서 결국 자네들 문제를 해결할 걸세. 정 시인, 한 가지만 약속해주게. 절대 노동자들이 공장 문을 열고 쏟아져 나가면 안 돼. 어떻게든 충돌은 피해야 하네. 큰 사건은 더더욱 없어야 하고!"

정시포는 정중하게 약속했다. "검찰장님, 물론입니다. 그건 제가 보증하겠습니다. 보증하고 말고요……."

이렇게 운명적인 2014년 9월 16일이 다가왔다.

2014년 9월 16일 저녁, 정시포는 평소처럼 광밍호 근처를 산책했다. 그는 초가을 밤의 정취가 넘치는 달이 보고 싶었다. 그러나 9월 16일은 날씨가 좋지 않아 두꺼운 구름이 모든 빛을 가리고 있었다. 실망한 정시포가 공장으로 돌아가고 있을 때, 오랫동안 얼굴을 볼 수 없던 사장 차이청공이 벤츠를 타고 와 공장 입구에서 내렸다.

차이청공은 어둠을 틈타 도둑처럼 옆문을 통해 공장으로 들어왔다. 마침 문 앞을 지키고 있던 왕원거가 오랫동안 실종됐던 사장을 보고 흥분해 달려들었다. 그는 사장의 멱살을 잡고 흔들었다. 사장이 돌아왔다는 사실을 안 생산 라인과 수호대 노동자 들이 하나둘씩 모여들어 차이청공을 둘러싸고서 언성을 높였다.

"사장님, 우리가 얼마나 찾았는지 알아요?"

"도망가면 어디까지 갈 수 있다고 생각했습니까?"

차이청공은 변명하듯 말했다. "도망간 적 없어요. 베이징 상급 기관에 신고하러 갔던 겁니다!" 심지어 그는 실제보다 과장해 말했다. "내가 우리 따펑 공장의 고발장을 최고인민검찰원 반부패 총국의 허우량펑이란 수사처 처장에게 직접 내고 왔다 이 말입니다." 하지만 사람들은 불같이 화를 내며 외쳤다. "죽어라, 나쁜 놈! 네가 우리 주식을 다 팔아치웠지? 우리 돈은? 우리한테 돈을 나눠주기는커녕 혼자 꿀꺽해? 저 사람을 이 참호 안에 던져서 묻어버려야 해!" 차이청공은 진땀을 뻘뻘 흘리며 말했다. "주식을 팔아먹은 게 아니라 저당 잡혔던 겁니다. 말해봤자 잘 모른다니까! 우리는 산쉐이 그룹에 속았어요. 가오샤오친이 장난질을 쳤다고! 내 주식도 전부 날아갔단 말이야!"

하지만 차이 사장의 말을 믿는 사람은 아무도 없었다. 성미 급한 사람들이 앞으로 밀고 나오자 차이청공은 발을 헛디뎌 계단에 머리를 박고 말았다. 그의 이마에서 붉은 피가 줄줄 흘러내렸다.

바로 그때 산책을 마치고 들어온 정시포가 이 모습을 보고 황급히 달려들어 노동자들을 말렸다. "내가 보증하는데 차이 사장도 우리와 똑같은 피해자요!" 그는 다시 차이청공을 꾸짖듯 말했다. "이 칠흑처럼 어두운 밤에 왜 갑자기 돌아온 겁니까?" 차이청공은 손수건으로 상처를 누르며 다른 손으로 상의 주머니에서 수표를 꺼내 보였다. "요우 경리는? 이 수표를 요우 경리에게 전해주러 왔습니다. 여러분에게 조금이라도 보탬이 됐으면 합니다. 나는 우리 공장 식구들을 버리지 않아요!"

그 말에 공장 노동자들의 마음이 조금 흔들렸다. 왕원거는 수표를 받아들고 말했다. "요우 경리를 찾아서 전해주지요. 괜히 지저분한 손으로 상처 만지지 마슈. 감염돼요." 정시포는 가로등 아래에서 차이청공의 이마에 난 상처를 보고 깜짝 놀랐다. 아이의 입처럼 벌어진 상처에서 피가 뚝뚝 흐르고 있었다. 그는 얼른 차이청공을 부축하며 말했다. "상처가 예사롭지 않습니다. 몇 바늘이라도 꿰매야겠어요. 갑시다. 내가 병원에 같이 가줄 테니."

차이청공은 떠나기 전에 자신의 두 손을 맞잡고 노동자들을 향해 인사하며 신신당부했다. "가족 여러분, 부디 공장을 잘 지켜주세요. 우리 공장 아닙니까? 여러분만 믿겠습니다!"

사실 차이 사장은 공장 안에서 신망이 있는 편이었다. 밖에서는 별별 방법으로 장사를 했지만 노동자들에게는 너그러웠고, 임금이나 보너스를 늦게 주는 일도 드물었다. 과거 중국은 국영 기업을 개혁하던 시절. 대기업들을 중점적으로 관리하면서 작은 기업들은 융통성 있게 운영할 수 있게 해줬다. 따펑 의류 공장처럼 경쟁 분야에 있는 기업은 정부에서 나서서 주주권을 양도했다. 처음에 건축 공사 하청으로 돈을 모은 차이청공은 그 돈을 쏟아부어 따펑 공장 주식의 51퍼센트를 사들였다. 오늘 그가 이토록 노동자들이 공장을 지켜내기를 바라는 것은 이 공장이 노동자들의 것이기도 하지만 자신의 것이기도 하기 때문이다.

이후에 무슨 일이 벌어질지 알았다면 정시포는 사장을 직접 병원에 데려다주러 간 일을 땅을 치고 후회했을 것이다. 철거 팀은 바로 그때 총공격을 앞두고 있었다. 창샤오후도 따펑 공장에 스파이를 심어둔 터라 차이청공이 노동자들에게 공격받아 상처를 입었다는 사실을 실시간으로 알았다. 이것이야말로 하늘이 준 기회가 아닌가! 창샤오후는 철거로 큰돈을 번 인물로, 경험이 풍부한 데다 독하고 악랄한 수법으로 징저우에서 철거대왕이란 악명을 얻었다. 이번 따펑 공장 철거는 산쉐이 그룹으로부터 짭짤한 보상도 약속받은 데다 정부의 지원도 있으니 판을 조금 크게 벌인다고 해도 문제될 것이 없었다. 관건은 기한인데, 가오샤오친이 제시한 시간이 사흘밖에 남지 않았기 때문에 오늘 밤 반드시 따펑 공장을 점령해야 했다. 잔꾀가 많은 창샤오후가 낮에 따펑 공장을 찾아간 것은 공장 안 방어 상황을 확인하기 위해서였다. 그 뒤 그는 심혈을 기울여 공장 철거를 위한 준비를 확실히 마쳤다.

창샤오후는 수하 3개 중대의 대장들을 불러 모았다. 1중대는 몸에 용과 호랑이 문신이 새겨진 행동 대원들이고, 2중대는 경찰 유니폼을 입고 경찰차를 탄 채 다시 한 번 경찰 역할을 수행할 녀석들이며, 마지막 3중대는 기계화 부대로 불도저와 지게차 등 대형 기계들을 완비하고 있었다. 출동에 앞서 창샤오후는 각 대장들에게 분명히 일렀다. "이번 철거는 가능한 한 피를 흘리지 않아야 한다. 그러나 어쩔 수 없는 상황이 생겨 피가 흐른다 해도 겁낼 필요 없어. 다만 한 가지 원칙은 확실히 기억해라. 단 한 사람도 죽여선 안 돼!"

바람이 높고 달빛마저 어두워진 밤, 철거 팀은 따펑 공장으로 출발했다. 그들은 얕게 흐르는 물처럼 조용히 따펑 공장을 향해 다가갔다.

가장 먼저 수상한 낌새를 발견한 사람은 파수대 위에서 당직을 서던 노동자였다. 그는 큰 소리로 왕원거를 불렀다. 파수대 위에 올라온 왕원거는 망원경 없이 달빛만으로도 서서히 다가오는 대형 기계들을 확인할 수 있었다. 그는 낮은 소리로 중얼거렸다. "젠장, 이번에야말로 진짜 총공격이다!" 그는 우레와 같은 큰 소리로 노동자들을 집합시켜 전투 준비에 들어갔다. 날카로운 경보음이 울리자 공장 분위기가 삽시간에 얼어붙었다. 큰 확성기를 통해 전투 동원령이 반복되어 들려왔다. 서치라이트가 훑고 가는 노동자들의 얼굴은 하나같이 창백했다. 흥분되면서도 잔뜩 긴장한 모습이 마치 한 무리의 미치광이들 같았다.

정시포가 현장에 없는 상황에서 왕원거는 몇몇 핵심 노동자들과 상의를 할 수밖에 없었다. "보아하니 이번에는 최후의 수단을 쓰지 않고는 저들의 공격을 막아낼 수 없을 거 같습니다. 우리가 결심해야 합니다!"

그들이 말하는 최후의 수단이란 바로 휘발유에 불을 붙이는 것이었다. 불바다를 만들어야 대형 기계들의 공격을 막아낼 수 있지 않겠는가. 왕원거의 지휘에 따라 공장 수호대 대원들이 벽 쪽에 세워둔 휘발유통을 모두 굴려 와 참호에 몽땅 부어버렸다. 잠시 뒤, 코를 찌르는 휘발유 냄새가 공장 안을 진동했다. 이 괴이한 냄새는 사람들의 마음속 공포심을 더욱 자극했다.

"어이, 원거, 이러다가 누구 하나 불에 타 죽는 거 아냐?"

"타 죽을 각오로 해야지! 저놈들이 쳐들어오면 우리 스스로 여길 지켜야 한다고. 저 자식들이 불 속으로라도 뛰어들면 우리한테 무슨 방법이 있어?" 왕원거의 말에 많은 사람이 호응했다. "그렇지, 그렇고말고!"

하지만 그때 누군가가 왕원거에게 말했다. "원거, 정시포 동지한테 전화해서 의견 좀 들어봐!"

하지만 이렇게 긴장되는 순간, 따펑 공장의 지도자인 정시포는 전화를 받지 않았다.

공장 사람들이 보는 앞에서 왕원거는 휴대전화를 꺼내 전화를 걸었지만, 어찌된 일인지 막 연결됐던 정시포의 전화가 이내 끊기고 말았다. 마음이 급한 왕원거는 끊긴 전화에 대고 고래고래 소리를 질렀다. "저놈들이 공격하러 왔습니다. 제가 불을 붙이려고 하는데…… 선생님, 말씀 좀 하십시오! 왜 대답이 없으십니까!"

각종 대형 기계들이 쿠구구궁 따펑 공장 앞까지 밀려 들어왔다. 경찰차 안의 가짜 경찰들도 우르르 뛰어나왔다. 주먹을 쓰는 놈들은 위아래 모두 검은색 옷을 입고 긴 칼을 든 채 앞으로 돌진했다. 중형 불도저가 쾅광꽝 엄청난 소리를 내며 공장 대문을 그대로 밀어 넘어뜨렸다. 동서 양쪽의 벽을 타고 통통 소리가 울려왔다. 벽 자체가 흔들려 금방이라도 무너질 것 같았다.

왕원거는 라이터를 손에 쥔 채 벌벌 떨었다. 엄청난 정신적 압박에 이 강한 남자의 이마에도 굵은 땀방울이 주르륵 흘러내렸다. 그는 다른 손으로 계속해서 휴대전화 버튼을 누르며 중얼거렸다. "선생님, 어디 계십니까? 빨리 전화 좀 받으세요!"

하지만 정시포는 전화를 받을 수 없었다. 휴대전화를 빼앗겼기 때문이다. 차이청공을 병원에 데려다준 뒤 정시포는 서둘러 공장으로 돌아왔다. 하지만 철거된 폐허 더미에 막힌 택시 운전사가 더 이상 갈 수 없다고 해 공장까지 걸어가야만 했다. 그런데 갑자기 가짜 경찰 둘이 어둠 속에서 튀어나와 그의 팔을 꺾고 휴대전화를 빼앗았다. 그는 그렇게 창샤오후 앞에 끌려갔다. 창샤오후는 악수를 하자며 손을 내밀었다. "당신이 그 유명한 정 시인입니까? 결국 이렇게 만나게 됐군요." 정시포는 엄숙한 표정을 지으며 말했다. "휴대전화를 돌려주십시오. 공장으로 돌아갈 수 있게 놔달란 말입니다. 그러지 않으면 앞으로 어떤 상황이 벌어질지 알 수 없습니다. 벙커와 참호 안의 휘발유 말고도 공장 안에는 25톤의 휘발유 저장고가 있습니다!"

그 말에 창샤오후는 깜짝 놀라지 않을 수 없었다. "정 시인, 거짓말하지 마십시오!" 다급해진 정시포가 자신의 말이 진짜라고 맹세했다. "공장 안에 우리가 마련한 휘발유 저장고가 있습니다. 본래 운수 팀이 급유하던 저장고인데 노동자들이 공장을 점거한 뒤 오늘 같은 날을 대비해 그 안을 가득 채워놨다고요!" 창샤오후의 입이 떡 벌어졌다. 이성적인 그는 지나친 모험을 감수할 수 없었다. 잠시 뒤 그는 휴대전화로 철거 작업을 멈추라고 명령했다.

공장 안 상황을 알 수 없는 정시포는 다급한 마음에 머릿속이 윙윙 울려대는 것 같았다. 행여 왕원거가 성질을 참지 못하고 휘발유에 기름을 붙이면 어쩌지? 왕원거는 그와 몇 년의 시간을 함께 지낸 도제로, 성격은 좋지만 성미가 급한 편이었다. 원거(文革)* 라는 이름에서도 알 수 있듯이 그는 사회 분위기가 어수선하던 시대에 태어났다. 그 때문인지 그의 성격에도 그 시절의 어떤 기억이 새겨져 있는 것 같았다. 그는 지지리도 가난했고 아내는 툭하면 이혼하자고 난리였다. 따평 공장 주식은 그들 부부에게 매우 중요한 존재였다. 아이들은 학교에 가야 하고, 낡아빠진 집에서는 이사를 가야 했다. 아내도 주식이란 희망마저 없었다면 일찌감치 떠났을 것이다. 공장을 지키는 다른 노동자들의 상황도 별반 다르지 않았다. 가난한 집들은 저마다의 사정이 있어, 하나같이 주식으로 인생을 바꾸고 싶어 했다. 그러니 누구든 그들의 파이를 가져가려 한다면 목숨을 걸고 싸울 수밖에 없었다. 정시포는 왕원거가 냉정하기를 바라며 마음속으로 몇 번이고 되뇌었다. '절대로 불을 붙여선 안 되네. 절대로!'

하지만 왕원거는 정시포의 생각보다 훨씬 이성적이었다. 동서 양쪽의 벽이 거의 무너질 지경이 되고 철문이 불도저에 밀려 납작해진 뒤에도 그는 여전히 불을 붙이지 못하고 있었다. 라이터를 쥔 손에 땀이 흐르고 팔이 부들부들 떨려왔지만 그는 어떻게든 자제하려고 애썼다. 정시포가 몇 번이나 강조했던 말이 그의 귓가를 맴돌았다. "내 명령 없이는 누구도 불을 붙여서는 안 되네. 자네도

---

* 1966년에서 1976년까지 마오쩌둥(毛澤東)의 주도하에 일어난 극좌 사회주의 운동인 '문화대혁명(文化大革命)'의 준말.

마찬가지야!"

그런데 갑자기 맹렬하게 달려들던 불도저와 지게차가 움직임을 멈췄다. 양측은 달빛 아래에서 거리를 두고 대치했다.

요우 경리는 휴대전화로 사진을 찍어 소셜 미디어에 올리기를 좋아했다. 충돌이 멈추자 그는 이리저리 바쁘게 돌아다녔다. 문득 멈춰 선 대형 기계와 마주한 그는 커다란 착각을 하고 말았다. 이 모든 상황이 자기 덕분이라고 생각한 것이다. "보세요, 저놈들 겁내는 거 보셨죠? 제 휴대전화가 방송국이나 다름없다니까요. 저놈들의 야만적인 행동이 인터넷에 다 올라갔어요."

왕원거는 요우 경리의 말을 믿지 않았지만 눈앞의 위기가 한풀 수그러든 것은 분명했다. 그는 손에 들고 있던 라이터를 옷 주머니에 넣고 시큰해진 팔뚝을 흔들었다. 정시포의 말이 옳다. 휘발유에 불을 붙였을 때의 결과는 상상도 할 수 없을 만큼 무서운 것이다. 정말 다행히도 위험한 명령을 내리지 않을 수 있게 됐다.

하지만 바로 그때 뜻밖의 일의 벌어졌다. 그런 뜻밖의 일을 세상 누가 피할 수 있을까?

일이 좋은 방향으로 풀려가고 있을 때, 공장 수호대 대원 류싼마오가 너무 긴장한 나머지 몰래 담배를 꺼낸 것이다. 불도저의 공격이 멈추자 그는 한숨을 돌리며 담배를 피운 뒤 무의식중에 담배꽁초를 바닥에 던졌다. 이는 치명적인 실수였다. 땅에는 이미 휘발유가 스며들어 있어, 싼마오의 발아래에서 커다란 불길이 치솟아 올랐다.

그는 외마디 비명을 지르며 참호 안으로 굴러떨어졌다. 온몸에 불이 붙은 그는 결국 누군지 알아볼 수 없을 정도로 까맣게 타버리고 말았다. 근처에 있던 직원들도 몸에 불이 옮겨 붙어 소리를 지르며 사방으로 뛰어다녔다. 불도저 안에 있던 철거반원들은 큰 불을 피해 차를 버리고 도망갔다. 왕원거는 불을 끄기 위해 수호 대를 이끌고 할 수 있는 방법을 모두 동원했다. 공장 안은 휘발유 타는 냄새로 자욱했고, 검은 연기가 코를 찔러 눈물이 줄줄 흘렀 다. 성난 불길이 밤하늘로 치솟아 소용돌이치자 사람들은 우리를 탈출한 맹수처럼 뛰어다녔다.

따펑 공장은 그야말로 불바다가 되었다. 불길은 공장 구석구석 을 비췄다. 곳곳이 어지럽혀진 공장은 마치 지옥 풍경을 방불케 했다. 어떤 이들은 목 놓아 울었고, 어떤 이들은 부들부들 떨었으 며, 또 어떤 이들은 비명을 질렀다. 부상자들은 얼룩덜룩해진 시 멘트 바닥에 누웠고, 적지 않은 이들이 정신을 차리지 못했다. 죽 을힘을 다해 참호에서 젊은 노동자 몇 명을 끌어올린 왕원거의 몸 에도 불이 옮겨 붙었다. 촬영을 좋아하는 요우 경리는 극도의 냉 정함을 유지하며 휴대전화로 다양한 각도에서 타오르는 큰불을 찍어댔다. 갖가지 모양으로 타오르는 화염은 요우 경리가 피눈물 을 흘리며 찍어낸 작품이 되어 실시간으로 인터넷에 올라갔다.

덕분에 수많은 사람이 수많은 곳에서 2014년 9월 16일 밤 징저 우 광밍호 철거 현장에서 발생한 화재를 동시에 목격했다.

8

사실 요우 경리의 말은 틀리지 않았다. 현대는 1인 미디어 시대로 휴대전화 하나가 방송국이나 다름없다. 대형 화재의 사진과 영상은 온라인상에 순식간에 퍼져나가 세상 모든 사람이 알게 됐다. 허우량핑은 윈난성에 있을 때 그 영상을 보았다. 자오더한에게 뇌물을 줬다는 자들을 조사하려고 부하들을 데리고 쿤밍에 갔다가, 노점에서 야식으로 윈난풍 쌀국수를 주문해 기다리고 있던 중이었다. 평소 휴대전화로 인터넷을 즐겨 하는 수사관 하나가 갑자기 큰 소리로 "허우 처장님, 처장님 고향에 큰일 났어요!"라고 외치며 휴대전화를 허우량핑에게 넘겨줬다.

허우량핑은 현장 생방송이나 다름없는 영상을 보고 깜짝 놀랐다. 더 볼 것도 없이 그는 즉각 가오위량에게 전화를 걸어 현재 상황을 보고했다. 정법 서기인 스승이 이런 큰일을 모를 리 없겠지만 한 번 더 보고해서 안 될 일도 아니었다. 하지만 가오위량은 허우량핑이 전화를 걸었을 때 잠에서 깨어났다. 훗날 허우량핑이 듣기로 스승은 상황을 파악한 뒤 바로 공안청장 치퉁웨이에게 연락해 따펑 공장에서 일어난 갑작스러운 사건을 처리하라고 지시했다고 한다. 또한 가오위량은 리다캉에게 전화를 걸어 어떻게 된 상황인지 파악했다. 당시 리다캉은 차를 타고 화재 현장으로 가는 중이라 인터넷에 올라온 영상보다 더 아는 것이 없어 변변한 대꾸를 할 수 없었다. 허우량펑은 스승에게 보고했을 때 이 화재가 그 자신과 어떤 관계가 있을지 미처 예상하지 못했다. 더군다나 이 화재가 훗날 '9·16' 사건이라 불리며 미처 꺼지지 않은 정치적 잔불로 수많은 H성 관리들을 집어삼키리라고는 전혀 상상 못했다.

2014년 9월 16일 밤, 리다캉은 며칠 전 가오샤오친을 만났던 야트막한 산비탈에 올라서서 산 아래 광밍호 근처의 따펑 공장 지대에서 하늘로 치솟는 불길을 바라봤다. 그 모습을 보고 있자니 자신도 불바다에 빠져버린 듯했다. 그의 마음은 무정한 화염 공격에 새카맣게 그을었고, 온몸에서 식은땀이 줄줄 흘러내렸다.

관련 부문 지도자들은 얼추 다 모였고, 시 공안국장 자오둥라이와 구장 쑨롄청도 현장에 있었다. 쑨롄청이 리다캉에게 보고했다. "상황이 좋지 않습니다. 철거로 생긴 폐허의 벽돌 조각과 무너진 담 들이 길을 막아 소방차가 현장으로 들어갈 수 없습니다." 리다캉이 언성을 높이며 말했다. "지금 그게 무슨 소리인가? 당장 사람들 보내서 장애물을 정리해!" 쑨롄청이 자리를 떠나려 할 때 리다캉이 다시 그를 불러 세워 현재 사망자가 얼마나 되는지 물었다. "불에 타 죽은 사람이 세 명 정도 되고, 몇 명은 중상을 입었는데 구조 중입니다. 화상을 입은 사람이 서른여덟 명이고요. 하지만 이건 대강의 수로 아직 정확한 통계는 나오지 않았습니다." 쑨롄청의 대답에 리다캉은 고개를 돌려 위생국 국장에게 지시했다. "성과 시 대형 병원에 녹색생명통로* 개통하라고 하고 최대한 빨

---

*   자연재해 등 돌발적 사건으로 응급환자가 발생할 경우 빠른 환자 치료를 위해 시행하는 의료 서비스로 치료를 먼저 받고 나중에 수납할 수 있다.

리 환자들 구해내!"

곧이어 이어진 시공안국장 자오둥라이의 보고는 사람을 더욱 초조하게 만들었다. 따평 공장 앞마당에 25톤짜리 휘발유 저장고가 있다. 만약 불이 번져 저장고가 터지기라도 하면 어떤 결과가 생길지 아무도 상상할 수 없었다. "빨리 사람들 해산시켜. 절대로 또 다른 사망자가 나오면 안 돼!" 리다캉의 지시에 자오둥라이가 해결하기 복잡한 상황을 이야기했다. "철거 팀이 가짜 경찰차를 타고 왔는데, 노동자들이 그 가짜 경찰차와 경찰들을 둘러싸고 있어서 무력 충돌이 일어날 가능성이 높습니다. 거기다 지금은 시에서 나온 진짜 경찰들이 현장 노동자들을 둘러싸고 있습니다. 노동자들에게 이성적으로 법대로 처리하자고 권하고 있습니다만 서로 겹겹이 둘러싸고 있는 상황이라 현장이 혼란스럽기 짝이 없습니다. 경찰들이 가짜 경찰들을 잡아가겠다고 하는데도 노동자들은 가짜 경찰을 도우러 온 한 패라고 확신하고 있습니다."

바로 그때 공안청장 치통웨이가 도착해 성큼성큼 걸어오더니 큰 소리로 명령을 내렸다. "자오 국장, 과감하게 처리해. 필요하면 경고 사격하고, 무력 동원해서라도 현장 정리하라고!"

리다캉은 순간 정신이 멍해졌다. 하지만 치통웨이는 그의 앞에 다가와 단호하게 말했다. "리 서기님, 지금은 위급한 순간입니다. 휘발유 저장고가 폭발하면 누구도 책임을 면할 수 없습니다. 반드시 현장을 정리해야 합니다. 더 이상 머뭇거릴 수 없습니다!"

잠시 생각하던 리다캉이 과감하게 결단을 내렸다. "자오 국장, 치 청장 명령에 따르게!"

자오둥라이는 잠시 머뭇거렸지만 이내 경례하며 복종했다. "알겠습니다, 리 서기님, 치 청장님!"

잠시 후 경찰 측의 방송이 밤하늘에 울려 퍼졌다. "따평 공장 직원 여러분, 공장 지대 안의 휘발유 저장고에서 언제든 폭발이 일어날 수 있어 여러분의 안전을 위해 경찰이 곧 현장 정리를 시작할 예정입니다. 방송을 듣는 즉시 현장을 떠나주시기 바랍니다, 현장을 떠나주시기 바랍니다……."

하지만 방송은 아무런 효과도 없었다. 공장 문 앞의 남녀 노동자들은 손에 손을 잡고 인간 장벽을 만들어 십여 명의 가짜 경찰을 포위해 경찰차 안으로 몰아넣고, 경찰과 대치했다. 시뻘건 불빛이 엄숙한 얼굴 하나하나를 비췄고, 수많은 휴대전화가 섬광을 터뜨리며 사진을 찍고 영상을 녹화했다. 그때 사방이 어두워지면서 달도 별도 컴컴해지고 구름도 짙어졌다. 하늘은 마치 검은 솥을 엎어놓은 듯했다. 사람들은 경찰의 방송에 흥분해 더욱 이 화재를 일으킨 자들을 놓아주려 하지 않았다. 공장은 박살이 나고 이렇게 많은 형제자매가 불에 타 죽고 화상을 입었는데, 이 원한을 깨끗이 청산해야 하지 않겠는가! 목숨을 걸고 싸우기로 결심한 사람들의 의지는 휘발유가 일으킨 화재보다 더욱 무시무시했다. 그들 사이에 갇힌 가짜 경찰들은 두려움에 벌벌 떨며 이마에 굵은 땀방울을 주르륵 흘렸다.

그때 치퉁웨이가 다시 지시를 내렸다. "자오 국장, 경고 사격하고 무력으로 해산시켜!"

상황이 절박하게 돌아가고 있던 그 순간, 한 노인이 나타나 그들을 말렸다. 그날 밤 천옌스는 정시포의 다급한 전화와 인터넷 현장 영상을 통해 따평 공장에 큰일이 났다는 사실을 알았다. 아내가 말렸지만 그는 전동 자전거를 타고 현장으로 달려갔다.

"리 서기, 절대로 경솔하게 행동해서는 안 되네. 우리 앞에 있는 사람은 노동자들이야!"

리다캉은 천옌스의 등장이 뜻밖이었지만 침착하게 말했다. "검찰장님, 여기 어떻게 오셨습니까? 여긴 검찰장님이 계실 곳이 아닙니다. 빨리 돌아가시죠."

하지만 천옌스는 손을 뻗으며 말했다. "리 서기, 나한테 확성기 하나만 주게. 내가 가서 저 사람들을 설득해보겠네."

"그러실 것 없습니다. 현장이 혼란해서 너무 위험합니다. 저희가 금방 현장을 정리하겠습니다." 치퉁웨이의 말에 천옌스는 불같이 화냈다. "뭘 정리하겠단 건가? 갈등만 더 키울 참이야? 지금 사람이 얼마나 죽었는지도 모르는데 새로운 사망자를 만들 셈인가? 얼른 확성기 좀 줘보게. 내가 공장 노동자들과 이야기를 좀……."

그때 경찰 측의 방송이 다시 울려 퍼졌다.

마음이 급해진 천옌스는 발을 동동 굴렀다. "리 서기, 치 청장, 그리고 자오 국장! 저 방송 그만하라고 명령하게. 빨리! 지금 따평 공장 노동자들은 주식을 위해 싸우는 거라 절대로 쉽게 물러서지 않을 걸세. 만약 충돌이 발생해 몇 명이 더 죽어 나간다면 자네들 세 사람 모두 책임을 피할 수 없을 거야!"

천옌스의 이 말은 꽤 효과가 있었다. 리다캉은 자신의 정치적 책임을 분명히 알고 있었다. 그가 치퉁웨이를 쳐다보자 치퉁웨이는 고개를 흔들었다. 하지만 리다캉은 새로운 명령을 내렸다. "자오 국장, 현장 정리하는 거 잠시 멈추고 검찰장님께 확성기 가져다드려!"

천옌스는 경찰 두 명의 부축을 받으며 불길이 하늘 높이 치솟고 있는 따평 공장을 향해 다가갔다. 그는 확성기를 들고 정시포와 라오마 등 익숙한 노동자들의 얼굴을 보며 대화를 시작했다.

"노동자 여러분, 오늘 이렇게 여러분을 마주하고 있는 제 마음은 무겁기 짝이 없습니다. 금방이라도 눈물을 쏟고 싶은 심정입니다! 이 공장은 애초에 제 손으로 제도를 개혁했습니다. 그런데 지금 여러분의 주식이 날아가고 공장 철거로 일자리를 잃게 되다니, 제 마음은 너무나 비통합니다. 하지만 이렇게 여러분께 부탁합니다. 부디 이성적으로 행동하고 충돌을 자제해야 합니다. 절대로 갈등을 격화시켜선 안 됩니다! 일단 공장 뒤쪽으로 물러나주시면 안 되겠습니까?"

불빛에 비친 노동자들은 우울한 얼굴에 의심을 지우지 못한 채 그 자리에 서서 꼼짝도 하지 않았다. 물론 천옌스가 그들을 위해 한밤중에 이곳까지 달려왔다는 사실은 잘 알았다. 하지만 목숨을 걸고 싸우는 중대한 고비에 노인의 말만 믿고 양보할 수는 없지 않은가?

천옌스가 다시 확성기를 들고 큰 소리로 말했다. "그럼 우선 소방차가 들어가 불을 끌 수 있게 하는 건 어떻습니까? 여러분의 주식을 지키려면 먼저 목숨을 지켜야 하지 않습니까? 목숨이 없으면 주식이 다 무슨 소용입니까?"

돌아온 대답은 고요한 침묵이었다.

천옌스는 마음이 급해졌다. "만약 휘발유가 들어 있는 공장 안 저장고가 터진다면 우리 모두 끝장입니다. 내가 여러분과 함께하겠습니다!"

그 말에 노동자들이 흔들리기 시작했다. 정시포와 라오마, 왕원거 등 공장의 핵심 인물들이 사람들을 설득하자, 그제야 오리 떼 흩어지듯 노동자들이 공장 뒤편으로 물러났다. 자오둥라이는 그 틈에 가짜 경찰들을 잡아들였다. 가짜 경찰차도 아무 탈 없이 폐

허를 벗어날 수 있었다.

일은 좋은 방향으로 전환되고 있었다. 폐허 위 장애물들이 정리되고 소방차가 들어와 신속하게 화재를 진압했다. 정유 회사에서 보내온 특수 차량이 저장고 안에 있는 휘발유를 모두 뽑아갈 준비를 했다. 현장의 위험 요소가 모두 사라져 더 큰 재난을 어렵사리 피할 수 있었다. 어느샌가 바람이 불어와 구름을 흩어놓았다. 하늘 위에서 반짝이는 달이 대지를 은빛으로 물들였다.

리다캉은 길고 긴 한숨을 내쉬며 여유롭게 담배를 피워 물었다. 거울처럼 고요한 광밍호에 은색 둥근 달이 비치니 그 아름다움에 취할 것 같았다. 가벼운 바람이 불어와 호수 위에 잔잔한 물결을 만들자 그 위로 은빛이 부서졌다. 작은 산 곳곳에 자라고 있는 마미송(馬尾松)이 솔잎을 흔들며 은은한 향기를 풍겼다. 새 한 마리가 한밤중의 숲 위로 날아올라 잠꼬대처럼 울어대니 그 소리가 묘하게 사람의 마음을 끌었다. 하늘을 붉게 물들였던 큰불이 꺼지자 광밍호 주변은 마치 아무 일도 일어나지 않았던 것처럼 하늘도 땅도 다시 조용해졌다. 아름다움이란 무엇인가? 바로 이런 태평한 세상이야말로 그 무엇보다 아름다운 존재가 아니겠는가. 문인의 정서를 가진 비서 출신 리다캉은 마음속으로 그런 결론을 내렸다.

그런데 하필 이런 때 치퉁웨이가 다가오더니 말쑥한 얼굴에 미소를 띠며 말했다. "리 서기님, 제안이 하나 있는데 괜찮을지 모르겠습니다."

리다캉은 담배를 피워 문 채 멀리 있는 공장 지대를 바라봤다. "무슨 제안인가, 치 청장? 말해보게."

"이왕 이렇게 된 거 쇠뿔도 단김에 빼라고, 오늘 밤에 따펑 공장 그냥 철거해버리시죠."

리다캉은 순간 깜짝 놀라 코 위에 걸린 안경을 밀어 올리며 자기 앞에 있는 공안청장을 빤히 쳐다봤다. 무슨 뜻이지? 간신히 혼란스러운 현장을 안정시키고 잠깐의 고요를 즐기고 있는데, 이 공안청장은 대체 무슨 일을 벌이려는 걸까? 가오위량이 아끼는 이 제자의 속셈은 무엇이지? 세상이 혼란에 빠지는 것이 두렵지 않은가?

공안청장은 용의주도하게 말했다. "오늘 밤에 철거하지 않으면 앞으로는 더 힘들어집니다."

틀린 말은 아니었다. 따평 공장은 어차피 철거해야 한다. 그의 원대한 꿈이 토지 수용에 불복하는 이들 때문에 실패로 돌아갈 수는 없지 않은가. 리다캉은 긴 한숨을 내쉬며 우울하게 말했다. "그래, 그렇지. 치 청장, 자네 말이 맞네. 매도 먼저 맞는 게 낫다고, 본래 일주일 안에 철거할 작정이긴 했네."

평화롭게 가라앉았던 시위원회 서기의 마음이 공안청장의 꼬임에 다시 두근대며 뛰기 시작했다. 생생하게 살아 움직이던 신도시의 꿈이 또다시 머릿속을 뛰었다. 이왕 이렇게 됐는데 철거하지 못할 이유가 무엇인가? 물론 그에 앞서 해결해야 할 인물이 있었다. 바로 천옌스다. 이 나이 지긋한 동지는 H성에서 존경을 한 몸에 받는 어르신이지만 불평불만이나 엉뚱한 소리도 잦은 편이다. 게다가 따평 공장과는 깊은 관계를 맺고 있다.

리다캉은 자오둥라이에게 천옌스를 모셔 오게 한 뒤 그의 손을 꼭 쥐고 흔들며 말했다. "검찰장님, 감사드립니다. 제가 시위원회와 시정부를 대표해 정말 감사드립니다. 검찰장님이 제때 나서주시지 않았다면 무슨 일이 벌어졌을지 모릅니다. 하지만 이 따평 공장은 광밍호의 흉터로, 결국 그 안에는 병이 잠복해 있습니다."

리 서기는 천옌스의 귓가에 입을 바짝 들이밀어 더 비밀스럽고 친절하게 속삭였다. "검찰장님, 한 가지 상의드릴 것이 있습니다. 오늘 밤에 공장을 철거하려 합니다."

너무 뜻밖의 이야기에 천옌스는 깜짝 놀라고 말았다. "뭐? 리다캉, 자…… 자네 감히!"

리다캉은 속에서 화가 치밀었지만 억지 미소를 지으며 말했다. "검찰장님, 공장 노동자들을 위하시는 마음은 잘 압니다. 하지만 그들은 불법으로 그곳을 점거하고 있습니다. 검찰장님께서 그들에게 믿고 기댈 산이 되어주지 않으셨다면 따펑 공장이 이렇게 정부와 맞서지는 않았을 겁니다."

그 말에 천옌스는 머리끝까지 화가 치솟았다. "리다캉 동지, 그들이 무엇 때문에 정부와 맞서고 있는지 아나? 그들은 악덕 사업가에게 속았네. 내가 진즉에 자네와 시위원회에 이런 사실을 고발하려고 편지를 쓰고 전화도 했는데 자네는 상대도 하지 않았어! 솔직히 말해서 오늘 밤의 일은 자네와 징저우시위원회의 책임이 크단 말일세!"

리다캉은 잠시 어리둥절해졌다가 정중한 목소리로 말했다. "검찰장님, 제가 당에 대한 충성심과 제 인격을 걸고 말씀드리건대 저는 단 한 번도 검찰장님의 편지나 전화를 받은 적이 없습니다."

천옌스가 손을 휘휘 저었다. "그렇다면 자네는 허수아비인 게로구먼. 시민들과 단절돼 민심이 뭔지도 모르고 있는 걸세! 정부가 말을 내뱉었으면 신뢰가 있어야지. 다른 시간에 철거하게. 내가 여기까지 사람들을 설득하러 왔는데 갈등에 다시 불붙는 꼴을 볼 순 없네!"

하지만 리다캉은 자신이 한 말은 반드시 지키는 사람이라 한 치도 물러서지 않았다. "구정부에서는 따평 공장을 철거하겠다고 일찌감치 통지했습니다. 저 역시 시위원회를 대표해 명령을 내렸고요. 오늘 밤 안으로 반드시 따평 공장을 철거해야겠습니다. 이 일은 이렇게 하는 걸로 하시죠!"

초가을의 깊은 밤은 이미 한기가 돌았다. 호수 수면 위에 바람이 부딪치자 한기가 더욱 깊어졌다. 부들부들 떠는 천엔스의 얼굴에 깊은 슬픔이 묻어났다. 그는 뭔가 더 하고 싶은 말이 있는 것처럼 입술을 옴짝거렸지만 한 마디도 내뱉지 못했다. 그 모습을 본 순간 리다캉은 마음이 쓰여 뭔가 위로의 말을 건네고 싶었지만 적당한 말을 찾지 못했다.

마침 그때 어둠 속에서 따평 공장의 큰 확성기를 통해 방송이 흘러나왔다. "따평 공장 가족 여러분, 정부가 우리를 속였습니다. 창샤오후의 철거 팀이 또다시 공격하고 있습니다!"

리다캉과 천엔스는 동시에 고개를 돌렸다. 달빛 덕에 따평 공장의 풍경이 눈에 들어왔다. 불도저가 검은 연기를 내뿜으며 움직이기 시작했다. 창샤오후의 수하들이 대형 기계와 함께 다시 따평 공장으로 다가가고 있었다. 분노한 노동자들은 무기를 들고 공장 밖으로 뛰쳐나왔다. 눈앞에서 엄청난 충돌이 다시 재현됐다. 휘발유를 가득 싣고 떠나려던 특수 차량도 십여 명의 여성 노동자들이 차 앞에 아예 자리를 깔고 앉자 빠져나갈 길이 막히고 말았다. 휘발유는 다시 노동자들의 치명적인 무기가 됐다. 현장의 분위기는 급박하게 돌아갔다.

화가 나면서도 초조해진 천엔스는 리다캉을 보며 절레절레 고개를 흔들었다. "저걸 보게. 자네 지금 뭘 한 건가? 오늘 밤에 공장을 철거하려면 나를 먼저 밟고 가게! 불도저로 이 노인네 뼈부터 으깨놓고 가란 말일세!"

이후의 이야기는 마치 한 편의 드라마 같았다. 천옌스는 확성기를 들고 공장 노동자들 사이로 들어가 설득하려 했지만 경찰이 길을 막았다. 하지만 천옌스에게 함부로 할 수도 없어서 경찰은 웃는 낯으로 말했다. "어르신, 들어가실 수 없습니다. 여긴 너무 위험합니다."

천옌스는 경찰들의 포위에 이러지도 저러지도 못하는 신세가 됐다. 그렇다고 포기할 수도 없던 그는 휴대전화를 꺼내 왕년의 부하에게 구조를 요청했다. "가오위량, 내가 여기 체포됐네. 빨리 와서 나 좀 구해주게!"

그날 밤 가오위량은 잠들 수 없는 운명이었다. 그는 수면제 두 알을 먹고 막 잠이 들려다가 전화를 받았다. 천옌스의 목소리를 듣는 순간 가오위량은 깜짝 놀라 벌떡 일어났다. 옛 상사의 격앙된 목소리를 들은 순간 '리다캉이 지나친 짓을 했구나'라는 생각이 들었다. 하지만 각자 맡고 있는 관할과 역할이 다른데 함부로 천옌스의 편에서만 이야기할 수도 없는 노릇이었다. H성은 정계가 매우 복잡한 데다 그와 리다캉은 그리 편한 사이도 아니었다. 정법계니 비서파니 하는 판에 철거 문제를 두고 그가 성급 고위 관리에게 이래라저래라 할 수는 없는 노릇이었다. 결국 그는 천옌스에게 완곡하게 말했다. "검찰장님, 너무 화내지 마십시오. 사실 이 일은 제가 리다캉 서기에게 직접 이야기하기가 어렵습니다. 리 서기는 성위원회 상무위원 아닙니까? 저는 정법 부분을 맡고 있어 리 서기에게 뭐라 하기가 그렇습니다. 그러지 마시고⋯⋯." 그러자 천옌스는 불쾌한 기색으로 그의 말을 끊었다. "자네가 뭐라

할 수 없다면 나 대신 새로 온 샤루이진 서기 좀 찾아주게. 천옌스 란 노인네가 급한 일로 찾는다고 말일세!"

천옌스는 자기 할 말만 하고 전화를 끊어버렸다. 가오웨량은 고개를 갸웃거렸다. 말투를 들어보니 이 옛 부검찰장과 새로 온 샤루이진 서기 사이에 특별한 관계가 있는 게 분명했다. 그는 즉각 샤루이진의 비서 바이 처장에게 전화를 걸었다. 하지만 바이 처장은 조금 난감해했다. "샤 서기님은 하루 종일 옌타이시에서 지역 조사를 하시고 저녁에 현지 간부들과 회의를 하시느라 잠드신 지 얼마 되지 않았습니다. 지금 깨우기는 어려울 것 같은데요." 그 말에 가오웨량은 고개를 끄덕였다. "그럼 내일 아침에 전해주시게. 부검찰장이셨던 천옌스 선생님이 샤 서기님을 찾았다고 말일세."

서재로 돌아온 가오웨량은 잠이 깬 김에 리다캉에게도 인심을 쓰기로 했다. 그는 전화를 걸어 천옌스의 구조 요청과 새로 온 샤 서기의 H성에 대한 무한한 기대를 말해주며 의미 있는 한마디를 던졌다. "리 서기, 샤 서기의 뜻이 어떤지 안 뒤에 따펑 공장을 철거해도 늦지 않네." 리다캉은 그 말에 즉시 감사의 뜻을 전했다. 다시 침실로 돌아와 누운 가오웨량은 몸과 마음이 유달리 편안하게 느껴졌다. 이런 관계 하나 제대로 처리하지 못한다면 가오웨량이라 할 수 있겠는가.

이런 일에 반응이 늦는다면 리다캉 역시 리다캉이 아니라 할 것이다. 그는 금세 사태를 파악하고 정신을 차렸다. 천옌스가 보통 양반이 아닌 것만은 분명했다. H성에서 자오리춘의 시대가 지난 게 대체 언제인가? 샤루이진 역시 불과 얼마 전 낙하산 인사로 성 서기가 된 인물이라 누구도 그 속을 정확히 알지 못했다. 팔순이 넘은 천옌스는 아버지 세대의 지도자고 샤루이진은 젊은 지도자인데, 그 두 사람 사이에 어떤 관계가 있을 줄 누가 알았겠는가? 앞도 뒤도 재지 않고 함부로 행동하다가 정말 지뢰를 밟을지도 모를 일이다. 리다캉은 새로 온 성서기에게 자신의 강력한 정치적 존재감을 드러내고 싶었다. 그러려면 우선 더욱 강력한 새 성서기의 정치적 존재감에 주목해야 했다.

이어진 리다캉의 조치는 요란한 데다가 정당한 논리도 부족했다. 그는 우선 쑨롄청에게 철거 중지를 명령했다. 쑨롄청이 왜냐고 묻자 리다캉은 이유는 묻지 말고 즉시 집행하라고 대답했다. 또 그는 시공안국 국장 자오둥라이에게도 천 검찰장님을 잘 보호하고, 구급차를 준비해서 혹시라도 몸이 안 좋으시면 바로 병원으로 모시라고 지시했다. 그러더니 그는 입고 있던 점퍼를 벗어 춥지 말라며 천옌스에게 덮어줬다. 해가 뜰 무렵이 되자 행정관리처에서 요기라도 하라며 고위 관리들에게 죽과 도시락을 보내왔다. 리다캉은 그것들을 우선 공장 입구에 있는 천옌스와 노동자들에게 전해주라고 지시했다.

덕분에 그날 아침 강제 철거 현장에서 치퉁웨이는 다음과 같은 풍경과 마주했다. 불도저에 맞선 천옌스는 홀로 낡아빠진 소파에 앉아 있었고, 그의 뒤로 남녀 노동자들이 한꺼번에 몰려 있었다. 아침 바람이 노인의 성긴 백발을 흩트려 놓았지만 굳은 의지를 드러내는 주름진 얼굴은 조각상처럼 보였다. 시서기의 커피색 점퍼가 여전히 노인의 몸을 덮고 있었다.

치퉁웨이는 이 기이한 광경을 이해할 수 없어 결국 참지 못하고 리다캉에게 물었다. "리 서기님, 어째서 갑자기 결정을 바꾸신 겁니까? 이게 다 뭡니까?" 리다캉은 미소 지으며 담배에 불을 붙이고는 느긋하게 입을 열었다. "치 청장, 난 말일세, 갑자기 한 가지 사실을 깨달았다네. 천옌스 부검찰장은 우리 정부와 공장 노동자 사이의 소통을 대표하는 인물일세. 그의 이미지가 당과 정부의 이미지라고 할 수 있지. 그런데 우리가 그와 대립하다니, 웃기는 일 아닌가?"

치퉁웨이는 도대체 어찌된 일인지 갈피를 잡을 수 없어 아무 대꾸도 못 했다. 하지만 불과 몇 시간 뒤 리다캉의 속셈이 무엇인지가 드러났다.

동쪽에서 비춰오는 첫 번째 아침 햇살을 맞으며 리다캉은 친절하고 따뜻한 미소를 띠고 따펑 공장 앞에 도착했다. 행정관리처장은 정부 기관 식당에서 데려온 조리사들을 지휘해 노동자들에게 아침 식사를 나눠주었다. 리다캉은 아주 자연스럽게 앞으로 나아가 조리사들이 들고 있는 큰 고기만두를 건네받아 직접 나이 든 노동자의 손에 쥐여줬다. 만두를 받은 노동자는 깜짝 놀라 입을 반쯤 벌리고 한동안 다물지 못 했다. 도대체 어떤 반응을 보여야 한단 말인가? 리다캉은 나이 든 노동자의 어깨를 두드리며 말했다. "어리둥절해하실 필요 없습니다. 따뜻할 때 빨리 드십시오." 그는 다시 여성 노동자에게 죽을 건넸다. 심지어 그는 그릇을 건네며 죽이 뜨거우니 조심하라고 말하더니 고개를 돌려 셴야단((咸鴨蛋)을 하나 더 달라고 했다. 그러자 여성 노동자는 뜻밖의 상황에 감동해 눈물을 머금고 연신 고맙다고 인사했다.

그때 마침 징저우 방송국의 촬영 카메라가 도착해 이 감동적인 장면을 찍었다. 어젯밤 혹독한 대가를 치르며 피와 불이 난무했던 강제 철거는 의도가 다분한 쇼로 변모했다.

아침놀은 인심을 북돋우듯 넓게 물들어갔다. 주황색과 연보라색, 샛노란색, 짙은 청색 등 화려하게 피어오른 구름은 유치원에서 깡충깡충 뛰어노는 아이들처럼 보였다. 태양이 떠오르기 직전의 하늘은 늘 이렇게 떠들썩하지만, 이 모두는 매일 일어나는 위대한 순간인 '일출'을 돋보이게 만드는 장치일 뿐이다.

일출을 뒤로하고 새로운 날의 햇살로 목욕하며 리다캉은 천옌스 옆에 서서 확성기를 들고 격앙된 목소리로 현장의 노동자들에게 햇빛 찬란한 약속을 했다. "지난날 천옌스 검찰장님께서 제도를 개혁하며 드렸던 약속은 바로 저와 시위원회의 약속입니다. 저는 그 약속이 반드시 이행되도록 하겠습니다. 개혁이란 본래 모든 국민이 잘살 수 있게 하기 위한 것 아니겠습니까?"

시위원회 사무실로 돌아온 리다캉은 먼저 성서기 샤루이진에게 전화를 걸어 어젯밤 따펑 공장에서 있었던 돌발적인 사건을 보고하며, 진지하게 자신의 잘못을 반성하고 입에 침이 마르도록 천옌스를 칭찬했다.

그때 샤루이진과 바이 처장은 마침 옌타이 호텔에서 아침 식사를 하며 레스토랑 대형 텔레비전을 통해 리다캉이 정치 연설을 하고 있는 모습을 보고 있었다. 샤루이진은 길게 말하는 대신 아주 간략하게 대꾸했다. "리 서기, 내가 오늘 징저우로 돌아가니 지금 이 이야기는 상무위원회에서 다시 합시다."

9

로이드안경을 쓴 신임 성서기 샤루이진은 기품 있고 인자한 외모에 입가에는 늘 미소를 띠고 있지만 눈빛은 깊고 날카로웠다. 한눈에 봐도 겉은 부드럽지만 속은 단단하고 강한 사람이란 것을 알 수 있었다. 새 서기는 여러 도시를 조사하고 징저우에 돌아온 지 며칠 되지 않아 H성 성위원회 상무위원회의를 열었다. 가오위량과 리다캉을 포함한 열세 명의 성위원회 상무위원들이 회의에 참석했다.

샤루이진은 시종 미소를 띤 채 편하게 개회사를 했지만, 그 내용에는 깊은 의미가 담겨 있었다. 그는 16일 동안 여덟 개 도시를 돌며 조사와 연구를 펼친 끝에 이 상무위원회의를 위한 몇 가지 준비를 마쳤다고 했다. 그런데 조사 연구가 끝나던 날 징저우의 9·16 사건과 마주한 것이다. 그는 경제 대성(大省)인 H성이 유사 이래 최초로 전 세계에 집단 사건을 현장 생중계했다는 사실에 큰 불안감을 느꼈다고 말했다.

새 성서기가 회의 시작부터 9·16 사건을 들먹이자 리다캉은 좌불안석했다. 그는 손을 들고 징저우시위원회를 대표해 성위원회에 반성의 뜻을 전하고 싶다고 말했다. 하지만 샤루이진은 손을 저으며 반성이 급한 게 아니라 이 사건의 성질을 분명히 알아야 한다고 말했다. 그 말에 리다캉은 심장이 덜컥 내려앉았다.

샤루이진은 9·16 사건이 결코 간단하지 않다고 말하며 사건에 대한 첫 판단을 내놓았다. "이건 단순히 철거 문제로 빚어진 갈등이 아니라 부패 문제로 촉발된 악질적 폭력 사건입니다. 사건의 근본적 원인은 부패에 있고, 몇몇 간부들의 부패 행위가 보편적으로 존재하는 사회 갈등에 불을 붙였습니다."

상무위원들은 연신 고개를 끄덕이며 서로 귓속말을 주고받았다. 신임 서기의 말은 매우 날카롭게 핵심을 찔렀다.

샤루이진은 회의장이 울릴 만큼 큰 소리로 말했다. "제가 이렇게 말하는 데에는 근거가 있습니다. 반부패총국이 조사한 베이징의 한 처장 집에서 2억 위안이 넘는 현금이 발견됐다지요. 그렇다면 같은 혐의를 받고 H성에서 도주한 딩이전 부시장은 대체 얼마나 받아먹었겠습니까? 또한 딩이전 부시장과 의기투합한 자들은 얼마나 많은 뇌물을 받았겠습니까? 뇌물을 받지 않고 법을 어길 수 있습니까? 따펑 공장 직원들의 주식은 대체 어디로 갔습니까? 주식 때문에 화재 현장에서 세 명이 죽고 서른여덟 명이 화상을 입었으며, 여섯 명이 중상으로 생사의 기로에 있습니다. 우리는 따펑 공장 일과 현장의 악질적 폭력 사건 배후에 누가 있는지 정확히 조사해야 합니다. 그래야만 따펑 공장 직원과 우리 시민들에게 무엇이 어떻게 됐다고 설명할 수 있지 않겠습니까? 누가 관련되어 있든, 어떤 급의 간부가 관련되어 있든 말입니다!"

샤루이진은 손에 쥔 색연필을 무심코 탁자 위에 탁 하고 내려놨다. 그 소리는 회의에 참석한 몇몇 간부들에게 엄청난 천둥처럼 울리며, 반부패에 대한 신임 서기의 결심을 확실히 알렸다.

리다캉은 순간 가슴이 철렁했다. 새 서기가 이미 뭔가 알고 있는 것처럼 부패 문제를 말하면서 광밍호의 화재와 도주한 딩이전을 한데 연관시키지 않았는가. 그는 그 지역을 관리하고 있는 서기로서 자신의 책임이 무겁다는 사실을 잘 알고 있었다. 지도자로서의 책임뿐만 아니라 경제적 문제에서도 책임을 면할 수 없을 것이다. 샤 서기는 "누가 관련되어 있든, 어떤 급의 간부가 관련되어 있든"이라고 말했지만 사실은 자신을 가리키는 것 아닌가.

샤루이진은 격앙된 말투를 누그러뜨려 개혁의 성과에 대해 이야기하기 시작했다. H성은 중국의 다른 성들과 마찬가지로 지속적인 경제 발전을 이루고 있으며, GDP 역시 28년 연속으로 고속 성장을 거듭했다. H성 곳곳에 신도시가 세워졌고, 도시와 농촌의 면모가 나날이 새로워지고 있다. 징저우, 뤼저우, 린청의 경제 성장 속도는 베이징이나 상하이 같은 대도시와 큰 차이가 없다. H성의 개혁 개방 성과는 엄청났다.

이는 형식적인 칭찬이지만 사실이기도 했다. 그나마 듣기 편한 말에 가오위량과 리다캉을 비롯한 상무위원들은 연신 고개를 끄덕이며 동의를 표했다. 하지만 가오위량은 고개를 끄덕이면서도 새 서기가 그들을 계속 이렇게 편하게 해줄리 없다고 생각했다. 역시나 샤루이진은 꼭 해야만 하는 형식적인 칭찬을 마친 뒤, 모든 상무위원을 훑어보며 화제를 바꿔 날을 세우기 시작했다. 그는 간부들의 기풍 문제를 매섭게 비판하며 모 지역 모 부문 간부의 자질이 일반 국민보다도 못하다고 콕 집어 지적했다. 모든 상무위원들은 아무리 둔한 사람도 단번에 이해할 만한 샤루이진의 직접적인 문제 제기에 깜짝 놀랐다. 가오위량도 다른 사람들과 보조를 맞춰 놀란 척했지만, 새로운 서기의 속내가 무엇인지 가늠할 수 있었다.

샤루이진은 형형한 눈빛으로 말했다. "동지 여러분, 그렇게 놀란 눈으로 쳐다보실 필요 없습니다. 이것은 제가 H성을 조사하며 발견한 가슴 아픈 사실입니다. 좀 더 구체적으로 이야기해볼까요? 한번 물어봅시다. 자질이 부족하고 도덕적 수준이 낮은 간부가 이끄는 지역이나 부문이 제대로 돌아가겠습니까? 눈이 삐지 않았느냐며 대중이 우리를 욕하지 않겠습니까? 그러므로 지금 우리에게 가장 엄중한 문제는 대중을 어떻게 가르치느냐가 아니라 우리 간부들을 어떻게 가르치느냐입니다!"

지나치게 자극적인 이야기에 상무위원들은 고개를 숙이고 계속해서 무언가를 적었다. 사실 그들은 H성의 최고 지도층으로서, 이후에 언급될 상황에서 누구도 책임을 벗을 수 없음을 잘 알고 있기에 고개를 들지 못하고 있었다.

샤루이진은 매우 심사숙고하며 다음 말을 이어갔다. "동지 여러분, 바로 이런 때에 우리 당의 역사와 전통을 되새겨보는 일이 매우 중요하다고 생각합니다. 오늘 저는 특별히 연세 지긋하신 동지 한 분을 저희 상무위원회의에 모셔서 역사와 전통, 정신은 물론이고 어떻게 해야 진정한 공산당원이 될 수 있는지에 대해 들어볼까 합니다. 바로 여러분도 다 아시는 성인민검찰원 상무부검찰장이셨던 천옌스 동지입니다. 이분을 싫어하는 사람들은 '늙은 돌'이라고 부르기도 하지요. 하지만 저는 늙은 돌도 좋다고 생각합니다. 우리 중화인민공화국의 기초는 이런 늙은 돌들이 다지신 게 아닙니까!"

바로 그때 성위원회 비서장 라오천이 천옌스를 모시고 회의실 문 앞에 나타났다.

샤루이진이 먼저 자리에서 일어났다. "열렬한 박수로 천옌스 동지를 환영합시다!"

그러자 가오위량과 리다캉, 다른 상무위원들도 줄줄이 일어나 천옌스에게 박수를 보냈다.

낯익은 천옌스의 얼굴을 보며 가오위량은 속으로 중얼거렸다. '이게 대체 뭐하는 짓이지? 나이 든 동지를 모셔 전통 이야기를 듣다니, 여태 이런 상무위원회의는 단 한 번도 없었어. 오늘의 의제는 간부 인사 논의 아니었나? 일반적인 관례와 달리 샤 서기는 전임 서기로부터 등용할 만한 120여 명의 인재 명단을 넘겨받았어. 그런데 그것도 모자라 반부패와 간부들의 문제를 이야기하더니 이제는 전통 교육을 하겠다니, 이는 H성 간부들의 기풍을 바로잡겠다는 뜻이 아닌가!' 교수 출신인 가오위량은 상대의 속내를 짚어내는 일에 탁월했다. 샤 서기의 행동은 인사를 빙자해 H성의 부패 문제를 뿌리 뽑겠다는 것으로, 누구든 머리가 날아갈 위험이 있었다. 이럴 때일수록 정신을 바짝 차려 일어날 수 있는 각종 상황에 대비해야 한다.

천옌스는 매우 소박한 말투로 자신이 처음에 어떻게 공산당에 입당하게 됐는지 이야기하기 시작했다. 그는 부대가 옌타이를 공격하려 하는데 공산당 당원이 아니면 폭약 가방을 메고 돌격대에 참여할 수 없었기 때문에 입당했다고 말했다. 당시 폭약 가방을 메는 일은 공산당원의 특권이었다. 그는 이 특권을 얻기 위해 부대가 옌타이 근교에 이르렀을 때 간단한 과정을 거쳐 긴급 입당을 했다. 당시 그는 열다섯 살에 불과한 소년이었지만 당에 가입하기 위해 두 살을 속였다. 그때 그가 당에 가입할 수 있도록 소개한 사람이 바로 샤쩐장(沙振江)이었다.

'샤'라는 성을 듣는 순간 리다캉의 심장이 덜컥 내려앉았다. 보아하니 천옌스와 샤 서기가 정말 가까운 사이일 가능성이 높지 않은가. 가오위량도 이런 두 사람의 관계를 예측하고 9월 16일 밤에 그에게 전화한 것이리라. 하지만 가만히 생각해보니 뭔가 이상했다. 가오위량이 무엇 때문에 그 사실을 자신에게 알려준단 말인가? 본인이 성서기가 될 기회를 잃은 가오위량이 류 성장의 뒤를 이어 그가 순조롭게 성장 자리에 오르기를 바랄 리 없지 않은가.

천옌스의 이야기는 매우 감동적이었다. "돌격전이 시작되고 샤쩐장 대장은 20킬로그램 폭약 가방을 등에 멘 나와 알슌즈 등 열여섯 명의 돌격대를 이끌고 참호를 뛰쳐나왔지. 성벽 위에서, 엄폐호 안에서 일본군들이 미친 듯이 기관총을 쏴댔어. 돌격대의 선봉은 샤쩐장 대장이었는데 자욱한 연기 때문에 그 모습이 보였다 안 보였다 하더군. 대장 뒤에는 내가, 그 뒤에는 알슌즈가 있었지……."

가오위량은 천옌스의 입이 바쁘게 움직이는 모습을 봤지만 무슨 이야기를 하는지는 단 한 마디도 듣지 못했다. 그도 리다캉처럼 마음 쓰이는 일을 생각하고 있었기 때문이다.

뭔가 일이 이상하게 돌아가고 있었다. 분명 어딘가 문제가 있다. 샤루이진은 어째서 9·16 사건이 간부들의 부패로 일어난 사건이라고 단언하는가? 너무 섣부르지 않나? H성에 부임한 지 얼마 되지도 않은 신임 서기가 어디서 정보를 얻었지? 천옌스에게 무슨 이야기를 들은 걸까? 새 서기가 회의 시작부터 리다캉과 관련된 문제를 언급한 걸 보면 H성에 앞으로 샤루이진과 리다캉 콤비가 생길 것이란 말은 거짓이었나? 리다캉이 성장이 된다든지 그가 성서기가 된다든지 하는 말처럼 수많은 정치적 소문 중 하나에 불과한 걸까?

천옌스는 이야기를 할수록 흥분하기 시작했다. "남문에서 60여미터 떨어진 늙은 회화나무 아래서 샤쩐장 대장은 몸에 총탄 여섯 발을 맞고 장렬히 숨졌네. 나는 대장의 폭약 가방을 메고 계속 전진했지. 쭉 늘어선 기관총들이 불을 뿜었고 나도 총탄에 맞아 쓰러지고 말았어. 내가 어떻게든 앞으로 기어가려 하고 있는데 갑자기 알슌즈가 일어나더니 쓰러질 듯 비틀거리며 몇 미터를 뛰어가 성문 구멍 안으로 그대로 몸을 날려 도화선을 당겼네! 쾅쾅!! 성문이 폭발했고 총공격의 돌격 나팔이 울렸지."

리다캉은 천옌스를 보고 있자니 어쩐지 울컥하는 기분이 들었다. 젊은 시절 폭약 가방을 멨던 노인이 9·16의 밤에도 스스로 폭약 가방을 멨던 것이다. 다행히 천옌스가 제때 나서준 덕분에 그는 망설였고, 결국 강제 철거를 포기하며 사태가 악화되는 것을 막았다. 사람들은 천옌스를 보며 제2인민검찰원을 차렸다는 둥 나이 든 분노한 청춘이라는 둥 비웃기도 했지만 그만의 원칙과 마지노선이 있는 것만은 분명했다. 저 나이 든 동지는 정치적 발언이 세다고 하지만 타고난 서민 의식과 대중 의식을 가지고 있지 않은가. 지금 와서 생각해보면 치퉁웨이야말로 의심스러웠다. 따펑 공장 철거가 공안청장에게 무슨 득이란 말인가? 들리는 소문에 의하면 치퉁웨이와 가오샤오친 사이에 모종의 관계가 있다더니, 정말 어떤 꿍꿍이가 있던 걸까?

그때 천옌스의 얼굴은 온통 눈물범벅이 되어 있었다. "알슌즈가 자신의 목숨을 바쳤을 때 나이가 겨우 열여섯이었네. 당에 가입하고 고작 하루가 지났지. 우리 공산당 역사에 단 하루의 재적 기간을 가진 당원이 있나? 나는 잘 모르지만 전쟁 시대에 알슌즈와 같은 상황이었던 동지가 결코 한 사람은 아니었을 걸세. 이런 당원들이 행동으로, 자신의 피를 희생해 입당 맹세를 실천한 것일세!"

상무위원들은 그 순간 너 나 할 것 없이 감격했다. 심지어 샤루이진은 눈물을 글썽였다. 천옌스가 마지막 말을 이어갔다. "나는 입당할 때 나이를 두 살 속인 탓에 좀 더 일찍 퇴직해야 했네. 먼저 퇴직해 부성급 대우를 누리지 못한 게 후회되지 않느냐고 샤루이진 서기가 묻더군. 나는 전혀 후회되지 않는다고 말했네. 그 옛날, 우리 돌격대 열여섯 명 중에 그 돌격전에서 희생된 동지가 아홉이었네. 그들에 비하면 나는 참 행복한 인생이지. 그래서 샤루이진 서기가 조직을 대표해 내게 사과했을 때, 나는 사과할 게 뭐 있느냐고 말했네. 폭약 가방을 멨다고 관직에 앉고 대우를 받아야 하나? 우리에게는 폭약 가방을 멘 것 자체가 당원의 특권이었는걸. 나이를 속이고 그 특권을 얻었을 때만 해도 나는 오늘날까지 살 줄 정말 몰랐어. 동지 여러분, 나는 평생을 살아오며 그 특권을 얻었던 일을 너무도 자랑스럽게 생각하네!"

샤루이진과 모든 상무위원들은 다시 한 번 열렬한 박수를 보냈다. 박수 소리는 한동안 멈추지 않았다.

천옌스가 떠난 뒤에도 상무위원회의는 계속 진행되었다.

샤루이진은 감격이 가시지 않는지 자꾸 손가락으로 탁자를 두드리며 말했다. "동지 여러분, 전쟁 시대에 우리 당원들은 폭약 가방을 메기 위해 다퉜습니다. 서로 앞서거니 뒤서거니 하며 목숨을 희생했지요. 분투와 희생은 우리 공산당원의 특권이었습니다. 그런데 지금은 어떻습니까? 우리 몇몇 당원 간부들이 다투고 있는 것은 무엇입니까? 권력과 돈입니다! 서로 앞서거니 뒤서거니 하며 승진과 부정한 재물에 목을 매고 있습니다. 봉건 관료 사회의 악습을 그대로 배우고 있으니 한 지역, 한 부문이 부정에 물들지 않을 수 있겠습니까? 예를 하나 들어볼까요? 제가 H성에 오게 된다고 하니 천엔스 동지가 덕을 많이 보셨더군요. 그분이 꽃이며 새를 좋아한다는 걸 알고 꽃과 새를 보낸 사람이 한둘이 아니었습니다. 새만 해도 열 마리가 넘게 선물로 왔다더군요. 만약 천엔스 검찰장께서 동물을 좋아하기라도 했다면 판다나 호랑이도 보내지 않았겠습니까? 이게 대체 무슨 기풍입니까!"

상무위원들은 서로 얼굴만 쳐다볼 뿐 아무 말도 못 했다. 회의실은 금세 긴장감으로 가득 찼다.

샤루이진은 말을 이어나갔다. "어떤 간부는 직급도 낮지 않은데 이번에 기어이 승진을 하고 싶었던 모양입니다. 그는 과학기술을 관리하는 간부로 6년 동안 과학기술국 국장으로, 5년 동안 시위원회 조직부(組織部)* 부장으로 일했습니다. 헌데 그는 우리 지역의 농업과학자나 과학원 원사**도 알아보지 못하더라 이겁니다! 그분들과 악수를 하면서도 기껏 한다는 말이 어디 소속이냐고 묻더군요. 그런데 얼굴이 조금 예쁜 여자 간부들은 어디 외진 시골 동네에 있는 간부까지 모르는 사람이 없지 뭡니까? 이게 대체 어떻게 된 일입니까, 여러분?"

가오위량은 드디어 자신이 나설 때가 왔음을 감지했다. 경험에 비춰 봤을 때 기풍을 바로잡든 무슨 운동을 하든 발언권을 제때 빼앗아 오는 일이 무엇보다 중요했다. 남을 적극적으로 비판할 줄 알아야 자신을 잘 지킬 수 있는 법이다. 무엇보다 지도자에게는 지지가 필요하며, 가장 먼저 자신을 지지한 부하를 좋아하게 마련이다.

---

* 중국 공산당의 인사를 주관하는 기관으로 우수한 인재를 발탁하거나 간부를 양성하는 역할을 한다. 한국 회사의 인사부와 비슷하다고 할 수 있다.
** 과학 발전에 크게 이바지한 학자들에게 해당 학계에서 주는 명예 칭호.

"샤 서기님, 서기님께서 말씀하신 간부에 대해서는 저도 들어본 적이 있습니다. 여자 간부들을 꼬드기길 좋아한다지요. 밤이면 종종 여자 간부들을 모아 술을 마시는데 한번 마셨다 하면 한두 명은 링거를 맞을 정도라고 하니 업무에 좋은 영향을 줄 리 없지요. 뒤에서 다들 그치를 두고 꽃간부라고 한다더군요."

그 말에 샤루이진은 분노를 금치 못했다. "제대로 된 일은 하지 않고 여자들에게 둘러싸여 술만 마시는 꽃간부를 중앙에 추천해 부부급(副部級)* 자리에 앉혀도 되겠습니까? 그런 자가 전국인민대표회의(全國人民代表大會)**와 중국인민정치협상회의(中國人民政治協商會議)***의 꽃병이 될 수 있겠습니까?"

회의가 시작되고 한 마디도 하지 않던 다른 상무위원들은 신임 서기 말에 끼어들며 처음으로 입을 연 가오위량을 부러운 시선으로 쳐다봤다. 하지만 그에게는 그럴 만한 자격이 있었다. 어쨌든 한때 성서기 후보로 거론되던 인물이 아닌가. 가오위량은 다시 느긋하게 샤루이진의 말에 끼어들었다. "제가 보기에 그 작자는 부녀연합회(中華全國婦女聯合會)**** 대문이나 지키면 어떨까 합니다. 꽃간부의 장기와 여력을 원 없이 발휘할 수 있지 않겠습니까."

리다캉은 불만스러운 눈빛으로 가오위량을 바라봤다. 정치가로서 리다캉은 새로운 서기가 겨냥하고 있는 것이 9·16 사건이 아닌

---

* 한국의 차관급.

** 의사 결정 기관이자 집행 기관인 중국 최고 국가 기관으로, 흔히 줄여서 인대(人大)라고 한다.

*** 흔히 줄여서 정협(政協)이라고 하며 정책자문기구로서의 역할과 홍콩·마카오·타이완 통일을 위한 통일전선업무협의체 기능을 수행한다.

**** 여성의 권익을 대표하고 남녀 평등을 촉진하며 공산당과 정부 정책 지지를 목적으로 하는 중국 최대의 여성 조직으로, 흔히 줄여서 부련(婦聯)이라고 한다.

다른 큰 그림이라는 사실을 눈치챘다. 물론 그도 발언을 통해 자신의 입장을 드러내는 것이 얼마나 중요한지 잘 알고 있으며, 남을 비판해 기회를 선점하는 기술에 대해서도 모르지 않았다. 하지만 주임 비서 출신인 리다캉은 가오위량처럼 지도자와 함께 다른 간부의 험담을 하고 싶지 않았다. 대신 그는 적당한 때에 신임 서기를 도와 큰 그림을 스케치하고 싶었다.

샤루이진은 다시 말을 이었다. "뿐만 아닙니다. 우리 성의 공안청 청장이라면 사회의 치안과 안정이란 중대한 책임을 진 자리 아닙니까? 그런 사람이 해야 할 일은 안 하고 천옌스 검찰장님이 계신 양로원에 찾아와 그 앞 정원에서 땅을 파고 있지 뭡니까! 웃통을 거의 벗어젖힌 채로 땀을 뻘뻘 흘리면서 말입니다!"

조사를 마치고 징저우로 돌아온 샤루이진은 가장 먼저 천옌스를 방문했다. 그런데 양로원에 들어섰을 때 공안청장 치퉁웨이가 천옌스와 함께 꽃을 심으려고 땅을 파는 모습을 보았다. 그 순간 샤루이진은 가슴이 덜컹 내려앉는 기분을 느꼈다. '어젯밤 광밍호에서 예기치 못한 사건이 일어나 여러 사람이 죽고 화상을 입었는데 저 공안청장은 대체 무슨 심사로 여기서 꽃을 심고 있지?' 나중에 안 사실이지만 공안청장뿐만 아니라 그가 H성에 부임한 20여 일 전부터 천옌스가 있는 양로원에는 사람들의 발길이 끊이지 않았다. 민감한 소식은 바람처럼 빨리 알려지지 않던가. '천옌스가 공산당에 입당할 수 있게 도와준 사람이 바로 샤루이진의 큰아버지다. 중국이 해방된 뒤 천옌스는 종종 열사의 가족들에게 경제적인 지원을 했으며, 샤루이진도 그의 도움으로 대학까지 졸업했다.' 이 소식을 들은 치퉁웨이는 리다캉처럼 연기할 기회나 무대가 없는 바에야 몸으로라도 때울 요량으로 천옌스의 양로원에서 꽃을 심고 있었던 것이다.

가오위량의 얼굴에서 웃음기가 가셨다. 그는 치퉁웨이가 천옌스의 양로원에 찾아가 땅을 팠다는 사실은 물론이거니와 신임 서기가 직접적으로 치퉁웨이를 겨냥할 줄도 몰랐기에 순간 멍한 기분이 들었다.

샤루이진은 대수롭지 않다는 듯 치퉁웨이의 이야기를 흥미진진하게 이어갔다. "올해 농촌에서 가장 노동의 모범을 보인 인물로 치 청장을 선정합시다. 제가 한 표 던지겠습니다. 동지 여러분, 우리 농사에 보탬이 될 인재 아닙니까?"

그때 리다캉이 타이밍을 놓치지 않고 손을 들었다. 모름지기 공격이란 독하게 바로 명치를 노려야 한다. 그는 큰 소리로 샤 서기의 말에 끼어들었다. "좋습니다. 샤 서기님, 저도 한 표 던지겠습니다! 사실 치퉁웨이 동지는 상관에게 아첨 떨기를 좋아하는 인사입니다. 예전에 제가 자오리춘 성서기의 비서로 있던 시절에 치퉁웨이는 시공안국 정치보위과 과장이었는데, 자오리춘 동지가 고향에 성묘를 갈 때 함께 간 적이 있었습니다. 그런데 치퉁웨이가 어찌된 영문인지 자오리춘 동지 가문의 묘 앞에 철퍼덕 무릎을 꿇고 눈물 콧물을 다 쏟아내지 뭡니까?" 리다캉의 표정이 얼마나 생생한지 상무위원들은 쿡쿡 웃지 않을 수 없었다.

이 꼴을 본 가오위량은 화가 머리끝까지 치밀어 올랐다. '감히 내 면전에서 내게 망신을 줘? 여기 상무위원 중에 치퉁웨이가 내 제자란 사실을 모르는 사람이 있나? 리다캉은 대체 무슨 생각이지? 신임 서기가 처음 주재하는 상무회의에 치퉁웨이를 제물로 갖다 바치겠다? 공격에도 최소한의 규칙과 마지노선은 있어야 하는 것 아닌가. 물에 빠진 개를 잡아도 주인의 체면은 세워줘야 하잖아!' 약이 바짝 오른 가오위량은 미소를 띠며 물었다. "리 서기, 치퉁웨이가 무덤 앞에서 울었다는 이야기를 하는 이유가 뭡니까? 치퉁웨이가 나쁜 놈이다 이거요? 끌어내서 총살이라도 해야 할 정도는 아니지 않습니까?"

샤루이진은 심상찮은 분위기에 너스레를 떨며 말했다. "그럴 정도는 아니지요. 그럴 리 있겠습니까? 레닌도 말하지 않았습니까. 허풍 떨고 아부하는 놈들은 모두 끌어내 총살을 시켜야 한다고 말입니다. 하지만 그건 어디까지나 순간적으로 화가 치밀어 한 말일 겁니다. 국제 공산주의 운동사에서 아부했다고 총살당한 예는 없지요. 그러니 치 청장도 목숨이 위험하지는 않을 겁니다."

하지만 가오위량은 한번 문 상대를 놓지 않았다. "리 서기, 오늘 상무위원회의는 간부들의 인사 문제를 다룰 예정이었습니다. 그런데 리 서기가 군이 치퉁웨이를 이렇게 평가한 것은 편파적인 행동 아닙니까? 치퉁웨이가 무덤 앞에서 우는 걸 봤다는 사실 자체를 의심하진 않습니다. 하지만 리 서기, 당시 치퉁웨이가 자기 가까운 가족 중 누군가를 떠올렸을 수도 있지 않습니까? 혹시 그 무렵 친지 중 누군가가 세상을 떠났을지 압니까?"

리다캉은 지지 않고 대꾸했다. "저도 그 점에 대해 생각해보지 않은 건 아닙니다. 하지만 치퉁웨이의 부모님은 지금도 건강하게 살아 계시고, 그 집안은 본래 장수 가족입니다."

"그렇다 한들 또 어떻습니까? 리 서기, 치퉁웨이가 당규를 어겼습니까? 아니면 국법을 어겼나요? 그것도 아니면 간부 임용 규정 중에 어느 항목을 어겼습니까?" 가오위량의 이야기를 듣고 있던 샤루이진은 어리둥절한 기분이 들었다. '가오 서기, 이 사람 너무 염치없고 지나치지 않나?' 하지만 가만히 생각해보면 가오위량에게 이런 말을 할 정도의 자격은 있었다. 어찌 됐든 H성에서 뿌리를 내린 거목으로 성위원회 서기가 될 뻔한 인물 아닌가. 샤루이진은 일부러 과장되게 박수를 치며 끼어들었다. "좋은 질문입니다. 블랙 유머 같은 맛이 있습니다, 하하!"

하지만 리다캉은 정색을 하며 말했다. "블랙 유머가 아니지 않습니까? 가오위량 동지의 논리대로라면 치퉁웨이는 어떤 규정이나 법도 위반한 적이 없으니 우리가 정상적으로 부성장 자리에 추천해야 한다는 거 아닙니까?"

가오위량은 능청스러운 웃음을 지으며 말했다. "리 서기, 너무 그리 급하게 문책할 것 없잖습니까. 내 말이 아직 안 끝났는데 말입니다."

"그럼 가오위량 동지의 이야기를 계속 들어봅시다. 오늘 회의에서 원칙 문제를 분명히 합시다. 더 이상 어영부영 넘어가선 안 됩니다!" 샤루이진 서기의 말에 가오위량은 치퉁웨이 대신 거시적 문제를 논하기 시작했다. "샤루이진 서기께서 우리 H성 간부들에게 많은 문제가 있다고 하셨는데 실제로 그런 문제들이 존재합니까, 아닙니까? 예, 분명 존재합니다! 실제로 우리 성의 어떤 지역이나 부문은 비교적 심각하기도 합니다. 징저우시의 조직부 부장 화싱푸는 수하인 여성 간부와 술을 마신 정도였지만, 옌타이시에서 실형을 선고 받은 조직부 부장은 어땠습니까? 어떤 상황이었는지 다 아시지 않습니까? 무려 백 명이 넘는 여성 간부와 간통을 해 관리 사회에 악영향을 끼쳤습니다."

그러자 한 상무위원이 말을 보탰다. "어떤 여성 간부들은 방을 잡아놓고 그 간부가 찾아오길 기다렸다지요. 어떤 이들은 몸뿐만 아니라 돈도 바쳤고요. 심지어 여성 간부의 남편이 매춘을 주선한 경우도 있었습니다."

그 말에 샤루이진이 깜짝 놀라며 물었다. "나중에 그 여성 간부들은 어떻게 처리됐습니까? 몇 명이나 처벌 받았소?"

그 상무위원이 쓴웃음을 지으며 말했다. "거의 처벌받지 않았습니다. 어떻게 처리하겠습니까? 백여 가정이 관련되어 있으니 섣불리 처벌했다가는 이혼하겠다 자살하겠다 난리가 나서 사회에 더 나쁜 영향을 끼칠 텐데요."

가오위량은 발언을 계속 이어갔다. "샤루이진 동지가 우리 성에 내려온다는 소식이 전해진 뒤, 많은 간부가 천옌스 검찰장을 찾아가 땅을 파고 새를 선물한 것은 사실입니다. 하지만 거기에도 마지노선이 있고, 하지 말아야 할 것들이 있었습니다. 직접 돈을 보낸 사람은 없었으니까요. 그렇지만 재작년 린난시 시장 생일 때는 어땠습니까? 수하 간부 368명 모두가 돈을 바쳤습니다. 그 금액이 얼마였느냐? 289만 위안이었습니다!"

샤루이진은 믿을 수 없다는 듯 캐물었다. "돈을 받은 시장은 처벌받았습니까?"

"처벌받았죠. 15년형을 받았습니다. 하지만 그것은 말할 거리도 아닙니다. 368명의 간부는 어떻게 합니까? 어떻게 처벌해야 좋단 말입니까? 당시 천옌스 검찰장님이 그러시더군요. 모두 파면해야 한다고요. 실제로 그 많은 린난시 간부들이 모두 파면됐습니다. 일자리를 잃었죠."

기율위원회 서기가 한마디를 보탰다. "당시 그 간부들의 처벌을 놓고 상무위원회의에서 논쟁이 대단했습니다."

샤루이진은 비장하게 말했다. "가오위량 동지와 모두의 발언을 통해 제가 미처 파악하지 못했던 새로운 상황을 많이 알게 됐습니다. 더불어 제 판단이 틀리지 않았음을 확인했습니다. 우리 성 간부들의 문제는 이미 해결하기 어려운 지경에 이르렀습니다. 그렇다면 어떻게 해결해야 하는가? 간단합니다. 당의 기율과 국법에 따르면 됩니다. 좀 전에 여러분이 언급했던 백여 명의 여성 간부들이 조직부 부장과 잠자리를 했다고 했습니까? 그렇다면 제가 묻겠습니다. 그들을 처벌하지 않는 것이 10년, 20년 제자리를 지키며 명예롭게 일해온 간부들에게 공평한 일입니까? 불공평하지 않습니까? 모두 처벌하지 않는다면 다들 그렇게 따라 할 테고 당의 풍조도, 정치 풍조도, 사회 풍조도 엉망이 되고 말겁니다. 지금 이 자리에서 제가 한 가지 제의하고자 합니다. 잠시 간부들의 승진 임용을 동결합시다! 중앙에 추천할 예정이었던 부성급이든, 승진 임용 예정이었던 청국급이든 일률적으로 심도 있게 조사해 다시 논의합시다!"

샤루이진의 제의에 상무위원 전원이 찬성의 뜻을 표했다. 리다캉은 샤루이진이 이미 마음먹었던 목적에 이르렀음을 눈치챘다. 부패 방지와 관리들의 품행 정비, 부패 간부 체포 팀 조직이 새로 온 성서기가 그리는 그림의 시작인 것이다. 리다캉은 진심 어린 입장 표명으로 샤루이진의 주의를 끌어 눈앞의 위기에서 잠시 벗어났다. 하지만 여전히 마음 쓰이는 일이 있었다. 딩이전, 9·16 사건……. 아내는 정말 깨끗할까? 이 모든 것이 문제였다.

가오위량도 그 순간 깨달았다. 새 서기는 정치의 수를 둘 줄 아는 고수다. 나이 든 동지를 모셔 당의 전통에 대한 이야기를 듣는 것만으로 간부 승진 임용 문제를 가볍게 동결시키지 않았는가. 전임 서기가 남긴 명단 중 치퉁웨이를 비롯해 몇 명은 승진할 줄 알았는데, 죄다 물 건너 가버렸다. 특히 치퉁웨이는 가망이 없어졌다. 새 서기가 꼭 집어 예로 들지 않았는가. 하지만 본인이 자초한 일이니 어쩌겠는가.

샤루이진은 회의를 마무리 지으며 말했다. "오늘 회의는 참 의미 있었습니다. 당의 역사와 전통에 대해 다시 되새겨볼 수 있는 시간이었으니 말입니다. 특히 천옌스 동지가 말씀하신 단 하루의 재적 기간을 가졌던 당원에 대해서는 우리 모두 오래도록 마음에 새길 수 있었으면 좋겠습니다. 무엇보다 우리 당의 깃발에 그들의 붉은 피가 물들어 있으며, '국제가(國際歌)*' 안에 진리를 위한 투쟁이 있다는 사실을 기억하기 바랍니다!"

성위원회 상무위원회의에 참석했던 상무위원들은 조금 현기증을 느꼈다. 하지만 그들 모두 한 가지 사실만은 분명히 알 수 있었다. '신임 서기 샤루이진이 H성 정계에 새로운 바람을 불러일으킬 것이며, 예전과 같은 시절을 보낼 수는 없을 것이다.'

---

*   인터내셔널가라고도 부르는 국제 무산계급 혁명가.

10

허우량핑은 요즘 공중그네를 타는 곡예사가 된 기분이었다. 자오더한의 장부에 있는 수뢰 단서들을 구체화하고 더 많은 성과를 얻으려고 계속 비행기를 타고 이 도시에서 저 도시로 옮겨 다녔기 때문이다. 허우량핑은 오늘도 증거를 찾기 위해 후허하오터로 날아가는 비행기 탑승 줄에 서 있었다. 갑자기 그의 휴대전화가 울리기 시작했다.

전화를 건 상대는 다름 아닌 차이청공이었다. 허우량핑은 직감적으로 큰일이 터졌음을 눈치챘다. 휴대전화에 귀를 갖다 댄 순간 어린 시절 친구의 거칠고 긴장된 숨소리가 또렷이 들려왔다. "원숭아, 허우 처장, 나…… 나 너한테 진짜 급하게 말할 게 있다! 내…… 내가 신고할게, 정식으로 신고한다! 증거도 있어, 진짜야!"

허우량핑은 속으로 쾌재를 불렀다. "또 신고를 한다고? 증거가 있어? 그럼 빨리 얘기해봐. 나 금방 비행기 타야 돼. 곧 있으면 수속 마감된다고." 차이청공은 떨리는 목소리로 서두르는 모양이 누군가에게 쫓기고 있는 것 같았다. "원숭아, 사실 베이징에 직접 가서 신고를 하고 싶었는데 아무래도 그럴 수 없을 거 같다. 내가 언제 잡혀갈지 모르거든. 그러니까 지금 너한테 말하는 거야. H성위원회 상무위원, 징저우시위원회 서기 리다캉의 아내, 그러니까 징저우 은행 부행장 어우양징이 200만 위안의 뇌물을 받았다!"

깜짝 놀란 허우량핑은 캐리어를 끌고 줄에서 벗어났다. "다시한 번 말해봐, 차이청공! 너 지금 누구 아내를 신고한다고? 리다캉? 리다캉의 아내가 200만 위안을 뇌물로 받았단 말이야?"

"그래, 그 200만 위안은 내가 보낸 거야. 내가 줬다고! 이건 증거가 되지?"

허우량핑은 이 일이 결코 예사가 아님을 깨달았다. 구체적인 이름과 액수가 나왔고, 뇌물을 준 본인이 실명으로 신고를 했으니 충분히 입건 조사가 가능하다. 특히 차이청공은 핵심 증인으로서 반드시 보호해야만 한다.

하지만 형세가 급박하게 돌아가고 있고 차이청공은 지금 위험에 빠져 있다. 차이청공의 전화에 따르면 9·16 화재가 있던 날 밤, 그는 이마가 깨져 병원에 치료를 받으러 갔다가 공장에 사달이 난 것을 알고 바로 링거를 뽑고 도망쳤다. 이틀 뒤, 공장이 어떻게 돌아가고 있는지 듣기 위해 정시포와 만날 약속을 했지만 뒤를 따라붙은 경찰을 발견하고 그길로 도망쳤다. 차이청공은 불안하고 초조한 목소리로, 리다캉이 징저우 경찰을 동원해 호시탐탐 자신을 잡으려 한다고 말했다. 그는 결사적으로 싸울 결심을 하고 리다캉의 아내를 신고한 것이다. 이제 허우량핑이 보호해주지 않는다면 그는 언제 목숨을 잃을지 알 수 없었다.

허우량핑은 이 일을 다른 누구에게 말한 적이 있느냐고 차이청공에게 물었다. 그러자 차이청공은 자세히는 아니지만 천하이에게 전화해 어우양징을 언급하긴 했다고 말했다. 허우량핑은 차이청공에게 천하이를 찾아가라고 말했다. 지금 당장 그를 보호해줄 사람은 천하이뿐이다. 하지만 차이청공은 징저우 경찰들이 9·16 화재의 방화범이나 다름없는 그를 잡으려고 혈안이 되어 있기 때문에 천하이에게 갈 수 없다고 했다. 차이청공이 심각한 위험에 직면해 있다는 사실을 안 허우량핑은 가슴이 철렁 내려앉는 듯했다. 하지만 이내 침착하게 천하이를 보내줄 테니 구체적인 주소를 알려달라고 말했다. 어린 시절 친구마저 완전히 믿을 수 없었던 차이청공은 잠시 망설이더니 자신이 징저우시 중산베이로 125호 근처 공중전화 부스에 있다고 알렸다. 허우량핑은 곧 사람이 갈 테니 절대 함부로 도망가지 말라고 신신당부했다.

통화를 마친 허우량핑의 이마에서 굵은 땀이 흘렀다. 방송에서는 빨리 탑승하라고 승객을 재촉하는 목소리가 흘러나왔다. '양쪽 다 분초를 다투는 일 아닌가. 차이청공처럼 중요한 신고자를 빼앗겨 죽게 놔둘 수 없으니 어떻게든 보호해야 한다. 이는 공적으로든 사적으로든 모두 중요한 일이다.' 허우량핑은 이렇게 생각하며 천하이에게 전화했다. 다행히 이번에는 천하이가 바로 전화를 받았다. 허우량핑은 차이청공의 신고 내용을 간단히 설명했다. 거기에는 몇 가지 핵심 문장이 있었다. '시서기 리다캉의 아내가 사건에 관련되어 있다.' '어떻게 해서든 상대가 제보자를 죽여 입을 막을 수 없게 해야 한다.' 당시 천하이의 손에는 이미 다른 단서가 있는 게 분명했다. 그는 허우량핑의 전화에도 전혀 놀라는 기색 없이 연신 알겠다고 응수하며, 차이청공은 자기가 보호할 테니 너는 비행기나 잘 타고 가라고 말했다.

허우량핑이 비행기에 오르자 스튜어디스는 승객들에게 전자용품의 전원을 꺼달라고 당부했다. 허우량핑은 불안한 마음으로 휴대전화의 전원을 껐다. 잠시 후 비행기가 활주로를 달려 속도를 높이더니 하늘로 날아올랐다. 허우량핑은 천하이의 작전 실행과 이어질 각종 가능성을 계산해봤다. 그가 제때 전한 정보와 천하이의 빠른 행동이 조화를 이룬다면 차이청공이 H성 반부패국의 손에 들어와 보호받는 데에 아무 문제가 없지 않겠는가? 창문 밖으로 폭신폭신한 솜 같기도 하고 아름다운 옥 같기도 한 하얀 구름이 펼쳐졌다. 허우량핑은 눈을 감고 걱정거리를 생각했다. 하지만 그럴수록 걱정거리는 구름처럼 뭉게뭉게 커져만 갔다.

사실 허우량핑은 그동안에도 계속 천하이와 연락을 유지하고 있었다. 9·16 대화재가 있던 날 밤, 그는 컴퓨터 앞에 앉아 현장 영상을 보면서 천하이와 통화했다. 그들은 화면을 보며 상황을 분석했고, 마음속에 있는 말도 적잖이 나눴다. 당시 입이 무거운 천하이가 그에게 한 이야기가 있었다. "요즘 알게 된 상황을 종합해보면 광밍호에 관련된 간부 중 상당수가 부패한 것 같아. 처음의 상상을 뛰어넘을 만큼 문제가 심각하더라고." 그 말에 허우량핑이 바로 질문을 던졌다. "부패 관리를 신고한 차이청공은 찾았어?" "찾아봤지. 만날 약속도 했는데 나타나지 않았어. 왜 안 나왔는지 이유도 모르겠고." 천하이는 차이청공의 신고가 황당하게 들렸지만, 가만히 생각해보니 일리가 있다고 분석했다. 징저우 은행의 어우양징이 대출을 중단한 것에는 확실히 문제가 있었다. 대출 중단으로 따펑 공장에 위기가 발생했기 때문이다. 허우량핑은 바로 한 가지 의문을 제시했다. "그렇다면 딩이전을 도망가게 한 검은손이 리다캉일까? 리다캉에게는 그럴 만한 이유나 조건이 있잖아." 천하이는 말을 얼버무리며 뭐라고 단언하지 않았다. 허우량핑이 다시 캐물었지만 천하이는 끝내 깊이 이야기하지 않았다. 그때 허우량핑은 천하이가 사람들이 모르는 중요한 단서를 손에 쥐고 적당한 때를 기다리고 있음을 눈치챘다.

미소 띤 승무원이 카트를 밀며 다가와 무슨 음료를 마시겠느냐고 물었고, 허우량핑은 생수 한 병을 요청했다. 차이칭공의 신고로 리다캉은 순식간에 무대 위로 올라왔다. 이 거물급 인물의 혐의는 점점 짙어지고 있었다. 하지만 허우량핑은 한 가지 앞뒤가 맞지 않는 부분을 발견했다. 어우양징이 차이칭공으로부터 200만 위안의 뇌물을 받았다면, 어째서 중요한 순간에 대출을 중단해 따펑 공장 주식이 가오샤오친의 손에 넘어가게 했을까? 뭔가 명확하지 않고 복잡한 부분이 있었다. 아마도 이 의문은 차이칭공을 직접 만나야 풀 수 있으리라. 허우량핑은 끊임없이 마음이 갈팡질팡했고, 행여 어릴 적 동무를 다시 만나지 못하게 될까 봐 겁났다.

후허하오터에 비행기가 도착하자마자 허우량핑은 북방의 찬바람을 맞으며 가장 먼저 상황을 확인했다. 그런데 어쩐지 상황이 묘하게 돌아가는 듯했다. 천하이의 말에 따르면 루이커와 함께 중산베이로 125호 근처에 갔지만 차이칭공을 찾지 못했고, 지금은 전화 부스 옆에 있는 상다오 커피에서 기다리고 있는 중이라고 했다. 허우량핑은 혹시 어릴 적 동무가 징저우시 경찰들에게 잡혀간 것은 아닐까 걱정됐다. 정말 징저우 경찰이 차이칭공을 잡아갔다면 천하이도 달리 방법이 없다. 하지만 천하이는 차이칭공 본인이 얼마나 위험한지 잘 알고 있으니 분명 더 조심해서 잡혀가지 않았을 거라고 예상했다.

천하이로부터 두 번째 전화를 받았을 때는 이미 다음 날 아침이었다. 차이칭공은 끝내 얼굴을 드러내지 않았으며 아마도 잡혀간 것 같다는 소식이었다. 하지만 징저우 공안국은 차이칭공을 절대로 잡아간 적이 없다고 부인하고 있었다. "그럼 치퉁웨이 선배한테 연락 좀 해봐. 거긴 공안청장이니까 차이칭공이 잡혀갔는지 확인할 수 있을 거 아냐?" 허우량핑의 말에 천하이가 대답했다. "그렇지 않아도 치퉁웨이 선배한테 확인했어. 네 친구를 잡아간 적이 없다고 펄쩍 뛰던걸." 허우량핑은 생각했다. '참 이상하네. 그렇다면 차이청공이 어디로 도망쳤지? 경찰 손에 있는 게 아니라면 벌써 입을 열지 못하게 살해당한 건 아닐까?' 순간 허우량핑의 마음이 덜컥 내려앉았다.

그때까지만 해도 허우량핑은 입을 열지 못하고 죽음의 문턱까지 이르게 되는 사람이, 차이청공이 아닌 천하이가 되리라고는 전혀 예상하지 못했다.

사흘 뒤 출장에서 돌아온 허우량핑은 후허하오터 건을 친 국장에게 보고하려고 준비하고 있었다. 그때 갑자기 징저우에 있는 천하이로부터 전화가 와 오후 1시 비행기로 베이징에 온다고 말했다. "베이징에서 신고자 한 사람을 만나 중요한 증거를 손에 넣고 반부패총국 상관에게 직접 보고하고 싶은데." 그 말에 허우량핑은 말로 표현할 수 없을 만큼 흥분했다. H성의 반부패 전투에 획기적인 진전이 생긴 것이 분명했다. 신중에 신중을 기하는 성격인 천하이가 완벽한 확신이 없다면 이런 말을 할 리가 없다. 허우량핑은 간신히 흥분을 가라앉히며 천하이에게 말했다. "걱정 마, 친구. 내가 곧 친 국장을 만나니까 오후에 너랑 만날 수 있게 약속해놓을게. 저녁 때 같이 축하주나 마시자고!" 천하이는 여전히 침착한 목소리로 대꾸했다. "술은 일단 미뤄놓자. 보고하고 빨리 징저우로 돌아와야 의심을 덜 살 거 같아."

여기까지 이야기하고 있을 때 갑자기 통화가 뚝 끊겼다.

이후에 허우량핑은 계속 전화를 걸었지만 천하이에게서는 응답이 없었다.

나중에 안 일이지만 천하이는 그와 통화를 하면서 횡단보도를 건너다가 빨간 신호등을 무시하고 돌진해온 트럭에 정통으로 들이받혀 그 자리에서 날아올랐다. 뿐만 아니라 천하이의 노트북 가방도 날아가 잔디밭에 떨어졌다. 길 한가운데에서는 트럭에 밟혀 찌그러진 휴대전화가 붉은 피로 물들고 있었다. 징저우 소식통에 따르면 술에 취한 운전기사가 일으킨 뜻밖의 교통사고라고 했다. 운전기사를 차에서 끌어내렸을 때 술 냄새가 코를 찔러 제대로 몸을 가누고 서 있지도 못 했다는 것이다. 듣자 하니 운전자는 알아주는 술꾼으로 이미 음주운전으로 감옥에서 2년을 살고 나온 이력이 있었다. 그날도 전날 저녁에 두 사람이 얼궈터우(二鍋頭) 세 병을 밤 12시까지 나눠 마신 후에 아침 일찍부터 운전대를 잡았다고 했다. 술이 덜 깬 그는 찻길을 몇 개 지나자마자 바로 사고를 냈다.

허우량핑은 그것이 단순한 교통사고라고 믿지 않았다. 성공이 눈앞에 보이던 시점이었다. 그는 전우로서 천하이가 거대한 진상에 얼마나 가까이 다가갔을지 짐작할 수 있었다. 어쩌면 아주 지척이었으리라. 그렇지 않다면 천하이가 목숨을 위협받는 교통사고를 당했을 리 없다. 이건 누군가가 손을 써 그의 입을 막으려 한 것이다. 허우량핑은 뜨거운 불로 가슴을 지져 붉은 피가 뚝뚝 흐르는 듯한 고통을 느꼈다. 그의 눈앞으로 천하이와 보냈던 시간들이 주마등처럼 스치고 지나가 슬픔이 더욱 커졌다.

그날 오후, 허우량핑은 기분을 가라앉히려고 노력하며 무거운 얼굴로 친 국장의 사무실을 찾아가 방문을 닫으며 한마디 했다. "국장님, 천하이는 나쁜 놈들의 음모에 희생된 겁니다."

친 국장은 허우량핑에게 차를 내주며 그의 기분을 이해한다고 다독이면서 침착하게 설명했다. "지창밍 검찰장이 직접 교통관리과를 찾아가 사고 자료를 열람했지만 이상한 점을 찾지 못 했다고 하네." 허우량핑은 이내 평정심을 잃고 언성을 높였다. "저는 지금 지창밍 검찰장도 의심스럽습니다!" 그러자 친 국장이 엄숙한 얼굴로 허우량핑에게 주의를 줬다. "허 처장, 말에는 책임이 따른다네."

허우량핑은 냉정을 되찾고 당시 상황을 분석했다. 그는 이 예사롭지 않은 교통사고가 일어났을 당시 천하이와 통화 중이었다고 말했다. "천하이는 국장님께 보고를 마치고 바로 징저우로 돌아가야 한다고 말했습니다. 의심을 살지 모른다고요. 이제 보니 천하이는 이미 의심을 사고 있던 모양입니다." 한참을 생각하던 친 국장은 천하이의 부친인 천옌스도 지창밍과 함께 조사에 참여했지만 지금까지 아무것도 발견하지 못했다고 말했다. 하지만 허우량핑은 고집을 꺾으려 하지 않았다. "H성과 징저우시는 상황이 매우 복잡합니다. 반부패국 국장이었던 천하이는 아마 어떤 치명적인 사실에 매우 가까이 다가갔을 겁니다. 이 일이 있기 전에 따평 공장 사장인 차이청공 역시 천하이에게 신고했지만 지금은 그마저 실종되고 말았습니다. 이런 모든 흔적이 말해주고 있지 않습니까? 징저우, 더 나아가 H성에 심각한 문제가 있다고 말입니다."

친 국장은 깊은 사색에 잠긴 채 사무실 안을 거닐었다. "천하이 국장이 습격당했다고 확신하나?"

허우량핑은 흔들림 없는 목소리로 말했다. "그렇습니다. 교통사고가 아니라 습격입니다! 천하이는 어느 신고자를 만나 확실한 증거를 손에 쥘 거라고 말했습니다. 그는 사건의 중대성 때문에 직접 베이징까지 날아와 국장님께 보고하려 한 겁니다. 국장님, 자오더한 사건은 거의 마무리됐으니 제가 직접 H성으로 가서 딩이전 도주 사건과 9·16 대화재, 천하이 습격 사건까지 모두 조사하고 싶습니다!"

친 국장은 의자에 앉아 한참 생각에 잠겼다가 불쑥 고개를 들어 말했다. "어이, 허우량핑, 자네가 H성 검찰원에서 일해보면 어때? 천하이를 대신해 임시로 반부패국 국장을 맡아보라고."

허우량핑은 순간 멍해지고 말았다. "국장님, 그…… 그건 생각해보지 못했는데요."

"그럼 생각해보게. 단순히 H성에 가서 천하이 사건을 조사하려 하면 어렵지 않겠나? 어떻게 조사할 텐가? 무슨 이유로 조사를 해? 설사 조사를 한다 해도 진상을 밝혀낼 수 있을까? 징저우시 부시장이 우리 눈앞에서 도망친 마당에 말이야. 난 정확한 조사가 가능할 거라고 생각하지 않아."

그 말에 허우량핑의 눈빛이 반짝였다. "무슨 말씀인지 알겠습니다. 은밀히 다가가 조사하다 보면 관련된 것들이 하나둘씩 딸려올라올 수 있단 말씀 아닙니까?"

"바로 그거지. 지금 천하이는 상태가 위중해 정신도 못 차리고 있네. 의사들 말로는 살아난다 해도 십중팔구 식물인간이 될 거라고 하더군. 그러니 딩이전 사건에 익숙한 자네가 국장대리를 맡는다면 작정하고 상대와 사투를 벌일 수 있지 않겠나?"

"국장님, 조직의 명령에 따라 언제든 H성에 내려갈 수 있도록 준비하겠습니다!"

그날 밤 허우량핑은 꿈속에서 천하이를 만났다. 예의 해맑은 얼굴과 달리 천하이는 의심 가득한 눈빛이었으며 몸에는 여기저기 핏자국이 남아 있었다. 두 팔 벌린 그의 모습은 마치 이렇게 묻는 듯했다. "원숭아, 난 어떻게 하냐?" 그 순간 허우량핑은 깜짝 놀라

잠에서 깨어나며 자신도 모르게 외쳤다. "걱정 마라, 천하이. 내가
도와줄게!" 그는 몸을 뒤척이다가 일어나, 아침 햇살이 창문을 넘
어 들어올 때까지 눈물을 흘리며 옷자락을 적셨다.

11

  가오위량은 성위원회 숙소 제3구역에 살았다. 부성급 이상 지도자들이 거주하는 주택 단지로 거대한 성위원회 건물 동북쪽에 위치하며, 정문 초소가 따로 있고 경비도 삼엄하다. 이곳 주택들은 신비로운 우아함과 녹음이 어우러져 이국적인 풍취를 자랑했다. 가오위량이 사는 주택은 2층짜리 영국식 건축물로, 지상으로 반쯤 드러난 지하실이 있으며 붉은 기와지붕이 사선으로 올라가 눈이 잘 쌓이지 않았다. 거실에는 연통이 바로 연결된 네모나고 커다란 벽난로가 있으며 창문은 직사각형과 반타원형, 작은 반원형 등의 모양에 무늬도 다양했다. 주택 앞에는 향기가 100년 간다는 녹나무 한 그루가 거대하게 우거져 주택 앞 통로를 반쯤 가렸다. 일찍이 선교사가 지었다는 이야기도 있고 유대인 상인이 지었다는 소문도 있는, 역사가 오래된 것만은 분명한 건물이었다. 정권이 여러 번 바뀌면서 이곳은 거물급 인사들이 사는 관저가 됐다. 여기서 살게 된 뒤 가오위량은 집 앞 200평 정도의 땅에 작은 정원을 가꿔 멋진 볼거리를 만들었다. 사실 누구도 이 교수 출신 지도자에게 원예 같은 남다른 취미가 있을 줄 짐작 못했다. 그는 시간이 날 때마다 무릎을 꿇고 이 정원에 꽃을 심었으며 식물학자를 모셔서 지도를 받기도 했다. 그의 제자들이 감탄하면서도 잘 이해할 수 없는 일이 바로 스승이 어째서 원예를 그렇게 좋아하느냐는 것이었다.

　오늘 가오위량은 친구가 선물로 보내준 황산송(黃山松)을 화분으로 옮겨 분재를 만들고 있었다. 트레이닝복에 나이키 신발을 신은 그의 모습은 꽤 원기 왕성해 보였다. 황산송은 이미 화분에 잘 옮겨졌다. 가오위량은 고개를 옆으로 기울인 채 오른손에 가위를 들고 삐져나온 가지들을 정리하며 가볍게 만족스러운 콧소리를 냈다. 성부서기이자 정법위원회 서기인 가오위량은 허우량펑이 반부패국 국장으로 오게 될 것이란 소식을 가장 먼저 듣고 기분이 좋은 상태였다. 성위원회 상무위원회의가 있고 며칠 뒤, 샤루이진이 그에게 연락해 최고인민검찰원 동지 하나가 H성에 오게 될 것이라고 전하며, 그 동지에게 특별한 임무가 있고 중대한 사건의 단서를 함께 가져온다고 말했다. 가오위량은 다시 물은 뒤에야 그가 허우량펑이란 사실을 알고 웃으며 말했다. "하필 또 제 제자입니까? 사람들이 또 정법계를 욕하겠습니다. 샤 서기님, 허우량펑이 H성에 오는 게 저나 정법계와는 아무런 관련도 없다는 증거 하나만 주십시오, 하하하!" 그러자 샤루이진도 신기하다는 듯 말했다. "가오 서기, 사람들이 사방에 가오 서기의 제자가 있다고 하더니 틀린 말이 아니었나 봅니다."

　가오위량은 마음속으로 말로 표현할 수 없는 시원함을 느꼈다. 허우량펑이 특별한 임무를 맡아 중대한 사건의 단서를 가져온다고 하지 않는가. 그게 대체 무슨 임무겠는가? 바로 반부패 문제 아니겠는가! 단서라면 9·16 사건에 관련된 것일까? 아니면 딩이전 도주와 관련됐을까? 아무렴 어쩌랴, 뭐든 문제가 적지 않을 텐데. 베이징 최고인민검찰원에서 이렇게 중시하고 있다면 리다캉 같은 거물 서기도 된서리를 피하기 어려울 것이다. 리다캉이 맡고 있는 징저우에 그렇게 많은 일이 벌어졌는데, 그라고 어떻게 그 땅에 가만히 발붙이고 서 있을 수 있겠는가. 적어도 그가 성장이 될 거란 소문은 그저 소문이 될 가능성이 높아졌다. 사실 그런 소문이란 것이 사람을 얼마나 괴롭히는지 가오위량도 이미 겪어봐서 잘 알았다.

가오위량은 현관 앞 등나무 의자에 앉아 눈을 가늘게 뜨며 자사(紫砂) 찻주전자를 들어 차를 따라 마셨다. 그가 자기 제자를 생각하고 있을 때 마침 허우량핑에게서 전화가 왔다. "선생님, 보고드립니다!"

가오위량은 신이 나 아직도 베이징이냐고 물었다. 허우량핑이 먼저 전화로 인사드린다고 하자 가오위량은 들뜬 목소리로 말했다. "그래, 그래. 량핑아, 얼른 오거라. 네 일은 샤 서기를 통해 이미 들었다."

허우량핑은 침착하게 말했다. "선생님, 내일은 최고인민검찰원 상사와 나눌 이야기도 있고 업무 인계도 해야 돼서 저녁에나 H성에 도착할 것 같습니다. 지금 전화를 드린 것은 급하게 선생님께 보고하고 도움을 요청하고 싶은 일이 있어서입니다."

"무슨 일인가? 허우 처장, 말해봐! 공적인 일로 말할 때는 선생님이라고 부르지 말게!"

"예, 서기님! 성위원회 부서기이자 정법위원회 서기인 서기님께 중요한 신고자 한 명을 보호해달라고 요청하고 싶습니다. 바로 따펑 의류 공장 사장 차이청공입니다. 듣기로는 시공안국 경찰들이 줄곧 그를 잡으려 해 지금 징저우 근교 양계장에 숨어 있다고 합니다."

가오위량은 허우량핑의 말에 깜짝 놀랐다. "시공안국에서 무엇 때문에 차이청공을 잡으려 한단 말인가? 대체 무슨 상황이야?"

허우량핑은 조금 뜸을 들이더니 결국 입을 열었다. "어우양징이 뇌물을 받았다고 차이청공이 신고했습니다."

가오위량은 잠시 망설이다가 대답했다. "알겠네. 허우 처장, 내가 공안청에 얘기해두지."

전화를 끊은 가오위량은 의자에 기대 눈을 감았다. 머릿속으로 온갖 생각이 오락가락했다. 허우량핑은 리다캉의 아내 어우양징을 겨냥하고 있다. 설마 이것이 중대한 사건의 단서인가? 리다캉과 시공안국이 이토록 서둘러 차이청공을 잡아들이려 하는 것은 표면상으로는 9·16 대화재의 책임자를 조사하기 위해서지만, 그 속내는 차이청공의 입을 막으려는 것은 아닐까? 허우량핑 역시 보통이 아니다. 아직 H성에 내려오지 않았는데 베이징에서 어떻게 차이청공이 징저우 근교 양계장에 숨어 있는 걸 알고 있단 말인가. 차이청공이 허우량핑과 줄곧 연락해왔을까? 아니면……

바로 그때 치퉁웨이가 마오타이주 두 병을 들고 스승을 만나러 왔다. 그는 종종 주말이면 스승의 집을 찾아 친복을 다지거나 떠도는 소문을 알아가곤 했다. 치퉁웨이를 본 가오위량은 등나무 의자 옆을 가리키며 앉으라고 표시했다. "마침 잘 왔네. 바로 처리해야 할 일이 있어. 소문 내지 말고 사람 하나 보호해야겠네."

치퉁웨이는 스승의 지시를 듣고 깜짝 놀랐다. "예? 차이청공을 보호하란 말씀이십니까? 선생님, 차이청공이 리다캉의 아내 어우양징을 신고했다는 사실을 알고도 그를 보호하시려는 겁니까? 저희가 곤란해지지 않을까요? 그래도 리다캉은 성위원회 상무위원인데요. 선생님, 잘 생각해보시죠."

가오위량은 엄숙한 얼굴로 제자를 가르쳤다. "뭘 잘 생각하라는 건가? 세상에 법률을 넘어선 특권을 가진 사람은 없네. 자네는 항상 그게 문제야. 자기 앞날만 걱정해. 리다캉의 표가 떨어져 나갈까 봐 그러나? 표 하나만 얻을 수 있으면 원칙을 무시해도 돼? 어차피 샤 서기가 간부 승진을 동결시켰으니 부성급은 잠시 생각도 하지 말게! 지금은 상황이 매우 복잡하고도 미묘해. 무슨 말인지 알겠나? 자네는 공안청장으로서 반드시 이 신고자를 보호해야 하네. 그런 다음 내일 성검찰원에 새로 부임하는 반부패국 국장 허우량핑에게 넘겨주면 돼!"

치퉁웨이에게는 너무나도 뜻밖의 소식이었다. 허우량핑이 우리 성의 반부패국 국장으로 온다고? "선생님이 관여하셨습니까?" 가오위량은 손을 내저었다. "내가? 내가 무슨 패거리를 짓는 사람인가? 정말 정법계라도 만든다는 소리야? 이 일은 여러 말 물을 것 없네. 앞으로 차차 알게 될 테니까. 자네한테 맡긴 일이나 잘 처리하게. 다시 한 번 강조하지만 차이청공이 리다캉과 징저우 공안의 손에 넘어가면 안 되네!"

명령은 명령이니 제자이자 부하로서 더 이상 다른 말은 있을 수 없다. 마오타이주를 마실 시간도 없을뿐더러 그럴 기분도 아니라, 치퉁웨이는 스승이자 상관에게 경례를 하고 서둘러 차이청공을 보호하기 위해 자리를 떠났다.

차이청공은 목화와 홰나무 가지 등에 몸을 숨긴 채 양계장 입구에 쪼그리고 앉아 사방을 둘러봤다. 의지할 곳이 없어진 차이청공은 사촌 남동생이 운영하는 이 양계장에 신세를 질 수밖에 없었다. 중산베이로 공중전화 부스에서 천하이를 기다리던 그는 하마터면 잡혀갈 뻔했다. 아마 시공안국에서 전화를 도청하고 있었

던 모양이다. 다행히 경험이 풍부한 그는 공중전화 부스 맞은편의
상다오 커피에서 몸을 낮춘 채 기다리고 있다가 경찰차가 온 것을
보고 잰걸음으로 현장을 빠져나왔다. 그렇게 천하이와 만날 절호
의 기회를 놓치고 만 것이다. 지금 그는 다시 허우량핑의 지시에
따라 구조의 손길을 기다리는 중이었다. 하지만 마음이 여전히 긴
장돼 지난번보다 더욱 조심스러웠다.

　도망자 신세가 된 차이청공은 살이 쪽 빠지고 제멋대로 수염
이 자라 얼굴이 초췌했으며, 코 옆의 큰 점이 신경질적으로 흔들
렸다. 그는 이렇게 마음 졸이는 날들을 더 이상 버틸 자신이 없었
지만 그래도 버텨야만 한다고 다짐했다. 이번 일에 자신의 운명을
걸지 않았는가. 거물의 심기를 건드린 이상 맥없이 물러날 순 없
다. 만약 그가 리다캉의 손에 잡힌다면 구치소에 있는 동안 양치
질을 하다가, 혹은 잠을 자다가, 그것도 아니면 술래잡기를 하다
가 죽을지 모를 일이었다. 실제로 그런 선례가 한둘이 아니다. 솔
솔 불어오는 가을바람을 맞으며 목화와 홰나무 덤불 속에 숨어 있
으려니 차이청공은 눈물이 날 것만 같았다. 어쩌다 내 인생이 이
지경까지 왔단 말인가.

　멀리서 경찰차 소리가 들려오자 차이청공은 자신을 드러내고
싶지 않았지만, 행여 허우량핑이 보낸 사람을 찾지 못할까 봐 덤
불 사이에서 기어코 머리를 내밀었다. 마침 경찰 승합차가 양계장
앞에 도착했고 사복 경찰 몇 명이 손에 그의 사진을 쥔 채 주위를
두리번거렸다. 위험이 크지 않다고 판단한 차이청공은 덤불에서
빠져나왔다. 그러자 사복 경찰이 다가와 그에게 물었다. "당신이
차이청공 씨입니까?"

　차이청공은 의심스럽게 상대를 쳐다봤다. "혹시 그쪽은?"

"베이징의 친구분이 전화해서 당신을 보호해달라고 요청했습니다. 얼른 저희와 함께 가시죠." 이번에는 진짜라는 느낌을 받은 차이청공은 양계장 동생에게 떠난다는 인사도 못 하고 닭똥 냄새를 풍기며 경찰차에 올라탔다.

하지만 차이청공은 차에 올라타자마자 뭔가 잘못됐다는 생각이 들어 다시 차에서 내리고 싶어졌다. 그때 키 큰 사복 경찰이 그를 붙들더니 반짝이는 은색 수갑을 손목에 채워 차 안 손잡이에 걸어버렸다. 차문이 스르륵 닫히자 경찰차는 맹렬히 시동을 걸었고, 차이청공은 절망을 금치 못했다.

시공안국 경찰은 차이청공보다 더 절망했다. 한발 늦은 그들은 성공안청 경찰차가 차이청공을 데려가는 모습을 눈앞에서 지켜봐야 했다. 이게 대체 어떻게 된 일인가? 어차피 한 식구인데 어째서 같은 범죄 혐의자를 빼앗아 간단 말인가?

시공안국 국장 자오둥라이는 리다캉에게 이런 상황을 보고했다. 시서기는 목에 핏대를 세우며 시공안국 경찰들이 그러고도 밥을 먹을 자격이 있느냐고 질책했다. 결국 며칠 동안이나 돌아다니고도 차이청공을 못 찾지 않았나. 차이청공은 공장 노동자들을 선동해 소란을 벌이고, 휘발유를 사용하도록 명령해 세 사람이 죽고 수십 명이 다치게 만들었다. 그에게는 안전 책임자로서 사고를 일으킨 죄와 위험한 방법으로 공공의 안전을 위협한 죄가 있다. 변명의 여지가 없는 자오둥라이는 조용히 리다캉의 질책을 들었다. 잠시 후 평정심을 되찾은 리다캉은 차분하게 자신의 생각을 이야기했다. "이 일에는 뭔가 수상쩍은 구석이 있어. 성공안청에서 어째서 시공안국과 얘기도 없이 차이청공을 빼앗아 가지? 지난번

차이청공의 전화를 도청했을 때도 중산베이로의 공중전화 부스에서 허탕을 쳤는데, 성반부패국 국장 천하이와 루이커를 만났다면서? 그들이 아무 일도 없다는 듯 샹다오 커피에서 나왔다지? 하지만 거기서 그들을 만난 게 순전히 우연이었을까? 차이청공이 보통 놈이 아닌 건 분명하네. 그렇지 않고서야 사방에서 그에게 관심을 보일 리 없지 않나? 하지만 도대체 사람들이 그렇게 찾는 이유가 뭔지 모르겠단 말이야."

리다캉은 담배를 꺼내 조용히 피워 물었다. 자오둥라이 공안국장은 그가 발탁한 인물이기에 그 앞에서 담배를 피워도 아무 상관이 없었다. 사무실 안은 고요했고 생각에 잠긴 리다캉의 양미간내 천 자가 점점 깊어졌다. 하얀 담배 연기가 하늘하늘 그의 머리 위를 맴돌고 창밖 햇빛이 마침 그의 뺨을 비춰, 리다캉은 마치 무대 위에서 스포트라이트를 받아 클로즈업된 인물처럼 보였다.

"자오 국장, 자네 애들이 정확히 본 건가? 차이청공을 잡아간 게 성공안청 경찰들이야, 아니면 그냥 성경찰서의 사복 경찰들이야?" 리다캉은 느릿하게 물었다.

"사실 그게 저도 정확한 판단을 내릴 수가 없습니다. 하지만 전부 사복을 입었던 걸로 봐서 일반적인 임무를 집행하고 있던 건 아닌 듯합니다." 자오둥라이는 신중하게 대답했다.

그렇다면 치퉁웨이가 정말 우리 사람을 빼앗아 간 게 아닌가? 리다캉은 반쯤 남은 담배꽁초를 재떨이에 비벼 끄며 심각한 목소리로 말했다. "자오 국장, 지금 당장 치퉁웨이 청장을 찾아가서 차이청공을 돌려달라고 해!"

9·16 화재는 징저우시에서 발생한 큰 사건이다. 차이청공은 주요 범죄 혐의자이며 이 사건의 관할권은 징저우시 공안국에 있다.

누구든 규칙에 따라 일을 처리해야 하지 않는가.

시위원회 서기의 강경한 명령에 고무된 자오둥라이는 꼿꼿한
자세로 경례하고 서둘러 자리를 떠났다.

12

 허우량펑은 특별히 고속철도를 타고 H성으로 향했다. 그는 이
제 공중그네 타는 곡예사 신세를 면할 수 있겠다고 생각했다. 오
늘 이후의 업무는 중국 전체에서 한 성으로 줄어들뿐더러 교통수
단도 비행기 대신 기차가 됐으니 말이다. 행여 천둥 번개가 치면
어쩌나 걱정할 일이 없게 됐으니 그것도 좋았다. 고속철도는 평온
하고 안정적이라 얼마나 빠르게 달리고 있는지 잘 느껴지지 않았
다. 다만 창밖으로 빠르게 지나는 논밭과 나무, 강, 시골 풍경 등이
열차의 속도를 증명할 뿐이었다. 하지만 얼마 지나지 않아 창밖에
나타난 높은 빌딩들을 보며 그는 오늘날 중국의 도시들이 얼마나
밀집되어 있는지 새삼 놀랐다. 본래 드넓었던 들판이 수없이 많은
벽돌과 콘크리트로 이뤄진 숲 때문에 조각난 것을 보며 평소 신경
쓰지 않았던 진실이 빨라진 속도만큼 도드라지게 느껴졌다.
 평온해 보이는 겉모습과 달리 허우량펑의 기분은 날듯이 질주
하는 허셰호(和諧號)처럼 잠시도 안정을 찾지 못했다. 천하이 습격
사건은 그에게 슬픔과 분노를 동시에 주었다. 그는 징저우에 가서
반드시 배후의 나쁜 놈을 잡아 법대로 처리하겠다고 마음먹었다.
하지만 직업적 직감으로 예측하건대 딩이전의 도주에서부터 9·16
대화재까지 H성의 부패 문제는 결코 쉽게 해결되지 않을 것 같았
다. 그는 어쩌면 무시무시한 격전을 앞두고 있는지도 모른다.

어쨌든 시작은 나쁘지 않다. 중요한 신고자인 차이청공이 치퉁웨이 선배 손에 들어와서 허우량핑은 한숨 돌릴 수 있었다. 치퉁웨이의 전화를 받고 허우량핑은 몇 번이나 감사 인사를 하며 나중에 술을 사겠다고 했다. "네가 술을 살 게 아니라 내가 새로 부임하는 반부패국 국장께 환영식을 해드려야지. 내일 도착하면 바로 술자리로 와라!" 치퉁웨이의 말에 허우량핑은 난색을 표했다. "내일은 안 될 거 같아요. 병원에 가서 천하이도 봐야 하고 조직부에 가서 이야기할 것도 있어요. 다른 날 하죠." 치퉁웨이도 그 이상 강권하지는 않았다. 허우량핑은 전화로 내일 오전 차이청공을 성검찰원으로 넘겨받아 직접 심문하기로 치퉁웨이와 약속했다. 치퉁웨이는 아무 문제 없을 거라고 굳게 맹세했다.

천하이는 중환자실 병상에 누워 머리에 붕대를 감고 몸에 각종 호스를 꽂고 있었다. 낯빛이 누렇게 뜬 채로 두 눈을 굳게 감고 숨조차 쉬지 않는 듯한 그의 모습을 보고 있으려니 허우량핑은 왈칵 쏟아지는 눈물을 참을 수 없었다. 그때 그를 성위원회에 데려가기 위해 지창밍 검찰장의 차가 도착했다. 샤루이진 성서기가 지금 사무실에서 그를 기다리고 있다는 것이다.

허우량핑은 너무 뜻밖이라 지창밍 검찰장이 농담을 하는 줄 알았다. 하지만 지창밍은 매우 엄숙한 얼굴로 성을 관리하는 간부가 새로 부임하는 직원과 대화를 나누는 것은 지극히 정상적인 일이라고 말했다. 하지만 허우량핑은 고개를 갸웃했다. "제 직급 정도면 조직부 부부장(副部長)이나 부무위원(部務委員)과 얘기를 나누면 되지 않습니까? 샤루이진 서기님은 성을 관할하시는 분인데 이렇게 늦은 시간에 뵙다니……." 지창밍은 의미심장하게 대꾸했다. "그러게 말일세. 성서기께서 직접 이야기를 나누시겠다니 보통 일은 아니지. 얼마 전 있었던 상무위원회의에서 청렴한 정치 건설과 반부패 업무가 얼마나 중요한지 강조하셨다지."

세단은 오색찬란한 불빛이 반짝이는 거리를 지나 성위원회로 달려갔다. 가는 동안 차 안에서 지창밍은 감탄을 금치 않았다. "천 하이가 쓰러졌지만 자네가 와서 국장 자리에 앉았으니 철의 트라이앵글은 철의 트라이앵글이로구먼!"

허우량펑은 무슨 뜻인지 전혀 이해할 수 없었다. "검찰장님, 그게 무슨 뜻입니까? 철의 트라이앵글이라뇨?"

하지만 지창밍은 아무런 대꾸 없이 차창 밖을 응시했다. 허우량펑은 대체 그가 무슨 생각을 하는지 알 수 없었다.

사실 허우량펑과 지창밍은 낯이 익긴 해도 서로에 대해 잘 알지 못했다.

허우량펑은 출장으로 성검찰원에 올 때는 대부분 천하이를 만나 업무를 처리했다. 허우량펑의 인상 가운데 성검찰원 지창밍 검찰장은 노련하고 진중하며 함부로 이야기하지 않는 인물이었다. 앞으로 함께 일하려면 말이 통하는 게 낫겠다고 생각한 허우량펑은 철의 트라이앵글이 무슨 뜻이냐고 계속 지창밍에게 물었다.

허우량펑의 이런 행동은 상대를 곤란하게 할 수도 있지만, 지창밍은 이내 미소를 지으며 그 뜻을 설명해줬다. "우리 성 간부들의 역사와 현실적 상황은 비교적 복잡한 편이지. 이렇게 편먹고 저렇게 무리 짓는 경우가 많았으니까. 오랫동안 H성 정법 계통 중요 부문 간부는 기본적으로 H대학 정법과 출신들이었어. 중국 정법대학이나 국내 다른 정법대학 졸업생 중에 H대학 정법과 졸업생만큼 환영받는 경우는 없었지. 그래서인지 장제스(蔣介石)에게 황푸군관학교가 있어 황푸계를 만들었다면 가오위량에게는 정법계가 있어 천하에 그의 제자들이 없는 곳이 없다는 말도 있지." 그 말에 허우량핑은 자조 섞인 농담을 했다. "그렇다면 제가 한시라도 빨리 가오위량 선생님을 찾아봬야겠군요."

잠시 뜸을 들이던 허우량핑은 농담 반 진담 반으로 지창밍에게 물었다. "그럼 검찰장님께서는 어느 파십니까?" 지창밍은 쓴웃음을 지으며 자신은 아무 파도 아니라 그럴듯한 대접을 받지 못한다고 대답했다. 그 말에 허우량핑이 반색하며 말했다. "잘됐네요. 그럼 제가 검찰장님과 함께하겠습니다." 하지만 지창밍은 고개를 흔들며 피식 웃었다. "자네는 나와 다르네. 자네에게는 계파가 있지 않나? 자네는 정법계야." 허우량핑은 자못 엄숙한 표정을 지으며 말했다. "검찰장님, 저는 무슨 철의 트라이앵글도 아니고 정법계도 아닙니다. 믿어주십시오. 저는 사람이 아닌 일만 봅니다."

지창밍은 허우량핑을 주의 깊게 쳐다보더니 갑자기 손을 내밀어 굳게 악수했다.

세단이 성위원회 1호 건물 앞에 서자 허우량핑과 지창밍은 차에서 내렸다. 가로등의 하얀 불빛이 키 큰 백목련 몇 그루를 비췄고 주위는 고요했다. 사자 조각상 한 쌍이 계단 옆에 자리 잡고 있었다.

이곳은 성위원회의 중심이 되는 장소로, 샤루이진 서기가 사무를 보는 곳이자 상무위원회 회의실이 있는 곳이다. 이 건물은 겉으로 보기에는 지극히 평범해, 어두운 붉은색 벽돌 외벽에 경사 지붕을 인 1950년대 러시아식 건물로 보였다. 그러나 H성 간부들의 눈에 이 건물은 권력을 손에 쥔 왕처럼 소박함 속에서도 위엄을 드러냈다. 실제로 이곳의 정책 결정이 H성 6000만 주민의 일과 생활에 영향을 미쳤다.

허우량핑과 지창밍이 계단을 올라가자 샤루이진의 비서 바이 처장이 로비에서 그들을 맞이해 넓은 접견실로 데려갔다. 바이 처장은 두 사람에게 물을 따라주며 잠시만 기다리라고 말했다. 샤 서기는 마침 새로 온 성기율위원회 톈궈푸 서기(田國富)와 이야기 중이었다.

잠시라던 기다림은 한 시간을 넘겼다. 지창밍은 뭔가 느낌이 오는 모양이었다. "새로 온 성위원회 서기에 새 기율위원회 서기, 거기에 새 반부패국 국장이라. 보아하니 우리 성에도 큰 변화가 있겠구먼!"

새로 부임한 기율위원회 서기를 배웅한 샤루이진이 만면에 미소를 띠고 두 사람과 형식적인 악수를 나눴다. 지창밍이 허우량핑을 소개하자 샤루이진은 낮은 목소리로 농담을 건넸다. "알고 있네. 최고인민검찰원 반부패총국이 적극 추천한 청년 인재 아닌가." 허우량핑이 뭐라 대답해야 좋을지 몰라 쩔쩔매자 샤루이진은 손짓으로 지창밍과 허우량핑에게 소파에 앉으라고 권하고는 자신도 맞은편에 앉았다.

샤루이진은 매우 편안히 말하며 자신도 H성에 온 지 얼마 되지 않아 오늘이 부임 28일째라고 했다. 그동안 그는 주로 H성의 시와 현을 돌며 각 지역 상황이 어떤지 조사하고 연구했다고 한다. "제대로 조사하지 못하면 발언권도 없는 거 아닌가?" 지창밍과 허우량핑은 고개를 끄덕이며 노트를 꺼내 기록할 준비를 했다. 하지만 샤루이진은 손사래를 쳤다. "오늘 하는 이야기는 적을 필요 없네. 그냥 머릿속에 새겨두게나." 샤 서기는 조사한 결과가 그리 낙관적이지 않으며 간부들의 상황이 걱정스러울 정도라고 했다. "대중이 만족하지 않네. 대중이 기뻐하지 않는단 말일세. 게다가 그

28일 사이에 징저우 광밍호 근처에서 이상한 불이 나서 천하에 악명을 떨친 9·16 사건이 되지 않았나?" 그때 허우량핑이 끼어들어 그날 밤 자신도 쿤밍에서 현장 영상을 봤다고 말했다. 그러자 샤루이진이 소파 손잡이를 탁탁 치며 말했다. "그러니 천하에 악명을 떨쳤다고 하는 게 아닌가! 그뿐인가? 부패한 부시장이 도주해버렸네. 그 인사가 우리에게 환영 선물을 단단히 줬어. 그래, 체면 차릴 게 뭔가? 다 이야기해보지……."

개성이 강하지만 말을 편하게 하고 원칙을 잃지 않는 샤루이진 서기는 사람들에게 쉽게 친근감과 신뢰감을 주는 인물로 느껴졌다. 허우량핑은 평소 시간이 날 때 무협 소설을 읽는데 샤 서기야말로 나뭇가지 하나로 적을 농락하는 초절정 고수 같았다. 더 중요한 것은 상관의 말에는 정보가 담겨 있게 마련인데, 허우량핑은 이야기를 들을수록 샤루이진이 자신과 같은 부류의 사람이며 나라에 대해 같은 마음을 품고 있음을 알 수 있었다.

덕분에 지창밍은 찬밥 신세가 되고 말았다. 옆에 앉은 허우량핑은 내심 불안하기 짝이 없었다. 하지만 샤루이진은 계속 말을 이어가 핵심 문제를 이야기했다. 최고인민검찰원 검찰장이 그에게 H성 반부패국 국장 파견 문제를 상의했는데, 샤 서기가 감사의 뜻을 전하며 국장대리가 아니라 국장으로 하자고 먼저 제안했다고 한다.

허우량핑은 그제야 자신의 국장 자리가 지금까지 한 번도 대면한 적 없고 어떤 교집합도 없던 낯선 성위원회 서기의 손에 결정됐음을 알고 가슴이 뜨거워졌다. 사실 내부의 불문율에 따르면 중앙 부문 간부를 지방으로 내려보내는 일은 흔하지 않다. 반부패총국 수사처 처장이 어느 성의 국장대리가 되는 것 자체가 이미 이

례적인 일이었다.

샤루이진이 엄숙하게 말했다. "허우량핑 동지, 나는 오늘 성위원회를 대표해 자네가 성검찰원에 온 것을 진심으로 환영하네." 허우량핑은 감격해 자리에서 벌떡 일어났다. "저를 신임해주셔서 서기님과 성위원회에 감사드립니다." 샤루이진은 손을 흔들며 앉으라는 표시를 했다. "앉게. 그냥 자리에 앉아도 되네."

그제야 샤루이진은 지창밍을 의식하고 함께 이야기를 나눴다. 성서기는 지창밍 검찰장과 허우량핑 반부패국 국장에게 몇 마디 당부의 말을 건넸다. "첫째, 오늘부터 반부패 업무에는 상한선이 없네. 무슨 얘기인가 하면 반부패 문제에 어떤 사람, 어떤 직급의 간부가 관련되어 있어도 끝까지 조사해야 한다는 뜻이네. 권한을 넘어가면 어떻게 하느냐? 성위원회에 보고하고 중앙에 조사를 부탁하게." 지창밍과 허우량핑은 노트를 펼쳐서 받아 적기 시작했고, 샤루이진도 더 이상 막지 않았다. "둘째, 반부패 문제에는 하한선도 두지 말게. 때려잡아야 한다면 호랑이도 때려잡고 파리도 때려잡게. 파리는 비록 자그맣지만 사람들에게 피해를 주지. 병균을 옮길뿐더러 사회 풍조에 영향을 끼치니 하한선도 필요 없네. 셋째, 최선을 다해 현행 부패 범죄를 잡아낼 뿐만 아니라 과거에 저질렀던 일이나 규모가 작은 건도 놓치지 말게. 일단 부패했다면 밑바닥까지 모조리 조사하고, 증거가 명확하다면 법률에 따라 죄를 묻게. 안전지대는 있을 수 없어! 나는 어떤 집단이나 계파든 상관하지 않겠네!"

허우량핑은 샤 서기의 말을 듣는 순간, 오던 길에 지창밍이 했던 말을 떠올렸다. 보아하니 샤루이진은 짧은 28일 동안 결코 허튼 조사를 한 게 아닌 모양이다. 그는 이미 H성 관료 사회의 파벌이나 계파 상황에 대해 제대로 파악하고 있었다. 허우량핑은 자신도 이 문제에 주의해, H대학 정법과 스승이나 친구들을 대할 때 공과 사를 확실히 구분해서 정치적 실수를 저지르지 않아야겠다고 다짐했다.

이야기를 마치고 돌아오니 이미 밤 11시가 넘어 있었다. 허우량핑은 성검찰원 숙소의 푹신한 침대에 누워 오랫동안 잠들지 못했다. 눈앞에 샤루이진 서기의 모습이 자꾸 떠올랐다. 그 둥글둥글하고 통통한 얼굴과 예지력 있으면서 고집스러워 보이는 눈은 그에게 안정감과 기대고 싶은 마음을 갖게 했다. 하지만 샤 서기와의 대화를 통해 많은 걱정거리도 드러났다. 샤 서기가 H성 간부들의 현 상황에 불만을 품고 있는 것은 분명했다. 그가 관례를 깨고 성위원회를 대표해 허우량핑을 만나 이야기한 것은 허우량핑의 일에 대한 지지와 기대를 드러냄은 물론이요, 부패한 간부들을 벌벌 떨게 할 강렬한 정치적 신호를 보내는 것일 수도 있었다. 성위원회 샤루이진 서기는 어쩌면 자신의 손에 지금 허우량핑이란 날카로운 검이 쥐여져 있다고 모두에게 알리고 싶었는지도 모른다. 어쨌든 든든한 상관의 지지가 있으니 좀 더 수월하게 일을 할 수 있을 듯했다.

허우량핑은 어둠 속에서 당황해 어쩔 줄 모르던 차이청공의 얼굴을 떠올렸다. 이 어린 시절 동무가 대체 얼마나 많은 증거를 갖고 있을까? 리다캉의 아내 어우양징에게 200만 위안을 뇌물로 줬다는 얘기를 과연 믿어도 좋을까? 리다캉은 보통 인물이 아니다. 그는 징저우시 서기일 뿐만 아니라 성위원회 상무위원이기도 하다. 정말 검이 리다캉을 향한다면 이는 H성 정계에 중량급 폭탄을 던지는 일이 아닐 수 없다. 천하이의 교통사고도 어쩌면 이 일과 관련이 있을 수 있다. 차이청공이 지금 공안청 숙소에서 보호받고 있으니 시작치고는 운이 좋다고 할 수 있다. 허우량펑은 이 실마리를 시작으로 징저우의 복잡하게 뒤엉킨 정치판에서 한번 멋지게 싸우고 싶었다.

13

    치퉁웨이에게는 매우 훌륭한 생활 습관이 있는데, 바로 매일 아침 6시 30분 정시에 헬스클럽에 도착해 각종 헬스 기구로 운동하는 것이다. 그는 7시 20분이면 운동을 끝내고 찬물 샤워를 한 뒤, 이웃의 광둥식 식당에서 아침 식사를 하고 그를 데리러 오는 아우디 승용차를 타고 공안청으로 출근했다. 그렇게 일찍 운동을 하러 가는 것이 이상하게 보일 수도 있지만, 그 시간이 아니고는 운동하기가 힘들었다. 공안청 청장인 그는 낮에 업무로 바쁘기 때문에 짬을 낼 수 없을뿐더러 저녁에도 접대를 하거나 회의하는 일이 잦고, 돌발적인 사건을 처리하는 경우도 있어서 아침에만 운동이 가능했다. 그의 친구인 헬스클럽 사장이 특별히 미녀 트레이너를 배정해줘서 아침 일찍부터 지도 받으며 운동할 수 있었다.

    장기간의 운동으로 치퉁웨이는 또래보다 건장한 체격을 유지했다. 완벽한 복근은 물론이요 팔뚝이나 허벅지, 허리와 엉덩이의 모양도 보디빌더나 다름없었다. 미녀 트레이너가 옆에서 대단하다고 칭찬해주면 자부심이 더 대단해졌다. 건장한 체격에 엄청난 권력, 모두가 부러워하는 지위까지 그는 성공한 중년 남자의 본보기였다. 그도 이런 자신의 인생이 정말 완벽하다고 느꼈다.

    치퉁웨이는 오늘 바벨을 들어 올리며 너무 가볍다고 생각했다. 전혀 힘을 들이지 않고도 들어 올릴 수 있었다. 그는 리다캉이 당황할 모습이 눈앞에 보이는 것 같아 웃음을 참을 수 없었다. 그 거물 서기도 결국 덜미를 잡혀 빠져나갈 수 없으리라. 든든한 오른팔이었던 딩이전도 도망쳤고 아내도 차이청공의 뇌물을 받은 데다가 차이청공이 그의 손에 있지 않은가. 전문적인 입장에서 봤을 때 연쇄적 증거가 잘 갖춰진 셈이다. 이 증거들만으로도 징저우에서 엄중한 부패 사건이 일어났음을 증명할 수 있다. 그렇다면 진짜 범인은 누구일까? 시위원회 서기 리다캉 아니겠는가? 이런 진흙탕에서 그가 깨끗이 벗어날 수 있을까? 아마도 귀신이나 믿을 이야기리라. 리다캉도 찔리는 구석이 있으니 공안국장 자오둥라이를 보내 어떻게든 차이청공을 빼내려 하는 게 아니겠는가.

치퉁웨이는 리다캉에 대한 감정이 좀 복잡했다. 그는 이 성위원회 상무위원의 힘을 빌려 부성장 자리에 앉고 싶으면서도 다른 한편으로는 진심으로 리다캉이 무너지길 바랐다. 사실 힘을 빌리고 싶다고 꼭 빌릴 수 있는 것도 아니었다. 얼마 전 있었던 성위원회 상무회의에서 리다캉은 그 옛날 무덤에 가서 운 일을 들먹이며 자신의 스승이자 상관인 가오위량 앞에서 망신주지 않았던가. 빌어먹을 인간 같으니라고! 다행히 스승이 자신을 대신해 해명하고 간부들의 인사가 모두 동결됐기에 망정이지 자칫하면 그의 승진 임용 자체가 부결될 뻔했다.

치퉁웨이는 스스로 야심이 있다는 사실을 부인해본 적이 없었다. 야심이 바로 진취심 아니겠는가. 나폴레옹도 장군이 되고 싶지 않은 병사는 좋은 병사가 아니라고 했다. 야심이 있으면서도 능력이 있는 사람은 사회의 희귀 자원에 속한다. 그렇게 생각하니 치퉁웨이는 마냥 웃을 수 없었다. 아니, 오히려 후회스러웠다. 스승의 말대로 원숭이 후배를 도와 차이청공을 보호하는 게 과연 옳은 일일까? 이는 리다캉과 사이가 단단히 틀어질 수 있는 일이 아닌가. 지금 이 시점에 성위원회 상무위원인 리다캉과 척을 져도 될까? 그럴 순 없지 않나? 치퉁웨이는 어느 것이 자신에게 이득이 되는지 계산하기 시작했다. '리다캉이 무너지는 게 **빠**를까, 다음 간부 인사가 **빠**를까?' 그가 바라는 것은 최선의 이익이었다. 그렇게 생각하니 기분이 한결 가벼워졌다. 세상에 정치적 이익만큼 중요한 것이 어디 있겠는가. 최소한 리다캉이 먼저 무너지는 일은 없을 것이다. 최선의 이익을 얻으려면 리다캉 상무위원에게 밉보여서 좋을 리 없다. 남자라면 융통성이 있어야 하지 않은가.

그래서 치퉁웨이는 아직까지 H성위원회 상무위원인 리다캉에게 협조하기로 마음먹었다. 그는 사무실에 도착하자마자 시공안국 국장 자오둥라이에게 전화를 걸어 차이청공이 공안청 숙소에 숨어 있으며, 성검찰원의 부탁으로 한 일이라 자신도 자세한 내막은 모른다고 말했다. 또한 잠시 후 리다캉의 비서에게도 전화해 성공안청은 그 어떤 경우에도 범죄자를 보호하는 우산이 되지 않을 것이라며 리 서기가 오해하시지 않도록 전하라고 얘기했다. 마지막으로 그는 사무실 주임을 불러 대강의 상황을 설명하고 성검찰원에서 먼저 사람을 데리러 오면 그렇게 놔두고, 시공안국에서 먼저 잡으러 오면 잡아가게 놔두라고 지시했다. 또한 그들이 동시에 도착해 성검찰원과 시공안국 사이에 충돌이 생기면 성공안청에서는 아무도 끼어들지 말라고 지시했다. 그는 이 일을 주임에게 맡기고 본인의 휴대전화 전원을 끈 채 몸을 피해버렸다.

치퉁웨이는 이렇게 적당히 몸을 숨기며 이후의 일에 엄청난 골칫거리를 만들었다.

공안청 숙소 건물 정문에 승합차를 탄 검찰원 사람들이 막 도착했다. 비슷한 시각, 숙소 후문에는 시공안청에서 나온 경찰차 두 대가 도착했다. 리다캉이 9·16 대화재의 책임자인 차이청공을 매우 중시하고 있는 터라 국장 자오둥라이는 직접 현장에 나와 상황을 지휘했다. 성검찰원에서는 루이커가 수사관들을 이끌고 왔다. 그녀는 배후에 누가 진을 치고 함정을 파고 있는지 몰랐지만, 이번 임무가 매우 특별하다는 것만은 똑똑히 알고 있었다. 검찰원을 나서기 전에 허우량핑으로부터 차이청공은 신고자이자 중요한 증인이므로 절대 시공안국 손에 넘어가게 해서는 안 된다고 신신당부를 받았다.

상황은 미묘하게 돌아갔다. 시공안국의 경찰차는 이미 도착했고, 루이커는 수사관들과 함께 엘리베이터를 타고 12층에 내려 단걸음에 차이청공의 방으로 다가가 문 앞을 지키고 있는 공안청 간경에게 신분증을 보여주고 안으로 들어갔다.

차이청공은 침대에 앉아 온몸에 이불을 둘둘 감은 채 머리만 내놓고 깜짝 놀란 생쥐처럼 사방을 두리번거렸다. 루이커가 방에 들어서자 차이청공은 창밖을 가리키며 말했다. "내가 벌써부터 창문에 붙어서 당신들이 오길 기다리고 있었습니다. 근데 저기 입구에 시공안국에서 나온 경찰들이 지키고 서 있는 거 아십니까?" 일일이 말 상대를 해줄 시간이 없는 루이커는 정색을 하며 그에게 빨리 가자고 재촉했다. 그제야 차이청공은 이불을 걷어치우고 침대 아래 있는 신발을 신으며 중얼거렸다. "허우량핑이 보낸 게 틀림없겠죠? 이제부터는 그쪽만 믿겠습니다."

그런데 갑자기 하늘에서 우르르 쾅쾅 소리가 나더니 예상치 못한 천둥과 번개를 동반한 비가 내리기 시작했다. 루이커는 비를 무릅쓰고 마당을 지나 승합차에 올라탔다. 차가 정문을 나서려 할 때 시공안국의 경찰차 두 대가 앞을 가로막았다.

루이커가 검찰원 경찰차에서 내리자 경관 하나가 그녀 앞에 우뚝 섰다. 시공안국의 친 대장이었다. 그녀가 신분증을 보여주자 친 대장도 자신의 것을 보여줬다. 그녀가 공무를 집행 중이라고 하자 친 대장 역시 공무 집행 중이라며 물러서지 않았다. 친 대장은 루이커에게 유치장에 함께 가 차이청공의 신고를 받으라고 말했다. 루이커는 차가운 미소를 지으며 차이청공이 만일 시공안국 유치장에서 자다가 심장 발작이라도 일어나면 어떻게 하느냐고 물었다. 누가 책임을 진단 말인가? 그녀는 신고자이자 중요 증인이 목숨을 잃어 증언을 못 하게 되는 일을 막을 거라고 분명히 말했다. 친 대장도 답답하다는 듯 언성을 높였다. "당신들의 신고자이자 중요한 증인에게 중대 안전에 대한 책임 사고죄와 공공의 안전을 위험한 방법으로 위협한 죄가 있다는 건 알고 있습니까? 그는 현재 시공안국의 중요 지명수배범으로 당신들과 성검찰원으로 갈 수 없습니다. 루 처장, 설마 9·16 사건을 모르지는 않겠죠? 사상자가 몇 명이고 사회에 얼마나 악영향을 미쳤는데……."

그때 구름이 몰려들어 하늘을 가리더니 밝은 대낮이 황혼이 돼버렸다. 잠시 후 하늘에 수많은 구멍이라도 난 것처럼 큰비가 쏟아졌다. 거리에는 지나는 사람 하나 보이지 않았다. 이런 날씨에 누가 밖을 걸어 다니겠는가. 길 위 곳곳에서 물방울이 사방으로 튀어 작은 요정이 즐겁게 춤추는 듯했다. 반면 인도 옆 가로수는 한눈에 보기에도 처참한 모습이었다. 긴 머리는 봉두난발이 되고 마른 나뭇가지와 잎은 우수수 떨어져 금방이라도 가슴이 찢어질 듯 슬퍼 보였다.

공안과 검찰 양측은 폭우 속에서도 서로 물러나지 않고 꼿꼿이 서서 사람들의 눈길을 끌었다. 검찰관 루이커의 머리는 비에 다 젖고 얼굴을 따라 물이 줄줄 흘러내렸다. 친 경관도 온몸이 홀딱 젖었지만 반석처럼 버티고 서서 검찰 경찰차가 지나가야 할 길을 막았다. 그들은 각자의 책임이 크다는 것을 잘 알고 있어서 쉽게 물러서지 않았다. 하지만 그렇다고 대판 싸움을 벌여 혐의자를 억지로 빼앗아 갈 수도 없는 노릇이었다. 결국 양측은 무작정 버티고 서서 시원하게 노천욕을 해야 했다.

시간이 갈수록 조급해진 루이커는 할 수 없이 허우량핑에게 전화를 걸어 지원을 요청했다.

지 검찰장의 사무실에서 이야기를 나누고 있던 허우량핑은 상황이 이 지경이 되리라고는 전혀 생각도 못했다. 루이커의 전화를 받은 허우량핑은 서둘러 치퉁웨이에게 전화를 걸었지만 도무지 연결이 되지 않았다. 사무실 주임은 치 청장이 일찌감치 전국 마약사범 체포 총결산 표창회에 참석하기 위해 베이징으로 떠나 언제 돌아올지 모르겠다고 말했다. 허우량핑은 전화를 내려놓자마자 치퉁웨이를 욕하기 시작했다. "이 나쁜 놈! 분명히 오늘 오전에 사람을 데리러 가겠다고 했는데 이렇게 나오다니. 날 곤경에 빠뜨리겠다는 거잖아? 심지어 대학 동문에게 이런 짓거리라니, 빌어먹을!"

지창밍은 그럴 줄 알았다는 듯 태연히 말했다. "성공안청에서 자네를 막는 것도 아니고 어떻게 치 청장이 자네를 곤경에 빠뜨렸다고 할 수 있나? 치 청장은 그냥 몸을 숨긴 거야. 이런 갈등이 있을 줄 미리 알았던 거지. 치 청장이 감히 리다캉에게 안면을 싹 바꿀 수 있겠나?"

허우량핑이 미간을 잔뜩 찌푸렸다. "검찰장님, 참 재미있는 일 아닙니까? 리다캉 서기는 어째서 차이청공에게 이토록 관심을 쏟을까요? 혹시 차이청공의 신고 내용과 관련이 있는 건 아닐까요?" 그러자 지창밍이 물었다. "허우 국장, 차이청공이 정말 리다캉의 아내가 뇌물을 받았다고 하던가?" 그 말에 허우량핑은 바로 휴대전화를 꺼내들었다. "제가 증거로 삼으려고 전화 내용을 녹음해놨습니다. 검찰장님도 들어보시죠."

휴대전화에서는 차이청공의 목소리가 분명히 들려왔다.

지창밍은 창문 앞을 왔다 갔다 하며 깊은 생각에 잠겼다. 잠시 뒤 그는 허우량핑에게 생각을 한번 바꿔보면 어떻겠느냐고 제의했다. 만약 리다캉의 아내에게 정말 문제가 있어서 리다캉이 차이청공을 잡아 그 입을 막으려 한다면 다음 단계의 수사를 위한 기회가 될 수도 있지 않을까? 허우량핑도 지창밍의 생각에 동의했다. "그 문제는 차이청공도 생각해본 것 같습니다. 하지만 거기에서 뭔가를 알아내려 하는 건 위험성이 너무 큽니다. 만약 차이청공이 그들의 손에 죽기라도 하면 어떻게 합니까? 게다가 차이청공은 제 어린 시절 친구인데 행여 그렇게 되면 제가 너무 미안하지 않습니까."

지창밍이 서둘러 한 손을 들었다. "잠깐, 자네 지금 뭐라고? 차이청공이 자네 친구라고?"

"예. 제 초등학교 동창입니다." 허우량핑은 문득 자신의 실수를 깨달았다. "아 이런. 검찰장님, 제가 나서지 말아야 합니까?"

"당연한 거 아닌가. 자네가 나서면 어떻게 되겠나? 사람들이 수군거리지 않겠어?"

"알겠습니다. 규정에 따라 제가 수사하지 않겠습니다. 수사1처 루이커 처장에게 해결을 맡기겠습니다."

이런 이야기를 하고 있을 때 책상 위 전화가 울렸다. 지창밍이 수화기를 들자 시공안국 자오둥라이 국장이 그를 만나기 위해 검찰원에 이미 도착했다고 했다. 무슨 좋은 이야기가 있다고 여기에 왔단 말인가? 지창밍은 할 수 없이 그를 사무실로 오라고 했다. 옆에서 보고 있던 허우량핑은 깜짝 놀라지 않을 수 없었다. "보십시오. 저희를 압박하러 온 것 아닙니까!" 지창밍은 허우량핑을 안심시키듯 말했다. "잘 얘기해보게. 이러지도 저러지도 못할 순 없지 않나? 자오둥라이는 성실한 사람일세."

잠시 뒤 자오둥라이가 들어오더니 지창밍을 보고 경례하며 "안녕하십니까, 정치위원님!"이라고 인사했다. 과거 지창밍은 징저우시 공안국에서 정치위원(政治委員)*으로 일했다. 옛 정치위원과 현 국장은 친근한 악수를 나눴다. 자오둥라이는 매우 예의를 갖춰 말했다. "정말 죄송합니다. 구체적인 사건 처리를 위해 정치위원님께 폐를 끼치게 됐습니다. 이러면 안 되는데 말입니다." 지창밍은 대수롭지 않다는 듯 대꾸했다. "괜찮네. 안 그래도 자네를 만나서 상황에 대해 이야기 좀 나눠볼까 했다네." 그런 다음 그는 고개를 돌려 신임 반부패국 국장 허우량핑을 소개했다.

두 사람은 조심스럽게 서로 눈을 마주쳤다. 어차피 차이청공을 데려가려면 한 번은 만나야 할 사이다. 자오둥라이는 제법 친절한 모습으로 먼저 허우량핑에게 손을 내밀었다. "명성은 익히 들어

---

* 공안국의 정치위원은 정치 관련 업무를 맡아보는 간부로, 공안국의 두 번째 책임 자이며 행정 직급상 국장과 같다.

알고 있습니다. 베이징에서 작은 관리가 엄청나게 해먹은 걸 잡아 내셨다죠? 덕분에 저희 징저우시 부시장도 놀라 도망갔습니다."

허우량핑은 은근히 뼈가 있는 말을 던졌다. "딩이전이 도망가 서 한숨 돌린 징저우 간부가 한둘이 아니겠군요?" 자오둥라이는 거리낌 없이 말했다. "그럴 수도 있죠. 하지만 잡혀 들어갈 놈들은 언젠가 잡혀 들어가지 않겠습니까? 시간문제일 뿐이지……."

지창밍 검찰장은 바로 본론으로 들어가자며 허우량핑에게 먼저 검찰 의견을 이야기하게 했다. 허우량핑은 지창밍과 상의했던 협 상안에 대해 솔직히 말했다. "공안국이나 검찰원, 법원 모두 한 가 족 아닙니까? 괜히 다투지 맙시다. 차이청공은 검찰원으로 데려가 지 않아도 되니 반부패국이 성공안청에서 먼저 심문하게 해주시 죠. 24시간만 주십시오. 심문이 끝나면 시공안국에서 절차대로 구 금하시고요." 자오둥라이는 잠시 생각하더니 이내 동의했다. 허우 량핑은 일부러 떠보듯 자오둥라이에게 물었다. "시위원회 리 서기 님께 지시받아야 하는 거 아닙니까?" 하지만 자오둥라이는 전혀 망설이지 않았다. "그럴 필요 없습니다. 이렇게 대치만 하고 있는 것도 방법이 아니지 않습니까? 검찰원 의견이 합리적이니 리 서 기님도 분명 이해하실 겁니다."

갈등은 이렇게 해결됐다. 생각보다 쉽게 일이 풀리자 허우량핑 은 속으로 한숨을 돌렸다. 헤어질 때 허우량핑은 자오둥라이의 눈 을 응시하며 먼저 손을 내밀어 악수하며 감사의 뜻을 전했다. 이 젊고 수완 있는 공안국 국장은 허우량핑에게 좋은 인상을 남겼다.

이 협상은 차이청공에게는 결코 좋은 소식이 아니었다. 성공안 청 숙소에 다시 갇힌 차이청공은 전전긍긍하며 얼굴에 수심을 가득 채웠다. 그는 옷이 젖어 있든 말든 침대 위에 기어 올라가 이불을 끌어당겨 몸에 둘둘 감더니 불안이 가시지 않은 얼굴만 쏙 내놨다. 그는 이리저리 눈알을 굴리며 주위를 경계하고, 코 옆의 점을 덜덜 떨며 마음속 걱정과 두려움을 고스란히 드러냈다. 리다캉 수하의 경찰이 방문 앞에 서 있는 걸 보면 사태가 얼마나 엄중한지 알 수 있지 않은가! 만약 허우량핑이 그를 검찰원으로 데려가지 않는다면 죽을 길만 남았는지도 모른다.

차이청공은 다시 한 번 허우량핑을 만나게 해달라고 부탁했다. 루이커는 인내심을 갖고 허우 국장이 그와 동창이라서 이 사건에 구체적으로 관여할 수 없다고 설명했다. 그래도 차이청공은 조르듯 말했다. "그럼 날 성검찰원에 데려다주십시오. 난 여기 있고 싶지 않단 말입니다." 루이커는 조금 짜증이 났다. "누군 여기 있고 싶겠습니까? 시공안국 경찰들이 우리를 못 가게 하는데 나라고 방법이 있겠어요?"

잠시 뒤 성공안청 간경들이 갈아입을 마른 옷 몇 벌을 가져다줬다. 루이커는 차이청공에게 시간이 촉박하니 빨리 심문하자고 독촉했다. 그녀에게 주어진 시간은 고작 24시간뿐이라 마음이 다급한 것도 당연했다.

심문은 성공안청 숙소 5층에 있는 작은 회의실에서 진행됐다. 녹음과 동영상 설비는 검찰원에서 임시로 가져와 서둘러 설치했다. 차이청공이 비디오카메라 렌즈와 마주하고 진술하는 것으로 정식 신고가 진행됐다.

처음에는 제법 일이 순조롭게 흘러가는 것 같았다. 루이커가 차이청공에게 질문하면 그가 이야기를 했다. 하지만 걱정에 휩싸인 차이청공은 시간이 갈수록 시선을 제대로 두지 못하고 목소리도 들릴락 말락하게 작아졌다. 마치 혼이 빠진 듯한 모습이었다. "지금 다들 나를 속이고 있습니다. 징저우 은행과 산쉐이 그룹이 결탁해서 내 따펑 공장을 무너뜨렸다고요. 가오샤오친이 속이고 어우양징이 도왔어요. 다들 한패가 돼서 날 속였단 말입니다."

루이커는 부드러운 말투로 차이청공에게 좀 더 구체적으로 말해보라고 했다. "그들은 다 누굽니까? 대체 어떤 수단을 썼죠? 어떻게 당신을 속였나요?" 그러자 차이청공은 입을 꾹 다물며 허우량핑을 만나겠다고 우겼다. 그는 자신의 어린 시절 친구에게만 진실을 말하겠다고 고집했고, 루이커는 물을 따라주며 차이청공의 마음을 안정시키려 노력했다.

종이컵을 쥔 차이청공의 손이 계속 떨렸다. 그는 자신이 어우양징의 일을 다 털어놓으면 신고가 끝나 검찰원 사람들이 그를 시공안국에 넘겨주리란 사실을 잘 알았다. 그렇게 리다캉의 손에 들어가면 시공안국 유치장이 그의 무덤이 될지 모른다. "차이청공, 네가 감히 내 마누라를 신고해?"라면서 리다캉이 눈짓을 주면 유치장에 있는 놈들이 그를 죽이려 하지 않을까? 그러니 그가 할 수 있는 일은 시간을 끌어 검찰원이 자신의 신고 진술을 얻지 못하게 하는 것뿐이었다. 그래야만 시공안국에 넘겨지지 않고 허우량핑을 만날 기회가 생기지 않겠는가. 차이청공은 허우량핑만 만나면 분위기를 반전시킬 수 있으리라 믿었다.

오랫동안 장삿밥을 먹은 차이청공은 베테랑 연기자나 다름없었다. 그는 잠시 눈치를 보다가 말라리아라도 걸린 것처럼 온몸을 벌벌 떨고 치아를 맞부딪치며 딱딱 소리를 냈다. "내…… 내가 할 말은, 전화로 허우량핑 국장에게 다 말했습니다. 당…… 당신들이 허우량핑에게 물어보세요. 난, 난 안 되겠습니다……. 정말 안 되겠……." 루이커는 갑작스러운 상황에 어찌할 바를 몰랐다. "차이청공 씨, 왜 그래요? 어디 아파요?" 차이청공은 연신 땀을 닦았지만 땀방울이 얼굴을 따라 주르륵 흘러내렸다. "뇌진탕 때문인가? 아…… 어지러워서……. 잠깐만 자고 다시 하면 안 되겠습니까? 머리가 어지러워서, 어지러워 죽겠습니다……."

달리 방법이 없는 루이커는 그녀와 함께 심문에 참여한 검찰관 저우정에게 차이청공을 방에 데려가 쉬게 해주라고 말했다. 방에 돌아온 차이청공은 옷을 입은 채로 침대에 누워 벽을 마주 보고 고민에 잠겼다. 졸음을 참지 못할 정도로 피곤했던 저우정은 얼마 지나지 않아 코를 골기 시작했다.

루이커는 지창밍에게 전화를 걸어 허우량핑을 보내주면 어떻겠느냐고 제의했다. 지창밍은 행여 다른 이들에게 약점 잡힐 것을 걱정해 단호히 거절하며, 루이커에게 잘 달래서 심문해보라고 주문했다. 그 말에 루이커는 속이 탔다. "차이청공이 침대에서 잠만 자고 있는데 어떻게 하란 말씀이십니까? 이제 시간이 얼마 남지 않았습니다!"

지창밍은 잠시 뜸을 들이더니 결국 한마디했다. "알겠네. 잠깐 생각 좀 해보겠네."

점심시간에 식당에서 밥을 먹으며 지창밍은 허우량핑에게 차이청공이 어떤 사람이냐고 물었고, 허우량핑은 출발선부터 남에게 뒤처진 사람이라고 설명했다. 집안이 가난했고, 어머니는 일찍 돌아가셨으며, 아버지는 일자무식으로 자식을 매로만 다스릴 줄 알았다. 차이청공은 줄곧 허우량핑의 숙제 베껴 쓴 덕에 간신히 학교를 졸업했다. 주먹질도 자주 해서 같은 반 남자 아이들이나 고학년 아이들과 싸웠는데, 이기지 못할 것 같으면 상대에게 콧물을 잔뜩 묻히고 도망갔다. 이야기를 듣던 지창밍이 한마디로 차이청 공을 정리했다. "건달에다 뻔뻔했구먼." 허우량핑이 맞장구쳤다. "맞습니다. 그 녀석이 얼마나 뻔뻔한지 루 처장이 고생 좀 할 겁니다. 아마 제가 안 나타나면 24시간이 아니라 24일 동안 침대에서 버틸지도 모릅니다." 지창밍은 조금 의심스러운 듯이 물었다. "자네가 가면 정말 그자를 잘 다룰 수 있나?" 허우량핑은 자신만만하게 대답했다. "물론입니다! 어린 시절부터 만두 그놈 잡는 건 원숭이 저 하나였습니다!" 지 검찰장은 먹던 밥을 옆으로 밀어놓으며 말했다. "알았네, 알았어. 그럼 가보게. 지금 자네가 피하고 안 피하고가 중요하겠나?"

허우량핑이 공안청 숙소에 도착하자 오전에 내리던 가을비가 멈추고 무지개가 하늘을 가로질러 떠 있었다. 가을비가 그친 뒤 무지개라니, 도시에서 보기 드문 풍경이었다. 길을 지나는 수많은 행인들이 걸음을 멈추고 무지개를 구경했고, 젊은이들은 휴대전화로 사진을 찍기도 했다. 무지개는 일곱 가지 색깔이 선명히 보이지는 않았지만 빨간색과 파란색, 노란색, 보라색이 비교적 확실히 보여 오색찬란한 구름다리처럼 보는 사람을 즐겁고 유쾌하게 만들었다.

허우량핑은 하늘을 쳐다보며 감탄해마지않았다. "대체 몇 년 만에 무지개를 보는지 모르겠습니다! 어렸을 때 봤던 기억이 어렴풋하네요. 한번은 저랑 차이청공이 광밍호에서 물고기를 잡는데……." 지창밍이 넋을 놓고 있는 허우량핑을 잡아당겼다. "됐네. 감상에 그만 젖게. 내가 자네와 같이 온 건 사람들 의심을 피하기 위해서야. 조금 후에 중요한 회의도 있단 말이네." 허우량핑은 못내 아쉬워하며 무지개와 작별하고 지 검찰장을 따라 성공안청 숙소 로비로 들어갔다.

허우량핑을 본 차이청공은 아픈 곳이 싹 나았다는 듯이 벌떡 침대에서 일어나 외쳤다. "원숭아, 왔구나! 네가 올 줄 알았다. 우리가 무슨 사이냐? 소꿉친구 아니냐!"

허우량핑이 정색하며 말했다. "지금은 원숭이니 만두니 하지 말자. 공적인 일은 공적으로 처리하자고, 어?"

차이청공은 바로 웃음기를 거뒀다. "그럼, 그럼. 나도 안다. 공적인 일은 공적으로!"

허우량핑은 검찰원 식당에서 산 고기만두를 비닐봉지에서 꺼내 차이청공에게 건넸다. 심문도 잘 먹어야 할 게 아닌가. 차이청공도 거절하지 않고 만두를 집어 허겁지겁 먹었다. 한참 먹던 그가 다시 허우량핑을 원숭이라고 불렀다. 그러자 허우량핑이 즉각 주의를 주며 말했다. "여긴 집이 아니다. 신고 내용을 영상으로 찍고 있는데 말마다 원숭이, 만두 이러면 심문이고 뭐고 끝이야."

점심 식사를 마치고 다시 소회의실로 돌아오자 차이청공은 다른 사람이 되어 있었다. 그는 허우량핑과 루이커 앞에서 마음속에 담아뒀던 말을 우르르 쏟아내기 시작했다.

차이청공의 말에 따르면 따펑 공장 몰락은 징저우 은행의 대출 중단과 관련이 있었다. 여기에 결정적인 작용을 한 사람이 바로 신용 대출을 담당하는 부행장 어우양징이다. 차이청공은 신용 대출을 잘 받으려고 어우양징에게 조금씩 뇌물을 줬다. 뇌물은 한 번에 50만 위안씩 네 차례에 걸쳐 총 200만 위안을 은행 카드로 전했다. 뇌물을 건네준 시기는 매년 2월 말에서 3월 초였는데 보다 구체적인 시간은 기억하지 못했다. 뇌물을 준 장소는 두 번은 어우양징의 사무실, 두 번은 그녀의 집이었다고 한다.

허우량핑이 물었다. "어우양징의 집이 혹시 시위원회 서기 리다 캉의 집을 말하는 겁니까?"

차이청공을 고개를 가로저었다. "아니요. 시위원회 주택 말고 빌라촌에 있는 집 말입니다. 디하오위안요." 루이커가 허우량핑에게 차이청공이 말하는 디하오위안은 징저우에서 매우 유명한 고급 빌라촌이라고 침착하게 설명해줬다. 허우량핑도 특별한 반응을 보이지 않고 차이청공에게 계속 이야기하라고 했다.

은행 카드는 차이청공의 새어머니 장구이란의 이름으로 만들었고, 매번 카드를 보낼 때마다 어우양징에게 따로 비밀번호를 알려줬다. 어우양징은 비밀번호를 눌러 현금 지급기에서 현금을 찾거나 장구이란의 이름으로 대형 쇼핑몰에서 물건을 샀다. 차이청공은 이전에 건넨 뇌물이 어디에 쓰였는지 손바닥 보듯 잘 알았다.

"차이청공 씨, 정말 당신이 매년 대출을 받으려고 뇌물을 줬다면 어째서 어우양징 부행장이 갑자기 대출을 중단했답니까? 앞뒤가 안 맞지 않습니까?" 허우량핑이 문제의 핵심을 짚어냈다.

차이청공이 자세를 고쳐 앉더니 불쑥 큰소리로 말했다. "바로 그게 내가 말하고 싶은 겁니다! 허우 국장, 내 생각에는 누군가 더 비싼 가격을 제시한 거예요. 어우양징이 50만 위안보다 더 큰 이익, 어쩌면 억 소리 나는 이익을 얻으려고 내 대출을 끊은 겁니다. 십중팔구 제 예상이 맞을걸요!"

차이청공의 결론은 사람을 경악하게 할 만한 내용이었지만 허우량핑은 딱히 반응을 보이지 않았다. "예상이 아니라 사실을 말해야 합니다."

"좋습니다. 사실은 바로 가오샤오친의 산쉐이 그룹이 브리지 론 형식으로 우리 따펑 공장에 5000만 위안을 빌려준 겁니다. 엿새 사용하기로 하고 하루 이자 0.004퍼센트에 따평 공장 주식을 담보로 잡혔습니다. 엿새 뒤에 징저우 은행에서 대출이 나오니 따평이 제때 산쉐이 그룹에 5000만 위안을 돌려주면 우리 주식은 아무 문제가 없는 거였습니다. 그런데 갑자기 어우양징이 8000만 위안의 신용 대출을 해줄 수 없다고 하는 겁니다. 그때부터 산쉐이 그룹의 고리 대출금이 5000만 위안에서 6000만, 7000만, 8000만 위안으로 늘어났습니다. 6개월 뒤 법원은 담보 계약에 따라 우리가 저당 잡힌 주식을 가오샤오친의 산쉐이 그룹에 넘겨주라고 판결했고요. 우리 따평은 막다른 길로 몰렸습니다." 차이청공은 말할수록 흥분이 되는지 가만히 앉아 있지를 못하고 자꾸 일어나 화면 밖으로 나가려 했다.

허우량펑은 그런 차이청공을 제지했다. "차이청공 씨, 흥분하지 말고 앉으세요. 앉아요! 어우양징 부행장이 대출을 허가해주지 않았다면 다른 은행으로 갈 수도 있는 거 아닙니까? 공상 은행이나 중국 은행도 있잖아요. 아니면 주식제 은행도 있는데 어째서 가지 않았죠?"

차이청공은 냉정을 되찾고 말했다. "허우 국장, 징저우의 은행 사정에 대해 잘 모르시나 본데 대형 국영 은행이나 주식제 은행은 우리 같은 민영 기업에 대출해주지 않습니다. 지금까지 우리에게 대출을 해줬던 은행은 징저우 은행과 성농촌 신용협동조합뿐이었습니다." 적당한 시점에 루이커가 질문을 던졌다. "그럼 어째서 성농촌 신용협동조합을 찾지 않았죠?" 차이청공은 풀이 죽은 목소리로 말했다. "찾았습니다. 성농촌 신용협동조합에 6000만 위안을 신청해 결재가 날 참이었는데, 어우양징이 갑자기 신용조합에 전화하는 바람에 대출을 받을 수 없게 됐죠. 리스크 관리부에서 통과가 안 됐다고 하더군요." 허우량펑이 차이청공을 유심히 쳐다보며 물었다. "어우양징이 전화한 게 확실합니까?" 차이청공은 한층 목소리를 높였다. "확실합니다! 그 여자가 성농촌 신용협동조합 책임 서기이자 이사장인 류톈허에게 전화를 걸었어요. 못 믿겠으면 류 이사장을 조사해보세요……."

차이청공은 잠시 전에 자신이 했던 추측으로 다시 돌아와 강조하듯 말했다. "어우양징과 산쉐이 그룹이 일부러 판을 짜서 따펑 공장의 주식을 노린 겁니다! 나중에 벌어진 일들을 보면 그게 사실이란 걸 알 수 있어요. 가오샤오친은 공장이 있는 땅이 탐났던 겁니다. 주식을 가져가면 땅도 가져갈 수 있으니까요. 가오 회장은 신도시 개발 계획을 미리 알고 있었던 거예요. 실제로 광밍호 개조 계획으로 따펑 공장 땅이 고급 부동산 용지가 되지 않았습니까!"

허우량펑은 겉으로는 아무렇지 않은 척했지만 속으로는 몹시 흥분해 있었다. 그도 차이청공의 분석이 옳다고 생각했다. 어우양징과 가오샤오친이 판을 짠 거라면 따펑 공장 주식 미스터리도 쉽게 설명이 된다. 이것은 중대한 돌파구다! 9·16 대화재 사건의 발생 원인, 배후의 이익 사슬, 산쉐이 그룹의 조작 수법 등이 점점 수면 위로 떠오르고 있었다. 허우량펑은 차이청공에게 물을 따라주며 계속 이야기하게 했다.

차이청공은 물을 마시고 종이컵을 내려놓았다. 허우량펑이 직원들의 주식 보유 상황과 그들의 주식 지분을 담보로 잡힌 일에 대해 다시 묻자, 차이청공은 주식을 분리할 수가 없으며 기업 생산에 쓰는 유동자금 대출이었기에 당시 모두 담보로 잡힐 수밖에 없었다고 설명했다. 그 때문에 9·16 사건이 있던 날 밤에도 공장에 가서 요우 경리에게 수표를 전하려고 했지만 진실을 잘 모르는 직원들에게 맞았다는 것이다. 누군가는 그가 산쉐이 그룹과 결탁하고 일부러 주식을 넘긴 게 아니냐고 의심하는데 이는 억울하기 짝이 없는 일이었다.

마지막으로 차이청공이 말했다. "허우 국장, 루 처장, 부탁이 하나 있습니다. 내가 징저우시위원회 서기인 리다캉의 아내에게 200만 위안의 뇌물을 준 건 심각한 증뢰죄(贈賂罪)*입니다. 내가 다 인정하니 나를 반부패국에 남게 좀 해주십시오. 체포해도 좋습니다. 반부패국 수사에는 언제든 협조하겠습니다."

허우량핑은 자신의 친구가 보호받고 싶어 한다는 사실을 잘 알았다. 검찰원에서 뇌물을 줬다는 혐의로 체포하면 그는 시공안국, 즉 리다캉의 손에서 벗어날 수 있다. 차이청공은 허우량핑을 도와 결정적인 순간에 자신도 도움을 받고 싶었던 것이다. 아마도 이것이 그가 어우양징을 신고한 진짜 목적이었으리라.

허우량핑과 루이커는 서로 눈을 마주쳤다. 하지만 루이커는 고개를 저으며 먼저 태도를 분명히 했다. "그건 안 될 것 같습니다. 당신은 다른 형사 사건에 연루된 혐의도 받고 있습니다. 징저우 시공안국에서 당신을 계속 찾고 있어요. 9·16 대화재의 결과가 심각하니까요. 그 사건의 주요 당사자로서 당신은 정확한 진술을 해야만 합니다." 허우량핑은 루이커의 말이 옳다는 것을 알면서도 차이청공을 위로하듯 말했다. "일단 성검찰원에서 신고를 받았으니 차이청공 씨의 신체 안전을 포함한 모든 걸 책임질 겁니다. 징저우 공안국 유치장에도 검찰관을 보내 신고자의 모든 상황을 철

---

* 뇌물을 주거나 줄 의사를 표시함으로써 성립하는 범죄.

저히 주시하겠습니다."

미리 약속한 대로 심문을 끝낸 검찰원은 차이칭공을 시공안국에 넘겨줘야 했다. 허우량핑과 루이커는 차이칭공을 데리고 소회의실을 나와 함께 엘리베이터로 향했다.

그때 허우량핑은 말로 표현할 수 없는 슬픔을 느꼈다. 어린 시절부터 함께 어울려 자라며 모르는 것이 없는 사이인데, 차이칭공의 두 눈이 보내는 구조 요청을 그가 어찌 모르겠는가? 하지만 직업적 책임이 있는 사람으로서 사사로운 정에 이끌려 위법을 저지를 수도 없었다. 친구가 가고 싶어 하지 않을뿐더러 어쩌면 위험할 수 있는 곳으로 보내는 허우량핑의 속도 편하지는 않았다.

엘리베이터 입구에 가까워지자 차이칭공이 몸을 돌려 허우량핑을 보며 불쑥 말했다. "원숭아, 내 이 보잘것없는 목숨 너한테 맡긴다!"

허우량핑은 가슴이 쩡해져 제자리에 서버렸다. "야, 내가 너한테 뭐라고 말해주면 좋겠냐?"

그 순간 차이칭공이 왈칵 눈물을 쏟았다. "원숭아, 허우량핑, 니가 뭐든 좀 말해봐라." 허우량핑은 그를 나무라듯 말했다. "베이징 우리 집에 왔을 때 근거가 있는 사실만 말했어도 됐잖아? 이 사람 신고한다, 저 사람 신고한다 그러면서 알맹이는 쏙 빼놓고. 난 네가 소설 쓰는 줄 알았다고. 오늘 같은 증거를 갖고 일찌감치 얘기했으면 나중에 그렇게 많은 일이 일어나진 않았을 거 아냐. 천하이도 그렇게 음모에 당하지 않았을 테고."

차이칭공도 후회하는 모습이었다. "원숭아, 나도 진짜 죄를 짓고 싶진 않았다. 이렇게 될 줄 누가 알았겠냐? 리다캉은 나를 내보내주지 않을 거다. 이건 관리의 횡포야! 날 죽을 지경으로 몰아넣는 횡포라고…….”

엘리베이터 입구에는 이미 시공안국 경찰 몇 명이 서 있었다. 루이커는 눈치를 살피며 허우량펑의 옷자락을 잡아당겼다. 허우량펑은 더 이상 차이청공과 대화를 하면 안 된다는 것을 알았다.

로비에 도착했을 때 자오둥라이가 서 있는 것을 보고 허우량펑은 잠시 생각한 끝에 꼭 해야 할 말을 했다. “자오 국장, 내가 한 말에 책임을 져야 하니 차이청공을 지금 넘깁니다. 하지만 차이청공이 9·16 화재가 있던 날 밤 머리에 부상을 입었으니 먼저 병원에 데려가 검사를 한 뒤에 구류하면 안 되겠습니까?”

자오둥라이가 흔쾌히 대답했다. “그러시죠. 오늘 밤은 우선 근처 광밍구 지국 유치장에 차이청공을 넣고, 내일 검찰원에서 사람 보내시면 함께 공안 병원에 가서 검사받으면 되겠네요.”

허우량펑은 여전히 마음을 놓을 수 없어 더 솔직하게 사정을 털어놨다. “자오 국장, 차이청공은 중대한 범죄 사건의 신고자입니다. 이 사람의 신변 안전을 꼭 보장해주십시오. 어떤 위험인물도 그에게 다가가게 해서는 안 됩니다. 유치장에 나가 있는 우리 검찰관이 수시로 차이청공의 감금 상황과 건강 상황을 확인할 테니 그 어떤 불쾌한 일도 벌어지지 않으면 좋겠습니다.”

자오둥라이는 뭔가 아는 듯한 미소를 지으며 말했다. “걱정 마십시오, 허우 국장님. 그게 저희 시공안도 바라는 바니까요.”

결국 9·16 화재의 주요 책임자 차이청공이 체포돼 자오둥라이도 임무를 마치고 보고할 수 있게 됐다. 그는 시위원회 서기 사무실에 와서 리다캉에게 상황 경과를 간단히 보고했다. 성감찰원과의 협조에 대해 이야기하며 자오둥라이는 곁눈질로 리다캉을 훔쳐봤다. 하지만 리 서기는 무표정한 얼굴로 묵묵히 담배만 피우고 있었다. 보고가 끝나자 리다캉이 자오둥라이에게 조용히 물었다. "그래, 새로 온 국장은 봤나?"

"봤습니다. 협조 제안도 허우량핑 국장이 먼저 했습니다."

리다캉은 자리에서 일어나 창문 앞으로 다가가더니 잠시 생각에 잠겼다. 창문에 비친 그의 얼굴은 수심이 가득했다. 잠시 후 리 서기가 천천히 몸을 돌려 또 물었다. "허우 국장의 인상은 어떻던가?"

"대단한 상대로 보였습니다. 하지만 도리에 어긋나지 않는 사람 같더군요." 자오둥라이는 신중하게 대답했다.

14

허우량핑은 매우 들떠 있었다. 차이청공의 신고로 모든 사건의 윤곽이 선명해지기 시작했다.

조사에 따르면 따펑 의류 공장 땅의 가치는 10억 위안으로, 산쉐이 그룹이 주식 담보 형식으로 가져갔다. 순식간에 따펑 공장은 파산했고 산쉐이 그룹은 약 5억에서 6억 위안을 벌어들였다. 이것을 정상이라고 할 수 있겠는가? 누가 봐도 비정상적인 면이 있었다. 그렇다면 누가 이익을 챙겼을까? 바로 가오샤오친의 산쉐이 그룹이다. 산쉐이 그룹은 대체 어떤 배경을 갖고 있으며 가오샤오친이 무슨 이력의 소유자인지 정확히 아는 사람은 드물었다. 하지만 미녀 회장에 대한 소문은 천지에 깔리지 않은 곳이 없었다. 이를테면 뜬소문에 불과하긴 하지만 가오샤오친이 가오위량의 조카란 소문도 있다. 하지만 그런 소문이 온라인상에 꾸준히 도는 걸 보면 그 의미를 곱씹어볼 만하지 않을까?

이후 며칠 동안 허우량핑은 가오샤오친과 산쉐이 그룹이 이뤄낸 성공의 역사를 자세히 조사하고 연구했다. 그들은 대부분의 경우 직접적인 투자 없이 남에게 투자를 종용하거나 유도하는 방식으로 엄청난 수익을 거둬들였다. 특히 가오샤오친은 일반인의 수준을 훨씬 뛰어넘는 탁월한 안목의 소유자처럼 원하는 목표를 공략해 그 땅을 차지했다. 따펑 공장 역시 같은 방식으로 집어삼켰다. 무슨 사업의 천재라도 되나? 허우량핑은 가오샤오친의 이런 사업적 안목과 능력에 큰 호기심을 느꼈다. 더욱 흥미로운 점은 어우양징이 징저우 은행에서 적당한 때에 대출을 끊어줘 따펑 공장 주식이 가오샤오친의 손에 넘어갈 수 있었다는 사실이다. 어쨌거나 어우양징은 고급 관리의 부인 아닌가. 혹시 어우양징이 산쉐이 그룹과 이익을 주고받는 관계였던 것은 아닐까? 어쩌면 산쉐이 그룹이 경제적 이득을 빌미로 고위 간부인 리다캉의 발목을 잡은 것은 아닐까?

허우량핑은 어우양징이 뇌물로 받았다는 200만 위안짜리 은행 카드 네 장이 실제로 존재하는지 간첩들과 함께 조사하도록 루이커에게 지시했다. 물론 4년이나 지난 은행 카드 네 장의 행방을 찾는 일이 쉽지는 않다. 하지만 그중 한 장이라도 사실로 밝혀진다면 긍정적인 증거가 될 것이 분명했다. 행여 상대가 지나치게 경계할 것을 대비해 어우양징을 당장 불러서 캐묻기보단 비밀리에 조사를 진행하기로 했다.

반면 미모가 뛰어난 가오샤오친 회장에 대해서는 아직까지 어떤 직접적인 증거도 찾을 수 없었다. 사업적인 측면에서 봤을 때 그녀의 행동은 모두 합법이었다. 의심 가는 부분이 아무리 많다 해도 그저 의심일 뿐이어서, 검찰원 반부패국에서 당장 조사할 수는 없었다. 물론 친구의 신분으로 그녀에게 접근할 수는 있다.

뜻밖에도 치통웨이가 그 기회를 허우량핑에게 절로 가져다줬다. 약삭빠른 선배는 차이청공이란 난제가 해결되고 나자 슬쩍 모습을 드러내며 환영회를 해주겠다고 했다. 내키지 않아서 이런저런 핑계를 대며 거절하던 허우량핑은 가오샤오친이 산쉐이 리조트에서 그를 맞이할 것이란 말에 아무 내색 없이 허락했다. 이것이야말로 신비로운 산쉐이 그룹에 다가갈 절호의 기회 아닌가!

치퉁웨이와 가오샤오친이 무슨 관계인지 모르겠지만 어쨌든 가오샤오친이 그를 데리러 왔다. 이렇게 허우량핑은 검찰원 입구에서 가오샤오친과 처음 만났다. 미인이란 소문처럼 그녀는 아름다우면서도 천박하지 않고, 몸매는 가냘퍼도 강단이 있으며, 반듯한 눈썹에서는 사내대장부의 기운이 느껴져 역시 보통 사람은 아닌 듯했다.

허우량핑은 차 안에서 이런저런 이야기꽃을 피우며 가오샤오친을 징저우의 신화요 전설이라고 추켜세웠다. 맑고 아름다운 눈동자를 가진 가오샤오친은 한순간 허우량핑을 힐끗 보며 말했다. "허우 국장님, 전설이 현실이 되는 순간 실망하지 않을까요? 보시다시피 이렇게 다 늙은 중년 부인인걸요." 허우량핑이 진지하게 대꾸했다. "그럴 리가요. 제가 뵙기에는 품위 있는 여류학자나 카리스마 있는 여성 기업가 같으십니다." 가오샤오친이 나긋나긋한 목소리로 말했다. "저에 대한 소문 중에는 우호적이지 않은 내용도 있던데요. 심지어 특별한 의도가 있는 이야기들도 있다죠?" 허우량핑은 입가에 살짝 미소를 띠며 말했다. "그렇긴 합니다. 사람들 사이에 여러 이야기가 떠돌더군요. 하지만 가오 회장님, 저는 검찰관으로서 직업 특성상 그 어떤 소문도 그대로 믿지 않습니다. 오직 제 눈과 증거를 믿을 뿐입니다." 그의 말에 가오샤오친이 꽤 의미 있는 지적을 했다. "검찰관의 눈도 때로는 틀릴 때가 있고, 증거도 거짓일 때가 있죠." 허우량핑은 그녀의 말속에 뼈가 있음을 눈치채고 그 말의 의미를 캐물었다. 그러자 가오샤오친은 생긋 미소 지으며 먼저 허우량핑의 어린 시절 동무 차이청공에 대해 이야기하기 시작했다. "사람이 가장 모르는 상대가 스스로 가장 잘 알고 있다고 생각하는 친구인 경우가 종종 있죠. 차이청공 사장 같은 사람 말이에요."

이후에 그녀가 한 말들은 대부분 차이청공에 관한 것이었다. 가오샤오친은 차이청공이 허우량핑의 어린 시절 동무란 사실을 알면서도 냉정하게 성토했다. 그녀는 차이청공이 조금의 신용도 없을뿐더러 거짓말만 늘어놓는 그야말로 돼먹지 않은 인간이라고 혹평했다. 허우량핑은 중간에 추임새를 몇 번 넣을 뿐 어떤 반박도 하지 않았다. 지금은 이야기를 들으면서 그 속에서 의심 가는 점을 발견해 단서를 찾아야 할 때다. 허우량핑은 가오 회장이 계속 떠들어대는 것이 결코 두렵지 않았다. 오히려 그녀가 아무 말도 하지 않는 것이 더 두려웠다. 경험으로 비춰 보건대 가장 상대하기 어려운 대상이 바로 침묵하는 자였다.

승용차는 금세 도심을 벗어났다. 차창 밖으로 인쉐이강(銀水河)이 나타났다. 맑은 물이 흐르는 강에는 이따금 작은 물보라가 일었다. 초가을이긴 하지만 강변의 갈대는 여전히 청록빛을 간직하고 있었다. 그 청록색 갈댓잎들이 산들바람에 흔들리면 잎 뒤의 희끗희끗한 색이 드러났다. 가끔 이름 모를 물새 두어 마리가 갈대숲과 물 위를 스치고 날아올라 저 멀리 버드나무 숲으로 사라졌다. 하늘가에 길게 걸쳐 있는 마스산(馬石山)은 날렵한 말처럼 보였다.

산쉐이 리조트는 마스산 아래 위치하고 있는데, 뒤에 산이 있고 앞에 강이 있어 한눈에 봐도 최고의 명당 자리였다. 얕은 산언덕을 따라 영국식, 프랑스식, 러시아식 등 다양한 스타일의 아름답고 우아한 10여 채의 빌라가 자리한 모습이 마치 동화 속 같았다. 모두 2, 3층 높이 객실인 각 빌라의 표지판에 번호가 새겨져 있었다. 산 바로 아래에는 현대식 고층 건물이 서 있는데, 전면의 외벽이 유리로 되어 있어 햇빛이 잘 들었다. 그곳은 리조트의 주건물로 오락과 식사, 스파 등을 즐길 수 있었다. 징저우 상류층 인사들은 이곳을 자주 드나들었지만, 일반 서민들은 이 리조트에 대해 잘 알지 못해 그저 멀리 외진 곳에 있다고 '농지아러(農家樂)*'라고 불렀다.

초대자인 치퉁웨이는 리조트 주건물에서 허우량핑을 맞았다. 오랜만에 만난 대학 동문인지라 두 사람은 매우 반갑게 서로를 껴안았다. 치퉁웨이는 만면에 미소를 띠며 허우량핑의 손을 잡고 흔들었다. "어이, 후배님! 드디어 천궁에서 내려와 우리 세상에 오셨구먼. 환영한다, 환영해! 일반 백성들과도 함께 즐겨봐야지!"

허우량핑도 제법 넉살 좋게 엄살을 부렸다. "누가 아니랍니까? 선배랑 천하이가 딩이전만 놓치지 않았으면 제가 이렇게 강등되지 않았을 텐데 말예요." 치퉁웨이는 씩 웃으며 말했다. "겸손이 지나치네, 량핑. 네가 상방보검((尙方寶劍)**을 갖고 내려왔다는 걸 여기 모르는 사람이 있나?" 허우량핑이 눈을 흘기며 대꾸했다. "그 상방보검, 선배가 주는 겁니까? 차이청공을 반부패국에 넘겨준다고 하더니 의리 없이 자오둥라이에게 넘겨줬으면서." 그러자 치퉁웨이가 집게손가락을 흔들며 말했다. "차이청공을 넘겨준 게 나을 수도 있어. 그 화근을 네 손에 쥐고 있어서 뭐 하게? 가오 회장이 오는 길에 말해주지 않았어?" 가오샤오친이 치퉁웨이의 말을 이어받았다. "허우 국장님께 말씀드렸어요. 믿으셨는지 어떤지

---

* 중국에서 새롭게 나타난 휴양 형식으로, 농민들이 도시 사람들에게 집을 제공하고 시골과 자연을 체험하게 해주는 행위나 그런 숙소를 일컫는다.
** 먼저 보고하지 않고 죄인을 죽일 수 있는 권한이 주어지는 황제의 하사 검.

는 모르겠지만요. 앞으로 지켜보면 알겠죠." 그 말에 치퉁웨이는 짐짓 진지하게 말했다. "지켜보긴 뭘? 량평아, 차이청공 같은 놈은 진짜 조심해야 돼!" 허우량평은 피식 웃으며 물었다. "선배, 혹시 차이청공에 대해 확인한 정보가 있어요?" 치퉁웨이는 허우량평의 어깨를 두드리며 말했다. "정보는 무슨, 그냥 그 작자가 교활한 장사꾼이란 거지. 네가 진심으로 대하다가 괜히 손해 볼 수도 있어."

이 화제는 그렇게 마무리됐지만 허우량평은 치퉁웨이의 말에 뭔가가 숨겨져 있다고 느꼈다.

이런저런 이야기로 웃음꽃을 피우며 세 사람은 커다란 스위트 룸에 들어섰다. 스위트룸 바깥쪽에 응접실이 있고 안쪽에 식당이 있는데, 호화로운 인테리어와 고풍스러운 마호가니 장식품이 눈에 띄었다. 특히 시선을 끄는 것은 응접실 천장에 닿을 만큼 높이 선 옛날식 서가였다. 서가에는 적지 않은 고전과 최신 유행 서적, 선장서 등이 꽂혀 있었고 심지어 마르크스-엥겔 전집도 있었다. 허우량평은 손이 가는 대로 책을 하나 꺼내 들어 펼쳐 보며 조금 뼈가 있는 칭찬을 했다. "대단합니다, 대단해. 가오 회장님, 동서 문명을 모두 꽉 잡으려고 밥도 안 먹고 공부만 하셨나 봅니다!" 치퉁웨이가 눈치 없이 웃으며 말했다. "가오 회장이 우리 스승이 신 가오 서기님을 모시려고 특별히 서재식으로 인테리어한 거야. 우리 선생님이 학자풍을 좋아하시잖아." 허우량평이 깜짝 놀라며 물었다. "예? 선생님이 여기에 자주 손님으로 오신다고요?" 가오 샤오친은 서둘러 두 사람의 대화에 끼어들었다. "예전에 가끔 오 셨어요. 중앙8항규정(中央八項規定)*이 발표된 뒤로는 한 번도 안

---

* 중국 지도부가 부정부패와 허례허식 척결을 위해 2012년 12월에 발표한 규정.

오셨는걸요."

그때 치퉁웨이가 담배 한 대를 건넸지만 허우량핑은 끊었다며 거절했다. 두 사람은 이 화제를 두고 다시 입씨름했다. 가오샤오친은 곁에서 그들에게 차를 따라주며 미소 띤 채 둘의 대화를 듣기만 했다. 치퉁웨이는 시가를 피워 물며 말도 안 되는 억지를 썼다. "담배를 끊을 수 있는 사람은 살인도 할 수 있다고! 그런데 담배를 끊다니 허우량핑도 참 대단하네. 나도 백 번은 시도했지만 죄다 실패했는데 말이야. 내 마음이 약한 걸 탓해야지. 마음이 너무 여려." 허우량핑은 말도 안 된다는 듯 반박했다. "됐네요. 그게 무슨 말도 안 되는 소리예요? 금연이란 게 자신의 욕망을 통제하는 것뿐인데." 그 말에 치퉁웨이는 고개를 절레절레 흔들었다. "사람의 욕망이란 게 그렇게 쉽게 통제가 되나? 넌 '뿐인데'라고 하지만 그렇게 잘 통제가 될 거 같으면 세상에 범죄나 범죄자가 생길 리 없고, 너나 나도 실직자가 되겠지."

허우량핑과 치퉁웨이는 틈만 나면 서로 이기려고 날카롭게 각을 세우는 통에 대학 시절에도 친구들에게 싸움닭들이란 별명으로 불릴 정도였다. 하지만 그렇게 다투면서도 두 사람은 서로를 존경하는 마음을 가지고 상대의 뛰어난 점을 존중할 줄 알았다. 그들은 학교 성적도 막상막하였을 뿐 아니라 군사체육을 좋아해서 크로스컨트리나 격투기에서도 나란히 두각을 나타냈다. 영웅은 영웅을 알아본다고 두 사람이 바로 좋은 예였다. 허우량핑과 치퉁웨이는 입씨름을 하면서도 마치 대학 시절로 돌아간 것처럼 즐거워했다.

말재주가 있는 가오샤오친은 싱긋 미소 지으며 두 사람의 대화에 끼어들었다. 그녀는 두 사람의 말에 모두 일리가 있지만 자신은 경관과 검찰관 중에 검찰관을 더 존경한다고 말했다. 그러자 치퉁웨이가 짐짓 질투 나는 척 물었다. "나야 오래 본 얼굴이고 허우 국장은 새 얼굴이니까. 가오 회장은 늘 새로운 걸 좋아하잖아?" 허우량핑도 놀리듯 말했다. "그렇게 심각할 거 있나요? 하긴 본래 새 사람이 옛 사람을 대신하는 법이긴 하죠. 선배, 괜히 질투하지 마요." 하지만 가오샤오친은 그의 말에 진지하게 대꾸했다. "새 사람이 옛 사람을 대신해서 검찰관을 더 존경한다는 게 아니라, 직업적으로 비교했을 때 그렇다는 거예요. 경찰은 보통 형사 범죄에 연루된 범인이나 건달들을 자주 접하죠. 그러다 보면 자칫 건달처럼 행동하게 되고요. 전 세계 모든 경찰이 다 그런 편이에요. 반면 검찰관은 지능형이나 경제, 직무 범죄를 상대하기 때문에 몸에 고상하고 신사다운 분위기가 배어들어요." 허우량핑은 적절한 타이밍에 자신을 가리키며 말했다. "허우 검찰관이 바로 그런 신사죠." 가오샤오친은 그 말에 웃으며 화제를 돌렸다. "미국 빌 클린턴 대통령이 특별 검사인 케네스 스타 때문에 울게 됐을 때 저는 중학생이었어요. 그때 텔레비전으로 대통령이 눈물 닦는 모습을 보고 얼마나 스타 검사를 미워했는지 몰라요." 그 말에 허우량핑은 정색했다. "그건 아니죠. 당시 스타 검사가 신사답지 못했다는 겁니까?" 가오샤오친은 고집을 꺾지 않았다. "그가 대통령을 울린 건 잘못되었다고 생각해요. 어쨌든 클린턴은 대통령이었잖아요." 허우량핑도 진지하게 대꾸했다. "하지만 가오 회장님, 클린턴 대통령은 국민들에게 거짓말을 하면 안 됐습니다. 그것이 케네스 스타 검사가 지킨 원칙이었고요." 그제야 가오샤오친은 허우량핑의 말에 고개를 끄덕였다. "맞는 말씀이에요. 하지만 저는 성인이 된 뒤에야 스타 검사의 원칙이 무엇인지 깨달았답니다. 아,

말이 나왔으니 한번 여쭤보고 싶네요. 허우 검찰관님은 이번에 징저우에 오셔서 누구를 울리고 싶으신가요? 누구를 가장 먼저 울릴 작정이시죠?"

치퉁웨이가 기다렸다는 듯 말을 이어받았다. "아무리 그래도 가오 회장을 먼저 울리진 않겠지. 안 그래?" 허우량핑은 피식 웃으며 대답했다. "전 누구도 울리고 싶지 않습니다. 오히려 다 같이 웃고 싶은걸요. 물론 제가 가오 회장님을 겨냥한다 해도 회장님은 울 일이 없으시겠죠?" 그러자 가오샤오친이 의미심장한 말을 했다. "제가 울 일이 없다고 누가 그러던가요? 아마 제가 제일 크게 울걸요. 두 분도 저랑 함께 우실 테고요." 허우량핑은 말장단을 맞추는 대신 식탁 위에 놓인 술병을 가리켰다. "웬 얼궈터우를 마셔요? 청렴한 정치를 위한 건가?"

치퉁웨이는 가오위량 선생이 행여 주변의 오해를 살까 봐 리조트에 오지 못했지만 오늘의 환영회를 매우 중요하게 여긴다고 말했다. 특히 가오 선생은 직접 몇 가지 규칙을 제시했다. 첫째, 공금을 쓰지 말 것. 둘째, 가오 회장에게 비용을 부담하게 하지 말 것. 셋째, 비싼 술을 마시지 말 것. 넷째, 관용차를 사용하지 말 것…… "덕분에 네가 가오 회장의 전용차를 타는 대접을 받게 된 거야." 치퉁웨이의 말에 가오샤오친은 미소를 지으며 말을 보탰다. "가오 서기님이 현명하신 거죠. 초대한 분이 검찰관이니까요. 사실 치 청장님은 고급 양주를 몇 병 대접하고 싶어 했는데 괜한 오해라도 받으면 안 되잖아요. 새로 오신 샤루이진 서기님이 간부들의 기강을 단단히 잡으려고 하신다면서요? 성위원회 상무위원회의에서 모 지역 모 부문 간부의 자질이 일반 국민보다 못하다고 하셨다죠?" 그녀의 말에 허우량핑은 놀라지 않을 수 없었다. 장사꾼이 어쩌면 정치에 이렇게 관심이 많단 말인가? 더군다나 성위원회 상무위원회의에서 성서기가 한 말의 구체적인 내용을 어떻게 알고 있을까? 허우량핑은 아무렇지 않은 척 미소를 띠며 물었다. "가오 회장님, 방금 그 말씀은 치 청장이 알려준 건가요?" 치퉁웨이는 고개를 흔들었다. "가오 회장이 나보다 소식이 더 빠른 걸!" 그러면서 그는 새로 온 서기에 대한 불만을 털어놓았다. "샤서기는 사람들에게 인기나 끌어보겠다고 그런 말을 하는 거야. 우리 간부들 자질이 일반 국민보다 못하다고? 난 그 말 절대 안 믿어!"

가오샤오친은 치퉁웨이를 놀릴 요량으로 말했다. "치 청장님, 제가 보기에는 믿으셔야 할 것 같은데요. 위대한 중국 국민이란 말은 들어봤어도 위대한 중국 간부나 중국 관리는 들어본 적이 없는걸요. 그렇지 않나요, 허우 국장님?" 허우량핑은 큰 소리로 웃으며 대답했다. "가오 회장님, 정말 재치 있으십니다. 곧 회장님 팬이 될 것 같네요." 치퉁웨이가 말도 안 된다는 듯이 콧방귀를 꼈다. "위대한 중국 국민은 무슨! 어이, 입은 삐뚤어져도 말은 바로 하랬다고 역사는 영웅들이 만들어 온 거야! 수천 년 중국 역사를 돌아봐. 우리가 기억하는 건 누구지? 바로 진시황제, 한 무제, 당 태종, 송 태조, 칭기즈칸 같은 황제라고. 국민? 국민이 누군데? 국민이 어디 있어?" 허우량핑이 즉각 손을 들었다. "보고합니다, 청장님. 접니다. 그 국민 여기 있습니다." 그러자 가오샤오친도 손을 들었다. "저도 있습니다. 청장님, 청장님도 국민이시잖아요. 본인이 진시황제나 한 무제라고 생각하세요? 어째서 항상 지켜야 할 자리를 찾지 못하세요?"

잠시 뒤 하늘이 어둑해지면서 사람들이 리조트에 속속 도착했다. 대부분 정법 계통 간부들이었다. 성이나 시의 법원장은 물론이고, 성공안청과 시공안청의 고급 경관, 성과 시 정법위원회의 간부들이라고 했다. 한눈에 봐도 치퉁웨이가 그들의 수장임이 분명했다. 그는 허우량핑을 데리고 다니며 일일이 인사를 시켰다. 허우량핑은 그들과 악수를 나누면서도 뭔가 이상한 기분이 들었다. '여기 모인 정법 간부들이 사람들이 말하던 그 정법계인가? 환영회에 참석했으니 나도 이들과 한패가 됐나?' 그는 이런 생각도 했다. '가오위량 선생님이 이 자리를 피하신 이유가 있군. 하긴 피하지 않으면 또 어쩌겠는가? 천하이도 가오위량 선생님의 제자이니 정법계라고 할 수 있을 텐데, 이런 모임에 나온 적이 있을까?'

손님이 가득 차자 가오샤오친은 직원들에게 음식을 내오게 했다. 요리는 민물에서 나오는 어패류 위주로 보기에는 평범했지만 매우 세심하게 식재료를 골랐음을 알 수 있었다. 바이줘허샤의 민물새우는 인쉐이강에서 잡은 것이었고, 훙샤오예투의 산토끼는 마스산에서 잡아 온 것으로 본연의 맛이 살아 있는 데다 신선하기가 무엇과도 비교할 수 없었다. 그중에서도 일품 요리는 바왕비에시로 인쉐이강의 야생 자라와 마스산의 소나무 숲에 사는 꿩을 약재와 함께 고아낸 향이 진한 탕이었는데, 그릇을 비우지 않은 손님이 없을 정도였다.

가오샤오친은 그곳에 있는 간부들과 모두 안면이 있는 듯 이 사람 저 사람을 부르며 즐겁게 이야기했다. "농지아러에서 농가의 특색을 간직한 요리를 대접하는 게 당연하죠. 모두 잘 드시고 좋은 의견 주시면 감사하겠습니다." 술은 좋지 않다고 했지만 그래도 얼궈터우인지라 치퉁웨이는 사람들과 적지 않은 술을 마셨다. 본래 정법 간부들은 다른 계통보다 성격이 시원시원한 편이라 허우량펑도 말은 안 먹겠다고 하면서도 은근히 많은 술을 들이켰다. 머리가 어질어질해질 무렵 식당 지배인이 호금을 켜는 연주자를 들어오게 했다.

치퉁웨이는 박수를 치며 주의를 끌었다. "자, 여러분, 근사한 작품이 시작됩니다. 〈머리싸움(智鬪)*〉입니다!"

가오샤오친은 투덜대듯 말했다. "어떻게 하란 거예요? 가오 서기님이 안 오셔서 참모장할 분도 없는데!" 치퉁웨이가 자연스럽게 허우량펑을 가리켰다. "허우 국장이 있잖아. 허우 국장이 댜오더이를 하면 되겠네!" 허우량펑이 거절할 새도 없이 가오샤오친이 박수를 쳤다. "그러면 되겠네요. 중앙에서 내려오신 허우 국장님도 일반 백성들과 함께 즐겨보셔야죠. 치 청장님이 후촨쿠이를 하세요. 제가 아칭사오를 할 테니까. 그럼 시작하죠!"

연주자가 호금을 켜자 근사한 공연이 시작됐다. 세 사람은 제법 노래를 잘 불렀으며 특히 가오샤오친은 아름답고 우아한 목소리에 부드럽고 정확한 발음, 생기 넘치는 몸짓으로 보는 사람의 마음을 사로잡았다. 무엇보다 부드러우면서도 강인하고, 침착하면서도 의연하며 영리해 보이는 표정 연기가 작품 속 아칭사오와 판박이나 다름없었다.

실제 공연을 방불케 하는 〈머리싸움〉 노래에 호금 연주자도 악기를 내려놓고 박수를 칠 정도였다. 허우량펑은 가오샤오친에게 매우 깊은 인상을 받았다. 환영회가 끝나고 돌아가는 길에 그는

---

* 중국의 현대 혁명 경극 작품 중 하나인 〈샤지아방(沙家浜)〉의 가장 유명한 노래 대목으로 지하 공산당원이자 식당 여주인인 아칭사오가 공산당 신사군의 부상병을 숨기려고 충의구국군 사령관 후촨쿠이, 그의 참모장이자 일본군 첩자 댜오더이와 서로의 정체를 파악하는 대화를 통해 머리싸움을 펼치는 내용을 담고 있다.

진심으로 감탄했다. '가오샤오친, 도대체 뭐 하는 여자야? 치퉁웨이는 물론이고 그렇게 많은 정법 고관들과 인연을 맺고 있다니. 게다가 가오위량 선생도 그녀의 손님이라고? 가오샤오친과 진짜 머리싸움을 하려면 엄청난 노력이 필요하겠군!'

15

9·16 사건의 1차 조사 결과가 나왔다. 고의로 불을 지른 사람은 없으며 대화재는 공장 수호대 대원 류싼마오가 무심코 던진 담배 꽁초 탓에 일어난 우연한 사고였다. 류싼마오는 현장에서 불에 타 사망했다. 그날 밤 따펑 공장 수호대와 창샤오후의 철거 팀 사이에는 어떤 물리적 접촉도 없었으며 쌍방이 이성적으로 자제했다. 이 모든 일의 화근은 차이청공이었다. 그는 수백 명의 노동자를 선동해 공장을 점거했으며, 보조금을 지급하고, 휘발유를 사용하라고 명령하기도 했다. 뿐만 아니라 따펑 의류 회사의 법인 대표이기도 하다.

보고서를 확인한 리다캉은 자오둥라이에게 최대한 빨리 차이청공을 구속하라고 지시했다. 하지만 자오둥라이는 성검찰원의 태도를 살펴야 한다고 말했다. 리다캉은 어째서 성검찰원이 그렇게 차이청공을 주시하는지 알 수 없었다. 이에 대해 자오둥라이는 쓴웃음을 지으며 얼버무리듯 말했다. "그게…… 차이청공의 신고와 관련이 있는 것 같습니다." 리다캉이 무슨 신고냐고 물으니 자오둥라이는 대답하는 대신 당부의 말을 건넸다. "리 서기님, 기회가 왔을 때 과감히 끊어내십시오!"

리다캉은 그 순간 가슴이 덜컥 내려앉았다. 무슨 뜻인지 감을 잡았지만 리다캉은 짐짓 모르는 척 물었다. "끊어? 뭘 끊어? 누구랑 끊는단 말인가?"

자오둥라이는 조금 망설이다가 돌리지 않고 말했다. "당연히 어우양징 여사님 말씀이죠. 두 분의 일은 사실 공공연한 비밀 아닙니까? 더 끌어봤자 서기님께 불리합니다."

자오둥라이가 떠난 뒤 리다캉은 고개를 들고 책장을 쭉 훑어봤다. 그의 사무실에 있는 책장은 특별 주문 제작한 것으로 높이가 천장에 닿을 정도였으며 한 면이 두꺼운 책들로 가득했다. 그는 책들에 둘러싸여 있는 느낌이 좋았다. 고민이 있을 때 책장에 꽂힌 책들의 책등을 멍하니 보고 있노라면 그 안에 문제를 해결할 묘책이 숨겨져 있을 것만 같았다.

그렇다! 사실 시간을 더 끌어봤자 그에게는 불리했다. 차이청공이 이미 신고를 했다고 자오둥라이가 말하지 않았는가. 누구라고 말하진 않았지만 차이청공이 신고한 사람은 분명 그의 아내 어우양징일 것이다. 성검찰원에서 이미 주시하고 있다면 어우양징은 아마도 화를 피하기 어려울 터이다.

리나캉은 커다란 통유리창 앞에 서서 줄담배를 피워댔다. 창밖 하늘에 황혼이 내려 저녁노을이 사무실 안 녹색식물들을 붉게 물들였다. 창 앞에서 멀리 바라보니 서남 방향으로 쪼개진 거울 같은 광밍호 한 귀퉁이가 눈에 들어왔다. 또한 동남쪽에는 저 멀리 구불구불 이어진 산들의 윤곽이 쪽빛 미풍에 흔들거렸다. 눈앞의 번화한 대로에는 꼬리에 꼬리를 문 차들이 가득했다.

리다캉은 넋을 놓고 창밖 풍경을 바라보며 자신의 걱정거리만 생각했다.

어우양징이 무슨 문제를 일으켰든 남편인 그가 책임을 면할 길은 없을 것이다. 사실 그는 아내에 대해 늘 마음이 놓이지 않았다.

안 그래도 평범한 사람이 아닌 데다 부패 사건이 많이 일어나는 금융 영역에서 신용 대출을 담당하고 있지 않은가. 딩이전이 도주하던 날 밤 아내에게 잔소리를 하며, 그녀가 그리 깨끗하지 않으리란 것을 어느 정도 짐작한 터였다. 그녀는 그의 곁에 있는 폭탄이나 다름없었다. 이제 그에게는 오직 한길밖에 남아 있지 않았다. 바로 어우양징이 큰 사달을 내기 전에 빨리 이혼해 폭탄을 던져버리는 것이다.

이혼이란 화제는 그들 부부 사이에서 새삼스러운 것도 아니며, 리다캉도 마음속으로 한두 번 결심한 일이 아니었다. 다만 끝내 결심을 실천에 옮기지 못했다. 이제 마지막 갈림길에 선 그는 이 불행한 결혼 생활을 끝내야만 했다. 리다캉은 자신의 정치적 명예를 매우 중시해 그 어떤 오점도 허용하지 않았다. 자오둥라이가 눈치챌 정도인데도 이혼하지 않는다면 무슨 꼴을 보게 될지 모를 일이다. 리다캉은 마지막 담배를 재떨이에 비벼 끈 뒤 가정부에게 전화를 걸어, 오늘 저녁에 집에서 식사할 테니 어우양징에게도 연락해 일찍 들어오게 하라고 말했다. 어떻게든 아내와 담판을 지을 생각이었다.

리다캉은 서류 가방을 들고 사무실을 나서면서 어쩐지 씁쓸한 기분을 느꼈다. 앞으로는 이 사무실이 그의 집이 될 것이다. 어찌 됐든 두 사람은 20여 년을 함께 산 부부로, 사랑하는 마음은 없다 해도 서로 한 몸이나 다름없는 사이였다. 그런데 이제 와서 오른손에 칼을 들고 왼손을 잘라내야 하니 어찌 마음이 아프지 않겠는가. 그는 자신이 일중독자란 사실을 인정했다. 평생 여자를 위해 쓴 시간이 얼마 되지 않으며 딸조차 몇 번 안아준 적 없었다. 하지만 그렇다고 가족에 대한 애정이 없는 것은 아니어서 헌신짝 버리듯하지도 못했다. 사실 딸이 미국으로 유학을 떠난 뒤로 어우양징에게는 벌써부터 출국할 마음이 있었다. 만약 이번에 이혼에 성공한다면 그는 아내와 딸을 동시에 잃을 것이 분명했다. 그런 생각을 하니 리다캉의 입에서 한숨이 절로 새어 나왔고, 마음에 먹구름이 잔뜩 끼었다.

집에 돌아오니 가정부 텐싱즈가 이미 요리를 다 해놓고 식탁을 차리면 되겠느냐고 물었다. 리다캉이 집 안을 훑어보자 가정부는 그의 속내를 알아채고 어우양징이 은행업계 고위층 모임 때문에 오지 못한다고 서둘러 말했다. 리다캉은 고개를 끄덕였다. "먹읍시다." 텐싱즈는 금세 식사를 차려냈다.

리다캉은 젓가락을 들고 식사하며 가정부와 이야기를 나눴다. 가정부 텐싱즈는 본래 국유 기업의 유치원 교사였지만 구조 조정으로 일찍 퇴직해야 했다. 그녀는 퇴직금을 줄곧 받지 못해 함께 퇴직한 교사들과 구정부에 찾아가 민원을 넣었다고 한다. 텐싱즈는 유치원 교사 출신답게 성격이 명랑하고 활발하며, 생생하게 상황을 묘사할 줄 알았다. 그런데 그녀의 이야기 중 한 대목이 리다캉의 주의를 끌었다. 바로 광밍구 민원 상담 부서 창구가 너무 낮아 방문자가 반쯤 무릎을 꿇고 고개를 비스듬히 돌려야 창구 안 상담원과 이야기를 할 수 있다는 것이었다. 텐싱즈가 그 상황을 직접 몸으로 보여주자 리다캉은 바로 무슨 뜻인지 알아채고 다시 물었다. "아주머니 말은 광밍구 민원 상담 창구가 너무 낮다는 겁니까?" 텐싱즈가 손사래를 쳤다. "낮은 정도가 아니라니까요. 그 사람들은 일부러 거기 오는 민원인들을 골탕 먹이는 거예요." 원체 기분이 좋지 않던 리다캉은 시민들이 곤란을 겪고 있다는 말에 정색하며 말했다. "그럼 내가 언제 시간을 내서 가보겠습니다. 정말 그자들이 일부러 민원인들을 골탕 먹이는 거라면 한번 혼쭐을 내주겠어요." 그는 노트를 꺼내 진지하게 이 일을 적어뒀다.

그때 벽에 걸린 괘종시계 시침은 이미 밤 10시를 향하고 있었다. 리다캉은 시계를 보며 톈싱즈에게 말했다. "집사람에게 다시 전화 걸어 얼른 들어오라고 해주세요." 톈싱즈가 전화를 걸자 어우양징은 밤에 들어가긴 할 테지만 이브닝파티가 있어 늦을 것 같다고 말했다. 옆에서 듣고 있다가 화가 난 리다캉은 수화기를 낚아채 큰 소리로 말했다. "어우양, 당신 또 디하오위안에 갔나?" 전화 너머의 어우양징도 격앙된 목소리였다. "난 지금 업무를 보는 중이야!" 그러자 리다캉이 발끈하며 말했다. "당신이 업무를 보고 있건 사적인 일을 하고 있건 상관없으니까 당장 집으로 와. 우리 일을 결단내야겠으니까!"

밤 11시가 가까울 무렵 어우양징이 드디어 집으로 돌아왔다. 옅은 화장을 한 그녀는 짙은 향기를 풍겼다. 고개를 돌린 리다캉은 마음에 걸렸던 것들이 순식간에 사라지는 기분이었다. 어우양징은 소파에 핸드백을 던지고 남편 맞은편에 앉았다. 그녀의 눈에는 증오가 가득 담겨 있었다.

어우양징은 리다캉이 무슨 말을 할지 알고 있었기에 먼저 입을 열었다. "리다캉, 당신이 날 안 찾아도 내가 당신을 찾으려고 했어. 우리 사이에 끝내야 할 게 있으니까. 솔직히 말해서 난 명예퇴직하고 LA로 갈 생각이야."

리다캉도 그녀의 말이 뜻밖은 아니었다. "알았으니까 이혼 수속을 마친 다음에 가면 좋겠군." 어우양징이 그의 말에 트집을 잡듯 물었다. "이혼 수속이란 게 당신한테 그렇게 중요해?" 그 말에 리다캉은 솔직히 인정했다. "당연히 중요하지. 아내와 딸이 해외에 있는 나관*이 되고 싶지는 않으니까. 그러니까 이런 선택을 할 수밖에 없는 거 아닌가." 어우양징은 그를 비웃으며 말했다. "나관이 되면 자리를 내놔야겠지. 그게 아니라도 성위원회 상무위원이나 시서기도 할 수 없을 테고. 당신은 그놈의 관직에 목을 매는 게 문제야!" 그러자 리다캉이 정색하며 말했다. "당신의 그 말은 틀렸어. 나는 당과 국민의 일에 목을 매는 거야!" 어우양징이 멸시에 찬 눈으로 리다캉을 바라봤다. "그게 대체 무슨 헛소리야? 리다캉 없어도 이 세상 잘 돌아가고 이 나라도 아무 문제 없어!" 그 말에 리다캉이 어우양징을 노려봤다. "당신이 가장 바라는 게 내 목이 날아가는 거지?" 어우양징은 소파에 몸을 기대며 말했다. "그래, 그날이 대체 언제 오나 벌써부터 기다리고 있어."

리다캉은 이마에 핏대를 세우고 아내에게 눈을 부라렸다. 그런데 웬걸, 어우양징이 갑자기 눈물을 흘리기 시작했다. 리다캉은 조금 망설이다가 휴지 두 장을 뽑아 아내에게 건넸다. 끓어올랐던 분위기도 다소 누그러졌.

어우양징은 눈물을 닦으며 늘 그랬던 것처럼 불만을 쏟아냈다. 그녀는 함께 살아온 그 오랜 세월 동안 남편이 자신과 딸은 물론이고 가정에 아무 책임도 지지 않았다고 원망했다. 26년 전 리다캉은 서부 산간 지역의 부현장으로 있던 시절에 어우양징과 결혼해 그곳에서 딸 자자를 낳았다. 이후에도 그는 한동안 산간 지역 이곳저곳을 옮겨 다녀야 했고, 아내와 딸은 그를 따라 다니느라 온갖 고생을 겪었다.

리다캉은 늘 그래왔듯이 부드러운 말투로 대응하기 시작했다.

---

* '벌거벗은 관리'란 뜻으로 가족과 재산을 해외로 빼돌린 고위 공직자를 가리키는 말.

그는 우선 어우양징을 칭찬했다. 그때만 해도 아내는 지금의 모습이 아니었다. 최선을 다해 그의 일을 지지해줬고 별다른 푸념도 없었다. 그의 딸 자자는 초등학교를 다니는 동안 현 세 곳을 옮겨 다녔으며, 아내는 그 6년 동안 직장을 서너 번은 옮겼다. 26년 동안 리다캉은 H성 구석구석 가보지 않은 곳 없이 현장에서부터 현위원회 서기, 시장, 시위원회 서기 등을 두루 거쳐 성위원회 지도자 그룹에 들어갈 수 있었다. 이렇게 그의 업무 이동이 잦다 보니 어우양징은 딸 자자를 일찌감치 외국에 유학 보내려 했고, 그도 반대하지 않았다.

아내는 또다시 주르륵 눈물을 흘렸다. "리다캉, 그래도 아직 그때를 기억하고 있긴 하네."

남편도 마음이 흔들렸다. "그걸 어떻게 잊나? 여보, 내 평생 그때 일들은 잊지 못할 거야." 하지만 힘들었던 지난날 이야기로 분위기가 풀어진 것은 잠시뿐, 대화를 할수록 갈등이 폭발하는 것이 정해진 순서였다. 어우양징은 얼마 지나지 않아 자자가 외국에서 공부하며 들어간 학비와 생활비를 아버지란 사람이 한 푼도 내놓지 않아 자기 혼자 이리 뛰고 저리 뛰어 해결해야 했다고 원망했다. 그 일에 대해서는 리다캉도 할 말이 없지 않았다. "결혼하고 나서 내 월급은 몽땅 당신한테 줬잖아. 지출의 하나부터 열까지 당신이 결정하게 했고." 어우양징은 차가운 미소를 지었다. "당신 그렇게 감각이 없어? 공산당에서 주는 그깟 월급 갖고 외국에서 공부하는 딸 뒷바라지를 할 수 있겠어?" 리다캉이 아내를 달래듯 말했다. "그래서 당신이 있었잖아. 당신이 능력 있으니까 은행에서 연봉도 적지 않게 받았고." 어우양징은 굳은 표정으로 대꾸했다. "그건 당신이랑 상관없는 내 연봉이잖아. 당신은 남잔데 아내

돈이나 믿고 있는 게 말이 돼?" 리다캉은 답답하기 짝이 없었다. "그럼 날 보고 어쩌라고? 국민이 준 권력으로 사리사욕이라도 채우란 거야? 당신도 공산당원이고, 당기를 보며 선서한 적이……."

그 순간 어우양징이 자리를 박차고 일어났다. 그녀는 남편의 이런 언사에 가장 넌덜머리가 났다. 침실은 툭하면 연단이 됐고 습관처럼 크고 작은 보고를 해야 했다. 뿐만 아니라 관리 특유의 말투가 입에 배어 있는 남편은 부부 싸움을 할 때도 거짓된 가면을 쓰기 일쑤였다. 세상 어떤 여자가 이런 남편을 견딜 수 있겠는가? 어우양징은 핸드백을 집어 들고 2층으로 올라가는 계단 앞에서 고개를 돌려 리다캉을 보며 차가운 한마디를 던졌다. "리다캉, 원한다면 이혼해줄 수 있어. 내 조건은 딱 하나야. 산쉐이 그룹이 가로챈 따펑 공장 땅, 입찰 공고 내서 어떻게든 왕따루 회장이 운영하는 따루 그룹에 낙찰시켜줘!"

리다캉은 벌컥 화를 냈다. "내가 그렇게 경고했는데 감히 광밍호에! 어째서 당신이 왕따루를 대신해 이야기하는 거야? 남들한테 말 못 할 비밀이라도 있나?" 어우양징은 조금도 무섭지 않다는 듯 남편의 눈을 노려봤다. "삐딱하게 생각하지 마! 따루 그룹은 우리 집의 은인이고 나는 왕따루 회장에게 은혜를 갚아야 해. 당신은 양심을 저버렸지만 나는 지켜야겠어!" 리다캉은 지지 않고 말했다. "내가 허락하지 않는다면 어쩔건데!"

아내의 태도는 강경했다. "그럼 간단하지. 나도 이혼 수속 해줄 수 없어. 그냥 나관이 되든가!" 머리끝까지 화가 난 리다캉은 온몸을 부들부들 떨었다. 어우양징은 다시 몸을 돌려 한 걸음 한 걸음 남편 앞으로 다가오더니 더 독한 말을 내뱉었다. "리다캉, 내가 모를 줄 알고? 딩이전이 사고치고 나서 당신 겁먹고 있잖아. 근데 도

대체 뭘 겁내는 거야? 내가 바라는 항목을 딩이전에게 알려준 적도 없잖아. 혹시 나 말고 밖에 누가 있어? 이 말 잊지 말라고. 남이 모르게 하고 싶으면 스스로 하지 않으면 된다!" 리다캉은 의심스러운 눈빛으로 아내를 노려봤다. "당신, 그 말이 무슨 뜻이야? 내 뒷조사라도 했어?" 어우양징이 의미심장하게 말했다. "그래, 했지. 그러니까 내가 당신을 정상이 아니라고 생각하는 거야! 산쉐이 그룹이 그렇게 많은 이득을 본 것도 정상은 아니지."

아내는 마치 바늘을 든 것처럼 남편의 아픈 곳을 찔렀다.

리다캉은 머리가 복잡해져서 더 이상 싸우고 싶지 않았다. 그는 괘종시계를 보며 어쩔 수 없이 말했다. "됐어, 그만해. 시간도 늦었고 당신이랑 더 이상 쓸데없는 얘기 하고 싶지 않아. 나중에 기분 가라앉으면 다시 이야기하자고."

16

차이칭공은 자신에게 어떤 큰일이 벌어질 것이란 예감이 들었다. 그는 장사에 이골이 난 사람이라 공안과 검찰, 두 법집행 기관이 다르다는 것쯤은 잘 알고 있었다. 검찰원에서 그는 신고자로, 공신이라고 할 정도는 아니지만 외국 영화에 나오는 것처럼 보호받아야 할 증인이었다. 하지만 공안 손에 들어온 이상 상황이 달라졌다. 그는 중대한 형사 범죄 용의자 취급을 받고 있었다. 더군다나 징저우는 리다캉의 권력이 미치는 곳이다. 자오둥라이 같은 경찰이 리다캉의 지휘를 받을 게 빤하지 않은가? 그가 리다캉의 아내를 신고했는데 좋은 대접을 받을 리 있겠는가? 어쩌면 목숨이 위험해질지도 모른다.

'다행히 어린 시절 동무 허우량핑이 날 보호하기 위해 베이징의 관직을 내놓고 고향 반부패국 국장으로 왔다.' 차이칭공은 혼자 이렇게 생각하고 있었다. 물론 단순히 그를 위해 H성에 내려온 것은 아니리라. 베이징에서는 처장이었지만 여기서는 국장이니 한 단계 진급했다고 볼 수도 있지 않은가. 허우량핑이 공안에게 그를 병원으로 데려가 검사해달라고 한 것은 아픈 척하라는 암시가 아니었을까? 그래서 그는 뇌진탕의 전조라고 떠들어대며 머리가 어지럽고 아프다거나 구역질이 난다고 연기하기 시작했다. 이런 쇼도 두 번째 하다 보니 훨씬 자연스러워졌다. 더구나 머리에는 넘어져서 난 상처가 아직 남아 있었다. 어린아이의 작은 입처럼 생긴 상처는 여덟 바늘을 꿰맸는데, 이리저리 숨어 다니는 통에 지금까지 실을 뽑지 못하고 있었다. 의사는 이 상처를 보고 깜빡 속아 넘어갔다. 그는 검사 결과로는 뇌진탕이 아니지만 단언할 수 없는 문제니 공안 병원에 며칠 입원해 지켜보자고 말했다.

차이청공은 간신히 병실에 눕는 데 성공했지만 결코 마음이 편치 않았다. 사흘 뒤 얼굴이 갸름한 자오둥라이 국장이 경찰 둘을 데리고 병실을 찾아와 누가 봐도 의심스러운 짓을 시켰다. 녹음이 되는 휴대전화와 녹음 펜을 그의 앞에 놓은 자오둥라이 국장은 종이 한 장을 건네며, 종이에 적힌 글을 여러 번 읽고 숙지한 뒤에 평소 말하는 것처럼 읽으라고 명령했다. 침대에 앉은 차이청공은 자오 국장이 건넨 종이를 받고 싶지 않았지만, 버텨봤자 소용이 없다는 것을 알고 하는 수 없이 받아들였다.

그는 종이를 들고 한 글자씩 천천히 읽었다. "천 국장님이십니까? 제가 신고를 하려 합니다! 제가 부패 관리들을 신고하려 합니다. 그들이 저를 가만두지 않으니 저도 그들을 가만둘 수 없습니다. 제게 장부가 있으니 직접 만나서 전해드리겠습니다⋯⋯." 자오둥라이는 마치 감독처럼 옆에서 그에게 지시를 내렸다. "그게 아니잖아. 평소 말하는 것처럼 하라고. 그렇게 머뭇머뭇하지 말고. 이봐 차이청공, 내가 말한 것처럼 다시 읽어봐." 차이청공은 다시 종이에 적힌 글을 읽었다. 하지만 아무리 생각해도 이상한 일이었다. '이게 대체 무슨 일이지? 이 작자들이 내게 죄를 뒤집어씌우려는 건가? 뭘 조작하려는 거야?' 더욱 협조할 수 없다고 생각한 차이청공은 일부러 별별 이상한 목소리를 내며 시간을 끌었다. 그러자 자오둥라이가 벌컥 화를 냈다. "차이청공, 잔머리 쓰지 마!"

마음이 급해진 차이청공이 종이를 던지며 말했다. "내…… 내가 언제 잔머리를 썼습니까? 이 종이에 있는 말은 죄다 내가 한 말이 아닙니다!"

"당신이 한 말인지 아닌지는 우리가 판별할 거야! 자, 다시 한 번 읽어. 시작!"

차이청공은 배짱부리듯 목을 빳빳이 세우며 외쳤다. "난 천 국장에게 신고할 때 이런 말을 한 적이 없습니다. 더더군다나 장부 이야기는 한 적이 없고요. 나한테 이렇게 억지 쓰지 마십시오!" 뚱뚱한 경찰이 그를 위협했다. "차이청공, 자꾸 피곤한 일 만들 거야!" 차이청공은 아예 침대에 머리를 대고 누워버렸다. "차라리 날 총살시키십시오! 뇌진탕 때문에 머리가 어지러워 죽겠습니다." 뚱뚱한 경찰이 그를 일으켜 세우며 말했다. "어지럽긴 뭐가 어지러워! 의사 선생이 당신 좋아졌다고 얘기했어. 뇌진탕 같은 거 없다며!" 차이청공은 되레 큰소리를 쳤다. "반부패국 허우량펑 국장을 만나야겠습니다!" 결국 화가 폭발한 자오둥라이가 눈을 부라리며 명령했다. "이 작자 유치장으로 데려가. 밤을 새워서라도 심문해!"

두 경찰은 차이청공을 병실에서 끌어내 시공안국 유치장에 넣었다.

유치장 심문실에 들어가 때가 탄 노란 조끼를 입은 뒤에야 차이청공은 일이 커졌음을 깨달았다. 하지만 그는 절대로 공안의 심문에 협조하지 않겠다고 마음먹었다. 일이 이렇게 된 이상 막가는 수밖에 없지 않은가.

차이청공은 맥없이 앉아 심문실 책상을 손톱으로 긁어댔다. 뚱뚱한 경관이 차이청공에게 9·16 사건의 주요 책임자로서 따펑 공장 노동자들을 선동해 공장을 점거하고 화재를 일으킨 죄는 어떻게 해도 책임을 면할 수 없으니, 괜한 요행을 바라지 말라고 경고했다. 차이청공이 강변하듯 말했다. "나는 노동자들을 선동한 적 없습니다. 그 사람들이 공장을 점거한 건 주식을 되찾기 위해서였어요. 불도 내가 낸 게 아니고요!"

뚱뚱한 경관은 화제를 바꿨다. "그럼 딩이전에 대해서 말할 수 있나?" 차이청공은 일부러 더 놀란 척하며 말했다. "딩이전은 도망가지 않았습니까? 그런데 그에 대해 무슨 말을 한단 말입니까?" 뚱뚱한 경관이 답답한 듯 다그쳤다. "도망갔어도 말할 건 해야지. 당신이랑 딩이전, 무슨 관계야?" 차이청공은 세차게 고개를 흔들었다. "나랑 딩이전은 아무 관계도 아닙니다. 그냥 정상적인 업무 관계일 뿐이에요."

"그럼 딩이전이 왜 당신이 산쉐이 그룹의 공장을 점거하도록 허락했지? 게다가 지금까지 계속 제품 생산을 하게 해줬잖아!"

"허 참, 산쉐이 그룹 공장이라고요? 거긴 나와 따펑 직원들의 공장입니다! 가오샤오친이 날 속였어요. 여기에는 분명 부패 문제가 도사리고 있고, 난 이 건을 이미 성검찰원 반부패국에 신고했습니다."

그러자 곁에 있던 홀쭉한 경관이 바로 말을 받아 차이청공에게 물었다. "그럼 당신과 산쉐이 그룹은 어떻게 결탁했습니까? 어떤 지저분한 거래를 했죠?" 차이청공이 격앙된 목소리로 말했다. "누가 누구랑 결탁했다는 겁니까? 가오샤오친이 나를 속이고 곤경에 빠뜨렸는데 내가 미쳤다고 그 여자랑 결탁합니까? 그게 무슨 말도 안 되는 소립니까!"

뚱뚱한 경관이 다시 화제를 돌렸다. "그렇게 아무것도 인정하지 않는다면 차라리 9·16 사건에 대해 이야기하지." 차이청공이 갑갑하다는 듯 말했다. "아니, 말할 게 뭐 있습니까? 나는 현장에 없었다니까요. 공장 직원에게 맞아서 병원에 갔다고요!" 홀쭉한 경관이 말했다. "하지만 공장 수호대는 당신이 조직한 거 아닙니까? 수호대가 갖고 있던 사제 총도 당신이 사다 줬고, 휘발유로 불도 저를 막겠다는 것도 당신 생각이라면서요? 이것도 부인하겠습니까?" 차이청공도 그 말은 인정했다. "그건 나도 인정합니다. 하지만 스스로를 지키기 위해서였습니다. 그렇다고 우리 공장 직원들이 공장 밖으로 나간 것도 아니지 않습니까?" 홀쭉한 경관이 계속해서 차이청공을 다그쳤다. "수호대를 조직해 공장을 지키겠다고 한 결과가 뭡니까? 세 명이 불에 타 죽고, 서른여덟 명이 부상당했습니다. 엄청난 악영향을 끼쳤단 말입니다. 이 사실만으로도 당신은 8년이나 10년 형을 면할 수 없어요!" 홀쭉한 경관이 정곡을 찌르자 차이청공의 태도에 약간의 변화가 생겼다. "그런 결과는 나도 미처 생각하지 못했습니다. 일부러 그런 게 아니에요."

그때 뚱뚱한 경관이 끼어들었다. "차이청공, 당신이랑 허우량핑 국장은 무슨 사이야?" 차이청공은 바로 정신이 번쩍 들었다. "우린 그냥 친구 사입니다." 하지만 뚱뚱한 경관은 다분히 의도가 있는 말을 건넸다. "전혀 '그냥' 친구인 사이가 아닐 텐데? 허우 국장이 당신을 그렇게 돌봐주고 병원에 데려가 검사를 받아보라고 한 건 일부러 아픈 척하라고 암시를 준 거 아닌가?" 차이청공은 손사래 쳤다. "아픈 척이라뇨. 난 원래 아팠다고요. 뇌진탕 때문에 머리가 어지러웠단 말입니다." 그때 홀쭉한 경관이 불쑥 물었다. "허우량핑 국장에게는 뇌물을 준 적 없습니까?" 차이청공은 순간 정신이 멍해졌다. 그가 베이징에 선물을 들고 간 걸 경찰이 알았을까? 설마 그럴 리가. 게다가 허우량핑은 그의 선물을 받지도 않았잖은가. 차이청공이 연신 손을 흔들며 말했다. "아니요. 그런 일절대 없습니다!" 홀쭉한 경관이 씩 웃었다. "우리가 급소를 찌르니 차이 사장 정신이 번쩍 드셨구먼." 다급해진 차이청공은 언성을 높였다. "급소는 어디가 급소입니까? 괜히 허우량핑 국장을 모함하지 마십시오!" 두 경관은 그를 가지고 논 것처럼 흘긋 쳐다보며 조금 의기양양해했다.

심문이 끝나고 홀쭉한 경관이 차이청공에게 심문 기록에 서명하라고 했다. 차이청공은 기록을 들춰봤다. "이 큰 노트에 뭐라고 썼는지 먼저 봅시다!" 뚱뚱한 경관이 귀찮다는 듯 말했다. "보긴 뭘 보겠다는 거야? 당신이 말한 거 우리가 적은 거야! 빨리 서명해!" 하지만 차이청공은 고집을 피웠다. "그렇게 말한다면 난 서명하지 않겠습니다." 뚱뚱한 경관은 할 수 없이 그를 달랬다. "알았어. 차이청공, 보고 싶으면 봐. 열심히 보라고!" 차이청공은 실제로 기록을 보지도 않으면서 이리저리 페이지를 넘겼다. "여기한 줄 더 써야겠습니다. 밤을 새서 사람을 피곤하게 심문했다고 말입니다!" 뚱뚱한 경관이 어이없다는 듯 말했다. "이건 집중 심문이란 거야! 그리고 피곤하기로 치면 우리는 안 피곤한가?"

새벽 무렵, 유치장으로 돌아가던 차이청공은 뜻밖의 공격을 받았다.

사실 차이청공은 공안국 유치장 복도에서 원수 창샤오후와 우연히 마주치리라곤 상상도 못했었다. 그는 9·16 화재에 대한 법률적 책임 때문에, 철거대왕 창샤오후는 경찰 사청에 대한 법률적 책임 때문에 잡혀 와 있었다. 그런 두 사람이 옥중에서 만난 것은 뜻밖이지만 어찌 보면 당연한 일이기도 했다. 당시 두 사람 모두 경찰에 붙들린 상태로 차이청공은 심문을 마치고 돌아오는 길이었고, 창샤오후는 심문을 받으러 가는 길이었다. 두 사람이 마주쳤을 때 창샤오후는 원망이 가득 담긴 눈으로 차이청공을 노려봤다. 차이청공은 창샤오후의 눈빛을 피해 어떻게든 빨리 도망가고 싶었다. 하지만 두 사람이 스쳐 지나갈 때, 경찰의 눈길이 소홀한 틈을 타 창샤오후가 갑자기 차이청공의 얼굴에 커다란 주먹을 날렸다. 차이청공은 외마디 비명을 지르며 바닥에 쓰러졌다. 창샤오후는 물러서지 않고 다시 거칠게 그를 짓밟았다. 무술을 연마한 적 있는 창샤오후는 단 한 번의 발길질로 차이청공의 갈비뼈 세 대를 끊어놓았다.

두 명의 경찰관이 서둘러 창샤오후를 제압했다. 차이청공은 얼굴이 온통 피투성이가 된 채 아픈 가슴을 붙들고 바닥을 데굴데굴 굴렀다. 창샤오후는 절대 용서할 수 없다는 듯 고래고래 소리 질렀다. "어이, 차이 씨! 내가 너 이 새끼 절대로 용서 안 한다! 여기서 만날 때마다 한 대씩 두들겨 팰 줄 알아! 너만 아니었으면 내가 이 엿 같은 데 오지도 않았다고!"

검사실에 걸려 온 보고 전화에 허우량핑은 화가 머리끝까지 치솟았다. 차이청공이 시공안국 유치장에서 두들겨 맞다니, 대체 자오둥라이는 뭘 했단 말인가? 이대로 둔다면 차이청공은 유치장에서 잠을 자다, 혹은 양치질을 하다가, 어쩌면 숨바꼭질을 하다가 죽을지도 모른다*. 차이청공이 그렇게 시공안국만큼은 갈 수 없다

---

* 2009년 중국 윈난의 유치장에서 다른 죄수와 숨바꼭질을 하던 젊은 죄수가 머리를 다쳐 죽은 사건이 있었는데, 그 뒤로 숨바꼭질하다가 죽는다는 말이 유행했다.

고 난리더니, 그럴 만한 이유가 있었다. 직접 나서서 자오둥라이에게 책임을 추궁하기가 곤란한 허우량핑은 루이커와 장화화를 보내 차이청공이 구타 당한 경위와 이 일이 우연히 일어난 것인지, 차이청공의 목숨이 안전하게 보장될 수 있는지 여부를 물어보라고 했다. 그리고 만약 안전을 보장할 수 없다면 차이청공을 성검찰원으로 데려오라고 지시했다.

여걸 두 사람은 공안 병원 회의실에서 자오둥라이 국장과 만났다. 자오둥라이는 그녀들의 얼굴을 보자마자 미안하다고 사과하며 생각지도 못한 사고가 났다고 말했다. 루이커가 말했다. "생각지도 못한 사고요? 계획된 공격이었겠죠." 장화화도 그녀의 말을 거들었다. "그러니까요. 상황을 보니까 완전히 노리고 공격한 거던데요." 설전이 막 시작될 무렵 주치의가 치료를 마치고 회의실로 들어왔다. "창샤오후가 얼마나 세게 때렸는지 차이청공의 코뼈가 부러졌습니다. 머리에 있던 상처도 다시 찢어지고요. 어느 정도 뇌진탕이 있을 것 같네요. 갈비뼈도 발에 밟혀 세 대가 부러졌는데 다행히 생명에 지장은 없습니다."

주치의가 나간 뒤 자오둥라이와 루이커, 장화화는 탁자를 사이에 두고 마주 앉았다. 루이커는 바로 자오둥라이를 질책했다. "차이청공이 어떻게 시공안국에 들어오자마자 구타를 당할 수 있습니까? 그것도 때린 사람이 철거 팀 대장이라면서요? 이게 우연인가요 아니면 차이청공을 위협하려 한 건가요?" 자오둥라이는 순전히 우연이었다며 쌍방이 따펑 공장 철거 문제로 오랫동안 대립하다 보니 갈등이 쌓여온 거라고 말했다.

바로 그때 루이커의 휴대전화 벨소리가 울렸다.

루이커는 휴대전화에 뜬 허우량핑의 전화번호를 보고 회의실

밖으로 나가 전화를 받았다. 허우량핑은 그녀가 공안 병원에 있는지를 물은 뒤 어떻게든 따로 차이청공을 만나 할 이야기가 없는지 물어보라고 했다. 허우량핑은 이 일이 차이청공이 신고를 해서 벌어진 일이 아닌지 의심했다. 루이커도 어느 정도 감을 잡았는지 별다른 말 없이 알겠다고 대답했다.

통화를 마친 루이커는 회의실로 들어가는 대신 복도 끝에 있는 관찰실로 성큼성큼 걸어갔다. 경찰관 두 명이 그 앞을 지키고 서 있었는데, 루이커가 그들에게 신분증을 보여주자 그 중 한 명이 루이커를 알아보고 검찰원의 루 처장이라고 말했다. 하지만 다른 경찰은 정색했다. "자오 국장님이 아무도 차이청공과 못 만나게 하라고 하셨는데." 루이커는 천연덕스러운 표정으로 말했다. "아마 날 빼고 한 말이겠지. 차이청공의 상처가 어느 정도 되는지 살펴봐야겠어." 그녀는 씩 웃으며 회의실을 가리켰다. "우리가 지금 저기서 회의 중인데."

경찰들이 그 말을 확인하려고 잠시 자리를 비운 동안 루이커는 관찰실 문을 열고 들어갔다. 침대에 누워 있던 차이청공이 루이커를 보고 어떻게든 일어나려고 애썼다. 루이커가 다가가 차이청공을 부축하며 말했다. "이런 사고가 나다니 정말 미안하게 됐습니다." 차이청공은 루이커의 방문 목적을 알아채고 서둘러 물었다. "루 처장, 허우량핑이 보냈습니까?" 그러자 루이커가 휴대전화의 녹음 버튼을 눌렀다. "하고 싶은 말 없습니까?" 차이청공은 휴대전화에 입을 가까이 대고 말했다. "원숭아, 아니, 허우 국장, 시 공안국 자오둥라이 국장이 날 협박해서 종이에 적힌 글을 읽으라고 하고 녹음을 했는데, 나한테 죄를 뒤집어씌우려는 것 같아." 루이커는 휴대전화를 들고 물었다. "종이에 무슨 내용이 적혀 있었나요?" 차이청공이 다급하게 대답했다. "신고 전화였습니다. 내가 천하이 국장에게 전화로 어우양징을 신고한 적이 있긴 한데, 자오 둥라이가 종이에 써 온 건 내가 말한 적이 없는 내용이었어요. 더 더군다나 장부를 갖고 있다고는 말한 적이 없는데……."

루이커는 녹음을 마치고 관찰실을 나오다가 자오둥라이, 장화화와 마주쳤다. 자오둥라이는 심각한 얼굴로 불만스러운 듯 말했다. "루 처장, 회의하다 말고 어째서 여기에 와 있습니까? 너무하지 않습니까?" 루이커는 어느 작품 속 대사를 인용해 대답했다. "그 뜻은 당신들이 일찌감치 미안하게 만들었잖아요." 자오둥라이가 루이커의 의도를 알아채고 눈썹을 치켜 올리며 말했다. "라오서(老舍)*의 《찻집(茶館)》을 보셨군요. 문학청년이신가?" 루이커는 냉랭하게 대꾸했다. "잡담 그만하시죠. 자오 국장님, 차이청공의 상처가 가볍지 않네요. 화화, 여기 남아서 당직 서면서 차이청공의 상황을 있는 그대로 기록해. 나는 허우 국장님께 돌아가 보고할 테니까."

루이커는 자오둥라이의 의심 어린 눈길을 뒤로한 채 서둘러 자리를 떠났다. 그녀는 검찰원 건물에 들어서자마자 바로 허우량핑의 사무실로 향했다. 허우량핑은 궁금증이 가득한 눈으로 그녀를 맞았다. 루이커는 다른 말은 하지 않고 휴대전화를 꺼내 탁자 위에 올려놓았다. 허우량핑은 영리하고 숙련된 부하가 이번 판에서 이겼다는 사실을 한눈에 알아챘다.

반복해서 녹음을 들은 허우량핑은 한 단어가 자꾸 마음에 걸렸

---

* 1899~1966. 본명은 수칭춘(舒慶春)으로 중국의 소설가이자 극작가이며 대표작으로는 《낙타샹즈》, 《사세동당》 등이 있다.

다. 그는 어항 앞에 서서 아래턱을 문지르며 깊은 생각에 잠겼다. '장부? 무슨 장부 말이지? 누구의 장부지? 가오샤오친과 산쉐이 그룹의 장부일까? 아니면 차이청공과 따평 공장의 장부? 이것이 혹시 새로운 단서는 아닐까?'

17

차이칭공이 잡혀 들어가고 따펑 공장은 파산했다. 9·16 대화재 사건으로 정부는 산쉐이 그룹을 대신해 먼저 4000여만 위안을 들여 1300여 명 따펑 직원들에게 각각 3만에서 5만 위안의 퇴직안정지원금을 지급했다. 돈을 손에 쥔 직원들은 대부분 제 살 길을 찾아 흩어졌지만 몇몇 직원들은 손에 돈을 쥐고도 앞으로 어떻게 살아야 할지 몰라 불안해했다. 이를테면 화상을 당해 병원에 입원한 왕원거의 경우, 두 내외가 모두 따펑 공장에서 일했는데 아들이 아직 어렸다. 두 사람 몫의 퇴직금 6만 위안을 받은 왕원거의 아내는 공회를 찾아가 눈물을 닦으며 앞으로 어떻게 해야 하느냐고 정시포에게 물었다.

명색이 시인 아닌가. 그는 보통 노동자와 달리 넘치는 열정으로 미래를 상상했다. 어쩌긴 뭘 어쩌는가? 다시 시작해야지! 정시포는 왕원거의 아내에게 말했다. "각자 받은 퇴직금을 모아 새로운 따펑을 세웁시다! 물론 만날 울고불고하는 아주머니들만으로 신따펑을 꾸릴 순 없으니 능력 있는 사람이 있어야 하지. 예를 들어 기술도 있고 위신도 있고 조직적으로 생산할 능력도 있는 라오마 부공장장 같은 사람. 공장의 청장년 노동자 중에는 그 사람이 하는 대로만 따르는 무리도 있다더군. 그 나잇대 직원들은 경제적 조건도 비교적 좋고 여러 방면에서 실력도 있으니 함께 새 공장을 만들자고 끌어들여야 할 텐데."

하지만 삶은 시가 아니었기에 새 따펑의 첫걸음은 결코 쉽지 않았다. 정시포는 자금 조달에 거의 실패했다. 겨우 스물한 명이 그와 뜻을 함께하겠다고 했을뿐더러 그마저도 대부분 나이 많고 여기저기 아픈 아주머니들뿐이었다. 정시포는 며칠을 바쁘게 뛰어다녔지만 63만 위안의 자금밖에 모으지 못했다. 이 금액은 아들의 가죽 가방 공장만도 못한 수준이었다. 가만히 있을 수 없던 정시포는 낚싯대를 메고 광밍호에서 낚시를 하고 있다는 라오마를 찾아갔다.

갈대숲 옆에서 정시포는 한 사람의 그림자를 발견했다. 라오마는 낚싯대를 드리운 채 온 신경을 집중해 수면의 물결을 주시하고 있었다. 얼마 뒤 손에 낚싯대를 든 요우 경리도 찾아왔다. 정시포는 요우 경리가 낚시가 아니라 라오마의 반응을 살피기 위해 왔음을 잘 알았다. 요우 경리는 줏대가 없고 쉽게 양다리를 걸치는 사람으로, 바람이 크게 부는 곳으로 움직일 요량이었다. 그는 말로는 정시포에게 신따펑의 주주가 되겠다고 하면서 차일피일 돈 내기를 미루고 있었다. 하지만 만약 라오마가 새 공장에 참여한다면 요우 경리도 망설이지 않을 게 분명했다. 정시포는 두 사람을 보며 속으로 생각했다. '앞으로 새로운 따펑의 핵심 인물이 될 사람들이 모두 모였군. 함께 뜻을 모을 수 있다면 일이 절반은 이뤄진 것이나 다름없는데.' 그는 두 사람에게 인사를 하며 낚싯바늘도 끼지 않은 낚싯대를 들고 라오마 곁에 섰다. 그의 대나무 장대 같은 몸보다 더 긴 낚싯대가 삐죽이 올라와 서로 어울려 보였다.

라오마는 성시포를 흘깃 보며 말했다. "할 말 있으면 해. 낚싯대 들고 낚시하는 척하지 말고." 정시포는 실실 웃으며 입을 뗐다.

"나는 물고기를 낚을 때 낚싯바늘도, 낚싯대도 쓰지 않는다네. 강 태공보다 대단하지?" 그러자 라오마가 고개를 돌려 쳐다봤다. "시 포, 우린 다 오랜 친구 아닌가. 말 돌릴 필요 없어. 자네가 말하지 않으면 내가 먼저 말하겠네. 난 자네 새 회사에 관심 없어. 옛날 따평 주식을 찾아오고 싶을 뿐이지. 자네 곁에 어떤 사람들이 있 는지는 나도 다 알아. 장애인 연합 아니면 부녀자 연합, 노인 협회 같은 사람들뿐이잖아. 그런 사람들로는 아무 일도 못해. 그러니 까 나한테 들어오라고 하지 마. 난 또다시 실패하고 싶지 않으니 까." 옆에서 듣고 있던 요우 경리가 득달같이 맞장구쳤다. "그러니 까요! 차이 사장처럼 능력 있는 사람도 따평 공장을 말아먹었잖아 요. 아저씨, 그냥 시나 쓰세요. 아저씨가 차이 사장보다 장사를 잘 하실 수 있겠어요? 그냥 관두세요!"

하지만 정시포는 요우 경리에게 눈길도 주지 않고 라오마에게 만 말했다. "장애인 연합도 부녀자 연합도 노인 협회도 다 우리 형 제자매 아닌가? 라오마, 어쨌든 자네가 부공장장이잖나. 이럴 때 자네가 나서서 그 사람들을 도와야지. 우리 둘이 새 기업을 설립 해서 경제적 실체를 만들면 사람들이 믿고 따를 수 있지 않겠어? 나 혼자서는 공장 못 세워. 하지만 자네가 있잖아." 그러면서 정시 포는 요우 경리를 끌어들였다. "여기 요우 경리도 있고. 이 사람이 안살림 맡으면 돼. 구두장이 셋이 모이면 제갈량보다 낫다고 하지 않던가? 사실 차이 사장이야 만날 밖으로 뛰어다녔지 따평 공장 은 우리가 줄곧 이끌어왔잖아. 우리라고 못할 게 뭐야? 그날 리다 캉 서기가 공장에서 말했잖아. 다시 취업할 수 있게 돕고 우대 정 책도 만들어주겠다고. 정부가 도와주면 새로운 공장 부지를 찾는 일도 그리 어렵지 않을 거야. 따평 공장 기계 설비도 그대로 있고,

노동자들도 다 있잖아. 예전보다 새 공장을 짓기에 조건이 좋다고. 그렇지 않아?"

다시 마음이 흔들린 요우 경리가 라오마의 눈치를 보며 슬쩍 떠보듯 말했다. "그것도 그렇죠. 아저씨 말씀대로 눈앞에 좋은 기회가 있어요. 부공장장님, 그렇지 않아요?" 하지만 라오마는 여전히 고개를 저었다. 정시포가 뭐라고 더 말해보고 싶었지만 마침 라오마의 낚싯대가 흔들리기 시작했다. 라오마는 큰 소리로 "왔다!"라고 외치며 낚싯대를 들어 올려 커다란 잉어를 물 밖으로 건져내, 잉어탕수라도 해 먹어야겠다고 신나게 집으로 돌아갔다.

의기소침해진 정시포는 자전거를 타고 양로원을 찾아가 천옌스를 만났다. 정시포를 본 천옌스는 식당으로 가 몇 가지 요리를 주문해서 함께 술을 마시자고 했다. 그러나 정시포는 손사래를 치며 자신의 계획에 천옌스의 도움을 받기 위해서 왔다고 얘기했다. 천옌스도 더 이상 술을 권하지 않고 미간을 찌푸린 채 생각에 잠겼다. 그때 발코니에 있던 앵무새가 저 혼자 떠들기 시작했다. "라오펀칭, 라오펀칭……." 그 모습을 보며 정시포는 크게 웃음을 터뜨렸다. 그는 꽃과 새를 좋아하는 천옌스를 위해 종종 희귀한 놀잇감들을 가져와 즐거움을 주곤 했다. 발코니에 있는 앵무새도 그가 천옌스에게 선물한 것이다. 평소 천옌스는 세상의 불합리한 일들에 대해 분을 참지 못했기 때문에 부인이 농담 삼아 '라오펀칭(老憤靑)*'이라고 부르곤 했다. 앵무새도 그 말을 듣고 배웠는지 하루 종일 그 단어를 입에 달고 살았다.

천옌스는 정시포를 칭찬했다. "자네 참 대단하네. 따뜻한 마음

---

* '분노한 청년'이란 뜻인 펀칭에 나이가 많다는 의미인 라오(老)를 앞에 붙인 별명.

을 갖고 있어. 책임감도 있고. 이런 때에 약한 사람들을 먼저 생각하다니. 그런데 라오마를 탓하지 말게. 그가 꼭 새 공장을 위해 나서야 할 의무는 없지 않나. 이렇게 해보면 어떻겠나? 우선 새 회사를 세우고 깃발을 올리면 내가 나서서 응원해주겠네." 그 말에 정시포가 고개를 끄덕였다. "그러면 감사하지요. 상징적으로 주식을 사주시면 더 좋고요." 천옌스도 흔쾌히 약속했다. "그러세. 내가 10만 위안 정도 사주지. 이제 내가 자네에게 조커를 잡을 수 있게 해주겠네. 가세!"

천옌스가 말한 조커는 광밍구 구장 쑨롄청이었다. 그의 집 문을 두드렸을 때 쑨롄청은 마침 새로 산 고배율 망원경을 살펴보고 있었다. 말로는 밤에 별들을 관찰하기 위한 것이라고 했다. 구장은 그들의 방문을 매우 반기며 차를 대접했다. 천옌스는 그에게 정시포를 소개했다. "이 사람이 신따펑 의류 회사를 준비하고 있다는 구먼. 시도 쓸 줄 알고, 그 회사 사장이 될 사람이야." 쑨롄청은 엄지를 척 세웠다. "대단하네요. 따펑 공장 노동자들이 패기가 있습니다. 정부에 기대지 않고 스스로 살길을 찾고 있는 것 아닙니까."

천옌스가 그 틈을 놓치지 않고 찾아온 목적을 말했다. "스스로 살길을 찾으니 얼마나 대단한가. 쑨 구장이랑 구정부에서 도움을 주면 금상첨화일 텐데 말이야! 신따펑에서 공장을 지을 땅을 찾고 있다더군. 공장에 들여놓을 새 기계 설비도 사야 하고." 쑨롄청이 자신 있게 손을 흔들며 말했다. "아이고, 다 사소한 일들 아닙니까? 검찰장님께서 여기까지 오실 일인가요? 정 선생께서 출근길에 제게 들르십시오. 제가 언제든 기다리고 있다가 특별히 처리해드리겠습니다." 그 말에 정시포는 기뻐서 어쩔 줄 몰라 했다. "쑨 구장님, 그럼 제가 월요일에 사무실로 찾아봬도 되겠습니까?"

쑨롄청은 시원시원하게 허락했다. "오십시오. 기다리고 있겠습니다." 또 그는 부드러운 태도로 정시포를 타박했다. "이후 일은 저를 직접 찾아오십시오. 괜히 검찰장님 여기저기 뛰어다니게 하지 마시고요. 검찰장님 연세가 얼마나 되십니까? 정 선생, 정말 너무하십니다." 정시포는 그 말에 부끄러움을 느꼈다. 하지만 천옌스가 나서서 말했다. "따평 공장 노동자들이 어려움을 겪고 있는데 내가 모른 척할 수 없지 않나."

쑨롄청이 다시 정시포에게 물었다. "정부에서 퇴직금도 대신 지불했고 공장 직원들도 창업을 한다니, 다시 공장을 점거하는 일은 없겠죠?" 정시포는 서둘러 말했다. "지금은 아무도 공장을 점거하자는 말을 하지 않습니다. 사실 공장 점거도 차이청공 사장 생각이었고, 그 양반이 공장 수호대에 보조금도 줬는걸요. 따평 공장 직원들은 두 종류입니다. 주식이 없는 노동자들은 퇴직금 받아 떠났고, 주식이 있는 노동자들은 새 의류 회사에 들어오려고 준비하고 있죠. 이 직원들이 가장 관심 있는 게 자기 주식인데, 소송이 곧 시작될 테고 소장도 보냈습니다. 이제 정부에서 땅도 마련해주시고 신따평 공장이 순조롭게 설립된다면 무슨 큰일이 있겠습니까?" 쑨롄청은 천옌스에게 감사했다. "검찰장님, 정말 감사드립니다. 검찰장님께서 나서주시지 않았다면 오늘 이렇게 좋은 상황을 맞을 수 없었을 겁니다."

쑨롄청의 집을 나선 뒤 정시포와 천옌스는 기분 좋게 작별 악수를 나눴다. 신따평에 공장 부지가 생긴다면 주주가 되려는 직원들에게 정부가 도움을 주겠다는 말이 빈말이 아님을 증명하는 계기가 될 것이다. 무엇보다 먼저 해결해야 할 문제는 부족한 자본금이었다. 정시포는 집에 모아놓은 예금 20만 위안이라도 일단 자

금으로 넣어야겠다고 생각했다. 다만 그 예금은 아들의 결혼 자금
으로 모아놓은 것이어서 다른 곳에 쓸 때는 아들과 상의하기로 했
었다. 아내가 일찍 세상을 떠나고 아들은 오로지 그의 손에서 자
랐다. 그와 아들은 형제처럼 격이 없어 자주 농담을 주고받았는데
가끔은 도가 지나친 내용이 오갈 때도 있었다. 하지만 그나 아들
이나 서로를 편하게 대하며 쭉 살아왔고, 바로 그 때문에 20만 위
안을 꺼내 쓰기가 더 어려웠다. 민주가 대체 뭔지 좋은 아버지 노
릇하기도 여간 어렵지 않았다.

집에 돌아와 정시포는 길에서 산 음식을 식탁에 차렸고, 아들이
동거녀를 데려와 함께 식사했다. 유쾌한 젊은이인 아들은 몇 가지
일을 해봤지만 모두 사표를 내고 지금은 가죽 가방 회사를 하며
인터넷에 쇼핑몰도 차려 운영하고 있었다. 사흘이 멀다 하고 여
자 친구를 갈아치웠고, 결혼 생각은 없었다. 자기 말로는 '결혼공
포증'이 있다고 했다. 가장 최근에 사귄 여자 친구는 바오바오라
고 하는데 진짜 성이나 이름도 잘 몰랐다. 아들과 여자 친구는 죽
이 잘 맞아 자기들끼리 한동안 잘 지냈다. 정시포는 은근슬쩍 저
아가씨가 결혼할 상대냐고 물었지만 아들은 늘 하던 말을 되풀이
했다. "청춘이 얼마나 짧은데 그렇게 서둘러 결혼해요?" 정시포는
20만 위안을 미끼 삼아 아들에게 말했다. "네가 결혼증서만 받아
오면 이 돈 너 주마. 하지만 네가 가정을 꾸리지 않는다면 한 푼도
기대하지 마라!" 아들은 대수롭지 않다는 듯 대꾸했다. "20만 위
안으로 내 자유를 사겠다고요? 너무 적잖아요." 정시포가 말했다.
"네 자유를 사는 게 아니라 병을 치료하는 비용을 주는 거야. 네
그 결혼공포증 치료 비용이라고." 그래도 아들은 심드렁하게 대답
했다. "괜히 헛고생하지 마요. 이 병은 고쳐지는 게 아니에요. 현

대 유행병이라니깐."

술을 마시고 식사를 하며 정시포는 본론으로 들어갔다. "새로운 따펑을 설립하는 데 자본금으로 100만 위안이 필요하더구나. 우리 집 20만 위안을 내가 먼저 쓰면 어떨까 하는데……." 무심코 듣던 아들의 입에서 돼지 대창이 튀어나올 뻔했다. "뭐라고요? 바오바오, 우리 아버지 정신이 어떻게 되신 거 아냐? 공장이 파산하고 차이청공 사장이 감옥에 들어갔는데 아버지가 뭘 한다고? 우리 아버지는 자기가 뭐라고 생각하는 거야? 신이야? 아이고, 아버지, 아버지는 갑부가 아니라 늙은 낙오자라고요!"

정시포가 젓가락을 탁 내려놓았다. "늙은 낙오자? 정셩리(鄭勝利), 너 사람 무시하는 거 아니다!" 그제야 정셩리가 서둘러 말했다. "아, 이건 제 말실수예요! 하지만 아버지, 그 돈은 맘대로 쓰면 안 되잖아요." 이에 정시포가 대답했다. "맘대로 쓴다고? 원래 이 돈은 내가 모은 거야. 잠깐만 빌려 쓰면 안 되겠냐?" 정셩리는 단호했다. "잠깐 빌려 쓴다고 하지만 한번 나간 돈은 쉽게 안 돌아온다고요! 아버지가 저한테 수도 없이 말씀하셨잖아요. 그 돈은 제 결혼 자금이라고. 제가 언제 결혼하든 20만 위안 바로 주신다면서요." 정시포는 어이가 없다는 듯 아들을 보며 천천히 술을 들이켰다. "셩리야, 결혼공포증은 벌써 치료했냐? 네 말이 맞다. 이 아버지가 한 말은 반드시 지킨다. 결혼증서만 내 앞에 가져오면 바로 은행 카드 주마!"

"오케이!" 정셩리는 여자 친구와 건배하며 말했다. "바오바오, 그럼 우리 결혼증서 받으러 가자!" 바오바오는 뜻밖의 말에 감격했다. "그렇게 오래 기다려온 행복한 생활이 이렇게 오는 거야?" 정시포는 바오바오를 흘깃 보며 말했다. "이렇게 왔구나. 행복한 생활이란 게 본래 갑자기 찾아오지."

하지만 정시포는 아들의 말을 진심이라고 생각하지 않았다. 두 사람은 남은 술을 마시고 각자 방으로 들어갔다.

사흘 뒤, 신따평 의류 회사가 옛 따평 회의실에서 설립됐다. 폭죽도 없고 징과 북을 울리지도 않고 현수막도 없었지만 찾아온 사람은 적지 않았다. 스물한 명의 주주 직원들 외에 딱히 관련이 없는 사람도 많았다. 어떤 이들은 새 회사가 얼마나 붐비는지 보러 어떤 이들은 단순히 구경을 하러, 또 어떤 이들은 새 회사가 앞으로 어떻게 될지 분위기를 살피러 왔다. 정부에서 땅을 제공하고 지원한다는 소식은 꽤 의미가 있었다. 예전 공장 땅은 값이 몇 푼 안 됐지만 지금은 수백 배로 올랐으며, 토지 임대 허가를 받은 뒤에는 더욱 높이 뛰었다. 전 부검찰장 천옌스 때문에 온 사람도 많았다. 천옌스가 그들의 두 번째 창업을 적극적으로 지지해 새 회사의 자문을 맡았을 뿐만 아니라 힘든 사람들이 함께 잘살 수 있게 돕기로 했으며, 회사 자본금이 모자란 걸 알고 자신의 퇴직금 중 10만 위안을 출자에 보탰다고 정시포가 사방에 소문을 낸 덕분이었다.

천옌스는 회사 설립을 축하하며 자신이 주주가 됐다기보다는 도의적으로 도움을 준 것이라고 설명하면서, 손해를 본다 해도 상관없고 회사가 잘돼서 돈을 벌면 본전만 돌려주면 된다고 말했다. 정시포는 아들의 결혼 자금도 미리 당겨썼다고 말하며, 아직 100만 위안에서 8만 위안이 모자라니 조금 더 돈을 모을 수 있게 도와달라고 독려했다. 그런데 바로 그때 라오마와 요우 경리가 여러 사람과 함께 나타났다. 모두 돈을 투자해 회사의 주주가 되기 위해 온 것이었다. 그 자리에서 라오마는 15만 위안을, 요우 경리는 20만 위안을 내놓았다. 실력 있고 영리한 인사들을 시작으로 옛 주주들의 투자가 줄줄이 이어져 100만 위안은 문제도 없게 됐다. 이날 출자된 자본금만 300만 위안이 넘었다. 그 이후에도 수많은 직원들이 계속 출자에 참여해 최종적으로 집계된 출자금이 900만 위안에 가까웠다. 이는 정시포도, 천옌스도 미처 예상하지 못한 일이었다. 이런 과정을 거쳐 공회 주석이었던 정시포는 새로운 회사의 회장, 라오마는 사장, 요우 경리는 재무 총감을 맡게 되었다.

그날은 정말 잊을 수 없는, 흥분과 감격이 넘치고 의미가 깊은 하루였다.

하지만 조금 뜻밖의 일도 일어났다. 늦은 밤에 집으로 돌아온 정시포는 집 앞에 붙은 두 장의 붉은 종이에 기쁠 희 자가 적힌 것을 보았다. 그는 눈을 비비며 생각했다. '이게 어떻게 된 거지? 집을 잘못 찾았나?' 하지만 그 순간 안에서 문이 벌컥 열리더니 신랑 신부 복장을 차려입은 정성리와 바오바오가 나타났다. 식탁 위에는 축하연에 올리는 요리들이 가득 차려져 있었다.

아들은 만면에 희색을 띠고 아버지의 손을 잡으며 외쳤다. "아버지, 우리 결혼했어요!" 정시포는 믿을 수 없다는 듯이 고개를 갸웃거렸다. "정말이냐? 성리야, 농담하는 거지?" 아들은 결혼증서를 들이밀었다. "아버지, 직접 봐요! 정부에서 장난으로 이런 증서를 발급해주겠어요?" 결혼증서를 받아든 정시포는 농담이 아님을 인정할 수밖에 없었다. "잘됐구나. 기쁜 일만 우리 집에 올 거다. 함께 축하하자. 서로 축하할 일이야." 아들은 이상하다는 듯이 말했다. "결혼은 우리만 했는데 뭘 서로 축하해요?" 정시포는 씩 웃으며 대답했다. "너희도 축하 좀 해다오. 이 아버지가 신따펑의 회장이 됐다!" 물을 마시고 있던 아들은 너무 놀라 입에 있는 물을 뿜고 말았다. "맙소사, 아버지가 회장이 됐다고요?"

정시포는 눈을 부라렸다. "왜 그러냐? 나는 회장이 되면 안 되냐?" 그러면서 그는 식탁 앞에 앉아 직접 술을 따라 마셨다. 그 어느 때보다 맛있는 술이었다. "아들아, 우리 회사는 너희 같은 평범한 가죽 가방 회사가 아니라 정식 주식회사다. 자본금이 1000만 위안 가까이 된다고······."

아들은 그의 말을 끊고 들어왔다. "알겠어요, 알겠어. 지금 그 얘기를 하는 게 아니잖아요. 옛말에 친형제라도 계산은 제대로 하라고 했어요. 부자지간도 마찬가지 아닌가요? 이제 20만 위안 들어 있는 은행 카드 주세요. 결혼증서 드렸잖아요." 하지만 정시포에게 지금 돈이 어디 있단 말인가? 술을 홀짝거리던 그는 눈을 깜박이며 아들을 바라봤다. "아, 난 네가 이렇게 번개같이 결혼을 해치울 줄은 몰랐다. 근데 그 20만 위안은 투자해버렸는데. 물론 이 일은 며칠 전에 너희랑 상의했던 건데······." 그러자 아들이 바로 꽥 소리를 질렀다. "아버지, 나는 아버지가 이런 거짓말쟁이인 줄은 몰랐네!" 며느리 바오바오도 즐겁지 않기는 마찬가지였다. "그러니까. 결혼증서만 가져오면 돈 준다고 하시더니······."

코너에 몰린 정시포는 아무 말이나 뱉었다. "네 엄마가 꿈에 나타나서 꼭 투자해야 한다고 하지 뭐냐!" 아들은 울 수도, 웃을 수도 없는 얼굴로 말했다. "바오바오, 우리 아버지 좀 봐. 세 살짜리 아이를 속이는 줄 아시나 봐. 아버지, 제가 한 말씀 드리자면 아버지는 거짓말쟁이에요. 게다가 수준도 형편없고요." 하지만 거짓말쟁이 정시포는 사뭇 진지하게 계속 이야기했다. "네 엄마는 부처님을 믿었으니까 어려운 회사 사람들을 가만두고 볼 수 없었던 거야. 너도 아는 천 씨 아줌마가 퇴직금 2만 8000위안을 갖고 와서 내 앞에서 울더라. 남편도 죽었지, 아들은 초등학교 다니지, 딸은 중학교에 다니는데 새 회사가 없으면 살 길이 없다는 거야. 학교 다니는 그 어린애들을 어떻게 하냐? 왕 씨 아저씨는 어떻고? 또 린 씨 아저씨도 있지…….”

정시포는 더 이상 긴말하지 않고 술잔을 비운 뒤 입을 닦고 신 따펑 출자금 증서를 식탁 위에 가만히 내려놓았다. “봐라. 이게 우 리 회사 출자금 증서다. 전부 25만 위안으로 그중 5만 위안은 내 퇴직금이다. 성리야, 바오바오야, 이 출자금 증서 너희가 받아라. 주식은 다 너희 거다. 앞으로 이걸로 더 돈을 번다면 그것도 너희 거다. 어떠냐? 이러면 되지 않겠냐?”

바오바오는 신이 나 자기도 모르게 입이 찢어져라 웃으며 정성 리에게 말했다. “정 사장, 당신 아버지 정말 대단하시다. 내가 보 기에 이 정도면 충분할 거 같은데.” 정성리는 출자금 증서를 들고 이리저리 살폈다. “충분하긴 뭘. 이 증서가 진짜인지 가짜인지 어 떻게 알아?” 바오바오는 일부러 정성리를 골려주려 했다. “아버지 께서 우리처럼 가짜 증서를 만드셨겠어?” 정시포는 그 말에 술이 확 깼다. “바오바오, 너희 결혼증서가 가짜냐?” 실제로 결혼을 하 고 싶었던 바오바오는 결혼공포증 환자 정성리를 바로 배신했다. “아버지, 정말 대단하세요. 그걸 어떻게 단숨에 아셨어요? 우리 결 혼증서 가짜예요. 200위안 주고 만들었어요.”

정시포는 출자금 증서를 확 낚아채며 말했다. “내 이 증서도 가 짜다. 그냥 돌려다오.”

18

샤루이진은 H성 정계에 새로운 바람을 불러일으키며 관리들에게 두려움과 불안감을 심어줬다. 특히 샤루이진이 부임하고 얼마 지나지 않아 베이징에서 톈궈푸 성기율위원회 서기가 내려오면서 몇몇 관리들은 샤루이진이 일으킨 바람이 차갑게 흐르리라고 직감했다.

리다캉은 누구보다도 먼저 서늘한 기운을 눈치챘다. 9·16 사건이 일어난 뒤 샤루이진은 상무위원회 회의에서 그를 비판하거나 직접적으로 지적하지는 않았지만 사건이 일어난 원인을 매우 날카롭게 분석했다. 당시 샤루이진은 9·16 사건을 심각한 부패로 야기된 악질적 폭력 사건이라고 이야기하며, 몇몇 간부들의 부패 행위가 보편적으로 존재하는 사회 갈등에 불을 지폈다고 말했다. 리다캉은 그의 이런 판단을 떠올리기만 해도 식은땀이 흘렀다. 더군다나 아내 어우양징은 부패 혐의를 받고 있으면서도 이혼하려 하지 않으니 어쩐단 말인가? 그냥 계속 끌고 가야 하나? 폭탄이 터질 때까지? 자신의 정치적 앞길을 막으면서? 아니다! 일이 이렇게 된 이상 그가 먼저 샤루이진에게 현재 결혼 생활에 대해 이해를 구해야 한다. 그나마 그렇게라도 해야 곤경에서 벗어날 수 있지 않겠는가. 물론 가오위량 일파에게는 뭔가 더 큰 것을 감추려는 수작으로 보일 수도 있다. 하지만 더 이상 시간을 끌기보다는 행동에 나서야 했다.

　아침에 출근하지마자 리다캉은 샤루이진에게 전화를 걸어 가능한 한 빨리 보고 드릴 건이 있다고 말했다. 마침 샤루이진은 린청경제개발구로 가는 길이라고 했다. 리다캉은 과거 린청시위원회 서기로서 린청경제개발구의 개발을 책임지며 정치 인생에서 매우 빛나는 시절을 보냈다. 두 사람은 린청경제개발구에 대해 전화로 유쾌한 대화를 나눴다.

　샤루이진은 린청경제개발구가 잘 기획된 도시라며 첨단기술 개발구인 데다 유명한 공업풍경구라고 추켜세웠다. 심지어 그는 린청이 H성의 명함 같은 곳이라 일부러 시찰하러 간다고 말했다. 또한 샤 서기는 아주 자연스럽게 리다캉을 칭찬했다. "리다캉 동지, 생각이 참 앞서가는구먼. 10년 전에 환경 보호까지 고려했다니, 참 대단하네." 리다캉은 뜻밖의 칭찬에 일순간 기분이 좋아져 두 손으로 수화기를 꼭 쥔 채 애써 침착하려 애쓰며 말했다. "서기님, 사실 너무 앞선 까닭에 당시엔 아무도 이해해주지 못했습니다." 샤루이진은 적당히 맞장구쳤다. "그런가? 리다캉 동지, 보고할 게 있다고 하지 않았나? 그럼 린청으로 내려오시게. 같이 얘기나 나누지. 내일 아침 일찍 린청경제개발구에서 기다리겠네. 리 서기에게 익숙한 구역이니 안내 좀 해주지."

　수화기를 내려놓은 리다캉은 흥분을 감추지 못하고 비서를 불러 린청경제개발구 자료를 다시 봐야겠으니 가져오라고 지시했다. 비서는 좀 의아하게 생각했다. 린청에서 와서 누구보다 린청경제개발구에 대해 잘 알고 있는데, 뭐 하러 다시 자료를 본단 말인가? 리다캉은 안경을 닦으며 설명했다. 이미 여러 해가 지나 어떤 수치는 정확히 기억나지 않는다. 행여 샤루이진 서기에게 대충 한다는 인상을 주고 싶지 않았다. 비서는 얼른 자료를 준비하겠다고 하더니 문 앞에서 뭔가 생각난 듯 돌아봤다. "손님이 아침 일찍부터 기다리고 계십니다. 성함이 왕따루라고 하시던데요."

그제야 왕따루에게 찾아오라고 말했던 사실을 떠올린 리다캉은 금세 기분이 가라앉았다. 그는 안경을 쓰며 왕따루를 들어오게 하라고 손짓했다. 왕따루는 당황하고 불안한 기색으로 사무실로 들어왔다. "리 서기, 날 찾았다면서?" 리다캉은 왕따루에게 소파에 앉으라고 한 뒤 담담하게 말했다. "따루, 자네 이름이 왕따루(王大路)지 왕샤오루(王小路)는 아니지 않은가? 그래서 하는 말인데, 좁은 길 말고 큰 길로 다니게." 왕따루는 영문을 모르겠다는 듯이 물었다. "리 서기, 자네 말이 무슨 뜻인지 모르겠네." 리다캉이 코웃음을 쳤다. "무슨 뜻인지 모르겠다? 그럼 내가 정확히 말해줌세. 좁은 길은 걷기 불편하지. 가시도 있고 함정도 있어서 잘못 들어갔다가는 생각지도 못한 험한 꼴을 당할 수 있다고." 그 말에 왕따루는 떠보듯 물었다. "리 서기, 광밍호 공사 얘긴가?" 리다캉은 정색했다. "나는 아무 말도 안 했네. 오랜 친구고 예전에는 같은 그룹에서 일하기도 했으니 주의를 주는 거야."

왕따루는 적극적으로 해명했다. 따루 그룹이 광밍호의 신도시 건설 항목에 참여하고 싶은 것은 사실이지만 이전 담당자였던 딩이전의 비리가 심해 항목 입찰 자체가 어려웠다. 그래서 어우양징 부행장 앞에서 푸념 몇 마디를 늘어놨을 뿐 다른 뜻은 없었으며, 또한 자신과 어우양징은 대학 동창으로 남녀 사이의 감정은 전혀 없다고 강조했다.

리다캉은 더 들어줄 수 없다는 듯 벌떡 일어나 왕따루의 말을 끊었다. "남녀 사이의 감정? 자네 너무 갔군! 딩이전은 이미 지나간 인물이고 지금 광밍호 항목을 총지휘하고 있는 건 쏜롄청이야. 그 사람이 원칙대로 처리할 걸세." 그러자 왕따루가 자신의 생각을 솔직히 털어놓았다. "쏜롄청이 원칙을 잘 지키는 건 맞지만 일은 잘 못해." 리다캉은 정색을 했다. "누가 일을 못한다는 건가? 그 사람은 자기 자리에서 제 할 일 잘하고 있어. 게다가 이제 막 총지휘를 맡지 않았나." 리다캉은 이 말도 너무 멀리 간 것이라 생각해 손사래를 쳤다. "따루, 아무튼 나는 자네가 좁은 길로 가지 않길 바라네. 적어도 내 아내란 좁은 길은 걸어봐야 막혀 있다고. 됐네, 여기까지 얘기하지." 왕따루는 쓴웃음 지으며 땀을 닦았다. "알겠네. 하지만 난 여태 한 번도 좁은 길을 걸어본 적이 없는데."

다음 날 아침 일찍부터 리다캉은 린청에서 만나기로 한 약속을 지키기 위해 6시 30분에 출발해 8시에 도착했다. 린청시에 들어서자 2014년 가을 호수 자전거 대회를 알리는 현수막이 눈앞에 계속 나타났다. 경제개발구에 가까워질수록 도로 위를 가로지르는 현수막이 많아졌다. 도로 곳곳에 자전거 대회를 위해 몸을 푸는 선수들이 많았다. 몇몇 도로는 이미 경찰이 막고 있기도 했다. 사실 이 호수 자전거 대회는 리다캉이 처음 제창한 것이다. 시작은 린청 시민들이 즐기기 위함이었지만 지금은 매우 규모 있는 민간 대회로 성장해 중국 전역은 물론이고 세계 각지에서 선수들이 모여들었다.

개발구 광장에 차를 세우고 내린 리다캉은 린청시위원회 톈 서기의 환영을 받으며 뜻밖의 소식을 들었다. 샤루이진 서기가 그와 자전거 시합을 하고 싶어 한다는 것이다. 실제로 얼굴을 마주하자 샤루이진이 말했다. "딱 맞춰 왔구먼. 마침 자전거 대회도 하고 있는데 우리도 시합 한번 해보지!" 이에 리다캉이 대답했다. "이 호수 한 바퀴 도는 코스가 47킬로미터인데 괜찮으시겠습니까?" 성서기는 가슴을 두드리며 말했다. "리 서기, 내 체격이 리 서기만 못한 것 같나?" 리다캉은 뭐라 더 할 말이 없었다. 샤루이진은 정말 체격이 좋은 편이었다. 그리고 설사 체격이 좋지 않다고 해도 뭐라 말하겠는가.

샤루이진은 리다캉에게 자전거 대회 출발 총성을 울리라고 했다. 하지만 리다캉이 사양하며 말했다. "성서기님께서 오셨는데 출발 총성도 성서기님께서 울리셔야죠. 그래야 더 권위가 있지 않겠습니까?" 샤루이진이 손사래를 쳤다. "리 서기가 그냥 쏘시게. 여기 무슨 권위가 필요한가? 이 대회는 리 서기 작품이니 출발 총성을 울릴 자격이 있네!" 그 말에 리다캉은 마음이 편해져 더 이상 사양하지 않았다. 그는 당당하게 출발 신호대로 올라가 총성을 울렸다.

산들바람이 얼굴을 스치고 밝은 태양이 높이 떠 있으니 리다캉의 얼굴이 환해졌다. 이렇게 홀가분한 기분이 들기도 참으로 오랜만이었다. 총성이 울리자 출발선에 서 있던 자전거 선수들이 한꺼번에 쏟아져 나왔다.

자전거 선수들이 빠져나간 뒤, 샤루이진과 리다캉도 각각 자전거를 타고 길을 나섰다. 리다캉은 샤 서기와의 자전거 시합에 신이 났다. 이렇게 함께 자전거를 탄다는 것은 친구가 되자는 의미 아니겠는가. 하지만 친구이자 상사인 만큼 있는 힘을 다해야 한다. 리다캉은 완벽을 기하겠다는 정신으로 H성 최고 지도자의 뒤를 따르며 린청의 개혁 역사를 열정적으로 소개했다.

개발구에 있는 이 호수의 이름은 판안호(潘安湖)로 원래는 호수가 아니라 석탄 채굴로 형성된 함몰 토지였다. 린청은 중국에서도 중요한 석탄 기지로 채굴 역사가 300년이 넘는데, 이곳이 바로 가장 큰 함몰 지역이었다. 본래는 황량하기 그지없는 땅이었지만 리다캉은 큰 구획을 그어 비옥한 논밭으로 개발하면 어떨까 생각했다. 그러나 그러기에는 너무 많은 자금이 필요했다. 그렇다면 버려진 함몰 지역 땅의 활용성을 종합적으로 고려해 후대 사람들에게 푸른 산과 맑은 물을 남겨주면 국가 재정에도 보탬이 될 듯했다. 하지만 그가 이곳을 개발구로 삼으려 하자 큰 저항이 일었다. 당시 시장과 부시장이 모두 반대했으며, 뒤에서 그를 두고 미쳤다고 욕하기도 했다. 그는 당시 성위원회 서기였던 자오리춘에게 함몰 지역의 약점은 얼마든지 장점이 될 수 있다고 보고했다. 석탄 채굴 함몰 지역은 화학 공업 지대가 아니라 진정한 오염이 없으며, 각각의 오수 구덩이를 연결하면 커다란 호수가 될 수 있고, 호숫가에 꽃과 나무들을 심으면 멋진 풍경이 될 수 있다고 주장한 것이다. 보고를 들은 자오리춘은 리다캉의 뜻을 강력하게 지지해줬다.

샤루이진은 자전거 핸들을 잡은 한 손을 떼고 엄지를 척 세웠다. "리 서기, 참 기백이 있네. 나도 리 서기를 지지하네. 정비하기 전의 황량한 함몰 지역 사진 몇 장을 봤는데 꼴이 말이 아니더군." 리다캉이 호수를 향해 손을 휘두르며 말했다. "성위원회에서 저를 지지해주셔서 오늘날 이런 판안호도 생기고, 호수를 따라 47킬로미터 도로도 생길 수 있었죠. 80제곱킬로미터의 개발구도 가능했고요."

개발구에는 10대 경관이 있다. 약 67만 제곱미터에 이르는 장미원은 10년 전 타이완의 사업가가 투자해 개발한 곳으로, 지금은 타이완 현대생태농업공원으로 확장됐다. 생명공학공업단지나 소프트웨어공업단지는 모두 정원식 공장 지역으로 많은 기업들이 일류 수준을 유지하고 있으며 국내외에서 자체 브랜드를 걸고 제품을 출시하고 있다.

리다캉은 이런 과정 가운데 좌절이 있었다는 사실도 숨기지 않았다. 당시 부시장이자 개발구 주임이었던 리웨이민이 딩이전처럼 부패해서, 리웨이민이 체포된 후에 많은 투자상이 대규모로 투자를 철회했다. 그 일이 있고 나서야 리다캉은 수십여 개 기업이 리웨이민에게 뇌물을 줬으며 그 금액이 많으면 수백만 위안, 적으면 수십만이나 십여만 위안에 이른다는 사실을 알았다. 하룻밤 사이에 린청의 상황이 악화돼 수많은 공사가 중단됐고, 경제개발구도 썰렁해졌다. 그러자 환경을 오염시키거나 저급한 제품을 제조하는 기업들이 공장 지역에 들어오려 해서 그가 결사적으로 막아냈다. 리다캉은 진지하게 샤루이진에게 말했다. "샤 서기님, 저와 린청시위원회는 한마음 한뜻으로 발전을 도모했습니다. 일정한 속도와 GDP가 필요했지만 결코 저급한 GDP나 오염된 GDP, 비참한 GDP는 원하지 않았습니다!"

당시의 상황에 대해 잘 알고 있는 샤루이진은 칭찬을 아끼지 않았다. "다캉 동지, 좋은 말씀이네! 리 서기의 그런 정신 덕분에 경제적으로 발전할 기회는 잃었을지 모르지만 정책 결정자로서 지켜야 할 역사의 마지노선을 지킬 수 있었네!"

리다캉의 말투는 진중했고 눈에는 눈물이 반짝였다. 그는 어린 시절 농촌에서 자라 대학에 가기 전까지 배불리 밥을 먹어본 적이 없었고, 오염이 농촌과 농민들에게 무엇을 의미하는지 잘 알았다. 땅은 아버지와 어머니, 고향 사람들의 생명줄이었다. 그런 사실을 잘 아는 그가 어떻게 그 마지노선을 잃을 수 있겠는가? 하지만 마지노선을 지키기 위해 그는 자신을 희생해야 했다. 그 일로 한 단계 높이 올라갈 기회를 잃어버린 것이다. 당시는 GDP로 영웅을 논하던 시대였다. GDP가 곧 정치적 업적이었고, GDP가 내려가면 승진은 꿈도 꾸지 말아야 했다. 덕분에 그때 뤼저우시위원회 서기였던 가오위량이 성위원회 상무위원 그룹에 들어갔고, 그는 제자리걸음을 해야만 했다.

샤루이진은 흥미롭다는 듯 물었다. "리 서기, 가오위량 서기와 함께 일한 적이 있지 않나?" 리다캉은 솔직하게 대답했다. "짧지만 한동안 함께 일했지요. 뤼저우에서 한 그룹에 속해 1년 3개월 정도 일했습니다." 당시 가오위량은 시위원회 서기였고 그는 시장이었다. 가오위량에 대한 그의 평가는 매우 솔직했다. "가오 서기는 일하는 스타일이 안정적이고 생각이 분명한 데다, 이론 수준이 보통의 간부들을 훨씬 뛰어넘었죠. 다만 자신에게 피해가 올 것 같으면 몸을 사리는 편이라 개척 정신이 부족했습니다. 특히 도시 건설 계획 같은 일에서……." 여기까지 듣던 샤루이진이 웃음을 터뜨렸다. "도시 건설 계획 때문에 두 사람 사이에 갈등이 있었다지? 베이징에 있을 때 자오리춘 동지에게 들은 적 있네." 리다캉도 그에 대해 부인하지 않았다. "그렇습니다. 그때 자오리춘 서기께서 가오위량 서기를 지지해서 저는 좌천되었죠." 그렇게 말하고 나니 감정이 또 격해졌다. "자오리춘 서기는 비교적 공정한 분이십니다. 제가 그분 비서 출신이긴 하지만 갈등이 생겼을 때 저만 두둔하지 않으셨죠. 서기님은 린청까지 저를 직접 배웅하시면서 이렇게 말씀하셨습니다. 리다캉, 너는 가오위량과 달리 새 땅을 개척하는 대장이다. 린청에 가서 낙후된 그곳을 한시라도 빨리 개발해라! 뤄저우는 기초가 튼튼하니 가오위량에게 맡겨 체계적으로 발전시키자." 샤루이진은 고개를 끄덕이며 자오리춘 서기의 인재를 보는 안목과 적재적소에 배치하는 능력을 칭찬했다.

리다캉은 린청에 부임한 뒤 과학기술경제개발구로 도시를 특화시키기로 마음먹었다. 그는 린청이 뤄저우 같은 기반을 갖추지 않아 가오위량처럼 체계적으로 개발시키기 어려우리란 것을 금세 알았다. 그래서 그는 다음과 같은 구호를 내세웠다. "법이 금지하지 않는 것은 자유다! 과감하게 시도하고 과감하게 돌진하자!" 그때 이후로 그는 사람들의 입에 오르내리는 화제의 인물이 됐으며, 그의 구호도 논쟁거리가 됐다.

한참 자전거를 달리니 두 사람의 이마에서 땀이 주르륵 흘러내렸다. 리다캉과 샤루이진은 자전거에서 내린 뒤 호숫가에 서서 먼 곳을 바라봤다. 눈길이 닿은 곳 역시 아름다운 풍경이었다. 판안호는 연꽃 향기가 피어난다는 뜻인 샹허호(香荷湖)라는 별칭으로 불리기도 했다. 연꽃이 피는 여름에는 드넓은 호수에 커다란 연꽃들이 피어난다. 지금은 꽃이 필 계절이 지났지만, 줄기를 따라 연잎이 달려 마치 초록 우산처럼 덮여 있었다. 어디선가 바람이 불어 연잎을 흔드니 향기가 코끝을 찔러 기분을 상쾌하게 만들었다. 연잎 위를 굴러 내려오는 맑은 이슬은 활달하고 귀여운 아기들 같았다. 덕분에 린청의 판안호는 연근으로도 유명했다.

한동안 풍경을 보고 있던 샤루이진이 문득 생각난 듯 물었다. "아, 리 서기, 보고할 게 있다고 하지 않았나? 뭔가?"

리다캉은 잠시 멍해졌다가 정신을 차리고 말했다. "아, 이건 개인적인 일입니다만, 서기님과 조직을 위해 알려야 할 것 같습니다."

샤루이진은 리다캉을 빤히 보더니 슬쩍 웃었다. "혹시 리 서기와 아내 어우양징의 이혼에 관한 일인가?" 리다캉은 깜짝 놀랐다. "서기님, 부임하신 지도 얼마 안 됐는데 어떻게 저희 부부 일을 알고 계십니까?" 샤루이진은 당연하다는 듯 말했다. "같은 그룹 동지인데 내 일처럼 알고 관심을 가져야 하지 않겠나." 그 말에 리다캉도 허심탄회하게 말했다. "저희는 8년 전부터 각방을 쓰고 있습니다. 악몽이나 다름없죠." 샤루이진은 고개를 흔들며 한숨을 내쉬었다. "그것 참, 8년 동안의 항전 아닌가. 남아 있는 감정이 없다면 하루라도 빨리 이혼하시게!" 리다캉은 수심 가득한 얼굴로 대답했다. "문제는 제 아내가 이혼을 원하지 않는다는 겁니다. 저는 저대로 체면이 있다 보니 강요도 못 하고 되는 대로 살다 보니 이렇게 시간이 흘렀습니다. 지금 아내는 말리는 제 말도 듣지 않고 미국에 가서 딸과 있겠다고 합니다. 저를 궁지로 몰 속셈입니다. 이혼을 못한다면 중앙의 규정에 따라 제가 일자리를 잃겠죠." 샤루이진이 고개를 끄덕였다. "이 일은 잘 알겠네. 안 되면 이혼 소송을 하게나."

그렇지 않아도 이혼 소송을 준비하고 있던 리다캉은 뜻밖에도 샤루이진의 입에서 그 말이 나오자, 잠시 멍하니 서 있다가 두 손을 내밀어 샤루이진의 손을 꽉 붙들며 조금 떨리는 목소리로 말했다. "감사합니다, 서기님. 제 입장을 이해하고 지지해주셔서요. 그럼 가능한 한 빨리 법원 소송을 진행하겠습니다."

19

허우량핑은 가오위량의 관저에 꽤 익숙한 편이다. 하지만 꽃을 들고 스승의 집 벨을 누르기는 몇 년 만이었다.

새카만 대문 한쪽의 작은 문이 열렸다. 가오위량의 아내 우후이펀(吳惠芬)이 그를 보고 기뻐하며 농담을 건넸다. "이제야 선생님 집을 찾아오는 거야? 잘 지냈나 보네. 내가 만든 훙샤오러우도 안 먹고 싶었어?" 허우량핑은 활짝 웃으며 과장된 몸짓으로 우후이펀에게 꽃을 바쳤다. "사모님은 어떻게 20년 전이나 지금이나 이렇게 똑같으세요? 영원히 시들지 않는 장미시네요."

그가 사모와 웃으며 이야기하고 있을 때 돋보기를 낀 가오위량이 2층 서재 창문으로 희끗희끗한 머리를 내밀었다. "어이, 원숭이 왔냐? 들어오너라, 들어와. 기다리고 있었다."

거실에 들어서니 선생도 2층에서 내려왔다. 우후이펀의 손에 들린 꽃을 본 가오위량이 친밀한 농담을 했다. "사모의 환심 사는 법을 아는구먼. 이건 린청 장미인가?" 이에 허우량핑이 대답했다. "예. 꽃집 주인이 린청 장미라고 하더군요. 잘 아시네요, 선생님." 가오위량이 고개를 끄덕이며 말했다. "리다캉 서기가 예전에 린청에 넓은 장미원을 만들지 않았니. 지금 징저우에서 파는 장미는 대부분 린청 것이지." 허우량핑은 가오위량을 흘깃 쳐다봤다. "선생님도 사모님께 자주 꽃 사주시죠?" 우후이펀은 꽃을 화병에 꽂으며 말했다. "저 사람은 그런 거 없어, 량핑아. 그 오랜 세월 동안 꽃이라곤 네가 선물해주는 것밖에 못 받아봤단다. 아차, 퉁웨이도 두 번 선물한 적 있네." 그 말에 가오위량이 바로 자조하듯 말했다. "그러니까 너랑 퉁웨이가 오면 우 선생이 교수란 타이틀도 내려놓고 주방에 들어가서 맛있는 요리를 해주는 거야. 나는 집사람 손에 아무것도 안겨주지 않아서 그런지 거들떠도 안 본다니까." 허우량핑이 활짝 웃으며 말했다. "당연하죠. 꽃도 안 주시면서 맛있는 요리를 드시려고요? 저는 사모님을 지지합니다!" 그 말에 우후이펀이 씩 웃었다. "자네 부인 종샤오아이는 하루 종일 자네 때문에 좋아서 난리겠네." 허우량핑은 손사래를 치며 웃었다. "아니요. 그 사람은 너무 현실적이라 제가 한번 꽃 선물한 적이 있는데 칭찬은커녕 뭐라고 하던걸요. 차라리 오리구이랑 바꿔 오라고요. 그러면서 만날 보는 얼굴인데 먹지도 못할 꽃을 사서 뭐 하냐고 면박을 주지 뭡니까." 그 말에 선생과 사모 모두 웃음을 터뜨렸다.

가오위량의 집 기실은 매우 특색이 있다. 스승이자 상사인 가오위량은 원예와 분재를 좋아할 뿐 아니라 깊은 조예가 있어 거실을 생기 넘치는 공간으로 만들 줄 알았다. 들어오는 문 맞은편에는 손님을 맞는 소나무가 놓여 있는데, 친구가 황산에서 가져와 선물한 것으로 가지와 줄기가 잔뜩 구부러져 있고 잎은 오래됐지만 굳세 보였다. 창가에 놓여 있는 작은 분재 몇 개는 기이한 모양의 돌과 풀들이 정교하면서도 아름다웠다. 허우량핑은 가까이 다가가 스승의 작품을 감상하며 연신 칭찬을 쏟아냈다. 가오위량도 일어나 미소 띠며 분재 몇 개를 가리켰다. 그렇게 대화를 나누던 스승과 제자는 자연스럽게 일 이야기를 시작했다.

가오위량은 천하이가 당한 교통사고를 언급하며 마음 아파했다. 모두 자신이 가르친 자식 같은 제자가 아닌가. 그는 허우량핑에게 물었다. "치 청장 말로는 천하이 때문에 징저우로 돌아왔다던데, 그러냐?" 허우량핑은 숨기지 않고 솔직히 대답했다. "그것 때문이기도 하죠. 만약 천하이가 딩이전을 잡는 일에 협조하지 않았다면 그렇게 당하지 않았을 겁니다." 가오위량은 주의 깊게 허우량핑을 바라봤다. "당했다? 천하이의 사고가 누군가의 음모라고 생각하나? 증거가 있어?" 허우량핑이 말했다. "지금 찾고 있습니다." 그 말에 가오위량은 진지하게 말했다. "만약 누군가의 음모라면 너도 조심해야 한다." 그는 잠시 생각하더니 다시 주의를 줬다. "천하이의 안전에도 신경 쓰거라. 정말 누군가의 음모라면 상대는 천하이가 깨어나기를 바라지 않을 테니까."

사실 허우량핑이 스승을 만나러 온 것은 의문점이 있기 때문이었다. 적당히 타이밍이 무르익었다고 느낀 그는 마음에 품어온 문제를 꺼내놓았다. "딩이전을 잡기로 했던 날 밤, 선생님께서 보고 회의를 진행하셨죠. 그런데 어떻게 회의를 했기에 딩이전이 도주했을까요? 대체 누가 딩이전에게 비밀을 누설했을까요? 선생님께서는 짚이는 바가 없으세요?" 가오위량은 가벼운 한숨을 내쉬었다. "의심은 의심일 뿐, 증거 없이 함부로 말할 순 없지." 허우량핑은 그날 밤 어떤 특별한 상황이 벌어지지 않았는지, 밖으로 나가 전화를 한 사람은 없었는지 자세히 물었다. 가오위량은 베이징에서 온 제자를 심오한 눈빛으로 바라봤다. "회의에 참석했던 사람 모두가 밖에 전화를 하러 나갔어. 심지어 한 번 이상으로. 나중에 되짚어보니 리다캉 서기는 세 번, 치퉁웨이는 두 번, 천하이는 네 번, 지창밍 검찰장도 한 번 전화를 하러 밖에 나갔더구나. 나도 샤루이진 서기에게 상황을 보고하려고 비서를 시켜 전화를 걸었지."

가오위량은 자리에서 일어나더니 뒷짐을 지고 거실을 천천히 걷기 시작했다. "지나고 보니 이상한 일들이 있긴 했어. 지 검찰장만 해도 그래. 베이징에서 직접 내려온 사건 아니냐. 굳이 나나 성위원회를 찾아와 보고할 필요가 없었단 말이지." 허우량핑은 지난날의 스승이자 지금의 상사인 가오량핑을 주의 깊게 보며 이해할 수 있다는 듯이 말했다. "하지만 어쨌든 지 검찰장이 결국 보고해야 하는 일 아닌가요?" 가오위량은 양손을 펼치며 말했다. "그렇기도 하지. 검찰장이 보고하겠다니 나도 듣지 않을 수 없었고, 징저우 부시장이 관련돼 있으니 리다캉 서기에게 통지하지 않을 수 없었어. 그이가 성위원회 상무위원이기도 하고. 치퉁웨이 청장은 특별한 경우였지. 그때 마침 업무 보고를 하러 왔거든. 성 치안소방 관련 종합 정비 업무에 관한 것이었는데 치 청장이 내게 꼭 보고해야 하는 일이었어. 지 검찰장이 왔을 때 치 청장과 얘기가 끝나지 않아 자연스럽게 못 가게 된 거야. 어차피 범인도 잡아야 하니 내가 남아 있으라고 했지." 허우량핑은 좀 더 과감한 질문을 던졌다. "지 검찰장님의 말에 따르면 그날 밤 선생님께서 시간을 좀 끄셨다고 하던데요. 계속 사건을 연구하고 지시하고⋯⋯."

가오위량은 기분이 상했는지 손에 쥐고 있던 일본 쥘부채를 찻상 위에 탁 소리가 나게 내려놓았다. "그게 무슨 말이냐? 지 검찰장 말이 무슨 뜻이야? 꼭 보고하지 않아도 될 일을 보고한 게 누군데! 보고를 했으니 당연히 연구하고 지시하지, 내가 시간을 끌었다고?" 허우량핑이 서둘러 해명했다. "선생님, 너무 화내지 마세요. 검찰장님의 말은 선생님께 학자 냄새가 난다는⋯⋯." 그 말에 가오위량은 더 발끈했다. "학자 냄새라니? 내가 H대학을 떠난

지가 20년이 다 되어간다. 학자 냄새는 일찌감치 사라졌단 말이다. 그 지 검찰장이야 말로 사소한 일에 지나치게 신중한 데다 책임감도 없고 힘든 일은 안 하려고 하지 않니. 량핑아, 나는 성정법 부문의 주요 지도자야. 이런 일이 일어났을 때 가장 망신스러운 게 나란 말이지!" 허우량핑은 스승의 찻잔에 물을 더 따르며 말했다. "물론입니다. 선생님, 저도 충분히 이해합니다. 아, 듣기로는 선생님도 계속 조사하고 계시다면서요?" 가오위량은 차를 마시며 점차 화난 기색을 누그러뜨렸다. "당연히 조사해야지. 지금도 하고 있는걸. 나는 그 나쁜 놈을 잡을 수 없다는 말을 믿지 않아."

우후이펀이 녹나무 바둑판을 가져와서 스승과 제자가 바둑이나 한 판 두라고 권했다. 허우량핑은 대학에 다니던 시절 종종 가오위량 선생의 집을 찾아 바둑을 두며 밥을 얻어먹곤 했다. 그와 스승은 호적수로 젊은 허우량핑이 빠른 생각과 참신한 수읽기를 뽐냈다면 가오위량은 깊은 공력과 완숙한 경지로 한 수 위의 실력을 선보였다. 스승과 제자는 둘 다 지고는 못 사는 성격이라 툭하면 수를 물러달라고 했지만, 우위를 점한 쪽이 양보하려 하지 않아 스승과 제자란 신분도 잊고 얼굴을 붉히며 다투기도 했다. 그럴 때마다 사모는 곁에 앉아 아이 어르듯 웃으며 두 사람을 말렸다. 우 선생은 지난날의 그 흥미진진했던 장면을 다시 보길 바랐지만 가오위량과 허우량핑은 그럴 기분이 아닌지라 설렁설렁 바둑을 두며 다시 사건 분석에 들어갔다.

가오위량은 허우량핑을 빤히 보며 물었다. "반부패국에서도 보고 회의를 조사하고 있다지?" 허우량핑은 자세를 고쳐 앉으며 바둑을 뒀다. "제가 부임하던 날부터 시작했습니다. 선생님께서 회의를 하던 시간에 딩이전에게 건 것으로 의심되는 전화는 모두

네 건입니다. 그중 세 건은 서로 거리가 멀지 않은 전신 기지국에서 걸린 것이더군요." 가오웨이량은 상대의 바둑알 두 개를 가져가며 말했다. "량핑아, 그건 새로운 발견이 아니야. 치퉁웨이 청장도 일찌감치 확인한 사실이지. 치 청장 말로는 내부에서 소식이 새어 나갔을 가능성은 거의 없다고 하더구나. 하지만 난 그렇게 생각하지 않아. 그게 가능성을 그리 쉽게 배제할 일이냐?" 허우량핑은 스승의 바둑알 세 개를 따내며 고개를 끄덕였다. "물론입니다. 우리 내부의 누군가가 소식을 발설하고, 또 다른 누군가가 딩이전의 도주를 지휘한 것 아닐까요? 일련의 일들이 매우 빈틈없이 연결되어 있는 거죠." 바둑에 마음이 없다 보니 두 사람 다 손이 가는 대로 바둑을 두고 무르기도 없어 대국이 빨리 진행됐다. 그러다 보니 누가 우세를 점한 것인지 순간 판단하기 어려웠다. 그때 가오웨이량이 말했다. "량핑아, 너와 내 생각이 비슷하구나. 그래서 나도 치 청장에게 그 시간대에 성위원회 기지국에서 발신된 전화들을 모두 조사해보라고 했지." 허우량핑은 기대 어린 눈빛으로 스승을 바라봤다. "뭔가 나왔습니까?" 가오웨이량은 실망스러운 표정으로 고개를 저었다. "그 시간대에 천여 건의 전화가 발신됐더군. 그렇게 많은 사람들을 어떻게 다 조사하겠니? 아직까지는 단서가 없어."

하지만 허우량핑은 끝까지 물고 늘어졌다. "선생님, 좀 더 중점적으로 조사하실 생각은 없으십니까? 이를테면 지창밍 검찰장의 전화는 누구에게 건 걸까요? 리다캉이 걸었다는 세 번의 전화는요? 물론 치퉁웨이 선배도 조사해야죠." 가오웨이량은 제자의 바둑알들을 따내며 여유롭고 노련하게 말했다. "내가 조사하지 않았겠니? 조사했지. 의심은 가지만 쉽게 확정할 수는 없었어." 허우량핑이 연신 캐물었다. "누가 가장 의심이 가십니까?" 일 처리가 신중한 가오위량이 조심스럽게 말했다. "그건 함부로 말할 게 아니야. 좀 더 깊이 있게 조사를 해야지." 허우량핑은 속내를 잘 드러내지 않는 스승에게 비장의 카드를 내놓았다. "저는 산쉐이 그룹의 가오샤오친에게 걸려 온 전화를 조사했습니다. 같은 시간대에 성위원회 기지국에서 발신된 전화는 단 한 건이었는데 이상한 게 이 전화번호가 딱 한 번 사용된 뒤로는 다시 사용되지 않았습니다." 그 말에 가오위량은 큰 관심을 보였다. "아, 그러니까 그 전화가 당시 회의하던 사람의 휴대전화 번호는 아니다?" 허우량핑이 고개를 끄덕였다. "그렇습니다. 매우 지능적인 거죠. 저는 그 전화가 가장 의심스럽습니다. 좀 더 자세히 조사해볼까 하는데, 회의에 참가한 사람 중 누가 가오샤오친과 가장 밀접한 관계를 맺고 있습니까?" 가오위량은 잠시 생각하더니 고개를 갸웃거렸다. "그건 함부로 말할 수 없다. 가오샤오친의 산쉐이 리조트는 기본적으로 징저우 각급 관리들의 식당이라고 할 수 있어. 8항규정이 발표되기 전에는 나도 몇 번 갔지." 허우량핑은 씩 웃으며 말했다. "그러니까 말입니다. 안 그래도 며칠 전에 치 선배가 환영회를 해준다고 해서 거기 갔는데 제가 선생님 대신 댜오더이 역할을 맡아 노래를 불렀지 뭡니까!" 그는 다시 스승의 돌들을 따내며 재빨리 바둑알들을 들어냈다. 가오위량은 잠시 생각에 잠겼다가 입을 열었다. "가오샤오친은 교제의 폭이 넓어. 어쨌든 너는 가오 회장이 딩이전을 출국시킬 능력이 있다고 보니? 그렇다면 동기는 뭘까? 딩이전은 차이청공을 비호했는데……." 그는 문득 자신이 대패했다는 사실을 깨닫고 큰 소리로 외쳤다. "어, 이게 어떻게 된 일이지? 원숭이 너 이놈, 기습을 했구나. 이럴 수 있나! 이건 말도 안 돼."

그때 앞치마를 두른 우후이펀이 주방에서 나와 허우량핑에게 음식 간을 좀 봐달라고 했다. 허우량핑은 알겠다고 대답하며 얼른 우후이펀을 따라 주방으로 들어갔다. 냄비에서 맛있는 냄새가 풍겨 나와 허우량핑의 코끝을 찔렀다. "와, 냄새 끝내주는데요." 사모는 한결같이 허우량핑을 좋아했으며 한때는 그를 딸의 배우자감으로 점찍기도 했다. 우후이펀은 솥을 열어 고기 한 덩어리를 집어 허우량핑의 입에 넣어주며 짓궂게 타박했다. "어이구, 이 먹보!" 허우량핑은 게걸스럽게 고기를 뜯으며 말했다. "아, 죽여줍니다! 설탕만 조금 더 넣으면 되겠는데요."

허우량핑이 주방에서 나와 보니 스승은 소파에 앉아 깊은 생각에 잠겨 있었다. 그는 가오위량이 말하지 않을 뿐, 마음속에 의심스러워하는 대상이 있음을 잘 알았다. 허우량핑은 스승의 이런 모습에 적잖이 실망했다. 가오위량 선생에 대해 그는 줄곧 존경의 마음을 품어왔으며, 법학 분야에서 모범이 될 만한 스승이라 생각했다. 가오위량이 강의실에서 펼친 설득력 있는 논증과 힘 있게 두 손을 휘두르던 모습은 허우량핑에게 잊을 수 없는 인상을 남겼다. 오늘 그가 여기에 오며 기대한 것도 스승이 예전처럼 그의 의혹에 답하며 징저우 미스터리를 명백히 해결하는 모습이었다. 그는 스승에게 그럴 만한 능력이 있다고 믿었다. 하지만 가오 선생은 가오 서기가 됐고, 학생을 가르칠 때처럼 명확한 답을 내놓지 않았다. 스승은 한층 노련해지고, 속으로 따지는 것이 많아지면서 약아졌다. 허우량핑은 혈색 좋은 스승의 뺨을 보면서 속으로 탄식했다.

하지만 잠시 생각에 잠겼던 스승은 먼저 마음속 말을 털어놨다. 그는 긴 소파를 탁탁 치며 제자에게 자기 옆에 앉도록 했다. "생각의 방향을 한번 확장해볼까? 딩이전의 도주로 가장 크게 이익을 본 사람이 누구지?"

허우량핑은 스승의 생각이 이미 마무리됐음을 눈치채고 되물었다. "선생님은 누구라고 생각하십니까?"

가오위량은 조금 뜸을 들이더니 이번에는 분명히 이야기했다. "리다캉이 정보를 흘리지 않았을까? 적어도 그에게는 그럴 만한 동기가 있으니까." 가오위량은 깊이 생각하는 듯하더니 뤼저우에서 리다캉과 함께 일했던 시절 이야기를 시작했다. 같은 그룹에서 함께 일을 하면 개인의 품행에 대해 가장 잘 알 수 있지 않은가. 특히 1인자와 2인자 사이라면 더욱 그러하다. 오늘은 사건을 분석하는 것이니 속에 담아뒀던 말들을 다 털어놔도 괜찮을 것이다. 리 서기는 정치적 업적을 세우기 위해서라면 무엇이든 하는 사람으로, 뤼저우에서든 린청에서든 한결같았다. 이는 그에게 든든한 뒷배가 있었기 때문일 수도 있고, 정치적 자원*이 있었기 때문일 수도 있다. 뤼저우에서 갈등이 생겼을 때도 자오리춘 서기는 가오위량이 옳다는 것을 알면서도 리다캉을 린청시 서기로 보내 아예 독립적인 제후처럼 승진시켰다. 린청경제개발구를 위해 리다캉은 그 무엇도 아랑곳하지 않았다. 그는 자신의 목적을 위해 무슨 일이든 했으며, 어떤 사람이든 썼다. 하지만 당시 잘못 기용한 부시장이 부패 문제로 체포되면서 엄청나게 많은 개발상**이 도망갔다.

---

* 행동주의 정치학의 용어 가운데 하나로 정치 행위의 주체가 다른 사람의 행동에 영향을 미칠 수 있는 수단을 가리킨다. 여기에서는 정치적 영향력을 끼칠 수 있는 뒷배라든지 인간관계, 출신 배경, 뜻을 함께 하는 집단, 국민을 위한 봉사 등 다양한 수단을 가리킨다.

** 투자할 만한 항목(프로젝트)를 찾고 개발 부지를 계약하며 관련된 수속과 건설을 진행하는 장사꾼으로 투자상과 유사.

가오위량은 잠시 멈추고서 의미심장한 미소를 지었다. "이번에도 재미있지 않니? 또다시 부시장 하나가 도주했는데 도망친 개발상은 하나도 없으니!"

허우량핑은 가오위량의 말뜻을 간파했다. "선생님, 리다캉 서기가 딩이전을 몰래 도망가게 했다고 보십니까?"

하지만 가오위량은 허우량핑의 추측을 부인하며 알 수 없는 눈빛으로 제자를 바라봤다. "내가 언제 그렇게 말했니? 난 그저 지난 역사에 대해 이야기한 것뿐이야. 분석은 네가 해야지. 나는 그저 그 사람이 가끔 막무가내로 물불을 가리지 않는다고 말한 것뿐이야."

제자는 오히려 움츠러들며 말했다. "선생님, 리다캉 서기는 어쨌든 성위원회 상무위원 아닙니까? 정말 리 서기가 당의 기율과 국법을 어기고 그런 범죄를 저질렀을까요? 그건 대가가 너무 크지 않습니까?"

"그 대가가 크다고 할 순 없지. 딩이전이 체포돼 부패 사건이 터진다면 그 대가가 더 클 테니까. 지금 리디캉의 이익을 가늠하는 천칭에는 저울추가 하나 늘었어. 바로 아내 어우양징이지. 아내를 위해 리 서기가 모험을 할 수도 있지 않을까? 어우양징 문제에 리다캉이 연루되어 있지 않을까? 아 참, 네가 저번에 말했던 그 신고자, 따펑 공장의 차이청공 사장은 얼마나 큰 건을 털어놓았지?"

가오위량의 물음에 허우량핑은 애매한 대답을 했다. "그게, 심문을 한 지 얼마 안 돼서 관련 증거들이 아직 정확히 확인되지 않았습니다."

"그럼 빨리 확인을 해야지!" 가오위량은 뭔가 심사숙고하더니 입을 뗐다. "량핑아, 말이 이만큼 나왔으니 나도 숨기지 않고 말하

마. 난 적당한 때를 봐서 샤루이진 서기에게 보고를 할 작정이야. 성위원회 부서기로서 성의 책임자에게 중대한 원칙을 일러줄 의무가 있으니까. 리다캉 서기는 결코 만만한 사람이 아니야. 정치판에서 닳고 닳은 선수지. 내 생각에는 어떻게든 책임을 면하려고 가까운 시일 안에 먼저 이혼 카드를 꺼낼 것 같아."

허우량핑은 미심쩍은 듯 말했다. "선생님, 좀 더 살펴보시는 게 어떨까요? 그렇게 급할 거 있나요?"

가오위량은 진지하게 대답했다. "내 선은 내가 지킬 줄 안다. 오늘 우리가 했던 이야기는 조사 결과가 나오기 전까지는 누구에게도 말하면 안 돼. 너도 지 검찰장에게 말이야. 리다캉 서기에게 아무런 문제가 없다면 가장 좋겠지만, 만약 있다 해도 샤루이진 서기가 중앙에 보고한 후에 중앙에서 직접 조사하고 처리해야 해."

허우량핑이 고개를 끄덕였다. "알겠습니다, 선생님!"

가오위량은 다시 한 번 제자에게 주의를 줬다. "천하이의 안전에 주의해야 한다. 절대 뜻밖의 일이 일어나선 안 돼."

허우량핑은 보고하듯 말했다. "예, 선생님. 병원에는 제가 이미 인원을 배치해뒀습니다."

음식이 다 차려졌다는 우후이펀의 말에 스승과 제자의 토론은 중단되고 말았다.

20

허우량핑은 시간이 날 때면 병원을 찾아 천하이의 상태를 살폈다. 하지만 매번 올 때마다 혼수상태에서 깨어나지 못하는 천하이를 보면 마음이 아프기 그지없었다. 감정은 영혼 가운데 영원히 퇴색되지 않는 색으로 인생 전체에 깊은 흔적을 남긴다. 지금 그는 오로지 의학적 기적만을 기대했지만, 그 기적은 지금까지 일어나지 않고 있었다.

상황실에서 루이커가 허우량핑에게 한 가지 상황을 이야기했다. 시공안국에서 지창밍 검찰장에게 차이청공 체포를 승인해달라고 했다는 것이다. 허우량핑은 불현듯 알 수 없는 불안감을 느꼈다. "시공안국에서 체포를 승인해달라는 건 사건 처리권을 가져가겠다는 뜻인데. 지 검찰장님께 잠시 승인해주지 마시라고 해야겠군." 루이커는 허우량핑의 말이 무슨 뜻인지 잘 알았다. 차이청공은 직무 범죄 사건의 중요한 신고자이자 9·16 사건 당사자로 반드시 검찰원이 사건 처리권을 가져야 했다. 하지만 그녀는 잠시 뜸을 들이다가 말했다. "하지만 허우 국장님, 승인을 미뤄달라고 한들 검찰장님이 뭘 하실 수 있을까요? 어우양징에 대한 조사가 빨리 이뤄지지 않는 한 저희는 수동적이 될 수밖에 없어요."

허우량핑은 CCTV 화면을 통해 천하이의 병실을 흘깃 살피면서 말했다. "루 처장, 이러면 어떨까? 루 처장이랑 장화화 검찰관이 초과 근무를 좀 해서 단기간에 차이청공에 대한 자료를 꾸며 가능한 한 빨리 입건하는 거야. 우리 반부패국이 먼저 차이청공을 체포하는 거지. 만약 사건 처리권을 놓친다면 우리는 자오둥라이 국장에게 끌려 다닐 수밖에 없어. 게다가 자오둥라이가 무슨 명목으로 차이청공을 잡아가려 할지 모르잖아?" 루이커는 고개를 갸웃거렸다. "그쪽에서 어떻게 나올지 모르니 문제가 생길 수도 있죠. 하지만 우리가 체포할 명분이 부족한데요. 차이청공이 뇌물을 줬다는 혐의가 있긴 하지만 자수했고, 신고자의 경우에는 보통 체포하지 않는데……."

허우량핑은 루이커의 말을 지적했다. "정상적인 상황이라면 그게 맞지만 지금은 특수하잖아. 신고자의 안전을 위해, 어우양징과 딩이전의 직무 범죄 사건을 순조롭게 조사하기 위해 체포해야 한다고. 자료를 든든하게 마련하면 체포 혐의와 죄목이 시공안국을 넘어설 수도 있어. 이렇게 하면 검찰원에서 차이청공과 관련한 여러 사건을 합쳐서 처리할 수 있지 않을까? 한 가지 더 고려해야 할 특수 정황이 있는데, 차이청공이 지금 공안 병원에서 치료를 받고 있다는 거야. 이 부분도 머리를 맞대고 생각해보자고."

그때 저우정이 교대를 하러 와서 허우량핑과 루이커는 병원을 떠났다.

하지만 아직 업무에 대한 이야기를 마무리짓지 못한 허우량핑은 루이커에게 커피나 한잔하자고 했다. 두 사람은 거리 모퉁이에 있는 카페 문을 밀고 들어갔다. 가게 안은 어두운 불빛에 작은 음악 소리가 들려오고 커피 향기가 가득 했다. 창가 자리에 앉은 허우량핑은 루이커를 위해 음료와 쿠키를 주문하고 자신은 라테를 시켰다. 가로등 불빛이 루이커의 옆모습을 비췄다. 고개를 숙인 채 음료를 흔들고 있는 그녀의 모습이 몹시 우울해 보였다. 허우량핑과 시선을 마주치자 루이커가 한숨을 내쉬며 말했다. "그날 저녁 저랑 천 국장님이 여기에서 커피를 마셨거든요."

허우량핑은 위로의 말이라도 몇 마디 건네고 싶었지만 루이커는 단발을 한쪽으로 휙 넘기며 어우양징 건을 신속하게 보고했다. "차이청궁이 어우양징에게 보낸 네 장의 은행 카드는 모두 확인됐습니다. 하지만 그중 세 장은 이미 죽은 카드고, 한 장만이 아직 사용되고 있어요. 이 카드는 장구이란 명의로 2013년 3월에 개설된 계좌에 연결돼 있으며, 계좌 안에는 50만 위안이 들어 있습니다. 계좌가 개설된 뒤 3개월 동안, 즉 2013년 3월부터 6월까지 누군가가 지속적으로 22만 5000위안을 뽑아 갔고요."

"누군가가?" 허우량핑은 그 단어를 놓치지 않고 물었다.

"예. 그렇게 말할 수밖에 없어요. 아직까지 어우양징이 돈을 뽑아 갔다는 명확한 증거가 없으니까요." 루이커가 말을 이었다. "2013년 8월부터 9월까지 또 누군가가 27만 위안을 나눠서 뽑아 갔더군요. 이걸 모두 합치면 49만 5000위안입니다. 전부 현금 자동 인출기에서 뽑아 갔습니다."

허우량핑은 잠시 생각하는 듯하더니 물었다. "그럼 돈을 뽑아 가는 영상이 있겠군."

루이커가 고개를 저었다. "돈을 뽑아 가는 장면을 찍은 CCTV 영상 보존 기간이 3개월이라 지금은 남아 있지 않습니다. 어쨌든 그 카드는 물건을 사는 데에는 쓰이지 않고 현금을 빼 가는 용도로만 사용됐습니다. 돈을 뽑아 간 사람의 영상 자료나 서명은 남아 있지 않고요."

허우량핑은 이런 증거만으로는 어우양징이 자기 잘못을 인정하지 않으리라고 생각했다. 그때 루이커가 새로운 계책을 내놓았다. "카드에 남은 5000위안으로 뱀을 놀라게 하면 어떨까요? 어우양징에게는 개인 여권이 있습니다. 그건 언제든 해외로 도망갈 수 있다는 뜻이죠? 5000위안으로 그녀를 놀라게 하면 더 빨리 도망가려 하겠죠. 어우양징은 이미 사직서를 냈기 때문에 한번 중국을 뜨면 쉽게 돌아오지 않을 겁니다. 촉박한 시간 안에 금이나 은 같은 귀금속을 챙겨 짐을 싸겠죠. 그때 5000위안이 남아 있는 카드를 발견하면 돈을 인출하려 할 거예요. 일단 카드를 쓰기만 하면 증거가 될 수 있잖아요."

허우량핑은 그렇게 생각하지 않는다는 듯 손을 저었다. "그건 너무 유치한 바람이야. 이런 때 어우양징이 카드에 남은 5000위안을 인출하길 바라자고? 어우양징이 누군가? 징저우 은행 부행장이고 리다캉 서기의 아내야. 그녀를 일반 서민처럼 대하면 안 돼. 5000위안이 보통 사람들에게는 큰돈이지만 어우양징에게는 무시해도 될 만한 껌 값이라고."

루이커는 뾰로통한 얼굴로 대꾸했다. "그러네요. 저는 어우양징도 저 같을 줄 알았죠." 하지만 루이커 처장은 불굴의 의지로 다시 말했다. "그래도 전 도박을 하고 싶네요. 어우양징도 저 같은 보통 여자고, 푼돈에 목숨을 건다고 말이에요. 만약 어우양징이 저처럼 쩨쩨하지 않다면 제가 졌다고 인정해야겠지만요."

허우량핑이 약 올리듯 물었다. "아이고, 루 처장님, 지금 우리가 져도 되는 때입니까?"

루이커가 낮은 한숨을 내쉬었다. "물론 지면 안 되죠. 검찰장님이 저희를 물어뜯으려 하실 테니까요. 그런데 성위원회 상무위원에다 시위원회 서기인 사람의 부인을 저희가 마음대로 부를 수 있

을까요? 차라리 검찰장님께…….'

"안 돼, 안 돼. 그렇게 되면 검찰장님이 곤란해져. 지 검찰장님은 신중한 성격이라 분명 우리한테 때려치우라고 할 거야." 그때 허우량펑은 눈동자를 굴리더니 아이디어 하나를 떠올렸다. "이러면 어떨까? 나랑 루 처장은 얼굴을 내밀지 말고 장화화 검찰관을 보내 방문 수사를 하는 거야. 어우양징에게 일부 기업들의 대출 상황에 대해 물어봐서 슬쩍 놀라게 하는 거지."

루이커는 눈빛을 반짝이며 박수를 쳤다. "좋은 생각인데요. 어우양징이 겁을 먹으면 분명 행동에 나설 테니까요. 그럼 우리도 수동적으로 기다리기만 하지 않고 목적을 이룰 수 있을 테고요."

이튿날 여성 검찰관 장화화가 방문 수사를 위해 징저우 은행에 들렀을 때, 어우양징은 마침 회의에 참석 중이었다. 사무실의 리 부주임은 그녀를 회의실 밖으로 불러 성검찰원 반부패국에서 어떤 여자 검찰관이 나와 일부 민영 기업의 대출 상황을 묻고 싶어 한다고 일러줬다. 이야기를 듣는 순간 수상한 낌새를 눈치챈 어우양징은 어째서 다른 사람이 아닌 자신을 찾느냐고 물었다. 리 부주임은 자기도 잘 모르겠다고 대답했다. 그러자 어우양징은 그 검찰관이 어떤 기업의 대출 상황에 알고 싶어 하는지, 혹시 따펑 의류 회사는 아닌지 신중하게 물었다. 리 부주임은 고개를 흔들며 구체적인 기업 이름은 언급하지 않고 그녀와 이야기를 나누고 싶어 한다고 말했다. 그 말에 어우양징의 얼굴이 굳었다. "얘기는 무슨……. 지금 일이 얼마나 많은데. 시간 없다고 해요! 그 검찰관이 알고 싶다는 대출 상황은 부주임이 알아서 대처하고요. 그리고 고객의 신용 대출 자료는 상업적 기밀에 속하니까 정확히 어느 기업의 신용 대출 상황을 알고 싶으면 검찰원이 정식으로 절차를 밟으라고 하세요."

회의실에 돌아온 어우양징은 더 이상 왕 행장의 기나긴 보고를 듣고 있을 수 없었다. 고개를 숙인 채 노트에 필기를 하는 척했지만 머릿속은 엉망진창이었다. 검찰원 반부패국 사람이 어째서 이런 때에 찾아왔을까? 무슨 약점이라도 잡힌 걸까? 왕따루의 회사에 문제가 생겼나? 리다캉이 누군가에게 주시를 당하고 있다더니, 나에게서 뭔가를 캐내려는 걸까?

어찌 됐든 이 땅에는 더 머물 수 없게 됐다. 한시라도 빨리 미국으로 떠나야 한다. 하지만 리다캉이 떠나기 전에 합의 이혼 수속을 마치고 가라고 압박하고 있다. 만약 허락하지 않는다면 그가 중간에서 미국에 가지 못하도록 훼방을 놓을 수도 있다. 그녀가 무슨 수로 막강한 권력을 가진 남편에게 맞설 수 있겠는가? 바로 그때 왕 행장이 기술적 문제에 대해 이야기해보라며 몇 번이나 불렀지만 어우양징은 듣지 못했다. 사람들의 시선이 쏠린 뒤에야 어우양징은 자리에서 일어나 병색이 완연한 얼굴로 말했다. "행장님, 제가 두통이 심해서 머리가 금방이라도 터질 것 같습니다……." 왕 행장이 집에 돌아가 쉬라고 말하자 그녀는 가방을 들고 회의실을 빠져나왔다.

왕따루가 제공해준 디하오위안 빌라는 어우양징이 시간이 날 때마다 들르는 곳이었다. 그녀는 종종 정원에 서서 넋을 놓거나, 목련 나무에 핀 꽃을 올려본다거나, 고개를 숙여 울타리 아래에 만개한 장미를 보며 한참이나 서 있곤 했다. 아름다운 꽃을 보노라면 잠시나마 세상의 골치 아픈 일들을 잊고 꽃밭에 스며들 수 있었다. 가끔 어디선가 시끄러운 소음이 들려오면 그녀는 꿈에서 깨어난 것처럼 온몸을 부르르 떨고서는 게으른 발걸음을 이끌고 쓸쓸히 커다란 빌라로 들어갔다.

어우양징은 생리적 나이와는 어울리지 않는 심리 상태를 갖고 있었다. 그녀는 여전히 젊은 시절처럼 사랑에 목을 매며 꿈에서 깨어나지 않으려 했다. 쉰이 넘은 나이에도 관리를 잘한 덕분에 피부가 백옥같이 희고 몸매가 늘씬했지만, 이마 위에 자리 잡은 가늘고 깊은 주름들은 감출 수 없었다. 어우양징은 특별히 〈별에서 온 그대〉라는 드라마를 좋아해 몇 번이고 병적으로 되돌려 봤다. 드라마 속 낭만적인 사랑은 그녀가 꿈꾸는 것과 꼭 같았다. 어우양징은 와인 한 잔을 들고 빌라 2층의 긴 가죽 소파에 혼자 덩그러니 앉아 길고 긴 시간을 보내길 좋아했다. 하지만 그녀는 외롭다고 느끼지 않았다. 우상인 도민준 교수와 함께 울고 웃다 보면 스스로가 드라마의 여주인공이 된 것 같았기 때문이다.

왕따루는 그런 무의미한 허구 드라마는 정신적 아편과 같다고 했고, 그녀도 그 말에 동의했다. 하지만 그녀에게 필요한 것은 바로 그런 정신적 아편이었다. 왕따루는 정신과 의사와 상담이라도 해보라고 권했지만, 그녀는 리다캉처럼 맑은 정신으로 살아야 한다면 차라리 죽겠다고 말했다. 여자로서 어우양징은 평생 남편에게서 꿈에 그리던 사랑을 얻지 못했고, 그 때문에 점점 깊은 고통에 빠졌다.

빌라에 들렀다가 집으로 오는 길에 어우양징은 줄곧 자신의 처지를 생각했다. 돌이켜보면 무엇 하나 미련이 남지 않는 것이 없었다. 사실 그녀는 대학 동기인 왕따루에게 호감이 있었다. 하지만 왕따루는 그녀에게 관심을 보이면서도 일정한 거리를 뒀다. 그런 식으로 자신이 도민준 교수가 아님을 암시하는 왕따루에게 어우양징은 상처를 받았지만, 일이 터지니 그녀는 여전히 왕따루를 찾고 기다리고 있었다. 하늘에는 이미 황혼이 물들어 있었다. 어우양징은 한참이나 정원에 멍하니 서 있었다. 마음 한편이 아파오면서 자신도 모르게 눈가에 눈물이 고였다.

왕따루가 왔을 때 하늘은 이미 어둑해져 동쪽에서 반달이 떠오르고 있었다. 어우양징은 달빛 아래에서 오늘 갑자기 검찰원에서 어떤 여자가 찾아와 일부 기업의 대출 상황을 알아야겠다고 했는데 도대체 무슨 일인지 모르겠다고 미주알고주알 떠들어댔다.

왕따루는 위험이 가까워졌다는 신호라고 확신했다. 그는 리다캉이 이미 자신에게 경고했노라고 어우양징에게 말했다. 이제 그녀가 확실히 정리해야 할 일은 두 가지다. 첫째, 리다캉과의 협의 이혼은 빠를수록 좋다. 둘째, 이혼 수속이 끝나면 시간 끌지 말고 바로 미국으로 날아가야 한다. 하지만 어우양징은 이대로 남편을 놓고 싶지 않았다. 어차피 리다캉도 소송하면 법원에서 판결해준다고 하지 않던가. 하지만 왕따루는 어우양징을 구슬리듯 말했다. "괜히 고집 피우지 마. 검찰원에서 직접 찾아왔다면 아무리 봐도 좋은 징조가 아니야. 시간 끌지 말고 오늘 밤이라도 리다캉 찾아가서 얘기 좀 하자고 해."

그 말을 듣는 순간 어우양징의 눈에서 왈칵 눈물이 쏟아졌다. 잠시 후 간신히 눈물을 멈춘 그녀는 한숨을 쉬며 말했다. "알았어. 네 말대로 이혼할게. 하지만 그 사람이랑 분명히 얘기할 게 있어……."

아내로부터 뜻밖의 전화가 걸려 왔을 때, 리다캉은 국제 컨벤션센터를 불시에 조사하고 있었다. 리 서기는 원래 신출귀몰해서 생각지도 못한 시간이나 장소에 불쑥 나타나 부하 간부들을 긴장시켰다. 리다캉은 아내에게 집에 가서 이야기하자고 말했지만 남편이 뭘 걱정하는지 아는 아내가 말했다. "걱정 마. 당신이랑 시끄럽게 싸우지 않을 거니까. 좋게 만나서 좋게 헤어져. 오늘 우리 이혼 마무리하자." 이혼이란 말을 듣자마자 리다캉은 기뻐 어쩔 줄 몰라 했다. 지금 그에게 이보다 더 좋은 소식이 어디 있는가? 만약 협의 이혼이 가능하다면 굳이 법원에 가서 자신에게 불리한 영향을 줄 수도 있는 소송을 낼 필요도 없다. 리다캉은 전화로 컨벤션 센터 둥호 호숫가 2번 정자에서 만나자고 아내와 약속했다.

이 밤은 날씨가 좋아 달빛이 호수 위에 반짝거렸다. 리다캉은 물가 정자의 등불 아래 시원한 의자에 앉아 차를 마시며 끝없는 밤하늘을 바라봤다. 밤하늘은 청명하고 별들은 눈부신 빛을 내뿜었다. 구부러진 은빛 낫처럼 하늘에 걸린 초승달은 가시도 높은 빛을 뿌리며 주위를 대낮처럼 밝게 비췄다. 어우양징이 모습을 나타내자 두 사람은 마침내 차분한 마음으로 마주했다. 달빛이 샘물처럼 세상의 온갖 걱정을 씻어냈다.

리다캉은 아내에게 권하며 차를 따랐다. "여보, 여기 와본 지 오래됐지?" 어우양징은 트렌치코트를 벗었다. "그러네. 예전에 왔을 때는 황량했는데." 리다캉은 강조하듯 말했다. "아주 오염된 땅이었지." 어우양징이 남편의 말을 거들었다. "징저우 사람 중에 여기가 낡아빠진 공장 지대였다는 것을 아는 사람은 드물걸." 그녀는 자리에 앉아 차를 마셨다. 곧 이혼을 앞둔 부부지만 지금만큼은 팽팽한 긴장감 없이 분위기가 자연스러웠다. 하지만 일중독자 리다캉은 그새를 못 참고 주절주절 떠들어댔다. "내가 여기 컨벤션 센터를 짓겠다고 결정했을 때 정부의 중점 사업이 될 줄 누가 알았겠어? 하지만 지금은 정부도 여기로 오고 개발상도 오고 있어. 지역이 개발되니까 오염도 정비할 수 있게 됐고. 덕분에 사람들도 도시의 푸른 폐를 얻었어. 봐, 이 드넓은……."

어우양징은 그의 말을 끊으며 더 이상 일에 대해 이야기하지 못하게 했다. "당신 일 얘기는 일단 시작하면 정말 끝이 없어." 그러자 리다캉은 바로 화제를 바꿨다. "그럼 우리 얘기 합시다." 어우양징은 차를 마시며 남편을 똑바로 쳐다봤다. "우리 이야기 하기 전에 왕따루 이야기부터 좀 해야겠어." 리다캉은 불편한 듯 호수를 보며 물었다. "우리 이혼이랑 왕따루가 무슨 상관이야?" 그 말에 어우양징의 눈에서 금세 불꽃이 튀었다. "왕따루가 권하지 않았다면 나 오늘 여기 안 왔어!" 리다캉은 냉정하려 애쓰며 아내에게 하고 싶은 말이 있으면 뭐든지 해보라고 했다.

지난날을 되새기던 어우양징은 그중 한 가지 일을 이야기하기 시작했다.

21년 전, 진산현의 부현장이었던 왕따루는 현장 리다캉의 가장 믿을 만한 조수이자 친구였다. 당시 리다캉은 도로를 정비하기 위해 모든 마을에서 돈을 걷어 내도록 강요했다. 그 때문에 현 사람들은 1인당 5위안의 돈을 기부해야 했는데 그마저도 없던 농부의 아내가 농약을 마시고 목숨을 끊은 사건이 일어났다. 현에서 농촌 가정은 세력이 큰 편이라 금세 문제가 커졌다. 상복을 입은 마을 사람 수백 명이 현정부 입구에 시신을 내려놓고 시위를 벌였다. 그때 왕따루는 등 떠밀려 리다캉과 현정부를 대신해 책임을 졌고, 결국 사표를 썼다. 그가 사직한 뒤 리다캉과 당시 현서기였던 이슈에시(易學習)가 5만 위안씩 각출해 왕따루에게 건넸고, 이를 종자돈으로 창업한 왕따루는 오랫동안 고생한 끝에 지금의 따루 그룹을 일궈냈다.

리다캉도 지난날을 떠올렸다. "그래, 따루는 좋은 사람이지. 하지만 당신은 그때 5만 위안을 내놓고 싶어 하지 않았잖아. 나랑 싸우고 이슈에시가 그 5만 위안을 반드시 나중에 갚아주겠다고 보증하고 난 다음에야 통장에서 꺼내줬지……."

"그래, 내가 옹졸했던 거 인정해. 그때 그 일 지금까지도 후회하고 부끄러워하고 있어." 뜻밖에도 아내는 화제를 돌렸다. "하지만 지금 당신은? 부끄럽지 않아? 따루는 당신 대신 벼락을 맞았다고. 왕따루가 없었으면 당신은 진산현에서 진즉에 낙마했을 거야. 그랬으면 지금 같은 성위원회 상무위원이나 시위원회 서기가 될 수 있었겠어? 사람이 어렵던 시절을 잊으면 안 되는 거야. 그러니까 따펑 공장 땅 좀 따루 그룹이 낙찰 받을 수 있게 해줘. 도대체 뭣 때문에 허락하지 않는 거야?"

리다캉이 씁쓸할 미소를 지으며 말했다. "어우양, 당신은 또 틀렸어. 그때 왕따루에게 줬던 5만 위안은 우리 집의 저축이었어. 전부 다 줄 수도 있었다고. 하지만 지금 내가 맡고 있는 어떤 항목도 우리 집 것은 없어. 이 리다캉이 왕따루에게 낙찰해줄 권한이 없단 말이지. 내가 만약 원칙을 어기고 낙찰해준다 치자. 그건 나를 해치고 왕따루를 해치는 일이야. 이 얘기는 이미 왕따루에게도 해줬어. 게다가 따루 그룹은 주류와 식품을 주력으로 하는 그룹이야. 부동산에 열 올릴 필요가 없다고. 정말 그 땅이 필요하면 정식 절차를 밟아서 입찰에 응하면 돼. 내가 따루에게 분명히 말했어. 좁은 길로 가지 말라고!"

어우양징이 발끈했다. "나도 알아. 왕따루가 얘기했어. 날 두고 한 얘기지? 리다캉, 내가 오늘 정확히 얘기하는데, 왕따루가 날 찾아와서 항목에 대해 부탁한 적 없어. 예전에 내가 부끄러운 짓을 했으니까 따루와 그 회사를 도와주고 싶은 것뿐이야. 어차피 우리는 오늘 협의 이혼하잖아. 당신, 내가 왕따루에게 보답할 수 있는 기회 좀 주면 안 돼?"

리다캉은 서서히 고개를 저었다. "여보, 이 이야기는 그만하지, 응?"

어우양징이 눈물을 훔치며 말했다. "그래, 그만하자. 하지만 마지막으로 한마디만 할게. 왕따루가 권하지 않았다면 나 이렇게 쉽게 당신이랑 이혼 안 했어. 잘 살아."

말을 마친 어우양징은 가방을 들고 자리에서 일어나 화강암 위로 또각또각 하이힐 소리를 내며 떠났다.

리다캉은 기분이 매우 복잡했다. 어우양징이 갑자기 협의 이혼에 동의하면서 무거운 짐을 벗게 됐지만 뭔가를 잃어버린 듯 찜찜한 기분이 점점 마음을 채웠다. 어우양징이 떠난 뒤 그는 일어나 혼자 호숫가를 배회했다. 미풍이 불자 수면에 거꾸로 비친 초승달 그림자가 은빛으로 부서져 뭍으로 밀려 왔다. 왕따루 때문에 이혼하기로 마음먹었다는 아내의 말을 떠올리니 더욱 옛 동료이자 친구에게 미안한 기분이 들었다. 괜한 의심으로 오랫동안 왕따루와 제대로 연락도 하지 않고 냉대만 했으니 정말 못할 짓을 저지른 게 아닌가.

잠시 생각에 잠긴 리다캉은 호수를 훑어보다가 조용히 휴대전화를 들었다. "따룬가? 고맙네. 같은 그룹에서 함께 일했던 친구이자 동료로서 나를 좀 더 이해해주면 좋겠어……."

하지만 왕따루는 한 마디 대꾸도 없이 전화를 끊어버렸다. 리다캉은 인내심을 발휘해 다시 한 번 전화번호를 눌렀다. 결국 왕따루가 전화를 받았다.

"따루, 이제는 내 전화도 안 받으려는 건가?"

왕따루는 코웃음을 치며 말했다. "나보고 좁은 길로 가지 말라고 하지 않았나? 그래서 좁은 길을 아예 끊으려는 거네!"

리다캉이 진지하게 이야기했다. "따루, 내 말에 오해가 있었던 것 같네. 아마도 내가 자네 감정을 상하게 했겠지. 돌이켜보면 자네가 진산에서 사직하고 21년 동안 한 번도 나를 찾아와 부탁한 적이 없지 않은가. 그런데 이번 광밍호 개발은……."

왕따루는 매우 무례하게 그의 말을 끊었다. "리 서기, 이번 광밍호 개발은 정말 너무 불공평하네! 내가 어우양징 앞에서 불평한 건 공평한 대우를 받고 싶다는 뜻이었고, 딩이전이 너무 지나치지 않길 바란 거였어. 리 서기, 딩이전이 자네 뒤에서 무슨 짓을 했는지 아나? 이제 와서 보니 자네가 사람을 잘못 썼다는 게 드러났지 않나! 자네는 광밍호(光明湖) 개조 항목을 진행하고 있지만 현실은 하나도 광명(光明)하지 않구먼! 까매도 얼마나 까만지 뒷거래가 너무 많아서 우리 같은 보통 기업들은 공평한 시장 경쟁을 할 수 없는 환경이란 말일세!"

"그래, 그래. 그 점은 내가 이미 알고 있어……."

왕따루는 좀처럼 감정을 가라앉히지 못했다. "자네는 나를 무슨 도둑처럼 취급해서 내 마음을 다치게 했어. 자네가 지난날을 돌아봤다니, 내가 공직에서 내려온 뒤 21년 동안 단 한 번도 자네를 찾아가 부탁한 적이 없다는 걸 알 거야. 자네, 내가 왜 그런 줄 아나? 자네는 나 같은 장사꾼이 자네 같은 고관을 진창에 빠뜨리지 않을까 염려하겠지만 나는 행여 자네 같은 고관이 나 같은 장사꾼을 연루시키지 않을까 걱정한다고! 고관 모가지가 날아갈 때 얼마나 많은 장사꾼이 함께 처벌 받는지 숱하게 봐왔으니까!"

리다캉은 휴대전화를 꼭 쥐며 탄식했다. "맞는 말일세. 내가 자네를 오해했군. 나중에 술 한잔 사면서 꼭 사죄하겠네! 그래, 우리 뤼저우에 있는 이슈에시도 불러서 셋이 코가 삐뚤어지게 마셔보세!"

"알겠네, 다캉. 그럼 소식 기다리지." 휴대전화 너머에서 드디어 호의적인 대답이 들려왔다.

21

　루이커는 몹시 분노했다. 관리의 아내랍시고 어우양징이 오만하게 군 탓에 장화화는 징저우 은행 접견실에서 오후 내내 기다리다가 결국 그녀의 얼굴 한 번 보지 못했다. 이렇게 안하무인일 수가 있나! 가만히 생각할수록 더 화가 났다. 풀을 건드려 뱀을 놀라게 할 생각이었는데, 놀라기는커녕 오히려 그들을 비웃었을지도 모른다고 생각하니 짜증이 솟구쳤다.

　아침 일찍 허우량펑은 검찰원 운동장에서 평행봉 운동을 하고 있었다. 하얀 러닝셔츠를 입은 그의 가슴과 팔에 성난 근육이 올라왔다. 밤새워 일한 루이커는 운동장 평행봉 앞에 찾아와 어우양징을 직접 소환해 차이칭공의 신고 내용이 맞는지 신문하면 어떻겠느냐고 제안했다. 무엇보다 어우양징의 개인 여권을 압수하는 게 중요했다.

　허우량펑은 지금이야말로 행동에 나서야 할 때라고 생각했다. 어우양징에게는 비자가 발급된 여권이 있다. 이럴 때 행동에 나서지 않았다가 어우양징이 딩이전처럼 도망친다면 그 모든 책임은 그의 몫이 될 게 뻔했다. 허우량펑은 과감히 루이커에게 어우양징의 출국을 금지시키라고 명령했다.

　그 말에 루이커는 다시 한 번 확인했다. "허우 국장님, 그럼 저희가 오늘 어우양징과 접촉하는 겁니까?"

허우량핑은 평행봉에서 뛰어내려와 서둘러 걸어가며 말했다. "그럽시다. 장화화 조에게 행동에 나서라고 하세요!"

어우양징과의 정면 대결은 이렇게 시작됐다. 그러나 허우량핑과 루이커는 어우양징과 접촉하기 위해 움직이자마자 리다캉과 마주쳐 원래의 구상을 훨씬 뛰어넘는 대작을 상연하게 됐다. 이 대작은 H성 정계를 경악케 했으며, 겹겹의 흑막 한 귀퉁이를 찢어버렸다.

공교롭게 그날 오전 장화화가 명령을 따라 두 여성 동료와 징저우 은행에 어우양징을 소환하러 갔을 때 새로운 상황이 벌어졌다. 소식이 없던 은행 카드 한 장이 기적처럼 사용된 것이다. 성검찰원의 감시 요원은 몇 분 전 한 명품 쇼핑몰에서 이 카드로 5030위안이 결제됐다는 소식을 받았다. 상황을 지휘하고 있던 루이커는 장화화에게 바로 쇼핑몰에 가 증거를 확보하라고 명령했다. 또한 목표인 어우양징을 발견하면 즉각 체포하라고도 했다.

지시를 받은 장화화는 바로 쇼핑몰로 향했다. 하지만 이리저리 인파에 떠밀려 다녀야 하는 쇼핑몰 안에서 어우양징을 찾기란 결코 쉽지 않았다. 장화화는 수하 간경 두 명에게 따로따로 1층을 뒤지게 하고, 자신은 바로 2층으로 향했다. 그런데 위로 올라가는 에스컬레이터에서 양손 가득 쇼핑백을 든 어우양징이 반대편 에스컬레이터를 타고 내려가는 장면을 목격했다. 심지어 두 사람은 스쳐 지나면서 눈빛을 마주쳤다. 장화화를 알아본 어우양징이 번개같이 에스컬레이터 계단을 밟으며 내려갔다. 이 모습을 본 장화화는 올라가는 에스컬레이터에서 거꾸로 내려가 사람들을 밀치고 매장 문 밖으로 쫓아갔지만, 어우양징이 한발 빠르게 주차장에서 자신의 BMW 자동차를 타고 쌩하니 대로로 달려 나간 후였다.

장화화도 검찰 경찰차를 타고 서둘러 주차장을 빠져나갔다. 더불어 그녀는 이어마이크로 루이커에게 보고했다. "루 처장님, 어우양징이 저를 알아보고 부리나케 도주했습니다. 지금 어우양징을 바짝 뒤쫓고 있는데 수하들이 아직 쇼핑몰에 있어 저 혼자뿐입니다!"

빠른 걸음으로 복도를 걸어가던 루이커는 마침 보고를 하려고 허우량핑의 사무실 앞에 도착해 이어마이크에 대고 말했다. "알았어, 화화. 꽉 물고 있어. 금방 지원 보내줄 테니까!"

그때 맞은편에서 걸어오던 지창밍이 물었다. "루 처장, 무슨 지원을 보낸다는 건가?"

루이커는 깜짝 놀라지 않을 수 없었다. 고관 부인과의 정면 대결에 대해서는 허우량핑이 아직 검찰장에게 알리지 말라고 했기 때문이다. 당황한 루이커는 아무렇지 않은 척 대충 둘러댔다. "아, 조무래기 하나 잡으려고요."

지창밍은 의심스러운 듯 고개를 갸웃거렸지만 이내 그녀를 지나쳐 갔다.

사무실에 들어간 루이커는 허우량핑에게 즉각 새로운 상황을 보고했다. "목표가 지금 급하게 도주하고 있습니다. 아마 시위원회 집으로 돌아갈 것 같은데 어떻게 해야 할지 지시해주십시오. 장화화 검찰관에게 지원을 더 붙여서 리다캉 서기 집 앞에서 죽치고 기다려야 할까요?" 허우량핑은 쓴웃음을 지었다. "정말 성위원회 상무위원이자 시위원회 서기의 집으로 도망갔다 해도 거기에 가서 사람을 잡을 수 있겠어?" 루이커는 목소리를 높였다. "그러니까 지시를 해달라고 하는 거잖습니까? 안 그래도 방금 전에 검찰장님이랑 마주쳤는데 무슨 일이냐고 물으셨는데요." 허우량펑이 깜짝 놀라며 물었다. "검찰장님께 뭐라고 얘기했나?" 루이커는 샐쭉한 얼굴로 말했다. "뭐라고 하겠어요? 검찰장님을 놀라게 해드릴 순 없잖아요." 허우량펑은 고개를 끄덕였다. "잘했어." 그는 잠시 사무실 안을 왔다 갔다 하다가 어항 앞에 멈춰 서서 몇 번이나 고개를 돌려 금붕어를 쳐다봤다.

천하이의 자리를 이어받은 허우량펑은 그의 사무실 안 모든 물건을 그대로 남겨뒀다. 하지만 천하이가 세심하게 금붕어며 화분을 관리했던 것에 비해 허우량펑에게는 그런 취미가 없었다. 어항 안의 물은 이미 탁해져 된장국처럼 돼버렸고, 녹색식물들은 잎이 누렇게 돼 봄기운이 완연했던 사무실에 가을빛이 내려앉았다. 허우량펑은 금붕어 먹이를 긁어모아 물속을 헤엄치는 금붕어에게 뿌려줬다.

마냥 기다릴 수 없는 루이커가 언성을 높였다. "국장님, 말씀 좀 하세요. 장화화 검찰관이 지원을 기다리고 있다고요!"

그제야 허우량이 입을 뗐다. "차이청공이 어우양징에게 보낸 카드가 사용된 게 확실한가?"

"확실합니다! 장화화 조의 두 사람이 지금 쇼핑몰에서 증거를 확보하고 있습니다."

허우량펑은 드디어 결심이 선 듯 마지막 남은 먹이를 어항 안에 뿌리고 손을 탁탁 턴 뒤 재빨리 제복을 입었다. "좋아, 그럼 갑시다. 지원 나가야지!"

루이커는 허우량펑의 뜻밖의 행동에 눈이 휘둥그레져 물었다. "국장님이 직접 가시려고요?"

허우량펑은 서둘러 문밖으로 나가며 말했다. "물론이지. 어우양징 뒤에는 엄청난 인물이 있지 않나!"

두 사람은 검찰 경찰차를 타고 시위원회 숙소로 향했다. 정오 무렵인데도 도로에는 출퇴근 시간처럼 차들이 꼬리에 꼬리를 물었다. 요 몇 년 사이 차량의 증가 속도가 얼마나 빠른지 비 온 뒤 숲속의 버섯처럼 하룻밤 사이에 엄청나게 늘어났다.

루이커는 여전히 이 일을 지 검찰장에게 보고해야 하는 것이 아닌지 걱정했다. 그러자 허우량펑이 말했다. "지금 뭐라고 보고하나? 또 늦어버리면 어떡하고? 상황이 좀 더 확실해지면 얘기하자고." 루이커가 쓴웃음을 지었다. "정말 성위원회 지도자의 집에 가서 사람을 잡는 건가요?" 허우량펑은 허리를 곧추세우며 말했다. "증거가 있다면 못할 게 뭐 있겠어. 처음 이 제복을 입었을 때 국가와 국민, 헌법과 법률에 충성하겠다고 맹세했잖나!"

관건은 증거 확보였다. 허우량펑은 상황이 어떻게 됐는지 확인하도록 했고, 루이커가 받은 보고는 그다지 희망적이지 않았다. 어우양징이 카드를 긁은 매장에 CCTV가 없어 현장 요원들이 애쓰고 있지만 아직 확실한 증거를 확보하지 못했다는 것이다. 허우량펑은 굳은 얼굴로 중얼거렸다. "젠장!"

그 시각 어우양징의 기분은 허우량펑보다 만 배는 더 엉망진창이었다. 세상에 시간을 되돌릴 수 있는 약이 있다면 그녀는 어떤 대가를 치르든 사고 싶었다. 본래 그녀는 오후에 리다캉과 이혼 수속을 마치고 저녁에 마지막 식사를 한 뒤 비행기를 타고 중국을 떠날 계획이었다. 그러나 오전에 빈 시간이 생기자 몹쓸 고질병이 도지고 말았다. 예쁜 옷이라도 몇 벌 사서 미국에 가고 싶어진 것이다. 외국에 나가면 사치를 부리기 어려울 테니 여기에서 예쁘고 비싼 옷을 사 가면 좋지 않겠는가! 귀신에 홀리기라도 한 듯 그녀는 자주 가던 명품 쇼핑몰에 갔다.

2만 위안이 넘는 가격표가 붙어 있는 가을 옷이 마음에 든 어우양징은 차이청공이 보내줬던 카드로 5030위안을 계산하고 나머지 1만 6000위안을 자신의 카드로 긁었다. 계산원이 영수증을 내밀었을 때 어우양징은 '장구이란'의 이름으로 서명했다. 그때 그녀는 치명적인 실수를 저질렀지만 전혀 눈치채지 못했다. 에스컬레이터를 타고 내려오다가 어제 은행에 찾아와 기다리던 검찰원 아가씨를 발견한 뒤에야 어우양징은 불현듯 깨달았다. '맙소사, 내가 미행당하고 있어!' 당시 그녀의 머릿속에는 한 가지 생각밖에 없었다. '도망쳐야 돼! 지금 눈앞의 위기를 벗어나면 오늘 밤 중국을 뜰 수 있어!'

어우양징은 앞뒤 가리지 않고 차를 몰아 도망친 후에 바로 리다캉에게 연락해 당장 집에 와 이혼 수속을 마쳐야 한다고 외쳤다. 본래는 오후에 수속을 마치고 저녁에 식사를 같이 할 예정이었지만 이제는 상황이 완전히 달라졌다. 리다캉은 곧 회의가 시작된다며 곤란해했다. 어우양징은 금방이라도 미칠 것 같았다. "올 거야 말 거야? 안 올 거면 말아!" 뭔가 이상한 분위기를 감지한 리다캉이 서둘러 말했다. "알았어. 바로 갈게, 바로!"

어우양징은 집에 도착하자마자 허둥지둥 짐을 싸기 시작했고 텐싱즈가 옆에서 도왔다. 텐싱즈는 아쉬운 듯 물었다. "사모님, 정말 가시는 거예요?" 그러자 어우양징이 대답했다. "정말 가! 아, 싱즈, 여기 옷 몇 벌은 자기 줄게." 텐싱즈는 어쩔 줄을 몰라 했다. "저번에 주신 옷도 다 입지 못했는데……"

짐을 다 쌌을 무렵 리다캉이 도착했다. 일 처리가 세심한 그는 이미 민정국* 국장에게 연락해 두 명의 민정국 간부와 집으로 돌아와 바로 이혼 수속을 진행했다. 어우양징은 수속을 하면서 고개를 절레절레 흔들고 한숨을 내쉬었다. "리다캉, 이혼이나 한다고 해야 업무를 내팽개치고 집으로 바로 오네! 자, 난 서명했어." 리다캉은 아내가 건넨 이혼 합의서를 대강 훑어본 뒤에 펜을 꺼내 서명하고 민정국 간부에게 건네줬다.

간부 중 한 사람이 물었다. "리 서기님, 어우양 부행장님, 두 분 사진 있으십니까?" 어우양징은 미리 준비해둔 사진을 그에게 건넸다. 민정국의 두 간부는 그 자리에서 바로 두 사람의 이혼증을 만들었다.

민정국 간부가 증명서 나머지 부분을 표기하고 철인을 찍을 때 리다캉이 물었다. "당신 그런데 왜 이렇게 갑자기 가려는 거야?" 어우양징은 얼렁뚱땅 대답을 했다. "싼 비행기표를 찾았는데 오늘 거라서." 그 말에 리다캉은 별다른 의심을 하지 않았다. "그랬군. 그럼 점심이라도 같이 먹읍시다." 그 순간 어우양징은 절묘한 수를 떠올렸다. "그것도 좋지. 당신, 그러지 말고 나 공항에 좀 데려다줘. 공항에서 먹으면 되잖아." 하지만 리다캉은 마땅치 않다는 듯 말했다. "공항에 뭐 맛있는 게 있다고. 값만 비싸지 자리도 좋지 않잖아." 그러자 어우양징이 황급히 말했다. "그럼 밥은 안 먹어도 되니까 공항에만 데려다줘." 이상한 분위기를 눈치챈 리다캉이 그녀를 빤히 보며 물었다. "어우양, 당신 오늘 왜 그래? 무슨 일 있어?" 어우양징은 긴장되는 마음을 애써 감추며 말했다. "일은 무슨. 그냥 딸이 보고 싶어서 그러지."

---

* 사회행정업무를 주관하는 부문으로 혼인 신고나 이혼 신고도 담당한다.

잠시 뒤 H성위원회 상무위원이자 징저우시서기 리다캉은 이혼한 아내를 징저우 국제공항으로 데려다주기 위해 관용차에 올라탔다. 그때 리다캉은 검찰원에서 나온 경찰차가 멀지 않은 거리에서 자신의 차를 주시하고 있다는 사실을 알지 못했다. 하지만 수상한 전처의 모습은 어쩐지 그를 불안하게 만들었다. 차를 타고 가는 내내 어우양징은 수시로 백미러를 쳐다봤다. 그녀의 얼굴에는 초조한 기색이 역력했다. 리다캉은 그런 어우양징을 보며 뭔가가 잘못됐음을 느꼈다. 특히 방금 전 어우양징의 요구는 조금 지나치지 않았는가.

"다캉, 우리 부부 인연도 이렇게 끝났는데 나 비행기 타는 것까지만 보고 가면 안 돼?"

리다캉이 의심스러운 듯이 물었다. "당신, 나한테 뭐 숨기는 일 있어?"

어우양징은 아무렇지 않은 척하며 말했다. "당신 무슨 생각 하는 거야? 무슨 일이 있겠어? 설사 나한테 무슨 일이 있다 해도 당신이랑은 상관없잖아. 어차피 우린 이혼한 사이인데……."

차창 밖으로 휙 녹화지대가 지나갔다. 희미한 초록빛 나뭇잎이었다.

장화화의 감시 보고를 받은 허우량핑은 공항 톨게이트를 차단하기로 했다. 당시 허우량핑이 탄 경찰차는 중산로에 있었지만 바로 방향을 틀어 공항으로 가는 고속도로로 향했다. 도시와 농촌이 교차되는 곳에서는 무슨 일이 일어났는지 큰 차, 작은 차 할 것 없이 꽉 막혀 긴 꼬리를 물고 있었다. 허우량핑은 초조하게 손바닥을 비벼댔다. 다행히 길을 잘 아는 운전사가 골목골목 좁은 길을 돌고 돌아 그나마 늦지 않게 고속도로를 탈 수 있었다. 허우량핑과 루이커는 그제야 한숨을 돌렸다.

"어우양징, 정말 대단하네요. 리다캉을 움직여 직접 공항에 데려다달라고 하다니. 지난번 딩이전의 도주는 은밀히 진행하더니 이번에는 대놓고 데려다주네요." 루이커의 말에 허우량핑이 대꾸했다. "루 처장 말은, 지난번 딩이전을 도주시킨 사람이 바로 리다캉이다?" 루이커는 격하게 확신했다. "리다캉 서기가 아니라면 누구겠요?" 허우량핑은 고개를 갸웃거렸다. "루 처장, 난 그렇게 생각하지 않아. 오늘 상황과 그날 밤은 서로 다른 일처럼 보여." 루이커는 지금이라도 지창밍 검찰장에게 보고해 이 일을 성위원회에 보고하게 하는 것이 어떠냐고 제의했다. 하지만 허우량핑은 즉각 반대했다. "지금은 더더욱 보고할 수 없어. 리다캉은 성위원회 상무위원이라서 그를 움직이려면 중앙의 허가가 필요해. 하지만 그건 우리의 권한 밖이고 또 통제 범위도 넘어서는 일이야. 우리가 지금 사건을 해결하려면 리다캉이 아내의 범죄 혐의와 아무런 관련이 없다고 가정해야 해. 그래야 범죄 혐의자 어우양징을 잡을 수 있다고."

그때 명품 쇼핑몰에 있던 수사관들이 전화로 증거를 확보했다는 희소식을 알려왔다. 매장 계산원이 어우양징의 사진을 보더니 그녀가 사용한 카드가 맞다고 확인해줬다. 그녀는 두 개의 카드를 사용하면서 한 장의 영수증에는 장구이란 이름으로, 다른 한 장의 영수증에는 어우양징의 이름으로 서명했다. 2만 위안이 넘는 비싼 옷을 사면서 뇌물로 받은 카드의 돈이 부족하자 자신의 카드를 긁은 것이다.

허우량핑은 쾌재를 불렀다. "됐어! 이제야 증거가 확실해졌군!" 그러자 루이커가 물었다. "그럼 바로 강행하면 되는 겁니까? 리다캉 서기의 차에서 어우양징을 잡아도 될까요?" 허우량핑은 여유로운 미소를 지었다. "그러지. 그러려고 내가 직접 나온 것 아닌가."

경찰차가 드디어 공항 톨게이트에 도착했다. 루이커는 다시 한 번 확인했다. "국장님, 다시 한 번 생각해보시죠. 정말 이렇게 해도 됩니까?" 허우량핑이 단호하게 말했다. "해도 되지 않을 게 뭔가? 우리는 법률에 따라 어우양징을 소환하는 거라고." 루이커는 불안한 듯 물었다. "만약 리다캉 서기가 어우양징을 내주지 않으면 여기서 대치해야 합니까?" 허우량핑은 이미 전체적인 그림을 그린 듯 말했다. "그런 일이 있을 거 같나? 리다캉은 정치가야. 이 상황이 자신의 정치에 미칠 영향을 고려하지 않을 수 없을 거라고. 난 성위원회 상무위원이자 징저우시서기인 그가 이런 장소에서 기꺼이 우리와 대치할 거라고 믿지 않네. 한발 양보해 리 서기가 아내를 구하려 한다 해도 뒤에서 작업하지 우리 앞에서 맞서려 하지 않을 거야. 아마 차에서 내리려 하지도 않을걸." 그러나 루이커는 여전히 걱정이 됐다. "만약에, 제 말은 만약에 리다캉 서기도 국장님처럼 보통이 아니면요?" 허우량핑은 코웃음을 쳤다. "그럼 잘된 일이지. 내가 바로 샤루이진 성서기께 전화해 보고 드리면 되지 않나?" 루이커는 뭔가 더 말하고 싶었지만 허우량핑이 손가락을 세워 그녀를 멈추게 했다. "루 처장, 이제 그만합시다. 문제가 생기면 내가 책임지겠네!"

그때 리다캉의 차도 톨게이트에 이르렀다. 허우량핑은 차에서 내린 뒤 손바닥을 펼쳐 차를 세우라는 몸짓을 했다. 리다캉의 승용차가 천천히 멈춰 섰다. 뒤따라온 장화화의 경찰차도 리다캉의 차 왼편에 섰다. 잠시 뒤 리다캉의 운전기사가 내리더니 허우량핑과 루이커 앞에 다가와 언성을 높였다. "당신들 뭐 하는 거야? 이게 누구 차인지 알아?" 허우량핑이 담담히 대답했다. "우리가 소환할 어우양징 씨가 이 차 안에 타고 있다는 것만 압니다." 운전기사는 어이가 없었다. "그분이 누구 부인인지 모르진 않을 거 아뇨?" 허우량핑이 말했다. "어우양징 씨가 누구 부인인지는 우리 검찰원의 사건 처리와 아무 관련이 없습니다." 루이커가 설명하듯 말했다. "어우양징 부행장을 신고한 사람이 있어서 여사님과 이야기를 나눠야 할 것 같습니다." 운전기사는 오만한 태도로 말했다. "이보쇼! 어우양징 부행장님은 시위원회 리다캉 서기님의 부인이셔. 이 차는 리다캉 서기님의 차고!"

허우량핑은 가까이서 차를 흘깃거리더니 대수롭지 않다는 듯 말했다. "지금 이 차 안에 리다캉 서기님이 계시는지 모르겠지만 만약 계시다면 보고 좀 해주십시오. 우리는 공무 집행 중이니까 협조 부탁드린다고 말입니다." 그런 다음 그는 먼저 운전기사에게 신분증과 소환장을 보여줬다. "이건 제 신분증이고 저는 성검찰원 반부패국 국장 허우량핑이라고 합니다. 이건 소환장이니까 리 서기님과 어우양징 부행장께 한번 보시라고 전해주십시오."

쌍방이 협상하고 있는 동안 리다캉이 탄 차의 창문은 꽉 닫혀 있었다. 짙은 차 유리를 사이에 두고 있지만 차 안의 리다캉과 어우양징이 얼마나 침울한 얼굴일지 다 보이는 듯했다. 훗날 루이커는 그때 검찰관 제복을 입은 채 신분증을 보여주는 허우 국장의 늠름한 모습이 마치 법률의 화신 같았다고 말했다. 그 모습은 리다캉의 머릿속에도 평생 잊을 수 없는 깊은 인상을 남겼다.

사실 당시 리다캉도 허우량핑에게 평생 잊을 수 없는 순간을 선사했다. 뜻밖에도 전용차의 창문이 서서히 열리기 시작한 것이다. 전용차 뒷자석에 앉은 리다캉은 차가운 눈빛으로 한 마디 말도 없이 허우량핑을 응시했다. 오랫동안 높은 자리를 지켜온 노련한 고위 관료는 화를 내지 않으면서도 카리스마를 드러냈다. 그의 얼굴에는 표정이 없었지만 안경 뒤편의 미간에는 내 천 자가 깊게 새겨져 지금 이 순간 자신이 얼마나 화를 억누르고 있는지 보여줬다. 고위 관료의 매서운 눈길만으로도 허우량핑은 압박감을 느꼈다. 권위란 본래 장소와 대상에 따라 가장 적당한 방식으로 표현돼야 하는데, 그 순간의 엄숙한 침묵이야말로 권위를 표현하는 좋은 방식이었다.

허우량핑 역시 피하지 않고 냉정한 눈빛으로 리다캉을 똑바로 바라봤다. 그는 자신이 결코 눈길을 피하면 안 된다는 것을 잘 알았다. 이는 법률과 권력의 대결이었다. 만약 그가 눈빛 속에 나약함을 드러낸다면 권력은 야수처럼 달려들 테고 법률은 와르르 무너질 것이다. 1초, 2초, 3초, 4초…….

결국 어우양징이 먼저 대치 국면을 깨고 반대편 문을 열어 천천히 차에서 내렸다. 장화화와 여성 경찰 둘이 다가갔다. 장화화는 엄숙한 표정으로 말했다. "어우양징 부행장님, 가시죠."

어우양징은 뒤를 보며 전용차 안의 전남편에게 마지막으로 손을 흔들더니 검찰 경찰차에 올라탔다. 장화화와 여경 하나가 그녀를 가운데 두고 경찰차 뒤편 양쪽 자리에 앉더니 이내 톨게이트를 떠났다.

돌아오는 길에 루이커는 한숨을 돌리며 말했다. "국장님 판단이 옳았어요. 리다캉 서기는 차에서 내리지 않더군요." 허우량핑은 담담하게 대꾸했다. "하지만 뜻밖에도 리 서기는 차창을 내려 내게 분명한 경고를 줬어." 잠시 말이 없던 그는 다시 입을 뗐다. "단순히 경고만 하는 게 아니라 아마도 검찰장님을 찾을 거야. 루 처장, 검찰장님께 전화해. 지금이 바로 보고할 때야." 루이커가 바로 휴대전화로 지창밍의 사무실에 전화를 걸었지만 통화 중이었다. 허우량핑은 분명 리다캉과 통화하고 있을 거라고 예측했다.

실제로도 그랬다. 그 시각 리다캉은 열불을 내며 전화로 지창밍을 질책하고 있었다. 무슨 영문인지 알 수 없는 지창밍은 대체 어떻게 된 일이냐고 물었고, 이에 리다캉이 대답했다. "당신네 사람이 내 앞에서, 내 차를 타고 있는 어우양징을 잡아갔습니다! 마치 미국 액션 영화처럼 경찰차 두 대가 공항 가는 길을 쫓아왔다고요!" 지창밍은 뜻밖의 상황에 놀라면서도 오늘 반부패국의 행동에 대해 전혀 알지 못한다고 분명하게 이야기했다. 또한 그는 어우양징 건에 대해서는 지금까지 반부패국으로부터 종합적인 보고를 받지 못 해 이번의 돌발적 사건에 대해서도 정확한 판단을 내릴 수 없다고 말했다.

훗날 허우량핑과 루이커는 낭시 지창밍이 그렇게 말한 것이 결코 리다캉 앞에서 자신의 결백을 주장하려는 의도가 아니었다고 분석했다. 사태를 파악한 지 검찰장은 그날 매우 의미 있는 반격을 선보였다. 말머리를 돌려 강한 태도로 리다캉에게 맞선 것이다. "하지만 리 서기님, 서기님 말씀대로 허우 국장이 공항 가는 길을 쫓아왔다면 어우양징 부행장이 출국하려 한 게 아닙니까. 만약 정말 그랬다면 저 역시 출국을 막도록 명령을 내렸을 겁니다. 어쨌든 신고가 들어왔는데 조사해야 할 것 아닙니까." 그러자 리다캉이 한결 누그러진 목소리로 말했다. "어우양징에게 문제가 있다 해도 정치적 영향을 고려해야 하지 않습니까. 나와 어우양징의 관계는 아마 검찰장께서도 들어봤을 겁니다. 오늘 내가 말하려는 건, 나와 어우양징은 이미 이혼했습니다. 이혼 수속을 마치고 그 사람이 배웅 좀 해달라고 하는데 내가 거절할 수 있겠습니까?" 이에 지창밍이 말했다. "리 서기님, 그렇다면 어우양징 부행장이 서기님과 서기님의 차를 이용한 것 아닙니까?" 그러자 리다캉이 대꾸했다. "그렇다면 오늘의 상황은 내가 자청한 것이군. 그럼 그 일에 대해서는 더 이상 말하지 않겠습니다. 하지만 이후로는 법에 따라 일을 처리해주십시오. 정법계니 무슨 계파니 하는 거에 영향 없이 내 전처 어우양징이 공정하게 조사받도록 해달란 겁니다." 리다캉의 염려가 무엇인지 눈치챈 지창밍은 아예 툭 터놓고 이야기했다. "허우량핑 국장을 걱정하시는 겁니까? 그 부분에 대해서는 해명을 좀 해야 할 것 같습니다. 허우량핑이 가오위량 서기 제자인 것은 맞지만, 가오 서기 덕분에 저희 검찰원에 내려온 것은 아닙니다. 또한 그 친구는 어우양징 부행장에게 어떤 선입견도 갖고 있지 않습니다." 그 말에 리다캉의 목소리가 한결 부드러워졌다. "그럼 다행입니다. 적어도 지 검찰장은 정법계가 아니시니 내 그 말씀 그대로 믿겠습니다." 지창밍은 정중하게 말했다. "리 서기님, 허우량핑 국장과 저희 반부패국도 믿어주십시오. 그 친구들 중 누구도 사사로운 정에 얽매여 법을 어길 사람은 없습니다. 오늘 있었던 일에 대해서는 허우량핑 국장과 반부패국이 서기님에게 명확한 설명을 드리라고 지시하겠습니다." 리다캉은 공세를 멈추고 말했다. "그럴 필요 없습니다. 지 검찰장, 내가 할 말은 검찰장과 다 했습니다."

이 전화가 끝난 뒤 바로 루이커의 전화가 걸려 와 보고를 하겠다고 말했다. 지창밍은 즉각 그녀를 질책했다. "이제 와서 보고를 하시겠다? 그동안은 뭘 하고?" 루이커는 해명하듯 말했다. "굉장히 갑작스럽게 벌어진 일이라 당시에 너무 긴장해서 다들 정신이 없었습니다. 아니면 허우량핑 국장이 직접 보고하라고 할까요?" 지창밍은 단호하게 말했다. "보고는 무슨, 둘 다 내 사무실로 와!"

얼마 지나지 않아 두 사람은 검찰장의 사무실로 들어왔다. 허우량핑은 내심 안절부절못했다. 이렇게 큰 사건이 주요 간부도 모르는 상황에서 일어나다니, 사실 말도 안 되는 일이다. 솔직히 징저우에 내려와 함께 일을 하면서 허우량핑은 마음으로부터 지창밍을 존중했다. 진중하고 너그러운 검찰장의 모습이 꼭 형님 같았기 때문이다. 물론 허우량핑의 기준에서 보면 형님이란 사람은 좀 보수적이고 진부한 데가 있긴 하지만, 손오공처럼 어디로 튈지 모르는 그에게는 삼장법사처럼 자신을 진정시켜줄 사람이 필요했다. 그 때문에 허우량핑은 검찰장이 뭐라고 퍼붓고 욕을 해도 웃는 낯으로 깊이 반성할 작정이었다.

하지만 뜻밖에도 지창밍은 그를 욕하지 않았다. 다만 그들이 할리우드 액션 영화의 대단한 주인공 같다며 비꼬듯 말했다. 루이커는 얼렁뚱땅 상황을 넘겨보려 했다. "어우양징 하나 소환하려던 것뿐인데 할리우드 영화라뇨. 검찰장님, 과장이 심하시네요." 허우량핑이 진지하게 고개를 끄덕였다. "맞습니다. 저희는 법에 따라 처리하려 한 것뿐입니다." 하지만 지창밍은 계속 빈정거리면서 말했다. "너무 겸손하지 않나? 그게 미국 액션 영화가 아니면 뭔가? 경찰차 두 대가 줄곧 리다캉 서기의 전용차를 쫓아 공항까지 따라갔다면서!" 그는 루이커를 보면서도 비꼬듯 말했다. "이게 자네가 말한 조무래기인가?" 허우량핑이 번서 나서서 잘못을 털어놓았다. "루 처장 잘못이 아닙니다. 제가 그렇게 해야 한다고 주장

279

했습니다." 그러자 지창밍은 불같이 화를 내기 시작했다. "허우 국장, 내가 자네 속을 빤히 아는데 또 제멋대로 구는 건가? 리다캉은 어찌 됐든 성위원회 상무위원이고 징저우시서기야. 자네들이 경찰차 두 대로 그렇게 쫓아가면 정치적 영향이 없을지 생각도 안 해봤나?" 허우량핑이 변명하듯 말했다. "정치적 영향을 생각해서 시위원회 숙소 입구에서 손을 쓰지 않은 겁니다." 지창밍은 화를 가라앉히며 성위원회와 샤루이진 서기에게 가능한 한 빨리 보고해야 하니 어떻게 된 상황인지 자세히 설명하라고 요구했다.

그제야 허우량핑은 어우양징의 출국 계획과 그들이 오늘 오전에 벌인 작전 과정을 상세히 이야기했다. 차이청공의 신고에 따르면 어우양징은 200만 위안의 뇌물을 받았고, 그중 50만 위안에 대한 증거가 이미 확보됐다. 어우양징의 특별한 신분 때문에 극도로 신중을 기했지만, 용의자의 자백 없이도 죄를 입증할 수 있다고 보았다. 자세한 사정을 듣고 난 지창밍의 낯빛이 점점 밝아졌다. 확실한 증거가 있다면 어우양징의 뇌물 수수는 결과를 뒤집을 수 없는 사건이란 감이 왔기 때문이다.

루이커가 분위기를 살피며 말했다. "검찰장님, 이 정도면 검찰장님께서 리다캉 서기에게 해명하는 데에 아무 문제 없지 않을까요?" 그 말에 지창밍은 다시 기분이 나빠졌다. "내가 해명할 게 뭐 있나?" 그는 손을 저으며 말했다. "가서 할 일들이나 해!"

검찰장의 사무실을 나온 허우량핑과 루이커는 반부패국으로 돌아와 다시 사건에 대해 이야기를 나눴다. 루이커는 리다캉이 자신의 아내에게 문제가 있다는 사실을 전혀 눈치채지 못했을 것이라고 믿지 않았다. 만약 아무 냄새도 맡지 못했다면 리다캉이 이 시점에 이혼할 이유가 무엇인가? 허우량핑의 생각은 달랐다. "아직 정확히 설명할 순 없지만 내 수사 경험과 감각에 따르면 리다캉은 상황을 몰랐을 거야. 만약 알았다면 이혼한 아내를 공항까지 바래다주지 않았겠지. 리다캉은 이성적인 정치가지 사사로운 정에 휘둘릴 만큼 정치적 머리가 없는 사람이 아니니까." 루이커는 여전히 의심스러웠다. "하지만 리다캉은 단순히 아내를 데려다준 게 아니라 차창을 내려서 국장님에게 시위를 했잖아요." 허우량핑은 웃으며 말했다. "그게 리다캉이 더 상황을 몰랐다는 증거야. 내 생각에 리 서기는 배짱이 있는 사람이야. 그러니까 생쥐처럼 단숨에 구멍에 숨지 않은 거지. 나한테 시위를 한 것도 자기 자존심을 드러낸 거고." 하지만 루이커는 그에게 주의를 줬다. "국장님, 앞으로는 조심하셔야 할 거예요. 리다캉 서기가 국장님을 얼마나 미워하겠어요?" 허우량핑은 잠시 생각하다가 입을 뗐다. "꼭 그렇진 않을걸. 오히려 나한테 감사할지도 모르지. 말은 안 하겠지만 마음속 깊이 나한테 고마워하고 있을걸."

루이커는 그의 말을 좀처럼 이해할 수 없었다. "어째서요?" 허우량핑은 빙그레 웃으며 말했다. "스스로 생각해보라고."

22

리다캉의 전용차가 공항으로 향하는 길목에서 가로막혔을 때, 가오위량은 성서기 샤루이진에게 이 동료에 관한 보고를 하고 있었다. 당시 그는 이 동료가 자신의 제자에게 치명타를 입혔다는 사실을 몰랐지만, 누가 봐도 적당한 때에 돌을 던짐으로써 자신의 입장을 솔직하고 확실하게 드러냈다.

샤루이진의 사무실에서 두 사람은 서로 마주 보고 소파에 앉았다. 시작은 늘 그렇듯 인사치레가 오고 갔다. 가오위량은 허허 웃으며 샤루이진 서기가 지난주 린청에 갔던 일을 언급했다. "듣자 하니 수확이 풍성하셨다지요?" 샤루이진은 린청개발구에 대한 만족감을 숨김없이 드러내며 리다캉을 칭찬했다. 특히 석탄 채굴로 형성된 함몰 지역을 개발에 이용한 아이디어가 탁월했다고 추켜세웠다. 가오위량은 린청개발구를 지금처럼 발전시키는 데에 리다캉의 공이 없지 않다며 어쩔 수 없이 장단을 맞췄다. 샤루이진은 전임 성위원회 서기인 자오리춘의 인재 활용 역시 칭찬했다. 그때 리다캉을 뤼저우에서 전출시키지 않고 가오위량과 함께 계속 일하게 했다면 서로 자기주장만 해 갈등이 지속됐을 테고, 발전할 좋은 기회를 놓쳤을 것이다. 샤루이진은 감격스러운 듯 말했다. "가오위량 동지, 저는 때로 1 더하기 1이 꼭 2라고 생각하지 않습니다." 가오위량이 연신 고개를 끄덕였다. "그럼요. 맞습니다. 때로는 1 더하기 1이 0보다 작기도 하지요." 샤루이진은 그 말에 웃음을 보였다. "그러니까 말입니다. 간부를 활용하는 일은 일종의 예술이지요!" 그는 불쑥 화제를 돌려 가오위량에게 물었다. "아, 가오 서기가 제게 또 아끼는 제자 치퉁웨이를 추천하시려는 건 아니겠죠?" 그 말에 가오위량은 등에 가시가 박힌 것처럼 가렵고 아팠지만 시원하게 긁을 수 없었다. "아, 아닙니다. 저는 리다캉 서기의 상황을 보고하려는 겁니다." 샤루이진은 뜻밖이라는 듯 잠시 멍하니 있다가 되물었다. "리다캉 서기에 대한 보고요? 좋습니다. 말해보세요. 뭡니까?"

가오위량은 바로 이야기를 시작하지 않았다. 그때 마침 바이 처장이 차를 내왔다. 그는 찻잔 뚜껑을 열고 천천히 향기를 맡으며 신중하게 생각하는 모습을 보였다. 사실 그는 이미 준비를 다 하고 온 터였다. 아침에 출근하자마자 사무실에 가만히 앉아 리다캉의 몇 가지 문제에 대해 몇 번이고 생각했다. 성의 1인자에게 하는 보고이니만큼 분명한 이치와 근거가 있어야 했다. 하지만 샤루이진은 만나자마자 리다캉에 대한 칭찬을 쏟아냈다. 이는 그에게 뜻밖이어서 심리적인 압박감도 생겼다. 보아하니 이 새로운 서기는 리다캉에 대한 인상이 괜찮은 모양이었다. 그렇다면 이번 보고의 난이도는 그의 예상보다 훨씬 높을 수밖에 없다.

하지만 성위원회 서기는 부서기의 상황 보고를 매우 중시하고 있었다. 게다가 보고 대상이 일반적인 인물이 아니라 성위원회 상무위원이자 세력이 막강한 시위원회 서기 아닌가. 가오위량을 바라보고 있던 샤루이진은 조금 짜증이 났다. "가오 서기, 얘기해보세요. 할 말이 뭡니까?"

가오위량은 찻잔을 내려놓고 매우 신중하게 딩이전이 도주하던 그날 밤에 대해 이야기하기 시작했다. 그가 주재했던 보고 회의에서 정보가 새어 나가는 몹쓸 일이 벌어졌다. 당시 회의에 참석했던 모든 사람들을 분석한 결과는 이렇다. "리다캉 서기에게 의문점이 많습니다. 딩이전에게 신호를 줬을 수도 있습니다."

그 이야기를 들은 샤루이진은 잠시 생각에 잠긴 듯하더니 가오위량을 바라봤다. "딩이전이 도망치던 날 밤 벌어진 상황에 대해선 나도 들은 게 있습니다. 정보가 새어 나간 게 확실하다, 그 말입니까?" 가오위량은 엄숙한 얼굴로 말했다. "공안청과 검찰원 양쪽의 결론이 모두 그렇습니다." 샤루이진은 소파 손잡이를 탁탁 두드렸다. "양쪽이 같은 결론이라면 하나부터 열까지 깨끗하게 조사해야지."

가오위량은 한발 더 나아가 설명했다. "또한 리 서기의 부인 어우양징에게는 부패 혐의가 있습니다. 허우량핑 국장이 아직 베이징에 있을 때 제게 전화를 걸어서 신고자 하나를 보호해달라고 한 적이 있는데, 그 친구가 걱정한 게 뭔지 아십니까? 징저우에서 누군가 몰래 손을 쓸까 봐 걱정하더군요. 보아하니 그 안에 숨겨진 내용이 많은 것 같습니다."

샤루이진은 바로 자신의 태도를 드러내는 대신 차를 마시기 시작했다. 도자기 찻잔 뚜껑이 잔에 부딪치자 가볍고 맑은 소리가 났다. "그 상황에 대해서는 성기율위원회로부터 보고를 받았습니다. 안 그래도 린청에 갔을 때 리 서기가 가슴을 탁탁 치며 아내의 일과 자신은 아무런 상관이 없다고 보증하더군요." 샤루이진을 보던 가오위량이 고개를 흔들며 쓴웃음을 지었다. "샤 서기님, 그런 보증을 얼마나 믿을 수 있다고 생각하십니까?" 샤루이진은 가오위량의 물음에 답하는 대신 다른 말을 했다. "가오 서기, 리다캉 서기가 아내와 얼마나 오래 따로 지냈는지 알고 있습니까?" 이에 가오위량이 대답했다. "압니다. 한 몇 년 되었지요." 샤루이진은 찻잔 뚜껑을 덮고 탁자 위에 올려놓은 뒤 의미 있는 미소를 지었다. "그럼 리다캉 서기가 이미 오래전에 감정이 식어버린 아내를 위해 모험을 할 것 같습니까? 자신의 앞날이 어찌 되든 상관없이? 리 서기가 그렇게 정에 연연하는 인사인가요?"

가오위량은 아무 대꾸도 하지 않았다. 새로운 서기가 이토록 리다캉을 보호하려 애쓰다니, 매우 뜻밖이었다. 지금 그가 할 수 있는 선택은 두 가지 중 하나다. 바로 최고 책임자의 뜻에 따라 마음을 돌려 이 보고를 무산시키거나 최고 책임자에게 나쁜 인상을 남기더라도 자기 뜻을 고수하는 것이다. 가오위량은 차를 조금 마시며 단숨에 결정 내렸다. 고수하자! 관리란 부드러운 태극권을 하는 것과 같지만, 그렇다고 늘 태극권만 할 수는 없는 노릇이다. 나랏일을 하는 관리라면 원칙적인 문제에 대해서는 입장을 견지하고, 더불어 자신만의 개성을 드러낼 줄 알아야 한다. 이는 그가 오랜 세월 동안 지켜온 꽤 효과 있는 정치적 신념이었다. 이 교수 출신 부서기는 관료 사회에서 한 번도 겁쟁이였던 적이 없다.

가오위량은 다시 입을 뗐다. "서기님, 오늘은 제가 서기님과 성위원회에 보고를 하면서 솔직하게 제 생각을 말씀드리려 합니다. 일반적인 이치로 보자면 리다캉 서기는 이해득실을 따져 아내의 지저분한 일에 발을 담그지 않았을 겁니다. 하지만 반드시 그렇다고 말하기 어려운 게, 리다캉은 리다캉인지라 보통 사람들과 생각이 달라 자주 뜻밖의 카드를 내놓곤 합니다." 샤루이진은 마치 그의 말뜻을 알아듣지 못한 것처럼 또 다른 방향으로 생각했다. "맞습니다. 리 서기는 린청에서도 이상한 카드를 내놓지 않았습니까?

누가 석탄 채굴로 함몰된 곳을 개발구로 이용할 생각을 하겠습니까? 정말 생각지도 못한 수 아닌가요?"

가오위량은 절레절레 고개를 흔들며 한숨을 쉬더니 과거 린청 개발구에서 발생했던 추문을 이야기하기 시작했다. "당시 실무를 책임지던 부시장이 쌍규를 당했고 장사꾼 수십 명이 하룻밤 사이에 감쪽같이 사라졌습니다. 이번에도 부시장 딩이전이 기묘하게 사라졌지만 광밍호 관련 개발상 중 누구도 도망간 사람은 없습니다. 서기님, 여기에도 생각지 못한 수가 있는 겁니까?" 그는 자신의 화려한 언변을 선보이며 뼈가 있는 말로 최고 책임자가 대답을 회피하지 못하게 했다.

샤루이진은 빤히 가오위량을 보며 말했다. "이번에는 한 명도 도망가지 않았다?" 가오위량은 확신에 찬 어투로 말했다. "그렇습니다, 서기님, 그뿐만 아니라 의미를 되새겨봐야 할 사건도 하나 있습니다. 9·16 사건이 있던 날 밤, 화재가 진압된 뒤 리다캉 서기는 굳이 따펑 공장을 철거하려고 시도했습니다." 가오위량은 차를 조금 마신 뒤 찻잔을 내려놓으며 자연스럽게 핵심을 지적했다. "류 성장이 정년이 다가와 곧 은퇴할 거란 사실은 누구나 다 알고 있습니다. 어쩌면 리다캉 서기가 정치적 업적을 세우려고 무리를 했을지도 모르지요."

샤루이진 서기는 깊은 생각에 빠졌다. 가오위량은 자신의 보고가 이미 효과를 발휘하고 있다고 느꼈다. 어쩌면 이 새로운 서기도 정치적 업적을 쌓지 못할 것을 걱정하는지도 모른다. 그렇다. 가오위량도 자신이 성위원회 서기라면 역시나 리다캉 같은 간부에게 관심을 보였을 것이다. 어찌 됐든 능력 있는 인재 아닌가. 그 점만큼은 상대편이라 해도 경탄하지 않을 수 없었다. 하지만 지금

이 어떤 때인가? 부패에 반대하고 청렴을 제창하는 것이 모든 일의 우선순위인 이때에 소홀함이란 있을 수 없다. 잠시 후 샤루이진 서기는 정보 누설 사건에 대해 누가 관련되어 있든 확실히 조사하라고 지시했다. 리다캉이 정보를 누설해 딩이전이 도주했다는 것이 사실로 밝혀진다면 그는 즉각 베이징으로 올라가 중앙에 보고해야 할 것이다. 하지만 아직 확실한 증거가 없는 이 시점에서 함부로 예측하는 것은 좋지 않다. 이는 동료를 다치게 할 뿐 아니라 관료 사회에 혼란을 일으킬 수도 있다.

보고의 효과가 양호한 만큼 가오위량은 적절한 때에 칼끝을 거둬 자신의 분수를 지켰다. "서기님, 지금은 서기님 한 분께만 보고드려야 한다는 걸 잘 알고 있습니다." 샤루이진도 고개를 끄덕였다. "그럼 우선 내 선까지만 합시다. 가오위량 동지, 동지는 정법을 주관하는 서기로서 문제를 발견했을 때 내게 보고하는 게 옳습니다. 오해하지 마십시오. 가오 서기의 뜻을 책망한 게 아닙니다." 가오위량은 연신 고개를 끄덕이며 속으로 생각했다. '이 새로운 서기도 제 발이 저리는 모양이군. 행여 리다캉에게 문제가 생기면 자신이 잘못 얘기한 건 아닐지 걱정하고 있어.' 샤루이진은 화제를 돌려 농담 반 진담 반으로 물었다. "그런데 어째서 훌륭한 수제자인 치퉁웨이는 의심하지 않습니까? 내가 듣기로 공안청 청장도 그날 밤 현장에 있었다고 하던데요. 그 친구가 정보를 누설하지는 않았을까요?"

가오위량은 등에 꽂힌 가시가 다시 움찔거리듯 어깨를 으쓱하며 말했다. "제가 의심하지 않았겠습니까? 치퉁웨이 역시 머릿속에서 몇 번이고 생각해봤습니다. 하지만 치 청장은 딩이전과 직접적인 관계가 없고 딱히 동기도 없습니다. 그 친구는 머릿속에 온통 부성장이 될 생각뿐인데 그런 모험을 하겠습니까?"

샤루이진은 잠시 생각을 하다가 되물었다. "부성장요? 가오 서기가 치퉁웨이에게 전해주십시오. 부성장은 그가 아니라 조직과 중앙이 고려할 일이라고 말입니다. 지금 그 친구가 할 일은 자신이 맡은 본분을 잘 지키는 겁니다. 하다못해 딩이전이라도 우리 앞에 먼저 잡아와야 하는 것 아닙니까?" 가오위량은 방금 전 말은 아랫사람들이 보고한 것이라고 서둘러 해명하며, 치퉁웨이도 딩이전을 체포하는 일에 최선을 다하고 있고 약간의 진전도 있었노라고 말했다. "어제 토론토 총영사관에서 전화가 왔는데 이미 딩이전의 행방을 확인했다고 합니다. 그 때문에 성공안청에 딩이전 체포조가 정식으로 꾸려졌고 치퉁웨이가 구체적인 책임을 맡았습니다." 샤루이진은 알겠다는 듯 연신 고개를 끄덕였다.

그때 성위원회 서기의 사무실을 둘러보던 가오위량의 눈에 안진경체로 쓰인 글씨 한 폭이 눈에 들어왔다. '무욕즉강(無慾則剛), 사적인 욕심이 없으면 올곧고 비굴하지 않을 수 있다.' 그 글은 새 서기의 성격을 드러낼 뿐 아니라 그에게 모종의 암시를 주기도 했다. 샤루이진이 먼저 치퉁웨이 문제를 지적한 만큼 그도 공적인 마음에서 간부 임용 문제에 대한 자신의 견해를 이야기하고 싶었다. 사적인 욕심이 없으니 못할 말도 아니지 않은가.

새로 온 성서기를 보좌하는 사람으로서 최고 책임자에게 솔직한 속내를 털어놓기 위해, 가오위량은 자신이 한 가지 건의를 해도 될지 모르겠다고 신중하게 말했다. 샤루이진은 아무 거리낌 없는 모습이었다. "같은 그룹 동지인데 말 못 할 게 뭡니까? 마음 편히 얘기하세요." 그러자 가오위량은 샤루이진 쪽으로 몸을 기울이며 말했다. "승진 임용이 동결된 125명 간부들에 대한 조사 말입니다. 될 수 있는 한 빨리 진행해 오래 시간 끌지 말고 결정하시죠. 그 간부들 중에서는 나이 때문에 반년 혹은 몇 개월만 지나면 승진할 수 없는 사람들이 있습니다." 샤루이진도 그 말에 동의했다. "그런 상황에 대해서는 나도 신경 쓰고 있습니다. 안 그래도 조직부와 기율점검 부문에 나이 때문에 제한선에 걸리는 동지들을 먼저 조사하라고 지시했습니다." 가오위량은 안심이라는 듯 말했다. "그렇다면 다행입니다. 천옌스 부검찰장님이 겪으셨던 비극이 다시 일어나선 안 되지 않습니까."

하지만 샤루이진은 바로 화제를 돌려 가오위량에게 당부했다. "성위원회에서는 승진 임용 대상 간부들의 정치적 전망에 대해 철저히 고려하고 엄격히 인재를 선별할 겁니다. 지금까지는 문제가 있어도 승진되는 간부가 상당히 많았습니다. 어떤 간부는 10년, 20년 계속 문제가 있는데도 여러 차례 승진했더군요. 가오 부서기, 이건 아주 엄중한 문제로 우리가 결코 소홀히 생각해선 안 됩니다."

가오위량은 연신 고개를 끄덕였다. "맞습니다. 그렇지요. 지난날의 교훈이 매우 큽니다."

가오위량이 떠난 뒤 샤루이진은 창문 앞에 서서 밖을 바라보며 깊은 생각에 잠겼다.

오늘의 대화는 그의 마음에 묵직한 무게감을 남겼다. 가오 부서기는 역시나 노련한 인물이다. 표면적으로는 보고를 했지만 실제로는 그를 향해 무시할 수 없는 정치적 존재감을 드러냈다. 사실 딩이전이 도주한 정황에 대해 그는 공안청과 검찰원으로부터 보고를 받은 바 있다. 당시 양측 모두 누군가 정보를 누설했다고 확

289

정적으로 말하긴 했지만 누구도 리다캉을 지명하지 않았다. 하지만 가오위량은 오늘 공공연히 리다캉을 거론했다. 가오위량이 무엇 때문에 리다캉을 언급했을까? 정말 공공심 때문이었을까 아니면 이 기회를 틈타 내전을 벌이려는 걸까? 뿐만 아니라 가오위량은 간부들의 인사 문제에 대해서도 이야기했다. 이는 좋게 생각하면 선의로 환기시켜준 것이고 나쁘게 생각하면 욕심이 지나친 것이다. 간부들을 관리하는 일은 최고 책임자의 고유 권한임을 모른단 말인가? 어쩌면 가오위량은 그 땅파기 명수 치퉁웨이를 위해 그 말을 꺼냈는지도 모른다. 자신의 수제자를 이대로 포기할 수 없던 걸까?

이런 생각을 하고 있을 때 조직부 부장 우춘린(吳春林)과 기율위원회 서기 톈궈푸가 들어왔다.

두 사람과의 만남은 바로 간부들의 인사 문제를 논의하기 위해 미리 약속한 것이었다.

우춘린은 성위원회와 샤루이진의 요구에 따라 조직 부문과 기율위원회의 밀접한 협조하에 승진 대상 간부들에 대한 깊이 있는 조사를 진행해 적지 않은 문제를 발견했다고 보고했다. 또한 그는 어떤 간부들은 문제가 있음에도 발탁이 됐는데 다행히 이번에 경계할 수 있게 됐다고 말했다. 톈궈푸는 그의 말을 이어받아 새로운 조사 기간 동안 성기율기원회가 적지 않은 신고를 받았으며, 지금 봤을 때 몇몇 간부들은 승진하고 아니고가 아니라 가능한 한 빨리 조직의 조치를 통해 쌍규를 하느냐 마느냐의 문제가 있다고 했다. 그는 흥분을 감추지 못하며 이런 승진 임용 명단이 어떻게 나왔는지 알 수 없다고, 매우 책임감 없는 일이라고 주장했다. 샤루이진도 흥분하기는 마찬가지였다. "그러니까 우리가 책임감을 갖고 죄를 물어야 하는 걸세. 문제가 있는 간부는 한 명도 발탁해선 안 되고, 조직이 조치를 취해야 할 사람은 조치를 취하게. 어느 파벌이라고 해서, 어느 계파라고 해서 죄를 묻지 않는다면 당과 국민에게 죄를 짓는 일이네." 그는 손가락 마디로 탁자를 두드리며 강조했다. "우리 당조직은 양산박의 충의당*이 아닐세. 하지만 몇몇 인사들이 우리 당을 충의당으로 만들고 있어! 나와 같은 부류가 아니면 아무도 쓰지 않겠다. 자리를 비워둘지언정 내 사람이 아니면 앉힐 수 없다, 이런 생각을 하고 있단 말이네!"

텐궈푸는 그 문제에서 쌍규를 진행하고 있는 뤼저우시서기 류카이허가 유난히 그랬다고 보고했다. 샤루이진은 그 자리에서 바로 지시했다. "그럼 기율위원회에서 확실히 조사하게. 경제적인 문제뿐만 아니라 정치기율과 정치규범 부분의 문제도 샅샅이 조사해야 하네." 그는 다시 조직부 부장에게도 신중하게 당부했다. "우 부장, 다시 한 번 강조하지만 이번 조사에서 불합격한 간부는 단호히 처리해야 하네. 누가 사정을 봐달라고 하거든 나한테 데려오게. 또한 원래 명단에는 없지만 꼭 승진해야 하는 간부가 있다면 그 역시 제때 보고하고." 그러자 우춘린이 즉각 보고했다. "서기님, 사람들에게 호평을 받는 간부가 하나 있긴 합니다. 뤼저우시의, 그러니까 뤼저우 가오신개발구 구위원회 서기이자 관리위원회 주임인 이슈에시라고……."

샤루이진은 점진적으로 H성의 낡은 정치적 구도를 깨고 청렴하고 성실하게 정치에 임할 인재들로 팀을 꾸리고 싶었다. 좋은

---

* 《수호전(水滸傳)》에 나오는 지명으로 영웅호걸과 야심가들이 모여들었던 곳. 같은 편만을 찾는 정부 관리들을 빗대는 말.

간부에 대한 이야기를 듣자마자 그는 눈빛을 반짝이며 조직부 부장에게 좀 더 자세히 말해보라고 이야기했다.

우춘린은 노트를 보며 샤루이진에게 그를 소개했다. 이슈에시는 25년 전 현위원회 서기였으며 진산현에서 리다캉 서기와 같은 그룹이었고, 최고 책임자였다. 성실하고 능력이 있지만 이렇다 할 정치적 자원이 없어 25년 동안 제자리를 맴돌았다. 현재는 가오신 개발구 구위원회 서기이자 관리위원회 주임인데, 부패한 시서기 류카이허가 관례를 따르지 않고 그를 부시장에 추천했다. 사실 류카이허는 부시장 자리를 자신에게 뇌물을 준 구위원회 서기에게 주려 했지만, 그가 임직 연수 부족으로 1년 3개월을 더 기다려야 해서 이슈에시를 추천했노라고 조사 과정 중에 솔직히 고백했다.

샤루이진이 우춘린의 말을 끊고 물었다. "리다캉 서기는 이슈에시 구서기와 연락을 하고 지내나?" 우춘린은 고개를 저었다. "옛날에 한 그룹에 있던 때를 제외하곤 만난 적이 없습니다." 샤루이진은 흥미롭다는 듯 물었다. "그럼 리다캉과 이슈에시가 한 그룹에 있었을 때 갈등을 일으킨 적은 없나? 리 서기가 뤼저우시에 있었을 때는 가오위량 서기와 갈등이 있었다던데." 우춘린이 대답했다. "그런 일은 없었습니다. 이슈에시는 권력을 다투는 스타일이 아닙니다. 아, 이슈에시가 리다캉 서기와 같은 그룹이었을 때 한 가지 사건이 있긴 했습니다. 도로 정비를 위해 리다캉 서기와 현 정부가 강제 기부 명령을 내린 탓에 5위안을 내지 못한 현민이 자살을 했습니다. 현서기인 이슈에시가 나서서 책임을 지는 것으로 현장이었던 리다캉을 지켜줬다고 합니다."

샤루이진은 그 이야기에 마음이 움직였다. "그런 일이 있었단 말인가? 그 이슈에시 구서기도 승진 임용을 위한 조사 명단에 넣으면 어떤가?" 우춘린과 톈궈푸는 서로 쳐다보며 웃음을 터뜨렸다. "서기님, 조직부와 기율위원회도 같은 의견을 드리려 했습니다. 이슈에시는 좋은 관리입니다." 우춘린의 말에 톈궈푸가 제의했다. "서기님, 이슈에시 구서기를 직접 보고 싶지 않으십니까? 한 번 보고 드리러 올라오게 할까요?" 샤루이진은 조금 흥분된 얼굴로 말했다. "아닐세, 톈 서기! 언제 우리가 직접 내려가 그를 만나 보세!"

치퉁웨이는 조직부와 기율위원회가 중점적으로 조사하는 핵심 인물 중 하나가 됐다. 조사 과정에서 드러난 바에 따르면 치퉁웨이에 대해서는 두 가지 의견이 존재했다. 하나는 그가 징저우 검찰원에서 부검찰장을, 린청 중급인민법원*에서 원장을 지내고 8년에 걸쳐 공안청 부청장과 청장으로 일하며 정법 계통에서 풍부한 경험을 쌓아, 미래에 정법위원회 서기로 적합하다는 것이었다. 샤루이진은 이 의견이 가오위량 서기의 말일 것이라고 생각했다.

또 다른 의견도 만만치 않았다. 치퉁웨이는 인품에 문제가 있어 조직에 충성하지 않으며 여기저기 양다리를 걸쳐 장사꾼이나 사장들과 허물없이 지낸다는 것이다. 그 말을 들은 샤루이진은 눈살을 찌푸렸다. "좀 더 구체적인 사례를 들어보게. 예를 들어?" 톈궈푸는 틈틈이 노트를 보며 대답했다. "예를 들어 치퉁웨이와 산쉐이 그룹 회장 가오샤오친이 보통 사이가 아니라고 합니다. 치퉁웨이는 종종 사람들을 데리고 산쉐이 그룹 리조트에 들러 먹고 마시는데, 간혹 가오위량 부서기도 참가한다고 하더군요. 딩이전과 몇

---

* 중국의 지방법원 중의 하나로 현에는 기층인민법원이, 지방 도시에는 중급인민법원이, 직할시와 성에는 고급인민법원이 설치되어 있다.

몇 징저우 간부들도 자주 그곳을 찾아서 그들의 전용 휴식 장소가 되다시피 했다고 합니다. 중앙8항규정이 발표된 뒤로는 다들 조심하는 편이라 대놓고 가는 사람은 없지만, 몰래 가기도 하는지는 잘 모르겠습니다." 우춘린이 덧붙여 말했다. "치통웨이가 정법 부문 간부라 성의 정법 업무를 주관하는 가오위량 부서기의 의견을 많이 들어봤는데, 치통웨이를 추천한다는 의견에 변함이 없었습니다. 가오 부서기는 치통웨이를 자신의 후계자로 생각하고 키웠다더군요. 정법을 주관하는 부성장으로 추천한 것도 성정법위원회 서기를 물려주는 단계를 밟기 위해서라고 합니다."

샤루이진의 입가에는 비꼬는 듯한 미소가 어렸다. "정법위원회 서기를 맡고 가오위량의 성위원회 부서기 자리까지 이어받는다면 그야말로 치통웨이 바람대로 인생이 굴러가는 것이겠군. 가오위량은 능력이 있으면 가까운 사람을 추천하는 것도 마다하지 말라는 논어 말씀처럼 자기 제자를 추천하는 데에 최선을 다하네그려. 우 부장, 조직부의 의견은 어떤가?"

우춘린은 톈궈푸와 눈을 마주쳤다. "저희 조직부와 기율위원회의 의견은 다시 한 번 면밀히 조사하는 편이 좋겠다는 겁니다."

톈궈푸는 단도직입적으로 한 가지 정황을 거론했다. 가오위량과 치통웨이가 단순한 사제 관계가 아니라, 가오위량이 치통웨이 장인의 발탁으로 정계에 입문했다는 것이다. 그렇다면 가오위량이 이렇게 열성적으로 치통웨이를 후계자로 키우는 것에 사심이 없을 수 있겠는가? 행여 은밀히 권력을 거래하는 혐의가 있는 것은 아닐까?

샤루이진은 톈궈푸의 생각에 즉각 반응했다. "톈 서기, 지금 그 지적은 매우 중요하군. 우리는 국민으로부터 권력을 얻을 뿐 결코 개인과 개인이 남몰래 권력을 주고받을 수는 없네. 이것은 원칙의 문제이고 정치의 규칙일세!"

조직부 부장과 기율위원회 서기가 떠난 뒤에도 샤루이진은 계속해서 자신을 명목상으로 보좌하는 가오위량을 생각했다. H성이란 연못은 물길이 매우 깊어 간부들의 관계가 복잡하게 얽혀 있다. 인맥이나 역사 등도 모두 소홀히 할 수 없는 문제다. 처음 이곳에 부임했을 때, 그는 한껏 여유로운 척했지만 실제로는 조심조심 살얼음 위를 걸었다. 정법계와 비서파, 모두 아니라고 부인하며 농담처럼 말하지만 정말 존재하지 않는 걸까? 비서파는 좀처럼 실체가 보이지 않지만 가오위량의 정법계는 금방이라도 모습을 나타낼 것 같았다. 정법계의 대표적인 인물이 바로 치퉁웨이가 아닌가. 그는 성의 기관 간부들 중에서도 영향력이 매우 큰데…….

톈궈푸, 우춘린이 떠나고 샤루이진이 막 자리에 앉았을 때 검찰장 지창밍이 찾아와 급한 보고가 있다고 말했다. 바로 리다캉이 전처를 공항에 데려다준 일에 대한 보고였다. 샤루이진은 이야기를 듣는 순간 가오위량의 보고를 떠올리며 깜짝 놀라 물었다. "어떻게 그런 일이 있을 수 있단 말인가?" 지창밍은 쓴웃음을 지었다. "그런 일이 있었습니다. 반부패국 국장 허우량핑이 이 뜻밖의 정황을 알고 긴급하게 대처해 공항 톨게이트에서 리다캉 서기의 전용차를 막아섰습니다."

허우량핑? 또 정법계, 가오위량의 제자 아닌가! 샤루이진은 짐짓 아무렇지 않은 척 지창밍에게 물었다. "얼마 전 베이징에서 내려온 친구 말인가?" 지창밍이 대답했다. "그렇습니다. 서기님께서 직접 이야기를 나누셨죠." 샤루이진은 고개를 끄덕였다. "인상이 남아 있네. 영리하고 능력 있는 간부 같더군." 그렇게 말하며 샤루이진은 일어나 지창밍에게 걸어가더니 슬쩍 잡아당겨 소파에 앉힌 뒤 컵에 물을 따르며 말했다. "지 검찰장, 리다캉 서기와 어우양징의 이혼에 대해서는 나도 알고 있네. 리 서기가 직접 나를 찾아와 보고했고, 내가 서둘러 이혼하라고 충고해줬지."

지창밍은 조금 뜻밖이었다. "예? 저는 두 사람의 사이에 대해서는 잘 몰랐습니다."

샤루이진은 물 컵을 지창밍 앞에 내려놓았다. "두 사람이 이혼하는 건 지극히 정상적인 일이네. 각방을 쓴 지 8년이 넘었다는데 부부 사이에 아무 감정도 남아 있지 않다면 하루라도 빨리 이혼해야 하지 않겠나? 하지만 리 서기가 자기 차로 이혼한 아내를 공항까지 데려다줬다니 그건 전혀 뜻밖인데."

지창밍을 물을 마신 뒤 입맛을 다시며 말했다. "그렇습니다. 있을 수 없는 일이지요."

샤루이진이 물었다. "리 서기와 이혼한 아내, 바로 그 어우양징이 대체 얼마나 큰 문제를 저질렀나?" 지창밍은 잠시 생각한 후에 입을 뗐다. "50만 위안을 뇌물로 받았다는 증거를 확보했습니다. 다른 문제는 아직 조사 중에 있는데……. 서기님, 리다캉 서기와 가능한 한 빨리 만나서 직접 얘기해보시는 게 어떻겠습니까?" 샤루이진은 고개를 절레절레 흔들었다. "지금 만나서 무슨 얘기를 하겠나? 기다리고 있으면 찾아오겠지. 리 서기는 분명 나와 성위원회에 해명하려 할 거네."

지창밍은 손바닥을 부비며 근심 어린 얼굴로 말했다. "서기님, 리다캉 서기가 제게 정법계에 관한 문제를 제기했습니다." 샤루이진이 피식 웃으며 물었다. "그 소문만 무성한 가오위량 서기의 정법계 말인가?" 지창밍이 고개를 끄덕였다. "그렇습니다. 치퉁웨이나 허우량핑, 또 천하이도 모두 예전에는 가오위량 서기의 제자들이었습니다." 샤루이진은 잠시 생각에 잠긴 듯 미간을 잔뜩 찌푸렸다가 매우 엄숙하게 물었다. "지 검찰장, 검찰장은 H성에서 오래 일하지 않았나. 이 H성에 정말 정법계가 존재한다고 생각하나? 숨기지 말고 솔직히 말해보게!"

지창밍은 아주 신중하게 대답했다. "말씀드리기 어려운 게, 있다고도 할 수 있고 없다고도 할 수 있습니다. 이를테면 저는 허우량핑과 이전 반부패국 국장이었던 천하이가 정법계 사람이라고 믿지 않습니다." 샤루이진은 어떤 의견을 내놓는 대신 말했다. "천하이는 지금 병원에 누워 있으니 일단 말할 게 없고, 허우량핑에게는 이 문제에 대해 주의를 주도록 하게." 그러자 지창밍이 말했다. "허우량핑이 처음 부임해 왔을 때 이미 주의를 줬습니다. 서기님, 하지만 정법 간부들 사이에 작은 조직이 있는 것은 어쩌면 사실인 것 같습니다. 공안청 청장 치퉁웨이가 바로 그 조직의 핵심 인물로 종종 정법과 동창들과 모임을 갖고 있습니다."

샤루이진은 마음에 짚이는 바가 있었다. "내 어떤 상황인지는 잘 알겠네. 지 검찰장, 어우양징 사건은 있는 그대로 처리하면 되니 너무 걱정 말게! 리다캉 서기 얼굴을 살필 필요도 없고, 가오위량 서기가 어떻게 생각할지 고려할 필요도 없네. 그냥 법에 따라 처리해! 그리고 허우량핑 국장에게 한 마디만 전해주게. 나와 성위원회가 반부패국 국장에게 고마워한다고 말일세!"

지창밍은 순간 얼떨떨했다. "서기님, 허우량핑 국장에게 고마워하신다고요? 그 친구가 뭘 했다고 고마워하신다는 건지?"

샤루이진은 높고 긴 창문 밖을 바라보며 의미심장하게 말했다. '그 친구가 리다캉의 차를 막아 그의 정치 생명을 구하지 않았나.' 사실 이것은 샤루이진이 마음속으로 한 말이었다. 그는 거대한 권력을 두려워하지 않는 젊은 반부패국 국장이 진심으로 고마웠다. 그 반부패국 국장은 엄청나게 큰 골칫거리가 성 밖으로 튀어나가지 않게 막아냈다. '

푸른 잎이 무성한 창밖의 커다란 백양나무 위로 한 무리의 까치들이 즐겁게 장난치고 있었다. 잠시 후에 까맣고 하얀 깃털이 조화를 이룬 까치가 생기 있게 하늘 위를 훨훨 날았다. 그 모습을 보며 샤루이진의 기분도 점점 밝아졌다.

23

자오둥라이는 수사의 고수로, 과거 형사 경찰을 하던 시절에 중
대한 형사 사건을 해결해 공안부로부터 표창을 받기도 했으며 전
문가들 사이에서도 이름을 날렸다. 그는 사건 해결에 대한 독특한
사고방식을 갖고 있어 쉽게 자신의 생각을 드러내지 않았다. 지
금 그는 어느 신고자의 녹음을 확보하고 있었다. 이 녹음은 천하
이 국장이 교통사고를 당했던 당시 망가진 휴대전화에서 나온 것
으로, 분명 천하이의 피해와 관련되어 있었다. 자오둥라이의 추측
에 의하면 휴대전화 속 목소리는 차이청공이어야 했다. 차이청공
도 천하이 국장에게 신고 전화를 한 적이 있다고 인정했다. 하지
만 음성 확인 결과에 따르면 휴대전화 속 목소리는 차이청공이 아
니었다. 음성 대조를 통한 분석에 의하면 차이청공의 목소리와 신
고자가 남긴 음성의 유사성은 30퍼센트도 되지 않았다.

신고자가 차이청공이 아니라면 대체 누구란 말인가? 차이청공
이 목소리를 녹음할 때 그다지 협조적이지 않았던 점을 고려해 자
오둥라이는 다시 한 번 그의 목소리를 녹음하기로 결정했다. 막
명령을 내리고 난 뒤 사무실 문을 가볍게 두드리는 소리가 들리더
니 시서기 리다캉이 침울한 얼굴로 들어왔다.

자오둥라이는 깜짝 놀라 자리에서 벌떡 일어섰다. "서기님, 여
긴 어쩐 일로 오셨습니까?" 리다캉은 자오둥라이 사무실 탁자 맞

은편 의자에 앉았다. "몇 가지 상황에 대해 얘기 좀 나누세." 자오 둥라이는 탁자를 빙 둘러 정수기 앞으로 걸어가 리다캉을 위해 차를 우렸다. "어떤 상황 말씀이십니까?" 리다캉은 우울한 표정으로 담배를 피워 물더니 한숨과 함께 연기를 내뿜었다. "내 전처 어우양징의 상황 말이네." 자오둥라이는 리다캉 앞에 찻잔을 내려놓다가 물었다. "전처요? 정말 이혼하셨습니까? 이거 정말 천지신명께 감사할 일입니다!"

리다캉은 골치가 아픈 듯 손을 휘휘 내저었다. "둥라이, 어우양징에게 정말 문제가 있나?" 자오둥라이는 숨기지 않고 말했다. "문제가 있습니다. 차이청공의 신고는 근거 없는 이야기가 아니었습니다." 리다캉은 생각에 잠겼다가 다시 물었다. "하지만 차이청공은 어째서 어우양징 한 사람만 신고했지? 그자와 딩이전은 무슨 관계야? 가오샤오친과는 무슨 관계고? 베이징에서 내려왔다는 그 허우량핑 국장과는 또 무슨 사이야?"

자오둥라이가 침착하게 말했다. "저도 그 문제들을 생각하고 있는 중입니다." 그는 의자를 당겨 리다캉 앞에 앉아 보고를 시작했다. "최근 시공안국 경제 범죄수사팀이 불법 자금 모집 사건에 대해 조사를 하던 중에 우연히 차이청공의 그림자를 발견했습니다. 차이청공이 사회에서 6000만 위안의 불법 고리대금으로 광산을 사들여 딩이전과 함께 석탄 장사를 했지 뭡니까. 그런데 더 수상한 건 해외에서 딩이전 체포에 문제가 생긴 겁니다. 토론토에 있던 딩이전을 놓쳤다고 합니다." 리다캉은 의아하다는 듯이 물었다. "어떻게 그럴 수 있나? 체포조 조장이 치통웨이고, 자네가 부조장 아닌가!" 자오둥라이가 쓴웃음을 지었다. "바로 그게 문제입니다. 치통웨이가 토론토 총영사관과 직접 연락하기 때문에 가정 먼저 정보를 얻는 사람이 치 청장입니다. 치 청장은 대체 장 씨입니까 아니면 왕 씨입니까?*" 리다캉은 반쯤 피운 담배꽁초를 재떨이에 거칠게 비벼 껐다. "좋은 질문일세. 둥라이, 그자가 만약 왕 씨라면 딩이전은 잡기 어려울 거야!"

리다캉은 자리에서 일어나 사무실 안을 천천히 걷다가 다시 자오둥라이 앞에 다가와 말했다. "어우양징의 문제는 어우양징이 책임져야겠지. 하지만 어우양징에게 큰 문제가 있다 해도 딩이전과 다른 몇몇 사람의 문제를 덮을 순 없네. 산쉐이 그룹 리조트를 조사해 내게 보고하게. 시기율위원회의 한 친구가 딩이전이 예전에 자주 그곳에 갔다고 그러더군. 어쩌면 왕 씨일지 모르는 치 청장도 거기 종종 나타난다지. 대체 그자들은 어떻게 된 건가? 단순히 거기서 먹고 마시는 게 다인가?" 자오둥라이는 솔직히 대답했다. "아직 정확히는 모르겠습니다. 하지만 서기님, 저도 그들을 주목하고 있습니다."

리다캉은 눈을 가늘게 뜨고 창밖을 뚫어지게 쳐다봤다. 여전히 그는 자오둥라이의 사무실을 떠날 생각이 없이 보였다. 아마도 시위원회 서기는 오늘 수하인 공안국 국장과 더 많은 이야기를 나누고 싶은 모양이었다. 역시나 리다캉은 또 다른 화제를 꺼냈다. "자오 국장, 원칙을 고수하는 일만큼은 베이징에서 온 허우량핑 국장에게 많이 배우게. 솔직히 말해 난 그 친구를 좋아하지 않지만 그 패기와 자세, 정신에 대해서만큼은 감탄했네. 그 친구가 공공연히 내 차를 세워 화를 돋웠지. 하지만 화가 난 건 화가 난 거고, 허우

---

* 경극 〈샤지아방〉의 대표적인 대사로 원문은 "당신은 장 씨입니까 아니면 왕 씨입니까?"이다. '우리 편인가 아니면 남의 편인가?'란 뜻을 담고 있다.

량핑에게 정말 고맙더군. 만약 그 친구가 내 차를 쫓아오지 않았다면 어우양징을 그냥 공항까지 데려다줬을 테고, 어우양징은 딩이전처럼 순조롭게 해외로 도주했겠지. 그랬다면 내가 성위원회와 중앙에 뭐라고 해명할 수 있었겠나? 샤루이진 서기에게는 또 뭐라고 말하고?"

자오둥라이는 진심으로 말했다. "그렇습니다. 그런 반부패국 국장은 정말 보기 드물죠." 리다캉은 몸을 돌려 자오둥라이의 옆얼굴을 바라봤다. 마치 자오둥라이의 칭찬에 얼마나 성의가 있는지 가늠하는 듯했다. 잠시 뒤 리다캉이 또다시 뜻밖의 질문을 던졌다. "둥라이, 자네라면 그렇게 미친 듯이 쫓아와 나를 막아설 수 있겠나?" 자오둥라이는 멍하니 있다가 신중하게 단어를 선택해 입을 열었다. "그게…… 정확히 말씀드릴 순 없지만 어쩌면 그럴 수도 있고 아닐 수도 있고……."

리다캉은 손을 내저었다. "어쩌면이란 말이 무슨 소용인가? 자네 그러지 못할 걸세! 아마 쫓아온다고 해도 내 차를 막아서진 못하겠지. 자네는 성위원회에 먼저 보고할 거야. 보고하는 동안 어우양징은 비행기 타고 도망갈 테고." 자오둥라이는 리다캉의 예측을 부인하지 못했다. "저는 서기님 기분을 맞춰드리고 싶을 테니 어쩌면 어우양징 부행장님이 비행기를 타고 떠난 뒤에 보고할 수도 있죠." 리다캉이 긴 탄식을 내뱉었다. "자네가 정말 그렇게 한다면 나를 아주 불구덩이에 밀어 넣는 꼴이 될 걸세."

말을 마친 리다캉은 무거운 걸음으로 자오둥라이의 사무실을 떠났다.

그때, 자오둥라이는 본래 꼿꼿하던 리다캉의 등이 조금 구부정해진 것을 발견했다. 정치 거물의 이런 모습은 정말 처음이었다.

어우양징 사건은 리다캉에게 매우 큰 충격을 주었다. 그는 누구라도 찾아가 이야기를 나누며 자신의 생각을 정리하고 싶었다. 하지만 공안국장 자오둥라이는 그러기에 적합한 사람이 아니었다. 그는 리다캉의 부하인 데다 이미 어우양징과 관련된 사건을 수사하고 있다. 그 때문에 리다캉은 자오둥라이에게 자신의 마음을 툭 터놓고 이야기하지 못했다. 빌어먹을 차이청공이 어우양징을 신고하면서 그의 일과 생활, 생각이 모두 엉망이 됐다.

다음으로 그가 선택한 상대는 왕따루였다. 왕따루는 그의 옛 동료이자 어우양징의 대학 동창 아닌가. 그는 자신의 집에서 왕따루와 술을 마시기로 약속하고 톈싱즈에게 술상을 거하게 차리도록 했다. 오랫동안 보관해온 마오타이주도 꺼냈다. 사람은 불운한 일을 당했을 때 우정의 소중함을 깨닫는다. 사실 리다캉에게는 마음을 나눌 만한 친구가 몇 명 없었고, 왕따루는 그런 친구 중 하나였다. 그럼에도 그는 왕따루가 사업 문제로 자신을 귀찮게 할까 봐, 그리고 왕따루가 어우양징과 가깝게 지낼까 봐 걱정하며 오랫동안 그를 멀리했다. 하지만 오늘 전처에게 큰일이 벌어지고 나서야 그는 마음속에 있는 말을 나눌 사람은 오랜 친구뿐임을 깨달았다.

리다캉은 술을 조금 마신 뒤에 왕따루와 이야기를 나누기 시작했다. 그는 어우양징이 이미 소환과 심문을 마치고 구류됐다고 말했다. 지창밍 검찰장에게 전화가 왔는데 어우양징이 50만 위안을 뇌물로 받은 증거를 확보했다는 것이다. 이 일을 어떻게 보느냐고 물으니 왕따루가 한숨을 내쉬며 말했다. "뭘 어떻게 본단 말이야? 리 서기, 어느 정도 예상한 일 아니었나?" 리다캉은 손을 내저었다. "리 서기가 뭐야? 오랜 친군데 그냥 이름으로 불러!"

그러자 왕따루는 그의 이름을 부르며 한 가지 사실을 알려줬다.

"다캉, 징저우 은행 같은 도시 은행은 지방 은행이라 대출에 암묵적인 관행이 있어. 정상적인 대출 이자 외에도 1~2퍼센트의 추가 지출이 있는데, 이건 대출업체에 주는 뇌물 비용으로 업계에서는 리베이트라고 해. 물론 그 돈을 어우양징 혼자 먹는 건 아니야. 대출 신청 담당 직원부터 심사 허가 담당 직원, 리스크 관리부 직원들까지 모두 조금씩 받지." 그 말에 리다캉이 물었다. "그 은행 행장도 먹나?" 왕따루가 대답했다. "당연하지. 어우양징이 언젠가 그러더군. 자기는 돈이 부족해서가 아니라, 자기가 안 받으면 은행장은 물론이고 다른 사람들도 받기 어려워져서 받는다고. 사실 그것 때문에 겁이 나 은행을 그만두고 해외로 가려 한 걸세."

리다캉은 벌컥 화를 내며 젓가락을 탁 내려놓았다. "보라고. 그 사람은 그런 일을 나한테는 한 번도 얘기한 적이 없어!" 왕따루가 물었다. "어우양징이 자네한테 말했으면 들어줄 생각은 있었나?" 그 말에 리다캉은 꿀 먹은 벙어리가 되어 아무 말도 못 했다. 잠시 뒤 그가 다시 물었다. "어우양 말이 요 몇 년 동안 자네가 우리 딸 자자에게 경제적으로 도움을 많이 줬다던데, 그건 또 무슨 소린가?" 왕따루는 대답하려 하지 않았다. "다캉, 술이나 마시게. 그 오랜 세월이 지나도록 자네랑 술은 처음 마셔보는군." 하지만 리다캉은 술을 마시지 않고 물었다. "따루, 내 물음에 답 좀 해주게." 이에 왕따루가 대답했다. "그게 자네랑 무슨 상관인가? 나랑 어우양징은 대학 동창이고, 그래서 도와준 것뿐이야. 자네랑은 상관없는 일이라고. 자네도 내 일을 도와준 적 없지 않나?" 그러자 리다캉이 말했다. "어찌 됐든 자네는 나와 이슈에시와 함께 일한 동료가 아닌가!" 왕따루는 술을 마시며 한숨을 내쉬었다. "그래. 그때 자네랑 이 서기가 모아준 돈으로 내가 창업할 수 있었지. 생각만 해도 가슴이 뜨거워지는구먼."

리다캉이 젓가락으로 식탁을 치며 말했다. "따루, 이것도 내가 알고 싶은 건데, 자네 혹시 나와 이슈에시가 모아줬던 창업 자금 갚은 뒤에 어우양징이랑 이슈에시 아내에게 돈 보낸 적 있나?" 왕따루는 술잔을 내려놓으며 심각하게 리다캉을 쳐다봤다. "이보게 다캉, 나 보고 같이 술 마시자고 하더니 이런 걸 물어보려고 불렀나? 난 오랜 친구끼리 옛날이야기나 하자는 건 줄 알았는데 말이야." 리다캉이 서둘러 말했다. "지금 이런 게 다 옛날이야기 아닌가? 따루, 그러지 말고 자네가 내 기분 좀 이해해주게. 괴롭기 짝이 없단 말일세. 특히 자자를 생각하면…….."

그는 왕따루에게 술을 따랐고 두 사람은 건배를 했다. 술잔을 내려놓으며 리다캉이 고개를 젓고 한숨을 쉬었다. "자자 일은 자네에게 부탁 좀 하세, 따루. 어우양징이 구류가 됐다면 다음은 분명 구속일 텐데, 내가 어떻게 자자에게 말하겠나? 엄마가 미국에 오겠다고 했는데 지금 연락이 닿지 않고 있잖아. 내가 어젯밤에 자자에게 몇 통이나 전화를 했는데 받지도 않고 문자에도 답장이 없어. 내가 잘못한 게 많아서 그러나 본데 내가 어떻게 걔한테 설명을 하겠나? 따루, 자네가 자자에게 전화 걸어서 엄마 상황 좀 말해주게."

이 이야기를 할 때 정치 거물 리다캉은 마음 약한 아버지가 되어 있었다. 딸은 그에게 불만이 있으며 미워하기까지 했다. 딸의 눈에 어머니의 불행은 모두 아버지 때문이었다. 사람은 좌절 가운데 교훈을 얻을 수 있고, 불운한 일이 있을 때 인성이 빛나게 마련이다.

왕따루는 한숨을 쉬며 솔직히 이야기했다. "다캉, 내가 이미 오

늘 자자와 두 번 통화했네. 그 아이는 자네를 오해하고 있어. 엄마
도 당신이 잡아가게 했다고 생각하더군. 하지만 걱정 말게. 내가
최선을 다해볼 테니까. 정 안 되면 미국에 한번 다녀오겠네. 이 일
도 나만 할 수 있지 않나." 리다캉은 술잔을 들고 일어섰다. "그러
니까 말일세. 그럼 부탁 좀 하겠네. 고마워!"

오래된 두 친구는 술잔을 부딪치며 마음도 함께 부딪쳤다.

그날 밤 리다캉은 아주 오랜만에 친구를 배웅하겠다며 집을 나
서서 왕따루를 멀리까지 바래다줬다. 걷는 동안 신선한 공기를 맞
으며 리다캉과 왕따루는 머리가 점차 맑아졌다.

큰길 어귀 택시 정류장에서 왕따루가 택시를 타려 할 때 리다캉
이 한 번 더 부탁했다. "따루, 나 대신 자자에게 전해주게. 나는 지
금도 자자가 돌아오길 바란다고 말이야. 설사 잠시 오지 못한다
해도 이 나라를 원망하지 말라고 해주게. 나라는 그 애 엄마에게
잘못한 게 없네. 그 애 엄마가 스스로 부주의해 발을 헛디뎌 물에
빠진 거지."

"걱정 말게, 다캉. 할 말은 내가 다 해주겠네. 너무 많이 생각하
지 말고 그냥 푹 쉬게!"

어떻게 쉴 수 있단 말인가? 생각을 이성적으로 멈추기가 어려
웠다. 왕따루를 배웅한 뒤에도 리다캉은 마음의 안정을 찾지 못했
다. 그는 마치 강박증에 걸린 사람처럼 어우양징을 생각했고, 심
지어 딩이전을 떠올리기도 했다. 어떻게 이럴 수 있단 말인가? 사
람이 이렇게 무너질 수 있을까? 그는 자신을 용서할 수 없었지만
더 열심히 일해 스스로 만족하고 싶었다.

그때 톈싱즈가 왔다 갔다 하며 탁자와 바닥을 열심히 닦는 모습
이 그의 눈에 들어왔다. 리다캉은 문득 그녀가 광밍구 민원 상담

부서의 창구가 너무 낮다고 이야기했던 것이 떠올랐다. 그 이튿날 그는 쑨렌칭에게 지시해 창구 높이를 조정하라고 해두었다. 제대로 고쳐졌을까? 그 김에 리다캉은 톈싱즈에게 물었다. "민원 상담 부서 창구가 바뀌었습니까?"

톈싱즈가 재빨리 대답했다. "바뀌기는요, 뭘. 언니 아들이 결혼한다고 거기 들렀는데 예전이랑 똑같더라고 하던데요. 창구가 너무 낮아서 앉지도 못하고 서지도 못하고, 그렇다고 무릎을 꿇기도 힘들고, 얘기를 길게 하고 있으면 다리에 마비가 와서 나중에 일어나지도 못한다고……."

톈싱즈가 말을 채 마치기도 전에 화가 머리끝까지 치솟은 리다캉은 빠른 걸음으로 서재에 들어가 쑨렌칭의 휴대전화에 전화를 건 뒤 딱 한 마디만 했다. "내일 민원 상담실 로비에서 좀 보지!"

24

쑨롄칭의 취미는 별 관찰로, 시서기의 전화를 받았을 때도 베란다에서 고배율 망원경으로 금성을 보고 있었다. 그는 뭐가 어떻게 된 일인지 영문도 모른 채 다음 날 출근하자마자 민원 상담실 로비로 가 주위를 둘러봤다. 로비는 방문객들로 가득했지만 시서기는 그림자도 보이지 않았다. 이리저리 왔다 갔다 하던 그는 5호 민원 상담 창구 앞에서 익숙한 목소리를 들었다. "쑨 구장, 나 여기 있네!"

목소리를 따라간 쑨롄칭은 민원 상담원 자리에 앉아 있는 리다캉을 발견했다. 리다캉은 작은 창구의 구멍으로 큰손을 내밀어 흔들었다. "이리로 오게. 내가 자네랑 할 말이 있네!"

쑨롄칭은 고개를 끄덕이며 작은 창구 앞에 반쯤은 무릎을 꿇고 반쯤은 선 자세로 시서기의 지시에 귀를 기울였다.

시서기는 차분하게 이야기를 시작했다. "쑨 구장, 내가 줄곧 얘기하지 않았나. 대중의 이익과 관련된 일은 그 어느 것도 작은 일이 없으니 시간 끌지 말고 빨리 해결하라고 말일세. 이리저리 시간을 끌다 보면 갈등만 생길 뿐이라네. 예를 들어 '기업판사회*'

---

* 　중국에서 국영 기업이 경영과 생산과는 직접적 관련이 없지만 직원들의 생활과 복지, 사회보장 등을 책임지는 일. 예를 들어 국영 기업이 학교, 병원, 유치원, 상점, 경찰서 등을 직접 지어 하나의 작은 사회를 형성한다.

도 우리 시는 일찌감치 해결하지 않았나. 기업들이 지은 학교나 병원, 유치원 등이 모두 정부에 환원돼 비영리단체들이 됐으니까. 그렇지 않나?"

쑨롄청은 고개를 끄덕이며 성의를 표시했다. 하지만 육체적으로 너무 힘이 들어 금방이라도 몸이 꽈배기가 될 것 같았다. 그는 진지하게 리 서기에게 창구 안에 들어가 보고를 하겠다고 요청했다. 하지만 리다캉은 웃으며 이야기를 이어나갔다. "무슨 보고 말인가? 난 자네 보고를 들을 일이 없는데. 그냥 이렇게 얘기나 하세." 쑨롄청은 속으로 죽을 맛이었다. 뿐만 아니라 주변이 온통 방문객들인데 행여 지방 관리로서 망신이나 당하는 게 아닌지도 걱정됐다.

리다캉은 그에게 기업판사회 문제가 어찌 해결되고 있는지 물었다. "광밍구에서는 시간만 끌며 실행하지 않는 일이 없나? 시에서 파악한 상황에 따르면 300명이 넘는 사람들이 제대로 임금을 못 받았다던데. 쑨 구장, 자네가 제대로 처리하지 않으면 사람들이 직접 찾아와 민원을 넣어야 하니 불편하지 않겠나? 성과 시에 문서가 다 있는데 어째서 제대로 집행하지 않나? 이거 권력 남용 아닌가?"

쑨롄청은 무릎을 제대로 꿇을 수도 없어 한쪽 다리만 바닥에 꿇고서 고개를 더 깊이 끄덕이며 숨을 몰아쉬었다. "그게 아니라 경비 문제가 있어서 말입니다. 제도 개혁 이후에 경비 일부를 구 재정에서 지출해야 하는데……. 제가 방법을 생각해보겠습니다." 몇몇 사람들이 쑨롄청을 알아보고 깜짝 놀라 쳐다봤다.

쑨롄청은 한쪽 무릎만 꿇고 나서야 작은 창구 너머 리다캉의 얼굴 반쪽을 볼 수 있었다. 그는 불쌍한 얼굴로 높이 앉아 있는 시위원회서기를 바라보며 자신의 고통스러운 처지를 주목해주기를 바랐다.

하지만 높이 앉아 있는 상관은 그의 힘든 모습에 전혀 눈길을 주지 않았다. 상관은 그가 얼마나 고통스러워하는지 모르는 눈치였다. 아니, 일부러 그를 힘들게 하려고 흥미진진하게 이 이야기저 이야기를 늘어놓는 것 같았다. "수백 명의 일을 작은 일이라고 생각하면 안 되네. 작은 일 하나를 제대로 처리하지 못하면 자네가 했던 수많은 좋은 일에 부정적인 영향을 끼칠 수도 있고, 정부의 이미지에 영향을 줄 수도 있네……."

쑨롄청은 한쪽 다리가 너무 아파 나머지 다리도 꿇고 말았다. 많은 사람 앞에서 이렇게 무릎을 꿇고 있자니 무슨 석고대죄를 하는 기분이 들었다. 쳐다보던 몇몇 여자들은 입을 막고 억지로 웃음을 참았다.

리다캉은 또 다른 문제를 들먹였다. "그리고 자네들 구장, 구서기 민원 상담일은 어떻게 됐나? 자네들이 여기 오는데 무슨 경찰이 그렇게 많이 필요해? 사람들이 무서우면 민원 상담을 하러 오지 말든가, 왔으면 사람들을 무슨 적처럼 방어하지는 말아야지. 그게 뭔가? 정부의 이미지를 심각하게 해치는 일이지 않나!" 쑨롄청은 사람들이 소란을 피울까 봐 걱정한 딩이전 부시장이 만든 규정이라며 더듬더듬 변명했다. 리다캉은 창턱을 두드리며 말했다. "이보게. 사람들이 자네들을 찾아오는 건 민원을 넣기 위해서 아닌가? 문제를 해결하고 싶은 거지 소란을 피우고 싶은 사람이 어디 있나!" 상관의 말투가 순식간에 엄해졌다. "이 민원 상담 창구만 해도 말일세, 사람들이 얼마나 고생을 해야 자기 답답한 마음을 이야기할 수 있는 건가? 쑨롄청, 이게 말이 되나? 자네 여기 구장 자리에 앉은 사람 맞아? 내가 이 창구 바꾸라고 한 게 언젠데 쇠귀에 경 읽기인가? 오늘 겪어보니 어때? 자네도 관리들 욕이 절로 나오지 않던가?"

쑨롄칭은 금방이라도 바닥에 쓰러질 것 같았다. "서기님, 제가…… 제가 바꾸겠습니다. 제가…… 바로 바꾸겠습니다!" 리다캉은 흥! 하고 콧방귀를 뀌었다. "바꾸는지 안 바꾸는지는 지켜보면 알겠지. 오늘 이만큼 얘기했으면 좀 알아서 처리하게!" 할 말을 마친 리다캉은 진 비서와 민원 상담 창구에서 나와 의기양양하게 떠났다.

쑨롄칭은 리다캉이 떠나기를 기다린 뒤에 간신히 일어나 한참이나 무릎을 문질렀다. 그는 그렇게 한동안 넋을 놓고 있다가 민원 상담국 국장 사무실로 들어가 머리가 벗겨진 천 국장에게 삿대질을 하며 욕을 퍼부었다. "저 밖의 창구 설계한 미친놈이 누구야? 그렇게 작고 낮게 만든 건 일부러 사람을 괴롭히겠다는 거 아닌가!" 천 국장이 조심스럽게 입을 뗐다. "구장님, 정말 모르십니까? 저 창구는 딩이전 부시장이 직접 설계한 겁니다." 쑨롄칭은 어이가 없다는 듯 물었다. "아니, 왜 저 따위로 설계를 했나? 그 부패한 인간은 마음보를 왜 그렇게 써?" 천 국장이 대답했다. "구장님, 잘 모르시겠지만 여기는 민원 상담 하러 오는 사람이 한둘이 아닙니다. 창구 앞을 지키고 서서 별별 이야기를 다 하고 질문이 끝이 없습니다. 그래서 딩이전이 이런 창구를 설계한 겁니다. 방문한 사람들이 서기도 어렵고, 무릎을 꿇기도 어렵게 해서 몇 마디만 하고 빨리 가라고요."

쑨롄칭은 잠시 생각하더니 말했다. "그 작자, 만든 동기는 이해가 가는군." 천 국장은 애매한 미소를 지으며 말을 덧붙였다. "효과도 좋습니다. 민원 상담 효율이 대폭 상승했거든요." 쑨롄칭은 이내 정색했다. "그래도 너무 부도덕하지 않나. 꿇어보니 내 무릎이 다 나갈 뻔했네." 천 국장은 슬슬 눈치를 보며 다시 말했다. "아니, 그게 아니라 경비를 허가해주시면 바로 바꾸겠습니다!" 쑨롄칭은 치통이 있는지 미간을 잔뜩 찌푸렸다. "또 경비 얘긴가! 내가 돈을 찍어내나? 좀 있는 대로 해보게. 어차피 리 서기도 일이 그렇게 많은데 며칠 지나면 잊어버리겠지! 아니야, 그것도 옳지 않은데. 천 국장, 자네가 보고서를 좀 써서 시정부에 수리비로 70만에서 80만 위안만 책정해달라고, 아니, 그냥 100만 위안 좀 책정해달라고 하게! 내가 리 서기께 보고를 올려서 돈이 나오면 고치고 안 나오면 다른 방법을 생각해보겠네!" 천 국장은 고개를 끄덕였다. "알겠습니다. 그럼 제가 오늘 보고서를 쓰겠습니다. 돈을 안 주면 안 고치는 걸로 하시죠!" 그 말을 들은 쑨롄칭은 하마터면 손가락으로 천 국장의 벗겨진 머리를 쿡 찌를 뻔했다. "자네 정말! 다 떠먹여주지 않으면 꼼짝도 안 할 건가? 천 국장, 어쩌면 그렇게 머리를 안 쓰나! 안 주면 안 고친다니! 돈이 없으면 일을 처리 못 하나? 이렇게 게을러서야! 이를테면 여기 민원 상담 창구가 여섯 개 아닌가? 그럼 작은 걸상 여섯 개라도 사면 되지 않나? 하다못해 은행처럼 사탕이라도 몇 개 놔두면 안 되나? 돈이 모자라도 일은 해결할 수 있는 걸세!"

천 국장은 벗겨진 머리 위로 흐르는 땀을 닦으며 연신 대답했다. "예, 예, 알겠습니다. 구장님……."

쑨롄칭은 다시 설명했다. "물론 사탕을 너무 많이 두진 말고 창구마다 매일 몇 개씩만 놔두라고. 괜히 많이 놔두면 그것 때문에 상담하러 올 수도 있고 한 움큼씩 훔쳐가는 사람도 있을 테니까.

우리 국민들, 특히 징저우 사람들에게는 나쁜 근성이 있어. 고칠 방법이 없다고!"

천 국장은 쑨롄청의 말에 깊이 동감했다. "그렇습니다, 구장님. 우리 중국 국민들은 정말 대책이 없습니다!"

사실 쑨롄청의 내면세계를 이해하는 사람은 많지 않았다. 이 구장은 겉으로는 온순하고 말을 잘 듣는 것 같지만 속으로는 온통 불만이 가득했다. 그는 일찍이 순조롭게 관직 생활을 시작했고 젊은 나이에 제법 높은 자리에 앉기도 했지만, 그 후로 20여 년 동안 같은 자리를 맴돌면서 의욕을 잃고 말았다. 특히 최근 몇 년 동안은 천문학을 광적으로 좋아하게 되면서 드넓은 우주와 무한한 시공간에 대해 생각하곤 했다. 이런 끝이 없는 우주 가운데서 인간이란 대체 무엇인가? 개미? 먼지? 혹시 외계인은 없을까? 쑨롄청은 있다는 쪽으로 마음이 기울었다. 이 우주에 지구와 비슷한 행성이 얼마나 많은데 인간보다 더 고등한 생명이 존재하지 않는다고 감히 말할 수 있겠는가? 언젠가 그들이 온다면 지구는 그들을 지도자로 모셔야 할지도 모른다. 그렇다면 리다캉은 무엇이고 가오위량은 무엇이란 말인가? 또 샤루이진은 무엇인가? 그들 역시 개미나 먼지에 불과하다. 쑨롄청은 이런 깨달음을 얻은 뒤에 마음을 내려놓았다. 그 이후로 되는대로 마음 편히 살다 보니 큰 고민이 없어졌다. "알겠습니다"와 "예예예"를 반복하며 제대로 일을 처리하지 않지만 그렇다고 누가 어떻게 하겠는가? 그뿐 아니라 뒤에서는 아무 말이나 함부로 지껄여댔다. 딱히 승진하고 싶은 마음이 없으니 별 상관이 없었다.

사실 쑨롄청은 리다캉을 정말로 두려워하지는 않았다. 사심이 없으면 겁날 것도 없다고 하지 않던가. 누구에게 뇌물을 받거나 부패한 일을 하지 않으며, 그렇다고 승진을 하고 싶지도 않으니 리다캉을 두려워할 이유가 없었다. 게다가 가슴으로 우주를 품고 있지 않는가. 이 일은 제아무리 거물 서기 리다캉이라 해도 알지 못할 것이며 아마 영원히 모르리라.

그런데 뜻밖에 쑨롄청이 구장 사무실에 돌아왔을 때 정시포가 찾아와 있었다. 정시포는 그의 손을 잡아끌며 말했다. "쑨 구장님, 제가 벌써 여러 번 찾아뵈었는데 어째서 답이 없으십니까? 지금 저희가 바라는 건 공장을 지을 부지뿐입니다. 예전 공장은 곧 철거될 텐데 새로운 공장 부지가 있어야 생산을 할 것 아닙니까? 이게 얼마나 급한 일인지 모르십니까?"

쑨롄청은 좀 더 자세히 설명했다. "정 선생, 제가 정 선생 기분은 이해합니다. 하지만 해결이 어렵게 됐습니다."

정시포가 물었다. "어째서 어려운가요? 저희에게 필요한 건 4000평 정도의 공업 용지뿐인데요."

쑨롄청은 머뭇거렸다. "정 선생, 생각을 안 해보셨나본데 광밍 구는 이제 시의 중심이 됐습니다. 어디에 그만한 땅이 있겠습니까? 솔직히 말해 구 안에는 조그만 땅덩이도 없습니다. 예전 따펑 공장 땅이 마지막 남은 공업 용지였는걸요. 철거하고 나면 부동산 용지가 되겠죠."

정시포는 마음이 급해졌다. "그럼 왜 일찍 얘기하지 않으셨습니까? 제가 찾아올 때마다 어물쩍 넘기기만 하고 말입니다. 쑨 구장님, 새 공장을 지을 땅이 없다면 광밍호의 옛 공장도 허물 수 없습니다!"

쑨롄청은 정시포에게 바로 경고했다. "정 선생, 차이청공처럼 공장 수호대 같은 거 만들겠다고 하시면 안 됩니다. 문제를 일으킨 차이청공은 이미 잡혀가서 8년이나 10년쯤 판결을 받게 될 겁니다."

그 말에 정시포는 벌컥 화를 냈다. "관리가 돼서 사람들을 위해 일하지 않을 바에야 집에 가서 고구마나 팔지 그래요!"

쑨롄청은 정시포의 말에도 화를 내기는커녕 하하하 웃으며 말했다. "고구마를 팔라고 하면 고구마를 팔지요! 그것도 사람 사는 방법 아닙니까? 전 이제 퇴근합니다. 아, 저는 돌아가서 고구마를 팔 테니 정 선생은 돌아가서 식사나 하시죠!"

25

일은 예상한 방향으로 흘러가고 있었다. 어우양징이 사건의 돌파구가 되어줄 것이다. 허우량핑은 따펑 공장 주식 미스터리가 풀리면 산쉐이 그룹까지 줄줄이 진상이 밝혀지리라 믿었다. 어우양징이 50만 위안의 뇌물을 받았다는 사실은 증거가 확보됐고, 뇌물 수수는 이미 사건의 핵심이 아니었다. 지금 분명히 할 것은 신용 대출을 담당하는 어우양징 부행장의 대출 중단이 어떻게 따펑 공장 주식 이동과 9·16 사건을 일으키게 했는지였다. 허우량핑은 오늘 삼자 동시 심문을 정성들여 준비했다. 어우양징과 차이청공을 동시에 심문하면서, 같은 시각에 가오샤오친과도 접촉하기로 한 것이다.

허우량핑은 자신감이 흘러넘쳤다. 지창밍이 들어와 심문 상황에 대해 묻자 그가 대답했다. "오늘 전투는 3개조가 밀접하게 협조해 그간 막혀 있던 사건의 실마리를 풀어내는 멋진 싸움이 될 겁니다." 하지만 지창밍은 조금 의심스럽게 그를 쳐다봤다. "실마리라? 이렇게 실마리가 풀릴까?" 허우량핑은 단언하듯 말했다. "분명 풀릴 겁니다."

지창밍은 별다른 말 없이 맞은편 지휘석에 앉았다. 어우양징 심문은 매우 민감한 사안이라 반드시 상관이 참가해 감독과 지휘를 해야 했다. 이에 대해서도 허우량핑은 나름 속으로 생각해놓은 바가 있었다. 지 검찰장은 자리에 앉은 뒤 자신이 가져온 보온 컵을 탁자에 내려놓고 샤루이진 서기가 허우량펑을 칭찬하더라고 말했다. 반부패국 국장이 리다캉의 차를 막아 그의 정치 생명을 구해 고맙다고 말이다. 허우량펑은 사실 샤 서기의 칭찬이 그리 뜻밖이 아니었다. 다만 샤루이진 서기가 리다캉과 어우양징을 분리하려 한다는 생각이 언뜻 들었다. 허우량펑은 자신도 모르게 한마디 했다. "리다캉 서기를 구할 사람은 리다캉 자신뿐이겠죠. 만약 리 서기가 부패했다면 누구도 그를 구하지 못할 겁니다." 그 말에 지창밍은 깜짝 놀랐다. "허우 국장, 함부로 말하지 말게. 우리는 있는 일만 가지고 이야기를 해야 하네!"

그때 어우양징이 도착했다. 지창밍은 탁자를 두드려 심문을 시작하라고 신호했다. 허우량펑이 탁자 위 마이크를 잡고 지시를 내렸다. 지휘 센터의 통신 설비는 매우 최신식이라 대형 스크린이 제때 심문실 화면을 보여줬다. 기계를 조작하는 요원은 수시로 화면을 바꿔 여러 심문 장소를 동시에 스크린에 띄웠다. 이렇게 상관들은 영화를 보는 것처럼 시시각각 심문 과정을 파악했다.

어우양징 심문은 장화화와 다른 여성 검찰관이 맡았다. 조금 흥분한 어우양징은 대출에 대한 어떤 문제도 인정하지 않았다. 그녀는 징저우 은행과 따펑의 모든 신용 대출은 지극히 합법적이고 정상적인 방법으로 이뤄졌다고 말했다. 하지만 장화화는 2012년 초 차이청공의 정상 대출이 갑작스럽게 중단됐고, 이로 인해 따펑 공장 주식이 산쉐이 그룹의 손에 넘어갔다고 지적했다. 어우양징은 본래 계획에 따라 대출을 하려 준비했지만 은행 리스크 관리팀이 조사를 통해 차이청공이 불법 자금 모집 사건에 연루됐음을 발견했다고 말했다. 차이청공이 고금리 자금을 1억 5000만 위안이나 사용한 것이다.

허우량핑과 지창밍은 서로 눈을 마주쳤다. 어우양징의 진술은 새로운 정황으로 반드시 확인이 필요했다. 허우량핑은 요원에게 빨리 공안국 유치장으로 화면을 돌리라고 말했다. 스크린에는 바로 차이청공이 변명하는 모습이 떴다. "내가 고리대금을 썼는지 아닌지, 얼마나 썼는지는 우리 기업의 유동 자금 대출과는 아무 상관이 없습니다. 나는 일반인이고 따펑은 기업 법인 아닙니까? 게다가 따펑 공장은 나 혼자의 것이 아니라 직원들이 주식을 보유하고 있습니다." 허우량핑은 어우양징의 말이 거짓이 아니며 차이청공이 불법 자금 모집 사건에 연루됐음을 깨달았다. 화면은 다시 심문실로 넘어갔다. 어우양징은 한발 더 나아가 설명했다. "고리대금 대출에 연루된 약아빠진 장사꾼에게 대출을 해줄 은행이 어디 있겠어요?" 그녀는 감정이 격해져서 언성을 높였다. "내가 충고하는데 저 교활한 장사꾼 사기에 넘어가지 마세요! 징저우에서 차이청공 저 인간 때문에 곤경에 빠진 사람들은 따펑 공장 직원들만이 아니라고요. 그에게 고리로 대출해준 사람 중에도 벌써 두 명이 최근 6개월 사이에 투신자살했어요. 시공안국 경제 범죄 수사처에 알아보라고요."

이 사실은 허우량핑에게 매우 뜻밖이었다. 차이청공이 어우양징을 신고했을 때는 자신이 이런 고리대금 대출에 관련되어 있다고 일언반구도 언급하지 않았다. 허우량핑은 낮은 소리로 욕설을 내뱉었다. "이런 개자식, 죽고 싶어 환장했나!" 지창밍은 대형 스크린을 주시하며 천천히 말했다. "보아하니 어우양징 부행장의 대출 중단에는 아무 잘못이 없는 것 같은데."

이야기가 급변하면서 상황은 예상 못했던 방향으로 흘러갔다.

허우량핑은 마른기침을 하고 쓴 입맛을 다시며 벌컥벌컥 몇 번이나 차를 들이켰다.

그때 루이커 조에서 신호가 와서 요원이 재빨리 화면을 바꿨다.

산쉐이 리조트 응접실에서 정장 차림을 한 가오샤오친이 루이커와 차분히 대화를 나누고 있었다. 가오샤오친은 또 다른 상황에 대해 이야기했다. 2010년, 석탄 사업이 호황인 것을 본 차이청공이 단기간에 큰돈을 벌 요량으로 8000만 위안의 고리대금을 빌려 린청에 있는 탄광의 재산권을 사들였다는 것이다. 당시 딩이전이 그를 도와 다리를 놓고 공문서를 꾸며줬으며 그 대가로 30퍼센트의 무상주를 받았다. 사실 두 사람은 벌써부터 동업자 사이였다.

좀처럼 화를 내지 않는 지창밍조차 그 이야기를 듣고 흥분해 스크린을 가리키며 말했다. "어이, 허우 국장, 이거 역시 뜻밖이겠구먼! 자네 친구가 벌써부터 딩이전과 동업자였다고 하지 않나! 예상 못했어?"

궁지에 몰린 허우량핑은 쓴웃음을 지었다. "예예, 너무 뜻밖이라……."

그 순간 허우량핑은 정말 울고 싶었다. 베이징 집에서 차이청공이 자신에게 딩이전을 신고할 때만 해도 어린 시절 친구가 무슨 생각을 하고 있는지 전혀 몰랐던 것이다. 이제 보니 가오샤오친의 말은 하나도 틀린 것이 없었다. 자신의 친구는 입만 열면 거짓말을 늘어놨으며, 상황이 급해지자 잡히는 놈 아무나 문 것이다. 어린 시절 그의 숙제를 베끼고, 그의 뒤에서 뛰어오던 천진하고 장난기 많던 만두는 이미 사라지고 없었다. 세월은 그의 친구를 간사하고 교활한 장사꾼으로 바꿔놓았다.

스크린 속 가오샤오친이 차이청공에게 험한 말을 퍼부었다. "그

음흉한 소인배는 사람 앞에서는 사람 말을 하고 귀신 앞에서는 귀신 말을 하는 인간이라 입에서 나오는 말 중에 참말이 몇 마디 안 된답니다. 그 사람은 징저우 비즈니스계에서 가장 신용이 없는 무뢰한이에요. 우리는 그 사람 상대도 안 해요." 그러자 루이커가 물었다. "그럼 가오 회장님께서는 어떻게 차이청공과 거래하게 되셨습니까?" 가오샤오친은 쓴웃음을 지었다. "딩이전 부시장 때문이었죠. 두 사람이 광산을 사들였는데도 주가가 오르지 않으니까 석탄 경기가 호황이 될 때까지 기다려 본전이라도 건지려고 했나 봐요. 그때 저를 찾아와 브리지 론으로 5000만 위안을 빌렸죠. 하루 이자는 0.004퍼센트였고요. 딩이전 부시장이 도와달라고 하는데 제가 가만히 있을 수 있나요? 게다가 따평 공장의 주식을 담보로 잡고 이자도 벌 수 있으니 좋다고 했죠." 루이커가 탁자를 치며 말했다. "더 큰 이익도 있었던 것 아닙니까? 따평 공장이란 노른자위 땅 말입니다!" 가오샤오친이 반문했다. "노른자위 땅이라고요? 따평 공장은 아직도 철거되지 않았고 땅은 쓰지도 못하는데 무슨 노른자위란 거죠? 저희에게는 번거롭기만 하고 아무것도 아닌걸요. 심지어 구정부가 딩이전과 했던 저희 계약을 인정해주지 않고 다시 따평 퇴직금을 지급하라고 해서 지금 교섭 중이잖아요." 루이커는 가오샤오친 회장의 말에 주목했다. "다시 지급하라고 했다고요? 그럼 예전에도 퇴직금을 준 적이 있다는 뜻인가요?"

이 역시 차이청공의 뻔뻔한 행동과 관련이 있었다. 차이청공이 5000만 위안의 브리지 론과 고액의 이자를 갚지 못해 법에 따라 따평 공장 주식이 산쉐이 그룹에 넘어오게 됐다. 그때 차이청공의 동업자인 딩이전이 또 가오샤오친을 찾아와 부탁했다. 차이청공의 형편이 어려워 부채가 많으니 산쉐이 그룹에서 대신 퇴직금을 내달라고 한 것이다. 가오샤오친은 루이커가 앉은 소파를 가리키며 말했다. "딩이전 부시장이 바로 거기 앉아서 말했답니다. 그는 펑밍호 항목을 총지휘하는 담당자인데 제가 그 말을 들어주지 않을 수 있나요? 하는 수 없이 차이청공이랑 담판을 짓고 다시 계약서를 써서 퇴직금 3500만 위안을 지급했어요. 그렇게 따펑의 재산권을 넘겨받았죠."

그 말에 루이커가 물었다. "그럼 차이청공은 그 돈을 어디에 썼죠?" 가오샤오친이 가냘픈 손가락을 들어 공중에 대고 획 한 바퀴를 돌렸다. "지급한 날 바로 민셩 은행에서 가져갔어요. 차이청공은 저희 회사에 돈을 내달라고 하면서도 자기 계좌가 법원에 압류돼 있다는 걸 몰랐던 거예요." 루이커가 의아하다는 듯이 물었다. "차이청공은 대형 은행에서 대출해주지 않는다고 하던데요." 가오샤오친은 코웃음 쳤다. "그 인간 입에서 참말이 나올 리가 있나요? 징저우 은행치고 그자에게 속아서 대출해주지 않은 은행이 없을걸요. 제가 알기로는 민셩 은행, 자오샹 은행은 물론이고 중국 4대 은행인 공상, 농업, 교통, 건실 은행에서 못해도 5, 6억 위안은 빌렸다던데요. 오히려 그자와 딩이전이 판 구덩이에 저희 산쉐이 그룹이 빠진 거예요."

심문실에 있는 어우양징은 더 당당하게 말했다. "다행히 그때 과감히 대출을 중단했으니 망정이지, 우리 징저우 은행에 더 큰 피해가 올 뻔했어요. 며칠 전 제가 특별히 은행 신용 조회 시스템으로 조사해보니 차이청공과 그가 경영하는 기업의 대출 기한 경과 대부금의 원금과 이자가 5억 6000만 위안이 넘더군요. 거기다가 상환하지 못한 고리대금 대출 원금과 이자가 10억 위안 가까이 되고요!" 어우양징은 고개를 빳빳이 들고 마치 허우량핑을 마주한 듯이 말했다. "차이청공의 신고 동기가 뭔지 한번 조사해보시죠. 이 악랄한 장사꾼이 왜 갑자기 나를 신고했겠어요? 그자는 새로 온 반부패국 국장을 이용해 자기를 보호하려 한 겁니다. 밖은 너무 위험하니까요. 고리대금업자들이 그 작자를 죽이겠다고 계속 쫓고 있거든요. 이미 한 번 잡혀가서 사흘 밤낮을 개 우리에 갇혀 있었는데 하마터면 미칠 뻔했다더군요."

허우량핑은 어우양징과 가오샤오친의 말이 사실이라고 믿었다. 이제 그는 전혀 새로운 각도에서 차이청공을 보게 됐다. 자신의 동무는 모든 사건의 화근이었다. 속에 분노가 가득한 어우양징이 숨겨오던 사실을 떠들어대고 있고, 가오샤오친의 말에도 근거가 있었다. 특히 가오샤오친은 매우 결백해 그야말로 진창 속에서 한 점 티끌 없이 깨끗한 연꽃 같았다. 지금까지의 사건 처리 방향은 완전히 틀렸으며, 그는 차이청공 때문에 막다른 골목에 몰렸다. 허우량핑은 친구의 양쪽 뺨을 쳐야 할지 자신의 뺨을 쳐야 할지 정말 알 수 없었다. 하지만 마음속 깊은 곳에서 이성의 소리가 들려 왔다. "서두르지 마라, 서두르면 안 된다……."

유치장에 있는 차이청공은 머리의 상처가 아물지 않아 말하기 힘들다며 억지를 쓰기 시작했다. 그러자 시공안국이 그를 유치장에 그냥 가둬버렸다. 차이청공은 허우량핑과 직접 대면해 할 말이 있다고 했다.

허우량핑은 떼를 쓰는 차이청공을 대형 스크린으로 보며 씁쓸한 얼굴로 그와 대화하기 시작했다. "차이청공 씨, 이제부터 제가 당신과 대화할 겁니다. 당신은 날 못 보지만 나는 당신을 볼 수 있어요. 당신은 온통 거짓말과 헛소리로 나를 실망시켰습니다. 부디 지금부터라도 질문에 있는 그대로만 대답하십시오. 민성 은행과 다른 대형 은행에서 얼마나 돈을 빌렸습니까? 고리대금으로 받은 대출은 얼마입니까?" 대형 스크린 속 차이칭궁은 한껏 불쌍한 얼굴로 말했다. "허우 국장, 이미 다 알았다면 나한테 물어서 뭐 합니까? 나는 요 몇 년 동안 진 빚이 너무 많아 평생을 갚아도 다 갚을 수 없습니다. 빚을 독촉하는 회사 깡패들이 날 가만두지 않겠다고 하니 여기 감옥에 들어오겠다고 생각한 겁니다요. 원숭아, 나…… 나 밖에 나가면 목숨이 위험하다. 제발 좀 살려줘……."

수사 방향이 완전히 잘못 잡혔다. 분명 차이칭궁과 딩이전이 판커다란 구멍인데 차이칭궁은 성공적으로 자신을 피해자로 둔갑시켰다. 허우량핑은 이제야 차이칭궁이 베이징 자신의 집에 찾아와 딩이전과 어우양징을 신고한 데에 확실한 목적이 있었음을 알았다. 딩이전은 징저우 부시장이고, 어우양징은 리다캉 서기의 아내 아닌가. 차이칭궁은 허우량핑의 주목을 끌어 반부패국이 행동에 나서도록 유도한 것이다. 엄청난 부채의 공포에 짓눌린 친구는 감옥에서의 휴가를 누리려는 마음에 허우량핑을 완벽히 속였다.

1차적인 진상은 규명됐고 차이칭궁에 대한 보호는 더 이상 필요 없어졌다. 심문이 끝나고 허우량핑은 상황이 이렇게 됐으니 차이칭궁 건을 시공안국에서 수사하고 처리하도록 하자고 먼저 제의했다. 지창밍도 그의 의견에 동의했다. "안 그래도 자오둥라이 국장이 채근하고 있었는데 오늘 체포를 승인해야겠구먼." 허우량핑은 상관이 몇 마디라도 혼을 내주길 바랐다. 하지만 상관은 오히려 저녁에 같이 고기라도 구워 먹자고 하는 게 아닌가. 허우량핑은 정중히 지 검찰장의 제의를 거절하고 동료들과 반성을 해봐야겠다고 말했다.

지 검찰장과 헤어질 때 허우량핑은 우울한 목소리로 물었다.

"검찰장님, 혹시 이번에 저 때문에 실망하지 않으셨습니까?" 지창밍은 그의 어깨를 두드리며 말했다. "뭣 때문에 실망을 하나? 밝은 빛을 보게 되지 않았나. 9·16 사건 배경과 진상이 기본적으로 다 드러났고, 어우양징이 50만 위안을 뇌물로 받은 증거도 확정했어. 뜻밖의 소득도 있었지. 은행 계통 비공직자들의 직무 범죄를 알게 되지 않았나. 차이청공이 정말 어우양징에게만 뇌물을 줬겠나? 징저우 은행의 다른 직원들은? 그 많은 대출 은행들은 어떻고? 저 약아빠진 장사꾼이 어떻게 5, 6억 위안이나 되는 큰돈을 대출받을 수 있었을까? 하나부터 열까지 확실히 조사해야 하네!"

허우량핑은 저도 모르게 이 형님 같은 상관의 손을 잡고 세차게 흔들었다.

저녁 무렵 허우량핑은 홀로 운동장으로 향했다. 검찰 건물 뒤편에는 빈 공터가 있어 간경들이 종종 운동을 하곤 했다. 마침 젊은 경찰 몇 명이 농구를 하고 있었지만 허우량핑은 평행봉 앞에 섰다. 평행봉은 그가 좋아하는 운동으로 치퉁웨이처럼 그도 근육을 단련하는 운동을 중시했다. 그는 겉옷을 벗고 가볍게 뛰어올라 양손으로 평행봉을 잡고 몸을 흔들었다. 기분이 답답할 때 그는 불만을 배설하고 자신을 학대하는 것처럼 기진맥진할 때까지 운동했다. 허우량핑은 시간이 지날수록 좌절감에 빠져들었다. 차이청공이 이렇게 자신을 처참하게 만들 줄은 미처 몰랐다. 모든 실마리가 끊어지고 말았다. 이 개자식 차이청공은 상대의 바람막이가 되어 그가 예상한 추론을 모두 수포로 돌아가게 했다. 강하고 교활한 상대는 갑자기 어떤 흔적도 없이 숨어버렸다. 다음 단계는 어떻게 해야 한단 말인가? 어떻게 하면 좋을까?

농구장에서 농구를 하던 젊은 친구들이 모두 손을 멈추고 눈이 휘둥그레져서 허우량펑을 바라봤다. 새로 부임한 반부패국 국장은 시계추마냥 영원히 움직일 것처럼 평행봉 위에서 몸을 세차게 흔들었다.

26

징저우의 밤은 낮보다 화려해 가게마다 네온사인이 번쩍였으며, 사람들은 거리를 가득 메우고 차들이 도로에서 꼬리에 꼬리를 물었다. 중추절을 앞두고 사람들은 선물을 사느라 매우 바빴다. 인정이 오고가는 평범한 생활 속에 불쑥 작은 클라이맥스가 일어났다. 허우량핑은 천하이를 병문안하러 가는 길에 주위 풍경을 유심히 관찰했다. 고개를 들어 보니 달이 완벽한 원은 아니지만 눈부신 은빛을 사방으로 내뿜고 있었다.

천하이는 이미 일반 병동 1인실로 옮겼다. 허우량핑은 병상 앞에서 천하이를 바라보며 늘 그러듯 혼수상태의 형제이자 전우에게 속으로 이야기했다.

'천하이, 나 오늘 진짜 재수 없었다! 삼자 동시 심문을 했는데 아칭사오는 결백하고 차이청공은 천하의 나쁜 놈이지 뭐냐. 얼마나 헛다리 짚었는지 몰라. 차이청공이 나쁜 놈이란 게 사실로 증명됐어. 근데 그놈이 아무리 나쁜 놈이라도 딩이전을 캐나다로 보낼 능력은 없지 않을까? 딩이전의 도주로 이익을 보는 사람이 누굴까? 분명 아칭사오는 잠재적인 수혜자인데 그렇게 결백하다니 난 아직도 믿을 수가 없어! 지 검찰장님께도 실망을 끼쳤지 뭐냐. 근데 그분 참 좋은 분이더라. 이 기회에 내 원숭이 털을 뽑아 정신을 차리게 할 수도 있을 텐데 고기나 먹자고 하시더라고. 근데 무슨 낯으로 거길 가냐? 창피하잖아. 내가 심문 전에 검찰장님께 사건의 실마리가 풀릴 거라고 자신 있게 말했거든. 근데 결과가 엉망진창이 돼버렸어. 내가 진짜 내 뺨을 때리고 싶더라⋯⋯.'

반쯤 열린 병실 문 너머로 언뜻 누군가 스쳐 지나가는 것 같았다. 허우량핑은 천하이와 마음의 대화를 나누느라 이런 상황을 눈치채지 못했다. 그때 어디선가 파리 두 마리가 앵앵거리고 나타나더니 자꾸 천하이의 얼굴에 내려앉아 허우량핑의 신경에 거슬렸다. 그는 자리에서 일어나 주위를 둘러보며 파리채를 찾았지만 보이지 않자 손을 휘둘러 파리들을 쫓았다. 그런데 바로 그때 문밖에서 건장한 남자 둘이 번개같이 뛰어 들어와, 허우량핑이 어떤 반응을 보일 새도 없이 순식간에 병실 밖으로 끌고 나갔다.

경찰차 앞에 끌려와서야 허우량핑은 어떻게 된 상황인지 알아차렸다. "당신들 경찰입니까?"

둘 중 한 남자가 허우량핑을 경찰차로 밀어 넣으며 말했다. "그만 떠들고 차나 타시지!"

경찰차는 쌩하니 달렸고 길가의 불빛들이 차 뒤편으로 획획 지나갔다. 두 남자 사이에 낀 허우량핑은 불편하기 짝이 없었다. 지금 이 상황은 오해로 일어난 것이 분명하다. 이 사복 경찰들은 대체 어디 소속일까? 성공안청? 아니면 시공안국? 성공안청 소속이라면 치퉁웨이 청장을 찾아야 할 테고, 시공안국 소속이라면 자오둥라이 국장을 찾아야 할 것이다. 하지만 거구의 두 남자는 그를 상대하려고도 하지 않았다. 허우량핑은 하는 수 없이 자신의 신분을 밝혔다. "내가 누군지 압니까? 나는 검찰원에 새로 부임한 반부패국 국장입니다!" 두 남자는 그 말에 서로를 쳐다보며 눈짓을 주고받았다. 잠시 후 한 남자가 말했다. "새로 온 국장이라? 옛 국장을 죽이고 싶었습니까?" 그러자 다른 남자가 말했다. "당신이 병실에 들어갈 때부터 우리가 지켜보고 있었습니다." 다시 첫 번째 남자가 말을 받았다. "그러니까. 한참이나 가지 않고 있던데 기회를 기다렸습니까?" 또 다른 남자가 말했다. "아주 음흉하게 주위를 둘러보더니 사람이 없으니까 마수를 뻗친 거 아닙니까!" 허우량핑은 울 수도, 웃을 수도 없었다. "둘이서 무슨 만담합니까? 나는 천하이 얼굴에 앉은 파리를 쫓으려 한 겁니다! 마수를 뻗치다니, 원! 빨리 당신들 상관에게 보고하세요." 그러자 한 남자가 잠시 생각을 하더니 정말 전화를 걸어 보고했다. 하지만 보고를 마친 남자는 허우량핑을 바꿔주지도 않고 전화를 끊어버렸다. 잠시 후 경찰차는 녹음이 조화를 이룬 작은 양옥 앞에 섰다.

허우량핑이 한 번도 와본 적 없는 교외의 빌라였다. 주위가 조용하고 아늑했으며 가을벌레와 새 들의 울음소리가 유난히 크게 들렸다. 가끔 반딧불이가 하늘을 날아 초록 불빛 길을 만들었다. 마치 아름다운 무릉도원 같았다. 다만 사복 경찰들이 어째서 자신을 여기로 데려왔는지 알 수 없을 뿐이었다.

그때 자오둥라이가 하하하 웃으며 마중 나와 그의 의혹을 풀어줬다. "긴장할 것 없습니다. 여기는 '9·21' 사건 사무실로 우리 시 공안국 전담 수사팀이 일하고 있습니다." 그러더니 그는 허우량핑의 손을 잡고 악수를 하며 진지한 표정을 지었다. 하지만 허우량핑은 화가 머리끝까지 치솟아 자오둥라이의 손을 뿌리쳤다. "자오 국장, 이거 일부러 나를 망신 주려고 한 겁니까?" 자오둥라이는 정색했다. "허우 국장이 먼저 의심을 살 만한 일을 하지 않았습니까? 허우 국장이 손을 쓰려 하는 걸 우리 팀원들이 봤다고 하던데요." 그제야 허우량핑이 물었다. "시공안국에서도 천 국장을 지키고 있었습니까?" 자오둥라이가 고개를 끄덕였다. "그렇습니다. 본래 네 명이었는데 검찰원에서 경비를 강화하면서 두 명을 철수시켰습니다. 오늘은 우연히 그런 상황을 맞닥뜨리게 된 거고요."

9·21 사건 사무실은 작은 건물로 바깥은 예뻤지만 내부는 인테리어가 단순했다. 1층의 어떤 방은 시멘트 바닥이 그대로 드러나 있었다. 그나마 2층에는 마루가 깔려 있었지만 그리 좋은 제품을 쓰지 않은 데다 시공 솜씨도 조악해, 어떤 곳은 밟으면 삐거덕 소리가 났다. 자오둥라이가 건물을 둘러보며 말했다. "여기는 원래 은행에 저당 잡힌 곳인데 채권자가 돈을 갚지도 못하고 은행이 팔지도 못해 그냥 비어 있습니다. 지금은 저희 시공안국에서 잠시 빌려 쓰고 있죠."

사무실에 들어서자 기다리고 있던 경관 둘이 얼른 일어섰다. 자오둥라이는 경관들을 가리키며 허우량핑에게 소개했다. "여기는 9·21 사건의 책임자인 범죄수사처 황 처장이고, 여기는 경제수사팀 천 팀장입니다. 최근에 불법 자금 모집 사건 몇 건을 맡고 있는데 그중 차이청공이 관련된 사건이 있습니다." 허우량핑은 앞으로 나가 두 경관과 악수했다. 자오둥라이는 범죄수사처 황 처장에게 9·21 사건 수사 상황을 소개하도록 했다.

황 처장은 고개를 끄덕이더니 파일을 펼쳐 일목요연하게 설명하기 시작했다.

천하이는 9월 21일 오전 차에 치였고, 그 날짜를 따서 사건 이름을 붙였다. 그들은 사건이 벌어진 그날 오전부터 이것이 단순한 교통사고라고 믿지 않고 살해 기도가 아닌지 의심했다.

현재까지 밝혀진 바에 따르면 사고를 낸 운전수는 범죄 조직 출신으로 4년 전에도 음주운전으로 사람을 치어 죽였지만 2년 형을 판결 받았다. 반복된 낡은 수법을 확인하고 시공안국은 누군가가 그를 고용해 천하이 국장을 죽이려 한 것이 아닌가 의심했다. 또한 운전수가 사고를 내기 전에 적지 않은 술을 마신 것은 사실이지만, 그는 보통 사람보다 혈중 알코올 분해 효소가 많아 알코올 분해 능력이 강한 편이었다. 하지만 그는 붙잡힌 뒤 아무리 심문해도 같은 말만 반복했다. "술을 너무 많이 마셨어요." 두 번째 감옥에 가는 그는 노련하게 연기했다. 살인은 사형이지만 음주운전 사고는 3년 이하의 유기징역이란 것 잘 알고 있던 것이다.

허우량펑이 물었다. "그럼 대체 누가 그 킬러를 고용했다는 겁니까?" 자오둥라이가 진지하게 대답했다. "그게 바로 우리가 조사하고 있는 내용입니다. 그 때문에 차이청공을 주목하고 있기도 했죠." 자오둥라이는 커피머신을 작동시켜 차분히 커피를 내리며 또다시 비꼬듯 말했다. "우리가 차이청공을 주시하고 있는데 허우 국장이 나타나 그를 보호하기 시작했죠. 행여 어린 시절 친구가 우리 손에 억울한 일을 당하지 않을까 걱정하면서요. 그러니 저희가 허우 국장을 의심하지 않을 수 있겠습니까?" 그러자 허우량펑이 말했다. "나로서는 당연한 일이었습니다. 차이청공은 어우양징이 뇌물을 받았다고 신고한 사람 아닙니까?" 그 말에 자오둥라이가 날카롭게 지적했다. "어우양징은 리다캉 서기의 부인이고요! 솔직히 말해보시죠. 검찰원에서는 리다캉 서기가 우리를 이용해 차이청공이 입을 열지 못하도록 죽이지나 않을까 의심하지 않았습니까?"

허우량펑은 괜한 웃음으로 난처한 상황을 모면하려 했다. "자오 국장, 이야기를 지어내지는 맙시다. 말이 나왔으니 나도 하나 물어봅시다. 차이청공에게 무슨 전화 신고 내용을 반복적으로 소리

내어 읽게 했다던데 대체 그건 어떻게 된 일입니까? 차이청공은 당신들이 자기에게 없는 죄를 뒤집어씌우려는 것 같다고 했습니다. 나와 동료도 그 이야기를 듣고 잘 이해가 되지 않았고요." 자오둥라이가 진지하게 대답했다. "그게 바로 내가 오늘 허우 국장과 얘기하려는 겁니다. 황 처장, 차이청공이 두 번 녹음한 거랑 천하이 국장 휴대전화에서 되살린 신고 녹음 모두 허우 국장께 들려드려. 허우 국장도 이게 한 사람의 목소리인지 아닌지 판단 좀 해주시죠."

범죄수사처 황 처장은 바로 기계를 작동시켜 녹음된 목소리를 들려줬다.

"천 국장님이십니까? 제가 신고를 하려 합니다! 제가 부패 관리들을 신고하려 합니다. 그들이 저를 가만두지 않으니 저도 그들을 가만둘 수 없습니다. 제게 장부가 있으니 직접 만나서 전해드리겠습니다……."

녹음된 목소리는 이 몇 마디가 전부였고 세 번을 반복해서 들었다. 허우량핑은 진지하게 듣고 난 뒤에 말했다. "이건 차이청공이 아닌데. 확실히 아닙니다. 두 녹음은 누가 들어도 한 사람의 목소리가 아니에요."

자오둥라이도 고개를 끄덕였다. "서로 다른 기술 부문에서 여러 번 측정했는데 역시 다른 목소리라는 결론이 나왔습니다. 다시 말해 천하이 국장은 교통사고가 나기 전에 두 통의 신고 전화를 받은 겁니다. 하나는 차이청공이 걸었지만 녹음을 하지 못했고, 다른 하나는 녹음을 했지만 다른 신고자인 거죠. 이 신고자야말로 사건의 열쇠를 쥐고 있는데 대체 누구일까요? 혹시 이 사람도 피습을 당한 건 아닐까요? 이건 어떤 직감 같은 건데, 이 신고자는 이미 이 세상 사람이 아닐 수도 있습니다." 허우량핑은 자오둥라이를 보며 감탄해마지않았다. "자오 국장, 난 자오 국장이 이렇게 대단한 사람인 줄 몰랐습니다. 천 국장에게 사고가 나던 날부터 그 친구를 보호하고 있었다니요. 당시에는 단순한 교통사고라고 단언하는 분위기였는데 그것도 연막이었던 겁니까?" 자오둥라이는 조금 의기양양하게 말했다. "휴대전화에 신고 전화 녹음이 있는데 내가 그냥 지나칠 수 있겠습니까? 상대를 속이고 경계를 늦춰 필요한 증거를 모을 시간을 번 거죠."

그때 허우량핑은 자오둥라이가 생활의 정취가 넘치는 남자란 사실을 알았다. 사건을 분석하면서 아무 말 없이 커피를 탔고, 심지어 음악까지 틀어 사무실 안에 슈베르트의 세레나데가 가볍게 울려 퍼지도록 했다. 하지만 문 뒤쪽에 도시락 용기들이 잔뜩 쌓여 있는 걸 보면 평소 그가 쫓기듯 간단히 식사한다는 사실을 알 수 있었다. "콜롬비아 커피 원두가 맛이 아주 괜찮아요." 자오둥라이는 향기로운 향이 코끝을 찌르는 커피를 허우량핑에게 건넸다. 그는 자주 밤을 새는 편이라 커피를 마시는 습관이 생겼다고 덧붙여 말했다. 허우량핑은 한 모금 마시더니 이내 오만상을 찌푸렸다. "난 촌스러워서 그런지 원두커피 마시는 습관은 잘 안 드네요." 자오둥라이가 우유를 몇 번이나 더 넣어준 뒤에야 허우량핑은 커피를 마실 수 있었다. 그는 자신도 밤을 샐 때가 많지만 차를 좀 마시면 괜찮다고 말했다. 그 말에 자오둥라이는 절레절레 고개를 저으며 경찰은 일이 더 고되기 때문에 차 정도로는 안 되며 더 맛이 진한 커피를 마셔야 한다고 말했다. 허우량핑은 코웃음 치며 반부패국 직무 범죄 수사는 고되지 않은 줄 아냐며, 자신은 자오 국장처럼 외국물이 들지 않은 거라고 맞받아쳤다. 두 사람은 이러쿵저러쿵 설전을 벌이며 훨씬 가까운 사이가 되었다.

허우량핑은 교통사고가 났던 9월 21일을 전후해 징저우에서 일어난 비정상적인 사망과 실종 상황에 대해 조사해보면 어떻겠느냐고 제안했다. 교통사고라든지 투신자살, 급성 심장병 같은 비정상적인 사망을 조사해보면 어떨까 생각한 것이다. 자오둥라이도 그런 쪽으로 감이 왔는지 이미 조사를 시작했다고 말했다. 천 국장에게 전화를 했던 비밀스러운 신고자를 중점적으로 쫓고 있는데 살아 있다면 사람을, 죽었다면 시체라도 볼 작정이라고 했다. 또한 그는 9월 21일, 22일, 23일 등 교통사고 뒤 며칠 사이에 징저우에서 발생한 비정상적인 사망과 실종에 관련된 사람을 모두 조사하고 있는데, 특히 기업의 재무 관리자가 없는지 확인 중이라고 했다. 신고 전화에서 비밀 장부를 언급했기 때문이다.

허우량핑은 같은 뜻을 가진 동료가 있다는 사실에 큰 위로를 얻었다. 차이청공 사건을 시공안국에 넘기고 처리하도록 한 지 얼마 되지 않아 두 수사팀이 뜻밖의 의기투합을 통해 앞으로도 함께 수사 정보를 나눌 수 있게 됐다.

그 김에 허우량핑도 자오둥라이에게 어우양징의 뇌물 수수 사건 경과를 이야기했다. 차이청공이 어우양징에서 준 50만 위안 뇌물과 훗날의 신고는 하나의 사건으로 묶을 수 있지만 9·16 사건과 천하이의 교통사고, 딩이전의 도주와는 큰 관련이 없어 보였다. 허우량핑은 반부패국 국장을 피습하거나 여러 지도자 앞에서 딩이전을 긴급히 도주시키는 일은 보통 사람이 할 수 있는 일이 아니라고 생각했다. 이 사건은 매우 복잡해 직무 범죄일 뿐만 아니라 형사 범죄이며 경제 범죄였다.

자오둥라이는 허우량핑의 생각에 동의하며 사건을 분석했다.

"확실히 사건이 복잡하긴 하지만 의혹에 싸여 있던 일 중 몇 가지는 확실해진 것 같군요. 이를테면 성검찰원에서는 우리 시위원회 서기를 의심해, 그가 자신의 아내를 비호하고 있다거나 딩이전을 도주시켰다고 생각하지 않았습니까? 심지어 리 서기가 천 국장 피습과 관련이 있는 건 아닌지 의심하기도 했죠. 하지만 그런 생각들이 잘못됐다는 것이 밝혀졌잖아요. 우리 시위원회 서기가 사실은 결백하다는 게 말이죠. 적어도 지금까지는요."

허우량핑은 자오둥라이의 의견에 다른 말을 보태지 않고 가오샤오친에 대해 이야기하기 시작했다. 산쉐이 리조트는 매우 재미있는 곳으로, 도망가기 전만 해도 딩이전이 자주 나타났으며 H성 고관도 한때 식당으로 삼았다. 그런데 가오샤오친은 딩이전은 물론이고 9·16 사건과도 관련이 있다. 따펑 공장 땅이 결국 이 아칭사오의 손에 떨어지지 않았는가! 물론 아직까지 그녀는 결백해 보이지만 산쉐이 그룹의 내막은 제대로 밝혀지지 않았다. 그 이야기를 듣고 있던 자오둥라이는 큰 결심을 한 것처럼 한 가지 사실을 털어놓았다. "오늘 이렇게 함께 사건의 경위에 대해 의견을 나누게 된 이상 숨길 게 뭐가 있겠습니까? 사실 이 사건과 관련된 실마리 하나를 찾았습니다. 산쉐이 그룹에 류칭주(劉慶祝)라는 재무 관리자가 있는데, 재밌게도 동남아로 자유 여행을 떠난 뒤로 28일째 돌아오고 있지 않답니다. 근데 그가 여행을 떠난 날이 천하이 국장이 사고가 난 날이더군요."

허우량핑은 그 말에 깜짝 놀랐다. "그럼 그자가 바로 신고자 아닙니까? 누가 동남아에 28일이나 놀러 가겠어요? 입을 열지 못하게 벌써 처치했겠군요."

자오둥라이는 아직 확실한 증거가 없으니 그렇게 결론 내릴 순 없다고 말했다. 하지만 산쉐이 그룹의 재무 책임자가 정말 목숨에 위협을 느끼고 천 국장에게 신고 전화를 걸었다면 당시 언급한 장부는 산쉐이 그룹과 관련된 것일 가능성이 높았다. 허우량핑은 순간 좋은 아이디어가 떠올랐다. "자오 국장, 필요하다면 공안국에서 산쉐이 리조트로 매춘 단속을 나가 내부 사정을 확인해보는 게 어떻습니까?" 자오둥라이도 그의 아이디어에 찬성했다. 사실 그는 줄곧 산쉐이 그룹을 주목하고 있었으며, 스파이를 보내 적당한 때에 작전을 실천에 옮길 계획이었다.

두 사람의 만남이 마무리됐을 때는 이미 밤이 깊어 작은 정원 안이 고요해져 있었다. 허우량핑을 배웅하기 위해 자오둥라이가 사무실 밖으로 나왔을 때 두 사람은 조금이라도 더 일찍 의기투합하지 못했음에 아쉬움을 느꼈다. 특히 허우량핑은 자오둥라이에 대한 지창밍의 평가를 떠올리며 자신에게 능력 있는 새 친구가 생겨서 다행이라고 생각했다. 막다른 곳에서 이렇게 새로운 길을 찾게 될 줄 누가 알았겠는가! 심문이 실패로 끝나고 실마리가 끊어진 마당에 전혀 예상지도 못한 자오둥라이가 나타나 새로운 돌파구가 되어준 것이다. 천하이는 피습을 당한 것이 확실하고, 범인은 녹음이 단서가 되어주리라. 그 장부만 찾는다면 사건의 진상은 세상에 드러날 테고, 관련된 기이한 사건들도 명백히 밝혀질 수 있을 것이다.

사흘 뒤, 신고를 하겠다며 천옌스가 갑자기 반부패국을 찾았다.

천옌스도 참 재미있는 게, 퇴직한 부검찰장인지라 지창밍부터 반부패국의 젊은 직원들까지 그를 모르는 사람이 없는데 굳이 검찰원 로비에서 신고 접수를 하려 했다. 신고 접수를 담당하는 젊은 직원이 옛 부검찰장을 알아보고 현 반부패국 국장에게 서둘러

전화를 걸어 보고했다. 허우량핑은 그 소식을 듣자마자 하던 일을 멈추고 그를 맞으러 내려갔다.

하지만 천옌스는 이미 6호 접견실을 배정받고 소파에 앉아 자료를 보고 있었다. 허우량핑은 허겁지겁 문을 열고 들어가 투덜댔다. "아저씨, 일이 있으시면 제 사무실로 직접 오시지 않고요. 여기 접수까지 하셨어요? 제가 믿음직하지 않으면 검찰장님을 찾으셔도 되는데요." 천옌스는 돋보기를 벗으며 말했다. "허우 국장, 아저씨라고 부르지 말게. 내가 신고를 하겠다고 접수까지 한 건 공적인 일은 공적으로 해결하기 위해서야. 그러니까 천하이 그 녀석처럼 날 대하지 말라고. 자오둥라이 국장이 이렇게 해보라고 아이디어를 주더구먼." 허우량핑은 신고자를 맞는 자리에 앉았다. "자오둥라이 국장이 아이디어를 줬다고요? 그 친구가 절 괴롭히려고 그랬나 보네요." 천옌스는 손을 내저었다. "자네는 그 태도가 잘못됐어. 꼭 천 국장 같구먼. 괴롭힌다는 게 무슨 말인가? 나는 신고를 하려는 거야. 그러니까 자네도 공적으로 대해주면 좋겠네. 솔직히 말해 방금 징저우공안국에 가서 시공안국에 관련된 자료는 자오둥라이 국장에게 모두 주고 왔다네. 반부패국과 관련된 자료는 이쪽에서 잘 조사해주게!" 허우량핑은 울지도, 웃지도 못하고 말했다. "아저씨, 아저씨께서 '제2인민검찰원' 업무를 보고 계신다고 천하이가 그러더니 진짜 그런가 보네요." 천옌스는 불편한 기색으로 대꾸했다. "그러니까 너희가 눈 똑바로 뜨고 조사해야 할 단서를 제대로 조사해야 하는 거다." 허우량핑은 쓴웃음을 지었다. "아저씨, 저희가 조사하겠습니다. 반드시 조사할게요!" 천옌스는 소파 손잡이를 손가락으로 두드리며 허우량핑에게 주의를 줬다. "허우 국장, 여기서는 나를 아저씨라고 부르지 말게. 녹음도 하고, 녹화도 하지 않나!" 그러더니 그는 커다란 서류 뭉치 사이에서 자료 하나를 꺼내 허우량핑에게 건넸다.

허우량핑이 건네받은 자료는 타자를 쳐 프린트한 것으로 놀랍게도 표지에 'H성 전 성서기 자오리춘의 열두 가지 법률과 기율 위반 문제에 관한 신고 자료'라고 적혀 있었다. 그 제목을 본 허우량핑은 서둘러 동영상 녹화를 중단시켰다. 그런 다음 자료를 이리저리 훑어보고는 쓴웃음을 지으며 천옌스에게 물었다. "아저씨, 신고할 장소를 잘못 찾아오신 거 아닌가요? 우리 성 반부패국에는 중앙당과 국가 지도자를 조사할 권한이 없습니다." 천옌스는 자료를 잘못 건네준 것을 알고 손을 내밀며 경고하듯 말했다. "량핑아, 이 일은 꼭 비밀을 지켜다오." 허우량핑은 고개를 끄덕이며 천옌스에게 권했다. "하지만 아저씨, 아저씨도 이제 힘 좀 빼세요. 연세도 많으신데 지나간 일로 이렇게까지 하실 필요가 있나요? 다 털어버리신 거 아니었어요? 직접 집도 팔아서 기부하시고 요양원까지 들어가셨는데……."

천옌스는 허우량핑의 말에 벌컥 화를 냈다. "허우 국장, 자네는 어떻게 천 국장이랑 똑같은 말만 늘어놓나? 나는 자오리춘에게 사적인 원한이 있는 게 아니야. 그는 공공의 적이라고! 나는 부성급 간부 같은 거에는 관심도 없어! 하지만 자오리춘 같은 인간이 계속 승승장구한다면 우리 당과 나라에 위험이 될 게야!" 허우량핑은 이 자리에서 어르신과 논쟁을 벌이고 싶지 않았다. "아저씨, 차라리 제 사무실에 가서 얘기하시는 게 어때요?" 천옌스는 고개를 저었다. "그럴 시간이 어디 있냐? 천 국장 누나 천양도 왔고, 나도 마침 며칠 여유가 있어서 내일 베이징에 한번 다녀올 참이다. 난 자오리춘을 꺾을 수 없다는 소리를 믿지 않아!" 그렇게 말하며 그는 허우량평에게 다른 자료를 건넸다. "허우 국장, 실시간 녹화 시작하게."

사진과 진상, 단서가 담긴 이 자료는 가오샤오친과 산쉐이 그룹에게 칼끝을 겨누고 있었다.

27

 가오샤오친은 요즘 기분이 매우 좋았다. 덕분에 하늘하늘 발걸음도 가볍고 눈에서 반짝반짝 빛이 흘러나왔다. 그녀는 실감 나는 머리싸움으로 허우량핑에게 깊은 인상을 남기고 싶었다. 반부패국의 허우 국장은 가까이 하면 안 되는 위험인물이지만 꽤 귀여워서 좋기도 하고 걱정도 됐다. 걱정을 하지 않으려면 공부를 열심히 해 필요한 인격 미용을 해야만 한다. 이는 오랜 세월 그녀가 가꿔온 좋은 습관이었다.

 어슴푸레 밤이 깃들고 별빛이 희미해지자 가오샤오친은 홀가분한 기분으로 혼자 잔디밭을 걸었다. 이곳은 무릉도원이자 그녀만의 왕국이었다. 동화처럼 아름나운 별상들과 넓고 푸른 골프장, 리조트 중심에 우뚝 솟은 건물을 볼 때마다 그녀는 꿈을 꾸는 듯한 기분을 느꼈다. 그녀는 이곳의 여왕으로 자기 왕국의 땅을 밟는 중이었다.

 술 취한 두 남자가 서로를 부축하며 비틀비틀 복도를 걸어왔다. 술기운에 목소리가 커진 그들은 헛소리를 계속 늘어놨다. 사실 그들은 산쉐이 클럽하우스의 단골이자 귀빈인 시정부의 친 부비서장과 시중급인민법원의 부원장 천칭첸(陳淸泉)이었다. 가오샤오친은 반갑게 다가가 웃는 얼굴로 인사했다. 친 부비서장은 고양이처럼 웃으며 러시아 미녀 카츄사가 있는지 물었다. 가오샤오친은 빙

굿 웃으며 대답했다. "물론이죠. 지금 3동에서 비서장님께 러시아어를 가르쳐드리려고 기다리고 있답니다." 하지만 친 부비서장은 술기운이 올라오는지 백기를 들며 투덜댔다. "오늘은 천 원장한테 졌어. 술을 너무 마셔서 배우질 못하겠네. 아무래도 집에 가야겠어." 그러자 천칭췐이 음흉한 눈빛으로 놀리듯 말했다. "친 비서장이 간다니 내가 러시아어를 배워야겠구먼." 하지만 친 부비서장은 별로 질투하지 않았다. "맘대로 하시게." 가오샤오친은 친 부비서장이 집으로 돌아갈 수 있게 차를 준비해줬고, 천칭췐에게는 일찍 돌아가 쉬시는 게 어떻겠느냐고 권했다. 하지만 천칭췐은 한껏 망가진 모습으로 품위 없는 말들을 지껄여댔다. "쉬긴 뭘 쉬나? 러시아어를 배워야지! 하라쇼(좋다)!"

천칭췐이 3동에서 금발에 푸른 눈의 러시아 미녀와 침대에서 사랑을 나누고 있을 때 클럽하우스 앞에 경찰 승합차가 멈춰 섰다. 차에서 쏟아져 나온 몇 명의 경찰들은 정확히 3동을 찾아 들어가 매춘 단속을 실시했다. 당시 가오샤오친은 행정동 사무실에서 책을 보고 있었다. 그녀는 벌써 여러 해 전부터 잠들기 전에 책을 읽는 좋은 습관을 들였다. 책을 읽으면 이로운 점이 많을뿐더러 인격 미용에도 꼭 필요했기 때문이다. 그런데 갑자기 전화벨이 울리더니 천칭췐이 울먹이는 목소리로 구원 요청을 했다. "큰일 났어요, 가오 회장! 매춘 단속이 떴어요!" 가오샤오친은 까무러칠 듯이 놀랐다. 요 며칠 좋았던 기분은 순식간에 엉망진창이 됐다. 그녀는 황급히 휴대전화로 치퉁웨이에게 전화를 걸어 매춘 단속을 나오면서 어떻게 미리 알려주지 않을 수 있느냐고 불만을 터뜨렸다. 치퉁웨이는 도무지 영문을 알 수 없었다. "어디서 단속이 나왔다는 거야?" 가오샤오친이 모른다고 하자 치퉁웨이는 상황을 알아보고 연락 주겠다고 말했다.

몇 분 뒤 치퉁웨이는 경찰들을 이끌고 산쉐이 클럽하우스에 나타난 이가 광밍공안분국 치안대대 첸 대장이란 사실을 알았다. 첸 대장은 전화로 치 청장에게 매춘 단속이 아니라 누군가 매춘을 한다는 신고를 받아서 직접 잡으러 온 것이라고 보고했다. 서양 매춘부가 이곳에 머문 지 꽤 되어 벌써부터 손을 쓰려고 준비했다는 것이다. 그러자 치퉁웨이는 한껏 권위적인 말투로 첸 대장에게 물었다. "자네 뭘 제대로 알고 있는 건가? 산쉐이 그룹 가오 회장 말로는 중국에 와서 교류도 하고 외교도 하는 젊은 외국학자 몇 명이 있다더군. 시중급인민법원 천칭첸 부원장은 줄곧 그들에게 외국어를 배워왔네." 하지만 첸 대장은 지지 않고 휴대전화로 언성을 높였다. "치 청장님, 침대에서 엉덩이 내놓고 배우는 외국어도 있습니까? 이 일은 처리하기가 어렵습니다!" 치퉁웨이는 단호하게 말했다. "뭐가 어렵단 말인가? 그냥 풀어줘!" 첸 대장은 누구의 뜻을 따라야 할지 몰랐으나 이내 고집스럽게 항명을 했다. "그럴 순 없습니다! 치 청장님, 지금 시공안국에서는 사사롭게 범죄 혐의자를 처리하지 못하도록 엄격히 금지하고 있습니다. 자오둥라이 국장님의 명령이 있지 않는 한 말입니다."

상황은 이렇게 교착 상태에 빠져버렸다. 가오샤오친은 초조하게 집 안을 맴돌았다. 천칭첸은 그녀에게 매우 중요한 인물이었다. 따펑 공장 주식은 바로 이 법원 부원장의 판결로 산쉐이 그룹의 손에 넘어왔다. 만약 천칭첸에게 일이 생긴다면 지엽적인 문제들이 발생할지도 모른다. 가오샤오친은 오늘의 단속이 성과 시 고위층의 갈등과 관련되어 있으리라고 예감했다. 어쩐지 흐릿하게 리다캉의 그림자가 보이는 듯했다.

시기율위원회 서기 장슈리는 리다캉이 가오위량 수하의 정법계 간부들에게 손을 쓸 것이며, 산쉐이 리조트에 직접 칼끝을 겨누고 있음을 기민하게 발견했다. 리 서기는 권위적인 말투로 당당하고 엄숙하게 그와 기율위원회에 구체적인 지시를 내렸다. "공공연히 법률과 기율을 위반하고 있는 간부들을 불시에 조사하게! 중앙 8항규정과 6항금지령*이 발표된 뒤에도 우리 시의 극소수 간부들이 겉과 속이 다른 짓을 하고 있네. 먹지 말아야 할 것을 처먹고, 가지 말아야 할 곳에 가고, 오르지 말아야 할 침대에 오르고 있으니 국민들의 반응이 엄청나더군. 듣자 하니 농지아러가 간부러(幹部樂)가 됐다지? 산쉐이 리조트도 농지아러라고 부르던데, 실상은 골프장이 있고 외국 고급 매춘부들이 있는 농지아러라면서? 우리 시의 정법 간부 몇 명도 거기 몰래 드나들면서 신분을 망각한 채 즐기고 있다던데, 이 무슨 염치없고 악랄한 짓이란 말인가?"

이렇게 된 이상 천칭첸은 총구를 피할 수 없을 테니 장슈리는 그를 보호하고 싶어도 보호할 수 없게 됐다. 사실 장슈리는 여전히 그를 보호하고 싶었다. 천칭첸은 괜찮은 법원 부원장이며, 성위원회 지도자인 가오위량의 예전 비서여서 굳이 그에게 죄를 묻고 싶지 않았다. 하지만 리다캉 서기가 죄를 묻겠다는데 무슨 방법이 있겠는가? 조사를 하라면 할 수밖에. 어차피 그가 조사하지 않으면 리 서기는 사람을 바꿔서 할 것이며, 그를 조사할 수도 있다. 정치적 싸움이란 이토록 냉혹하고 무정한 것으로, 개인의 감정으로 좋고 싫음을 구별할 수 없었다. 결국 천칭첸 등 몇몇 간부

---

* 중국 공산당이 2013년에 내놓은 반부패 조치로 업무 기풍과 관련돼 금지하는 6가지 항목.

들의 문제는 오늘 밤 상무위원회에 안건으로 올라왔다. 장슈리는 기율위원회를 대표해 그들의 기율 위반 사실을 발표하고 마지막으로 결론을 말했다. "천칭첸 등 여섯 명의 간부는 당의 기율을 심각하게 위반했으며, 어떤 이는 일반인의 신고가 접수됐고 어떤 이는 인터넷에 그 죄상이 떠들썩하게 올라온 관계로 엄중하게 처리해야 합니다. 상황 보고는 여기까지입니다."

회의를 주재하는 리다캉은 여러 상무위원들을 훑어보며 말했다. "여러분, 천칭첸 등 여섯 사람은 공공연히 법률과 기율을 위반했기에 절대로 감싸줄 수 없습니다. 우리 징저우시위원회는 반드시 기율의 마지노선을 지켜야 합니다!"

잉 상무부시장은 뜻밖의 행동을 했다. 천칭첸과 동서지간인 그는 이럴 때 가만히 있을 수 없었던 것이다. "리 서기, 동지 여러분, 천칭첸은 우리 시 중급인민법원의 부원장이고, 다른 이는 시정부의 부비서장입니다. 좀 더 신중해야 하지 않습니까?"

리다캉은 미소 지으며 나이 많은 잉 상무부시장에게 말했다. "잉 동지, 그게 무슨 말씀인지 잘 모르겠는데, 좀 더 분명히 말씀해주시겠습니까?"

잉 상무부시장은 고개를 흔들며 쓴웃음을 지었다. "리 서기, 무…… 무슨 말인지 정말 모르겠습니까?"

그러자 리다캉은 얼굴에서 미소를 거두며 그에게 경고했다. "잉 동지, 사사로운 정에 얽매여서 일을 그르치지 마십시오!"

잉 상무부시장이 다급하게 말했다. "누, 누가 그런단 말입니까? 리 서기, 난 단지 갈등이 생길까 봐 걱정돼 그러는 것뿐입니다."

그러자 시정법위원회 쑨 서기가 불만스러운 목소리로 말을 이어받았다. "그러니까 말입니다! 천칭첸이 어떤 사람입니까? 가오위량 서기의 주임 비서였습니다. 가오위량 서기가 여러 번 추천하지 않았으면 천칭췐이 부원장 자리에 오를 수 있었겠습니까? 리 서기께서도 이런 상황을 알 것 아닙니까?"

리다캉은 담담하게 말했다. "하지만 그렇다고 해서 그들에게 법률을 위반하고 기율을 어지럽힐 특권이 있는 건 아닙니다. 쑨 서기도 감정적이 되면 안 됩니다. 말마다 가오위량 서기를 언급하지 말고 있는 사실 그대로 안건을 논의합시다. 아시겠습니까?"

쑨 서기는 조금 흥분한 것 같았다. "난 지금 감정적으로 말하는 게 아닙니다. 작년에 정법 업무를 연구하는 상무위원회의에서도 내가 천칭췐에 대해 의견을 내놨습니다. 그때 리 서기가 내게 일을 크게 보라며 말도 제대로 꺼내지 못하게 하지 않았습니까? 오늘 한마디 물읍시다. 리 서기, 내가 하고 싶은 말 좀 다 하게 허락해줄 수 있으십니까?"

회의장 분위기가 순식간에 얼어붙었다. 장슈리는 쑨 서기가 곧 은퇴하기 때문에 이번이 그의 마지막 상무위원회의라는 것을 잘 알았다. 아마도 그래서 그에게 잠재되어 있던 갈등이 단번에 폭발한 게 아니겠는가. 벼슬길이 순조롭지 못했던 쑨 서기는 가오위량과 리다캉 모두에게 불만이 있었다.

하지만 리다캉은 무슨 생각이 있는지 잠시 말이 없더니 쑨 서기를 바라보며 천천히 입을 뗐다. "좋습니다. 쑨 서기, 하고 싶은 말이 있으면 해보세요. 하지만 다시 한 번 강조하지만 있는 일에 대해서만 이야기해주십시오. 가오 서기가 어쩌고 무슨 계파가 저쩌고 이런 거는 안 됩니다. 아시겠습니까?"

쑨 서기는 격앙됐던 말투가 조금 누그러뜨렸다. "알겠습니다, 리 서기! 여러분, 방금 기율위원회 장슈리 서기가 천칭췐의 기율

위반 문제를 통보했습니다. 지금 제가 드리고 싶은 말씀은 기율 위반이 아니라 천칭첸의 법률 위반에 대해서입니다! 이런 사실을 우리 기율위원회에서 알고 있는지 모르겠습니다. 얼마나 알고 계십니까?"

뜻밖의 질문을 받은 장슈리는 잠시 생각하다가 입을 열었다. "그게, 투서 몇 통을 받은 적이 있습니다. 인터넷에 올라온 게시글도 있고요. 관련된 상황은 좀 더 사실을 확인한 뒤에 다시 시위원회 상무위원회의에 의제로 보고드리겠……."

쑨 서기는 단단히 준비를 하고 온 모양이었다. "알겠습니다, 장 서기. 저도 몇 가지 정황을 알리고 싶은데 기율위원회에서 조사 좀 해주십시오. 우리 시 중급인민법원에 근무하는 판사 두 명이 천칭첸과 이익을 주고받는 사이입니다. 그중 한 명이 진위에메이인데 천칭첸이 중급인민법원에 꽂아줬습니다. 인터넷에서는 진위에메이가 그의 정부라고 하더군요. 그런데 바로 이 여성 판사가 천칭첸의 뜻에 따라 아주 간략한 과정만 거쳐 원래 따펑 공장 노동자들의 것이었던 일부 주식을 산쉐이 그룹에 넘겨줬고, 그로 인해 9·16 사건이 일어나게 되었습니다!"

엄숙한 표정을 한 쑨 서기가 손가락으로 탁자를 치며 말했다. "천칭첸은 기율뿐만 아니라 법률도 심각하게 위반했습니다. 직무 범죄 혐의가 있다는 겁니다! 몇몇 사건은 전문적인 지식이 없다 해도 일말의 양심만 있으면 옳고 그름을 판별할 수 있습니다. 그런데도 천칭첸과 수하 법관들은 자기들끼리 작당해서 황당한 판결들을 내놓았습니다. 이런 잘못된 판결의 배후에 대체 무슨 꿍꿍이가 있는 겁니까? 많은 사람들의 민원에 따르면 천칭첸이 자신과 이익을 나누는 법관들과 함께 돈을 받고 판결을 내린다고 합니다. 아무리 죄가 없고 떳떳해도 돈이 없으면 이길 생각도 하지 말라는 겁니까! 우리 시 어느 법률사무소의 변호사 두 명은 아예 천칭쿼 일당과 손을 잡고 이익을 나눈다고 하더군요."

리다캉이 어두운 얼굴로 장슈리에게 물었다. "장 서기, 이런 정황에 대해 신고가 있었나?"

"쑨 서기 말씀은 모두 사실입니다." 기율위원회 서기로서 장슈리는 숨기지 않고 있는 그대로 보고했다. "서기님, 신고가 계속 있었습니다. 그것도 꽤 오랫동안……. 다만 여기 계신 분들도 모두 아는 이유로……."

리다캉은 천천히 자리에서 일어섰다. 모두가 다 아는 이유라니! 그는 탁자를 내리치며 벌컥 화를 냈다. "이대로라면 공평과 정의가 존재할 수 있겠습니까? 법률의 존엄은 어디로 갔습니까? 이러다 우리 실직하는 거 아닙니까? 우선은 이 시서기 자리부터 달아나겠습니다, 동지 여러분!"

회의실 안이 고요해졌다. 장슈리와 모든 상무위원들은 분노하고 있는 리다캉을 주시했다.

침통한 얼굴을 한 리다캉은 자신에게 반항한 쑨 서기에게 보기 드물게 공손히 이야기했다. "쑨 서기, 지난번 상무위원회의에서 천칭쿼에 대해 이야기할 때만 해도 저는 문제가 이렇게 심각한 줄 몰랐습니다. 게다가 과거에 서기께서 천칭쿼과 업무 문제로 갈등이 있었다는 걸 알고 있었기 때문에 일을 크게 보라며 말할 기회를 드리지 않았던 겁니다. 그런데 이제 보니 제가 너무 소홀했고 독단적이었습니다. 제가 반성하겠습니다!"

쑨 서기 역시 말투가 한껏 공손해졌다. "리 서기, 그걸 탓하는 게 아닙니다. 시서기로서 염려한 것이니 다 이해합니다. 나야 이제 나이를 먹을 만큼 먹어 곧 퇴직을 하지 않습니까. 하지만 리 서기께서는 계속 일을 하셔야 하니 크게 봐야겠지요."

리다캉은 진지하게 말했다. "그러나 여러분, 일을 크게 본다고 해서 법률을 위반하고 기율을 문란하게 하는 나쁜 이들의 방패막이나 바람막이가 되어줄 수는 없습니다! 저는 가오위량 서기도 천칭첸이 이런 범죄에 연루됐다는 사실을 안다면 결코 그를 두둔하지 않을 것이라고 믿습니다. 우리 스스로 반성해야 합니다. 우선 시 지도자들을 이끄는 책임자로서 저 역시 앞질러 염려하지 않았습니까? 소인의 마음으로 군자의 생각을 헤아린 꼴이 아닐 수 없습니다. 또한 가오위량 서기와 가까운 사이인 천칭첸에 대한 교육과 감독을 소홀히 했습니다. 이 일로 무거운 교훈을 느낍니다!"

누구도 예상치 못한 순간, 리다캉의 비서가 들어오더니 귓가에 조용히 몇 마디를 속삭였다. 리다캉은 심각한 얼굴로 비서에게 말했다. "치 청장에게 말하게. 그렇지 않아도 나와 시위원회가 천칭첸 문제를 논의하고 있으니 끼어들지 말라고 말이야. 내가 치 청장의 체면을 세워주지 않는 게 아니라 당의 기율과 국가의 법률이 허락하지 않는다고 말일세." 비서가 나간 뒤에 리다캉은 회의를 이어갔다. "보십시오, 여러분. 이게 바로 우리가 오늘날 맞닥뜨리고 있는 현실입니다! 지금 우리가 무슨 회의를 하고 있습니까? 기율을 위반한 간부를 어떻게 처리할지 논의하고 있지 않습니까? 중앙8항규정과 6항금지령을 철저히 지키자고 하는 회의 아닙니까! 그런데 이런 시점에 우리의 법원 부원장 천칭첸은 몰래 산쉐이 리조트에 가서 매춘을 해 시민들로부터 신고를 당하고, 심지어 현장에서 말단 공안에게 붙잡혔습니다."

장슈리는 숨을 크게 들이켰다. 세상에, 천칭첸도 정말 간덩이가 부은 모양이다! 요즘이 어떤 시절이란 말인가? 감히 그렇게 놀 생각을 하다니. 하지만 한편으로 보면 리다캉도 너무하지 않은가. 보아하니 이건 단순한 기율 점검이 아니다. 공안국도 작정하고 들어갔으리라. 그렇지 않고서야 어떻게 단숨에 그를 잡을 수 있었겠는가? 그렇다면 천칭첸은 당의 기율 문제로 단순한 처벌을 받는 것이 아니라 규정에 따라 당적을 박탈하고 공직에서 해임될 게 분명하다. 누군가 이런 처벌에 대해 언급하자 쑨 서기가 콧방귀를 뀌며 물었다. "그게 가능합니까? 치 청장이 천칭첸을 풀어달라고 부탁하지 않습니까!" 리다캉은 속내를 헤아릴 수 없는 얼굴로 말했다. "그렇습니다. 치 청장도 아마 좋은 뜻으로 한 얘기겠지요. 이 일이 앞으로 미칠 영향에 대해 생각해봐야 합니다. 법원 부원장이 매춘을 하다 체포된 일에 대해 우리 시민들이 어떻게 생각하겠습니까?"

잉 상무부시장은 천칭첸의 말로가 어떻게 될 것인지 눈치챘지만 최후의 저항을 했다. "여러분, 천칭첸을 처벌해서 생길 부정적 영향을 고려해봅시다. 당과 정부의 이미지에 나쁜 영향을 주지 않겠습니까?"

쑨 서기가 손을 내저으며 말했다. "우리 당은 옌안시기*에 혁혁한 전공을 세웠지만 훗날 부패한 군인 샤오위비(蕭玉璧)**와 살인범 황커궁(黃剋功)***을 사형시켰습니다. 건국 초기에는 장즈산(張子善)****

---

* 국민당 정부에 밀린 중국공산당 중앙위원회가 1935년부터 1948년까지 13년 동안 옌안(延安)에 있던 시기.
** 중국 공산당 홍군의 전쟁 영웅이었으나 항일전쟁 시기 탐관의 죄를 저질러 총살당함.
*** 중국 공산당 홍군 간부였지만 여학생을 죽인 죄로 사형에 처해짐.
**** 중국 건국 후 톈진 지역 행정관서 관리로 일하다 톈진 공산당 지방위원회 서기였던 류칭산과 엄청난 금액의 나랏돈을 횡령해 1952년 총살됨.

과 류칭산(劉青山)을 사형시켰지요. 이는 우리 당의 이미지를 지키는 일입니까, 아니면 훼손하는 일입니까?"

리다캉도 맞장구를 쳤다. "옳은 말씀입니다. 난 쑨 서기의 의견에 찬성합니다! 천칭첸은 반드시 규정에 따라 당적을 박탈하고 공직에서 해임시켜야 합니다. 이 자리에서 우리 시 인민대표상무위원회에 중급인민법원 부원장의 직무를 해임하자고 건의하는 바입니다! 기율을 위반한 다른 간부들은 기율위원회에서 상황에 따라 개별적으로 처리하고 그 결과를 사회에 발표해 자발적으로 시민들의 감독을 받기로 합시다. 다른 의견 있습니까? 없으면 회의를 마칩시다!"

징저우시 상무위원회의는 이렇게 마무리됐다. 장슈리는 저도 모르게 한기를 느꼈다. 한때 친구이자 당간부학교 동기인 천칭첸이 이렇게 끝장나리라곤 생각도 못했다. 이렇게 횡포한 리다캉에 맞서서 다른 의견을 내놓을 사람은 아무도 없다. 당초 딩이전에게 문제가 생겼을 때만 해도 리다캉은 자기반성을 하는 대신 그를 불러다가 욕을 퍼부었다. 만약 오늘 그가 천칭첸을 위해 좋은 말 한마디라도 했다면 절차고 뭐고 리다캉은 그를 현장에서 난처하게 만들었을 것이다. 하지만 절차는 필요한 것 아닌가. 천칭첸이 매춘을 하다가 체포된 것은 물론 사실이다. 그렇다 해도 절차는 따라야 하지 않는가. 원래대로라면 공안 기관의 처리가 있고 난 뒤에 조직에서 처리를 하는 것이 옳다. 하지만 리다캉은 절차를 죄다 무시하고 이렇게 결정을 내린 것이다. '우선 당적과 공직을 박탈하고 다시 이야기하자!' 하지만 리다캉의 이런 행동도 그리 뜻밖은 아니다. 천칭첸을 비서로 발탁했던 사람이 누군가? 듣기로 천칭첸은 가오위량 서기가 가장 아끼는 비서였다. 장슈리는 가오위량의 정법계가 리다캉의 전처를 잡아갔기 때문에 리다캉도 가오위량과 정법계 사람들을 노리게 된 것이라고 확신했다. 결국 내전은 피할 수 없을 듯했다.

　허우량핑은 호수 풍경이 보이는 찻집에 앉아 스승 가오위량을 기다렸다. 그는 징저우에 내려온 뒤 줄곧 스승을 모시고 싶었지만, 신중한 성격인 스승이 그에게 주의를 줬다. 자신은 그의 스승일 뿐만 아니라 상관이니 괜히 함께 먹고 마시다가는 사람들의 입방아에 오르거나 정법계라는 소리를 들을 수 있다는 것이다. 술은 안 되지만 차는 괜찮지 않을까? 허우량핑이 광밍 호숫가의 찻집에서 스승이 좋아하는 벽라춘을 대접하겠다고 하자 스승은 결국 초대에 응했다. H성에 내려와 일하며 제자로서의 성의를 보이고 싶던 허우량핑은 줄곧 이런 날을 기대했다. 사실 스승에게 다른 용무가 있기도 했다. 징저우시 중급인민법원 천칭쉔 부원장의 심각한 법률과 기율 위반 문제를 직접 보고하려 한 것이다. 한때 가오위량 선생의 비서였는데 언질이라도 해줘야 하지 않겠는가.
　가오위량 선생이 오기 전, 허우량핑은 홀로 창가에 앉아 호수에 비친 달빛을 바라봤다. 이 찻집이 파는 것은 바로 호수의 풍경이었다. 건물이 물 가까이에 있고 창이 호수로 나 있어 조용히 차를 마시기에는 딱인 곳이다. 하지만 허우량핑의 조용한 생각은 자오둥라이에게서 걸려 온 전화 때문에 맥이 끊기고 말았다. 새로이 뜻을 같이한 친구는 방금 있었던 상황에 대해 유쾌하게 통보했다. "산쉐이 리조트에 시험적으로 매춘 단속을 나갔는데 단번에 천칭쉔이 걸려들었어요. 첫 전투에서 승전보를 울렸다고 해야 하나?" 허우량핑은 축하한다고 말했지만 속으로는 난처하기 짝이 없었다. 친구가 첫 전투에서 승리를 한 것은 좋은 일이지만 스승이자 상관에게 이 일을 어떻게 보고한단 말인가? 자신이 하려던 보고와 자오둥라이의 천칭첸 체포 소식이 이렇게 맞아떨어지다니, 스승이 이것을 단순한 우연이라고 믿어줄까? 필시 그와 자오둥라이가 합을 맞췄다고 생각할 것이다. 천옌스의 천칭첸 신고도 자오둥라이의 아이디어였다고 하니 뭔가 수상쩍긴 했다.

이런 생각에 빠져 있을 때 스승이 종업원의 안내를 받아 찻집 문 앞에 나타났다. 허우량핑은 서둘러 자리에서 일어나 조금 과장되게 90도로 꾸벅 인사했다. "선생님, 오셨습니까!" 가오위량이 미소 지으며 말했다. "너 이 원숭이 녀석, 갑자기 무슨 차를 대접한다고 그러냐?" 허우량핑은 진지하게 대답했다. "첫째로 선생님께 제자로서 성의를 표현하고 싶었고, 둘째로 급하게 보고할 일이 있습니다." 가오위량은 씩 웃으며 말했다. "내가 네 녀석한테 일이 있을 줄 알았지! 말해봐라. 반부패국에서 또 누구를 겨누고 있니?" 허우량핑은 자못 엄숙한 표정을 짓더니 스승을 부르는 호칭도 바꿔 불렀다. "가오 서기님, 서기님의 전임 비서 말입니다." 가오위량도 이내 진지해졌다. "내 전임 비서가 한둘인가? 누가 문제를 일으켰지?" 허우량핑은 조금 망설이다가 말했다. "천칭첸 부원장입니다."

가오위량은 조금 놀란 눈치였다. "천 부원장이 사고를 쳤나?" 허우량핑은 고개를 끄덕였다. "그렇습니다. 실명으로 신고가 들어왔는데 신고자가 천옌스 부검찰장님입니다." 가오위량은 의아한 듯 허우량핑을 바라봤다. "천옌스? 제2인민검찰원?" 허우량핑은 스승이 무슨 말을 하고 싶어 하는지 알았지만 다른 설명을 하지 않고 노트에 꽂아놓은 컴퓨터 화면 캡처 사진 두 장을 꺼내 가오위량에게 보여줬다. 한 장은 천칭첸이 서양 여자를 껴안고 러브샷을 하는 사진이었고, 또 다른 한 장은 천칭첸과 가오샤오친이 산쉐이 리조트 골프장에서 함께 골프를 치는 사진이었다. 가오위량은 돋보기를 끼고 자세히 사진을 들여다보며 물었다. "이 사진은 어디서 받았나?" 허우량펑이 대답했다. "천옌스 부검찰장님이 최근에 인터넷에서 다운받으셨나 봅니다. 2년 전에 따펑 공장 주식 사건으로 판결이 날 때부터 있던 것인데, 당시에는 사진이 삭제됐다가 최근에 누군가 다시 인터넷에 올렸습니다. 제가 1차적으로 조사한 바에 따르면 천 검찰장님의 신고가 헛소문은 아닌 것 같습니다."

사진을 내려놓은 가오위량은 마음이 무거워졌다. 그는 고개를 돌려 광밍호를 바라봤다. 캄캄한 호수 위에 희미한 불빛이 어려 있었다. 저 멀리에서 작은 배가 어기여차 노를 저어갔다. 배 그림자가 점차 멀어졌다. 가오위량은 긴 한숨을 내쉬었다. "천칭첸이 어떻게 그리 변했단 말인가? 량펑아, 천옌스 검찰장께서 하신 신고 내용 좀 자세히 말해봐라." 허우량펑은 보고를 시작했다. 천옌스의 신고에 따르면 따펑 공장 주식 사건에는 사법 부패 혐의가 있다. 시중급인민법원이 내린 판결과 성고급인민법원이 내린 최종심 판결이 모두 잘못됐다는 것이다. 이 사건을 담당했던 시중급인민법원의 천칭첸 부원장은 가오샤오친의 산쉐이 리조트에 자주 드나들었다고 한다. 차이청공이 따펑 주식을 저당 잡힌 것 자체가 법률 위반이었다. 그가 직원들의 위임장을 위조해 공장의 주식을 담보로 등기했기 때문이다. 하지만 중급인민법원은 이를 알고도 모른 체했다. 두 명의 주심 재판관은 천칭첸 부원장과 이익을 주고받는 관계로, 그 중 한 사람은 천칭첸과 그렇고 그런 사이란 소문이 있다. 바로 이 여성 법관이 천칭쳰의 뜻에 따라 간략한 절차만으로 따펑 공장 직원들의 주식 일부를 산쉐이 그룹에 넘겨줬고, 그로 인해 사회적 갈등이 격화되었다.

종업원이 차를 따르러 들어오자 허우량핑은 그대로 나가라고 손짓하며 직접 자사 찻주전자를 들고 가오위량에게 차를 따랐다. 맑은 향기가 코끝을 찔렀다. 허우량핑은 말을 이어나갔다. "천칭쳰은 담보가 위조됐다는 것을 알면서도 조사하지 않았습니다. 대신 가오샤오친과 산쉐이 리조트에서 골프를 치고 노래를 부르다가 판결을 내렸죠. 뇌물을 받아먹고 법을 어긴 겁니다." 하지만 가오위량은 여전히 뭔가 미심쩍은 것 같았다. "중앙에서 얼마나 명령을 하고 단속하고 있는데 천칭쳰이 감히 산쉐이 리조트에 갔단 말인가?" 허우량핑이 때를 놓치지 않고 다시 보고했다. "천칭쳰은 지속적으로 그곳에 갔습니다. 오늘도 산쉐이 리조트에서 매춘을 하다가 시공안국에 현행범으로 체포됐고요." 가오위량은 깜짝 놀랐다. "뭐, 오늘? 매춘을 하다가 잡혀?" 허우량핑은 숨김없이 이야기했다. "사실 조금 전에 시공안국의 자오둥라이 국장에게서 전화가 왔습니다. 업무 이야기를 하다가 나온 말이니 틀리지 않을 겁니다."

가오위량은 호수를 바라보며 생각에 잠겼다. '환경이 이렇게 사람을 바꾼단 말인가! 예전에 비서로 있을 때는 내가 자주 주의를 주곤 했지. 당시 천칭쳰은 무서운 것도 있고 어려워할 줄도 아는 사람이었어. 하지만 시중급인민법원에서 재판장이 되고 부원장이 되며 사람들의 생사는 물론이고 그들의 재물에 대한 판결을 내리다 보니 생각이 달라진 모양이야. 아마 자기가 무슨 대단한 존재라도 된 줄 알았겠지.' 그는 크게 낙담했는지 더 이상 이야기를 나

누고 싶어 하지 않았다. "천칭첸의 일은 내가 알았네. 천옌스 검찰
장께서 실명으로 신고했고, 매춘으로 잡혀갔다 이 말이지. 더 할
말 있나? 반부패국에서 잘 조사해봐. 천칭첸이 누구 비서였는지는
중요하지 않아. 중요한 것은 범죄를 저질렀느냐 아니냐 뿐이야.
죄를 지었다면 법대로 처리해야지!" 허우량핑은 제자리에 곧게
서서 말했다. "예, 서기님. 서기님의 지시대로 처리하겠습니다!"
가오위량은 손을 아래로 흔들며 말했다. "앉아. 이제 천칭첸에 대
해서는 그만 이야기하지. 량핑이 네 얘기나 하자고. 사실 나도 널
찾아서 할 말이 있었다. 리다캉의 아내 어우양징의 뇌물 수수 사
건을 기가 막히게 처리했더구나. 모두 깜짝 놀랐어."

허우량핑은 겸손하게 손사래 쳤다. "선생님, 과장이 지나치십니
다. 정상적인 법 집행 절차였는걸요. 제가 아니라 누구라도 그랬
을 겁니다." 가오위량은 검지를 들고 흔들며 말했다. "꼭 그렇다
고 할 순 없지. 네 선배 치퉁웨이라면 리다캉 서기의 차를 막지 못
했을 거야. 더군다나 리 서기 앞에서 어우양징 부행장을 내리게는
더더욱 못했겠지. 치퉁웨이는 리다캉이 성위원회 상무위원회의에
서 자신에게 한 표 던지길 바라니까." 허우량핑은 웃으며 말했다.
"그렇긴 합니다. 하지만 치 선배는 저보다 눈앞의 일에 적극적이
고, 감성 지수도 높습니다." 그러자 가오위량이 탄식하듯 말했다.
"하지만 입은 삐뚤어져도 말은 바로 하랬다고, 치퉁웨이는 너보다
당에 대한 충성심도 약하고 인격도 부족하지." 허우량핑은 의기
양양하게 대꾸했다. "아, 저도 그런 것 같긴 합니다. 칭찬해주셔서
감사합니다, 선생님!"

하지만 가오위량은 화제를 바꿔 다른 속내를 드러냈다. 치퉁웨
이 말로는 허우량핑이 좌충우돌하며 정치판의 암묵적인 약속과

균형을 깨뜨려 리다캉의 반격을 받을 수 있다며, 그럴 경우 형세가 복잡해질 수 있다고 했다는 것이다. 허우량핑은 영문을 모르겠다는 듯 물었다. "어떤 암묵적인 약속 말입니까? 어째서 형세가 복잡해진다는 거죠?" 가오위량은 빤히 그를 쳐다봤다. "량핑아, 너 정말 모르는 거냐 아니면 모르는 척하는 거냐?"

그때 휴대전화 벨이 울렸다. 때마침 치퉁웨이가 전화를 걸어온 것이다. 그는 허우량핑에게 천칭첸을 구해달라고 말했다.

전화 속 치퉁웨이는 불같이 화를 내고 있었다. "원숭이, 너 또 큰 사고 친 거 알아? 네가 리다캉의 아내를 잡아들이는 바람에 리다캉이 우리 정법계를 노리고 있다고. 반격을 시작했어! 오늘 밤에 갑자기 매춘 단속이 떠서 선생님의 주임 비서 천칭첸을 잡아갔다고!" 허우량핑은 짐짓 모르는 척하며 물었다. "그런 일이 있었어요? 선배, 그게 정말 리다캉 서기와 관련이 있습니까?" 치퉁웨이는 버럭 화를 냈다. "리다캉이 명령하지 않았으면 누가 감히 산쉐이 리조트로 매춘 단속을 나오겠냐? 산쉐이 그룹 가오 회장이 나한테 전화해서 사람 좀 구해달라더라. 그런데 내가 못 구해줬어. 자오둥라이는 어디로 숨었는지도 모르겠고."

허우량핑이 담담하게 말했다. "선배도 못 구하는 걸 나한테 말해서 뭐 해요?" 그러자 치퉁웨이가 말했다. "우리 선생님 좀 찾아봐. 리다캉 서기한테 얘기 좀 해달라고 부탁 드려줘. 요즘 선생님이 제일 좋아하는 사람이 너야. 나보고 너한테 배우라고 하시더라." 허우량핑은 눈앞의 선생을 슬쩍 보며 말했다. "선배가 나한테 뭘 배워요? 내가 지금 선생님이랑 얘기 중인데. 선배 감성 지수가 그렇게 높은데 내가 선배한테 배워야지. 천칭첸 부원장 구하는 일은 선생님께 직접 말해봐요."

가오위량이 휴대전화를 넘겨받았다. "치 청장, 말해보게. 무슨 상황이야?" 이야기를 듣고 있던 선생의 얼굴이 점점 심각해지며 말투가 날카로워졌다. "이런 얘기 더 할 것 없네. 천칭췬이 예전 내 비서였던 게 뭐 대수인가? 설사 그 친구가 내 친아들이라고 해도 법을 어기고 기율을 어지럽힐 순 없네! 난 리다캉이나 자오둥라이가 아무 증거 없이 천칭췬을 건드렸다고 생각하지 않아. 그 산쉐이 리조트만 해도 그래. 거기가 무슨 치외법권인가? 치 청장, 이 사건은 더 이상 자네가 관여하지 말게. 천칭췬은 구속이 되면 되고, 당적과 공직이 박탈되면 되는 거야. 스스로가 자초한 일 아닌가."

통화를 마치고 전화를 허우량핑에게 돌려준 뒤에도 가오위량은 쉽게 분을 삭이지 못했다.

그때 창문 너머에는 이미 달이 둥실 떠올라 은빛 찬란하게 세상을 비추고 있었다. 물가에 잎이 다 떨어진 채 수면에 가지를 길게 드리운 버드나무는 고요한 정물화 같았다. 맞은편 기슭의 몇몇 빌딩에서 뿜어져 나온 반짝이는 네온사인이 호수 위에 아름다운 빛과 그림자를 만들었다. 그 위로 유람선 한 대가 천천히 다가왔다. 사람들의 즐거운 웃음소리가 들렸다.

가오위량은 호수 풍경을 바라보며 감탄했다. "좋은 풍경에 좋은 차라. 제자 덕분이구나." 허우량핑이 뭐라고 말하고 싶었지만 가오위량은 손을 내저었다. "해야 할 일이라면 해야지! 어려운 일 만나면 나한테 바로 보고하거라. 치퉁웨이나 다른 사람들 헛소리하는 건 듣지도 말고. 량핑아, 이거 하나만 기억해라. 우리 검찰원은 인민검찰원이라 부르고, 우리 법원은 인민법원이라 부르고, 우리 공안은 인민공안이라고 부르잖느냐. 그러니까 우리는 언제나 인민의 이익을 마음에 둬야 하는 거야. 언제나, 항상!"

허우량펑은 스승에 대한 넘치는 존경심으로 자신도 모르게 벌떡 일어섰다. "예, 선생님!"

28

치퉁웨이는 일이 이렇게 끝나지 않으리란 것을 알고 있었다. 천칭첸이 당적과 공직을 박탈당하고 행정구류* 처분을 받는 것은 악몽의 시작일 뿐 끝이 아니다. 그는 어떻게든 파국을 막고 허점을 메우고 싶었다. 치퉁웨이가 볼 때 천칭첸은 정치적 싸움의 희생양일 뿐이었다. 만약 스승이 잠시 싸움을 멈추고 먼저 리다캉에게 화해의 악수를 청한다면 앞으로의 국면이 나쁘지 않을 수도 있다.

다음 날 아침, 치퉁웨이는 이례적으로 헬스클럽에 가지 않고 일찌감치 가오위량의 사무실 앞에 도착해 스승을 기다렸다. 하지만 출근 시간이 돼도 스승은 오지 않았다. 이는 있을 수 없는 일이었다. 스승은 시계추처럼 규칙적인 사람이다. 수시로 손목시계를 확인하던 치퉁웨이는 잘 관리해 반질반질한 이마 위로 깊은 주름을 잡았다. 천칭첸은 상당한 존재감이 있는 인물이었다. 오죽하면 옛 성서기 자오리춘의 자제인 자오루이룽(趙瑞龍)까지 베이징에서 날아와 지금 리다캉의 사무실에서 이야기를 나누고 있겠는가. 그가 만약 스승을 설득해 한발 양보하게 할 수 있다면 천지신명께 감사해야 할 것이다.

---

* 중국에서 흔히 볼 수 있는 행정처벌 가운데 하나로 법률이 규정한 행정기관이 행정법을 위반한 사람의 인신 자유를 단기간 제한하는 처벌.

그때 가오위량의 비서가 복도 끝에서 걸어오다가 치퉁웨이를 발견하곤 뜻밖이라는 듯 말했다. "청장님, 가오 서기님께서는 오늘 몸이 안 좋으셔서 출근하시지 않는데 모르셨습니까?" 치퉁웨이는 고맙다는 인사를 남기고 서둘러 자리를 떠났다.

스승의 집에 들어섰을 때 가오위량은 소파에 앉아 젖은 수건을 오른쪽 뺨에 대고 있었다. 치퉁웨이를 본 우후이펀이 말했다. "너희 선생님, 어젯밤에 베란다에 한참 서 계시더니 찬바람을 맞아서 그런지 아침부터 치통 때문에 난리다. 약을 먹어도 소용이 없네." 치퉁웨이는 이것이 스승의 오랜 지병이란 것을 알고 있었다. 화가 치밀어 오르면 종종 이렇게 치통이 생기곤 했다. 사실 치통은 병이라기보다는 사람을 잡는 통증으로, 성인군자 같은 스승도 치통만 있으면 보통 사람이 됐다. 그러고 보면 천칭첸이 스승의 마음에 존재감이 없는 것은 아니었던 모양이다.

치퉁웨이가 뭐라고 입을 떼야 할까 망설이고 있을 때 가오위량이 손을 내저으며 부정확한 발음으로 말했다. "할 말 있으면 그냥 하게. 내 자네가 그만두지 않을 줄 알고 여기서 기다리고 있었네." 치퉁웨이는 마른기침을 두어 번 하더니 우물쭈물하며 입을 열었다. "저는 선생님을 귀찮게 해드리고 싶지 않지만 아무리 생각해도 가만히 있을 수가 없습니다. 상대의 반격이 엄청납니다!" 얼굴을 붙들고 있는 가오위량 서기는 표정을 드러내지 않았다. "무슨 상대? 어? 무슨 반격을 말하는 건가?" 여전히 천칭첸을 구하고 싶은 치퉁웨이는 그가 매춘이란 죄명으로 잡혀갔다며, 가오샤오친의 말에 따르면 두 사람이 외국어를 배우고 있었던 것이라고 변명했다. 하지만 가오위량은 말도 안 되는 소리를 한다며 그를 꾸짖었다. "징저우 말단 공안분국이 리조트에서 외국어 공부하는 법원 부원장을 잡아? 그런 헛소리를 누가 믿겠나? 자네 머리가 좀 모자라나?" 물론 치퉁웨이도 그 말을 믿지 않았다. 다만 그가 강조하고 싶었던 것은 리다캉의 지지가 없었다면 징저우의 일개 공안분국에서 그렇게 대담한 행동을 할 리 없다는 사실이었다. 천칭첸이 매춘으로 잡혀간 날 밤, 리다캉은 상무위원회의를 열어 그의 당적과 공직을 박탈하겠다고 결정 내렸다. 그가 회의 중인 리다캉에게 전화를 걸었지만 아무 소용이 없었다. 가오위량은 치퉁웨이를 빤히 보며 물었다. "그게 어쨌다는 건가?" 치퉁웨이는 꿋꿋이 말했다. "선생님, 그게 바로 상대가 독한 마음을 먹고 사전 모의를 통해 일을 진행했다는 뜻입니다. 저희가 물러날 여지도 없어요."

가오위량은 차가운 수건을 한쪽에 내던지더니 벌떡 일어나 천옌스가 실명으로 신고한 자료를 손에 쥐고 흔들며 치퉁웨이를 힐문했다. "그럼 리다캉이 천옌스, 허우량핑과 결탁이라도 했다는 건가? 그게 가능해?" 치퉁웨이는 매우 뜻밖이었지만 여전히 고집을 피우며 말했다. "따지고 보면 이런 사달이 난 건 허우량핑 때문입니다. 그 녀석이 공항까지 리다캉 서기의 아내를 쫓아가지만 않았어도 상대가 이런 반격을 하지는 않았을 겁니다." 그러자 가오위량은 들고 있던 자료를 탁자에 내려놓으며 버럭 화를 냈다. "파리는 금 가지 않은 달걀에 앉지 않네. 천칭첸은 금이 간 나쁜 달걀이었던 거야! 그런 놈을 처벌하지 않을 수 있나? 자네도 그래! 툭하면 그놈들하고 어울렸으면서 그런 문제가 있는 것도 눈치 못 챘어? 어떻게 된 건가? 자네 무슨 생각하면서 사는 거야? 당에 대한 충성심은? 원칙은? 자네 공안청장 자리에서 내려오고 싶나?"

치퉁웨이의 얼굴에 그간 마음에 품고 있던 불만이 드러났다. "지금 리 서기가 저를 자리에서 끌어내리려 한단 말입니다!" 가오위량은 이런 치통웨이가 안타까운 듯 말했다. "자네가 자리에서 내려와야 하는 게 아니고? 자네 아내 량루(梁璐)가 그저께도 여기 와서 울면서 그러더구먼. 자네가 툭하면 산쒜이 리조트에 가서 가오샤오친과 놀아나고 있다고 말이야!" 치통웨이는 다급하게 말했다. "그건 다 헛소립니다. 늙은 여자라 정상이 아닙니다." 가오위량은 비꼬듯 말했다. "량루가 언제 늙은 여자가 됐나? 예전에는? 대학교 운동장에서 무릎 꿇고 열렬히 결혼해달라고 매달렸던 사람이 누군가? 얼마나 오래 무릎 꿇고 있었는지 학교 안에 모르는 교수와 학생들이 없었잖아!" 치통웨이는 얼굴이 벌게져 아무 말도 못 했다. 가오위량은 한발 더 나아가 그에게 물었다. "말이 나왔으니 말인데 치통웨이, 자네 솔직히 말해보게. 산쒜이 그룹에서 큰돈 좀 벌었나?" 치통웨이는 딱 잡아떼며 말했다. "제가 무슨 큰돈을 법니까? 저한테 그런 배짱이 어디 있다고요!"

치통웨이는 뭔가 숨기고 있는 것 같았다. 그는 차를 조금 마시더니 이내 찻잔을 내려놓았다. "예. 제가 선생님께 솔직히 한 말씀드리겠습니다. 저와 가오샤오친 사이에는 그 어떤 비즈니스적인 거래도 없습니다. 하지만 자오리춘 서기님의 자제인 자오루이룽 공자는 가오샤오친과 줄곧 사업을 해왔습니다. 산쒜이 그룹의 주식도 자오 공자가 많이 보유하고 있고요. 사실 어젯밤 자오 공자가 베이징에서 날아와서 저에게 선생님과 만날 수 있게 약속을 잡아보라고 했습니다. 자오리춘 서기 대신 인사를 하고 싶다면서요." 가오위량은 그 말에 깜짝 놀랐다. "자오 공자가 또 왔단 말인가? 그 양반은 아직도 자중할 줄 모르나?"

그때 우후이펀이 들어와 남편의 차가운 수건을 바꿔줬다. 가오위량은 얼굴을 움켜쥐고 웅얼거렸다. "내 이 치통이 찬바람을 맞아서 그렇다고? 아니, 이 염치없는 인간들 때문이야. 제발 내 근심 좀 덜어주면 안 되겠나?" 치퉁웨이는 진지한 태도로 말했다. "선생님께서 원칙을 좋아하시는 거 압니다. 그러니까 추잡한 소문이 끊이지 않는 자오 공자와 번거롭게 얽히기를 바라지 않으시겠죠. 자오 공자도 자기 집안일로 선생님을 찾는 일은 없지 않습니까? 그런 일들은 제가 선생님 대신 나서서 막았고, 또 선생님 대신 해결했습니다. 어젯밤 천칭첸의 일만 해도 자오 공자가 베이징에서 날아와 리다캉 서기를 만나겠다고 하더군요. 그러니 제가 나서서 리다캉 서기를 찾지 않을 수 있겠습니까?"

가오위량은 눈을 부릅뜨며 말했다. "그래서 찾은 결과가 어떤가? 체면만 깎지 않았나?" 치퉁웨이는 고개를 푹 숙였다. "체면이 깎인 건 사실입니다. 그래서 휴전해야 하는 겁니다. 양쪽 다 이렇게 일촉즉발의 위기를 이어가서는 안 됩니다. 지창밍 검찰장이 잘만 처리해주면 리다캉의 전처 어우양징에게 상대적으로 좋은 결과가 있을 수도⋯⋯." 가오위량은 흥 하고 콧방귀를 뀌었다. "내가 지금 지창밍과 검찰원을 감당할 수 있을 것 같은가? 자네 정말 이 정법위원회 서기가 손바닥으로 하늘을 가릴 수 있을 거 같나? 방법이 없네!" 치퉁웨이는 가오위량을 떠보듯 물었다. "그럼 허우량핑은 어떻습니까? 그 친구도 선생님 제자인데 상대하실 수 있지 않겠습니까?" 가오위량은 혀를 끌끌 차며 말했다. "자네는 허우량핑이 자네 같은 줄 아나?"

치퉁웨이가 떠나고 괴롭기 짝이 없던 통증도 사라졌다. 이는 이제 그다지 아프지 않았다.

가오위량은 수건을 던져버린 뒤 소파에서 몸을 곧게 펴고 일어나 한동안 넋을 놓고 있었다. 그때 치퉁웨이를 배웅 갔던 우후이 펀이 돌아왔다. 가오위량이 아내를 보며 물었다. "우 선생, 당신 도 다 들었어?" 우후이펀은 고개를 끄덕였다. "다 들었죠. 자오루 이룽이 공안청 청장을 저렇게 조종할 수 있다니 대단하네요. 아마 산쉐이 그룹에서 적지 않은 이득을 얻고 있겠죠. 당신도 조심해 요." 가오위량은 냉소적인 말투로 말했다. "자오루이룽은 좋은 아 버지가 있으니까 그 아버지를 믿고 위세를 부리는 거지." 우후이 펀이 한숨을 내쉬었다. "언제가 될지 모르지만 그 아버지도 아들 때문에 큰일 나지 싶네요." 가오위량은 잠시 조용하더니 입을 열 었다. "어쩌면 이미 큰일이 났는지도 모르지. 중앙에서 순시조*가 내려온다고 하던데." 우후이펀이 물었다. "순시는 중앙에서 하는 정상적인 업무잖아요?" 가오위량은 고개를 저었다. "정상적인 업 무? 흥!" 그는 다른 말 없이 혼자 정원으로 나갔다.

정원을 몇 발자국 걷던 가오위량은 허쩌** 모란 앞에서 걸음을 멈췄다.

성서기 샤루이진, 기율위원회 서기 톈궈푸 모두 중앙에서 파 견한 인물들이다. 이게 무엇을 의미하겠는가? 심도 있게 생각해 볼 일이다. 자오루이룽이 정말 징저우에서 사고를 친다면 그도 책 임을 면하기 어려울 것이다. 원래대로라면 이는 리다캉이 감당해 야 할 일이다. 자오루이룽은 그가 모시던 자오리춘 서기의 하나뿐 인 귀한 아들이니까. 하지만 약아빠진 리다캉이 누굴 대신해 무슨 일을 할 사람인가? 아내 어우양징이 눈앞에서 잡혀가도 상관하지

---

* 　중앙정부와 지방정부는 물론 사법기관과 국유 기업, 언론기관 등 모든 공공기관 에 파견돼 위법과 비리를 감찰하는 중국 중앙기율검사위원회 조직.

** 　중국 산둥성 서부에 위치한 도시. 모란으로 유명하다.

않는 인물이다. 돌이켜보면 그와 리다캉이 뤼저우에서 같은 그룹에 있을 때 자오루이룽은 굳이 뤼저우에 와서 사업을 하려 했다. 자오 공자는 메이스청(美食城)*을 지으려 했지만 리다캉은 이리저리 시간을 끌며 허가를 내주지 않았다. 훗날 그 문젯거리는 가오위량의 몫이 됐고, 피하지 못한 그는 큰 짐을 지게 됐다.

가오위량은 곡괭이를 들고 다 시들어버린 모란을 바라보며 또 생각했다. 자오루이룽이 지금 여기에 와서 뭘 하려는 걸까? 뤼저우의 메이스청을 철거하려는 걸까? 지난번 뤼저우에 갔을 때 시위원회 천 서기 말로는 자오루이룽의 메이스청이 이번에는 정말로 철거될 거라고 했다. 승진도 안 되고 승진할 생각도 없이 늘 처급** 관리에 머물러 있는 이슈에시가 자오루이룽의 메이스청을 밀어버리려 한다는 것이다. 어쨌든 메이스청은 그가 과거에 자오 공자에게 허가해줬고, 지금은 툭하면 사람들의 입방아에 올라 그를 낯 뜨겁게 만들었다. 게다가 바로 오늘 샤루이진과 기율위원회 서기 톈궈푸가 뤼저우에 내려가 시찰을 한다니, 자오루이룽의 메이스청도 시찰 대상 중 하나일지 모른다.

가오위량은 곡괭이를 들어 모란을 파내기 시작했다. 어차피 가을이 깊어가며 꽃은 일찌감치 졌고, 꽃잎도 다 떨어져 마른 줄기만 남은 상태였다. 그래도 친구가 봄에 허쩌에서 선물로 보내준 덕분에 한 계절 좋은 꽃을 볼 수 있었다. 우후이펀은 집 안에서 이 모습을 보고 달려와 남편에게 물었다. "모란들은 왜 다 파내고 그래요?" 가오위량은 얼버무리듯 말했다. "생활에 변화를 주고 싶어

---

*   여러 식당이 한 건물에 모여 있는 푸드코트 형식의 음식점.
**   과장급 정도의 중간 관리자.

서. 앞으로는 꽃을 심고 싶지 않아." 그 말에 아내가 물었다. "그럼 뭘 심으려고요?" 가오위량이 말했다. "아직 생각 안 해봤는데. 곧 있으면 겨울이 오니까 천천히 생각해보지."

여기까지 말했을 때 다시 치통이 찾아왔다. 통증은 치통웨이와 함께 사라진 것이 아니라 오히려 더 극심해졌다. 가오위량은 집 안으로 들어와 소파에 앉은 뒤 뺨을 붙들고 계속 신음했다. 우후이펀이 서둘러 차가운 수건을 건넸다. 가오위량은 수심 가득한 얼굴로 웅얼거리듯 말했다. "번거로운 일 천지야, 이것 참! 우 선생, 어젯밤에 내가 왜 그렇게 베란다에 오래 서 있었는지 이제 알겠어?" 우후이펀이 고개를 끄덕였다. "알고말고요. 당신 치통이 아니라 울화통이 터져서 그런 거잖아요."

29

늦가을, 자그마한 유람선 하나가 고요한 위에야호(月牙湖)의 물살을 갈랐다.

성서기 샤루이진과 성기율위원회 서기 텐궈푸가 이슈에시와 함께 유람선을 타고 호수 지역의 정비 사업을 시찰하고 있었다. 두 거물 지도자는 뤼저우시위원회에 별도의 준비를 하지 말라고 지시하고 단출하게 내려와 곧장 위에야호와 구서기 이슈에시를 찾았다. 이는 시에서도 뜻밖이었고 이슈에시도 불안하게 만들었다. '위에야호의 정비 사업에는 전임 성서기 자오리춘의 아들이 관련되어 있다. 현재 자오리춘은 당과 국가 지도자 가운데 하나인데, 이런 때에 샤루이진과 텐궈푸가 온다는 것은 무슨 의미일까?'

사실 위에야호는 뤼저우는 물론이고 H성의 명함과 같은 호수로 풍경이 우아하고 아름답기로 유명했다. 하지만 요 몇 년 사이에 환경 오염이 심해지면서 여론의 질타를 받으며 현지 관리들의 고민거리가 됐다. 호숫가에 엄청나게 많은 음식점과 공장, 생활 공간이 들어서서 오수를 쏟아냈고, 그로 인해 오랫동안 부영양화가 진행돼 위에야호는 시궁창이 되고 말았다. 최근 이곳 구위원회 서기로 부임한 이슈에시는 호수 정비 사업에 힘을 쏟아 호숫가 서쪽의 음식점 180곳을 모두 철거했다. 이는 매우 힘겨운 과정이었다. 철거 과정 중에 적지 않은 갈등이 발생해 이슈에시는 사람들에 둘러싸여 몇 번이나 걷어차이기도 했다. 하지만 여전히 꼼짝 않는 음식점도 있었다. 이슈에시는 연안의 풍경을 가리키며 현재 상황을 설명했다. "이를테면 저쪽 호수 위에 있는 메이스청 말입니다."

샤루이진은 망원경으로 보며 물었다. "저렇게 크게 자리를 잡고 있는데 왜 철거를 못 하나?" 이슈에시는 한숨을 내쉬며 간단히 설명했다. "자오 공자의 큰 가게를 쉽게 철거할 수 있겠습니까?" 샤루이진은 정말 모르는 것인지 아니면 모르는 척하는 것인지 이슈에시에게 물었다. "자오 공자가 누군가?" 옆에서 보던 톈궈푸가 목소리를 높이며 대답했다. "누구긴 누구겠습니까? 자오리춘 서기의 아들 자오루이룽 말입니다!"

이슈에시는 그제야 툭 터놓고 말했다. "서기님, 자오리춘은 우리 성의 전임 서기인데 누가 감히 그 아들을 건드릴 수 있겠습니까? 보십시오. 자오 공자의 메이스청 규모가 얼마나 큽니까? 오물 배출량만 해도 작은 가게의 열 배는 될 겁니다. 힘없는 주민들의 작은 음식점은 일사천리로 철거하면서 자오루이룽 같은 권력층의 메이스청은 철거하지 못하니 사람들이 가만히 있겠습니까? 지역 주민들에게 욕도 많이 먹었지만 그들을 탓할 마음은 전혀 없습니다. 저와 정부가 일을 제대로 못 한 거니까요!"

샤루이진의 낯빛이 어두워졌다. "이 서기, 참 쉽지 않은 일이구 먼." 톈궈푸가 말을 보탰다. "아무리 힘들어도 해내야죠. 이 서기는 벌써 지역 방송을 통해 올해 안에 메이스청을 철거하겠다고 주민들에게 공개적으로 약속했습니다. 만약 철거하지 못 하면 스스로 구서기 자리를 내놓겠다고 말입니다." 샤루이진은 톈궈푸를 힐끗 보며 말했다. "톈 서기는 어떻게 모르는 게 없나?" 톈궈푸가 당당하게 말했다. "생각하는 바가 없었다면 서기님을 이곳으로 모셨겠습니까?" 이슈에시는 그제야 이 시찰에 기율위원회 서기의 힘이 컸다는 사실을 깨달았다.

이슈에시는 이런 흔치 않은 기회를 놓치지 않고 성위원회 서기에게 보고를 시작했다. "메이스청을 철거하는 데에 장애와 번거로운 걸림돌이 한두 가지가 아닙니다. 권력층이 운영하는 메이스청만 아니었다면 위에야호 정비 사업은 벌써 끝났을 겁니다. 자오리춘 가문의 자제는 당과 정부의 위신은 물론이고 주민들의 기대를 모두 무너뜨렸습니다. 이 강한 상대에 맞서기 위해 저는 일부러 징저우로 달려가 성기율위원회와 텐궈푸 서기께 보고했습니다. 철거를 막는 권력층 인물을 공개하려고 준비를……."

그때 유람선이 호숫가 아파트 단지에 점점 가까워졌다. 샤루이진은 그 모습을 유심히 보며 물었다. "이건 또 어떻게 된 일인가? 누가 이런 능력이 있어서 위에야 호숫가에 이렇게 큰 분양 주택을 지었지?" 이슈에시가 자조하듯 말했다. "누구겠습니까? 자오루이룽이지요. 저기는 뤼저우에서 유명한 '호반정원'이란 아파트 단지인데 80만 제곱미터에 이릅니다. 자오루이룽이 이걸로 11억에서 12억 위안을 벌었다더군요. 그래서 뤼저우 간부들과 주민들은 자오 가문이, 구체적으로 말해 자오루이룽이 뤼저우의 위에야호 때문에 부자가 됐다고 말합니다."

텐궈푸는 감탄을 금치 못했다. "자오루이룽이 참 대단하긴 합니다. 호반정원으로 생애 첫 돈을 벌고, 메이스청으로 돈을 찍어내고 있으니 말입니다." 샤루이진이 물었다. "이게 다 언제 이뤄진 일인가? 자오리춘이 성위원회 서기를 할 때인가?" 이에 텐궈푸가 답했다. "자오리춘이 8년 동안 성장을 하다가 막 성위원회 서기가 된 때였습니다." 이슈에시가 말을 보탰다. "그렇습니다. 당시 뤼저우는 가오위량이 서기였고, 리다캉이 시장이었습니다."

샤루이진은 이슈에시를 보며 물었다. "그럼 호반정원과 메이스청은 리다캉 서기가 자오루이룽에게 허가를 내준 건가?" 이슈에시는 고개를 저었다. "그건 아닙니다. 리다캉이 전출되고 나서 가오위량 서기가 내줬습니다." 샤루이진은 고개를 갸웃거렸다. "리다캉은 자오리춘 서기의 주임 비서 아니었나? 어째서 리 서기가 허가를 내주지 않았지?" 이에 이슈에시가 대답했다. "그 일에 대해서는 사람들 사이에 이론이 분분한데 정확한 속사정은 모르겠습니다."

샤루이진은 호수를 바라보며 톈궈푸에게 말했다. "톈 서기, 이거 뭔가 재미있지 않나? 리다캉은 시장이고 자오리춘 서기의 비서였는데 호반정원과 메이스청에 허가를 내주지 않고, 가오위량이 자오루이룽에게 허가를 내주다니. 뭔가 의미심장하군."

톈궈푸 역시 의미심장하게 말했다. "그렇습니다, 서기님. 제가 그동안 조사한 바에 따르면 바로 그때부터 뤼저우시위원회 서기가 상무위원단에 진출하는 것이 관례가 됐습니다. 가오위량 동지가 바로 뤼저우에서 상무위원이 된 뒤에 성정법위원회 서기와 성위원회 부서기 자리에 올랐죠."

샤루이진은 잠시 말이 없더니 이내 화제를 전환했다. 이슈에시가 과거 리다캉과 같은 그룹이었던 것을 알고 던지는 질문이었다. "이 서기, 본래는 이 서기가 리다캉의 그룹장이지 않았나. 이 서기는 리다캉이란 동료에 대해 어떻게 생각하나?" 이슈에시는 잠시 생각에 잠겼다가 입을 뗐다. "어떻게 말해야 좋을지……. 리다캉은 개척 정신이 있고 일을 추진하는 의욕이 강한 사람입니다. 하지만 독단적인 편이라 예전에 같은 그룹에 있을 때도 제가 현위원회 서기이고 리다캉이 현장이었지만, 주로 제가 그의 말을 들었습니다." 그러자 샤루이진은 은근히 뼈가 있는 말을 건넸다. "리다캉이 자오리춘의 비서 출신이라 그런 것 아닌가? 정치적 자원이 있었나? 솔직하게 얘기해보게."

이슈에시는 잠시 생각을 하더니 샤루이진의 말을 인정했다. "그런 요인도 있습니다. 예전에는 그런 걸 정치적 자원이라고 하지 않고 뒷배라고 했지요. 하지만 온전히 그것 때문만은 아니었습니다. 사실 저는 리다캉을 참 대단하다고 생각했습니다. 늘 주민을 위해 일했으니까요. 진산에 부임하자마자 향진(鄕鎭)*과 현도(縣都)**를 잇는 고속도로를 만들자고 하더군요. 저는 주민들의 부담이 가중되고 번거로운 일들이 생길까 봐 도로 정비 자금을 모으는 일에 찬성하지 않았습니다. 하지만 리다캉이 몇 번이고 제게 말하더군요. 진산현의 지리적 조건이 이렇게 형편없는데 몇 년 머물다 가는 관리라고 이런 상황을 모른 척하면 마음이 편하겠느냐고요. 위험 요소가 있다 해도 우리가 역사적 책임을 져야 한다! 자리와 목숨을 걸고 한번 제대로 일해보자!"

샤루이진이 빙그레 미소 지었다. "결국 뒷배가 있고 일 욕심도 많은 리다캉이 이 서기를 설득했군." 이슈에시는 고개를 끄덕였다. "그렇습니다. 리다캉은 평소 말수도 적고 재미없는 사람입니다. 그저 나랏일 이야기를 할 때만 핏대를 올리죠. 사담이지만 농담 삼아 그런 말도 하더군요. 저를 총으로 위협을 해서라도 깃발

---

*   중국의 행정구역 단위 중 현(縣) 아래에 있는 지방 소도시.
**   현 정부 소재지.

을 들게 한 뒤 다 같이 돌격해 산봉우리를 차지하겠다고요." 샤루이진은 고개를 끄덕였다. "이후의 일은 나도 들어서 알고 있네. 정비 자금을 모으다가 사람이 죽었다고?"

이슈에시가 대답했다. "그렇습니다. 2기 공사 때 일어난 일이죠. 저와 담당자였던 왕따루 부현장은 주민들의 힘과 자금을 지나치게 사용해서는 안 된다고 주장했습니다. 한 걸음 한 걸음 천천히 진행해야 한다고 말입니다. 하지만 리다캉은 저희 말을 들으려고 하지 않았습니다. 현에 한 대뿐인 낡은 지프를 타고 사방을 다니며 주민들의 모금 활동을 독려했죠."

샤루이진은 고개를 갸웃거렸다. "현에 겨우 낡은 지프 한 대뿐이었단 말인가?" 이슈에시가 대답했다. "가난한 시절 아니었습니까. 그나마 리다캉 현장이 그 지프를 엉덩이에 붙인 것처럼 타고 다니는 통에 저와 그룹의 다른 간부들은 모두 자전거를 타야 했습니다." 그러자 샤루이진이 물었다. "리 서기는 조직의 원칙도 몰랐나? 현의 최고 책임자도 우습다?"

톈궈푸가 끼어들었다. "샤 서기님, H성 간부들은 리다캉이 워낙 거물이라 그가 현장이면 현장이 최고 책임자고, 그가 서기면 서기가 최고 책임자라고 생각한다고 합니다." 샤루이진은 톈궈푸를 흘긋 보며 농담 반 진담 반으로 물었다. "그럼 나중에 리다캉이 성장이 되면 나도 그의 말을 들어야 하나?" 그러자 톈궈푸가 말했다. "리다캉이 성장이 될 수 있겠습니까? 아내가 그렇게 사고를 치는데요." 샤루이진이 바로 톈궈푸의 말을 바로잡았다. "전처. 어우양징은 리다캉의 전처네."

작은 유람선이 위에야호 오정교를 가로질러 2호 부두에 멈췄고, 세 사람은 함께 뭍에 올랐다.

물가의 정자에서 차를 마실 때 톈궈푸가 다시 이슈에시에게 물었다. "이 서기, 우리에게 속내를 한번 얘기해보게. 진산에서 인명 사고가 났을 때 어째서 그렇게 리다캉을 지키려 했나?" 샤루이진은 차를 조금 마시며 말했다. "그러게 말일세. 이 서기, 그렇게 대단한 정신은 어디서 나오나? 보통은 그런 독단적인 현장이 사고를 쳤으면 지켜줄 필요가 없지 않나? 그럼 이 서기가 이겼을 텐데."

이슈에시는 씩 웃었다. "그건 당시의 상황을 잘 몰라서 하시는 말씀입니다. 성의 도로가 절반밖에 정비되지 않은 상태였습니다. 나머지 절반은 어떻게 합니까? 다른 사람 누구도 그 일을 완수할 수 없지만 리다캉은 할 수 있었습니다. 그는 자오리춘 서기의 비서였으니까요. 그 사람이라야 성에 찾아가 자금을 구하고, 빌릴 수 있었습니다. 물론 그에게는 다른 방법도 있었죠. 그래서 제가 리다캉에게 말했습니다. 길은 자네가 계속 닦아야 한다고요."

샤루이진은 그제야 어떻게 된 상황인지 이해할 수 있었다. "그것 때문에 리다캉 대신 책임을 졌나?"

이슈에시는 담담하게 말했다. "리다캉을 대신한 게 아니었습니다. 진산의 주민들을 대신해서였죠. 리다캉을 지키고 계속 일하게 한 덕분에 저는 졌지만 주민들은 이기지 않았습니까."

샤루이진은 그 순간 감동하고 말았다. "맞네! 맞는 말이야! 이 서기 같은 간부가 있어서 진산 주민들이 복을 누렸구먼. 이 서기의 희생이 주민들을 행복하게 만들었어!" 이슈에시는 어쩐지 민망했다. "저 혼자만 희생한 것도 아니었습니다. 저는 경고 처분을 받고 다른 현의 현장으로 갔지만 지금껏 처급 간부로 살며 나랏밥을 먹고 있습니다. 하지만 부현장이었던 왕따루는 공직을 박탈당하고 말았는걸요. 그때 그가 살 길을 찾을 수 있게 저와 리다캉이 돈을 조금 모아주었죠."

샤루이진은 호수를 바라보며 감탄했다. "배고프던 시절, 그렇게 십시일반으로 도움을 주다니 쉽지 않은 일이네. 이 서기, 그때 이 서기와 리다캉이 왕따루에게 돈을 얼마나 줬나? 그건 무슨 뜻이었지?" 톈궈푸도 옆에서 물었다. "맞네. 그건 무슨 뜻이었나? 왕따루에게 빌려준 건가, 아니면 투자한 건가?" 이슈에시가 대답했다. "저나 리다캉이나 무슨 뜻으로 준 건 아닙니다. 그저 왕따루를 돕고 싶었을 뿐입니다. 그때만 해도 모두 배고프던 시절 아닙니까? 왕따루가 동분서주하며 5만 위안을 빌렸고, 저와 리다캉이 각각 5만 위안을 줬습니다." 샤루이진이 물었다. "그 덕분에 지금의 따루 그룹이 있는 것 아닌가?" 이슈에시가 고개를 끄덕였다. "그렇습니다. 왕따루에게는 전화위복이었죠. 사업이 정말 잘됐습니다." 샤루이진이 슬쩍 물었다. "이 서기와 리다캉도 왕따루 덕에 부자가 됐단 말도 있던데……." 그 말에 이슈에시는 언성을 높였다. "말도 안 되는 헛소립니다! 왕따루는 고마움을 아는 사람이라 제 아내와 리다캉의 아내 어우양징을 찾아가 투자 계약서에 사인을 하라고 한 적은 있습니다. 각자의 집에 그룹 주식 중 25퍼센트씩을 주겠다고 하더군요. 하지만 저와 리다캉은 거절했습니다." 톈궈푸가 물었다. "이 서기는 거절했다지만 리다캉이나 그의 아내도 정말 거절했나? 어우양징은 왕따루에게 빌라를 받지 않았나." 그 말에 이슈에시가 대답했다. "어우양징이 쓰긴 했지만 집문서는 왕따루의 것입니다. 왕따루가 제게도 한 채 주겠다고 했지만 거절했습니다. 게다가 리다캉은 리다캉이고, 어우양징은 어우양징 아니겠습니까. 두 사람은 본래 하나로 묶이기 힘든 사람들입니다. 둘의 결혼 자체가 실수였죠."

샤루이진은 화제를 바꿨다. "이 서기, 그럼 어째서 리다캉과 함께하지 않았나? 훗날 리다캉은 순풍에 돛을 단 듯이 성위원회 상무위원이 되지 않았나. 그와 함께했다면 더 빨리 승진할 수 있었을 텐데." 이슈에시가 손을 내저었다. "제가 그 친구랑 함께해서 뭐 합니까. 그 친구도 저도 불편할 뿐이죠." 샤루이진은 이해할 수 없다는 듯 물었다. "그럴 리가 있나? 이 서기와 왕따루가 중요한 때에 그를 도왔잖은가." 그러자 이슈에시가 대답했다. "그건 공적인 일이었으니까요." 샤루이진은 팔짱을 끼고 이슈에시를 쳐다봤다. "그럼 두 사람 사이에는 사적인 감정이 없나?" 이슈에시는 고개를 흔들었다. "사적인 감정이 얼마나 된다고 말하긴 어렵습니다. 리다캉은 일만 할 줄 알지 일상적인 생활은 잘 못하는 사람입니다. 카드게임도 못하는걸요. 일을 많이 하다 보니 이 사람 저 사람에게 밉보이기도 하고, 너무 신중하다 보니 행여 약점을 잡힐까 봐 주변 사람에게 유난히 엄격하게 대합니다. 알고 보면 참 외로운 사람이죠."

샤루이진이 얕은 탄식을 내뱉었다. "알 것 같네. 그래서 아내가 이혼하려 한 것이군." 그러더니 그는 불쑥 자리에서 일어났다. "자, 이제 다음 순서로 우리 이 서기의 호화 주택을 구경하러 갑시다!"

이슈에시는 뜻밖의 상황에 얼떨떨해졌다. "예? 샤 서기님, 텐서기님, 저희 집은 준비가 안 됐는데요." 그 말에 텐궈푸가 빙긋 웃으며 말했다. "이 서기가 준비를 해놨다면 우리가 가겠나?"

이슈에시는 소박하다 못해 초라한, 방 두 개뿐인 집에 살고 있었다. 거실의 한쪽 벽면에는 커다란 위에야호 정비 사업 계획도가 걸려 있었다. 집에 들어서던 샤루이진과 톈궈푸는 벽 한쪽을 꽉 채운 계획도를 보고 깜짝 놀랐다. "여기가 집인가, 아니면 사무실인가?" 샤루이진의 물음에 이슈에시가 답했다. "물론 집이지요. 24평짜리 처급 공무원 주택입니다."

샤루이진이 계획도를 가리켰다. "내가 말하는 건 저 그림이네. 업무용 계획도가 어째서 집에 걸려 있나?"

이슈에시가 설명했다. "아, 저건…… 제 습관입니다. 어느 지역에 가서 일하든 그곳 지도를 걸어놓거든요. 뭔가 생각이 나면 바로 지도에 표시도 할 수 있고요. 서기님, 보십시오. 여기가 바로 전체 정비를 하고 있는 위에야호 동쪽 기슭입니다. 자오루이룽의 메이스청이 바로 여기에 있지요."

샤루이진은 빨간색과 초록색 압정이 가득 꽂혀 있는 계획도를 보며 속으로 감탄했다. '이 친구 머릿속에는 업무만 있고, 마음속에는 나라만 있군!' 그는 다시 물었다. "예전에 썼던 지도는 어디 있나? 가져와서 함께 보세!" 이슈에시는 조금 머뭇거리더니 안쪽 방으로 들어가 침대 밑에서 H성 지도 일고여덟 장을 가져왔다. 지도들은 다 낡아빠져 먼지가 잔뜩 내려앉아 있었다. 이슈에시는 마른 수건으로 지도들을 닦은 뒤 샤루이진 앞에 펼쳐놓았다. "서기님, 이런 낡은 지도들이 뭐 볼 게 있습니까?" 샤루이진은 지도 한 장 한 장을 들춰봤다. "어째서 볼 게 없나? 이 서기, 이 지도들에서 나는 이 서기의 20여 년 고된 공직 생활을 봤네. 개혁의 큰 물결 속에서 이렇게 꿋꿋하게 자신의 일을 해왔다니 참으로 쉽지 않았겠어!"

이슈에시는 씩 웃었다. "다들 그렇지 않습니까? 저희 같은 공무원이 주민들을 거저 먹여 살릴 수 없으니까요." 샤루이진이 고개를 끄덕였다. "그렇지. 우리는 국민의 공복이고, 국민을 위해 봉사하니 거저 국민을 먹여 살릴 수 없지. 하지만 이 간단한 도리를 어떤 간부들은 모르는 것 같아. 주민들을 먹여 살리기는커녕 해를 끼치니, 원."

샤루이진이 텐궈푸에게 말했다. "텐 서기, 메이스청 건은 반드시 문제가 뭔지 제대로 파악하고, 또 다른 문제가 발견되면 적극적으로 해결하도록 하게!" 텐궈푸가 물었다. "서기님, 직접 자오리춘 서기와 연락을 해보시는 게 어떻습니까?" 샤루이진은 손을 내저었다. "그럴 필요가 뭐 있나? 이미 이슈에시 서기가 연락을 했다고 하지 않나. 법대로 철거하고, 만약 문제가 생기면 성위원회를 찾아오게!" 이슈에시는 그의 말에 감동했다. "서기님, 서기님과 성위원회에서 이렇게 제 업무를 지지해주시니 감사합니다!"

샤루이진은 이슈에시의 손을 꽉 잡았다. "그게 무슨 말인가. 나와 성위원회가 이 서기에게 감사할 일이네! 25년 동안 처급 간부로서 어느 자리에 있든 노고를 마다하지 않다니, 나와 텐 서기는 정말 감동했네! 이 서기, 내가 부탁이 하나 있는데 혹시 들어줄 수 있겠나?"

이슈에시는 잠시 얼떨떨해하다가 말했다. "말씀하십시오. 제가 할 수 있는 거라면 뭐든 하겠습니다!" 샤루이진은 지도들을 가리켰다. "여기 있는 지도들을 내게 선물로 좀 주게."

이슈에시는 그제야 피식 웃었다. "본래 나라의 것 아닙니까? 얼마든지 가져가십시오."

샤루이진이 말했다. "좋네. 우리 성 개혁성취전시관에 전시해 간부와 대중이 모두 볼 수 있게 하겠네. 우리 이 처급 간부께서 밤낮으로 어떤 생각을 하며 어떻게 일했는지 알 수 있게 말일세!"

그날 밤, 징저우로 돌아오는 길에 감개무량해진 샤루이진은 톈궈푸에게 지시를 내렸다. 조직부와 협력해, 이슈에시처럼 정치적 자원은 없지만 오직 주민들만을 위해 일하는 능력 있는 간부가 얼마나 되는지 조사해보라고 말이다. 또한 그는 있기만 하다면 모두 발굴해 일할 만한 무대를 제공하겠다고 말했다.

톈궈푸도 그의 말에 찬성했다. "옳은 말씀입니다. H성 간부들의 풍조는 진즉에 바뀌었어야 합니다."

샤루이진은 입장을 분명히 했다. "그럼 청국급 간부들의 임용부터 바꿔야겠군. 이슈에시를 모범 사례로 삼아 모두에게 알려줘야겠어. 조직에서는 정치적 자원은 없어도 뜨거운 심장으로 청렴하게 주민을 위해 일하는 사람을 중용한다는 걸 말일세!"

톈궈푸도 말을 보탰다. "반대로 정치적 자원은 풍부하지만 패거리를 짓고 정신 자세가 옳지 않은 간부는 반드시 더 조심해야겠습니다. 예를 들어 치퉁웨이 같은 인사 말입니다."

30

치통웨이는 스승인 가오위량이 자신의 정치적 자원임을 잘 알았다. 하지만 세상을 떠난 그의 장인 량췬펑은 스승의 정치적 자원이었다. 사실 그는 처갓집과 스승 덕분에 지난날 정치적 기반을 다질 수 있었다. 그 스스로도 이런 풍부한 자원과 기반을 바탕으로 손쉽게 부성장 자리에 오를 줄 알았건만 별안간 중앙에서 내려온 샤루이진이 그의 앞날을 알 수 없게 만들었다.

스승도 예전과 달리 그의 일에 좀처럼 관심을 보이지 않았다. 그의 뜻대로 리다캉과 화해를 하기는커녕 결혼 생활 문제를 언급하며 그에게 한 소리만 늘어놓았다. 솔직히 그에게 량씨 집안과의 혼사는 마음의 상처였다. 닿기만 해도 피가 줄줄 흐를 지경이다. 그날 스승의 집을 나온 뒤 치통웨이는 차를 몰고 정처 없이 돌아다니다가 자신도 모르게 사격장으로 향했다.

공안과 검찰원, 법원 계통에서 경찰학교에 마련한 현대식 사격장은 학생들이 사격 연습을 위해 사용하는 곳으로, 공안청 청장인 그도 종종 이곳에 들르곤 했다. 치통웨이에게는 한 가지 특징이 있는데 기분이 좋을 때는 헬스를 하고 기분이 나쁠 때는 사격을 했다. 듣기에 좀 이상할지 몰라도 그는 일단 총만 들면 마음이 차분해지고 온갖 잡념이 사라졌다. 그는 본래 명사수지만 이렇게 기분이 나쁠 때는 더욱 백발백중이라 이길 사람이 없었다. 잠시 총을 쏘고 나면 금세 평소처럼 생기가 돌았다.

그런데 오늘은 어쩐 일인지 사격복으로 갈아입고 방음 헤드셋을 써도 마음이 가라앉지 않았다. 지난날의 기억이 또렷하게, 또 흐릿하게 눈앞에 떠올랐다. 량루는 대학 시절 그의 반 지도원*으로 외모가 준수하고 성적과 품행이 뛰어난 그를 마음에 들어 했다. 실제로 그녀는 치퉁웨이가 대학을 졸업할 때까지 적극적으로 구애했다. 하지만 그는 량루로부터 도망 다니기 바빴다. 이유는 매우 간단했다. 량루가 그보다 열 살이나 더 많기 때문이었다.

대학을 졸업하고 나라로부터 직장을 배정 받던 시절,** 그가 마주한 현실은 참혹했다. 다른 정법대 출신들은 대부분 도시에 남아 성이나 시의 정법기관에서 일했는데 정법과에서 소문난 우등생이었던 그는 옌타이 산간 지역의 어느 향진사법소***에서 사법보조원으로 일해야 했다. 누군가는 이것이 량루의 농간이라고 했지만 치퉁웨이는 그렇게 생각하지 않았다. 그는 본래 밑바닥 출신으로 그의 아버지는 평생 소만 키우며 사셨다. 그에게 이렇다 할 자원도 배경도 없었기에, 그의 몫으로 돌아올 좋은 직장도 없었던 것이다. 반대로 그가 량루를 받아들였다면 그녀의 아버지인 량촨펑 서기가 훌륭한 뒷배가 돼줬을 것이다. 그랬다면 구름을 타고 훨훨 날아올라 바로 성공을 보장받을 수 있었으리라. 그가 일하던 사법소에는 그를 포함해 총 세 명의 직원이 있었다. 소장은 1960년대 중국정법대학 출신으로 30여 년을 산에서만 보내다가 머리가 새

---

*   학생들의 사상, 정치 교육, 일상생활, 취업 지도를 담당하는 교사.
**   중국에서 시장 경제가 도입되기 이전 계획 경제이던 때는 대학을 졸업하는 사람들에게 나라에서 직장을 일괄적으로 분배했다.
*** 중국 사법행정기관 중 가장 말단에 있는 조직 기구.

고 얼굴에는 주름이 가득해졌다. 치퉁웨이는 그런 소장에게서 자신의 미래를 봤다. 30년 후 그의 모습을 말이다. 고독하고 외롭고 힘든, 아무 기대도 없는 그런 생활에서 반드시 도망쳐야 했다.

그때부터 치퉁웨이는 독한 마음을 먹고 량루에게 열렬히 구애하기 시작했다. 하지만 여자는 예민한 존재 아니던가. 량루는 이 우등생의 구애가 자신이 아니라 량 서기 때문임을 눈치채고 단호히 거절했다. 하지만 당시 치퉁웨이는 량루를 자신의 성공을 위한 발판으로 삼기로 작정했기에 목표가 이뤄질 때까지 끈질기게 매달렸다. 그는 두꺼운 낯짝으로 계속 장미꽃을 선물했고, 량루는 그것들을 몽땅 쓰레기통에 처박아버렸다. 그러자 그는 아주 특별한 이벤트를 생각해냈다. 자신이 일하던 산간 지역에서 정성 들여 야생화를 꺾어 학교 운동장에 마음 심(心) 모양을 만들어놓은 뒤 그 가운데에 들어가 무릎을 꿇고 전교 학생과 교수 들의 이목을 끈 것이다. 그는 량루의 사무실 창문에 대고 계속 소리 질렀다. "량루야, 사랑해! 나랑 결혼하자! 나랑 결혼하자!" 목소리가 쉬고 더 이상 소리가 나올 수 없게 된 뒤에도 그는 끝까지 소리를 질렀다. 그 모습에 많은 이들이 감동했고, 결국 량루는 사람들에게 떠밀려 치퉁웨이 앞에 나타났다.

량루와 결혼한 뒤 치퉁웨이는 향진사법소를 떠나 한 걸음 한 걸음 위를 향해 걷기 시작했다. 그는 얻기 힘든 기회를 소중히 여기며 죽을힘을 다해 일에 매진했다. 마약 단속 경찰로 일할 때는 구잉렁이란 작은 산촌에서 목숨을 잃을 뻔하기도 했다. 당시 성의 정법위원회 서기였던 장인 량췬펑은 그의 이런 열정에 만족해하며 사위의 성공을 위해 물심양면으로 애썼다. 스승인 가오위량도 조직을 대표해 보이지 않게 그의 장인에게 힘을 보탰다. 덕분에 치퉁웨이는 승진 가도를 달려 공안청장의 자리에까지 오를 수 있었나.

치퉁웨이는 지나온 인생을 돌이켜볼 때면 매우 큰 자부심을 느꼈다. 밑바닥에서부터 출발해 오늘의 자리에 이르렀다는 것은 성공한 인생이란 뜻 아닌가. 하지만 사랑의 세계는 황량하기 그지없어 단 한 번도 만족감을 느낀 적이 없었다. 물론 그도 아내를 사랑하려고 노력했다. 사는 동안 그녀에게 예의를 지켰고 서로를 존중하려 애썼다. 처갓집의 대소사도 남의 손을 빌리지 않았다. 남들이 보기에 그는 훌륭한 사위였다. 하지만 어떤 일은 아무리 노력해도 해결할 수 없었다. 이를테면 잠자리에서 그가 아무리 애를 써도 중년에 들어선 뒤로는 아내와 사랑을 나눌 수 없었다. 이런 발기 부전 현상은 그와 비슷한 상황의 관리들에게도 종종 나타난다. 아무튼 언제부터인지 모르겠지만 치퉁웨이는 다른 방으로 옮겨 가 량루와 따로 잠을 잤다. 그도 이런 자신을 속으로 많이 욕했다. '이 양심도 없는 자식! 배은망덕한 놈!' 하지만 강요한다고 될 일이 아니지 않은가. 그는 아무리 해도 자기보다 열 살이나 많은 아내를 육체적으로 사랑할 수 없었다. 시들어가는 아내의 몸을 보는 것도 그에게는 고역이었다.

남자로서의 행복을 잃은 것은 일에서 성공하기 위한 대가였다. 하지만 이런 인생이 진정으로 성공한 인생이라 할 수 있을까? 치퉁웨이는 오랫동안 속앓이를 했다. 그도 한때 이혼을 고려한 적이 있지만 처갓집의 권세가 두려웠다. 사실 그가 얻은 모든 것은 매우 쉽게 잃을 수 있었다. 그러다가 가오샤오친을 만난 후로 메말랐던 그에게서 생명의 꽃이 다시 피기 시작했다. 가오샤오친에게서 그는 남자가 바라던 모든 것을 얻었다. 불법적이고 부도덕한 사랑은 생각지 못한 매력을 풍겼다. 마른 나무에 불이 거세게 붙 듯 그와 가오샤오친은 열렬한 사랑을 느꼈다. 그는 인생의 아쉬움 을 채우고 싶을 뿐, 스승의 꾸지람도 사람들의 손가락질도 상관하 고 싶지 않았다. 본래 욕망은 성공과 함께하는 것이다. 평생 성공 하나만 바라보며 최선을 다한 끝에 이 자리에 올랐다면 굳이 욕망 을 억누를 필요가 없지 않은가?

이런 고민에 빠져 있을 때 갑자기 누군가가 그의 어깨를 쳤다. 고개를 들어 보니 허우량핑이었다. "선배, 왜 이렇게 넋을 놓고 있 어요? 어디 안 좋아요?" 허우량핑이 씩 웃으며 물었다. 치퉁웨이 는 바로 정신을 차렸다. "멀쩡해! 어이, 원숭이, 넌 어떻게 여기 왔 어? 사격 시합한 지 한참 됐는데 한번 겨뤄볼까? 누가 명사수인지 보자고!"

허우량핑과 치퉁웨이는 비슷한 점이 많았다. 둘 다 행동력이 강 하고 운동을 좋아했으며 특히 사격을 즐겼다. 대학에서 군사 훈련 을 할 때 두 사람은 사격에 빠지곤 했다. 팔목 힘을 키운다며 벽돌 을 하나씩 매달고 뜨거운 땡볕 아래서 한나절씩 서 있기도 했다. 승부욕이 강해 사격 성적도 늘 막상막하였던 그들은 서로 1등이 라고 목청을 높여 다퉜다. 하지만 마음속에는 언제나 상대방에 대 한 존경심을 가지고 있었다. 허우량핑은 H성에 내려오자마자 이 새로 지은 사격장을 찜해둔 터였다. 오늘 우연히 이곳에서 만난 두 사람에게 사격 시합은 지극히 자연스러운 수순이었다.

두 사람은 거의 매번 10점을 쐈다. 탄창을 몇 번이나 갈아 꼈지 만 좀처럼 승부가 나지 않았다. 두 사람 다 나이는 중년이 됐지만 여전히 승부욕이 엄청났다. 사격을 마친 뒤 그들은 서로를 안아주 며 대단하다고 엄지를 치켜세웠다. 영웅이 영웅을 알아보는 법이

랄까.

　사격장 한쪽에 앉아 생수를 마시며 치퉁웨이가 말했다. "량핑아, 검찰이 돼서 안타깝다. 총 쏠 일도 없고. 너도 대학 졸업하고 공안이 됐으면 공을 세울 기회가 훨씬 많았을 텐데." 허우량핑이 고개를 끄덕였다. "그러게요. 선배가 마약 단속 경찰로 공을 세워서 공안에서 표창 받았을 때 신문에도 나고 그랬잖아요. 진짜 부러웠는데! 그때 이후로 내가 선배를 롤모델로 생각하고 있잖아요."

　치퉁웨이는 눈을 흘기며 말했다. "진짜야?" 허우량핑이 진지하게 대답했다. "당연히 진짜죠! 솔직히 말해서 선배는 나한테 영웅이에요." 치퉁웨이는 허우량핑을 쓱 밀었다. "됐어. 비행기 그만 태워. 나한테 한 번도 고분고분했던 적 없으면서." 허우량핑은 씩 웃었다. "어렵게 진심을 얘기했는데 안 믿어주네. 맹세라도 해요?" 그제야 치퉁웨이가 활짝 웃었다. "알았다, 알았어. 믿어줄게!"

　두 사람은 잠시 말이 없었다. 치퉁웨이가 불쑥 떠보듯 물었다. "원숭아, 요번에 반부패국에서 내가 예전에 마약상 잡아들이던 것처럼 싹 다 잡아들일 건 아니지?" 허우량핑은 치퉁웨이의 눈을 빤히 쳐다봤다. "갑자기 뭐 그런 걸 물어봐요? 나한테 무슨 불만 있죠?" 그러자 치퉁웨이가 솔직하게 대답했다. "그래. 네가 리다캉 부인을 잡아서 우리한테 얼마나 큰 불편을 끼쳤는지 아니? 너는 정법계가 아니라고 하지만 사람들은 널 정법계라고 본다고. 리다캉이 반격하는 것도 당연하지! 덕분에 선생님이랑 나뿐만 아니라 얼마나 많은 사람이 움츠러들게 됐다고." 허우량핑은 한숨을 내쉬었다. "그 얘기는 그만하죠. 얘기해봤자 논쟁만 이어질 테니까. 하지만 선배도 예전에 마약상들 잡겠다고 애쓰던 때 생각하면 나 이해해줄 수 있지 않아요?" 치퉁웨이가 말했다. "어휴, 이 고지식한 자식! 요즘 인터넷에 너에 대한 우스갯소리가 올라오는 거 알아?" 허우량핑은 그 말을 믿을 수 없었다. "나에 대한 얘기요? 선배가 괜히 지어내는 거죠?" 치퉁웨이는 휴대전화로 글을 찾아 보여줬다. "네가 직접 봐라. 손오공에 대한 얘긴데, 인도에 불경을 구하러 가는 길에 요괴들을 만나는데 하나 같이 뒷배가 있어. 이 녀석은 신선의 의자고, 저 녀석은 부처가 귀여워하는 동물인 식이지. 그래서 원숭이가 아무리 애를 써도 좋은 보답을 받지 못해." 치퉁웨이의 말 속에는 뼈가 있었다. "량핑아, 내가 예전에 상대했던 애들은 마약상이라 대부분 범죄 조직에 있는 놈들이었어. 하지만 네가 주시하고 있는 사람들은 그렇게 간단하지가 않아. 그들이 어떤 거물의 의자인지 어떻게 아냐?" 허우량핑이 피식 웃으며 바로 되물었다. "이를테면 가오샤오친 회장은 선배의 의자겠지. 아니면 더 대단한 인물의 의자인가?" 치퉁웨이는 인상을 찌푸리며 자리에서 벌떡 일어섰다. "너도 진짜 재미없다! 됐어. 가서 술이나 한잔하자."

이번 술자리는 꽤 재미있었다. 두 사람은 길가의 포장마차에서 고기를 구워 먹으며 맥주를 마셨다. 술기운에 알딸딸해질 때쯤 그들은 약속이나 한 것처럼 천하이 이야기를 시작하며 감정이 격해졌다. "정법과 3인방 중에 한 사람이 누워 있다니. 천하이, 정말 착하고 속이 깊은 녀석인데. 진짜 아쉽다!"

허우량핑은 치퉁웨이를 주시하며 떠보듯 물었다. "선배는 공안청 청장이고 형사 사건 고수인데 교통사고 뒤에 가려진 뭔가를 발견한 게 없어요?" 치퉁웨이는 엷은 미소를 띠며 의뭉스럽게 반문했다. "너야말로 반부패국 국장이니 징저우에 한동안 있으면서 천하이 사건에 대한 새로운 단서를 꽤 파악했을 것 같은데? 말해봐. 동창 사이에 같이 좀 알자." 그 말에 허우량핑이 하하하 웃자 치퉁웨이도 자연스럽게 따라 웃었다. 하하하 웃고 나자 둘 다 정신이 좀 돌아왔다. 한 명은 공안청 청장이요, 다른 한 명은 반부패국 국장이니 어떻게든 상대로부터 한 마디라도 더 들어보려는 치열한 물밑 공방전이 있을 수밖에 없었다. "에이, 그냥 아무 걱정 하지 말고 술이나 마시자!" 두 사람은 다시 지난날을 떠올리며 젊은 시절의 추억에 빠졌다. 그들은 천천히 기분에 취하며 더 많은 술을 마셨다.

그러다가 갑자기 치퉁웨이가 한 가지 질문을 했다. "우리 둘 다 명사수라고 하는데, 만약 어느 날 서로 총을 뽑게 된다면 누가 먼저 쓰러질까?" 허우량핑은 자세를 고쳐 앉으며 말했다. "물어보나마나 당연히 나죠." 치퉁웨이가 허우량핑을 보며 웃었다. "어째서?" 허우량핑도 웃으며 치퉁웨이의 머리를 가리켰다. "선배는 독한 사람이잖아요." 그 말에 치퉁웨이는 천천히 고개를 저었다. "아니, 네가 틀렸어. 쓰러지는 건 아마 나일 거야." 허우량핑은 고개를 갸웃거렸다. "어째서요?" 치퉁웨이는 느릿하게 술을 마시고서 한참 뒤에야 대답했다. "내가 독하긴 하지만 차마 너한테는 총을 쏘지 못할 거야. 넌 똑똑하니까."

그 뒤로도 그들은 늦은 밤까지 쭉 술을 마셨다. 허우량핑은 오랫동안 술에 취한 적이 없었는데 이번에는 정말 머리가 어질어질했다. 치퉁웨이가 그를 검찰원 숙소에 데려다주고서 헤어질 때 허우량핑이 불쑥 물었다. "선배, 앞으로 우리가 오늘처럼 이렇게 격의 없이 친하게 지낼 수 있을까?" 치퉁웨이는 그 순간 멍하게 있다가 갑자기 주르륵 눈물을 흘리더니 그의 손을 꽉 잡고 흔들었다. 그는 그렇게 한 마디 말도 없이 돌아서서 가버렸다. 허우량핑은 어쩐지 마음이 허전했다.

그날 마침 야근을 하고 있던 루이커는 사무실을 나서다가 우연히 허우량핑과 마주쳤다. 술을 많이 마셨는지 비틀거리는 허우 국장을 본 루이커는 마음이 놓이지 않아 방에 데려다주고 차를 끓여줬다.

허우량핑은 어우양징의 심문에 진전이 있는지 물었다. 루이커는 어우양징이 비협조적이라 계속 제자리걸음인 탓에 모두 애태우고 있다고 대답했다. 그러자 허우량핑이 말했다. "너무 성급하게 굴지 말고 상대를 열심히 연구해봐. 좀 천천히 해도 되니까." 루이커가 뭔가 말하려 했지만 허우량핑은 손가락을 들어 그녀의 말을 막았다. "나도 알고 있어. 이미 그렇게 해봤겠지. 하지만 정말 깊이 있게 연구해봤나? 그녀의 내면세계 깊은 곳에 들어가봤느냐고."

루이커가 투덜거렸다. "뭘 더 어떻게 연구해요? 어우양징 파일은 몽땅 외울 정도인데……." 허우량핑은 술기운이 올라오는지 말이 많아졌다. "파일만 본다고 되나? 내가 물어볼까? 어우양징이 무슨 화장품 브랜드를 쓰지? 어떤 브랜드의 옷을 입고? 무슨 음식을 좋아하고, 어디에서 자주 밥을 먹지? 여가 시간은 어떻게 보내고? 그녀와 리다캉의 결혼 생활은 뭣 때문에 그렇게 박살 났을까? 그리고 그녀는 어째서 그렇게 〈별에서 온 그대〉를 좋아할까?" 루이커는 조금 어리둥절해졌다. "제가 그렇게 많은 문제를 어떻게 다 알겠어요?" 허우량핑은 진지하게 말했다. "내가 한 가지 제의를 할까? 빠른 시간 안에 최근 유행한 한국 드라마 몇 편만 찾아봐. 특히 어우양징이 가장 좋아한다는 〈별에서 온 그대〉를 중점적으로 보면 분명 수확이 있을 거야."

루이커는 뭔가 감을 잡았다. 그녀는 얼른 자리에서 일어나 단발머리를 정리하며 말했다. "알겠습니다. 얼른 쉬세요."

루이커가 떠난 뒤 허우량펑은 침대에 누워 엎치락뒤치락했다. 어우양징이 제대로 자백하지 않고 자오둥라이 쪽의 비밀 장부는 아직 확보되지 않으면서 사건은 다시 교착 상태에 빠졌다. 돌파구는 어디 있을까?

그날 밤 허우량펑은 이상한 꿈을 꿨다. 그는 옛날 성 주변을 빙빙 돌며 안으로 들어가려 했지만 도무지 문이 보이지 않았다. 그 성은 탑이 높게 솟고 성벽이 두터운 유럽 중세 양식으로, 아무리 해도 반질반질한 거대한 돌들을 손으로 잡을 수 없었다. 그는 성 주위를 계속 돌며 초조해 어쩔 줄 몰라 했지만 끝내 들어가지 못했다.

31

　어우양징은 구류를 당한 뒤 줄곧 비협조적인 태도를 보이며 아무 말도 하지 않으려 했다. 대신 그녀는 심문하는 수사관에게 말 끝마다 용의자 자백 없이 사건을 처리하라고 빈정거렸다. 그러나 루이커가 한국 드라마 이야기를 꺼내자 어우양징은 뜻밖에도 입을 열었다. 그날 심문에 나선 루이커는 평소처럼 어우양징과 사건 얘기를 하는 대신 〈별에서 온 그대〉를 언급하며 여자의 사랑과 결혼 생활에 대해 이야기했다. 물론 처음에는 어우양징도 냉담한 반응을 보이며 경계심을 드러냈지만, 열심히 준비한 루이커가 한국 드라마에 대한 독특하고도 깊이 있는 견해를 들려주며 어우양징을 유도하자 자연스럽게 이야기에 참여했다.

　허우량핑은 지휘 센터에서 지창밍과 함께 심문을 지휘하며 대형 스크린을 통해 이 상황을 똑똑히 지켜봤다. 어우양징은 한국 드라마에 대해 말하다가 한숨을 쉬며 자신의 이야기까지 꺼내놓았다. 대학에 다니던 시절 굴 한 포대 때문에 그녀의 일생이 망가졌다는 얘기였다. 그녀가 굴을 좋아한다는 것을 안 리다캉이 커다란 굴 포대를 지고 기숙사 앞까지 찾아와 그녀의 마음을 훔쳤다는 것이다. 두 사람은 대학 졸업 후에 결혼했지만 리다캉은 가정에서의 모든 생활을 그녀에게 떠넘겼다. 월급도 전부 그녀에게 주고 어디 한 번 놀러나가는 일도 없었다. 재미가 없긴 했지만 그녀에게 잘해줬다면 이러쿵저러쿵 따지지 않았을 것이다. 하지만 리다캉의 지위가 높아질수록 그의 이기적인 결점이 고스란히 드러났다. 그들의 딸이나 어우양징의 동생은 물론이요, 오랫동안 알고 지낸 친구들까지 누구 하나 도와주지를 않았다. 좋게 말하면 청렴해서였지만 사실은 극단적인 이기주의에 자신의 명예만 중시하기 때문이었다. 이런 시간이 길어지면서 그녀는 리다캉에게 더욱 절망했다. 남들이 보기에 그녀는 고관 남편에게 시집간 성공한 여성이었지만 그 누가 그녀의 마음속 고민을 알겠는가? 결혼한 지 25년이 됐지만 리다캉은 그녀의 생일 한 번 챙겨준 적이 없었다.

일찌감치 세심한 준비를 해놓은 루이커가 적절한 때에 말을 이어받았다. "어우양 여사님, 오늘이 바로 여사님의 쉰네 번째 생신인 걸 알고 있습니다. 저희랑 같이 생일 한번 맞으시죠." 그런 다음 주문해놓은 대형 케이크를 들어오게 한 루이커는 케이크 위에 긴 초 다섯 개와 작은 초 네 개를 꽂았다. 아홉 개의 초에 불이 켜지자 어우양징의 얼굴은 온통 눈물범벅이 됐다. 루이커가 잘 자른 케이크를 어우양징 앞에 놓아주며 진심으로 말했다. "오늘은 사건 이야기 하지 마시고 즐거운 생일 보내시길 바랄게요." 하지만 어우양징은 눈물을 닦아내더니 루이커에게 말했다. "루 처장, 내가 루 처장 공 하나 세울 수 있게 해줄게. 나한테 이만큼 성의를 보였는데 나도 그만한 보답은 해야지. 은행 카드에 있는 50만 위안이 어떻게 된 건지 궁금하잖아? 내가 말해줄게. 그 돈은 사실 차이청공이 아니라 H성 요우치 그룹(油氣集團)* 거야!"

어우양징의 뜻밖의 자백에 심문을 지휘하던 허우량핑과 지창밍

---

* 　석유와 천연가스 관련 국영 기업.

은 깜짝 놀랐다. 심문을 진행하고 있던 루이커도 놀라긴 마찬가지였다. "예? 이 일이 H성 요우치 그룹과 관련이 있단 말씀이세요?"

어우양징은 복잡한 관계의 속사정을 밝혔다. "차이청공의 회사는 매년 브리지 론을 쓰고 다시 상환했는데, 최근 몇 년 동안 사용한 브리지 론이 요우치 그룹 돈이었어." 차이청공이 어우양징에게 준 네 장의 은행 카드는 사실 그가 요우치 그룹에 브리지 론에 대한 리베이트로 줘야 할 돈이었다. 이 돈이 들어 있는 카드를 받은 어우양징은 혼자 먹지 않고 대출 부문 직원들과 나눴는데, 그녀가 받은 돈이 70여만 위안 정도였다. 또 다른 일부 리베이트는 금액이 큰 편이었는데 차이청공이 매번 가오샤오친의 산쉐이 그룹에게 건넸다. 요우치 그룹의 브리지 론은 가오샤오친의 도움으로 얻은 것이었기 때문이다. 말을 마친 어우양징은 차이청공이 얼마나 비열한 인간인지 열변을 토했다. 이 브리지 론의 이자는 본래 그가 당연히 지불해야 하는 것인데 자기가 일을 그르치고 딴 사람을 물고 늘어졌다는 것이다.

루이커가 다시 캐물었다. "확실합니까? 차이청공이 정말 산쉐이 그룹에 이자를 줬습니까?"

어우양징이 대답했다. "확실해요. 이게 사건의 진상이라고! 차이청공이 어째서 요우치 그룹과 류신젠(劉新建)을 신고하지 않고 나만 신고했겠어? 요우치 그룹이든 류신젠 본인이든 산쉐이 그룹과 비즈니스적인 거래가 있어. 모두 산쉐이 그룹 가오샤오친에게서 엄청난 이득을 보고 있다고……."

여기까지 본 허우량핑은 꿈에서 본 옛 성의 문이 갑자기 활짝 열리는 것 같았다. 요우치 그룹과 류신젠의 등장은 너무나도 적절하고 중요했다. 지창밍 검찰장도 의미심장하게 허우량핑에게 주의를 줬다. "류신젠은 보통 인물이 아닐세. 전임 성서기 자오리춘의 주임 비서 출신이라고. 자오리춘이 직접 성 소유 국영 기업인 요우치 그룹의 회장 겸 최고경영자 자리에 앉혔지." 허우량핑은 어떤 상황인지 알 것 같았다. "맞습니다. 그자는 자오루이룽의 의형제고, 자오루이룽은 가오샤오친의 산쉐이 그룹과 사업적으로 밀접한 관계를 맺고 있지 않습니까."

어우양징이 진술한 이 중요 정황이 과연 사실인지 바로 차이청공을 심문해 확인해야 했다. 지시를 받은 저우정 검찰관 팀이 다시 차이청공을 심문하기 시작했다. 허우량핑은 지휘 센터에서 대형 스크린으로 심문석에 앉은 차이청공을 바라봤다. 차이청공의 눈에는 갈망이 가득했다. "허우량핑이 보냈습니까? 그 녀석이 날 무시하지 않을 줄 알았지! 허우 국장에게 빨리 보고 좀 해주세요. 내가 지금 여기서 생명의 위협을 느끼고 있다고요. 그 방 안에 범죄 조직에 있던 놈이 둘이나 있다니까!"

저우정 검찰관이 차이청공에게 거기 있는 검찰실에 말해보지 그랬느냐고 물었다. 그러자 차이청공은 이미 말했지만 상주 검찰관이 자신을 상대도 안 한다며 거의 울 듯한 얼굴로 정말 목숨을 위협받고 있다고 강조했다. 허우량핑은 그래도 자신의 어린 시절 동무이자 중요 증인인 차이청공의 말에 마이크를 잡고 저우정에게 지시했다. "어떤 위험이 있는지 말해보라고 해."

차이청공은 같은 유치장에 있는 죄수 둘이 항상 그를 감시하고 있다고 말했다. 그의 왼쪽에서 자는 놈은 몸에 용 문신이 있는데 살기등등한 눈빛으로 그를 바라본다. 또 그의 오른쪽에서 자는 놈은 강간살인범인데 항상 뒤에서 기분 나쁜 미소를 짓고 있다가 그가 쳐다보면 살인자의 눈빛을 감춘다. 저우정이 차이청공에게 핵심을 찌르는 질문을 했다. "그자들이 당신에게 어떻게 한다는 겁니까? 어떤 위협을 하나요?" 그러자 차이청공은 당장 위협은 없지만 언제 쥐도 새도 모르게 해코지를 당할지 모른다는 위험을 느끼고 있다고 말했다.

완전히 주관적인 억측 아닌가! 여기까지 보던 허우량핑은 마이크를 잡고 저우정에게 본론으로 들어가라고 지시했다. 저우정은 바로 심문에 들어갔다. "차이청공 씨, 할 이야기만 합시다. 어우양징 부행장에게 뇌물로 준 네 장의 카드, 도대체 무슨 명목으로 준 겁니까? 좀 더 자세히 얘기해볼 수 있습니까?"

차이청공은 자신의 '위험'에 대한 걱정으로 검찰관의 보호를 받고 싶어서인지 순순히 사실을 털어놓았다. "브리지 론은 산쉐이 그룹 재무 총감인 류칭주의 도움으로 요우치 그룹의 돈을 빌린 겁니다. 성 소유인 요우치 그룹은 독점형 국영 기업이라 은행 계좌에 항상 십 몇 억 위안이 들어 있다고 합디다. 아무튼 요우치도 브리지 론을 빌려주면 이자로 수백만에서 천만 위안의 돈을 벌 수 있는데 안 빌려줄 이유가 없지 않습니까." 그는 사용한 브리지 론을 상환하고 다시 대출하면서 약간의 리베이트를 남겼다. 어우양징과 은행이 그중 일부를 나눠가졌고, 요우치 그룹 사람이 상당 부분을 챙겼다. 아무도 손해를 보지 않고 모두 이득을 본 셈이다. 이 정황은 어우양징의 진술과 일치했다.

심문이 끝나자 차이청공은 여전히 자신의 안전을 걱정하며 허우량핑을 만나고 싶어 했다. 저우정은 검찰원에서 그의 안전을 책임지고 있으니 걱정 말라고 안심시켰다. 허우량핑은 스크린을 통해 차이청공이 긴장한 모습을 눈여겨봤다. 코 옆의 점이 신경질적으로 흔들리고 있는 것으로 봐선 연기가 아니었다. 차이청공은 몇 년형을 받아도 상관없으니 검찰원에서 하루라도 빨리 자신을 기소해 판결을 내려달라고 부탁했다. 유치장은 믿을 수 없으니 차라리 감옥에서 복역하겠다는 뜻이었다.

차이청공은 다시 유치장으로 끌려갔다. 아무래도 마음이 놓이지 않은 허우량핑은 마이크를 잡고 저우정에게 지시를 내려, 공안에 상주하고 있는 검찰관에게 정말 차이청공을 위협하는 사람이 있는지 확인하도록 했다. 차이청공은 이미 뜻밖의 공격을 받은 적이 있으니 의외의 사고를 예방하는 것이 좋지 않겠는가.

연이은 두 번의 심문은 지창밍에게 깊은 인상을 남겼다. 심문이 끝난 뒤 지 검찰장은 금세 자리를 뜨지 않고 허우량핑에게 탄식하듯 말했다. "과연 예측한 대로구먼. 이 건도 역시 직장 내 범죄로군. 붕괴형 부패라고 해야 하나. 도시 은행은 물론이고 성의 요우치 그룹도 깨끗하지 않아." 허우량핑은 이미 징저우 은행에 파견 나가 조사하도록 부하들을 배치했다고 보고했다. 지창밍은 잠시 생각하더니 말했다. "요우치 그룹 쪽도 입건해 수사할 수 있게 준비하게." 허우량핑은 입이 쑥 나왔다. "그러려면 인원이 부족하겠는데요." 그러자 지창밍이 말했다. "각 시검찰원에서 필요한 인원을 뽑아서 도울 수 있게 해주지."

식당에서 밥을 먹던 허우량핑은 공포에 질린 차이청공의 표정이 떠올라 마음이 불안해졌다. 만약 그때 그가 바로 유치장에 가서 직접 차이청공을 만났다면 큰 풍랑을 피할 수 있었을 것이다. 하지만 안타깝게도 갑자기 걸려 온 중요한 전화 때문에 그는 이 일을 소홀히 하고 말았다. 전화를 건 사람은 자오둥라이였다. 그는 매우 놀랄 만한 소식을 전했다. 천하이의 휴대전화에 녹음되어 있던 목소리가 누구의 것인지 확인했다는 것이다. 그는 바로 산쉐이 그룹의 재정총감인 류칭주로 이미 이 세상 사람이 아니었다!

허우량핑은 직접 자오둥라이를 만났다. 자오둥라이는 신고자 류칭주가 9월 21일 옌타이산에 올랐다 심근경색으로 사망했다고 설명했다. 외지에서 죽은 데다 외국으로 여행을 나간 사람이라고 오해한 탓에, 시공안국은 약간의 곡절을 겪은 뒤에야 신고자를 확인할 수 있었다. 천하이가 교통사고를 당하던 날 신고 전화를 한 사람이 여행 가서 죽었다니, 이만저만 수상한 일이 아니었다.

자오둥라이는 다른 상황에 대해서도 알려줬다. "류칭주의 아내 우차이샤는 신고 녹음을 듣고 처음에는 남편 목소리가 아니라고 부인했습니다. 수사관이 류칭주 집안 식구들을 한자리에 불러 녹음을 들려주니 친척들이 하나같이 전화 속 목소리가 류칭주의 것이라고 인정했고, 그제야 우차이샤도 어쩔 수 없이 인정했죠. 우차이샤 말로는 산쉐이 그룹에서 그녀의 입을 막았다더군요. 가오샤오친이 직접 찾아와 남편의 죽음에 대해 외부에 이야기하지 않는 조건으로 200만 위안을 줬다는 겁니다. 하지만 류칭주가 전화에서 언급한 장부에 대해서는 전혀 들어본 바가 없다고 잘라 말했어요. 그 여자가 아는 건 남편이 몹시 두려워하면서 신경질을 냈다는 겁니다. 딩이전이 도주한 뒤 귀신에라도 홀린 사람처럼 자주 넋을 놓고 있었다더군요. 또 딩이전이 도망가지 않았으면 처치 당했을 거라면서 가오샤오친과 산쉐이 그룹에 조만간 큰일이 날 거라고 했답니다. 그뿐 아니라 류칭주가 아내 앞에서 고관들에게 돈을 준 이야기도 했다는데, 제삼자의 손을 거치지 않고 전부 자기가 직접 전달했다더군요. 도망간 딩이전은 물론이고 그들에게 건넨 금액이 어마어마해 생각만 해도 겁이 난다고 했답니다."

허우량핑은 마침 요우치 그룹과 류신젠이 떠올라 자오둥라이에게 우차이샤가 류신젠을 언급하지 않았느냐고 물었다. 자오둥라이는 잠시 생각하더니 고개를 저었다. "그런 말은 없었어요. 하지만 자오리춘의 아들과 딸이 산쉐이 그룹 지분을 가지고 있어서 해마다 배당금을 받는데, 류칭주가 직접 돈을 보냈다고 하더군요. 우차이샤 말로는 류칭주가 산쉐이 그룹에서 일한 지 10여 년이 됐는데 관리들에게 돈을 준 건 8, 9년쯤 됐다고 합니다."

우차이샤는 이 사건의 의문점을 풀 핵심 인물이었다. 그 때문에 살인과 관련된 부분은 자오둥라이의 공안에서 수사하고, 직무 범죄와 관련된 부분은 허우량핑이 있는 반부패국에서 조사하기로 결정했다. 우차이샤의 말은 현재까지 불충분한 증거이기에 비밀 장부를 찾아야만 설득력을 얻을 수 있었다. 그런데 이상한 점은 남편 류칭주의 일에 대해 그토록 많이 알고 있는 우차이샤가 관건이 되는 장부만은 모른다는 사실이었다. 또한 그녀는 어째서 처음에 전화 속 목소리가 류칭주가 아니라고 부인했을까? 허우량핑은 직접 우차이샤를 만나 마음속 의문을 풀어보기로 했다.

32

우차이샤는 지극히 평범한 중국 아줌마였다. 얼굴을 본 적이 있
어도 쉽게 기억해내기 어려운 그런 아줌마 말이다. 나이는 아무
리 많아도 쉰을 막 넘겼을 것 같은데, 매우 아줌마처럼 꾸미고 있
었다. 알록달록한 옷은 사람을 장식용 비단공처럼 보이게 했으며,
사자 털 같은 파마머리가 하늘로 치솟아 있었다. 게다가 납작하고
하얀 달덩이 얼굴은 상당히 우습게 보였다. 허우량펑과 루이커가
찾았을 때, 그녀는 귀청이 떨어져 나갈 것처럼 큰 음악 소리 속에
서 광장무*를 추고 있었다. 관할 경찰이 아름답게 치장한 팀 중에
서 우차이샤를 불러내자 그녀는 불쾌한 얼굴로 누구냐고 물었다.
루이커는 신분증을 보여줬다. "검찰원에서 나왔습니다." 우차이
샤는 무슨 생각인지 목소리가 조금 누그러졌다. "검찰원에서 저를
왜 찾아요?" 그러자 루이커가 설명했다. "알고 싶은 상황이 있습
니다." 우차이샤는 이마의 땀을 닦으며 말했다. "해야 될 말은 어
제 공안국에 다 했어요." 허우량펑이 말했다. "장부에 대해서는 아
직 정확히 말씀하지 않으셨습니다." 우차이샤는 바로 고개를 저었
다. "무슨 장부요? 난 몰라요!"

저녁 무렵의 동네 광장은 복잡하기 짝이 없어 이야기할 만한 곳

---

* 넓은 옥외에서 신체 단련을 위해 추는 춤.

이 아니었다. 우차이샤도 행여 동네 사람들이 자기 집 일을 알게 될까 봐 걱정됐는지 먼저 집에 가서 이야기하자고 했다. 죽은 류 칭주의 생활 환경이 어땠는지 직접 살펴보고 싶었던 허우량핑은 루이커와 눈빛을 마주치며 좋다고 했다. 두 사람은 우차이샤를 따 라 그녀의 집으로 갔다.

우차이샤와 류칭주가 살던 집은 방이 두 개인 15평 정도 넓이 의 낡은 집으로 가구도 모두 구식이었다. 이 집을 본 허우량핑은 의문이 생기지 않을 수 없었다. '산쉐이 그룹에서 50만, 60만 위안 연봉을 받는 재무 총감이 어째서 이런 집에 살지?' 집을 둘러본 그는 또 하나 이상한 점을 발견했다. 집 안에는 풋풋했던 청소년 시절부터 아줌마가 된 지금까지, 온통 우차이샤의 사진밖에 없었 다. 죽은 류칭주의 사진은 물론 두 사람이 함께 찍은 결혼식 사진 도 없었다. 아마도 두 내외는 사이가 그리 좋지 않은 편이었던 모 양이다.

허우량핑은 작은 거실의 낡은 1인용 소파에, 루이커는 맞은편의 접이식 의자에 앉았다. 허우량핑은 허연 얼굴을 한 우차이샤를 빤 히 보며 말을 돌리지 않고 본론으로 들어갔다. "우차이샤 씨, 확실 히 말씀드리지만 류칭주 재무 총감은 전화로 신고할 때 장부에 대 해 언급했습니다."

우차이샤는 허우량핑의 눈빛을 피해 정수기로 다가가 물을 받 으면서 말했다. "그래요? 그 사람이 신고할 때 있다고 했다면 아 마 있겠죠."

허우량핑은 차분하게 말했다. "아마 있겠죠? 우차이샤 씨, 정말 장부에 대해 모르십니까?"

우차이샤는 물 두 잔을 두 사람 앞에 내려놨다. "그 빌어먹을 인간, 나한테는 그런 일 절대 얘기하지 않아요!"

허우량펑은 우차이샤의 말이 매우 뜻밖이었다. '류칭주가 입이 무거웠다는 뜻인가? 그런데 입이 무거웠다면 우차이샤가 어떻게 산쉐이 그룹의 비밀을 그렇게 많이 알고 있지?'

우차이샤는 허우량펑의 의혹을 눈치챘는지 먼저 해명했다. "의심할 거 하나도 없어요. 나랑 류칭주 그 인간은 벌써 끝난 사이에요! 우리 부부는 지금까지 각자 자기 일 알아서 하고 살았어요. 그 사람이 번 돈은 그 사람이 쓰고, 내가 번 돈은 내가 쓰고. 그 사람은 나한테 일전 한 푼 준 적 없고, 나도 그 사람한테 일전 한 푼 준 적 없다고요. 이렇게 말하면 안 믿을지 모르지만 그 인간 화장할 때도 내가 거기 없었는데……."

허우량펑은 즉각 문제를 발견했다. "우차이샤 씨, 방금 뭐라고 했습니까?"

우차이샤는 모르는 척 말했다. "우리 부부는 지금까지 각자 자기 일 알아서 하고 살았다고요."

허우량펑은 미간을 찌푸렸다. "아니, 방금 전에 화장할 때 그 자리에 없었다고 하지 않았습니까, 예?"

우차이샤는 순간 말문이 막혔다. "내…… 내가 그렇게 말했어요? 난…… 그런 적 없는데."

줄곧 휴대전화로 녹음을 하고 있던 루이커가 녹음 내용을 들려줬다. 우차이샤는 발뺌할 수 없자 쓴웃음 지으며 말했다. "그래, 그래요. 내가 그렇게 말했어요."

"류칭주 씨는 어디에서 화장됐습니까? 옌타이시입니까?"

"그래요. 나중에야 알았어요."

"정확히 말하세요. 도대체 언제 알았습니까?"

"대엿새 전쯤에요. 가오샤오친이 찾아와서 화장을 했으니 서류에 사인을 하라고 하더라고요." 그 말을 한 우차이샤는 무거운 짐을 벗어버린 것처럼 말했다. "됐어요? 다 확인했죠? 이제 춤추러 가도 돼요?"

루이커가 버럭 화를 냈다. "춤요? 어쩜 그렇게 냉정하세요?"

우차이샤도 기분이 상했다. "말했잖아요. 우리는 각자 알아서 살았다고!"

허우량펑이 물었다. "알겠습니다, 우차이샤 씨. 그럼 류칭주 씨가 일찌감치 화장됐다는 겁니까?"

우차이샤는 새빨갛게 칠한 손톱을 만지며 대충 얼버무렸다. "그, 그래요. 류칭주의 장례는 산쉐이 그룹에서 알아서 했어요. 나중에 옌타이 화장장에서 내가 서류에 꼭 사인을 해야 한다고 하더라고요. 위에서 조사 나올지도 모른다고. 그거 아니었으면 그 빌어먹을 류칭주가 죽었는지도 몰랐을 거예요."

루이커가 캐물었다. "류칭주 씨는 어떻게 죽었습니까? 정말 심근경색이었나요?"

우차이샤가 말했다. "그걸 내가 어떻게 알아요? 가오샤오친이 심근경색으로 죽었다고 하니까 그런 줄 아는 거죠."

허우량펑은 그의 죽음에 다른 뭔가가 있다고 느꼈다. "가오샤오친이 그렇게 얘기해서 우차이샤 씨가 그대로 인정했다 이겁니까?"

우차이샤는 입술을 깨물었다. "어차피 죽었잖아요. 어떻게 죽었는지 누가 신경이나 써요? 이제 됐죠? 별일도 아니잖아요. 내일 대회가 있어서 춤추러 가야 해요!"

허우량펑은 소파 손잡이를 탁탁 내려치며 말했다. "너무 서두르지 마시죠. 내일 대회 나가는 데에 지장 주지 않겠습니다. 다만 아직 좀 더 알아야 할 게 있습니다. 우차이샤 씨, 도대체 류칭주 씨와는 어떻게 된 겁니까? 어째서 류칭주 씨에게 이렇게 냉정하시죠? 정확히 말씀 좀 해보시죠. 아니면 검찰원에 가서 이야기하든지요."

검찰원에 가고 싶지도, 혐의를 받고 싶지도 않았던 우차이샤는 솔직히 말하기 시작했다. "내가 냉정한 게 아니라 류칭주 그 인간이 개자식이라고요!" 그녀가 류칭주에게 시집갔을 때 그는 무일푼 신세로, 신혼집도 처갓집을 헐고 다시 지었다고 했다. 그는 매달 받는 월급도 그녀에게 주지 않았으며 생활비도 각자 해결하자고 했다. 나중에 그녀가 아기를 갖고 싶어 할 때도 생활비나 양육비에 대한 의견이 일치되지 않았다. 류칭주가 양육비도 서로 똑같이 부담하자고 했기 때문이다. 화가 난 그녀는 이혼을 하려 했지만 월급도 적고 딱히 살 곳도 없던 류칭주가 한사코 거부했다. 그런데 몇 년 뒤 뜻밖의 일이 일어났다. 별 볼 일 없던 류칭주가 갑자기 산쉐이 그룹에 들어가 수십만 위안의 연봉을 받게 된 것이다. 그제야 류칭주는 이혼을 하겠다고 나섰지만 우차이샤도 호락호락하게 허락하지 않았다. "잘나가니까 가겠다고? 가는 건 좋은데 잃어버린 내 청춘에 대한 보상금으로 먼저 100만 위안 내놔!" 하지만 류칭주는 그녀에게 본래 청춘이란 게 없었다며 100만이 아니라 100위안도 내놓을 수 없다고 말했다. 그 뒤 그는 밖에서 바람을 폈고, 툭하면 여자를 바꿔댔다. 죽기 전에는 샤오왕이란 여자와 바람을 폈는데 스무 살도 안 되는 아이였다. 우차이샤는 가슴을 치며 말했다. "지금이 얼마나 좋다고요. 그 인간 살아 있을 때 나는 단 하루도 그 인간 덕을 본 적이 없어요. 근데 죽고 나니 오히려 도움이 되잖아요. 가오샤오친이 찾아와 위로금이라면서 200만 위안이나 줬으니까요."

허우량핑은 어떻게 된 상황인지 분명히 알았다. "그런데 두 부부 사이가 그렇게 나빴다면 류칭주 씨가 어째서 우차이샤 씨에게 그렇게 많은 비밀을 이야기했습니까?" 허우량핑은 우차이샤에게 설명을 요청했다. 잠시 망설이던 우차이샤는 류칭주가 자신에게 뭐라고 한 마디라도 한 적은 없으며, 전부 동거하던 샤오왕과 이야기한 것이라고 솔직히 털어놓았다. 그 개 같은 연놈들은 징저우 교외의 농가를 하나 빌려서 살았는데, 두 사람이 거기에 사는 것을 확인한 우차이샤가 몰래 그 옆집을 빌려 그들의 대화를 엿듣고 모든 비밀을 녹음해놓았다고 했다.

루이커의 눈이 휘둥그레졌다. "녹음? 두 사람의 대화를 녹음해 놨습니까?"

우차이샤가 당당하게 말했다. "그래요. 그것들 비밀을 좀 알고 싶었거든요. 류칭주 그 인간 벌어놓은 돈은 얼마나 있는지, 이혼하면 내가 얼마나 받을 수 있는지 궁금하잖아요. 나는 증거가 필요했어요. 우리나라 이혼법에 결혼한 뒤의 재산은 쌍방이 공유하는 거라 공평하게 나눠야 한다면서요?" 루이커는 어이가 없었다. "그건 혼인법이지 이혼법이 아닙니다." 우차이샤가 말했다. "그래요, 그 혼인법 말이에요. '중화인민공화국 혼인법'이잖아요. 누가 그걸 몰라요? 하지만 나한테는 이혼법이에요! 내가 결혼한 순간부터 숙성돼온 이혼이라고요. 이 이혼은 나한테 세계 대전이나 다름없어요."

허우량핑은 이야기가 주제에서 벗어나지 않도록 주의시켰다. "우차이샤 씨, 이야기 돌리지 마십시오. 저희가 말하는 건 이혼이 아니라 녹음입니다. 그런데 우차이샤 씨가 두 사람의 이웃에 살았다면 벽으로 막혀 있을 텐데 어떻게 녹음을 했습니까? 그 집에 찾아가 녹음기를 두고 왔습니까?" 우차이샤는 손사래를 쳤다. "아니, 아니요. 제가 무슨 007도 아니고 그렇게 위험한 일을 어떻게 해요? 류칭주 그 인간은 본래 쪼잔한 놈이라 세를 낸 집도 벽이 널빤지로 되어 있었어요. 방음이란 게 안 되니까 두 사람이 방귀만 뀌어도 내 귀에 다 들렸다니까요. 두 연놈이 잘 때는 얼마나 소리를 질러대는지……."

허우량핑은 웃을 수도, 울 수도 없었다. "그 두 사람이 한 일 말고 류칭주와 산쉐이 그룹에 대해 말씀해보세요!"

그제야 우차이샤는 산쉐이 그룹에 대해 이야기하기 시작했다. 녹음을 하기 전까지는 그녀도 산쉐이 그룹에 그렇게 많은 비밀이 있는지 몰라서 녹음을 듣고 깜짝 놀랐다고 한다. 그녀는 나중에 류칭주와 결판을 내기 위해 자신이 가진 패를 보여줬다. "류칭주, 당신이 한 일 내가 다 알고 있어! 나랑 좋게 헤어져주면 이 녹음들 다 없애줄게. 그렇게 못 하겠다면 나 당신들 다 신고할 거야!" 하지만 류칭주는 겁을 내기는커녕 오히려 H성 반부패국 국장 이름이 천하이니까 그에게 직접 신고하라고 을러댔다. 우차이샤는 지지 않고 말했다. "내가 바보인 줄 알아? 당신이 고관들한테 준 돈이 얼만데, 신고하면 나를 가만히 두겠어?" 그 때문에 그녀는 류칭주와 산쉐이 그룹에 대해 신고하지 않았다. 나중에야 그녀는 당시 류칭주가 자기 대신 그녀가 나서서 천하이에게 신고해주길 얼마나 바랐는지 알게 됐다.

허우량핑은 핵심을 파악했다. "우차이샤 씨, 그럼 가오샤오친이 찾아왔을 때 남편이 심근경색이 아니라 살해당했을 거라고 짐작했겠군요." 우차이샤는 말문이 막혔다. "그, 그래요. 그때 생각했죠. 다행히 내가 아니라 그 빌어먹을 놈이 죽었구나." 루이커가 물었다. "어째서 경찰에 알리지 않으셨죠?" 우차이샤는 눈을 희번덕거리며 말했다. "무슨 질문이 그래요? 내가 왜 경찰에 알려야 하죠? 내가 그 인간을 위해 복수를 할 것도 아니잖아요. 이 세상에서 내가 가장 미워하는 인간이 바로 류칭주예요!"

허우량펑은 비꼬듯 말했다. "그렇겠군요. 원수가 뒈져서 200만 위안이나 벌었으니까요!"

우차이샤가 한숨을 팍 내쉬었다. "그러니까요. 내가 죽인 것도 아니잖아요. 할 말 다 했으니까 이제 춤추러 가도 되죠?" 허우량펑은 쓴웃음을 지었다. "예예, 가셔도 됩니다. 아, 녹음은 어디 있습니까? 전부 제출하시죠." 우차이샤는 고개를 끄덕였다. "그러세요. 어차피 이혼용으로 녹음한 거니까 이제는 필요 없어요. 여기 놔두면 화근이 돼서 나도 어찌 될지 모르는데 싹 다 가져가세요." 그렇게 말한 그녀는 침실에 가서 여기저기 뒤적거리더니 녹음된 테이프 한 보따리를 들고 나왔다. "자, 다 여기 있어요. 하지만 테이프 값은 주세요. 145위안이에요. 여기 영수증도 있다고요!" 허우량펑은 망설이다가 지갑에서 200위안을 꺼내 우차이샤에게 건넸다. "받으시죠. 잔돈 필요 없습니다."

건물을 내려온 뒤 마치 아무 일도 없던 것처럼 신이 난 우차이샤는 춤추는 동네 아줌마들에게로 달려갔다. 허우량펑과 루이커는 검찰원으로 돌아가기 위해 차 시동을 걸었다. 차가 마을 광장을 지나칠 때 루이커는 춤을 추고 있는 우차이샤를 보며 고개를 절레절레 흔들었다. "국장님, 저 여자가 한 게 결혼이란 건가요?" 허우량펑은 운전을 하며 쓴웃음을 지었다. "서로 계산이 앞서고 대비하는 게 많은 결혼이었군. 저런 결혼도 흔히 볼 수 있는 게 아니니까 우리가 오늘 세상 공부했다 칩시다." 그 말에 루이커가 대꾸했다. "요즘은 미리 대비하고 계산하는 결혼이 적지 않아요. 흔해빠졌죠. 특히 요즘 대도시에서는 집이 있어야 하는 시대가 되면서 신혼집 명의가 일종의 대비용이 됐더라고요." 그녀는 자신의 친한 친구를 예로 들었다. 결혼할 때 남자 쪽에서 신혼집에 그녀의 명의를 올려주지 않아 섭섭해했다는 것이다. 그런데 결혼한 뒤 남자의 일이 순조롭지 않아 루이커의 친구가 번 돈으로 가족을 먹여 살려야 했다. 결국 나중에 그녀는 이혼을 하기로 결심했는데, 남자가 결혼 전에 산 집이라도 지키라며 시댁에서 머리 쓴 건데 이혼을 안 해주면 미안한 일 아니냐고 말했다고 한다. 허우량펑은 그 이야기를 듣고 한동안 아무 말도 하지 않았다. 200위안에 사 온 카세트테이프에는 가치 있는 새로운 내용이 없었다. 우차이샤가 말대로 류칭주와 그 어린 여자가 사랑을 나눌 때 나는 소리가 상당 부분을 차지했고, 가치 있는 내용은 이미 공안국에 진술한 것들뿐이었다. 루이커는 허우 국장이 검찰원에 200위안의 손실을 입혔다고 놀렸다.

결국 류칭주가 말한 장부는 찾지 못했고 상대의 핵심 증거도 손에 넣지 못했지만, 그들에게는 이 정도만 해도 행운이었다. 단시간 내에 공안과 검찰 모두 돌파구를 찾지 않았는가. 오랜 버티기와 끈질긴 노력이 적절한 보답을 얻은 셈이었다. 안개가 조금씩 걷히고 상대의 본색이 또렷해지기 시작했다.

33

　오늘 샤루이진은 회의를 소집하며 내용을 사전에 통지해주지 않았다. 리다캉과 가오위량은 각자 1호 건물로 오다가 우연히 건물 앞에서 마주쳤다. 리다캉이 먼저 자오루이룽에 대해 이야기하기 시작했다. 간이 큰 자오루이룽이 이런 민감한 시기에 징저우까지 와서 산쉐이 그룹에 자신의 지분이 있다며 매춘을 한 법원 부원장을 풀어달라고 했다는 것이다. 뿐만 아니라 옛 서기인 자오리춘이 리다캉과 가오위량에게 내전을 그만하라는 말을 전했다고도 했다. 리다캉은 은근히 뼈가 있는 말을 건넸다. "가오 서기님, 우리는 원칙에 따라 큰일을 하고 풍격에 따라 작은 일을 하는데 대체 무슨 내전을 한단 말입니까? 그렇지 않습니까?" 가오위량은 사람 좋은 미소를 지으며 연신 고개를 끄덕였다. "맞는 말씀이네. 리 서기, 내가 보기에는 요즘 우리 성의 정치 국면이 이보다 좋을 수 없어. 가장 좋은 시절이 아닌가 싶은데 말이야. 그 자오 공자는 정말 대책이 없는 양반이라니까!"

　그때 두 사람의 뒤에서 샤루이진이 나타나 유쾌하게 웃으며 물었다. "어떤 자오 공자를 말하는 겁니까? 혹시 자오리춘 서기의 아들 자오루이룽입니까? 안 그래도 두 분께 묻고 싶었는데, 자오루이룽은 어떻게 우리 성에서 그렇게 많은 사업을 하는 겁니까? 주민들의 반응이 좋지 않던데. 특히 뤼저우 호숫가의 메이스청은 불만이 하늘을 찌르더군요. 이렇게 오랫동안 듣지도 못했습니까?" 가오위량은 쓴웃음을 지었다. "듣기야 했지만 딱히 방법이 없어서 말입니다. 쥐를 잡으려다가 행여 그릇이라도 깨면 어쩌겠습니까?" 리다캉도 말을 보탰다. "자오 가문의 돈 찍는 기계를 누가 망가뜨릴 수 있겠습니까?"

샤루이진이 손을 내저었다. "꼭 그런 것만도 아닙니다. 뤼저우의 구서기 이슈에시는 그런 시도를 하고 있어요! 자오리춘 동지의 집에 직접 전화를 걸어 메이스청 철거를 준비하고 있다고 보고했다더군요. 나와 톈궈푸 서기가 며칠 전에 일부러 그를 만나러 갔는데, 아주 생동감 있는 수업을 들려줬습니다. 그 수업에서 얻은 교재를 뤼저우에서 가져왔는데 다들 감상 좀 하십시다. 잘 감상하고 난 뒤에는 성의 개혁성취전시관에 보낼 생각입니다."

샤루이진의 말을 듣고 리다캉과 가오위량은 오늘 회의가 붙박이 처급 간부 이슈에시를 위해 열린다는 사실을 알았다. 회의실에 들어서니 이슈에시와 인연이 있는 나이 많은 간부들이 자리하고 있었다. 물론 기율위원회 서기 톈궈푸와 조직부 부장 우춘린도 있었다.

사람들이 다 모이자 샤루이진은 거두절미하고 본론으로 들어갔다. 오늘 회의는 그가 소집한 것으로, 내용에 집중해 대표적 사례를 분석해야 했다. 샤루이진이 말하고 있을 때 기밀 담당 비서가 진산현 도로 계획도를 벽에 걸었다. 리다캉은 너무도 익숙한 진산현 도로 계획도를 보고 깜짝 놀라 잠시 넋을 놓았다. 샤루이진이 탁자를 탁탁 치며 사람들을 둘러봤다. "이 지도가 눈에 익은 사람 있습니까?" 리다캉은 자리에서 일어나 익숙한 지도라고 말했다. 어떻게 이 지도를 모를 수 있겠는가? "이것은 예전 진산현 도로 계획도입니다. 현위원회 숙소 101호 벽에 걸려 있던 것인데 지도의 주인은 당시 진산현 서기였던 이슈에시입니다." 그때 리다캉은 현장으로 103호에 머물렀다. 샤루이진은 침착하게 말했다. "그럼 리 서기, 우리에게 이 지도에 관한 이야기 좀 들려주십시오. 개혁 개방 초기의 험난했던 역사를 한번 회고해봅시다!"

리다캉은 감정을 가라앉히고 도로를 정비했던 예전 일에 대해 이야기하기 시작했다. 사실 회의에 참석한 사람들은 대부분 이슈에시가 리다캉 대신 처벌받았던 일을 알고 있지만, 다시금 리다캉의 이야기에 서서히 빠져들었다. 낡고 오래된 계획도를 마주한 리다캉은 평소답지 않게 감정이 격해져 눈물을 글썽거렸다. 이야기를 마친 그는 감개무량한 듯 한마디를 보탰다. "그때 이슈에시 같은 좋은 그룹장을 만난 것은 정말 행운이었습니다."

샤루이진은 리다캉에게 앉으라고 표시한 뒤 간부들에게 이야기를 평가하듯 말했다. "전쟁이 한창이던 시대에 천옌스 동지가 도시를 공략하기 위해 폭약 가방을 멨습니다. 개혁 개방 시대에는 이슈에시 동지가 폭약 가방을 멘 겁니다. 문제가 터졌을 때 그가 먼저 나서서 책임을 졌기에 진산현 주민들이 이길 수 있었고, 우리 성위원회는 상무위원 한 사람을 얻을 수 있었습니다."

그때 기밀 담당 비서가 낡고 오래된 그림 한 장을 다시 벽에 걸었다.

샤루이진이 사람들을 보며 물었다. "이 그림이 눈에 익은 사람이 있습니까?"

성정치협상회의의 첸 비서장이 손을 들었다. 그의 말에 따르면 그 그림은 22년 전 그가 린청에서 지방당위원회 서기로 있을 때 다오코우현 현장이었던 이슈에시의 집에 걸려 있던 것이다. 바로 다오코우현 빈민층 구제 안내도였는데, 당시 다오코우는 린청 지역에서 가장 가난한 현이었다. 이슈에시는 다오코우에서 근무하는 동안 안내도에 나온 모든 마을과 빈곤 지역을 발로 뛰어다니며 건축 팀을 조직해 다오코우가 노동으로 먹고살 만한 모범적인 현으로 거듭날 수 있게 최선을 다했다. 현재 다오코우현은 유명한 건축의 고향이 됐다.

새로운 지도나 그림이 걸릴 때마다 이슈에시와 관련된 감동적인 이야기들이 쏟아져 나왔다. 그중에는 가오위량과 관련된 이야기도 있었다. 가오위량이 뤼저우시서기로 있을 때 이슈에시가 그의 부하로 있었는데, 시교통국에서 청렴하고 부패 없는 공직 생활을 했다. 가오위량도 사람들처럼 감격한 듯 이슈에시는 좋은 간부였다고 칭찬했다. 그때 회의에 참석한 사람들은 성위원회 서기 샤루이진이 백락(伯樂)* 역할을 하려 한다는 것을 눈치챘다. 리다캉은 때를 놓치지 않고 탄식하며 말했다. "여덟 장의 계획도를 하나하나 보고 있으니 가슴 아린 눈물이 흐릅니다!"

샤루이진은 이런 리다캉에게 오늘 회의의 감상을 말해보라고 했다.

그러자 리다캉이 기다렸다는 듯 자리에서 일어나 차분하게 입을 뗐다. "요 몇 년 동안 우리 간부들의 인사 제도에 문제가 생긴 게 분명합니다. 그렇지 않다면 어째서 이슈에시 같은 간부가 이렇게 오랫동안 승진을 못하고 있단 말입니까? 제가 경험하고 느낀 바를 말씀드릴 테니 다들 참고해주시면 좋겠습니다. 모두 아시겠

---

* 말을 감별하는 능력이 뛰어났던 춘추시대 인물로, 뛰어난 안목으로 인재를 등용할 줄 아는 사람을 비유함.

지만 최고 책임자에게 가장 어려운 일이 무엇입니까? 바로 간부를 발탁하고 배치하는 일입니다. 열 손가락 깨물어 안 아픈 손가락이 없는데, 이 사람을 챙겨주면 저 사람을 걱정해야 합니다. 간부란 게 피라미드형 구조를 갖추고 있다 보니 위로 올라갈수록 사람이 적어지지요. 최고 책임자가 눈앞에 있는 간부들도 다 챙겨줄수 없는데 이슈에시까지 생각해줄 수 있겠습니까? 더구나 이슈에시는 최고 책임자 눈에 띄거나 뇌물을 주는 일도 없이 일만 할 줄아는데 말입니다."

샤루이진이 차분하게 말을 이어받았다. "이슈에시는 열심히 일하면 언젠가 조직에서 자신의 노력을 알아줄 거라 생각했을 겁니다. 하지만 실제 상황은 어떻습니까? 조직은 한 명 한 명의 사람으로 구성돼 있는데 우리나라에서는 최고 책임자가 한 지역, 한 부문을 완전히 틀어쥐고 있습니다. 중국의 정치는 최고 책임자 정치입니다. 그렇기 때문에 최고 책임자를 가까이 하지 않고 자주 그의 눈에 띄지 않으면 1급 조직 승진을 위한 조사 범위에 포함될수 없습니다."

리다캉이 맞장구치며 목소리를 높였다. "샤 서기님 말씀이 맞습니다! 만약 정치 생태가 더욱 악화돼 최고 책임자가 패거리를 만든다면, 자신의 사람이 아니면 일절 쓰지 않을 테니 이걸 어쩐단 말입니까? 또 이를테면 최고 책임자가 나쁜 마음을 먹고 관직을 사고팔아 돈을 벌려 한다면 그에게 추천받는 일은 더 기대할 수없게 됩니다. 그야말로 썩어빠진 정치 생태 아닙니까! 이런 생태가 하급 간부들의 부정을 부추기는 겁니다. 그들은 상급 간부에게 뭐든 줄 게 있으면 주려 하겠죠. 몇몇 여성 간부들은 자신을 최고 책임자에게 바치기도 합니다. 이렇게 당의 풍조도, 정치 풍조도,

사회 풍조도 조금씩 악화돼 수습할 수 없는……."

그때 가오위량이 빙긋 웃으며 입을 열었다. "리 서기 말씀이 옳습니다. 하지만 일부의 경우를 가지고 전체를 일반화할 수는 없지 않습니까? 이슈에시 같은 경우는 어디까지나 소수이기 때문에 그것만으로 조직의 일을 부정할 순 없습니다. 간부 인사에 대해서는 당내에 발탁 기준과 조사 방법에 대한 규정과 제도가 있습니다." 여기에 톈궈푸가 끼어들었다. "문제는 그런 규정과 제도가 제대로 시행되지 않는다는 것 아닙니까? 어떤 간부들은 계속 주민들의 신고가 들어오는데도 승진을 거듭하고 있습니다. 어째서겠습니까? 정치적 자원이 있기 때문입니다. 이슈에시는 개별적인 현상이 아닙니다. 우리 성에 다수 존재하고 있습니다. 이번에 조직의 인사 규정을 엄격히 집행한 덕에 이런 간부들을 발견할 수 있었던 겁니다." 가오위량은 지지 않고 논쟁을 벌였다. "정치적 자원도 상대적인 겁니다. 상급 지도자가 하급 간부의 정치적 자원인 것처럼 하급 간부도 상급 지도자의 정치적 자원 아니겠습니까. 이를테면 제가 뤼저우에서 이슈에시를 교통국장으로 활용한 것도 그를 제 정치적 자원으로 삼은 것 아닙니까. 그러니까 간부 인사를 배정할 때 상급 지도자가 잘 아는 주위 간부를 발탁하는 것에도 그럴 만한 이유가 있는 겁니다. 상대를 잘 알고 있으면 그 사람의 됨됨이나 능력을 잘 파악하고 있으니 인재로 활용해도 마음이 놓이게 마련이지요."

가오위량과는 반대편에 선 사람으로, 퇴직할 때가 다 되도록 부성급에 오르지 못한 첸 비서장은 이 기회를 놓치지 않고 언성을 높였다. "이슈에시는 가오 서기가 잘 아는 간부이고 자신의 정치적 자원으로까지 삼았다면서 어째서 승진 대상으로 추천하지 않았습니까? 이러니 파벌주의니 패거리 정치니 하는 것, 아닙니까? 없다고 할 수 없지 않나요?"

가오위량은 미소를 띤 채 반박했다. "어디에 무슨 파벌이 그렇게 많습니까? 그리고 좋은 간부라고 해서 반드시 고위 관리가 돼야 합니까? 류샤오치(劉少奇)* 주석이 노동자 스촨샹(時傳祥)**에게 뭐라고 하셨습니까? 나는 국가의 주석으로 열심히 일할 테니 그대는 똥을 치우는 일을 열심히 해주십시오. 우리 모두 국민을 위해 봉사하는 겁니다!"

첸 비서장은 미간을 잔뜩 찌푸리며 탁자를 쾅 내리쳤다. "가오서기, 허튼소리 좀 그만하세요!" 하지만 가오위량은 계속 웃는 낯으로 목소리를 더욱 높였다. "한 가지 예를 더 들어볼까요? 레이펑(雷鋒)***은 무슨 관리였습니까? 어떤 등급이었습니까? 스물두 살의 해방군 전사이자 수송반 반장이었습니다. 하지만 레이펑은 모든 당과 군대, 국민들이 배워야 할 모범이 되어 지금까지 추앙받고 있지 않습니까?"

더 이상 듣고 있을 수 없던 리다캉이 슬그머니 화제를 바꿨다. "지금 우리가 토론하는 주제는 간부들의 인사 문제이지 레이펑이 아닙니다." 첸 비서장 역시 직접적으로 정곡을 찔렀다. "대단하신 교수께서 억지도 이만저만이 아니십니다. 이슈에시에게는 레이펑을 배우라고 하면서 자기 제자는 부성급으로 추천하지 못해 안달

---

*   1898~1969, 중국의 제2대 주석.
**   1915~1975, '한 사람이 더러워지면 모든 사람이 깨끗해질 수 있다'는 신념으로 40년 동안 똥을 치우는 환경미화원으로 일한 중국의 인민 영웅.
*** 1940~1962, 중국 인민해방군의 모범 병사로 22세에 사고로 숨졌지만 죽고 난 뒤 모범적인 군인의 면모가 드러난 일기가 발견돼 1960년대에 '레이펑 배우기' 운동을 일으켰다.

이니 누가 그 말씀을 이해하겠습니까?"

그 순간 가오위량은 자신의 실수를 깨달았다. 어째서 멀쩡한 변증법을 궤변론으로 만들었단 말인가? 게다가 회의에 참석한 모두의 화를 돋우고 말았다. 대체 어디서부터 잘못된 걸까? 그가 견지하고 있던 정확한 이론이 어째서 이런 부정확한 효과를 낳았을까? 가만히 되짚어보니 그것은 그의 잘못이 아니라 권력의 효과였다. 그는 최고 책임자가 아니라 무게감이 부족했다. 만약 이런 말들을 샤루이진이 했다면 정당한 변증법이었을 것이다.

그때 샤루이진이 가오위량의 말을 이어받아 태도를 분명히 했다. "가오 서기, 말씀하신 도리는 틀림이 없습니다. 하지만 잘못된 곳에 쓰면 사람들을 이해시키기 어렵죠. 우리에게는 줄곧 간부 임용에 대한 명확한 규정과 제도, 발탁 기준과 조사 방법이 있었습니다. 하지만 그것들이 장기간 제대로 집행되지 못했습니다. 무엇 때문이겠습니까? 어느 한 시기에 조직부가 당의 조직부가 아닌 어느 1인자의 조직부였기 때문입니다." 그의 말이 주는 무게감은 매우 컸다. 자오리춘이란 이름만 안 나왔을 뿐, 누구를 가리키는지는 분명했다.

가오위량과 리다캉은 깜짝 놀란 눈빛으로 샤루이진을 빤히 쳐다봤다.

샤루이진은 사람들을 둘러보며 말했다. "오늘 우리 조직부는 당의 조직부로 거듭났고, 이슈에시란 재능과 인품을 두루 갖춘 인재를 발견했습니다. 이번에 뤼저우를 시찰하면서 나는 일부러 이슈에시 서기를 만났는데, 그의 집을 둘러보며 이야기할수록 마음이 놓이더군요. 이런 간부를 발탁한다면 힘이 생기겠구나!"

가오위량은 성위원회 서기가 백락이 되어 이슈에시를 기필코

명마로 만들어주리라는 예감이 들었다. 과연 샤루이진은 이렇게 말했다. "나는 이쉬에서 서기를 이번 성위원회에서 표창하는 10인의 우수 구현(區縣) 간부 중 1등으로 선정할 것을 제의합니다. 한발 더 나아가 그를 뤼저우시위원회 부서기, 부시장, 시장 대리로 임명할 것을 건의합니다. 물론 이 건의는 상무위원회에서 진지하게 토론을 나눈 뒤에 공시하겠습니다!"

할 말을 마친 샤루이진은 산회를 선언하며 가오위량과 리다캉을 잠시 남게 했다.

탁자 위의 서류를 정리하면서 샤루이진은 두 사람에게, 자신이 징저우에 내려온 지도 꽤 됐는데 아직 민주생활회*를 열지 못했다며 한번 개최하면 어떻겠느냐고 제의했다. 하지만 가오위량과 리다캉은 진행 중인 일이 많아 날짜를 조금 늦추면 좋겠다고 한목소리로 말했다. 샤루이진은 뜻을 굽히지 않고 뼈 있는 말을 건넸다. "더 늦으면 안 되지 않겠습니까? 나는 두 분이 회의에서 사람들을 위해 좋은 시작을 해줬으면 좋겠는데요."

속으로 뜨끔한 리다캉은 즉각 자신이 민주생활회에서 첫 번째로 발언하겠다고 나섰다. 사실 전처 어우양징 사건에 대해 조직에 해명해야 할 내용이 적지 않았다. 샤루이진도 직설적으로 비판하듯 말했다. "나는 리 서기가 직접 찾아올 줄 알고 기다렸는데 오지 않더군요. 그럼 민주생활회에서 얘기합시다." 그는 이혼이 잘못은 아니지만 이혼한 뒤 전용차로 범죄 혐의가 있는 전처를 국제공항으로 배웅한 것은 최소한의 경각심도 없는 일이었다고 지적했다.

---

* 중국 공산당 당원인 지도자 간부들이 모여 상호비판과 자아비판을 벌이는 조직 활동 제도.

리다캉은 성서기의 비판을 받아들이며 자신은 평생 독한 마음으로 살아왔는데 결정적인 순간에 물러졌다고 고백했다. 가오위량은 한쪽에 서서 한숨 쉬었다. "충분히 이해합니다. 수십 년 함께 살아온 부부 아닙니까. 평소 관계는 나빴지만 마지막이라며 배웅해달라고 하니 함께 가지 않을 수 없었을 테지요. 게다가 그때만 해도 어우양징 부행장에게 범죄 혐의가 있다는 걸 잘 모르지 않았습니까?" 하지만 샤루이진은 매우 엄숙하게 말했다. "틀린 말은 아니지만 허우량핑 국장이 아니었다면 그 결과가 어땠겠습니까?" 리다캉은 솔직히 인정했다. "당연히 결과가 심각했을 겁니다. 제가 성위원회나 중앙에 해명할 수도 없었겠지요."

샤루이진은 다시 차분하게 가오위량에게 말했다. "아, 가오위량 서기, 뤼저우의 그 메이스청은 어떻게 된 일입니까? 듣자 하니 가오 서기가 허가를 내줬다던데. 당시의 치적 사업이었습니까?" 가오위량은 쓴웃음을 지으며 대답했다. "서기님, 뭐라 드릴 말씀이 없습니다. 생각하신 대로 치적 사업이었습니다. 경제는 하락세를 걷고 있는데 자오리춘 전임 성서기께서 제3차 산업을 발전시키자고 제의하셔서 급하게 메이스청 허가를 내줬습니다. 당시만 해도 인식이 부족해 환경 오염이 그렇게 심각해질 줄 몰랐습니다. 덕분에 뼈아픈 교훈을 얻었지요." 샤루이진은 역시나 말을 돌리지 않고 비판했다. "그 교훈이 지나치게 뼈가 아픕니다. 가오 서기께서 일필휘지로 권력층의 항목에 허가를 내준 덕분에 뤼저우의 명함이던 위에야호가 시궁창이 됐으니, 대가가 너무 크지 않습니까?"

당황한 가오위량은 식은땀을 흘렸다. "그렇습니다. 앞날을 내다보는 시야가 짧았습니다. 당시만 해도 그렇게 될 줄 누가 알았겠습니까?" 하지만 샤루이진은 거세게 몰아붙였다. "가오 서기, 설득력이 부족하지 않습니까. 그렇다면 리다캉 서기는 당시에 어떻게 그런 안목을 갖고 있었단 말입니까? 리 서기는 뤼저우 시장으로 있을 때 그 항목에 허가를 내주지 않았습니다. 뿐만 아니라 린청에서는 석탄 채굴 함몰 지역에 개발구를 만들었지요. 그 결과는 내가 두 눈으로 봤고 매우 깜짝 놀랐습니다." 리다캉은 타이밍을 놓치지 않고 문제의 핵심을 지적했다. "문제는 '권력층' 한 단어에 있는 것 같습니다. 만약 메이스청이 자오 가문 공자가 하는 사업이 아니었다면 가오 서기의 시야가 그렇게 좁아졌으리라곤 생각하지 않습니다."

가오위량은 쓴 입맛을 다시며 나서서 자기비판을 했다. "리다캉 서기의 말이 맞습니다. 그 점에 대해서는 반성하고 있습니다. 인식적인 한계성도 있었던 데다 상부의 말을 기준으로 삼아 큰 실수를 저질렀습니다." 샤루이진이 하하 웃으며 가오위량을 가리켰다. "이것 보십시오. 우리 가오위량 서기께서 식은땀을 다 흘리십니다. 이거 민주생활회가 열리면 효과가 아주 대단하겠습니다."

34

그물을 걸을 때는 이미 무르익었다. 허우량펑과 루이커는 반복적으로 연구하고 다듬으며 정성들여 작전을 짰다. 작전명은 바로 '날카로운 검'이었다. '날카로운 검' 작전 방안에 따라 반부패국은 번개처럼 신속하게 범죄 혐의가 있는 모든 자를 일망타진할 예정이었다. 관련된 부패 관리가 많고 직종의 범위도 넓어 H성 역사상 보기 드문 작전이었다.

지창밍 검찰장은 '날카로운 검' 작전 방안을 보자마자 한 치의 망설임 없이 바로 서명했다. 하지만 가오샤오친만큼은 좀 더 살펴봐야 한다며 체포해야 할 인물에서 제외시켰다. 허우량펑은 차이청공이 아무리 농간을 부린다 해도 가오샤오친과 산쉐이 그룹이 이 사건에서 열외가 될 수 없으며, 가오 회장을 반드시 구인해야 한다고 주장했다. 천칭쳰 사건이 이 점을 증명해주지 않는가. 이 작전은 거대한 거미줄로 조금만 건드려도 커다란 거미가 기어나오게 되어 있다. 하지만 지창밍은 큰 거미가 있다면 더욱 신중해야 한다고 말했다. 그는 루이커에게 우선 산쉐이 그룹의 장부를 가져와 조사해보라고 지시했다. 허우량펑이 뭐라고 더 이야기하려 했지만 지창밍이 손을 내저었다. "이제 그만하게. 작전 실시해. 이건 명령일세!"

허우량펑은 명령받은 대로 집행할 수밖에 없었다. 약속한 방안대로 허우량핑이 류신젠을 직접 상대하기로 했다. 본래 구인하려한 가오샤오친은 잡을 수 없게 됐지만, 장부 조사가 필요한 산쉐이 그룹 접촉은 루이커가 맡기로 했다. 전달 사항을 들은 루이커는 지창밍 검찰장을 비꼬듯 허우량핑에게 물었다. "우리 검찰장님도 산쉐이 리조트에 자주 가서 골프 치고 노래하시는 거 아니에요?" 허우량핑이 정색하며 말했다. "지금 같은 때에 농담이 나오나! 아칭사오를 잡으려면 확실한 증거가 필요해!"

아칭사오의 증거는 쉽게 손에 넣을 수 없었다. 검찰 경찰차가 산쉐이 리조트에 도착했을 때 가오샤오친과 십여 명의 사무복을 입은 남녀가 전투 대형으로 손님을 맞았다. 루이커는 입가에 차가운 미소를 띠고 저벅저벅 맨 앞으로 걸어 나갔다. 가오샤오친은 루이커가 자기 앞으로 다가오기 직전에 일부러 두 걸음 나오며 말했다. "어서 오십시오. 환영합니다!" 루이커는 심드렁하게 대꾸했다. "너무 예의 차리실 필요 없습니다. 환영하든 안 하든 어차피 우리는 와야 하니까요."

잠시 후 장부로 가득 찬 십여 개의 우편낭이 루이커와 검찰 간경들 앞에 놓였다. 가오샤오친은 미소 지으며 루이커에게 말했다. "오실 줄 알고 저희가 미리 준비해놨어요." 루이커는 가오샤오친의 말에 뼈가 있음을 눈치채고 생긋 웃으며 물었다. "가오 회장님께서는 저를 조롱하시는 겁니까, 아니면 우리 검찰원을 조롱하시는 겁니까?" 가오샤오친은 눈썹꼬리를 치켜 올리며 말했다. "그게 무슨 말씀이세요? 제가 어떻게 루 처장님을 조롱하겠어요? 검찰원을 조롱한다는 건 더 말이 안 되죠. 저 역시 루 처장님처럼 부패에 반대합니다." 루이커가 고개를 끄덕였다. "좋습니다. 그럼 우리

부패를 청산해보죠!"

산쉐이 그룹의 재무팀 직원은 장부를 한 권씩 검찰 간경에게 건넸다. 검찰 간경은 장부를 받아 확인한 뒤 접수증에 하나씩 서명했다. 산쉐이 그룹과 검찰원에서 준비한 비디오카메라 세 대가 이 법률 집행 과정을 촬영하고 있었다. 이 모습을 보고 있던 가오샤오친이 말했다. "루 처장님, 인수인계하는 데 시간이 걸릴 것 같은데요. 산책이나 좀 하시는 게 어떨까요?" 루이커도 굳이 반대하지 않았다. "좋습니다. 듣자 하니 여긴 별별 게 다 있다면서요? 심지어 서양 매춘부도 있다죠? 아, 징저우시 법원 부원장이 여기서 낙마를 했다던데요?" 가오샤오친은 정색하며 고개를 내저었다. "그 일은 정확히 모릅니다. 나중에 들어보니 그 부원장님이 좀 억울하게 됐다고 하시더군요. 정말 러시아어를 배웠다던데……."

두 사람은 골프장으로 걸어와 잔디를 밟으며 이야기를 나눴다. 가을 하늘은 높고 날씨는 쾌청해 멀리 있는 웅장한 마스산의 윤곽이 또렷이 보였다. 잔디 위에는 드문드문 야생 국화가 피어 있었다. 이 샛노란 야생 국화들은 맑은 햇살 아래 더욱 보는 이들의 시선을 끌었다. 두 사람은 잠시나마 감성을 회복해 꽃들을 꺾어 작은 묶음을 만들어 손에 꼭 쥐었다.

마음을 터놓기에 적당한 이런 환경과 분위기에서는 적이라 해도 이야기를 나눌 수 있기 마련이다.

루이커가 먼저 입을 뗐다. "가오 회장님, 저희는 둘 다 나이가 비슷한데 회장님께서는 어떻게 그렇게 노련하고 세상 물정에 밝으세요?" 그러자 가오샤오친이 말했다. "루 처장님처럼 좋은 팔자를 타고 나지 않았으니까요. 무슨 일이든 제 힘으로 직접 해야 했거든요." 루이커는 정색을 했다. "누구는 제 힘으로 직접 하지 않왔나요?" 가오샤오친이 대꾸했다. "다르죠. 루 처장님은 어머니가 법관이고 아버지가 군대 간부 출신이시잖아요. 처장님은 태어날 때부터 모든 게 갖춰진 권력층 가정에서 자랐죠. 그렇지 않나요?" 루이커는 피식 웃었다. "제가 권력층 출신이라고요? 회장님, 저한테 아부하시는 건가요 아니면 비웃으시는 건가요? 제가 정말 권력층이라면 산쉐이 그룹의 주식 정도는 갖고 있어야 하지 않을까요? 자오루이룽 공자는 여기 주식을 갖고 있다면서요." 가오샤오친은 루이커를 힐끗 보며 말했다. "주식이 있으면 그만큼 위험을 감당해야 한답니다. 그럴 수 있으세요?"

루이커는 잠시 할 말을 잃었다. 뼈가 있는 가오샤오친의 말에 그녀는 자칫 말려들 뻔했다.

루이커가 말을 받아주지 않자 가오샤오친은 자신의 창업사를 이야기하기 시작했다. 그녀는 일개 평민 출신인 자신이 오늘과 같은 날을 맞은 것은 죽을 각오로 싸운 결과라며 자부심을 드러냈다. 하지만 루이커는 비꼬듯 말했다. "10년 사이에 수십억 위안의 대기업을 일궈냈다? 정말 대단한 기적이네요."

가오샤오친이 엄숙한 얼굴로 말했다. "그러니 위대한 개혁 개방 시대에 감사할 밖에요. 저는 직원들에게 자주 이야기합니다. 능력 있고 노력할 줄 알면 누구나 기적을 창조할 수 있다고요." 그러자 루이커가 물었다. "이건 권력이 창조한 기적인가요, 아니면 능력이 창조한 기적인가요?" 가오샤오친은 진지한 얼굴로 말했다. "물론 능력이지요. 저는 능력 이외의 모든 자본은 0과 같다고 생각하는걸요."

이렇게 진심 어린 뻔뻔함이라니. 가오샤오친의 대단한 심리 조절 능력이 고스란히 드러났다. 루이커는 자신 앞에 있는 이 미녀 회장을 얕잡아봐선 안 된다고 절실히 느꼈다.

루이커가 화제를 돌려 다시 물었다. "매춘 단속으로 법원 부원장이 걸려들었는데 회장님은 걱정도 안 되시나요?" 가오샤오친은 담담히 말했다. "저는 사업하는 사람이라 일일이 남의 도덕 수준을 상관할 수 없답니다. 게다가 이런 상황은 어느 호텔에나 다 있지 않나요? 다들 그렇게 손님을 맞잖아요. 걱정할 게 뭐 있어요? 여기 푸른 물과 산을 보세요. 저 파란 하늘에 하얀 구름은 어떻고요. 우리 삶이 이렇게나 아름다운걸요." 루이커를 힐끗 보며 가오샤오친은 말을 덧붙였다. "걱정이라면 좀 있긴 하죠. 바로 인생의 고단함이 걱정 아니겠어요."

루이커는 먼 하늘을 바라보며 말했다. "회장님은 정말 속이 편하신가 봅니다. 저라면 회사를 일으키는 과정 중에 어떤 문제가 없었는지 반성할 것 같은데요. 이를테면 교묘한 방법으로 남의 것을 빼앗지는 않았나, 내가 쌓은 재산에 많은 사람들의 피눈물이 섞여 있지 않은가, 이런 반성 말이에요." 가오샤오친은 개의치 않는 듯 말했다. "피눈물요? 죽을힘을 다해야 이길 수 있는 요즘 같은 시대에 피눈물을 흘려야 하는 건 당연한 일 아닌가요? 루 처장님이 남의 눈에 피눈물 나게 하지 않는다면 남이 루 처장님 눈에 피눈물이 나게 할걸요." 루이커가 가오샤오친의 말을 잘랐다. "회장님, 혹시 땅을 잃은 농민이나 일자리를 잃은 노동자들을 걱정해본 적 없으십니까?" 가오샤오친은 눈을 희번덕거리며 말했다. "그 사람들과 내가 일전 한 푼이라도 관계가 있나요? 우리 산쉐이 그룹의 모든 땅은 합법적인 절차를 받아 얻은 것이고, 농민에게는 합당한 보상을 했습니다. 일자리를 잃은 노동자들은 더더욱 저와 관련이 없죠. 제가 누구를 해고한 것도 아니고 오히려 수백 개의 일자리를 줬는걸요." 루이커는 고개를 숙여 손에 든 야생화 향기를 맡았다. "그럼 천 명이 넘는 따펑 의류 공장 노동자들은요? 어째서 실직하게 됐죠?" 가오샤오친은 아무렇지 않게 대꾸했다. "루처장님, 그거야 그 교활한 장사꾼 차이청공에게 물어봐야 할 문제 아닌가요? 따펑 공장을 무너뜨린 건 그 인간이라고요."

차이청공이 교활한 장사꾼인 것은 틀림없지만 산쉐이 그룹은 정말 상관없을까? 정말 그렇게 결백할까? 루이커는 고개를 들고 날카로운 눈빛으로 가오샤오친을 바라봤다. "그렇게 깨끗하다면 산쉐이의 재무 총감 일은 어떻게 된 겁니까?" 가오샤오친은 짐짓 모르는 척했다. "방금 만나셨잖아요. 루 처장님 부하들에게 장부를 넘겨주고 있었는데." 루이커는 가오샤오친을 자극했다. "회장님, 건망증이 심하신가 봅니다. 회장님과 십여 년을 함께한 재무 총감 말입니다. 옌타이산에서 비명횡사한 지 얼마 안 됐는데 벌써 잊으셨나요?" 가오샤오친은 그제야 기억이 난 것처럼 말했다. "아, 류칭주 재무 총감 말씀이세요? 좋은 사람이었죠."

루이커는 가오 회장을 압박했다. "그 좋은 사람이 어떻게 죽었는지 말씀해주실 수 있습니까? 놀라서 죽은 건 아니겠죠?" 가오샤오친은 침착하게 대답했다. "누가 류칭주를 놀라게 하겠어요? 류 총감은 심장병으로 죽었어요. 뜻밖의 일이었죠." 그러자 루이커가 물었다. "듣기로는 류칭주 총감의 집에 위로차 방문하셨다면서요? 가오위량 서기 대신 간 건 아닙니까?" 가오샤오친은 바로 반박했다. "루 처장님, 대체 어디서 그런 말씀을 들으셨죠? 류총감 집에 갔던 건 사실이에요. 하지만 가오위량 서기 대신이라는 말은 악의적인 거짓말이네요. 제가 뭐나 되나요? 가오 서기님을 대신하다니요?" 루이커가 씩 웃으며 말했다. "그러게요. 저도 답답해서 드린 말씀입니다. 가오 회장님은 가오 회장님인데 어떻게 가오 서기님을 대신하겠어요?"

바로 그때 검찰관 하나가 다가와 보고했다. "처장님, 인수인계가 끝났습니다."

루이커는 고개를 끄덕인 뒤 가오샤오친과 작별 인사를 했다. 가오샤오친은 루이커의 손을 잡으며 아쉬움이 잔뜩 묻어나는 표정으로 말했다. "시간 날 때 오셔서 함께 이야기해요. 루 처장님과 대화를 나누니 기분이 상쾌해지네요."

루이커의 산쒜이행이 액션은 없고 말과 표정만 있는 작품이었다면 허우량핑의 요우치행은 한 편의 스릴러였다. 대사와 액션이 동시에 난무해 하마터면 큰 사고가 날 뻔했다.

요우치 그룹 본사 28층에 들어선 허우량핑은 이상한 분위기를 감지했다. 엘리베이터와 마주하고 있는 비서 데스크는 물론이고 복도에도 사람이 없었으며, 회장 겸 최고경영자 류신젠의 사무실 문은 밖에서 봉쇄되어 있었다. 때마침 대걸레를 든 청소부가 바쁜 걸음으로 지나치자 허우량핑은 그녀를 불러 세워 류신젠 회장이 어디 있는지 물었다. 긴장한 얼굴을 한 청소부는 세차게 고개를 흔들며 "전 몰라요. 전 아무것도 몰라요!"라고 말한 뒤 번개같이 엘리베이터를 타고 내려가버렸다.

심상치 않은 상황을 보니 어쩌면 청소부가 류신젠을 사무실 안에 가둬줬을 가능성도 있었다. 류신젠의 특수성과 중요도를 고려해 허우량핑은 주저 없이 사법 경찰들에게 사무실 문을 부수라고 명령했다. 사법 경찰들은 우선 자물쇠를 부수고 있는 힘껏 발로 걸어찬 뒤 강제로 문을 열고 들어갔다. 허우량핑도 그들의 뒤를 따랐다. 하지만 문 안으로 들어선 순간, 허우량핑의 눈앞에 놀랄 만한 풍경이 펼쳐졌다.

정찰병 출신 요우치 그룹 회장 겸 최고경영자 류신젠이 창문 가까이에 있는 책상 위에 서서 날카로운 과도를 자기 목 동맥 혈관에 겨눈 채 고래고래 소리 지르고 있었다. "다가오지 마! 너…… 너희 모두 다가오지 마! 다…… 다가오면 나 자살할 거야!"

허우량핑은 심장이 덜컥 내려앉는 듯했다. 젠장! 류신젠은 이번 사건의 핵심 인물로 만일 문제가 생겨 사고라도 난다면 그동안의 노력이 물거품이 되고 만다. 반드시 신중해야 한다. 이런 생각을 하며 허우량핑은 천천히 책상으로 다가가 류신젠을 안심시켰다. "류 회장님, 침착하시고 칼 좀 내려놓으시죠."

하지만 류신젠은 여전히 날카롭게 외쳤다. "그럼 너희가 먼저 물러나! 내가 침착해질 시간을 달라고!"

허우량핑은 좀 더 가까이 다가가려고 시도했다. "물론입니다. 하지만 먼저 손에 든 칼 좀 내려놓으시죠."

그러자 류신젠이 마구 칼을 휘둘렀다. "아니, 아니! 너희가 먼저 물러나! 다 물러나라고!"

마음이 초조해진 허우량핑은 잠시 망설이다가 할 수 없이 몇 걸음 뒤로 물러났다. "류 회장님, 어차피 일이 이렇게 된 거 좀 더 이성적으로 생각하십시오. 회장님은 군인 출신이고, 또 자오리춘 전임 서기의 비서로 오래 일하신 분인데 최소한의 지각은 있을 것 아닙니까? 스스로를 이렇게 궁지로 몰지 마십시오. 문제를 키울 필요가 있습니까? 저희는 오늘 관례대로 회장님을 소환해서 심문하려는 것뿐입니다."

류신젠은 코웃음을 쳤다. "낡아빠진 수법 쓰지 마! 너희가 뭘 하려는지 내가 모를 줄 알아? 빨리 뒤로 물러나!"

허우량핑은 다시 문 쪽으로 두 걸음 물러난 뒤 사법 경찰들에게도 물러서라고 손짓했다.

그때 허우량핑의 가슴에 부착되어 있는 바디캠의 빨간 불빛이 반짝이며 녹화가 진행 중임을 표시했다. 허우량핑은 붉은 불빛을 가리키며 말했다. "류 회장님, 지금 이 바디캠이 이번 법률 집행을 감독하기 위해 회장님의 모든 행동을 녹화하고 있습니다. 좀 침착하시죠. 나중에 이 영상을 다시 보게 되면 정말 후회하실 겁니다." 류신젠은 한숨을 팍 내쉬며 말했다. "후회는 지금 충분히 하고 있어! 누가 나한테 외국으로 몸을 피하라고 할 때 들었어야 했는데." 허우량핑은 때를 놓치지 않고 앞으로 나아가 말했다. "그런 일이 있었습니까? 딩이전처럼 도망칠 수 있는 행운이 있을 뻔했군요. 하지만 류 회장님, 사실 딩이전은 외국에서 잘 지내고 있지 않습니다. 그는 지금 캐나다의 한 중국 식당에서 설거지를 하며 현지 화교 범죄 조직의 위협을 받고 있습니다." 류신젠은 자신이 들은 이야기를 함부로 떠들어댔다. "그만해! 딩이전은 지금 아프리카 가나에서 금광을 운영하고 있잖아!"

허우량핑은 본능적으로 어떤 상황인지 눈치챘다. "류 회장님, 그걸 어디서 들으셨습니까? 저희한테 말씀해주시면 공을 세울 수 있을 텐데요." 류신젠이 차가운 미소를 지었다. "공 같은 소리 하고 있네! 먼저 내 목을 찌르고 여기 28층에서 떨어지면 다 끝장나는 거야!" 그는 과도를 휘두르며 소리 질렀다. "허우량핑, 난 너를 알고 있어! 일찌감치 누가 말해주더군. 자기 가족이나 친족도 안 봐주는 놈이라 네 손에 들어가면 끝장이라고 하던데!" 허우량핑은 따뜻한 미소를 띠며 말했다. "무슨 말씀이십니까? 오히려 그 반대입니다. 제 손에 들어오면 회장님을 구할 수 있습니다. 그러니까 칼이나 먼저 내려놓으시죠." 하지만 류신젠은 칼을 휘두르며 말했다. "그럼 저 사법 경찰들 다 나가라고 해!"

허우량핑은 사무실 책상이 창문 가까이에 붙어 있고 창문이 활짝 열려 있는 모습에 주목했다. 류신젠의 말처럼 회장이자 최고경영자인 그가 28층에서 뛰어내린다면 모든 것은 끝나고 만다. 허우량핑은 류신젠을 안심시키기 위해 양보할 수밖에 없었다. 결국 그는 하는 수 없이 사법 경찰들에게 명령했다. "나가 있어, 내가 류회장과 단독으로 이야기하겠다." 사법 경찰들은 명령을 따라 문밖으로 물러났고, 사무실 안에는 류신젠과 허우량핑만이 남았다.

조금 망설이던 류신젠은 과도를 바닥에 던졌다.

허우량핑은 한숨 돌리며 어떻게든 기회를 봐 저 전 정찰병을 끌어안아야겠다고 생각했다. 하지만 전 정찰병 류신젠은 이 수사관의 생각을 눈치챘는지 순식간에 자기 다리 한쪽을 창밖으로 내놓고 창틀에 걸터앉았다. "자, 얘기하지." 전 정찰병 류신젠은 한결 가벼운 표정이 됐지만 현 수사관 허우량핑은 또다시 가슴이 철렁 내려앉았다.

당시 허우량핑이 더욱 생각하지 못한 것은 누군가 류신젠의 투신 시도를 지켜보고 있다는 사실이었다. 만약 허우량핑에게 전방위 투시 능력이 있었다면 번잡한 중산베이로 건너 맞은편의 하이텐궈지빌딩에서 누군가가 망원경으로 요우치 그룹 빌딩의 이쪽 창문을 지켜보고 있음을 알아챘을 것이다. 창턱에 걸터앉은 류신젠의 다리 한쪽이 바깥으로 나온 장면이 망원경에 잡혔을 때, 그누군가는 휴대전화를 잡고 흥분된 목소리로 보고했다. "류신젠의 한쪽 다리가 바깥으로 나왔습니다!" 휴대전화 너머의 목소리도 똑같이 흥분했다. "좋았어! 그 자식이 뛰어내리면 딱인데……."

허우량핑은 류신젠에게 뛰어내리면 안 된다고 설득했다. "류 회장님, 저는 회장님이 죽음을 두려워하지 않음을 잘 알고 있습니다. 부대에서 정찰병으로 있을 때 커다란 불길 속에서 인근 주민의 아이를 구해내 큰 공을 세우신 적도 있지 않습니까. 하지만 오늘 만약 회장님이 자살한다면 체면이 말이 아니게 될 겁니다. 지하에 계신 어르신들을 어떻게 뵙겠습니까?" 류신젠의 표정에는 눈에 띄는 변화가 생겼다. "허우량핑, 나에 대해서 제법 아는군." 허우량핑이 말했다. "회장님 사건을 맡았는데 제가 회장님을 잘 모른다면 이 일을 그만둬야죠. 제가 왜 직접 여기까지 왔겠습니까? 바로 뜻밖의 일이 일어나지 않을까 걱정해서였습니다. 하지만 이런 뜻밖의 일이 일어날 줄은……." 류신젠은 코웃음 쳤다. "허우 국장, 그러니까 자네는 아직 날 깊이 알지 못하는 거야." 허우량핑은 고개를 끄덕였다. "그럴지도 모릅니다. 그러니까 대화를 나누면서 깊이 있게 알아가죠, 류 회장님. 우리 전사처럼, 아니면 신사처럼 대화 좀 하게 그 다리는 창 안쪽으로 내리시는 게 어떻습니까?" 류신젠은 마음이 흔들리는 듯했지만 입으로는 고집을 부렸다. "난 이게 편해!" 허우량핑은 고개를 저었다. "하지만 보기에 영 좋지 않습니다, 정말요. 회장님이 체면과 자존심을 얼마나 중요하게 여기시는지 잘 알고 있습니다. 지금 이런 모습이 바디캠에 녹화되면 나중에 보고 후회하실 겁니다!" 류신젠은 잠시 머뭇거리더니 결국 창밖으로 걸친 다리를 안으로 내렸다.

허우량핑은 속으로 기쁘기 짝이 없었지만 겉으로는 아무렇지 않은 척 사무실 안을 천천히 거닐었다. 위험이 완전히 사라진 것은 아니었다. 여전히 류신젠이 긴장한 채로 사무실 책상 위에 서서 언제든 창밖으로 뛰어내릴 자세를 취하고 있었기 때문이다. 허우량펑은 신경 쓰지 않는 것처럼 말했다. "류 회장님, 저는 회장님이 혁명 시기 간부의 후손이라고 알고 있습니다. 할아버님께서 일본군을 때려잡고 희생하셨다죠?" 류신젠의 눈이 휘둥그레졌다. "맞네. 우리 할아버지는 38식 간부*셨지. 재작년 성방송국에서 방영한 드라마가 우리 할아버지 이야기였다고!" 허우량펑은 기회를 놓치지 않고 말했다. "외할머니도 계시지 않습니까. 그 옛날 징저우 민족자본가의 큰딸로 온갖 금은보화에 둘러싸여 자라면서도 재물 보기를 돌같이 여기셨다죠?" 류신젠은 의기양양하게 이야기했다. "그런 것도 알고 있나? 자네 말이 조금도 틀리지 않네! 외할머니께서는 집 안에 있는 금이며 옥을 몰래 팔아 징저우 지하당의 자금으로 건네주셨지." 허우량펑이 맞장구쳤다. "가장 빈곤하던 시절, 조직의 자금을 류 회장님의 외할머니께서 대셨죠! 그런데 오늘 여기서 뛰어내린다면 지하의 외할머니께서 얼마나 회장님을 나무라시겠습니까?" 그렇게 말하며 허우량펑은 손짓했다. "내려와서 이야기 나누는 게 어떻습니까? 너무 높이 계시니 제 머리가 어지러울 지경입니다."

드디어 류신젠이 책상에서 뛰어 내려와 등받이가 있는 회전의자에 앉았다. 분위기가 한결 누그러졌다. 한숨 돌린 허우량펑이 꽤나 감상적으로 말했다. "류 회장님, 회장님 댁은 2대에 걸쳐 공산당원이고, 회장님께서도 공산당원입니다. 오늘날 이렇게 되기까지 대체 조상들과 어떤 차이가 있었던 겁니까? 믿음, 공산당에 대한 믿음이 부족했던 것 아닙니까?"

---

* 중국의 항일 전쟁 초기인 1938년 전후에 혁명에 참여한 간부.

류신젠은 이제껏 단 한 번도 공산당에 대한 믿음을 잃어버린 적이 없다며 심지어 〈공산당 선언〉도 다 외우고 있다고 말하고는 바로 암송하기 시작했다. "한 유령이, 공산주의라는 유령이 유럽을 떠돌고 있다. 이 유령을 포위해 잡으려고 구유럽의 모든 세력인 교황과 차르, 메테르니히와 기조, 프랑스의 급진파와 독일의 경찰들이 신성한 동맹을 맺었다……."

허우량펑은 류신젠을 보며 묵묵히 듣고 있다가 자신도 모르게 감정이 격해져 함께 소리 내어 외우기 시작했다. 그러면서 그는 속으로 생각했다. '이 류신젠이란 자도 보기 드문 물건이로군. 〈공산당 선언〉을 이렇게 막힘없이 다 외우다니.' 그러고 보니 사무실 안 책장에는 마르크스와 레닌의 고전들이 가득했다. 한 권 한 권 줄을 지어 꽂혀 있는 양장본들은 마치 빛나는 만리장성 같았다. 듣자 하니 류신젠은 공산주의와 관련된 영화만 봐도 눈물을 흘리는데 특히 〈10월의 레닌〉을 좋아한다고 했다. 그가 혁명과 혁명 지도자들에 대한 이론에 남다른 취미를 가지고 있다는 말은 거짓이 아닌 것 같았다. 하긴 전 정찰병으로 부대에서 좋은 훈련을 받고 자오리춘의 주임 비서로서 많은 노력도 하지 않았겠는가. 동료들의 평가에 따르면 그는 사람들이 깜짝 놀랄 만큼 비범한 기억력의 소유자로 〈공산당 선언〉은 물론이거니와 《자본론》도 외우는 부분이 많다고 했다.

류신젠은 갑자기 〈공산당 선언〉 암송을 멈추고 탄식했다. "프롤레타리아가 잃을 것은 쇠사슬뿐이요, 얻을 것은 전 세계다! 위대한 지도자들의 말은 구구절절 옳은 것뿐이지." 그때 벌써부터 밖에서 기회를 엿보고 있던 사법 경찰들이 불시에 들이닥쳐 류신젠을 붙잡고 수갑을 채웠다. 허우량펑은 그제야 안도의 한숨을 내쉬었다. "류 회장님, 지금도 프롤레타리아십니까? 회장님께서 얻은 것은 쇠사슬이요, 잃은 것은 인생 전체로군요! 갑시다. 오늘 그 정도했으면 활약이 대단했습니다!"

사무실을 나서기 전, 허우량핑은 줄곧 그의 마음을 졸이게 했던 큰 창문을 직접 닫았다.

맞은편 빌딩에서 계속 동정을 훔쳐보던 감시자는 류신젠이 창밖으로 걸쳤던 다리를 거둬들인 뒤 혼란에 빠졌다. "어, 다리가 어디 갔어?" 감시자는 망원경 렌즈를 위아래, 좌우로 옮겨가며 류신젠의 다리를 찾았다. 큰 빌딩에 창문이 많은 데다 태양이 유리에 비쳐 빛을 반사해 눈앞이 어지러웠다. 그는 이곳저곳에 다리가 보였다 안 보였다하는 통에 정신을 차릴 수 없었다. 류신젠의 사무실 창문이 닫힌 뒤에야 감시자는 큰 변고가 생겼으며 더 이상 좋은 구경을 할 수 없게 됐음을 알았다. 감시자는 아쉽게 망원경을 내려놓으며 욕을 잔뜩 퍼붓기 시작했다.

그때 휴대전화 너머로 권위 있는 목소리가 들려왔다. "어이, 어떻게 됐나?"

감시자는 서둘러 보고했다. "다리가 안 보입니다. 이 겁쟁이가 결국 뛰어내리지 않았습니다."

35

류신젠이 잡힌 날 오후, 치퉁웨이가 전화를 걸어 허우량핑에게 산쉐이 리조트에서 저녁을 먹자고 했다. 이는 매우 특별한 일이었다. 더욱 특별한 것은 허우량핑이 심문을 하는 중이라 갈 수 없다고 하자 치퉁웨이가 솔직한 사정을 털어놓았다는 사실이다. "요우치 그룹의 류신젠 회장 심문하는 거 아니야? 자오리춘 전임 서기 자제인 자오루이룽이 이 일 때문에 왔어. 직접 너를 보고 싶대. 아마도 예전 서기님의 뜻을 전하려는 것 같아."

허우량핑의 머릿속에 퍼뜩 이런 생각이 들었다. '반응이 이렇게 빠르고 직접적이라니, 희망이 있겠는데.' 하지만 그는 일부러 놀란 척하며 물었다. "사람을 빼내러 온 겁니까? 그 저녁 먹으러 가도 되요?" 치퉁웨이가 말했다. "못 먹을 게 뭐야? 나도 같이 있는데." 허우량핑은 굳이 자신의 상황을 알렸다. "류신젠 회장 일이 복잡하게 됐어요. 사람도 이미 잡았고 사건도 입건했거든요." 치퉁웨이는 얼버무리듯 말했다. "사람이야 풀어주면 되고 사건이야 없던 걸로 하면 되지." 허우량핑은 크게 한숨을 내쉬었다. "선배, 그게 그렇게 간단합니까? 내가 선배도 아니고 여기 온 지 겨우 몇 달밖에 안 됐는데 함부로 처리할 수 없잖아요. 밥은 안 먹는 걸로 하죠." 치퉁웨이는 끝까지 물고 늘어졌다. "그럼 와서 노래라도 불러. 아칭사오가 묻고 싶다던데. 네 성이 장 씨인지 아니면 왕 씨인지." 통화를 마친 허우량핑은 남몰래 기뻐했다. 이것이야말로 그가 바라던 효과였다. '날카로운 검 작전이 조커를 불러냈군.' 이번에는 거미줄에 흑거미만 있는 게 아니라 번개같이 나타났다 사라졌다 하던 자오루이룽이 전임 성서기인 아버지의 뜻을 받아 사람을 빼내러 왔다! 공안청장 치퉁웨이가 사활을 걸고 직접 나섰으니 이것이 어떤 의미겠는가? 어떻게 가서 속사정을 살펴보지 않을 수 있을까? 보아하니 류신젠 체포가 십중팔구 적에게 치명적 급소였던 모양이다.

허우량핑은 검찰장 사무실을 찾아가 정중하고 긴급하게 보고를 올렸다.

지창밍도 자오리춘의 빠른 움직임에 깜짝 놀랐다. 공안청장인 치퉁웨이가 공개적으로 사람을 구하겠다고 나서다니 이는 손에 쥔 패를 보이며 승부를 내겠다는 뜻이 아닌가. 지 검찰장은 치퉁웨이의 초대가 홍문연(鴻門宴)*이라고 판단해 허우량핑에게 가지 않는 것이 좋겠다고 말했다. 하지만 허우량핑은 홍문연을 기회로 항장**의 검무를 보고 싶기에 더욱 가야 한다고 생각했다. 지창밍은 사무실 안을 거닐며 생각하다가 허우량핑과 눈도 마주치지 않고 말했다. "하지만 위험 요소가 너무 크네! 지금 우리는 이미 사건의 진상에 한 걸음씩 다가가고 있네. 천하이의 교통사고도 더 이상 미궁에 빠져 있지 않고, 류칭주의 죽음도 합리적으로 설명할 수 있게 됐어. 기본적으로 적이 누구인지 또한 그 적이 얼마나 위험한지도 알게 됐지. 그들은 옳고 그름 따위는 상관도 하지 않는

---

* 중국 진나라의 무장 항우가 맞수인 유방을 죽이려고 홍문에서 벌인 연회.
** 항우의 책사 범증의 명령으로 검무를 추며 유방을 죽이려 한 진나라 무장.

무서운 놈들이야!" 허우량핑도 마음속에 담아놓은 이야기를 꺼내 놓았다. 그가 생각하는 가장 위험한 인물은 그의 선배 치퉁웨이였다. 지창밍은 허우량핑을 빤히 보며 말했다. "그런 생각을 했다니 다행이군. 공안청장 치퉁웨이가 만약 홍문연에서 항장을 맡았다면 그 검무는 자네의 목숨을 노릴 수도 있어. 천하이가 이미 큰 사고를 당했는데, 더 이상 자네가 모험하지 않았으면 좋겠네."

허우량핑은 지 검찰장을 설득하려고 애썼다. "상황이 다릅니다. 게다가 저는 천하이가 아니라 손오공 아닙니까!" 사실 천하이에게 사고가 났을 때 허우량핑의 머릿속에 가장 먼저 떠오른 용의자는 치퉁웨이였다. 그는 쥘리엥* 같은 인물로 두각을 나타내기 위해서는 무엇이든 할 수 있었다. 또한 그는 쉽게 잡을 수 없는 명예와 지위, 권력, 부를 지키기 위해서라면 어떤 일이든 할 수 있다. 그렇기 때문에 허우량핑은 일찌감치 그 선배와 거리를 두고 있었다. 지창밍도 자신의 생각을 털어놓았다. 그도 딩이전이 뜻밖의 도주를 한 뒤로 치퉁웨이를 의심했다고 한다. 사실 지 검찰장은 한 번도 리다캉 서기를 의심한 적이 없었다. 리 서기는 공안과 정법 계통에서 일한 경험이 없어서 그렇게 긴박하고 주도면밀하게 해외로의 도주를 준비할 수 없기 때문이었다.

그 말에 허우량핑이 웃었다. "검찰장님과 제 생각이 일치한다니 홍문연에는 더욱 가야 합니다. 이렇게 좋은 정탐 기회를 쉽게 포기할 수 없지 않습니까. 모험을 감수할 만한 가치가 있다고 생각합니다." 결국 지창밍도 허락하며 허우량핑에게 녹음기를 가져가

---

* 프랑스 문학의 거장 스탕달의 소설 《적과 흑》의 주인공으로 자신이 갖지 못한 권력과 돈을 탐하며 부정을 저지르다가 결국 추락하고 만다.

모든 과정을 녹음해 증거를 만들고 위험한 상황에 빠지지 않도록 조심하라고 주의를 줬다.

그날 밤 허우량펑을 데리러 온 사람은 역시 가오샤오친이었다. 가오샤오친은 승용차를 몰고 시내를 빠져 나가 교외로 가는 길을 빨리 달렸다. 달이 어둡고 바람이 강해 길가의 인쉐이강과 우뚝 솟은 마스산은 모두 검은 그림자에 가려졌다. 산쉐이 리조트로 가는 길의 풍경을 좋아한 허우량펑은 조금 아쉬웠다. 특히 인쉐이강이 흐르는 소리를 듣고 싶었는데 그날 밤은 아무 소리도 들리지 않았다. 어쩌면 강물이 흐르는 소리가 차들의 소음에 가려졌는지도 모른다. 그들이 길에 있을 때는 마침 퇴근 시간이라 도시를 들고 나는 차들이 많았다.

허우량펑은 가는 도중에 일부러 가오샤오친에게 물었다. "자오리춘 전임 서기의 자제분이 정말 요우치 그룹의 류신젠을 구하러 온 겁니까?" 가오샤오친도 치퉁웨이처럼 솔직히 말했다. "자신의 비서를 8년이나 한 류신젠 회장에게 큰일이 났다는데 자오리춘 서기님이 가만히 있을 수 있을까요? 물론 류신젠 회장이 잡혔다고 억지로 반부패국에 풀어달라고 할 순 없겠죠. 다만 사건을 있는 그대로 이야기해보자는 거예요. 그렇다고 자오리춘 서기님이 많이 연관돼 있다는 건 아니고요."

허우량펑이 의미심장하게 말했다. "류신젠 회장 건은 결코 작은 일이 아닙니다. 누군가 류 회장에서 외국으로 도피해 딩이전과 아프리카에서 금광을 운영해보라고 한 것 같거든요. 대체 누가 그랬는지 궁금합니다. 그렇게 말한 목적이 뭘까요?" 가오샤오친은 허우량펑을 빤히 보더니 말했다. "그렇게 알고 싶다면 말씀드리죠. 바로 자오 공자랍니다." 그러더니 그녀는 농담처럼 반문했다. "허우 국장님, 혹시 사냥감 냄새를 맡으셨나요?" 허우량핑은 고개를 끄덕였다. "물론입니다. 반부패국 국장 아닙니까? 해야 할 일이 있다면 본능이 반응하죠." 가오샤오친은 고개를 기울여 허우량핑에게 가까이 다가와 향수 냄새를 풍겼다. "국장님은 우리의 핵심적인 비밀에 가까워진 것 같으세요?" 허우량핑은 솔직히 말했다. "그런 것 같습니다." 가오샤오친이 싱긋 웃었다. "그래요? 이번에는 잘못 판단하지 않으시겠죠?"

허우량핑은 미소만 지을 뿐 아무 대답도 하지 않았다. 그때 그들이 탄 차가 산쉐이 리조트의 휴가용 별장 구역으로 들어섰다. 차는 1호 건물 앞에 멈춰 섰다. 허우량핑은 차에서 내리자마자 이상한 기분을 느꼈다. 지금까지는 주건물에서 연회가 열려 먹고 마시고 노는 일이 원스톱 서비스로 이어졌는데 오늘은 어째서 여기로 왔을까? 1호 건물은 프랑스식 별장으로 나무가 잘 어우러지고 주위가 조용했다. 또한 뒤로 산비탈이 완만하게 이어지고 오른쪽에는 넓은 골프장이 있었다. 주위에는 드문드문 별장 몇 동이 있었다. 허우량핑은 맞은편의 영국식 별장이 1호 건물보다 한 층이 더 높고 지붕이 뾰족한 전형적인 고딕 양식 건축물이란 사실에 주목했다. 그는 남몰래 주위의 지형지물을 머릿속에 기억해뒀다.

과연 그의 생각처럼 분위기는 심상치 않게 돌아갔다. 차에서 내린 뒤 대리석 계단을 밟고 가오샤오친과 1호 별장 로비로 들어서려는데 치퉁웨이의 수행원 라오청이 그들을 맞았다. "회장님, 국장님, 죄송합니다만 치 청장님의 지시가 있었습니다. 오늘은 사적인 모임이라 청장님과 베이징의 자오 회장님께서 다른 방해를 받고 싶지 않다고 하십니다. 휴대전화와 전자 기기를 가지고 계시다면 제가 임시로 보관하려고 하는데 괜찮으시겠습니까?"

가오샤오친은 핸드백에서 휴대전화 두 대를 꺼내 라오청에게 건넸다. "청장님 지시시라면 따라야죠." 허우량핑은 피식 웃었다. "가오 회장님께서 따르신다니 저도 어쩔 수 없군요." 그도 휴대전화를 건네고 안으로 들어가려 했다. 그런데 채 몇 걸음도 가지 못해 전자 경보기가 울리는 게 아닌가. 라오청은 씩 웃으며 허우량핑을 따라왔다. "죄송합니다, 국장님. 혹시 다른 휴대전화 갖고 계십니까?" 허우량핑은 잠시 생각하는 척하다 말했다. "없습니다." 라오청은 공적인 업무를 보는 것처럼 말했다. "전자 경보기는 거짓말을 하지 않습니다." 허우량핑은 그의 눈을 보며 말했다. "그럼 내가 거짓말을 한다는 겁니까?" 하지만 라오청은 호락호락하게 넘어가지 않았다. "휴대전화 말고 다른 전자 기기는 없으십니까? 예를 들어 초소형 녹음기나 카메라 같은 것 말입니다." 그러자 허우량핑은 자기 이마를 치며 말했다. "아, 그러고 보니 녹음 펜이 있군." 그는 녹음 펜을 꺼내 라오청에게 건네주며 말했다. "잘 갖고 있으십시오. 나라 물건이라 잃어버리면 안 되니까."

로비를 지나며 허우량핑은 무장 해제된 것 같은 기분이 들었다. 휴대전화가 없으니 지창밍 검찰장과 연락할 방법도 없어 언제 위험에 처할지 알 수 없었다. 게다가 녹음도 할 수 없으니 오늘 그들이 무슨 말을 해도 증거로 삼을 수 없을 것이다. 허우량핑은 그들의 주도면밀함에 새삼 놀랐다. 그나마 총을 가져오지 않은 것이 다행이었다. 가져왔다면 꺼내놓고 아니고의 문제가 아니라 자신이 경계하고 있다는 사실이 일찌감치 들통 나는 꼴이 됐을 테니까. 사실 지 검찰장은 안전을 위해 총을 가져가라고 했지만 그가 여러 생각 끝에 거절했다. 대체 이자들은 뭘 하려는 걸까? 허우량핑은 일어날 수 있는 여러 가능성을 빠르게 생각했다. 갖가지 아슬아슬한 장면들이 그의 눈앞에 보이는 듯했다.

별장 1층은 응접실 겸 연회장으로 공간이 넓고 호화스러운 데다 금빛과 푸른빛으로 찬란하게 빛났다. 소파에는 마른 체구에 고상한 분위기를 풍기는, 금테 안경을 쓴 남자가 앉아 있었다. 그의 곁에 서 있는 치퉁웨이는 작은 산양을 지키고 있는 건장한 낙타 같았다. 허우량핑은 저 백면서생이 바로 자오 공자임을 한눈에 알아챘다. 하지만 조금 의외였다. 들리는 소문 속 수백억 위안을 주무르는 거물이라기보다는 연약한 선생처럼 보였기 때문이다. 그렇다, 학자가 아니라 선생처럼 보였다.

치퉁웨이는 소파 앞에서 허우량핑의 손을 당기며 밝은 목소리로 자오 공자에게 그를 소개했다. "허우량핑, 제 학교 후배입니다. 지금은 성검찰원 반부패국 국장이고 징저우의 부패에 맞서는 날카로운 검이죠. 아주 날카롭습니다!"

"알고 있습니다. 들어본 적 있어요." 자오 공자는 두 손으로 명함을 건넸다. 허우량핑은 명함을 훑어보며 말했다. "자오루이룽 회장님, 명성이 자자하신 분을 뵙습니다." 자오루이룽은 겸손하고 온화한 미소를 지었다. "저희 아버지를 말씀하시는 거겠죠. 아버지야 8년이나 성장을 하시고 10년이나 성위원회 서기를 하셨으니 명성이 자자하다고 할 수 있지만, 저야 평범한 장사꾼인데 명성이랄 게 있나요?"

"겸손이십니다. 사업을 크게 하시는 분이 이렇게 겸손하시다니 보기 드문 일입니다!" 허우량핑은 몸을 돌려 치퉁웨이를 보며 정곡을 찔렀다. "선배, 이런 점은 좀 배워요! 자오 회장님이 이렇게 겸손하신데 선배는 갈수록 허세가 커지니 말이에요. 사적인 모임에도 경찰을 데려옵니까? 내가 위에 고자질해서 선배 쫓아낼까 봐 걱정도 안 돼요?"

치퉁웨이 역시 뼈 있는 말로 허우량핑을 위협했다. "량핑아, 고자질했는데도 날 쫓아낼 수 없으면 어쩌나 걱정해야 하는 거 아니냐? 이건 다 네 안전을 위한 거야. 네가 징저우에 내려온 지 3개월도 채 되지 않았는데 벌써 몇 명에게 미움을 샀냐? 솔직히 말해서 널 죽이고 싶어 하는 사람이 한둘이 아니다." 허우량핑은 하하하 큰 소리로 웃었다. "그럼 선배가 날 지켜줘서 고맙다고 해야겠네요."

연회가 곧 시작됐고 손님과 주인도 자리에 앉았다. 자오루이룽은 아마도 성질이 급하든지 상대가 누구든 개의치 않는 것 같았다. 그는 자리에 앉자마자 오늘의 주제인 류신젠 사건을 이야기하기 시작했다. 그는 겉으로는 온화하고 우아한 척했지만 말투에는 제멋대로인 성격을 드러냈다. 그는 류신젠이 아버지의 주임 비서로 8년을 함께 일해 두 사람의 정이 부자지간처럼 각별하다고 말했다. 그 때문에 아버지께서 류신젠에게 문제가 생긴 것을 알고 걱정하시며 특별히 자신을 보내 상황을 살펴보라고 했다는 것이다. "상황이 심각한 건 아니겠죠?" 허우량핑은 신중하게 대응했다. "지금은 뭐라 말씀드리기 어렵습니다. 아직 심문도 시작하지 않았는걸요." 그러자 치퉁웨이가 끼어들었다. "벌써 심문 중이라고 하지 않았나? 나랑 전화할 때 그렇게 말했잖아." 그 말에 허우량핑이 해명했다. "선배 전화를 받는 바람에 중지했어요." 가오샤오친이 한쪽에서 빙긋 웃었다. "그럼 허우 국장님이 선배의 체면을 세워준 거네요." 치퉁웨이는 허우량핑에게 얼굴을 바싹 들이대며 물었다. "후배님, 그럼 내가 체면 좀 선 건가?" 허우량핑은 의자에 등을 기대며 은근슬쩍 말했다. "나도 류신젠이 좀 걱정되긴 해요. 류 회장이 함부로 막 지껄여대면 어떻게 있는 사실만 갖고 얘기할 수 있겠어요." 그는 말에 힘을 줘 특별히 강조했다. "내가 보기에 류신젠 회장은 의지가 강한 사람이 아니에요. 정신력이 약해서 하마터면 건물에서 뛰어내릴 뻔했다니까요. 제가 판단하기에 류 회장은 언제든 자기 아는 거 다 털어놓을 거예요."

치통웨이는 자오루이룽과 눈빛을 마주치더니 허우량핑에게 말했다. "사실 나나 가오위량 선생님이나 걱정이 하나 있어. 일단 류신젠이 아무나 물겠다고 막 떠들다가 자오리춘 서기님에게 화라도 미치면 우리가 어떻게 설명을 드릴 수 있겠냐? 그래서 선생님께서는 오늘 우리가 솔직히 이야기를 잘 나눠보길 바라시더라고." 자오루이룽도 말했다. "아버지께서도 가오 서기에게 이 일에 대해서는 드러난 사실만 논하라고 말씀하셨습니다."

결국 스승까지 관련된 일이었다. 예상치 못한 것은 아니지만 허우량핑은 놀라지 않을 수 없었다. 얼마 전만 해도 스승의 가르침을 받은 그였다. 바로 며칠 전, 반부패의 날카로운 검이 스승의 비서를 향했을 때도 스승은 해야 할 일을 하라며, 치통웨이나 다른 이의 헛소리는 듣지 말고 검찰원은 인민검찰원이며 법원은 인민법원임을 잊지 말라고 말했다. 또한 언제나 인민의 이익을 마음에 두라고 하지 않았던가. 그런데 이게 대체 어찌된 일이란 말인가? 허우량핑은 당장 선생님에게 전화를 걸어 치통웨이와 자오루이룽이 한 말이 사실인지 확인하고 싶었다. 하지만 잠시 생각했을 뿐이내 그런 마음을 접었다. 사실 스승의 비밀을 몰랐던 것은 아니다. 이번 대국에서는 선생님을 부르면 금방이라도 툭 튀어나올 것 같았다. 허우량핑은 다만 스승이 얼마나 깊이 관여돼 있는지 알수 없어 그저 침묵을 지켰다.

그때 가오샤오친이 손님들을 위해 술을 따랐다. "자, 드시면서 얘기하세요. 오늘은 제가 여러분께 30년 된 마오타이주를 대접할 게요." 하지만 허우량핑이 바로 손사래를 쳤다. "저는 맥주만 마십니다. 선배도 알잖아요. 내가 길거리 포장마차에서 맥주만 마실 줄 아는 싸구려 입맛이라는 거." 치퉁웨이는 술잔을 들어 마오타이주를 쭉 들이켰다. "여기를 포장마차라고 생각하면 되지. 그날처럼 말이야. 어이, 량핑아! 내가 오늘은 후배랑 마음속에 있는 말 좀 하고 싶은데 안 된다고 하면 안 돼!" 허우량핑은 먹고 마시며 아무렇지 않은 척했다. "그래야죠. 선배, 선배가 이렇게 큰 신경을 쓰고 나는 이렇게 큰 위험을 감수했는데, 우리 둘이 마음에 있는 말 몇 마디도 안 하면 누구한테 미안하지 않겠어요?" 치퉁웨이가 하하 웃으며 말했다. "량핑아, 네가 무슨 위험을 감수했는데? 여기가 홍문연이라도 되냐?" 허우량핑도 웃으며 대꾸했다. "봐요! 내가 추궁하지도 않았는데 인정했잖아요. 그렇죠? 자, 그럼 항장이 무대로 나서보시죠!" 자오루이룽과 가오샤오친은 서로를 보며 곤란해했다.

그때 상에 전복이 올라왔다. 허우량핑은 전복을 먹으며 농담처럼 말했다. "이렇게 큰 남아프리카산 전복은 진짜 오랜만에 보네요. 그런데 제가 자오 회장님도 아니고 이런 음식을 먹어도 될까요? 어느 날 누가 안면을 바꿔서 이런 걸로 절 물고 늘어지면 어떻게 합니까? 30년산 마오타이주에 남아프리카 전복까지, 이게 인터넷에라도 올라가면 저는 반부패국 국장 그만둬야 할 것 같은데요." 가오샤오친이 얼굴을 붉히며 언성을 높였다. "허우 국장님, 저희를 뭐로 보시는 거예요? 저희가 국장님을 경계하는 것도 아니고 여기서 하고 싶은 말 다 털어놓으면 오히려 국장님께는 좋은 증거가 되지 않나요?" 허우량핑은 두 손을 마주 잡고 들어 보이며 큰 소리로 웃었다. "그럴 리가요? 저는 제가 누구와 만났는지도 잘 모르는걸요. 제 녹음 펜이랑 휴대전화도 모두 압수됐는데 어떻게 증거로 삼습니까? 하지만 여러분은 제 목소리를 녹음해 편집할 수도 있고, 그걸로 저를 괴롭힐 수도 있겠죠." 줄곧 말없이 차가운 눈으로 허우량핑을 관찰하고 있던 자오루이룽이 이번만큼은 참을 수 없었는지 입을 열었다. "참 영리한 말씀이시군요. 이렇게 영리한 분과 만나고 있다니 영광입니다." 그러더니 그는 허우량핑에게 술잔을 들어 보이며 한 잔을 마셨다.

모두가 왁자지껄 술을 마시고 음식을 먹고 있을 때 허우량핑은 남몰래 별장 안을 훑어보다가 이 응접실의 특징을 발견했다. 바로 응접실 남쪽 전체가 통유리로 되어 분위기가 호화롭고 시야가 탁 트였다는 것이었다. 그런데 이런 구조에는 한 가지 문제가 있다. 마치 커다란 무대처럼 밖에서 응접실 전체를 또렷이 볼 수 있다는 것이다. 물론 커튼을 친다면 이 문제가 해결될 수 있다. 더 수상한 점은 통유리 위쪽에 커튼 박스가 있는데 커튼이 설치되어 있지 않다는 것이었다. 어쩌면 임시로 커튼을 떼었는지도 모른다. 허우량핑은 갑자기 불안한 마음이 들었다. 평소 사격을 하는 사람의 눈으로 봤을 때 이곳은 무대가 아니라 이상적인 사격장이었다. 반드시 벙커를 찾아야 한다. 하지만 식탁과 소파 외에는 몸을 숨길 만한 곳이 없었다. 물론 조금만 더 머리를 쓴다면 다른 벙커가 있을 수도 있다. 이 식탁에 둘러앉아 있는 고관과 귀빈이 바로 살아 있는 벙커가 아니겠는가.

술기운이 조금 오른 치통웨이는 엄숙한 얼굴로 자오리춘 서기를 치켜세우기 시작했다. "량핑, 너는 H대학을 졸업하고 바로 베이징으로 갔으니 고향 상황을 잘 모를 거다. 하지만 H성의 발전은 한 사람과 떼려야 뗄 수 없는 관계가 있어. 바로 경애하는 자오리춘 서기님이야. 8년 동안 성장을 하고 10년 동안 성서기를 하며 무려 18년 동안 H성 정계를 경영하셨으니, 어떻게 서기님의 공이 적다고 할 수 있겠냐? 우리 가오위량 선생님, 리다캉 서기 모두 자오 서기님 수하의 대장들이었지." 자오루이룽은 술을 마실수록 얼굴이 하얘졌지만 기분은 점차 좋아지는지 말도 많아졌다. "아버지께서 가오 서기와 리 서기를 개혁 대장으로 발탁하셨지. 가끔은 사람을 잘못 봐서 좋은 간부가 되지 못하기도 했지만. 그런 간부들은 하나같이 부패해서 점점 변질됐어⋯⋯." 치퉁웨이가 맞장구를 쳤다. "그렇습니다. 요우치 그룹의 류신젠 회장이 그랬죠." 자오루이룽이 말했다. "류신젠 그 나쁜 놈 때문에 아버지는 심장병이 생겨서 지금 병원에 계신다고!" 허우량핑은 깜짝 놀랐다. "어떻게 그런 일이? 설마 자오 서기님도 류신젠으로부터 이득을 취하신 겁니까? 설마 그럴 리가요! 이렇게 말이 나왔으니 탁 터놓고 얘기해보시죠. 어차피 녹음이나 녹화도 없지 않습니까."

치퉁웨이는 마오타이주로 다시 건배를 하며 붉어진 얼굴로 말했다. "량핑아, 너 자오 회장님의 재산이 얼마나 되는 줄 아냐? 100억 위안*이 훨씬 넘는다고! 그런데 우리 자오 서기님께서 류신젠에게서 이득을 취하시겠냐? 자오 서기님이 걱정하시는 건 누군가가 류신젠을 이용해 트집을 잡고 우리 성 간부들의 단결을 깨는 거야!"

허우량핑은 고개를 돌려 자오루이룽을 보며 진지하게 물어봤

---

* 　1조 7000억 원가량.

다. "회장님, 도대체 그 사업적인 두뇌는 어떻게 연마하신 겁니까? 이건 분명 우리 시대의 기적입니다! 제 이 넘치는 호기심을 좀 이해해주십시오." 자오루이룽은 기분이 상했지만 애써 미소 지으며 말했다. "허우 국장이 무슨 생각을 하는지 압니다. 반부패국 국장 아닙니까? 의심의 눈길로 세상을 바라볼 수밖에 없겠죠. 하지만 저는 마음에 거리낌이 전혀 없습니다. 저와 제 상장회사, 비상장 회사에서 벌어들인 모든 돈은 밝은 햇살 아래에서 깨끗하게 얻은 이윤이니까요."

허우량핑은 한숨을 내쉬며 술잔을 들었다. "좋습니다! 그럼 저희 깨끗한 이윤을 위해 건배하시죠! 정말 깨끗하다면 누가 와서 조사한다고 겁나겠습니까? 저도 류신젠 회장이 함부로 지껄일까 봐 겁나지 않습니다." 그러더니 그는 가오샤오친에게 술잔을 바꿔 달라고 했다. 30년이나 된 마오타이주인데 마시지 않으면 죄를 짓는 것 아니겠냐면서 말이다.

허우량핑은 마오타이주를 마시고 입맛을 다시며 〈머리싸움〉을 부르자고 했다. "제가 이 노래 부르러 여기 온 거 아닙니까?" 자오루이룽은 돌아가는 상황이 못마땅했다. 그는 무거운 표정으로 일어났지만 예의에 어긋나지 않게 모두와 인사했다. "노래를 부를 분은 부르시죠. 저는 할 줄 몰라서 먼저 일어나겠습니다."

자오루이룽이 떠난 뒤에 치퉁웨이는 우울한 얼굴로 허우량핑 앞에 앉았다. 그는 하고 싶은 말이 있었지만 마음에 담아둔 지 오래라고 했다. 오늘날까지 인생을 살아오기가 결코 쉬운 일이 아니었다. 특히 그는 이 자리를 지키기 위해 아줌마와 결혼해 지금까지 모시고 살았다. 그때 허우량핑이 치퉁웨이의 말에 끼어들었다. "량루 선생도 청춘이었던 시절이 있었고, 누구보다 아름답다는 말을 듣던 때가 있었어요. 선배가 청혼했을 때만 해도 량 선생은 아줌마가 아니었다고요." 치통웨이는 짜증이 났지만 진심으로 말했다. "량핑아, 넌 어떻게 나를 조금도 이해해주려고 하지 않냐? 난 너를 다치게 하고 싶지 않아. 우리 둘이 포장마차에서 술 마시면서 서로 마음이 통했잖아. 아니냐?"

허우량핑도 감정이 울컥했다. "선배, 나라고 선배를 다치게 하고 싶겠어요? 나야말로 선배에게 아무 문제도 없길 바란다고요. 술 취했을 때 내가 말했잖아요. 선배는 한때 내 영웅이었다고요!" 치통웨이는 허우량핑의 손을 꽉 잡았다. "나, 네 말 믿는다! 우리 같이 대학 다닐 때 만날 시끄럽게 싸웠지만 사실 속으로는 서로를 아껴줬잖아. 그렇지? 그럼 우리 오늘 친형제처럼 마음을 활짝 열어보자!" 그러더니 치통웨이는 허우량핑에게 바짝 다가와 귓속말을 했다. "지금은 자오 회장도 없고 가오 회장도 남이 아닌데 원하는 값을 한번 불러봐. 얼마면 도와줄래?" 허우량핑은 그 순간 뒤통수를 호되게 맞은 것 같았다. 그는 술잔을 내려놓고 천천히 물었다. "그게 무슨 뜻이에요?" 옆에 있던 가오샤오친이 돌리지 않고 말했다. "제가 아까 차에서 말씀드렸잖아요. 우리 좀 봐주세요!" 허우량핑은 가만히 치통웨이를 바라봤다. "가오 회장이 말하는 우리에 선배도 들어가는 거예요?" 가오샤오친은 솔직하게 말했다. "그래요. 확실히 알려드리죠. 치 청장님도 산쉐이 그룹 주식을 가지고 있어요!" 허우량핑은 깜짝 놀라 자리에서 일어섰다. "맙소사, 선배! 정말 장사를 하고 있었어요?" 치통웨이는 차가운 눈으로 허우량핑을 쳐다봤다. "별수 있냐? 아무것도 없는 주제라고 대대로 가난하게 살 순 없잖아!" 허우량핑은 허리를 굽혀 치통웨이에게 다가갔다. "그럼 선생님도 주식을 가지고 계세요?" 치퉁웨이는 고개를 저었다. "선생님은 없어. 선생님이 바란 건 이 강산과 무한한 권력이었으니까. 네가 선생님께 돈으로 산을 쌓아 드린다 해도 선생님은 그걸 권력이랑 바꾸실걸." 허우량핑은 더 이상 묻지 않고 기지개를 켜며 하품했다. "무슨 말인지 알겠어요. 선배, 우리 노래해야 되는 거 아니에요?" 가오샤오친은 애가 달았다. "허우 국장님, 아직 저희한테 답을 안 주셨잖아요." 치퉁웨이는 허우량핑의 뜻을 깨달았다. "그만 물어. 이 친구는 대답했으니까. 호금 연주자나 불러요. 노래하게."

잠시 후 호금 연주자가 들어와 자신의 연주에 도취한 것처럼 호금을 켜기 시작했다.

치퉁웨이는 마이크를 잡고 노래를 시작했다. "당시, 이 몸의 대오가 모였는데······."

노래가 시작된 뒤에도 가오샤오친은 포기하지 않고 마지막까지 애썼다. 그녀는 허우량핑의 손을 잡고 간드러지는 목소리로 물었다. "허우 국장님, 직접 말씀하기가 뭐하시면 제가 값을 정할까요?"

허우량핑은 이미 노래에 빠져든 듯 가볍게 가오샤오친의 손을 빼고 치퉁웨이를 가리켰다. "우리 선배 노래 정말 끝내주네요. 맛이 있어요. 예전보다 맛이 깊어졌어."

가오샤오친은 몸을 부르르 떨며 침울하게 말했다. "예, 맛이 있네요······."

자오루이룽은 정원에 서서 시가를 피워 물었다. 그는 이 반부패국 국장에게 아무런 성의도 없음을 눈치챘다. 귀를 꽉 막고 있으니 회유하기는 힘들어 보였다. 결과가 얼마나 심각할지 알고 있는 자오 공자는 화가 끓어올랐다. 연약해 보이는 자오루이룽은 사실 성격이 포악하고 제멋대로였다. 이는 어려서부터 유복한 환경에서 자라온 탓에 생긴 고질병이다. 그가 자주 이야기하는 명언이 있다. "누가 감히 나를 노려보면 나는 그 자식의 눈깔을 파내버릴 거야."

공기 중에 습기가 많아졌다. 아마도 안개가 끼려는 모양이다. 몸에 붙어 오랫동안 흩어지지 않는 시가 냄새가 마치 밤낮으로 그를 성가시게 하는 고민처럼 느껴졌다. H성에 온 후로 하는 일마다 제대로 되는 게 없었다. 매춘을 한 원장도 구해내지 못했는데 별안간 류신젠도 잡혀 들어갔다. 류신젠은 대형 석유 천연가스 국영기업 회장으로 아버지의 주임 비서였고, 요 몇 년 동안 각종 경로를 통해 자오 가문에 돈을 보낸 인물이다. 그에게 일이 생기면 손바닥으로 하늘을 가릴 수 없게 된다. 치퉁웨이도 자오루이룽에게 말한 적이 있다. 류신젠이 일단 입을 열면 위로는 자오리춘 서기와 가오위량까지, 아래로는 같은 친구들 모두가 사달이 날 거라고 말이다. 자오루이룽과 치퉁웨이는 여러 번 상의한 끝에 모험을 마다하지 않기로 했다. 오늘 허우량핑에게 가지고 있는 패를 보여주고, 만약 넘어오지 않는다면 그를 죽이기로 말이다. 내년 오늘이 바로 그의 1주기가 될 것이다.

라오청은 어둠 속에서 귀신같이 나타나 이미 산쉐이 리조트의 스파이를 찾아 잡아두고 있다고 자오루이룽에게 보고했다. 그는 이미 구체적인 스토리도 짜놓은 상태였다. "그 스파이가 반부패국 국장 허우량핑을 쏠 겁니다. 그런 다음 그 녀석은 경찰 총에 맞아 죽으면 됩니다. 저격용 총에는 스파이의 지문만 또렷이 남아 있겠죠." 라오청은 자오루이룽이 위에야 호수 위에 메이스청을 건설할 당시 관할 경찰이었다. 그때 인연을 맺은 뒤 그는 좋은 일이든 궂은일이든 자오루이룽과 함께해왔다. 충성심에 문제가 없기에 이 저격 임무를 그에게 맡긴 것이다. 다만 자오루이룽은 조금 망설이고 있었다. 성공하든 성공하지 못하든 반부패국 국장 저격은 번거로운 일이 될 것이다. 그는 손을 저어 라오청을 물러나게 한 뒤에 3번 건물을 주시했다. 1호 별장 맞은편에 있는 지붕이 뾰족한 영국식 별장이었다. 시간이 갈수록 안개가 짙어져 정원의 나무와 꽃들이 점점 흐릿하게 보였다. 자오루이룽은 반쯤 피운 시가를 던져버린 뒤 길고 긴 한숨을 내쉬었다. 성패가 이 한 번의 행동에 달려있으니 그도 긴장하지 않을 수 없었다.

그런데 그때 생각지도 못한 전화벨이 울렸다. 액정 화면을 확인한 자오루이룽은 전화를 받지 않았다. 하지만 휴대전화의 전화벨이 줄기차게 울려댔다. 결국 그는 전화를 받았다. "어, 셋째 누나……."

자오루이룽은 어려서부터 세상에 무서운 사람이 없었지만 셋째 누나만큼은 무서워했다. 이성적이고 지혜로우며 그의 생각을 가장 잘 아는 그녀는 그야말로 그의 뱃속 회충이나 다름없었다. 지금 그런 셋째 누나로부터 전화가 온 것이다. 그녀는 권위적인 말투로 반박을 허용하지 않았다. "루이룽, 네가 꼬리 치켜세울 때부터 어디로 날아갈지 알았다! 너 잘 들어. 더 이상 미친 생각으로 네 머릿속 채우지 마. 이성적으로 언제 나아가고 물러날지 알아야지! 아버지가 명령하셨어. 바보 같은 행동 모두 그만두라고. 너 죽고 싶지 않으면 가능한 한 빨리 H성 살인극에서 빠져나와. 아버지에게 아들은 너 하나뿐이고, 우리 세 자매에게도 남동생은 너 하나뿐이야……."

자오루이룽의 눈에서 눈물이 쏟아졌다. 주위의 모든 것이 흐릿해졌다. 그때 경찰차의 사이렌 소리가 어디선가 들려오더니 점점 또렷해졌다. 자오루이룽은 셋째 누나가 누군가로부터 긴급 사태가 터졌다는 소식을 듣고 바로 전화를 걸었음을 깨달았다. 어찌 보면 당연한 일이었다. 아버지가 H성에서 그토록 오래 성장과 성위원회 서기를 했는데 세력이 넓고 깊을 수밖에 없지 않은가.

자오루이룽은 영국식 별장으로 들어가 무거운 발걸음으로 좁은 계단을 올라갔다. 그는 지붕 다락의 작은 반원형 창문 앞에 섰다. 맞은편, 그러니까 1호 별장 응접실은 조명이 매우 밝았다. 마치 무대처럼, 사격장처럼 모든 사람이 그의 눈 안에 다 들어왔다.

자오루이룽은 다시 시가에 불을 붙이고 깊이 빨아들인 뒤에 천천히 연기를 내뱉었다.

영국식 별장 한구석에서 사수와 저격용 총은 이미 자리를 잡고 그의 명령을 기다리고 있었다.

자오루이룽은 끝내 허우량핑을 죽이라는 명령을 내리지 못했다. 그는 손을 휘휘 내저어 사수를 물러나게 했지만 막상 자신은 그곳을 떠나지 못했다. 시가를 문 그는 마치 저격용 총을 쥔 것처럼 손을 앞뒤로 받쳐 잡으며 응접실에서 껑충껑충 뛰고 있는 허우량핑을 겨냥해 낮은 소리로 중얼거렸다. "탕탕탕!"

이 특별한 밤, 공안 경찰차와 검찰 경찰차가 꼬리에 꼬리를 물고 달려왔다.

이 위험한 홍문연 때문에 지창밍은 심장이 튀어나올 지경이었다. 허우량핑이 휴대전화를 빼앗겨 연락이 끊어진 뒤 지창밍은 바로 자오둥라이에게 연락해 정확한 타이밍에 도착하도록 했다. 자오둥라이는 1호 건물 응접실에 있는 허우량펑을 보고 긴 한숨을 내쉬었다. "어이, 허우 국장, 여기서 속 편하게 노래하고 있는 겁니까? 지 검찰장님께서 지금 허우 국장을 찾고 난리가 났습니다. 검찰원 당그룹* 회의를 한다고 하시던데 여기 계속 있을 거예요?" 허우량펑은 자오둥라이의 의도를 알아채고 이마를 치며 말했다. "아, 이놈의 기억력! 우리 아칭사오를 본 순간 죄다 까먹었네. 가야지, 갑시다!"

지창밍과 루이커는 이미 리조트 현장에 와 있었다. 허우량펑은 지창밍의 차에 탄 뒤에 바로 보고했다. "검찰장님, 이번에야말로 제가 이들의 내막을 알아냈습니다. 여기가 바로 늑대 소굴입니다. 관료와 기업인 들이 결탁해 겹겹의 흑막으로 정체를 숨기고 있는 범죄 소굴이란 말입니다!"

지창밍은 첫마디에 물었다. "자네 선배 치퉁웨이도 포함인가?"

"예. 기본적으로는 다 인정했습니다. 치 청장이 산쉐이 그룹 주식을 갖고 있다고 하더군요."

지창밍은 허우량펑을 빤히 보며 물었다. "그럼 증거는? 손에 넣었나?"

허우량펑은 고개를 저었다. "그게, 휴대전화와 녹음 펜을 모두 가져갔습니다. 경계가 심했어요!" 지창밍은 한숨을 쉬었다. "증거가 없으면 아무 말도 하지 말게."

허우량펑도 물론 검찰장의 말이 무슨 뜻인지 잘 알았다. 그는 류신젠이 이 사건의 돌파구가 되어주리라 생각했다. 류 회장은 본인에게 문제가 있을뿐더러 베이징의 자오 가문과 산쉐이 그룹과

---

*   중국의 국가 기관·민간 단체·경제 조직·문화 조직 지도부 내의 당 지도 조직.

접점이 있지 않은가. 그들은 지금 류신젠이 입을 열까 봐 두려워하고 있다. 허우량핑은 상대가 숨 돌릴 틈이 없도록 밤을 새서라도 류신젠을 심문해 가능한 한 빨리 그의 입을 열어야 한다고 주장했다. 지창밍은 손목시계를 보며 말했다. "그럼 고생들 하게. 밤샘 근무야!"

냉정을 되찾고 난 뒤 허우량핑은 비로소 식은땀을 주르륵 흘렸다. 어두운 하늘을 바라보니 시커먼 총구가 그의 머리를 겨눈 모습을 본 것만 같았다. 사람이란 이토록 나약한 존재라 언제든 목숨을 잃을 수 있다. 하지만 오늘 밤 연회에 가겠다고 모험한 것에는 그럴 만한 가치가 있었다. 치퉁웨이는 자신이 쥔 패를 분명히 보였고, 핵심 증거를 남기지는 못했지만 수많은 단서를 폭로했다. 자오루이룽과 가오샤오친, 그들 중 누가 도망갈 수 있겠는가? 산쉐이 그룹의 보루가 무너지기까지 이제 얼마 남지 않았다.

하지만 상대의 반응 속도는 허우량핑의 예상을 훌쩍 뛰어넘었다. 밤새 류신젠을 심문했지만 별다른 진전을 얻지 못하고 숙소로 돌아와 잠시 눈을 붙이려 할 때, 사오둥라이에게서 전화가 걸려 왔다. 자오루이룽이 감쪽같이 사라졌다는 것이다. 시공안국 경찰이 영국식 별장을 수색하면서 자오루이룽을 찾았지만 그는 이미 도시를 빠져나간 뒤였다. 뿐만 아니라 자오둥라이가 류칭주의 죽음 때문에 가오샤오친을 소환하려 했지만 아칭사오는 급한 일이 있다며 홍콩으로 떠났다고 했다. 누가 봐도 도주한 것이 분명했다. 그물을 걷을 즈음 대어 두 마리가 빠져나간 것이다.

허우량핑은 휴대전화를 내려놓은 뒤 창문 앞에 서서 잠시 멍하니 있었다. 이토록 전문적이고 민첩하다니, 사전에 철저히 준비해 놓은 대비책일 것이다. 그는 속으로 감탄했다. 저들은 결코 만만히 볼 수 있는 상대가 아니다. 저들과 싸우려면 지혜와 용기를 겨뤄야 할 뿐만 아니라 때로는 속도를 다퉈야 한다. 한 판도 이기기가 쉽지 않다.

선배 치퉁웨이가 마치 창밖에 서서 잘생긴 얼굴 가득 득의만만한 미소를 짓고 있는 것 같았다.

36

성위원회 샤루이진 서기는 인터넷을 중시하는 편이라 인터넷 사용자들이 제기하는 사회적 이슈들을 종종 확인했으며 이따금씩 직접 답변을 하기도 했다. 그의 비서 바이 처장도 자주 인터넷 사용자들의 반응을 보고하곤 한다. 인터넷에 새로운 사건이 뜨면 잘 정리해 가정 먼저 샤루이진에게 보여주기도 했다.

"서기님, 오늘은 주목하실 만한 소식 두 가지가 있습니다. 첫 번째는 징저우시 따펑 공장 노동자들이 도둑처럼 한밤중에 창문으로 출퇴근을 하고 있다고 합니다. 50세 여성 노동자는 창문을 넘다가 넘어져 다치기도 했습니다."

마침 러닝머신 위에서 달리기를 하고 있던 샤루이진은 숨을 헐떡거리며 물었다. "따펑 공장이라면 그…… 9·16 사건으로 철거되는 공장 말인가? 어째서 그런 일이 벌어졌지?"

바이 처장은 이유를 말하지 못했다. "그것까지야 제가 어떻게 알겠습니까? 아, 다른 한 가지 소식도 징저우에서 일어난 일인데요. 광밍구 민원 상담 부서가 직무 유기를 하고 있다고 합니다. 상담 창구의 설계가 진기해서 방문객들이 죽을 맛이라고……."

샤루이진은 러닝머신에서 내려와 땀을 닦으며 지시했다. "오늘은 주말이니 우리가 기습적으로 방문해보세! 리다캉 서기에게 광밍구 민원 상담 창구에서 만나자고 통지하게. 그다음으로 따펑 공장에 갈 테니 운전기사 보내서 천옌스 검찰장님 모셔 오고. 그분만큼 거기 잘 아시는 분이 누가 있나."

바이 처장의 전화를 받았을 때 리다캉은 머리카락이 쭈뼛 서는 느낌이었다. 또 어떤 일에 실수가 있었나? 샤루이진 서기가 어째서 갑자기 광밍구 민원 상담 창구에 간단 말인가? 그러고 보니 그동안 일이 너무 바빠 광밍구 민원 상담 창구를 바꾸는 일이 어떻게 됐는지 물어보지 않았다. 가정부 톈싱즈가 그를 위로하듯 말했다. "창구를 너무 잘 바꿔놔서 샤 서기님도 알아채신 거겠죠. 모범 사례로 뽑으시려는 거 아닐까요?" 리다캉은 무표정한 얼굴로 말했다. "그러면 좋겠군요. 쑨롄청이 일을 잘해놨어야 할 텐데."

민원 상담 부서에 도착한 리다캉은 서둘러 문을 열고 들어가 본능적으로 창구부터 찾았다. 그제야 리다캉은 쑨롄청이 자신의 앞에서만 알았다고 말하고 지시를 전혀 따르지 않았다는 사실을 알았다. 창구는 여전히 낮고 좁았으며, 거의 바뀌지 않았다. 그저 창구 앞에 작은 대나무 걸상 여섯 개가 더 놓였을 뿐이다. 그나마 걸상은 많은 방문객들 때문에 곧 부서질 것 같았다. 더 우스운 것은 창구 앞에 놓인 지저분하고 텅 빈 천 바구니였다. 창구 주변에는 사탕 몇 알이 떨어져 있었다. 리다캉은 금방이라도 머리가 쾅 터질 것 같았다. 그는 쑨롄청이 이렇게 건성건성 일하는 작자란 사실을 미처 몰랐다.

홀은 텅 비어 있고 쑨 서기는 그림자도 보이지 않았다. 리다캉이 바이 처장에게 전화하려고 할 때 귓가에 샤루이진의 평온한 목소리가 들려왔다. "리 서기, 여기네! 나 여기 있네!" 리다캉은 예전에 자신이 그랬던 것처럼 상담 창구 안 상담원 자리에 앉아 있는 샤루이진을 발견했다. 그는 서둘러 창구 앞으로 걸어갔다. 샤루이진은 구멍을 통해 하얗고 통통한 손을 내밀었다. "이리 오시게, 리서기. 우리 오늘 이렇게 얘기나 좀 나누세나!"

리다캉은 반은 서고 반은 무릎을 꿇은 자세로 샤루이진과 악수하고서 그의 말에 귀를 기울였다. 샤루이진은 짐짓 비꼬듯 말했다. "광밍구 민원 상담 창구 디자인이 특색 있다고 인터넷에 소문이 자자하던데, 오늘 특별히 시간을 내서 와보니 과연 명불허전일세. 정말 진기해! 징저우는 물론이고 H성 전체에서도 이런 디자인은 없을 거 같구면." 그러더니 리다캉에게 왜 앉지 않느냐고 물으며 뒤쪽 작은 걸상을 권했다. 또한 성서기는 지저분한 천 바구니를 가리키며 말했다. "입이 마르거나 심심하면 사탕 좀 들게나. 괜히 파리들 먹이로 만들지 말고." 리다캉은 얼굴을 찌푸린 채 금방이라도 흘러내릴 것 같은 안경을 반백의 머리 쪽으로 밀어 올리며 작은 창구 안에서 높은 자리에 앉아 내려다보고 있는 샤루이진과 대화를 나눴다. "서기님, 말씀 안 하셔도 압니다. 반성하고 있습니다. 이런 몹쓸 창구로 주민들이 괴로운 데에는 제 책임이 큽니다!"

측은한 마음이 든 샤루이진은 무릎 꿇고 있는 것이 보기 안됐다며 안으로 들어오라고 했다. 하지만 리다캉은 심각한 얼굴로 거절했다. "아닙니다, 서기님. 저를 불쌍하게 보실 필요 없습니다. 정치적 태만을 제대로 감독 못했으니 이렇게 무릎을 꿇고 있는 것도 당연합니다. 방문객들이 얼마나 불편을 겪었을지 저도 직접 체험해 오래오래 기억하겠습니다!" 그러자 샤루이진은 리다캉에게 뒤에 있는 대나무 걸상에라도 앉아 이야기를 나누자고 했다. 리다캉은 걸상을 끌어다가 앉으며 분을 참지 못했다. "이 창구에 대한 말만 하려고 해도 제가 화가 납니다. 제가 여기에 직접 와서 얼굴을 맞대고 창구를 바꾸라고 한 게 두 달 전이었습니다. 그런데 하나도 바뀌지 않았습니다!" 샤루이진은 슬쩍 약을 올리듯 대꾸했다. "하나도 바뀌지 않은 건 아니네. 작은 걸상도 놓였고 사탕도 놔뒀잖은가." 리다캉은 고개를 절레절레 흔들었다. "이게 눈속임이지 뭡니까? 저는 분명 이 업무를 담당하고 있는 쑨롄청 구장에게 은행 창구처럼 바꾸라고 지시했습니다. 그런데 쑨 구장은 제 앞에서만 알겠다고 대답하고 전혀 지시를 따르지 않았습니다! 누군가 제게 그러더군요. 자기는 큰 욕심이 없어서 겁날게 없고, 승진하고 싶은 생각도 없어서 아무래도 상관없다고 쑨 구장이 직접 말했다고요." 리다캉의 말에 샤루이진은 깊이 느끼는 바가 있었다. "정치적 태만 현상이 참으로 놀라울 정도네. 이런 일이 징저우만의 문제는 아니지 않겠는가. 우리가 경각심을 갖고 대처해야 하네."

함께 따펑 공장으로 가는 길에 샤루이진은 직무 유기에 대해 어떻게 해야 할지 연구해봐야겠다고 말했다. "쑨롄청 같은 사람은 어떻게 하면 좋겠나? 정말 방법이 없을까? 꼭 그렇지는 않을 텐데." 그러더니 샤루이진은 조직부의 간부에게 물었다. "공장에서 생산된 제품이 불합격이면 리콜을 하는데, 조직부에서 임용한 간부가 불합격이면 어떻게 해야 하나? 사람도 리콜해야 하나?" 그리고 샤루이진이 한 가지 아이디어를 내놨다. 청국급 간부가 정치적 태만으로 직무 유기를 하면 성위원회에서 소환하고, 처과급 간부가 직무 유기를 하면 각 시의 시위원회가 소환하는 것이다. 소환해서 무엇을 하는가? 당의 규정과 국민을 위해 봉사해야 하는 당의 대의를 새롭게 학습하는 것이다.

리다캉은 적극적으로 찬성하며 학습이 끝나면 정치적으로 태만

한 간부의 공무원 등급을 낮추자고 제의했다. 샤루이진도 이미 그에 대해 생각하던 바가 있었는지 심사숙고한 뒤에 입을 열었다. "한 번에 1~3급 정도 강등하고, 그래도 다시 소환되는 일이 있으면 그 자리에서 해임을 하지! 쑨롄청 구장은 승진하고 싶은 욕심이 없어서 아무래도 상관없다고 했다고? 하지만 과연 3급이나 낮아져도 상관이 없을까?" 리다캉은 적극적으로 도전에 나섰다. "서기님, 그럼 저희 징저우에서 먼저 실시하겠습니다!" 샤루이진은 그 자리에서 허가해줬다. "좋네. 그렇게 하지. 한번 시행해본 뒤에 전 성으로 확대하도록 합시다!"

샤루이진 일행이 따펑 공장에 도착했을 때 천옌스와 정시포, 라오마 등이 공장 앞에서 기다리고 있었다. 리다캉은 공장 지역 모습에 변화가 생긴 것을 알아챘다. 9·16 사건의 흔적은 모두 지워졌다. 참호가 있던 땅은 평평해졌고, 모래주머니들도 없어졌으며, 파수대도 철거됐다. 다만 낡은 국기만이 게양대 높은 곳에서 초겨울 북풍에 펄럭펄럭 휘날리고 있었다. 천옌스는 노동자들이 자금을 모아 따펑 공장을 살려냈으며, 징시포의 아들 정성리가 신따펑 공장과 계약을 맺고 인터넷에서 따펑 공장 옷을 판매하고 있다고 보고했다. 아무래도 젊은 사람이 이런 판매 방식에 익숙할 뿐 아니라 유행도 잘 알고 있어 금세 새로운 돌파구를 마련했으며, 한국에서 OEM 주문도 받았다. 하지만 무능한 쑨롄청 구장이 물건을 생산할 공장 부지 문제를 해결해주지 않고 있는 데다 구법원에서 작업장 대문에 출입 금지 표지를 붙여버렸다. 작업장에 들어가지 못하면 생산을 할 수 없으니 어떻게 한단 말인가? 물건이 급한 정성리가 아이디어 하나를 냈다. 노동자들이 작업장 창문을 열고 나무판을 얹어 문 대신 그곳으로 출입하기로 한 것이다. 샤루이진과 리다캉 등이 창 앞에 와보니 정말 노동자들 몇 명이 나무판을 뛰어내리고 오르며 바삐 움직이고 있었다. 마치 원숭이 떼가 움직이는 듯한 광경이었다. 다친 여성 노동자도 나무판 위에서 미끄러져 넘어진 것이라고 했다.

샤루이진이 붉으락푸르락한 얼굴로 리다캉에게 소리쳤다. "이게 뭔가? 쑨롄청은 공산당 간부가 맞나? 일말의 책임감도 없느냐 이 말이야! 승진을 하고 싶지 않으니 상관이 없다? 리 서기, 내가 보기에 그 친구는 갈 때까지 간 것 같네. 우리 각급 당위원회와 정부는 양돈장이 아닐세. 국민의 양식만 축내는 게으른 돼지는 키울 수 없으니 알아서 잘 정리하게!"

리다캉이 고개를 끄덕였다. "예, 서기님. 가능한 한 빨리 상무위원회의를 열어 쑨롄청은 물론이고 정치적으로 태만하고 직무를 유기하는 간부들을 적발해 확실히 처리하겠습니다."

샤루이진은 출입 금지 표지를 가리키며 말했다. "저것도 뜯어버리고 문 열게. 노동자들에게는 노동할 권리가 있어! 또한 광밍구 정부에서 노동자들의 작업장 문제를 해결해주기 전까지는 공장을 철거해서는 안 되네. 노동자들이 반드시 광명정대하게 생산에 임할 수 있도록 보장하게! 중국에서 노동은 도둑질이 아니네!"

정시포와 라오마를 비롯한 노동자들은 신이 나서 너 나 할 것 없이 작업장 대문에 붙은 출입 금지 표지를 뜯어냈다. 대문이 성서기의 권력으로 열리자 노동자들은 환호하며 작업장으로 몰려들어갔다.

리다캉은 샤루이진 옆에 서서 성위원회 서기의 큰 뜻에 위엄 있는 박수를 보냈다. 하지만 사실 그는 속으로 광밍구 법원이 출입 금지 표지를 뜯도록 해야지, 샤루이진이 손에 쥔 권력을 이용해 강제로 뜯어서는 안 된다고 생각했다. 어찌 됐든 법률에 따라 행정적인 절차를 밟아야 하는 것 아닌가. 하지만 그는 입으로는 다른 말을 했다. "서기님, 눈앞의 작은 티끌 하나 용납하지 않으시다니 대단합니다!"

그러자 샤루이진이 말했다. "공산당원이라면 밝은 두 눈을 갖고 있어야 하네!" 그는 감정이 격해져 리다캉과 수행원들에게 말했다. "여러분, 모두 기억하시게. 우리나라는 지금 엄청난 발전의 시대를 겪고 있네. 물론 발전에는 일정한 속도가 필요하지. 그러나 발전의 속도가 국민의 생존권과 갈등을 빚게 됐을 때 1순위는 바로 국민의 생존권일세! 국민의 생존권이 언제나 1순위여야 해!"

리다캉은 감격스러운 목소리로 말했다. "서기님, 오늘 일 처리가 정말 엄정하십니다!"

성서기의 단호한 일 처리에 시서기 리다캉의 힘이 더해지자 정치적으로 태만한 징저우 간부들의 좋은 시절은 끝나고 말았다. 며칠 뒤, 리다캉은 시위원회 당간부 학교에서 정치적 태만에 대한 학습반을 열었다. 쑨롄청을 비롯해 114명의 처과급 간부들이 집중학습을 받았다.

리다캉은 냉정하고 가차 없이 말했다. "이 자리에 앉은 동지들이 각 구와 현의 각 부문에서 여기까지 온 것에는 이유가 있습니다. 무엇 때문일까요? 바로 정치적 태만 때문입니다. 직무 유기, 아무 일도 하지 않고 거저 밥을 먹었단 말입니다!" 강단 아래 간부들은 저마다 난감한 표정으로 아무 말도 못 했다. 쑨롄청은 불만스러우면서도 상관없다는 표정으로 큰 교실의 마지막 줄에 앉아 있었다. 리다캉의 말투는 날카로웠다. "여러분은 승진을 안 해도 상관없다지만 당과 국민들에게는 상관이 있습니다. 우리는 여러분이 국가의 발전과 민족의 부흥을 위한 소중한 시간과 기회를 헛되이 보내는 것을 용납할 수 없습니다! 여러분도 스스로를 대단하다고 착각하지 마십시오. 이 지구는 여러분 하나 없어도 똑같이 돌고, 똑같이 8만 리 자전을 합니다! 여러분은 지금 각자의 자리를 떠나 이곳에 와서 학습을 하고 있습니다. 이 사실에 대해 현지 주민들이 어떤 반응을 보이는지 아십니까? 폭죽을 터뜨리면서 세상이 불공평하지는 않다고 환호하고 있습니다! 주민들은 여러분이 나랏일을 그만두면 자신들이 더 행복해질 거라고 말한단 말입니다!"

리다캉은 오늘 특별히 조직부 부장을 대동해 승복하지 않는 간부는 사표를 내도 괜찮으며 징저우시위원회가 현장에서 사직 수속을 처리해주겠다고 공개적으로 천명했다. 물론 조직으로부터 재교육을 받고 앞으로 주민들을 위해 유익한 일을 하려는 간부가 있다면 그는 시위원회 서기로서 환영한다고 말했다. 하지만 그는 일단 리콜된 불합격 상품은 이후에 사용될 때 새로운 값을 받는 것처럼, 학습이 끝난 간부는 일률적으로 1~3급이 강등될 것이라고 분명히 이야기했다. 쑨롄청을 본 리다캉은 일부러 이름을 언급해 강조했다. "우리는 각 간부들이 자신의 재능을 십분 발휘할 수 있도록 해줄 참입니다. 이를테면 우리 쑨롄청 구장은 밤하늘의 별보기를 유난히 좋아한다더군요. 그래서 우리 시위원회에서는 쑨롄청 구장을 시 어린이회관 어린이 지도원으로 일하게 할까 합니다. 아이들을 데리고 별을 보러 다니면 되지 않겠습니까? 어린이 지도원은 몇 급이지요? 등급이 없는 일반 간부인가요? 하지만 쑨구장에게 딱 맞는 일인데."

쑨렌청이 후 하고 한숨을 내쉬며 자리에서 일어나더니 큰 소리로 말했다. "리다캉 서기, 난…… 사표를 내겠습니다!"

리다캉은 빙그레 미소를 지었다. "쑨 구장, 잘 생각했습니까? 나중에는 후회해도 늦습니다."

"후회 같은 거 안 합니다! 서…… 선비는 죽을지언정 모욕을 당할 수 없어요!" 쑨렌청은 얼굴이 붉어졌다.

리다캉은 쑨렌청에게 공손하게 허리를 굽혀 인사했다. "고맙습니다. 징저우시위원회와 83만 꽝밍구 주민을 대표해 감사의 뜻을 전합니다. 이왕이면 탈당도 해주면 좋겠는데."

쑨렌청은 몸을 돌려 문밖으로 걸어 나가며 말했다. "당적은 알아서 파내가시죠!"

37

　우후이펀 사모는 아침부터 전화를 걸어 허우량핑에게 집에 와 따자시에*도 먹고 바둑도 두라고 말했다. 물론 허우량핑은 이것이 가오 선생의 뜻이란 것을 잘 알았다. 류신젠이 잡혀가고, 산쉐이 리조트는 사달이 났으며, 자기 문하의 두 제자는 총칼을 겨누며 싸우고 있으니 선생은 분명 좌불안석일 것이다. 치퉁웨이는 선생님께 뭐라고 말했을까? 선생님은 어떤 태도를 보였을까? 허우량핑은 당연히 알고 싶었다. 스승과 바둑을 두고 따자시에를 먹는 이번 방문은 무척 흥미로울 것이다. 두 제자의 스승으로서 뿐만 아니라 정법 부문을 주관하는 성위원회 부서기로서 날로 치열해지는 다툼을 두고 가오위량도 입장을 취해야 했다. 스승이 이번에 어떤 패를 낼지가 그 어느 때보다 중요했다.

　허우량핑은 피곤하고 졸린 눈을 비빈 후에 오랫동안 거울 속의 자신을 바라보며 걱정거리를 생각했다. 오늘은 분명 긴 대화가 될 것이다. 그들 스승과 제자는 서로를 믿고 정말 마음속에 담긴 이야기를 나누리라. 허우량핑은 스승의 가르침을 존경해 평소 매우 살갑게 지냈다. 하지만 허우량핑은 오늘 가오위량 선생이 어떤 문학 작품 속 인물 같다고 느껴졌다. 과연 그는 빅토르 위고의 '웃는

---

*　민물털게로 만든 상하이 찜 요리.

남자**'일까, 아니면 체호프의 '상자 속에 든 사나이***'일까? 어쨌든 선생님은 평소 있는 듯 없는 듯한 거짓된 가면을 쓰고 때로는 겹겹의 갑옷으로 자신을 가리기 때문에 진실한 심장의 맥박을 가늠하기 어려웠다.

늘 그렇듯 사람과 차 들이 오가고 공기 속에 먼지가 날아오르는 거리였지만, 가오위량 선생의 집에서는 느낄 수 없는 상쾌함이 있었다. 심문을 지휘하며 밤을 꼴딱 샌 허우량핑에게는 사치스러운 즐거움이었다. 허우량핑은 생각에 잠겨 걸었지만 예민해진 기분은 조금도 나아지지 않았다. 그는 이따금 건물 꼭대기를 스쳐 날아가는 비둘기 떼에 눈길을 줬고 길을 건너는 떠돌이 개를 빤히 쳐다보기도 했다.

꽃과 새를 파는 시장을 지나던 허우량핑은 자기도 모르게 걸음을 멈췄다. 항상 선생님 댁을 찾아뵐 때는 꽃을 사 들고 갔는데 그럴 때마다 선생님은 민망해하셨다. 이번에는 분재를 사 가면 좋을 것 같다. 하지만 한 바퀴를 빙 둘러봐도 선생님 댁에 있는 것들과는 수준 차이가 나서 그럴듯한 것이 없었다. 결국 시장 뒷문으로 나가려는데 태산석을 팔고 있는 노인이 눈길을 끌었다. 그 돌은 가늘고 긴 데다 여기저기가 뾰족뾰족해 세상 온갖 풍파를 다 겪고 살아온 노인처럼 뭐라 말로 설명하기 힘든 기개를 풍겼다. 또한 돌 위에는 태산석감당(泰山石敢當)****이란 글씨가 힘 있고 위엄 있는

** 《웃는 남자》의 주인공 귀엔플랜은 입의 가장자리가 찢어져 평생 웃는 얼굴로 살아야 하는 남자로 웃음을 강요당하며 일생을 살아야 했다.
*** 《상자 속의 사나이》의 주인공 벨리코프는 사람과 사회에 대한 의심과 두려움으로 갖가지 도구로 자신을 감추며 상자 같은 휘장을 친 침대에 누워야 잠이 왔다.
**** 치우천왕을 막기 위해 창조신 여왜가 태산의 돌에 새겼다고 하는 글귀로 '태산석이 감당할 수 있다'는 뜻.

461

필치로 써 있었다. 그래, 바로 이거다! 허우량핑은 잽싸게 값을 치르고 택시를 세워 돌을 옮겨 실었다. 그는 자신의 스승도 태산석처럼 감당할 수 있으면 좋겠다고 생각했다.

스승의 집에 들어서자 사모가 허우량핑을 보고 깜짝 놀라 수건으로 땀을 닦아주며 핀잔을 줬다. "어이구, 이렇게 무거운 돌을 들고 왜 여기까지 와?" 가오위량은 바닥에 무릎을 꿇고 앉아 확대경으로 석질을 살펴봤다. 한참 뒤 일어난 그는 손에 묻은 먼지를 털어내며 말했다. "가짜다. 이건 태산석이 아니야. 얼마나 줬어?" 허우량핑은 싱긋 웃으며 말했다. "어차피 얼마 안 줬습니다."

허우량핑이 소파에 앉자 가오위량이 그의 손을 잡고 웃으며 말했다. "심문하느라 잠도 못 잤다던데 올라가서 잠깐이라도 눈 좀 붙여라." 하지만 허우량핑은 정신을 차리며 말했다. "잠은요. 선생님과 바둑 둬야죠!" 그래도 가오위량은 제자의 등을 떠밀었다. "먼저 잠 좀 자!" 그제야 허우량핑은 솔직히 말했다. "됐습니다, 선생님. 제가 오늘 여기 온 건 따자시에를 먹으러 온 것도 아니고, 바둑을 두려고 온 것도 아닙니다. 선생님께 드릴 말씀이 있습니다. 하지 않으면 죄송할 것 같아요." 가오위량의 얼굴에서 미소가 사라졌다. "무슨 일 있는 거냐?" 허우량핑은 심각한 얼굴로 말했다. "아마도 큰일인 것 같습니다."

허우량핑은 산쉐이 리조트에서 일어난 일에 대해 사실대로 쭉 이야기했으며, 치퉁웨이에 대한 자신의 판단도 말했다. 가오위량은 허우량핑을 보며 놀란 표정을 지었다. "량핑아, 네 말인즉 네 선배 치퉁웨이가 부패했다는 거냐? 그 녀석이 일부러 교통사고를 내서 천하이를 죽이려 했다고?" 허우량핑은 담담히 말했다. "그렇습니다. 산쉐이 그룹 류칭주 재무 총감의 죽음도 치 청장과 관련이 있는 것 같고요." 가오위량은 미간을 찌푸렸다. "있는 것 같다? 량핑아, 이런 일들이 있는 것 같다는 말로 될 일이냐? 증거는?" 허우량핑은 고개를 저었다. "당장은 없습니다. 하지만 선생님, 이 일들은 모두 사실을 근거로 한 판단입니다." 가오위량은 엄숙한 얼굴로 말했다. "증거가 없다면 함부로 말하지 마라! 살해 계획이니 기습이니 다 허무맹랑한 이야기가 아니냐?"

허우량핑은 차를 마시며 분위기를 누그러뜨리려고 노력했다. "치퉁웨이 선배는 산쉐이 그룹 주식을 갖고 있습니다. 가오샤오친이 현장에서 말하고 치퉁웨이 선배 본인이 인정하지 않았다면 저도 믿지 못했을 사실입니다." 그는 스승이 자신처럼 놀라는지 살펴봤다. 하지만 스승은 평온한 얼굴로 오히려 담담히 말했다. "사실 그 녀석이 주식을 사들인 건 나도 일찍부터 알고 있었다. 내가 처음 알았을 때 이미 주식 투자를 한 지 5, 6년쯤 됐더구나. 그의 집안 식구들 중에 총 여덟 명이 70만 위안을 투자했다지. 어떻게 하겠니? 너도 알다시피 그 녀석은 어려운 가정 형편에서 자란 불쌍한 아이야. 대학에 입학하기 전까지는 밥도 배불리 먹지 못하던……."

스승은 확실히 치퉁웨이를 감싸주려 했다. 이제 나이가 들었는지 마음도 약해져 구구절절 늘어놓으며 눈가에 설핏 눈물을 머금었다. "공안청장도 사람 아니냐? 집안 식구들도 먹여 살려야지. 더구나 치퉁웨이는 대가족 아니냐. 그 녀석이 받는 월급 몇 푼으로 가당키나 하겠니? 량핑아, 그래도 네가 그 녀석 동문인데 이해를 좀 해줘라." 허우량핑은 참지 못하고 반박했다. "저는 이해 못하겠습니다. 공안청장이 장사를 해서야 됩니까? 이거 심각한 기율 위반입니다! 제가 알기로 치퉁웨이 선배는 요 몇 년 사이에, 특히 공안청장이 된 뒤로 사돈의 팔촌까지 챙겨줬습니다!"

가오위량이 기운 없는 얼굴로 물었다. "그건 다 어디서 얻은 정보냐? 치퉁웨이의 뒷조사를 따로 했니?" 허우량핑이 말했다. "따로 조사할 게 뭐 있습니까? 정법 계통 간부들은 다 아는 일인데요." 가오위량은 침울한 얼굴로 손에 쥐고 있던 찻잔을 무겁게 내려놓으며 아무 말도 하지 않았다.

그때 앞치마를 두른 우후이펀이 다가와 다정한 목소리로 말했다. "량핑아, 너나 퉁웨이, 천하이는 가오 선생에게 가장 자랑스러운 제자들이란다. 너희는 세 아들이나 마찬가지라 누구 하나 눈에 넣어도 아프지 않은 아이들이야. 너희 선생님은 때로는 아무 말 하지 않아도 암탉이 병아리를 돌보듯 너희를 아낀단다." 허우량핑이 대답했다. "알고 있습니다, 사모님. 대학에 다니던 시절에 선생님께서는 저희를 돌봐주셨습니다. 하지만 그렇다고 해서……." 가오위량은 허우량핑의 말을 더 들으려 하지 않았다. "병아리는 반드시 보호해줘야 하는 거다. 그러지 않으면 큰 동물에게 밟혀 죽거나 육식 동물에게 잡아먹히고 마니까."

가오위량은 다시 치퉁웨이에 대해 이야기하기 시작했다. "그 녀석은 자오리춘 서기 밑에서 정보보위과 과장으로 일할 때 목 졸려 죽을 뻔도 했다. 그 당시 자오리춘 서기 가문의 묘 앞에서 눈물을 흘린 사건은 지금까지도 회자되고 있지. 심지어 리다캉 서기는 소설을 쓰면서 새로 온 성위원회 서기 샤루이진에게 나쁜 인상을 남겼어. 덕분에 치퉁웨이는 부성급 간부 임용에서 미끄러지고 말았다. 치퉁웨이가 보통 어렵게 산 녀석이냐? 산골 마을 사법소에서 돌아온 뒤 목숨 걸고 마약 단속에 투신해 '마약 단속의 영웅 대장'이라는 칭호도 얻었어! 몸에 총알을 세 발이나 맞고 중상을 입은 뒤에야 정보보위과로 옮길 수 있었다. 그 이후에 공안국 국장, 법원 원장, 공안청 부청장, 청장, 어떤 자리에서든 혁혁한 공을 세웠는데 이번에 부성급으로 승진하지 못한 건 정말 아쉬운……."

허우량핑이 아무 말도 하지 않자 가오위량은 그를 빤히 쳐다봤다. "량핑아, 어째서 한 마디도 하지 않는 게냐?" 그제야 허우량핑은 긴 한숨을 내쉬었다. "선생님, 제가 뭐라고 말씀드리겠습니까? 사람은 변합니다. 지금의 치퉁웨이 선배는 예전에 목숨 걸고 마약 단속을 하던 대장이 아닙니다." 가오위량은 당당하고 차분하게 말했다. "그것도 당연한 일이다. 공산당원들이 항상 말하는 게 유물론과 변증법 아니냐? 변화는 정상적인 상태야. 능력이 강화되고 자리가 높아졌으니 치퉁웨이도 변했겠지. 물론 좋은 변화만큼 나쁜 변화도 있을 거다. 나쁜 변화에 대해서는 내가 늘 엄격하게 비판했어! 지난번에는 너에게 잘 배우라고 말했다. 뭘 배우라고 했겠니? 네 그 꿋꿋한 기개와 원칙성을 배우라고 했다. 량핑아, 그 점에 관한 한 치퉁웨이는 너만 못하고 때로는 원칙을 어기기도 한단다."

허우량핑은 쓴웃음을 지었다. "치퉁웨이 선배가 원칙을 어긴다는 걸 아신다면 선생님은 어째서 선배를 부성장으로 추천하신 겁니까?" 그러자 가오위량이 대꾸했다. "내가 그 녀석을 추천한 건 그의 정치적 업적과 능력을 봤기 때문이야. 결점과 약점이 있지만 치퉁웨이는 본바탕이 좋고 믿을 만한 놈이다!" 그러자 허우량핑은 다른 화제를 꺼냈다. "치퉁웨이 선배의 장인인 정법위원회 량 서기님이 선생님을 정계에 입문시키셨다고 알고 있습니다. 혹시 선생님은 그때의 은혜를 갚고 계신 겁니까?" 가오위량은 순순히 인정했다. "그래, 만약 량 서기님이 그때 나를 추천해주시지 않았다면 아마 아직도 H대학에서 학생들이나 가르치고 있었을 거다. 하지만 나는 절대 은혜를 갚겠다는 마음만으로 량 서기님의 사위를 발탁하지 않았다. 치퉁웨이가 성장하는 매 과정마다 사사로운 정 때문에 그 녀석을 끌어주지 않았어. 치퉁웨이에게 재능과 좋은 성품이 없었다면 끌어준다고 해도 올라오지 못했을 거다." 허우량핑은 가시 돋친 말을 했다. "선생님 말씀이 맞습니다. 치퉁웨이 선배에게 재능이 있는 건 분명하죠. 하지만 좋은 성품에 대해서라면 할 말이 없는 것 아닙니까?" 가오위량은 정말 벌컥 화를 냈다. "허우량핑, 네 동창을 그만 좀 물어뜯을 수 없니?" 허우량핑도 감정이 격해졌다. "선생님, 선생님이야말로 눈앞의 심각한 현실을 고려해주시면 안 됩니까? 치퉁웨이 선배만 어떻게든 보호하려 하지 마시고 말입니다!"

분위기가 삽시간에 얼어붙었다. 그때 우후이펀이 바둑판을 들고 와서 분위기를 풀려고 애썼다. "됐어요, 됐어. 이제 그만 다투고 선생이랑 제자 사이에 바둑이나 둬요. 자, 량핑아, 네가 먼저 둬라." 그녀는 가오위량에게도 말했다. "가오 선생, 당신도 뭐 씹은 얼굴 하지 말고 바둑이나 한판 둬요!" 허우량핑은 못 이기는 척하며 검은 돌을 잡고 우상귀에 첫 수를 뒀다. 가오위량도 바둑판 앞에 앉았다.

가오위량은 한숨을 쉬며 말했다. "량핑아, 네가 날 생각해서 그러는 거 알고 있다. 내가 걱정이 되겠지." 사실 허우량핑이 오늘 가오위량의 집에 온 주요한 이유도 그것이었다. 만약 가오위량이 자신의 선생님이 아니었다면 그는 아무 말도 하지 않았을 것이다. 굳이 이야기할 필요가 없지 않은가? 허우량핑은 치퉁웨이가 전한 스승의 특징을 언급했다. 마음이 넓은 스승은 재물은 전혀 탐하지 않고 이 강산을 바란다는 것이다. 가오위량은 그의 말을 바로잡았다. "내가 바라는 건 강산이 아니라 당과 국민이 내게 준 일과 책임이다." 허우량핑은 진심으로 마음이 움직였다. "정말 그렇다면 저는 선생님이 책임감을 가지시고 더 이상 치퉁웨이 선배 문제에서 실수를 저지르시지 않았으면 좋겠습니다." 가오위량은 괴로운 듯 두 손으로 이마를 짚으며 연신 탄식했다. "량핑아, 선생에게는 선생으로서의 어려움이 있단다. 나는 치퉁웨이를 지켜주지 않을 수 없다!"

허우량핑은 깜짝 놀라 물었다. "어째서요? 혹시 선생님도 치 선배로부터 이득을 취하신 게 있습니까?" 가오위량은 정색하며 말했다. "내가 무슨 이득을 취한단 말이냐? 자오 가문, 자오리춘 서기 때문이다! 량핑아, 전임 서기셨던 자오리춘 동지는 지금 일의 경중을 모르는 반부패국 국장이 누구한테 이용당해 우리 성이 개혁 개방으로 이룬 성취가 부정당할까 봐 걱정하고 계신다." 허우량핑은 정중히 자신은 누구에게도 이용당하지 않으며, 특정 권력층을 위한 꼭두각시가 될 수 없다고 말했다. 자오리춘은 부국급(副國級)* 간부여서 성검찰원과 반부패국에는 그를 수사할 권한이 없다. 하지만 자오리춘의 아들 자오루이룽은 아무 특권이 없으며, 그의 비서였던 류신젠은 현재 반부패국에서 조사하고 있다.

가오위량은 한 수를 두며 문제의 본질을 지적했다. "량핑아, 너는 이 일이 이상하다고 느낀 적 없니? 어우양징의 뇌물 사건이 어떻게 류신젠과 자오루이룽에게까지 불똥이 튈 수 있단 말이냐? 혹시 리다캉 서기가 여기에 관여한 것은 아닐까?" 허우량핑이 다

---

* 한국의 부총리급.

시 한 수를 뒀다. "선생님, 저를 좀 믿어주십시오. 이 사건에는 법률 외에 누구도 관여하지 못합니다. 리 서기님은 괜찮은 분입니다. 지금까지 저희 사건을 한 번도 방해한 적이 없으십니다." 가오위량은 은근슬쩍 주의를 줬다. "다양한 의견을 들을 줄 알아야 한다. 한쪽 귀로만 이야기를 들으면 편견이 생기기 쉽거든. 이를테면 자오루이룽이 정말 그렇게 나쁜 사람일까? 수단과 방법을 가리지 않고 남의 것을 빼앗았을까? 꼭 그렇다고 볼 수는 없지. 뤼저우의 메이스청이 곧 철거된다며 정부에서 1억 8000만 위안을 배상금으로 줬다. 그런데 자오루이룽은 먼저 나서서 그 배상금을 기부해 위에야호 환경보호기금을 설립했어!" 허우량핑은 심드렁한 반응을 보였다. "사실 그건 당연한 겁니다. 자오 가문이 그렇게 많은 돈을 버는 동안 위에야호가 오랜 세월 오염됐는데 어떻게든 보상해야 하는 것 아닙니까." 가오위량은 탁 소리가 나게 바둑알 하나를 내려치며 날카로운 어조로 말했다. "자오루이룽은 자오루이룽일 뿐이야. 자오 가문이라고 하지 마라!" 이에 허우량핑이 대답했다. "알겠습니다. 하지만 저희가 조사한 바에 따르면 류신젠은 문제가 심각합니다. 제가 방금 말한……."

가오위량은 바둑판을 한쪽으로 밀어버리며 대놓고 허우량핑에게 압력을 가했다. "그럼 좋다. 나도 한 가지 분명히 해두마. 류신젠의 문제가 얼마나 심각하든 여기까지만 해라! 자오루이룽과 치퉁웨이를 연루시키면 안 돼! 치퉁웨이가 산쉐이 그룹 주식을 가지고 있다고 네게 알려줬다고? 그게 무슨 뜻인지 모르겠니? 네 선배를 끝까지 쫓아가 죽여야겠어? 부패에 반대한다고들 하는데, 오늘날 깨끗한 간부가 얼마나 되겠냐? 샅샅이 조사하면 문제가 없는 사람이 어디 있겠어? 량핑아, 제발 정신 좀 차려라. 누군가가 쥔 손 안의 총이 되어선 안 된다. 내 사람을 아프게 하고 원수를 기쁘게 할 수는 없는 것 아니냐!"

허우량핑은 스승의 말에 정말 깜짝 놀랐다. 그는 후 하고 한숨을 내쉬며 자리에서 일어나, 얼굴은 낯익지만 이미 마음의 거리는 너무나 멀어진 가오위량을 가만히 바라봤다. "선생님, 어떻게 그런 말씀을 하십니까? 선생님은 저의 스승이실 뿐만 아니라 성위원회 부서기이자 성정법위원회 서기가 아니십니까!"

가오위량은 화가 머리끝까지 치솟아 바둑판을 엎어버렸다. "허우량핑, 자네는 내가 자네 상관이란 것도 모르나!"

두 스승과 제자가 얼굴이 시뻘게져 탁자를 사이에 두고 머리를 맞대고 있는 모습은 마치 피 터지게 싸우는 싸움닭 같았다. 우후이펀이 얼굴 가득 미소를 띠고 나타나 중재했다. "어휴, 두 사람다 이게 뭐예요? 또 싸우는 거예요? 얼른 와요. 게 나왔어요. 와서 따자시에나 먹어요."

신경이 한껏 날카로워진 허우량핑은 언성을 높였다. "됐습니다, 사모님. 저 안 먹고 그냥 가겠습니다!" 가오위량이 눈을 치켜떴다. "네가 안 먹겠다면 안 먹는 거냐? 앉아라, 너 때문에 산 거니까 먹고 가!" 우후이펀이 눈웃음을 지으며 말했다. "량핑아, 선생님한테 화가 났다고 나한테까지 화낼 필요는 없잖니." 그 말에 허우량핑은 잠시 머뭇거리더니 식탁 앞에 앉았다. "그럼 먹겠습니다. 괜히 안 먹을 이유도 없죠." 우후이펀이 마오타이주를 꺼내왔다. "그렇고말고! 오래된 규칙 아니니? 선생님은 한 잔, 제자는 세 잔!"

허우량핑은 술을 마시고서 답답한 마음에 스승에게 불만을 터뜨렸다. "이것도 너무 불공평합니다. 이렇게 편애하실 수 있습니까? 치 선배도 선생님의 제자지만 저나 천하이도 선생님 제자입니다! 그렇게 치퉁웨이 선배만 생각해주시는 건 아니죠!" 가오위량은 커다란 게를 허우량핑 앞에 놓아줬다. "내가 편애한다면 너희 셋 중에 너를 제일 편애했다! 우 선생은 너를 데릴사위로 삼을 뻔하지 않았느냐?" 그러더니 그는 혼자 술을 마셨다. 허우량핑은 스승에 말에 가슴이 뭉클해졌다. 분위기가 잠시 누그러졌다.

허우량핑은 선생님의 딸 슈슈는 어떻게 지내느냐고 물었다. 우후이펀이 매우 자랑스럽게 말했다. "슈슈야 아주 잘 있지. 장학금 받고 박사 공부하며 집에서 학비 한 푼 받지 않았어. 공부하면서 아르바이트로 번 돈 10만 달러를 보내준 적도 있단다." 하지만 그녀는 이내 한숨을 쉬며 슈슈의 사춘기 시절 연정에 대해 이야기하기 시작했다. "사실 그때 슈슈는 가수의 꿈을 키우며 너를 짝사랑했단다. 그거 혹시 아니? 슈슈는 네게 거절당하자 노래도 포기하고 고등학교 졸업하자마자 미국으로 떠났어. 네가 우리 딸에게 상처를 줬고, 또 다른 꿈을 이룰 수 있게 해줬지." 허우량핑은 쓴웃음을 지었다. "슈슈는 그때 고등학교 2학년 학생이었는데 제가 어떻게 허락할 수 있겠어요?" 그러자 우후이펀은 슈슈의 일기를 가져와 허우량핑에게 보여줬다. 하지만 그는 슈슈의 일기를 보는 것이 불편했다. 그의 반응을 눈치챈 우후이펀이 말했다. "네가 무슨 생각하는지 다 안다. 하지만 슈슈의 일기에는 그리 대단한 내용도……."

잠시 뒤 가오위량이 헛기침을 하며 자리에서 일어섰다. "둘이 얘기 나눠. 난 다 먹었네!"

허우량핑도 따라 일어났다. "선생님, 마지막으로 한 가지만 더 여쭤봐도 되겠습니까?"

가오위량은 무표정한 얼굴로 말했다. "또 물어볼 게 있어? 뭐냐? 내 성의껏 대답해주지.”

허우량평이 정중하게 물었다. “제가 전에 펑밍호 찻집에서 천칭
첸에 대해 보고드렸을 때 선생님은 저를 격려해주셨습니다. 과감
하게 조사하라며 기억하라고 하셨죠. 우리 검찰원은 인민검찰원
이라 부르고, 우리 법원은 인민법원이라 부르며, 우리 공안은 인
민공안이라고 부르니까 언제나 인민의 이익을 마음에 둬야 한다
고요. 선생님, 그 말씀은 선생님의 진심이었습니까?”

가오위량은 어이가 없다는 듯 대꾸했다. “당연히 진심이지! 허
우량평, 너는 아직도 나를 의심하는 거냐?” 허우량평이 담담하게
말했다. “알겠습니다, 선생님. 저는 반드시 선생님의 가르침에 따
라 행동하겠습니다!”

스승의 집을 나와 거리 한복판에 있는 정원을 지나던 허우량평
은 벤치를 찾아 털썩 앉았다.

마음이 좀처럼 가라앉지 않고 별별 생각들이 밀물처럼 밀려왔
다. 사모님의 옛날이야기에 마음이 움직인 건 사실이다. 눈을 감
으니 깡충깡충 발랄하게 뛰어다니는 소녀 슈슈가 눈앞에 아른거
렸다. 순수하고 발랄하며 귀여운 소녀였던 그녀는 그 시절 유행가
를 부르며 그의 곁을 맴돌았다. 언젠가 슈슈는 순수하고도 화끈하
게 자신의 사랑을 고백했고, 허우량평은 나이도 어린 데다 여러
가지 마음에 걸리는 것이 많은 슈슈를 완곡히 거절할 수밖에 없었
다. 당시 슈슈는 매우 크게 상심했다. 그는 시간이 지나면 금방 나
아질 것이라고 생각했지만, 오늘 사모님의 말을 듣고 보니 자신
때문에 슈슈의 인생이 달라진 셈이었다. 세상에 자신을 깊이 사랑
하는 여자 이야기에 감동하지 않을 남자가 어디 있을까? 허우량

핑은 옛날 일기와 사진 속에서 앳된 슈슈는 물론이고 그 시절의 통웨이, 천하이, 원숭이 자신을 보며 눈가를 촉촉이 적셨다.

자신에 대한 사모님과 선생님의 감정이 진심이란 것은 부인할 수 없는 사실이다. 하지만 허우량핑은 왜 하필 이런 시점에, 이런 상황에서 선생님과 사모님이 그의 감성을 자극하는 일기를 펼쳐 들었는지 의심스러웠다. 그가 감동해서 양보해주길 바란 걸까? 대체 뭘 양보한단 말인가? 치퉁웨이, 류신젠, 자오루이룽을 놓아달라는 뜻인가? 그 순간 허우량핑의 눈앞에 아까의 장면들이 떠올랐다. 선생님은 바둑을 두면서 류신젠의 문제가 얼마나 심각하든 여기까지만 하라고 단호하게 말씀하셨다. 맙소사, 그것이 바로 핵심이었다. 스승이자 상관인 가오위량은 제자이자 부하인 허우량핑에게 이미 수사를 통해 법망에 걸려든 이익 집단을 풀어주라고 명령한 것이다! 허우량핑은 소스라치게 놀라지 않을 수 없었다. 선생님의 요구는 치퉁웨이와 조금도 다르지 않았다. 따뜻함이 넘치는 것 같았던 오늘의 방문 역시 또 다른 홍문연이었던 것일까?

허우량핑은 자리에서 일어나 화단 주위를 빙빙 돌았다. 화단에 만발한 국화는 선생님 댁의 꽃들만큼은 아니지만 저마다 아름다움을 뽐내며 그윽한 향기를 내뿜고 있었다. 허우량핑이 비통한 마음으로 얻은 결론은 이것이었다. '선생님이 몹시 의심스럽다. 어쩌면 그들과 한패일지도 모른다. 치퉁웨이 선배가 그 지경이 되도록 보통 사람보다 훨씬 영리한 선생님이 몰랐을 리 없다. 만약 치퉁웨이가 긴급하게 보고하거나 구조 요청을 하지 않았다면 어떻게 선생님이 사모님을 시켜 바둑이나 두고 게 요리나 먹자며 전화했겠는가?' 생각이 여기에 미치자 허우량핑은 너무나 마음이 아팠다. 그것도 모르고 그는 멍청하게 낑낑거리며 돌덩이를 들고 가 스승이 태산석처럼 감당할 수 있길 바라지 않았는가! 하지만 아무리 생각해도 이해할 수 없었다. 선생님이 재물을 탐하거나 여자를 밝히는 대신 권력만을 바란다면, 이미 많은 권력을 손에 쥐고 있는데 어째서 그런 무리와 함께한단 말인가? 뭔가 더 큰 비밀이 있는 것일까? 또한 천옌스는 자오리춘에게 사적인 원한을 갖고 있는 것뿐일까? 아니면 그의 말대로 공의와 공분이 있을까?

태양이 두터운 구름들 사이로 사라지고 초겨울의 싸늘한 북풍이 불어오자 허우량핑은 부르르 몸을 떨었다. 눈앞의 국면은 이미 투명해졌으니 앞으로는 뜻밖의 상황에 대비해야 할 것이다. 하지만 그는 그 뜻밖의 상황이 어느 시간, 무슨 장소, 어떤 방식으로 다가올지 전혀 알지 못했다.

38

가오위량은 거대한 위험이 곧 닥쳐오리란 사실을 깨달았다. 허우량핑을 설득하지 못했다. 우후이펀이 정에 호소해도 소용없었으니 상황은 매우 심각했다. 치퉁웨이는 전화로 과감하게 손을 쓰지 않으면 더 이상 현재 국면을 수습할 수 없을 거라고 초조하게 말했다. 자오리춘 전임 서기에게서도 전화가 왔다. 아들 자오루이룽이 집으로 돌아오지 못하고 홍콩에 머물고 있다며 비통한 목소리로 방법을 생각해보라고 부탁했다. 옛 서기는 메이스청도 철거할 거고 정부의 보상금도 이미 자오루이룽을 시켜 환경기금으로 조성했다며 어떤 대가도 치를 수 있다고 말했다. 그의 목소리에는 아버지의 비애가 드러났다. "위량, 내게 아들이라고는 이 녀석 하나뿐이네!" 자오 서기의 이런 약한 모습을 한 번도 본 적이 없던 가오위량은 자신도 모르게 가슴이 찡해졌다.

하지만 최후의 결심을 내리기 전, 그는 다시 한 번 치퉁웨이와 이야기를 나누기로 했다. 질 때 지더라도 이 빌어먹을 제자이자 부하가 손에 쥐고 있는 형편없는 카드가 무엇인지 확인해야 했다. 두 사람은 국제 컨벤션 센터 로비에서 만나기로 했다. 이런 곳은 넓고 탁 트여 녹음이나 녹화를 하기 힘들다. 가오위량과 치퉁웨이는 로비에 들어서는 순간, 거대한 센터에 비해 자신들은 보잘것없는 존재라는 느낌을 받았다.

그 때문에 기분이 상한 가오위량은 입을 열자마자 치퉁웨이를 비판했다. "치 청장, 자네 어떤 일들은 정말 말도 안 되게 처리했어. 글자 하나 모르는 농사꾼을 협경* 자리에 앉혀 주차장을 관리하게 하는 게 말이 되나?" 치퉁웨이가 대수롭지 않게 대꾸했다. "우리나라는 인정이 통하는 사회 아닙니까. 가족이나 친척을 모른 척할 수 있나요." 가오위량은 어이가 없었다. "그러니까 자네 집 사람이 자네한테 속았다고 하는 거야. 사람 하나가 벼슬자리에 오르면 그 집 개나 닭에게도 권세가 생긴다더니 자네가 딱 그 짝이군. 다음에는 고향 마을 개새끼들도 모두 모아 공안청 경찰견으로 만들어 나랏밥 먹일 셈인가?" 치퉁웨이가 어색하게 웃었다. "선생님, 노…… 농담이 지나치십니다." 가오위량은 정색을 하며 말했다. "농담? 치퉁웨이, 자네는 날 너무 실망시켰어!"

치퉁웨이가 더듬거리며 말했다. "사실…… 서, 선생님께서도 제가 지금까지 얼마나 분투하며 살았는지 아시지 않습니까?" 가오위량이 차가운 미소를 지었다. "분투라? 자네가 그 단어를 쓰기에 떳떳한 사람인가? 솔직히 말해 위로 올라갈 생각밖에 없지 않았나?" 치퉁웨이가 당당하게 대꾸했다. "예. 위로 올라가려고 했습니다. 관료 사회에서 위로 올라가고 싶지 않은 사람이 어디 있습니까? 장군이 되고 싶지 않은 병사는 좋은 병사가 아니라고 했습니다. 위로 올라가려고 애쓰는 게 바로 분투하는 것 아닙니까?" 가오위량은 한숨을 내쉬며 말했다. "하지만 아무리 분투를 한다 해도 원칙을 어겨가며 함부로 행동해서는 안 되네!" 치퉁웨이는 진지한 척하며 말했다. "선생님, 저도 함부로 하고 싶지는 않았습

---

* 행정집행권은 없지만 경찰을 보조하는 인력.

니다. 하지만 때로는 방법이 없는 때도 있습니다." 이를테면 9월 12일 밤, 이 제자이자 부하는 끝내 첫 번째 형편없는 카드를 꺼내 들었다. 딩이전에게 체포될 수 있다는 긴급 신호를 보낸 이가 바로 치퉁웨이였던 것이다. 그는 휴대전화로 가오샤오친에게 전화를 걸어 딩이전을 도주시키라고 지시했다. 그에 대해 치퉁웨이는 이렇게 말했다. "제가 만약 그렇게 긴급한 사안을 전화로 가오샤오친에게 알려 딩이전을 해외로 도피시키지 않았다면 선생님과 가오샤오친 회장에게 번거로운 일이 생겼을 겁니다. 저는 어쩔 수 없이 모험을 감수한 겁니다!"

가오위량은 치퉁웨이의 말 속에 담긴 의미를 알아챘다. 그렇게 한 것은 자신을 위해서였다는 뜻 아닌가. 그는 홍 하고 콧방귀를 뀌며 말했다. "그러니까 자네를 소인이라고 하는 걸세. 아직도 잘 못을 인정하지 않는 건가? 날 위해 마음 쓰는 척하지 말게. 딩이전 에게 정보를 흘려줄 때는 나한테 말 한 마디 하지 않았으면서 이 제 와서 보고하는 이유가 뭔가? 나를 끌어들이는 거 아닌가? 꼭 나를 나쁜 무리에 끌어들여야겠나?"

치퉁웨이는 쓴웃음을 지었다. "선생님, 오해십니다!"

사실 가오위량은 치퉁웨이를 오해하지 않으며, 그가 얼마나 고 심했는지 잘 알았다. 오랜 세월 이익 관계로 얽혀 살아온 스승과 제자가 지금 큰 위기를 맞게 됐는데 혼자만 깨끗하겠다고 할 수 없는 법 아닌가. 하지만 가오위량은 그 사실을 인정하지 않고 계 속 제자만 탓했다. "됐네, 됐어! 치퉁웨이, 자네 재주가 그런 거 아 닌가. 자네가 얼마나 독한지 내가 인정하지. 이거야말로 현대판 〈농부와 뱀 이야기〉*로군!"

바로 그때 국제 컨벤션 센터의 류 주임이 멀리서 뛰어왔다. 그 때문에 가오위량도 더 이상 말을 할 수 없었고, 치퉁웨이도 스승과의 말다툼을 멈출 수 있었다. 류 주임은 두 상관에게 귀빈실에서 차라도 내접하겠다고 말했다. 하지만 가오위량은 손을 저으며 말했다. "그럴 필요 없네. 나와 치 청장은 컨벤션 센터를 둘러보며 일 이야기나 조금 하면 된다네."

류 주임이 떠난 뒤 치퉁웨이는 다시 논쟁을 시작했다. "선생님, 그렇게 말씀하시면 정말 제게는 상처가 됩니다! 선생님도 그 우화 속 선량한 농부가 아니고, 저도 독사가 아닙니다! 딩이전에게 정보를 흘린 일을 제가 어떻게 보고할 수 있었겠습니까? 선생님께서 주재하시던 9월 12일 회의에서 리다캉 서기와 지창밍 검찰장, 천하이 국장 모두 선생님을 주시하고 있었습니다. 모든 사람들의 시선이 쏟아지고 있는데 선생님 귀에 대고 보고할 수도 없지 않습니까!" 가오위량은 치퉁웨이를 질책했다. "그럼 회의가 끝난 뒤에는? 조금이라도 내게 언질을 줬나? 내가 물어볼 때마다 자네는 거짓말을 했어." 치퉁웨이는 억울하다는 듯 말했다. "선생님께 알려 드리지 않은 건 선생님을 지키기 위해서였습니다."

가오위량은 아무 말 없이 고개를 돌려 다른 편을 바라봤다. 그러자 치퉁웨이가 탄식하며 말했다. "허우량핑이 H성에 오지 않았다면, 그 녀석이 이렇게까지 압박을 가하지 않았다면 저도 기율을 위반한 이런 일을 선생님께 절대 말씀드리지 않았을 겁니다. 어려운 일이 생겨도 저 혼자 감당했겠죠." 가오위량이 다시 고개를 돌려 차갑게 말했다. "자네 혼자 감당이나 할 수 있나? 참 간도 크

---

* 동사 위기에 처한 뱀을 본 농부가 품어주었는데 정신을 차린 뱀이 농부를 물어 죽였다는 이야기로 악인에게 선을 베푸는 것은 쓸모없는 일이란 의미로 쓰인다.

네!" 치퉁웨이는 엄숙한 표정을 지었다. "방법이 없었습니다. 딩이전이 아는 비밀이 너무 많았는걸요! 일단 그가 낙마하면 모두가 위험해졌을 겁니다. 요 몇 년 동안 가오샤오친이 딩이전은 물론이고 관리들에게 나눠준 이익이 많아서 정법계 전체를 엉망으로 만들 정도였는데……." 가오위량은 마치 아픈 곳을 찔린 것처럼 입가를 바르르 떨었다. 가오샤오친이라……. 그는 깊은 한숨을 내쉬며 미간을 찌푸린 채 물었다. "가오 회장이 혹시 내 이름을 이용해 멋대로 행동했나? 치 청장, 오늘 정확히 얘기해봐!"

치퉁웨이가 살짝 비꼬듯 말했다. "이름만 이용했겠습니까? 선생님과 가오 회장이 함께 찍은 사진이 산쉐이 그룹에 지금까지 버젓이 걸려 있는데요. 성위원회 부서기이자 정법위원회 서기 가오위량이 친절하게 우리 성의 유명 기업가 가오샤오친을 만났……." 가오위량은 손을 내저으며 말했다. "빨리 그 사진 떼어버리라고 하게!" 하지만 치퉁웨이는 생각이 달랐다. "선생님, 사진은 계속 걸어두는 게 좋습니다. 가오샤오친 회장이 홍콩에 있는 한 갑자기 무슨 일이 생기지는 않을 겁니다. 가오샤오친 회장에게 정말 무슨 문제가 있다든지, 선생님이 가오 회장과 선을 긋는 것처럼 보이면 안 되지 않습니까? 저는……." 가오위량은 제자의 말을 끊었다. "아무 일이나 가오샤오친에게 갖다 붙이지 말게!" 치퉁웨이가 고개를 끄덕였다. "예예, 알겠습니다!"

가오위량은 마음이 답답했다. 치퉁웨이는 자신이 꽤나 잘난 줄 알고 있지만, 수사 고수인 허우량핑은 일찌감치 그를 주시해왔으며 여전히 칼끝을 거두지 않고 있다. 게다가 허우량핑은 자오둥라이와 손을 잡고 천하이의 교통사고와 류칭주 사망 사건을 철저히 수사하고 있다. 이미 진상의 일부에 가까워졌을 가능성이 높다.

특히 천하이의 교통사고는 이제 와서 보니 눈앞의 이 제자와 관련이 있을 것만 같았다. 아니, 어쩌면 치퉁웨이가 그 사고를 기획했는지도 모른다. 하지만 가오위량은 차마 진실을 묻지 못했다. 이 형편없는 카드는 꼭 확인할 필요가 없을 것 같았다. 군자는 살생이 일어나는 푸줏간을 멀리한다고 하지 않던가.

하지만 치퉁웨이는 정말 가증스러운 인간으로 어떻게든 스승이 푸줏간에서 멀어지지 못 하게 했다. 그 때문에 공기 중에 피 냄새가 진동하기 시작했다. "선생님, 일이 이렇게 된 이상 선생님께 꼭 드려야 할 말씀이 있습니다. 사실 저희에게 닥친 위험은 선생님의 상상 이상입니다. 딩이전 외에도 위험인물이 있었는데 바로 천하이입니다. 가오샤오친의 수하였던 재무 총감 류칭주가 천하이에게 저희를 신고했습니다. 그런 상황에서 저는 단호한 조치를 취할 수밖에 없었습니다!" 더 이상 회피할 수 없게 된 가오위량은 차갑게 치퉁웨이를 노려봤다. 그래서 재무 총감은 여행을 보내 죽이고, 천하이는 교통사고로 죽이려 했다? 스승은 화가 치밀어 올라 두 주먹을 꽉 쥐고 공중에 휘저었다. "치퉁웨이, 네가 어떻게 천하이에게 그럴 수 있냐? 천하이는 너와 허우량핑의 친구 아니냐!"

가오위량은 가면을 쓴 채 살았지만 아끼는 제자 셋에게만큼은 깊은 애정을 품고 있었다. 그의 목소리가 떨리고 눈에는 눈물이 비쳤다. 그가 얼마나 마음 아파하고 분노하고 있는지 확실히 알 수 있었다. 치퉁웨이는 난감한 표정으로 고개를 숙이고 중얼거렸다. "선생님, 저는…… 정말 다른 방법이 없었습니다……."

가오위량은 치퉁웨이의 말을 막으며 대신 그의 뺨을 내리쳤다. "이 짐승만도 못한 놈! 그리고도 양심에 가책이 느껴지지 않았나? 마음이 아프지도 않았어? 대학에 다니던 시절, 천하이의 집에서 네게 경제적으로 얼마나 많은 도움을 줬더냐? 너는 천하이의 식권으로 밥을 먹고, 천하이의 운동복을 입고 운동을 했다. 네가 처음 신은 브랜드 운동화도 천하이의 누나 천양이 사준 것이었지. 이 일들은 네 입으로 내게 직접 한 이야기야! 심지어 너는 평생 가장 사랑한 여자가 천하이의 누나였다고 하지 않았니? 그런데 이런 식으로 은혜를 갚는 거냐?" 치퉁웨이는 냉정하게 말했다. "천하이가 제게 베푼 인정은 제…… 제가 다음 생에서 갚을 겁니다."

가오웨이량은 화려하지만 텅 비어 있는 로비의 돔형 지붕을 바라보며 자신의 마음도 텅 비어 있는 듯이 느꼈다. 그는 의심스러운 눈빛으로 제자를 훑어봤다. "치 청장, 이제 와서 이 모든 내막을 내게 알려주는 이유가 뭔가? 언젠가 다급한 순간이 오면 나도 처치할 텐가?" 치퉁웨이는 연신 쓴웃음을 지을 수밖에 없었다. "선생님, 그…… 그게 무슨 말씀이십니까? 선생님은 천하이도 아니고, 저희는 줄곧 같은 배를 타고 있는데요. 제가 이렇게 말씀드리는 건 저희가 함께 타고 있는 이 배가 뒤집어지지 않게 하기 위해서입니다!" 가오웨이량은 흥 하고 콧방귀를 꾸었다. "배가 뒤집어지지 않기 위해서? 자네가 천하이를 그렇게 처치하면 허우량핑이 쫓아올 거라고 생각 못했나? 자네는 제 무덤을 파고 스스로 죽을 길을 찾은 거라고!" 가오웨이량은 점차 냉정을 되찾고 눈앞의 추악한 현실과 마주했다. 그는 노련한 정치적 안목으로 이 형국을 어떻게 정리해야 할지 살폈다. "지금 가오샤오친과 자오루이룽이 우리나라로 돌아오지 못하는 건 위험 요소가 있기 때문인가?"

치퉁웨이가 고개를 저었다. "두 사람에게 당장 무슨 위험 요소가 있는 건 아닙니다. 현재 문제는 류신젠이죠. 류 회장은 위험도가 너무 큽니다. 솔직히 자백하면 처벌을 가볍게 해주겠다는 말에 넘어가 아무 말이나 뱉어버리면 저희는……." 가오위량이 우울한 얼굴로 물었다. "류신젠의 자백을 막지 못하면 판이 무너지고 만다?" 치퉁웨이는 혀를 차며 말했다. "그 문제는 허우량핑에게 달렸는데 강공책도, 회유책도 먹히지 않으니……."

가오위량은 치퉁웨이가 무슨 말을 하려 하는지 알았지만 빤히 그를 쳐다봤다. 치퉁웨이 역시 차마 입을 열지 못했다. 아마도 좀 전에 꼭 맞아야만 했던 뺨 때문에 생긴 효과일 것이다.

치퉁웨이가 에둘러 말했다. "선생님, 선생님께서는 정치적 수를 잘 두는 고수십니다. 그런데 이번 대국에서는 누구도 수를 무르지 못했습니다. 허우량핑을 쳐내야만 이 대국을 다시 살릴 수 있습니다."

가오위량은 자신의 큰 제자가 하는 말이 무슨 뜻인지 잘 알았다. 사실 그는 이 해적선에서 내리고 싶어도 내릴 수 없었다. 이제 이 해적선의 부침은 그의 결심과 의지에 달려 있다. 하지만 이 결심은 정말 내리기가 쉽지 않았다. 허우량핑도 그의 제자이고 훌륭한 인재 아닌가! 게다가 이미 천하이를 몹쓸 지경으로 만들어놓고 말았다. 가오위량은 치퉁웨이의 말을 비꼬았다. "나 몰래 반부패국 국장을 처치했더니 이번 판이 살아났나? 곧 죽을 지경 아닌가. 자네는 입만 열면 스스로 감당하겠다고 하지 않았어?"

치퉁웨이는 괴로운 얼굴로 해명했다. "선생님, 허우량핑의 상황은 다릅니다. 천하이는 저희의 비밀을 알았기 때문에 입을 다물게 할 수밖에 없었습니다. 반면 허우량핑은 아직 류신젠의 입을 열지 못했습니다. 덕분에 저희가 안전한 거고요. 하지만 만약을 위해 허우량핑을 반드시 쳐내야만 합니다. 물론 꼭 죽이자는 뜻은 아닙니다."

가오위량은 한참이나 생각하더니 결국 마음을 정했다. "징저우 시검찰원의 샤오강위(肖鋼玉)를 찾아가게. 그 친구가 우리 일에 보 탬이 돼줄 걸세. 기억하게. 절대 함부로 행동하면 안 되네. 사실과 법률에 근거해……."

치퉁웨이와 헤어진 뒤 가오위량은 갑자기 확 늙은 것처럼 느껴 졌다. 마음이 몹시 괴로웠다. 본래 상대에게 독즙을 뿜으면 자신 도 상할 수밖에 없지 않은가. 이런 생각을 하니 절로 깊고도 무거 운 한숨이 흘러나왔다.

39

엄격히 말해 류신젠은 산쉐이 그룹에 속한 사람도 아니고, 가오위량이나 치퉁웨이와도 겹치는 부분이 별로 없다. 그는 과거 자오리춘이 군사 지역에서 데려온 인물이었다. 당시 자오리춘은 성위원회 서기이자 성군사지역의 제1정치위원*이었는데 류신젠을 전근시켜 경호 비서로 삼았다. 당시 류신젠은 이름이 알려지지 않은 작은 참모에 불과했다. 하지만 이 작은 참모는 〈공산당 선언〉을 줄줄 외우고 글 공력도 대단해 자오리춘의 눈에 띄었다. 훗날 그는 경호 비서에서 정치 비서로 변신했고, 결국에는 자오리춘의 주임 비서로서 성위원회 사무청 부주임 겸 비서1처 처장으로 일하게 됐다. 자오리춘의 주임 비서 출신은 대부분 관리로서 정치에 참여해 높은 자리에 올랐다. 리다캉이 바로 대표적인 인물이다. 하지만 류신젠은 기업으로 갔다. 이는 자오 가문의 뜻이며, 또한 자오 공자의 뜻이었다. 다시 말해 자오루이룽이 일찌감치 H성 요우치 그룹이란 먹음직스러운 고기를 점찍어뒀다는 뜻이다. 소문에 의하면 류신젠은 자오루이룽과 의형제 사이라고 하는데, 요 며칠 심문을 하는 동안 류신젠은 이런 사실을 계속 부정하며 떠도는

---

* 군대의 일정한 단위에서 정치 활동을 책임지고 맡아 하는 직위나 사람으로, 상징적 의미가 있을 뿐 큰 실권은 없다.

소문일 뿐이라고 일축했다.

속전속결로 류신젠의 자백을 받아내는 일은 결코 쉽지 않았다. 허우량핑은 온갖 머리를 짜냈지만 성공하지 못했다. 본래 그는 류신젠이 오래 버티지 못할 것이라고 생각했기 때문에 이런 상황은 매우 뜻밖이었다. 류신젠을 체포했을 때 단숨에 해치웠어야 하는데 그러지 못한 탓에 좋은 기회를 잃고 말았다. 류신젠이 창밖으로 내놓았던 한쪽 다리를 다시 거둬들였을 때가 바로 심리적으로 가장 약해져 단번에 자백을 받을 수 있는 타이밍이었다. 과거 사건을 처리한 경험에 따르면 사람의 심리적 방어선은 종종 한순간에 무너지고 만다. 그 순간에 치고 들어가야 방어선을 돌파할 수 있다. 만약 그러지 못하면 다시 뚫기 어려워진다. 하지만 당시는 그럴 경황이 없었다. 어찌 됐든 빌딩의 28층 아닌가! 그때 그가 최우선으로 생각한 것은 이 중요 범죄 용의자의 안전이었다. 만약 류신젠이 정말 빌딩에서 뛰어내린다면 중대한 안전사고일 뿐만 아니라 사건 해결도 요원해질 수밖에 없었다.

류신젠은 줄곧 큰소리를 치며 허풍을 떨었다. 그는 중국의 개혁은 위대한 혁명이며, 자오리춘 서기는 H성의 개혁 공신이었다고 칭찬을 늘어놨다. 또한 그는 때로 〈공산당 선언〉의 일부나 《국가와 혁명》을 외우며 자신이 성위원회 서기의 주임 비서로 일하던 시절의 재능을 뽐냈다. 수사관들이 구체적인 경제 문제라도 언급하려 하면 철벽 방어를 했다. 산쉐이 그룹에 7억 위안을 보낸 혐의에 대해 류신젠은 항목 투자라며 맞받아쳤다. 또한 자오루이룽이 운영하는 룽인이란 회사에 6억 위안을 보낸 것에 대해서는 주식 투자금이라고 답했다. 류신젠의 말에 따르면 상장회사인 ST전기카드에 투자를 했다고 하는데 요우치 그룹 장부에는 전기카드

회사의 주식이 한 주도 기록돼 있지 않았다. 류신젠은 이에 대해서도 아주 손쉽게 설명했다. 이는 이후에 생긴 변화로 자오루이룽의 룽인 회사가 증자를 통해 돈이 많아지면서 요우치 그룹의 투자 참여를 막았다. 애초에 요우치 그룹은 자오루이룽에게 모험 삼아 투자했고 3억 위안에 주식을 털어버렸다. 그런데 그 이후에 룽인이 증자를 위한 구조 조정에 성공하면서 ST전기카드 주식이 한 주에 2위안에서 32위안으로 순식간에 값이 뛴 것이다. 하지만 그때는 막상 투자를 하지 않았기 때문에 자오루이룽의 룽인 회사만 9억 위안이 넘게 돈을 벌어들였다. 심문하던 수사관은 어이가 없다는 듯 물었다. "류 회장님은 원래 그렇게 멍청하십니까?" 류신젠은 뻔뻔한 얼굴로 말했다. "내가 멍청한 게 아니라 자본 시장의 일이란 게 원래 한 치 앞도 예측할 수 없는 겁니다. 아마 신이라고 해도 정확히 알 수 없을……."

지휘 센터에 서서 스크린으로 심문실 안의 상황을 보던 허우량핑과 루이커는 절레절레 고개를 흔들며 쓴웃음을 지었다.

류신젠은 당당하게 말했다. "그렇고말고. 어떤 투자는 손해를 볼 수 있는 겁니다. 개혁의 실수랄까. 예전에 자오리춘 서기님도 말씀하셨죠. 실수하거나 시행착오를 할 수는 있어도 개혁하지 않을 수는 없다! 개혁이란 본래 돌다리도 두드려보고 지나가야 하는 것인데, 미처 두드리지 못하면 물도 먹고 그러는 겁니다." 수사관이 물었다. "그래서 그렇게 큰 실수를 하고 개혁 핑계를 대시는 겁니까? 그러다 물에 빠져 죽으면 어떻게 하시려고요?" 그러자 류신젠이 격앙된 목소리로 말했다. "물에 빠져 죽으면 죽는 거지! 개혁 아닌가! 위대한 개혁 말이오! 누군가는 희생해야 하는 겁니다. 그래서 내가 여기 있는 것 아닙니까!"

허우량핑은 류신젠이 자신의 죄가 얼마나 큰지 이미 알고 있다고 분석했다. 그렇지 않다면 체포되던 날 투신하겠다며 소동을 피우지 않았을 것이다. 하지만 대체 무슨 이유 때문인지 심리적 방어선이 강화됐다. 혹시 누군가가 류신젠에게 어떤 소식을 알려준 것일까? 무슨 안정제라도 먹였나? 자오루이룽과 가오샤오친이 이미 홍콩으로 도주한 것을 류신젠이 알고 있는 걸까? 허우량핑이 지금 가장 걱정하는 것은 내부의 모함이었다. 상대는 세력이 방대해 쉽게 뿌리를 들어낼 수 없고, 조금의 틈만 있으면 파고들려 하니 대비를 하지 않을 수 없었다.

이날 허우량핑은 마음의 고민을 정리하며 물뿌리개로 꽃에 물을 줬다. 불쌍한 꽃들은 대부분 잎이 마르고 화분 안에는 말라빠진 줄기와 잎들이 수북했다. 천하이가 깨어난다면 분명 그의 엉덩이를 걷어차리라. 하지만 어쩔 수 없는 것이 그에게는 꽃이나 물고기를 키우는 취미가 없었다. 덕분에 어항에 있는 금붕어들은 벌써 세상을 떠났다. 하지만 그 녀석들이 배고파 죽은 것인지 배불러 죽은 것인지 허우량핑은 알 수 없었다. 루이커는 아마도 배불러 죽었을 것이라고 추측했다. 그가 어떤 일을 생각할 때마다 습관적으로 금붕어들에게 먹이를 줬기 때문이다.

루이커를 생각하고 있을 때 그녀가 문을 두드리고 들어왔다. 루이커는 어두운 얼굴로 허우량핑에게 매우 뜻밖의 소식을 전했다. 차이청공이 그를 신고했다는 것이다.

허우량핑은 잠시 뭔가에 씌운 듯 멍하니 있다가 깜짝 놀라 루이커를 바라봤다. "뭐? 차이청공이 나를 신고했다고?" 루이커는 고개를 끄덕이며 징저우 공안국에서 알려온 비밀스럽고도 믿을 만한 소식이라고 말했다. 전날 밤 공안국 유치장에서 차이청공이 불안에 떨며 신고했다는 것이다. 당직을 서던 교도관이 들어보니 성 반부패국 국장에 관한 것이라 바로 상부에 보고했고, 징저우 시검 찰원에서 나와 밤새 수사했다. 심지어 검찰장 샤오강위가 직접 와 서 차이칭공을 하룻밤 꼬박 심문했다고 한다. 자오둥라이가 허우 량핑에게 조심하라며 이 소식을 전한 것이다.

너무도 갑작스럽고 이상한 일이었다. 허우량핑은 사무실 안을 천천히 걸으며 곰곰이 생각했다. 차이칭공이 어째서 별안간 나를 신고했을까? 징저우 시검찰원은 어떻게 그렇게 빨리 신고를 주목 하고 바로 심문을 벌였을까? 어찌 됐든 그는 성검찰원의 반부패 국 국장이자 당그룹 구성원인데 검찰장이자 당그룹 서기인 지창 밍은 이 일을 알고 있을까? 혹시 가오위량 선생이 손을 쓴 걸까? 하지만 무뢰한이나 다름없는 자신의 친구와 거물 정치인 가오위 량 사이에 어떤 관계가 있을 리 없지 않은가?

허우량핑은 징저우 시검찰원의 샤오강위 검찰장과 모르는 사이 일뿐더러 그가 어떤 사람인지 들어본 적도 없었다. 그가 루이커에 게 물었다. "샤오강위 검찰장은 어떤 사람이지? 이야기 나눠본 적 있나?" 루이커가 대답했다. "성검찰원에서 부검찰장으로 있던 분 인데 입소문이 좋지 않고 허세가 심하셨죠. 이야기를 나누려면 지 검찰장님을 통해 해야만 했어요." 허우량핑이 다시 물었다. "차이 칭공이 혹시 범죄 조직의 협박을 받아 우리의 상대에게 이용당하 고 있는 건 아닐까?" 루이커는 차이칭공이 원래 이랬다 저랬다 하 는 인간이니 그럴 수도 있을 것 같다고 했다. 그녀는 자오둥라이 에게 연락해 유치장의 CCTV에 차이칭공이 누군가에게 협박받는 장면이 없는지 확인해달라고 부탁했다.

마음이 급해진 루이커는 얼른 자리를 뜨려고 했다. 하지만 허우량펑이 그녀를 불러 세워 정중하게 당부했다. "루 처장, 만약 무슨 일이 일어나서 내가 격리되어 심문을 받거나 구류된다고 해도 우리 반부패국은 가능한 한 빨리 요우치 그룹이란 보루를 격파해야 해. 일단 격파가 되면 그들은 산산이 무너질 거야." 루이커는 걱정에 휩싸였다. "상대도 이 점을 걱정하고 류신젠을 이용하려 하겠죠." 허우량펑은 고개를 끄덕였다. "정확한 판단이야! 우리가 바로 류신젠을 다시 심문해야겠어. 내가 직접 심문하지!"

차이청공의 신고를 중대하게 느낀 루이커가 먼저 지창밍 검찰장에게 보고하자고 제안했지만, 허우량펑은 손사래를 쳤다. "그럴 필요 없어. 이건 전쟁이야. 일분일초라도 아껴야 한다고!" 루이커는 허우량펑이 이렇게 침착한 것을 보고 마음이 조금 놓여 물었다. "국장님, 상대가 누구인지 아시는 겁니까?" 허우량펑은 담담하게 웃었다. "물론이지! 샤오강위가 누군지는 모르지만 그 뒤에 있는 사람은 누군지 알 것 같네!"

루이커를 보낸 뒤 허우량펑은 사무실 안의 화분을 정리하기 시작했다. 그는 이날 평소와 다르게 인내심을 발휘해 마른 잎들을 하나하나 떼어내 쓰레기통에 버리고, 휘어진 가지와 줄기를 바로 세운 후에 흙을 북돋워 세심하게 물을 뿌렸다. 허우량펑은 마치 진짜 원예가처럼 머리 쓸 필요 없는 눈앞의 육체노동에 매달렸다. 그러면서 마음속으로는 큰일을 만날 수록 냉정해야 하며, 함부로 행동해서는 안 된다고 스스로를 타일렀다. 가오위량 선생님께 배워야 할까? 원예가 취미인 스승은 작은 정원을 아름답게 정리하며 복잡한 정치적 투쟁을 예술로 승화시킨 것은 아닐까?

허우량펑은 차이청공이 심문받을 때 지휘 센터에 있었다. 차이청공은 유치장 안에 범죄 조직 사람이 둘이나 있으며 생명의 위협을 받고 있다고 말했다. 어째서 그때 그의 말에 귀 기울이지 않았을까? 차이청공은 입만 열면 거짓말이라 믿지 않은 것이다. 허우량핑은 누군가의 유혹과 협박에 넘어간 차이청공이 아무렇게나 막 떠들어댈 것이 가장 걱정됐다. 그런데 허우량핑은 문득 천옌스가 반부패국에 찾아와 천칭췐을 신고하며 무심코 들려줬던 이야기 하나가 떠올랐다. 아저씨 말로는 따평 공장에 수호대 대장인 왕원거라는 사람이 있는데, 9·16 사건이 있던 날 밤 심각한 화상을 입었다고 했다. 왕원거는 가정 형편이 어려운 데다 아이도 어리고 아내가 이혼해달라고 난리라 오직 회사의 주식만이 희망이었다. 그는 주식을 되찾아와 새 집을 사주겠다고 아내에게 약속했고, 그 때문에 마치 미친 사람처럼 차이청공을 찾아 주식을 돌려받으려고 애썼다. 차이청공이 유치장에 갇혀 있다는 사실을 안 뒤에는 차이청공의 아들이라도 납치하려고 마음먹었는데, 다행히 정시포에게 들통이 나 실컷 욕만 먹은 뒤에 집으로 돌아갔다고 했다. 이제 와서 생각하니 차이청공은 정말 위험에 처해 있었다. 만약 왕원거 같은 사람이 다른 꿍꿍이가 있는 놈에게 이용당했다면 차이청공을 향한 위협은 치명적이었을 것이다. 차이청공에게는 자식이라고는 마흔 넘어 얻은 귀한 아들 하나뿐이라 그 아이를 자기 목숨처럼 아꼈다. 상대가 아들을 빌미로 협박했다면 그가 무슨 일이든 다 하겠다고 하지 않았을까? 허우량핑은 자신이 차이청공의 구조 요청에 소홀했음을 몹시 후회했다.

지금 문제는 차이청공이 대체 그에 대해 어떤 신고를 했느냐 하는 것이었다. 허우량핑은 차이청공과 어떤 거래를 했는지 정말 생각이 나지 않았다. 아, 차이청공이 베이징에 올 때 가져온 술과 담배는 현장에서 운전기사에게 딸려 돌려보냈다. 그건 차이청공의 운전기사가 증명해줄 수 있을 것이다. 그 외에는 차이칭공에게 땡전 한 푼 받은 기억이 없다. 그는 양심에 거리낄 만한 일을 한 적이 없으며 누가 뭘 들이대도 겁날 게 없었다. 수사 전문가로서 허우량핑은 단순히 차이칭공의 헛소리만으로 입건돼서 조사와 처벌을 받을 수는 없다고 굳게 믿었다. 다시 말해 그 누구도 그를 어떻게 할 수는 없을 것이다.

화분을 다 정리한 허우량핑은 어항의 물을 갈았다. 어차피 물고기는 다 죽었지만 혼탁한 물을 버리고 맑은 물로 갈아 며칠을 정화한 뒤에 염소 냄새를 빼고 물고기 몇 마리를 사다 넣었다. 그는 잠시도 쉬지 않고 바쁘게 움직이며 압박감을 이겨내려 했지만 마음이 여전히 긴장돼 정말 무슨 죄라도 지은 것 같은 기분이 들었다. 대체 무엇 때문일까? 그가 이렇게 불안감을 느끼는 경우는 드물었다. 뭐랄까, 직감에 경보가 울렸다고 할까? 거대한 위험이 점점 가까이 다가오고 있었다. 살아 있는 진짜 위험이 그를 까닭 모를 두려움에 떨게 했다.

허우량핑은 의자에 앉아 길게 호흡하며 마음을 가라앉히고 정신을 집중했다. 그러자 점점 눈앞에 가오위량 선생의 모습이 떠올랐다. 그렇다, 그가 두려워하는 것은 바로 자신의 선생이다. 그의 선생님은 언제나 성인군자처럼 점잖고 그 속내를 헤아리기 어렵다. 선생님은 득도한 지 오래된 사람처럼 작은 정원을 가꾸고 집안의 분재를 보살피며 스스로 기뻐하고 만족해했다. 그 모습에서는 달인의 풍모가 느껴졌다. 선생님은 그처럼 마른 잎을 정리하며 당황해하거나 불안해하는 법이 없었다. '선생님, 대체 저를 어떻게 혼내실 작정입니까?'

스승 가오위량은 사무실 의자에 앉은 채 눈을 감고 정신을 집중하며 결전의 시각을 기다리고 있었다. 그가 여래불이라면 자신의 제자인 손오공 때문에 벼랑 끝까지 밀려간 셈이다. 어젯밤 가오위량은 베란다에 나가 새벽이 될 때까지 줄담배를 피웠다. 화장실에 가려던 우후이펀은 그를 보고 깜짝 놀라 물었다. "당신 금연한 지 20년 됐잖아요? 갑자기 웬 담배예요?" 그의 무겁고 깊은 고민을 우후이펀이 어찌 알겠는가. 기껏 할 수 있는 일이라고는 평소와 다른 행동뿐이었다.

집 베란다에 서서 밝은 달과 별을 바라보며 가오 선생 혹은 가오 서기는 담배를 한 대씩 피우면서 밤새도록 뛰어나면서도 고집스러운 자신의 제자에게 영혼의 하소연을 했다. '일이 이 지경까지 오는 건 내가 바란 일이 아니다. 허우량핑, 이 원숭이 녀석. 베이징에서 그냥 잘 살았으면 좋았을 것을 어째서 징저우까지 왔단 말이냐. 게다가 이런 날벼락 같은 방법으로 사건을 처리하려 하다니 융통성이라곤 조금도 없구나. 네가 이러는 게 죽을 길이란 걸 모르느냐? H성은 본래 잔잔하고도 깊은 물이었는데 네가 군이 사방으로 풍랑을 일으킨 게다! 무엇보다 네가 고집피우는 통에 이 선생도 최후의 카드를 내놓을 수밖에 없게 됐구나. 그러니 내가 모질다고 원망하지 말거라. 다들 살아야 하지 않겠니⋯⋯.'

지금 가오 선생, 가오 서기, 가오 동지는 승부수를 기다리고 있다.

곧 퇴근할 무렵 오랜 부하인 샤오강위가 승부수를 들고 찾아와 차이청공의 신고 자료를 그의 사무실 책상에 올려놓았다. "가오 서기님, 허우량핑을 잡아야 할 것 같습니다. 반부패국 국장이 뇌물을 받았다는 혐의를 받고 있는데 죄질이 아주 나쁩니다!" 마침 그때 서류를 든 비서가 문을 두드리고 들어왔다. 샤오강위는 계속 이야기하고 싶었지만 가오위량이 멈추라며 손짓했다. 비서는 서류를 건넸고, 가오위량은 서명을 해서 다시 돌려줬다. 그러자 비서가 가오위량에게 알렸다. "서기님, 오늘 밤에 일정이 있습니다." 가오위량이 말했다. "아, 안 그래도 말하려고 했는데 그 일정 취소하게. 나는 샤오강위 검찰장과 갈 데가 있네."

그 길로 두 사람은 동쪽 교외에 위치한 조용하고 역사가 오래된 불광사로 갔다. 가오위량은 운전기사에게 차를 절 입구에 세우게 하고 자신은 샤오강위와 안쪽으로 천천히 걸어 들어갔다. "샤오 검찰장, 이제 말해 보게."

샤오강위가 서둘러 이야기를 시작했다. 허우량핑에게는 직무 범죄 혐의가 있다. 그는 차이청공, 딩이전과 동업해 광산을 운영했다. 차이청공은 주식의 70퍼센트를, 딩이전과 허우량핑은 각각 15퍼센트를 보유하고 있었다. 하지만 딩이전과 허우량핑은 돈을 댄 것이 아니라 무상주를 받아 권력을 이용해 사적인 이익을 취했다. 차이청공은 40만 위안의 이윤을 배당했는데 이 돈을 민성 은행 카드에 넣어 허우량핑에게 전달했고, 이는 조사를 통해 사실로 밝혀졌다.

또한 9·16 사건이 일어나기 며칠 전, 차이청공이 허우량핑의 베이징 집을 방문해 담배 한 상자와 마오타이주 두 상자를 건넸으며 2만 3000위안짜리 명품 양복도 선물했다.

절 안마당에는 오래된 소나무가 있어 바닥에 솔방울 몇 개가 떨어져 있었다. 가오위량은 이따금 솔방울을 주워 휴지통에 던져 넣었다. 솔방울을 던지기 전에 원예 애호가인 가오위량은 손 안의 솔방울을 자세히 관찰했다. 마치 그 솔방울이 지닌 성장의 규칙이라도 찾는 것처럼 말이다. 원예 애호가는 또다시 솔방울 하나를 던지며 냉정하게 지적했다. "샤오 검찰장, 차이청공 한 사람 말만 들어서 안 되네. 핵심은 증거야." 그러자 샤오강위가 말했다. "시 검찰원에서 세세하게 업무를 진행했습니다." 그는 직접 공상국*에 찾아가 등기된 세 명의 주주 중에 허우량핑과 딩이전은 물론이고 차이청공이 있는 것을 확인했다. 심지어 그는 허우량핑의 신분증 복사본과 서명도 손에 넣었다. 가오위량은 샤오강위를 돌아보며 손에 묻은 먼지를 털어냈다. "무엇보다 허우량핑 국장의 40만 위안 무상주가 확인돼야 하는데." 샤오강위는 매우 확신하듯 말했다. "이미 확인했습니다. 대체 전표를 조사했는데 작년 3월에 배당했더군요. 차이청공의 기억력이 대단합니다." 가오위량은 대전 쪽으로 걸음을 옮기며 말했다. "차이청공이 허우량핑에게 40만 위안을 줬다면, 다른 뇌물은 없었나?" 샤오강위가 가오위량의 뒤를 바짝 따르며 대답했다. "분명 다른 뇌물을 받았다는 단서도 있을 수⋯⋯."

대웅보전에 들어선 가오위량은 향을 손에 쥐고 향로 앞에서 불을 붙였다. 하지만 그의 신경은 예불이 아닌, 우수하지만 고집스러운 자신의 제자에게 쏠려 있었다. "샤오 검찰장, 자네 보고를 들으니 일이 어떻게 된 건지 제법 정확히 알겠군. 허우량핑이 벌써부터 차이청공의 뇌물을 받고 딩이전 등과 동업으로 광산 사업을 했다는 거 아닌가? 무상주로 받은 것이 있어서 그렇게 차이청공을 죽자고 보호했구먼!"

---

* 공상행정관리국의 준말로, 사업 영업 허가를 내어주고 다양한 행정적인 지원과 감독을 하는 기관.

샤오강위가 바로 보충해서 말했다. "그렇습니다. 서기님, 어젯밤 차이청공의 폭로에 따르면 허우량핑이 베이징에서 걱정하지 말라며 무슨 일이든 자기가 막아주겠다고 했답니다. 그 뒤에 허우량핑은 정말 베이징에서 내려와서 갖가지 방법으로 차이청공을 비호했습니다. 공안 앞에서 차이청공에게 아픈 척하라고 암시하기도 했다고…….."

향을 올린 가오위량은 불상 앞에서 평온한 얼굴로 고개를 숙였다. 샤오강위도 그를 따라 대충 고개를 숙였다. 예불이 끝나고 가오위량은 경건하게 모금함에 100위안짜리 지폐 한 장을 넣었다. 곁에서 이 모습을 보고 있던 주지 스님이 합장하며 "아미타불!"이라고 말한 뒤 가오위량에게 구둣주걱*을 선물로 건넸다.

대웅보전을 나온 뒤 두 사람은 불광사 후원으로 발걸음을 옮겼다. 후원에는 대나무숲이 있어 넓고 고요했으며, 주변에 사람이 전혀 없었다. 다만 까마귀 떼가 대나무숲 사이에서 울어 황혼 속 새들의 울음소리가 각별히 맑게 울려 퍼졌다.

가오위량은 한숨을 내쉬며 샤오강위에게 말했다. "이제야 알겠군. 딩이전 부시장이 잡히는 걸 누가 가장 걱정했는지 말이야!" 샤오강위가 떠보듯 물었다. "서기님, 허우량핑 국장을 말씀하시는 겁니까?" 가오위량이 가벼운 말투로 말했다. "허우량핑 말고 누가 있나? 돌이켜보니 의미가 있었던 게야. 허우량핑은 베이징에서 반부패총국 수사처 처장으로 있지 않았나? 그날 밤의 작전은 그의 작품이네. 자신의 직위를 이용해 친구인 천하이에게 끊임없이 전

---

* 중국에서는 '구둣주걱'과 '발탁'의 발음이 비슷해 구둣주걱을 선물하면 승진하거나 발탁된다는 이야기가 있다.

화해 마치 체포할 것처럼 지시하고 뒤로는 다른 행동을 한 거지!"

상관이 이렇게까지 죄를 뒤집어씌울 줄 몰랐던 샤오강위는 자신도 모르게 숨을 헉 들이켰다. 그 모습에 가오위량이 핀잔을 줬다. "치통이라도 있나?" 잠시 말을 멈춘 그는 엄숙한 표정으로 말했다. "샤오 검찰장, 나는 심지어 이런 생각도 드네. 어쩌면 허우량펑이 천하이의 입을 막기 위해 교통사고를 일으킨 것은 아닐까?" 샤오강위는 도무지 표정 관리를 할 수 없었다. "저…… 그건, 아무래도 성립되기 어렵지 않겠습니까? 허우량펑 국장은 그때 베이징에 있었는데 어떻게 징저우 운전수를 시켜 교통사고를 낼 수 있겠습니까?" 가오위량이 언짢은 얼굴로 말했다. "샤오 검찰장, 그건 지나치게 주관적인 생각 아닌가? 조사도 안 해보고 불가능한지 어떻게 안단 말인가? 잘 조사해서 사실을 밝혀보게!"

샤오강위는 식은땀을 닦으며 연신 고개를 끄덕였다. "말씀하신 대로 처리하겠습니다."

하지만 가오위량은 여전히 마음이 놓이지 않는지 손에 들고 있던 구둣주걱을 흔들며 주의를 줬다. "샤오 검찰장, 내가 다시 한 번 강조하지만 이건 생사를 건 결투야. 누구도 물러설 길이 없단 말일세! 천칭췐이 들어갔고, 류신젠도 들어갔네. 딩이전과 자오루이룽, 가오샤오친은 모두 도주했어. 누가 감히 요행을 바랄 수 있겠나?"

샤오강위가 말했다. "서기님, 잘 알고 있습니다. 치 청장을 통해 이미 이야기 다 들었습니다." 가오위량은 샤오강위에게 구둣주걱을 건넨다. "알고 있다니 다행일세! 이거 자네에게 선물로 줌세." 샤오강위는 사양하며 말했다. "아닙니다. 주지 스님이 서기님께 드린 것인데요. 영전하실 겁니다." 가오위량은 피식 웃었다. "내

나이가 몇인가? 어디로 영전을 해? 퇴직하고 나면 양로원이나 가 겠지. 하지만 자네는 다르잖나. 잘해봐. 어차피 지창밍 검찰장은 곧 있으면 퇴직할 나이 아닌가. 이번 싸움에서 이기면 자네가 성 검찰원에 가서 검찰장 하게. 자격이나 경력도 충분하니 말일세!"

샤오강위는 감격하면서도 지창밍이란 관문을 통과하지 못할까 봐 걱정했다. 가오위량은 샤오강위에게 가능한 한 지창밍과 좋은 관계를 유지하라고 말했다. 어차피 허우량핑 건은 성검찰원에 숨 길 수 없고, 일단 윤곽이 잡히면 지창밍 검찰장에게 보고할 수밖 에 없지 않은가. 하지만 샤오강위에게는 약간의 의심과 염려가 있 었다. "서기님, 지 검찰장이 허우량핑 국장을 비호하려고 하지 않 겠습니까?" 가오위량의 생각은 달랐다. "지 검찰장은 신중하고 조 심스러운 사람이라 그만한 담력이 없네. 게다가 곧 있으면 퇴직 인데 위험한 행동은 더더욱 하지 않겠지." 그래도 샤오강위는 걱 정이 됐다. "다들 허우량핑이란 작자가 미친 것 같다고 하던데 요." 가오위량이 담담하게 말했다. "그럼 우리도 같이 미쳐야지. 진지를 빼앗는 싸움처럼 한발이라도 늦으면 모든 판을 질 수 있으 니까……."

그때 까마귀들이 갑자기 뭔가에 놀란 듯 떼로 날아가며 검은색 날개로 반쪽 하늘을 가렸다.

40

그날 밤, 허우량펑과 루이커는 심문 지휘 센터에서 다시 밤새 류신젠을 심문했다. 허우량펑은 커다란 검은 그물이 언제든 자신의 머리를 덮칠 수 있음을 잘 알았다. 그러므로 반드시 검은 그물이 덮치기 전에 서둘러야 했다. 이는 전체 판세를 좌우할 100미터 달리기 시합이었다.

류신젠은 심문석에 앉자마자 투덜댔다. "무슨 검찰원이 툭하면 밤에 심문을 합니까?"

"방법이 없습니다. 위에서 재촉이 심해서요." 허우량펑은 일부러 이 사건이 고위층의 관심을 받고 있다는 사실을 암시했다. 하지만 그는 이내 화제를 바꿔 가볍게 말했다. "류 회장님, 이제 시작하시죠! 지난번에 루 처장이 한 질문부터 시작할까요? 아니면 우리가 저번에 나눴던 화제부터 이야기할까요?"

류신젠은 잠시 어리둥절해했다. "허우 국장, 우리가 저번에 무슨 얘기를 했죠?"

그러자 허우량펑이 씩 웃었다. "한 유령이, 공산주의라는 유령이 유럽을 떠돌고 있다……."

류신젠은 약간 흥미가 동했다. "아, 내가 또 〈공산당 선언〉을 외우기를 바라십니까?"

"아닙니다. 저는 류 회장님의 잃어버린 영혼을 찾아주려는 겁니다. 잘 생각해보십시오. 회장님, 대체 어디에서 영혼을 잃어버리셨습니까?" 허우량핑은 류신젠 앞으로 한 걸음 나아갔다. "회장님은 군사 지역 안마당에서 태어나 군대 나팔 소리와 행군가를 들으며 자라셨죠. 그 뒤로도 군사학교를 나오고 부대에 머물며 서른 살 이전에는 군영을 떠난 적이 없었고, 덕분에 같은 또래 사람들보다 많은 관심과 사랑을 받았고요." 여기까지 말한 허우량핑의 얼굴에 부러움의 빛이 떠올랐다. "저도 군사 지역 옆에서 산 적이 있습니다. 회장님이 들었던 군대 나팔 소리와 행군가를 저도 어렸을 때 자주 들었습니다. 그 익숙한 선율이 지금까지도 귀에 쟁쟁합니다. 차이점이 있다면 회장님은 안에 계셨고, 저는 밖에 있었다는 거죠." 류신젠은 득의만만한 얼굴로 말했다. "군사 지역 밖에 사는 아이들은 그 안마당에 사는 우리 같은 아이들을 제일 부러워했지요. 특히 사내아이치고 군인이 되는 꿈을 꿔보지 않은 녀석들이 어디 있겠습니까?" 그렇게 말하면서 류신젠은 한숨을 내쉬었다. "하지만 군인의 꿈은 훗날 물거품이 됐습니다. 특히 시장 경제가 시작되면서……."

허우량핑이 말했다. "하지만 회장님은 좋은 기회를 만나지 않았습니까? 시장 경제가 시작되고 성위원회 서기이자 군사 지역 제1정치위원이었던 자오리춘의 눈에 들었으니까요. 자오 서기가 회장님을 지명해 성위원회로 전근시켰을 때 얼마나 많은 직업 군인들이 부러워했습니까!" 류신젠은 감격한 듯 말했다. "자오 서기님께서 내 인생을 바꾸셨죠. 내게는 은인이 아닐 수 없습니다. 자오 서기님과 함께하면서 부영직 군인에서 전역하고 파격적인 승진을 거듭해 부청급(副廳級)*인 성위원회 사무청 부주임이자 비서1처 처장이 됐죠. 그 자리에 오르기까지 딱 5년이 걸렸습니다. 부청급이 됐을 때 난 고작 서른여섯 살이었죠. 모든 성에서 몇 명 안 되는 젊은 간부였어요."

히우량펑이 임격한 표정으로 말했다. "자오 서기에게 은혜를 입어서 줄곧 보답을 하고 계신 겁니까? 류 회장님께서는 특히 군인 출신이라서 은혜 갚는 걸 더 중요하게 생각하시겠죠. 그렇지 않습니까?" 류신젠은 고개를 끄덕였다. "그렇습니다. 우리나라 전통에도 은혜를 갚으며 살라고 하지 않습니까? 나는 리다캉도 아니고, 육친을 모른 척할 수 없습니다. 리다캉은 자신의 명예만 소중히 여기죠. 자오 서기님이 비서 출신 중에 제일 싫어하는 사람이 리다캉이었습니다."

"됐습니다. 이제 리다캉 서기 이야기는 그만하시죠." 허우량펑은 말머리를 돌려 류신젠의 급소를 찔렀다. "류 회장님 이야기를 해보십시오. 회장님은 누구와는 달리 은혜를 갚기 위해서라면 시궁창에도 기꺼이 들어가지 않았습니까? H성 요우치 그룹 회장 겸 최고경영자가 된 뒤에 무슨 일을 하셨습니까?"

류신젠은 아픈 곳을 찔렸는지 멍하니 허우량펑을 바라보며 잠시 아무 말도 못 했다.

허우량펑은 가슴 아픈 듯 말했다. "류 회장님, 류신젠 씨, 당신은 군인 가정에서 태어났고, 조상 중에는 나라의 독립과 민족의 해방을 위해 피 흘려 희생한 이들도 있습니다. 어떤 이는 돈 보기를 하찮게 여기며 거액의 재산을 팔아 혁명을 돕기도 했죠. 그분들이 있었기에 지금의 이 나라가 있을 수 있었습니다. 하지만 당신은 누군가에게 진 은혜를 갚기 위해 나라의 토대를 무너뜨렸습

---

*　　중앙부처의 부국장급.

니다. 당신이 국영 기업인 요우치 그룹을 자오 가문의 현금인출기로 만들어버렸단 말입니다. 부끄럽지 않습니까?"

그때 이어마이크를 통해 지창밍 검찰장의 목소리가 들려왔다. "허우 국장, 심문 중지하고 밖으로 잠깐 나오게." 허우량펑은 지 검찰장과 다른 부검찰장이 검찰원의 지휘 센터에서 이 심문을 지켜보고 있음을 알고 있었다. 그런데 이런 중요한 순간에 갑자기 심문을 멈추라니, 분명 큰일이 났다는 뜻일 것이다.

허우량펑은 마음이 무거워졌다. 드디어 검은 그물이 덮쳐왔나?

하지만 바로 그 순간, 눈앞의 상황에 변화가 일어났다.

심리적 방어선이 약해진 류신젠이 한숨을 내쉬며 말한 것이다. "허우 국장, 오늘 당신의 말에 깊은 인상을 받았습니다. 다만 아쉽게도 너무 늦었군요. 일찍이 당신의 말을 들었다면 오늘날 이런 신세가 되지는 않았을 텐데."

"제가 몇 년 전에 말씀드렸다면 제 말을 들으셨겠습니까? 어떻게 오늘 같은 날이 오게 됐는지 좀 더 정확히 생각해봐야 할 겁니다. 하지만 회장님은 군인 출신이고 당의 교육도 여러 해 받았으니, 적어도 일말의 깨달음을 아직 가지고 있다고 저는 믿습니다. 회장님은 더 이상 각급 조직의 육성을 어떤 한 사람에게 갚아야 할 은혜로 생각하시면 안 됩니다. 무엇보다 H성위원회를 양산박의 충의당으로 만들고 전임 성위원회 서기 자오리춘을 충의당 당주로 여기면 안 됩니다."

이어마이크를 통해 다시 지창밍 검찰장의 목소리가 들려왔다. "허우 국장, 밖으로 나와!"

지휘 센터의 명령은 반드시 지켜야 한다. 허우량펑은 루이커에게 계속 심문하도록 지시하고 담담한 얼굴로 심문실을 나와 지창밍과 통화했다. "대체 어떻게 된 일입니까, 검찰장님? 밖에서 보고 계시지 않습니까? 지금 상황이 좋습니다. 금방이라도 돌파가 될 텐데 어째서 멈추라고 하시는 겁니까?"

지창밍은 허우량펑에게 심상치 않은 상황을 전했다. "샤루이진 서기께서 직접 전화하셔서 심문을 멈추라고 하셨네. 실명 신고가 있었다고 조사해야 한다고 하시더군." 하지만 지 검찰장은 누가 신고를 했는지, 또 무슨 사실이 있는지 말하지 않았다.

허우량펑은 갑자기 얼음 창고 속으로 떨어져 갇혀버린 기분이었다. 성위원회의 샤루이진 서기가 이런 때에 직접 그의 심문을 멈추게 했다니 정말 뜻밖이었다. 반부패에 관한 한 위로든 아래로든 성역을 두지 않겠다던 성위원회 서기도 건드리지 못하는 선이 있는 걸까? 아니면 정치적 수완이 뛰어난 가오위량 선생이 샤 서기의 힘을 빌린 걸까? 선생님이 대체 어떻게 샤루이진 서기를 움직였단 말인가? 이런 상황에 제자는 입이 딱 벌어졌다. 어떻게 대처해야 할까? 허우량펑은 잠시 어쩔 줄 몰라 넋을 놓았다.

그때 지창밍의 마음속에는 이미 계산이 분명히 서 있었다. 그는 평온하지만 확고한 목소리로 말했다. "성위원회의 지시는 반드시 집행해야 하네. 자네는 이미 지시를 받았고 류신젠에 대한 심문을 멈춘 거야. 그렇지 않나?"

허우량펑은 지창밍의 말뜻을 금세 알아챘다. "검찰장님, 한 시간 후에 지시받겠습니다!"

그러자 지창밍이 말했다. "30분 주겠네. 나는 샤루이진 서기님의 지시로 가오 서기에게 가서 보고해야 해. 내가 검찰원에서 성위원회까지 가는 데 길어야 30분이야. 그러니까 자네도 30분 안에 끝내!" 지창밍의 목소리는 엄숙하고도 단호해 그 말의 무게를 느끼게 했다.

허우량핑은 더 생각할 필요도 없었다. "알겠습니다. 30분 안에 끝내겠습니다!" 통화를 마친 그는 바로 심문실로 돌아갔다.

가오위량은 사무실의 통유리 창 앞에서 손에 든 차를 한 모금도 마시지 않고 마치 조각상처럼 한참이나 서 있었다. 지금은 조금의 태만도 있을 수 없는 결전의 시각이었다. 정신을 완벽히 집중해서 말을 듣지 않고 규칙을 따르지 않는 제자이자 부하를 단숨에 해치워야 했다. 옆쪽에서 비춰오는 조명이 그의 긴장된 얼굴을 비췄다. 그의 눈빛은 확고하고도 엄격했다.

공모자 샤오강위는 가오위량 뒤에 서서 조심스럽게 물었다. "서기님, 허우량핑 국장이 함부로 어쩌지는 못하겠죠? 만약 그가 샤루이진 서기와 지창밍 검찰장의 지시를 듣지 않고 류신젠을 계속 심문하면 어떻게 합니까?"

가오위량은 창밖으로 점점 짙어지는 밤하늘을 보며 깊이 생각한 뒤 말했다. "그래, 그런 문제가 있을 수도 있겠군. 저 날벼락 같은 제자는 내가 잘 아는데, 규칙대로 일을 처리하지 않고 게임의 룰에 따라 카드를 내지 않거든."

샤오강위가 말했다. "만약 허우 국장이 심문을 계속 한다면 류신젠은 오늘 밤을 못 버틸지도 모릅니다."

가오위량이 지략을 짜내 자신의 공모자에게 말했다. "샤오 검찰장, 여기서 기다릴 게 아니라 바로 성검찰원에 가서 성위원회와 샤 서기의 중요 지시가 잘 이뤄지고 있는지 확인하게." 샤오강위는 조금 망설였다. "서기님, 지창밍 검찰장에게 보고하고 사건 경위를 연구해보자고 하지 않으셨습니까?"

가오위량은 찻잔을 탁자 위에 내려놓았다. "나 혼자 만나겠네. 자네는 얼른 가보게. 무엇보다 허우량핑이 류신젠 회장 심문을 멈췄는지 꼭 확인해야 하네." 샤오강위는 알겠다고 고개를 끄덕인 뒤 서둘러 성검찰원으로 떠났다.

샤오강위가 떠난 지 10분쯤 됐을 때 지창밍이 도착했다. 가오위량은 얼굴 표정을 바꾸고 지창밍에게 말했다. "이렇게 늦은 시간에 지 검찰장을 여기까지 오라고 한 건 긴급한 상황 때문이네." 지창밍이 말했다. "샤루이진 서기님께 들었습니다. 허우량핑 국장이 실명 신고를 받았다고요?"

가오위량은 나지막한 목소리에 수심이 가득한 얼굴로 말했다. "정말 뜻밖이었네. 내가 미처 손쓸 새도 없었고. 지 검찰장, 량핑은 자네 부하이자 내 제자 아닌가. 나는 지금까지 그 녀석이 내 제자란 사실을 뿌듯하게 생각했네. 그 녀석이 지 검찰장의 부하가 된 지는 4개월이지만 내가 가르친 건 4년일세!"

지창밍은 진지하게 물었다. "서기님, 허우량핑을 4년이나 가르치시고 자랑스러운 제자로 생각하셨다면서 그 친구에 대한 최소한의 믿음도 없으십니까? 서기님은 정말 반부패국 국장이자 서기님의 제자인 허우량핑이 뇌물을 받았다고 믿으십니까?"

"지 검찰장, 허우량핑이 받은 신고는 허튼 소문이 아니라 사실을 근거로 한 걸세. 시검찰원의 샤오강위 검찰장이 직접 조사하고 확인했어." 가오위량은 속상한 얼굴로 계속 말했다. "자네는 내가 어떻게 하면 좋겠나? 대충 사정을 봐줘야 할까? 그럴 수는 없지 않나. 우리는 제갈량처럼 눈물을 훔치더라도 마속의 목을 베어야만 하네!"

그때 책상 위의 전화기가 울렸다. 샤오강위가 건 전화였다. 샤오강위는 성검찰원에 도착했지만 심문 지휘 센터에 들어갈 수 없다며 아무래도 허우량펑이 아직도 류신젠을 괴롭히고 있는 것 같다고 말했다. 가슴이 뜨끔해진 가오위량이 수화기를 내려놓고 바로 지창밍에게 물었다. "허우량펑은 지금 뭐 하고 있나?" 지창밍은 침착하게 말했다. "글쎄요, 뭘 하겠습니까? 심문도 못 하니 어디서 성질이나 부리고 있지 않겠습니까?" 그러자 가오위량이 직접적으로 물었다. "샤오 검찰장 말로는 린 부검찰장이 심문을 지휘하고 있다고 하는데 어떻게 된 건가?" 지창밍은 당황하지 않고 대답했다. "그건 다른 사건입니다. 직권 남용에 대한 조사를 린 부검찰장이 함께……."

잠시 뒤 샤오강위에게 다시 전화가 걸려 왔다. 그는 지창밍 검찰장과 성검찰원 사람들이 거짓말을 하고 있다며 린 부검찰장의 수하가 지휘 센터 문밖에서 그를 들어가지 못하게 한다고 말했다. 또한 그는 허우량펑이 아직 류신젠을 심문하고 있는 것 같다고 의심했다. 밖에서 한 시간 가까이 기다린 시검찰원 직원 말에 따르면 허우량펑이 심문을 끝내고 나오는 모습을 못 봤다는 것이다.

가오위량은 거칠게 수화기를 내려놓았다. 지창밍의 담력이 이렇게 셌단 말인가! 그는 일순간 화가 끓어올랐지만 아무렇지 않은 척 지창밍에게 에둘러 말했다. "지 검찰장, 자네는 정법 계통에서 잔뼈가 굵은 사람이지. 생각도 예리한 데다 원칙에 강하고 특히 중요한 순간에 당에 대한 충성심도……."

지창밍은 손사래를 치며 쓴웃음 지었다. "서기님, 저한테 송별사를 들려주시는 겁니까? 또 무슨 일입니까?" 그제야 가오위량이 직설적으로 말했다. "자네, 어째서 허우량펑을 중단시키지 않았나? 어? 자네는 허우량펑에게 심각한 문제가 있다는 걸 분명히 알면서도 그 녀석이 심문하게 하는 건가? 만약 문제라도 생기면 누가 책임지나? 샤 서기님이 자네한테 아무 말 안 하셨나? 내가 자네를 지휘할 수 없을 것 같아서 샤 서기님께 긴급히 보고드렸던 거야!"

지창밍은 서둘러 해명했다. "허우량핑의 문제는 워낙 갑작스럽게 생긴 일이라 제가 제대로 처리할 새가 없었습니다. 하지만 샤 서기님께 전화로 지시를 받은 뒤에 즉각 허우량핑의 심문을 멈추게 했습니다."

가오위량은 지창밍을 빤히 보며 말했다. "그렇다면 허우량핑은 어째서 지금까지 안에서 나오지 않는 건가?" 지창밍이 침착하게 대답했다. "그 친구도 이틀 밤을 꼴딱 새웠으니 아마 안에 있는 휴게실에서 잠시 눈이라도 붙이고 있지 않겠습니까?"

가오위량은 지창밍에게 바로 전화해 어떻게 된 일인지 물어보라고 했다. 지창밍은 좋다며 휴대전화를 꺼내들었다. 하지만 잠시 후 고개를 절레절레 흔들며 어깨를 으쓱거렸다. "응답이 없습니다. 허우량핑이 휴대전화를 꺼놓고 어디서 자고 있나 봅니다." 가오위량은 의미심장하게 말했다. "지 검찰장, 원칙과 직결되는 중요한 문제에는 절대로 흐리멍덩하게 굴어선 안 되네!" 지창밍이 두 손을 내저었다. "서기님, 서기님께서 이렇게 재촉하고 열심히 감독하고 계시는데 제가 어떻게 감히 흐리멍덩하게 굴 수 있겠습니까?"

그제야 가오위량은 사무실 전화를 들어 샤오강위의 휴대전화로 통보했다. "샤오 검찰장, 터무니없는 생각하지 말게. 허우량핑은 이미 지창밍 검찰장의 지시로 심문을 중단하고 안에서 쉬고 있다네. 내가 보증하니까 조급하게 굴지 말고 문밖에서 기다리게."

이 말을 듣고 있던 지창밍이 불쑥 화를 냈다. "예? 샤오강위 검찰장이 성검찰원까지 쫓아갔다는 말씀이십니까? 서기님, 차라리 이럴 바에는 허우량핑을 감옥에 가두라고 직접 명령하시면 되지 않습니까?"

가오위량은 지창밍의 낯선 모습을 의아한 눈빛으로 바라봤다. 타고난 성품이 온순하고 성실한 이 검찰장이 갑자기 불같이 화를 내며 공공연히 대들다니 정말 뜻밖의 일이 아닐 수 없었다. 하지만 가오위량은 바로 가오위량 아니던가. 그는 자신의 원칙을 고수하며 몹시 슬픈 얼굴로 지창밍에게 말했다. "지 검찰장, 일에 감정을 섞어서는 안 되네. 화를 낸다고 문제를 해결할 수는 없네. 허우량핑이 신임을 잃은 관리가 된다 해도 우리는 해야 할 일을 해야만 해. 마음이야 아프지만 공적인 일은 공적으로 해결해야 하니까 말일세. 솔직히 말해 내 이 마음은 쥐어짜는 것처럼 아프기 그지 없네."

하지만 지창밍은 여전히 화를 가라앉히지 못했다. "하지만 서기님께서는 늘 하던 대로 처리하실 것 아닙니까! 제 기억 속의 서기님은 그런 분이 아닌데요. 치퉁웨이 청장에게는 정과 의리가 넘치시지 않습니까. 같은 제자인데 이렇게 다르게 대하실 순 없는 겁니다! 서기님, 신고자 차이청공에 대해서는 저도 어느 정도 압니다. 그의 신고에는 의심스러운 점이……."

가오위량이 지창밍의 말을 막았다. "지 검찰장, 지금 우리끼리 다툴 게 아니라 샤오강위 검찰장과 시검찰원에서 입건하고 심문한 뒤에 허우량핑의 결백을 따지면 어떻겠나?" 지창밍은 즉각 반대의 뜻을 분명히 했다. "안 됩니다! 저는 신임 반부패국 국장을 이렇게 쉽게 입건하는 것에 동의할 수 없습니다. 특히 지금과 같은 시점에서는 더더욱 그럴 수 없습니다. 서기님, 저희의 의견 차이를 성위원회에 보고해 샤루이진 서기님께 지시받는 것이 어떻겠습니까?"

생각지 못한 지창밍의 강경한 태도에 가오위량은 속이 탔다. 의견 차이가 있다고 샤루이진에게 보고하자고? 무슨 웃기는 소리인가. 지금 시작이 순조로운 데다 샤루이진 서기가 직접 지창밍에게 허우량핑의 심문을 중지시키라고 명령하지 않았던가. 가오위량은 증거가 확실해지지 않은 상태에서 뜻밖의 지엽적인 문제가 생기게 할 수 없었다. 그 때문에 가오위량은 긴긴 한숨을 내쉬며 연신 쓴웃음을 지었다. "자네는 울타리 안의 병아리를 지키는 암탉인가? 나라고 그 원숭이 녀석을 감싸주고 싶지 않겠나?" 그러더니 그는 몇 걸음 걸으며 한참 생각하다가 입을 열었다. "좋네. 자네 말대로 일단 입건은 하지 말고 허우량핑을 정직시키세. 조직에서 정확히 조사한 뒤에 다시 처리하도록 하지."

그제야 지창밍은 한숨을 돌렸다. "알겠습니다, 서기님. 그리고 허우량핑 조사는 제가 주관하겠습니다." 가오위량은 속으로 천불이 났지만 입으로는 다른 말을 했다. "당연히 자네가 주관해야지. 안 그러면 내 마음이 놓이겠나?" 그러자 지창밍이 또 말했다. "그럼 샤오강위에게 전해주십시오. 자기 자리를 잘 확인하라고 말입니다. 허우량핑의 상황은 제때 제게 보고하라고 해주십시오. 제가 벌써 퇴직을 한 것도 아니지 않습니까?" 가오위량은 고개를 저으며 웃었다. "지 검찰장, 자네 대체 어디서 이렇게 크게 화가 났나? 자네는 샤오강위의 오랜 상관 아닌가. 아직도 그 친구를 잘 모르나? 바르고 곧은 사람이잖나." 지창밍이 차갑게 말했다. "그 친구가 말입니까? 그럼 누가 맞는지 봐야겠군요. 아니, 됐습니다. 더 말하지 않겠습니다……."

심문실 안 허우량핑의 돌파전도 쉽지 않았다. 구체적인 문제만 말하려 하면 류신젠은 다시 입을 꾹 다물었다. 허우량핑은 맞은편의 전자시계를 볼 때마다 초조해서 속이 타 들어갈 것 같았다. 지창밍 검찰장이 정치적 모험을 하며 얻어준 일분일초이기에 그는 조금도 지체할 수 없었다. 하지만 허우량핑은 겉으로는 어떤 표도 내지 않고 평온한 표정을 지었다. 심지어 루이커도 지금 그의 마음속에 어떤 폭풍이 일어나고 있는지 눈치채지 못할 정도였다.

허우량핑은 웃음기 띤 얼굴로 류신젠에게 말했다. "류 회장님, 방금 말씀하지 않으셨습니까. 제가 드린 말씀을 좀 더 일찍 들었다면 오늘 같은 날이 없었을 거라고 말입니다. 제가 한 가지 더 말씀드리죠. 지금 제 말을 듣지 않으신다면 언젠가 또 후회하실 겁니다! 오늘 회장님과 저는 많은 이야기를 나눴습니다. 검찰원에서는 류 회장님과 요우치 그룹에 대한 전면 조사를 진행하면서 시시각각 진전을 보고 있고요. 그런데 회장님께서 한 마디도 하지 않으신다면 저희는 무자백 원칙을 적용해 확보된 증거만으로 회장님의 죄를 물을 수 있습니다. 하지만 류 회장님, 저희가 확보된 증거만으로 회장님의 죄를 묻는다면 회장님께서는 감형 받을 기회를 잃으십니다."

그 말에 류신젠이 식은땀을 닦으며 결국 입을 열었다. "허우 국장, 그럼 내가, 사실……."

류신젠은 이렇게 진술했다. 그는 직원들의 복지를 위해 2009년부터 재무 부문에서 잠시 사용하지 않는 유동자금을 지속적으로 H성의 몇몇 민영 기업과 주식회사에 브리지 론으로 빌려주는 것을 재가했다. 그는 5년 동안 자신이 재가한 브리지 론에 대한 총이자 6000여만 위안을 가까운 사람들과 사적으로 나눠 가졌다. 그가 가까운 사람들과 나눈 돈은 각각 수십만 위안에서 100만 위안 이상이었다. 그는 문제가 되는 명세서상의 마카오 도박 문제에 대해서도 설명했다. 어느 민영 기업의 회장이 가끔 가자고 해서 갔는데 하룻밤 사이에 800여만 위안을 잃기도 했지만 돈은 모두 민영 기업에서 나온 것이었다. 허우량핑은 타이밍을 놓치지 않고 지적했다. "그 민영 기업 회장이 자오루이룽입니까?" 류신젠은 잠시 머뭇거리다가 고개를 끄덕였다.

이것이 바로 문제의 핵심이자 상대의 급소였다. 그와 지창밍 검찰장이 오늘 밤 자리를 걸고 모험을 한 덕분에 이 문제의 돌파구가 보일 것 같았다. "류 회장님, 자오루이룽의 회사에 대해 말씀해 보시죠."

그러자 류신젠은 금세 방어적인 자세를 취했다. "그건 자오루이룽에게 가서 직접 물어보시죠. 나는 내 이야기만 하겠습니다."

허우량핑은 형형한 눈빛으로 류신젠을 바라봤다. "류 회장님, 아직도 친구의 의리 찾으십니까? 그 의리란 게 사람을 죽일 수도 있다는 걸 아셔야죠! 그들은 류 회장님이 체포되기 전에 아프리카 가나로 가서 딩이전과 금광을 운영하길 바랐습니다. 그렇죠? 하지만 회장님, 그게 함정이라고는 생각해보지 않으셨습니까?"

류신젠이 말했다. "함정? 그들은 당신들이 날 찾을 수 없게 내보내려 한 겁니다!"

"하지만 류 회장님, 회장님이 해외로 나가 죽든 살든 자오루이룽과 그 친구들은 전혀 관심이 없습니다. 지금 딩이전이 아프리카에서 어떻게 살고 있는지 제가 확실히 보여드리죠."

허우량핑이 말을 마치자마자 루이커가 바로 몇 장의 사진을 류신젠 앞에 내놓았다. 모두 가나 현지 신문에 난 것이었다. 사진 속 딩이전은 총을 겨눈 흑인들에게 둘러싸여 고개를 숙이고 있었다. 또 다른 사진에서는 컨테이너로 만든 집 안에서 AK소총을 손에 쥔 채 밖을 내다보는 딩이전이 보였다. 컨테이너 문 앞에 중문과 영문으로 '이전 황금회사'라고 적힌 간판이 걸려 있었다. 뿐만 아니라 어떤 사진에서는 딩이전이 시체 한 구에 하얀 천을 덮고 있었다.

사진을 한 장 한 장 넘겨보던 류신젠은 깜짝 놀라 말을 더듬으며 허우량핑에게 물었다. "허우 국장, 딩, 딩이전이 아프리카에서 힘들게 살고 있습니까? 이…… 컨테이너에서 먹고 자는 거예요?" 허우량핑은 딩이전의 뒤를 쫓고 있는 팀이 알려온 소식을 전해줬다. 딩이전은 가나에 입국하고 한 달도 안 돼서 세 번이나 강도를 당했다. 사진에 있는 컨테이너와 총, 탄약도 나중에 무장 강도에게 빼앗겼다. 사진 속 시체는 딩이전의 동업자로, 딩이전보다 3년 전에 가나로 도주한 국영 기업 회장이었다. 허우량핑은 마지막으로 말했다. "이런 최악의 치안 환경에서 죽지 않는다면 그것만으로도 행운일 겁니다. 지금 딩이전이 기대할 수 있는 최선은 류 회장님과 함께 감옥에서 노동을 통해 새로운 사람으로 교화되는 겁니다."

고개를 든 류신젠은 불쌍한 표정으로 물었다. "허우 국장, 내게 아직 교화될 기회가 있겠습니까?" 허우량핑이 대답했다. "물론입니다. 만약 자백을 통해 공을 세운다면 그 기회는 더 커질 겁니다. 잘 생각해보십시오. 자신을 구하는 게 중요합니까 아니면 은혜를 입은 친구를 대신해 목숨을 바치는 게 중요합니까?"

류신젠의 심리적 방어선이 무너졌다. "허우 국장, 내가…… 내가 당신 말 듣고 잘 생각해보겠습니다." 바로 그때 이어마이크를 통해 린 부검찰장의 목소리가 들려왔다. "심문 중지하게!" 허우량핑이 고개를 들어보니 전자 스크린의 시간이 딱 23시 0분 0초를 지나고 있었다. 지창밍 검찰장과 약속한 30분이 지나간 것이다. 허우량핑은 어쩔 수 없이 심문을 정리했다.

성공을 코앞에 두고 포기하는 기분은 뭐라 말할 수 없었다. 류신젠을 데려가라고 명령한 뒤, 허우량핑과 루이커는 책상 위의 문서와 자료를 정리하고 묵묵히 심문실을 떠났다.

지휘 센터 밖의 정원에서 허우량핑은 걸음을 멈추고 끝없는 밤하늘을 올려다봤다.

조그만 눈꽃들이 내려와 얼굴에 닿으니 마음까지 차가워지는 기분이었다. 이 눈은 올겨울 첫눈으로 다른 해보다 조금 늦었다. 허우량핑의 기분은 이 눈처럼 슬프고도 처량했다. 이렇게 황당한 일이 다 있을까? 사건을 심리하던 사람이 범죄 혐의자가 되다니, 그의 답답함과 굴욕감은 이루 표현할 수 없었다. 그는 반드시 견뎌내야 한다고 스스로를 다독였다. 이는 생사가 걸린 결투다. 어떤 공격을 받아도 침착하게 대처해야 한다. 하지만 이내 그의 눈앞이 뿌옇게 흐려지며 뜨거운 눈물이 흘러내렸다. 그는 자기 기분에 충실한 사람이라 그의 인격을 모욕하는 스승의 함정을 정말 참기 힘들었다. 뜨거운 눈물과 차가운 눈이 뒤섞여 강한 중년 남자의 얼굴을 따라 하염없이 흘렀다.

곧이어 검찰 경찰차가 도착했다. 허우량핑은 냉정을 되찾아 멀지 않은 곳에 서 있는 루이커를 불러 함께 차에 올랐다. 순식간에 그는 자신감 넘치는 모습으로 변해 휘파람을 불어댔다. 호랑이는 죽어도 쓰러질 수 없다는데 루 처장 앞에서 약한 모습을 보일 순 없지 않은가.

어쨌든 오늘 상황은 꽤 괜찮았다. 류신젠이 자신의 상황을 직시하기 시작했으니 말이다. 만약 계속 공격했다면 자오루이룽의 일도 털어놨을지 모른다. 허우량핑의 말에 루이커는 잘 하지 않던 험한 말을 내뱉었다. "그러니까요. 빌어먹을! 한 끗 차이였는데!" 허우량핑이 피식 웃었다. "상대는 우리가 마지막 패를 못 봤으면 하는 거야." 루이커는 그의 말이 무슨 뜻인지 잘 알고 있었다. "무슨 패요? 자오 가문요?" 허우량핑이 대답했다. "바로 그거야. 형세가 낙관적이라고 할 순 없어. 자오루이룽과 가오샤오친이 홍콩으로 도주했으니 다음 단계가 더 어렵겠지……."

경찰차는 넓은 도로를 지나고 있었다. 그런데 루이커가 고개를 돌려 뒤를 보더니 또 다른 검찰 경찰차가 따라오는 것을 발견하고 운전기사에게 물었다. "뒤에 오는 차는 뭡니까?" 운전기사가 대수롭지 않다는 듯이 시검찰원 차가 한 시간 넘게 따라왔는데 무슨 일인지 모르겠다고 대답했다. 허우량핑은 짚이는 것이 있는지 뒤를 보며 중얼거렸다. "나를 잡으러 왔나?" 속사정을 모르는 운전기사가 웃으며 말했다. "국장님, 농담도 잘하십니다!" 백미러로 쫓아오는 경찰차를 보고 있던 루이커가 갑자기 명령했다. "차 세워요." 운전기사는 영문도 모르고 차를 세웠고, 따라오던 경찰차도 멀지 않은 곳에 섰다.

루이커는 차에서 내려 뒤쪽의 차 앞으로 가더니 차창을 두드렸다. 차창이 내려오며 차 안에 있던 사람이 물었다. "루 처장님, 무슨 일이십니까?" 루이커는 인상을 팍 찌푸리며 말했다. "한밤중에 왜 나를 쫓아옵니까?" 차 안의 사람은 손을 저었다. "처장님이 아니라 허우 국장님을 쫓아가는 겁니다. 샤오 검찰장님의 지시를 받았습니다." 그러자 루이커는 바로 휴대전화로 전화를 걸어 참아왔던 화를 폭발시켰다. "검찰장님, 샤오강위 검찰장이 어째서 경찰차로 저희를 쫓는 겁니까? 허우량핑 국장이 대체 무슨 죄를 졌습니까? 검찰장님과 성검찰원에서 벌써 시검찰원에 허우량핑 국장 잡아가라고 허가해주셨습니까? 말씀해보세요! 동의나 허가가 없었으면 이자들 쫓아내도 될까요? 죽여야 됩니까, 살려야 됩니까?"

허우량핑은 차창을 통해 살벌하게 난리를 피우는 루이커를 보며 절레절레 고개를 흔들고는 쓴웃음을 지었다.

41

루이커의 전화를 받은 지창밍은 마음이 편치 않았다. 그는 엄숙하고도 차가운 눈빛으로 이 사달의 장본인인 샤오강위를 빤히 보며 경찰차를 보내 허우량핑을 미행하라고 했느냐고 물었다. 물을 마시고 있던 샤오강위는 잔을 내려놓으며 단정한 태도로 말했다. "꼭 필요한 예방 조치 아닙니까." 지창밍은 어두운 얼굴로 말했다. "나는 자네가 있어야 할 자리를 좀 잘 찾으면 좋겠네. 하다못해 성검찰원과 시검찰원의 상하 관계라도 정확히 알아야 할 게 아닌가. 허우량핑은 어쨌든 성검찰원 당그룹 구성원이자 반부패국의 국장이야. 자네가 내키지 않는다 해도 나한테 먼저 정확히 보고를 하게!" 샤오강위는 파일을 꺼내 사무실 책상에 올려놓으며 말했다. "지금 이렇게 보고 드리러 오지 않았습니까? 보십시오. 자료도 전부 가져왔습니다."

샤오강위는 허우량핑에 대해 잘 알지 못하며 어떤 관계도 원한도 없다고 천명하면서, 징저우시 검찰원은 사실에 입각해 사건을 처리할 것이라고 말했다. 뒤이어 그는 따펑 공장 사장인 차이청공이 실명으로 허우량핑을 신고한 사실을 보고하고 파일을 펼쳐 물증을 꺼내 보이며 짐짓 정의로운 척 목소리를 높였다. "관련 증거들도 모두 조사하고 확인했습니다. 적어도 허우량핑이 40만 위안의 뇌물을 받았다는 증거는 확실합니다. 검찰장님, 보십시오. 이게 민성 은행의 계좌 이체 확인증 복사본입니다."

지창밍은 파일 속 자료와 관련 증거들을 살피며 얼굴이 어두워져 아무 말도 하지 않았다.

샤오강위는 자신만만하게 말했다. "실명의 신고도 있고 은행 계좌 이체 확인증도 있으니 입건해도 되지 않겠습니까?"

지창밍이 슬쩍 비꼬듯 대꾸했다. "샤오 검찰장, 자네 아주 의욕과 열정이 차고 넘치는군! 자네는 벌써 나와 성검찰원 당그룹을 건너뛰고 가오위량 부서기님께 보고하지 않았나? 그럼 내가 알려주지. 나는 가오 부서기님과 머리를 맞대고 연구한 끝에 허우량핑을 잠시 입건하지 않고 근신 처분을 내리기로 했네."

샤오강위로서는 매우 뜻밖이었다. "검찰장님, 그럼…… 업무를 정지하고 조사받는 겁니까 아니면 업무만 정지하고 반성하는 겁니까?"

지창밍은 단호히 말했다. "업무를 정지하고 반성하는 걸세. 성검찰원의 기율조사조 조장과 자네가 손을 맞잡고 조사조를 만들어 확실히 조사해보게. 그러면 성검찰원 당그룹에서 논의한 뒤에 다음 결정을 내리겠네!"

샤오강위는 머리를 긁적이며 일어나 사무실 안을 몇 걸음 걷다가 지창밍 앞에 서서 그럴듯하게 말했다. "검찰장님, 딩이전 사건을 교훈으로 삼아야 하는 것 아닙니까?"

지창밍은 거들떠보지도 않고 대꾸했다. "허우량핑과 딩이전이 무슨 상관이 있나? 교훈은 무슨." 샤오강위가 서둘러 말했다. "검찰장님, 먼저 자료를 보십시오. 허우량핑은 딩이전과 함께 회사를 차렸습니다!" 그렇게 말하며 그는 공상등기증을 지창밍에게 건넸다. 하지만 지창밍은 자료를 본 뒤에도 전혀 믿지 않고 절레절레 고개를 흔들었다. "그들이 함께 회사를 차렸다고? 참 웃기는 얘기구면." 샤오강위는 끓어오르는 의분을 참지 못하듯 말했다. "그러니까 말입니다. 이렇게 웃기는 일이 어디 있습니까? 정정당당한 성감찰원 반부패국 국장이 악명 높은 부패 사업가와 손을 잡고 석탄 투기 장사를 하다니……."

지창밍은 차가운 얼굴로 자료를 빤히 보며 샤오강위를 상대하지 않았다. 그가 샤오강위와 할 말이 뭐가 있겠는가? 여러 해 함께 일했기 때문에 지창밍은 누구보다 그가 어떤 사람인지 잘 알았다. 샤오강위가 얼마나 사리사욕에 밝은 인물인지는 성검찰원 안에서도 소문이 자자했다. 그는 무슨 일을 하든 자기 잇속을 챙겼다. 설이나 추석 같은 명절에 직장에서 선물로 달걀이나 쌀, 땅콩기름 같은 것을 나눠주면 별별 이유를 다 대며 조금이라도 더 가져가려고 난리였다. 검찰원에서 일하는 운전기사조차 이런 그를 우습게 알았다. 때로는 잇속을 챙기는 것이 지나쳐 범죄에 가깝기도 했다. 한번은 샤오강위가 직무 범죄 예방을 주관할 때, 어디서 났는지 담배 한 상자를 어느 기업의 회장에게 팔았다. 회장은 재무부에 지시해 그에게 몇 만 위안의 돈을 보냈고 담배도 그에게 선물로 돌려보냈다. 그런데 뜻밖에도 샤오강위는 훗날 같은 기업가에게 또다시 그 담배를 팔았다. 회장은 할 수 없이 몇 만 위안을 그에게 보내며 담배는 그대로 받아뒀다. 행여 그가 또 담배를 팔지 않을까 걱정됐기 때문이었다. 하지만 막상 가져와서 보니 담배는 이미 못 쓰게 되어 있었다.

샤오강위는 심지어 야심도 컸다. 성검찰원 검찰장 자리를 노린 지가 한참이어서 여기저기 빌붙어 그 자리를 얻으려고 애썼는데, 그 결과로 모두의 반감을 사서 더 이상 성검찰원에 있을 수 없게 됐다. 사실 샤오강위는 정통 정법계 간부로 H대학 정법과를 졸업했으며, 가오위량이 발탁한 인물이다. 징저우시 검찰원 검찰장 자리에 앉혀준 것도 가오위량이었다. 용의 꼬리에서 뱀의 머리가 되어 최고 책임자가 된 뒤에야 샤오강위는 지저분한 짓거리를 멈췄다. 그런데 오늘 사건을 처리한다는 구실로 성검찰원으로 돌아와 마치 암행어사라도 된 것처럼 행동하니 지창밍은 속이 뒤집어질 것 같았다. 하지만 속이 뒤집힌다고 뭘 어쩌겠는가? 지창밍은 아무렇지 않은 척 표정을 드러내지 않았다.

그때 문이 열리더니 허우량펑이 앞서 들어오고 기율검사조 조장이 그 뒤를 따라왔다. 허우량펑은 노크도 하지 않고 벌컥 문을 열어 찬바람을 몰고 들어왔다. 그 모습은 범죄 용의자가 조사를 받으러 온 게 아니라 오히려 심문하러 온 듯 보였다. 샤오강위는 이런 허우량펑에게 놀라지 않을 수 없었다.

지창밍은 사무실 책상 앞에 앉아 공무를 집행하듯 샤오강위를 가리키며 무표정하게 소개했다. "허우 국장, 여기는 샤오강위 동지로 징저우시 검찰원 검찰장이네. 3년 전에 우리 성검찰원에서 부검찰장을 지내기도 했지." 샤오강위는 억지 미소를 지으며 인사했다. "허우 국장, 덕분에 오랜만에 고향에 왔습니다." 허우량펑도 웃으며 말했다. "샤오 검찰장님, 고향에 가족들을 만나러 오신 겁니까 아니면 모험하러 오신 겁니까?" 샤오강위는 잠시 멍한 표정을 짓다가 말했다. "허우 국장, 참 유머 감각이 있는 사람이군요. 나야 가족도 만나고, 또 모험도 하러 왔지요!" 허우량펑은 지창밍의 책상 맞은편에 앉았다. "검찰장님께서 가족도 잘 만나시고 모험도 성공하시길 바라겠습니다! 아, 그런데 죄송하지만 잠깐 자리 좀 피해주시겠습니까? 제가 류신젠 심문 건에 대해 지 검찰장님께 보고할 내용이 있어서요."

샤오강위는 눈이 휘둥그레져 손을 내저었다. "자리를 피할 게
뭐 있습니까? 허우 국장, 내가 왜 여기에 왔는지 알 것 아닙니까?
현재의 처지를 잊지 않고 조직의 조사에 협조해주길 바라겠습니
다." 그러나 허우량핑은 엄숙한 얼굴로 말했다. "조사를 조금 늦추
면 안 되겠습니까? 보고를 먼저 하게 해주시죠. 사건의 보안 규정
은 다들 아시지 않습니까? 중요한 직무 범죄 혐의자인 류신젠에
대한 심문 보고를 함께 들으려 하신다면 지 검찰장님께서도 규정
을 위반하시게 되지 않습니까? 관례를 깨고 같이 듣고 싶으시다
면 그것도 괜찮지만 저는 검찰장님의 명령에 따르겠습니다."

지창밍은 손을 내저었다. "규정은 규정이니 누구도 위반할 수
없지. 다들 잠깐 자리 좀 피해주게." 지창밍은 물론 허우량핑의 속
내가 무엇인지 잘 알고 있었다. 이런 정도의 눈치도 없다면 어떻
게 검찰장을 하겠는가. 이 원숭이 친구가 정말 똑똑한 것이 류신
젠의 심문에 대한 보고라면 이 방의 누군가가 가장 궁금해할 내
용이 아닌가. 지창밍은 나가지 않고 심문 내용을 알고 싶어 허우
량핑이 손에 쥔 파일을 뚫어지게 바라보는 샤오강위를 슬쩍 쳐다
봤다. 하지만 샤오강위도 오래 검찰원 생활을 한 인물인지라 누구
보다 사건의 보안 규정을 잘 알았다. 듣지 말아야 할 것은 들을 수
없었다. 결국 그는 씩씩거리며 기율검사조 조장을 따라 밖으로 향
했다. 하지만 그는 문 앞에 갔을 때 다시 돌아와 책상 위에 있는
허우량핑의 파일을 가져갔다.

샤오강위가 떠난 뒤 지창밍은 굳어 있던 얼굴을 풀고 컵에 물을
따라 허우량핑 앞에 무겁게 내려놓았다. "허우 국장, 자네 아주 좋
은 친구를 뒀네!" 허우량핑은 쓴웃음 지으며 고개를 저었다. "세

상인심이 이렇게 변할 수 있습니까? 차이칭공은 본래 소인이라 변덕이 심하고 염치가 없긴 하지만 어린 시절 친구에게 이럴 수 있습니까?" 지창밍이 물었다. "자네는 어째서 조심하지 않았나? 그런 인간에게 어떻게 뭘 받을 수 있어?" 허우량핑은 순간 어리둥절해졌다. "제가 뭘 받았단 말씀이십니까?" 지창밍은 사건의 내용을 밝히면 안 되는 줄 알면서도 관례를 깨고 이야기했다. "마오타이주 두 상자, 담배 한 상자, 2만 3000위안짜리 양복 말일세." 허우량핑은 억울하기 짝이 없었다. "받지 않았습니다. 전 지금까지 떳떳하게 살았기 때문에 겁날 게 없습니다." 지창밍은 가만히 책상을 두드리며 말했다. "우는 소리 하지 말게. 만약 떳떳하지 않으면 어떡하나? 차이칭공이랑 딩이전과 함께 석탄 회사를 차린 건 뭐야? 게다가 40만 위안의 무상주도 받았다며? 공상등기증과 은행 카드, 계좌 이체 확인증이 아까 그 파일에 있었어!" 허우량핑은 차가운 공기를 깊이 들이쉬며 말했다. "어떻게 된 건지 알겠습니다. 상대가 어떻게든 저를 죽이려고 촘촘한 그물을 짰네요."

지창밍은 예술적으로 그동안 있었던 일들을 하나하나 흘렸다. "그리고 자네 스승이자 우리 상관인 가오위량 부서기께서 자네를 생각하면 정말 가슴이 아프다고 하시더군. 하지만 제갈량의 심정으로 눈물을 훔치더라도 마속의 머리를 베어야겠다고 하셨네." 허우량핑도 자신의 입장을 분명히 했다. "검찰장님, 아직 잘 모르시나 봅니다. 제 목을 친다고 가오 선생님께서 눈물 흘리실 것 같습니까? 정말 간신히 짜낸다고 해도 아마 악어의 눈물일 겁니다." 지창밍은 이미 알고 있다는 듯 씩 웃었다. "상대가 그물을 짰다는 걸 안다면 가능한 한 빨리 그 그물을 찢어야겠구먼. 자네 스스로 결백을 증명하고 조만간 돌아와 열심히 일해야지! 만약 자네가 그럴 능력도 없는 머저리라면 그냥 꺼지게!"

허우량핑은 피식 웃었다. "좋은 말씀이십니다! 그런데 한 가지 궁금한 점이 있습니다. 어째서 샤 서기님이 제게 업무를 중지하라는 명령을 내리신 겁니까? 새 성서기께서도 어떤 급소는 건드리지 못하시는 걸까요?" 지창밍은 고개를 저었다. "그건 나도 정확히 모르겠네. 샤 서기님이 내게 뭐라고 더 말씀하지 않으셨으니까." 허우량핑은 잠시 생각에 잠겼다가 말했다. "4개월 전, 샤 서기님이 저와 이야기를 나누실 때 검찰장님도 계시지 않았습니까. 그때 서기님께서 분명 H성 반부패 문제에 관해서는 위로든 아래로든 성역을 두지 않겠다고 하셨는데 그 말이 진짜일까요?" 지창밍은 뭐라 대답하지 않고 그저 이렇게 말했다. "지금 찍힌 건 자네야. 샤 서기님 이야기는 해서 뭐 하나? 기율위원회나 검찰이라고 부패한 사람이 없다고 보장할 수 있나?" 어쩌면 샤오강위가 바로 그런 사람 중 하나일 것이다. 허우량핑은 손을 내저으며 샤오 검찰장을 들어오게 하자고 했다.

잠시 후 샤오강위가 들어와 질의를 시작했다. "허우 국장, 다들 검찰 계통 종사자들이니 에둘러 말하지 맙시다. 우리가 허우 국장을 왜 찾아왔는지 잘 알 겁니다. 앞으로 일곱 가지 질문을 하겠습니다." 허우량핑의 얼굴에는 가소로운 듯한 미소가 떠올랐다. "샤오 검찰장님, 저는 어떤 질문에도 답하지 않겠습니다! 말씀하신 것처럼 다 같은 업계 종사자인데 돌려 말할 게 뭐 있습니까? 저는 그동안 범인에게 자백 받지 않고도 확실한 증거만으로 사건을 처리한 경우가 여러 번 있었습니다. 검찰장님께서도 그렇게 처리하시죠! 저는 검찰장님의 결정을 기다리겠습니다. 그리고 괜찮다고 하시면 돌아가서 잠을 좀 자고 싶습니다!" 샤오강위는 버럭 화를 냈다. "허우량펑, 자네 너무 오만한 것 아닌가?" 허우량펑이 차가운 미소를 지었다. "이런 걸 배짱이라고 하죠. 불의에 굴복하지 않는 정신이고요. 증거를 가지고 저를 처리하시면 됩니다!" 샤오강위는 자리에서 벌떡 일어났다. "검찰장님, 이런 경우가……." 그제야 지창밍은 자기 의견을 밝혔다. "그래, 이왕 이렇게 됐으니 내가 결정하지. 허우량펑 동지는 오늘부터 근신하면서 조직의 조사를 받도록."

숙소로 돌아온 허우량펑은 쓰러지듯 침대에 누워 다시 일어나지 못했다. 피로감과 답답함, 억울함으로 머리가 터질 것 같았다. 마음속으로 받은 충격은 무엇과 비할 수 없을 만큼 컸다. 그는 마치 심각한 내상을 입은 사자 같았다. 상대 앞에서는 아무렇지 않은 척 버텼지만 오장육부에서는 줄줄 피가 흘렀다.

그는 몸을 뒤집어 양팔과 양다리를 쫙 펼치고 큰대자로 누워 멍하니 천장을 바라봤다. 허우량펑은 이미 이곳에 익숙해졌다. 안에는 화장실이 딸린 침실이 있고, 밖에는 작은 거실 겸 주방이 있어 살기에는 불편함이 없었다. 4개월이나 살다 보니 그는 자신의 임시 거처에 어떤 애정이 생겼다. 하지만 오늘 이 방은 감옥처럼 변해 허우량펑의 자유를 앗아갔고, 그는 이런 사실을 받아들이기 어려웠다. 그는 정말 벌떡 일어나 숙소 안의 모든 것을 와장창 때려 부수고 싶었다.

어려서부터 지금까지 허우량펑은 좋은 역할만 맡았고, 사람들의 칭찬과 신임을 한 몸에 받았다. 학업이든 업무든 그는 늘 돋보이는 실력자였다. 그의 성실함과 청렴함은 모든 상관과 동료들이 인정하는 바였고, 속으로 이렇게 청렴한 자신에 대해 줄곧 자부심을 느껴왔다. 그런데 그런 그에게 오늘 오점이 생긴 것이다. 마치 하얀 비단 위에 진흙을 처바른 것이나 다름없었다. 반평생 직무 범죄 혐의자를 조사하고 심문했던 그가 바로 그 직무 범죄 혐의자 가 된 것이다. 그 고통은 말로 표현할 수 없어 수많은 가시가 그의 몸 안을 마구 찔러 독이 골수로 침투하는 것 같았다.

선생님은 자신의 패를 다 보이며 담판을 짓던 날, 열심히 조사 해보면 깨끗한 간부는 몇 명 되지 않는다고 노골적으로 말씀하셨 다. 선생님의 논리에 따르면 자신은 본래 깨끗하지 않은데 거기에 차이청공의 신고까지 더해진 것이 아닌가! 허우량핑은 차이청공 의 신고를 얕잡아봤다. 사실 그는 미친개가 날뛰며 마구 무는 것 일 뿐 아무 근거가 없다고 생각했다. 헌데 뜻밖에도 선생님이 이 미 증거까지 확실히 만들어놓았다. 그가 지금 마주한 국면은 매 우 심각해 성위원회 샤루이진 서기가 그에게 근신 명령을 내린 것 에도 일리가 있다고 인정할 수밖에 없었다. 반부패국 국장이 딩 이전, 차이청공과 손을 잡아 광산을 운영하고 공상등기증에 그의 서명도 있다고 하지 않나. 더 문제인 것은 배당금으로 받았다는 40만 위안이다. 민성 은행 카드에 계좌 이체 확인증이 있다는데 무슨 말을 더 할 수 있겠는가? 그러나 대체 어떻게 이런 일이 가 능하단 말인가? 그들은 어떻게 그런 것들을 만들어냈을까? 도무 지 알 수 없는 노릇이었다.

아무리 해도 잠들 수 없던 허우량핑은 침대에서 일어나 창문을 열고 어두운 밤 풍경을 바라봤다. 눈이 멈추고 건물 꼭대기와 나 뭇가지에 얇은 눈이 쌓여 있었다. 조명에 비친 눈들이 은백색으로 빛났다. 반면 길에 쌓인 눈들은 금세 녹아 비라도 내린 것처럼 노 면을 흠뻑 적시고 있었다. 고요하고 깊은 밤, 도시는 넓게 변해 어쩐지 외로운 기분이 들었다. 매서운 찬바람이 집 안으로 들어오니 머리가 맑아졌다.

뒤엉켜 있는 실마리들을 잘 풀어보자. 신분증이 모든 사건의 핵심이다. 공상등기를 하거나 은행 카드를 만들 때 신분증은 꼭 있어야 한다. 그럼 차이칭공은 어떻게 그의 신분증을 가지고 있었을까? 불가능한 일이다. 하지만 만약 차이칭공에게 그의 신분증 복사본이 있다면 관계자들에게 부탁해 많은 일들을 처리할 수 있었을 것이다. 그렇다면 차이칭공에게 그의 신분증을 손에 넣을 기회가 있었을까? 열심히 기억해내려 애쓰던 그는 4년 전에 참가했던 동창회를 어렴풋이 떠올렸다. 오랜만에 동창들을 만나 즐거웠던 나머지 자기도 모르게 술을 많이 마셔서, 동창들이 모임이 있던 그 호텔에 방을 잡아 그를 재웠다. 맞다! 그때 차이칭공이 그의 신분증을 호텔에 보여주고 방값을 냈다. 분명 당시 몰래 손을 써서 그의 신분증을 복사했을 것이다.

그럼 차이칭공은 그때부터 그를 모함하려고 했을까? 그럴 리 없고, 그럴 필요도 없었다. 허우량핑은 차이칭공이 징저우시 공안국 유치장에서 협박이나 교사를 받아 함부로 사람을 물게 됐을 거라고 분석했다. 그 옛날 차이칭공이 그의 신분증을 훔쳐 복사본을 만든 데에는 아마도 말 못 할 다른 사정이 있을 것이다. 그렇다면 차이칭공 외에 그 말 못 할 사정을 아는 사람이 누구일까? 차이칭공의 경제 활동은 따펑 공장과 떼려야 뗄 수 없으니 그의 경리는 내막을 알고 있을 것이다. 사장인 차이칭공이 직접 은행 카드를 만드는 자질구레한 일을 하지 않았을 테니 그의 경리가 했을 가능성이 높다. 생각이 점점 명료해졌다. 따펑 공장 경리가 핵심 인물이니 가능한 한 빨리 그를 찾아야 한다. 또한 차이칭공이 베이징에 왔을 때 같이 올라왔던 운전기사가 마오타이주와 담배를 들고 내려갔다. 그리고 아내도 있다. 아내에게 전화해 양복을 보냈던 택배 영수증을 찾아보라고 해야겠다. 아내는 세심한 사람이라 분명 영수증을 가지고 있을 것이다.

42

아들의 병원에서 루이커와 마주친 천옌스는 허우량핑이 근신 처분 받았다는 소식을 들었다. 직업적 육감이랄까, 그는 허우량핑의 뇌물 사건과 아들 천하이의 교통사고가 같은 성질의 문제임을 눈치챘다. 두 사람은 아마도 누군가가 그들에게 보여주고 싶어 하지 않는 패를 봤을 것이다. 연세가 지긋한 검찰장은 다시 일하기로 마음먹었다. 그는 따펑 공장을 찾아가 요우 경리와 차이청공의 벤츠를 몰던 기사 샤오첸을 찾기로 했다. 허우량핑의 말대로 그두 사람이 허우량핑의 결백을 증명해줄 수 있을 것이다. 천옌스는 게으름을 피울 새도 없이 자전거를 타고 따펑 공장으로 향했다. 왕년에 자전거로 몸을 단련했던 늙은 다리에는 꽤 힘이 있어 자전거 바퀴가 바람을 내며 빠르게 굴러갔다.

태양이 떠오르면서 어젯밤의 첫눈이 점점 녹기 시작했다. 마른 가지는 촉촉해졌고, 한 방울 두 방울 떨어진 물방울이 차갑고 메마른 땅을 적셨다. 천옌스는 광밍호를 따라 자전거를 몰았다. 채 녹지 않은 눈을 이고 있는 호숫가의 누렇게 마른 갈대들은 마치 작고 하얀 모자를 쓴 것 같았다. 호수의 물이 출렁이며 수많은 금빛이 튀어 올랐다.

천옌스는 허우량핑을 생각하면 마음이 아팠다. 베이징에서 내려온 허우 국장은 그의 아들 천하이보다 강한 아이다. 그런 그의 신고가 접수되다니, 뇌물을 받고 불법을 저지른 천칭첸이 들어갔고 자오리춘의 주임 비서 출신인 류신젠도 들어갔으니 나쁜 놈들이 허우량핑을 미워하는 것은 어찌 보면 당연한 일이다. 그를 모함하지 않으면 누굴 모함하겠는가?

따펑 공장에 들어서니 수위 라오웨이가 천옌스에게 인사를 건넸다. 그는 라오웨이에게 자신의 자전거를 대신 세워줘도 된다고 허락했다. 최근에 천옌스는 특별한 일이 없으면 따펑 공장을 찾아왔다. 갓 태어난 아기에게 관심을 갖는 것처럼 신따펑의 발전에 관심이 많이 갔다. 샤루이진 서기가 따펑 공장을 시찰한 뒤, 노동자들은 더 이상 원숭이처럼 창문으로 출퇴근하지 않고 당당하게 작업장 대문으로 들고 났다. 뿐만 아니라 리다캉 서기가 시외의 신개발구에 새로운 공장을 마련해주겠다고 했다. 천옌스는 고위층 지도자의 관심과 보살핌이 없으면 말단 노동자들끼리 뭔가를 이뤄내기가 하늘의 별따기보다 어렵다는 사실에 자신도 모르게 한숨이 나왔다. 이것이 중국의 현실이란 말인가.

천옌스는 공장의 작은 건물에 들어갔다. 2층 회의실에서 정시포와 라오마, 정셩리 등이 생산 관리 회의를 마치고 막 일어나려던 참이었다. 천옌스는 그들을 막아서며 말했다. "다들 가지 말게. 우리 작은 회의 하나 더 하세. 내가 할 말이 있어." 사람들은 그가 무슨 말을 할지 몰라 그의 얼굴을 빤히 쳐다봤다. 천옌스는 허우량핑이 억울한 누명을 썼다며 증인이 필요한 상황임을 대충 이야기했다. "요우 경리랑 운전기사 샤오첸은 어디 있나? 빨리 와서 나 좀 보자고 하게."

정시포가 걱정스러운 표정으로 말했다. "지금 만나실 수 없습니다. 요우 경리랑 샤오첸은 며칠 전 차이청공이 타던 벤츠를 팔고 오겠다며 옌타이로 갔는데, 차도 사람도 어디 갔는지 감감무소식입니다."

천옌스는 순간 멍해지고 말았다. 이런 상황은 생각지도 못했다. 두 명의 증인이 모두 실종되다니!

정시포는 요우 경리와 운전기사 샤오첸이 어쩌면 차를 판 뒤 돈을 들고튀었을지도 모른다고 생각했다. 차를 팔자고 제안했던 정 성리는 경찰에 신고하자고 말했다. 잠시 생각하던 천옌스는 그의 제안에 반대하며 바로 사람들을 모아 두 사람을 찾아야 한다고 말했다. 만약 두 사람이 차를 팔아버리고 도망갔다 해도 어딘가에 단서가 남아 있을 것이다. "우리는 그 단서를 따라 그들을 찾아야 하네!" 천옌스의 명령을 들은 정시포는 그날 밤 사람들을 모아 두 사람을 찾기 시작했다.

따펑 공장에서 돌아온 뒤에도 천옌스는 걱정이 됐다. '요우 경리와 운전기사 샤오첸이 어떻게 이런 시점에 실종된단 말인가? 혹시 두 핵심 증인이 상대의 손에 넘어간 것은 아닐까?' 만약 그렇다면 두 가지 결과가 있을 수 있다. 하나는 요우 경리와 운전기사가 협박과 회유에 넘어가 위증하겠다고 동의하는 것이고, 또 다른 하나는 상대에게 제거돼 시체도 찾지 못하는 것이다. 지금 형세가 얼마나 위험한지는 말로 할 필요가 없었다.

그렇다면 샤루이진 서기를 찾아가보면 어떨까? 뭘 바꿀 수는 없다고 해도 성위원회 서기에게 주의는 줄 수 있지 않을까? 하지만 아무리 생각해도 그것은 적절하지 않았다. 두 증인을 찾지 못한 상태에서 그의 걱정은 걱정일 뿐이다. 증거가 없지 않은가. 게다가 샤루이진도 압력을 받고 있는 것은 아닐까? 허우량평의 선생이라는 가오위량 부서기가 대의를 위해서라면 제자의 목도 베겠다고 하지 않는가? 샤루이진에게도 어려운 상황일까 봐, 그것이 걱정이었다. 어쨌든 부임한 지도 얼마 안 된 성서기인데 이렇게 뿌리 깊은 파벌과 마주해야 하니…….

가오위량이 샤루이진에게 보고하러 가려고 준비하고 있을 때 샤루이진이 먼저 그를 찾았다. 톈궈푸도 자리를 함께했는데 몇몇 주요 지도자들과 곧 열릴 성위원회 확대회의(擴大會議)*를 상의하기 위해 샤루이진의 사무실로 부른 것이다. 샤루이진은 회의 주제를 설명했다. 바로 '집권당이 직면한 네 가지 시험에 관한 인식'으로 집권에 대한 시험, 개혁 개방에 대한 시험, 시장 경제에 대한 시험과 외부 환경에 대한 시험이었다. 그는 회의에서 이 주제에 대해 제대로 이야기하려 했다. 가오위량은 찬성의 뜻을 나타냈다. "정말 잘됐습니다. 동지들도 이런 시험이 얼마나 엄격한 것인지 알아야 합니다."

가오위량은 금세 화제를 돌려 손쉽게 자신이 하고 싶은 말을 하기 시작했다. "저의 제자 허우량핑 같은 반부패국 국장도 우리 성에 부임한 지 4개월 만에 부패하지 않았습니까."

톈궈푸는 가오위량 부서기가 관리 사회에서 베테랑이라 불리는 데에는 그만한 이유가 있음을 알았다. 그는 정치적 궤변에 능한 데다 천연덕스럽게 상관의 화제를 이용할 줄 알았다. 샤 서기가 말한 것은 네 가지 시험이란 주제로 이번 성위원회 확대회의를 어떻게 잘 진행할 것인가 하는 문제였는데, 가오위량은 거기에 허우량핑을 끌어들였다. 도대체 어째서 자신의 제자를 제거하지 못해

---

*　결의권이 있는 구성원 외의 관계자들이 광범위하게 참가하는 회의.

안달일까? "가오 부서기님, 반부패국 국장에 대해 당장 결론내릴 수는 없잖습니까?" 샤루이진이 말을 이어받았다. "물론 지금 결론은 못 내리지만 나타난 문제에 대해서는 반드시 직시해야 합니다. 정법 계통은 물론이고 톈 서기가 몸담고 있는 기율위원회와 감찰 계통도 예외는 아닙니다. 그 어느 곳도 부패한 관리가 없다고 보증할 수는 없으니까요!" 톈궈푸는 미소 지었다. "하지만 부임한 지 고작 4개월된 반부패국 국장이 부패했다는 건 쉽게 믿기지 않는 일입니다."

일단 싸우려면 반드시 상대를 사지로 몰아넣어야 한다. 그러지 않으면 파멸을 자초하게 된다. 가오위량이 보기에 샤루이진 서기는 허우량핑을 비호하겠다고 경솔하게 나설 사람이 아니었다. 특히 자신처럼 더 이상 올라갈 곳이 없는 정법 서기가 주시하고 있을 때에는 더더욱 그렇다. 지난날의 정치 경험을 바탕으로 예상하건대 샤루이진은 필요하다면 허우량핑 같은 졸병을 얼마든지 희생시킬 수 있을 것이다. H성의 전반적인 업무와 간부들의 단결력을 안정시킬 수 있다면 그깟 작은 졸병은 아무것도 아니다. 가오위량이 말했다. "톈 서기, 믿지 못할 게 뭡니까? 오늘날 우리나라의 부패 문제는 상황이 상당히 심각해서 못 믿을 일이 더 많이 벌어지고 있지 않습니까. 그런 의미에서 나는 기율위원회가 허우량핑을 정식으로 입건하고 조사하기를 제안하는 바입니다!" 톈궈푸는 태도를 보류했다. "성검찰원 기율검사조에서 지금 조사하고 있지 않습니까? 방금 전에 보고를 받았는데요." 그러자 가오위량은 평소와 달리 솔직히 이야기했다. "톈 서기, 일반적인 조사나 조사한다는 티를 내려고 하는 조사 말고, 정식으로 입건해 심문하고 조사하자는 겁니다. 정해진 시간과 장소에서 문제에 대해 진술하도록 하자고요." 텐궈푸는 가오위량과 샤루이진을 번갈아 보며 태도를 명확히 하지 않았다. 상황이 자신에게 유리하다고 느낀 가오위량은 조금 더 압박했다. "샤 서기님, 이 일은 서기님이 결정하시죠!"

샤루이진은 잠시 생각하더니 노련하게 빠져나갔다. "내가 결정하기도 쉽지는 않은 것 같습니다. 증거가 아직 확실하지 않습니다. 만일 잘못되면 누가 책임을 집니까? 가오 서기, 이 일에 대해 책임지실 수 있겠습니까?" 가오위량은 쓴웃음을 지었다. "이러기도 저러기도 어려운 일이긴 합니다. 특히 제게는 더 그렇습니다. 그저께 회의에서 리다캉 서기를 만났는데 그가 제게 묻더군요. 하지만 리 서기에게 대체 뭐라고 말해야 좋을지 모르겠더란 말입니다." 샤루이진이 그의 말에 주목하며 물었다. "리다캉 서기가 뭐라고 물었습니까?" 가오위량은 말을 흐렸다. "그걸 말할 필요가 있겠습니까? 그의 전처도 은행 카드를 받아서 들어갔고, 허우량핑도 은행 카드를 받았다니 이거 뭘 어떻게 하겠습니까? 신고자는 모두 차이청공이고 똑같이 은행 카드를 건네지 않았습니까? 이게 어떻게 된 일이겠습니까?" 텐궈푸는 그의 말에 반박했다. "그건 다르지 않습니까? 제가 알기로 허우량핑과 검찰원은 어우양징 부행장을 체포할 때 차이청공의 신고나 은행 카드 한 장에 기대지 않았습니다. 그들은 어우양징이 뇌물로 받은 카드를 직접 사용하는 순간을 포착해 확실한 증거를 확보한 뒤에 체포 작전을 실행에 옮겼습니다. 이를테면 작전을 실행하기 전까지 어우양징 부행장의 자백 없이도 죄를 물을 수 있게 신중에 신중을 기한 겁니다."

그러자 가오위량이 다시 화제를 바꿨다. "세상에는 이야기를 꾸며내는 사람들이 많죠. 어떤 이들은 우리 성에 정법계가 있고 제가 그 수장이라고 하기도 하더군요. 허우량핑은 제 제자였으니 정법계라고 할 수 있을 겁니다. 이런 때에 제가 태도를 분명히 하지 않는다면 어떻게 하겠습니까?" 그 말에 샤루이진이 바로 물어봤다. "가오 서기, 오늘 직접 정법계에 대해 언급하셨으니 물어보는데, 우리 성에 정말 그런 간부들의 모임이 있습니까?" 가오위량은 침착하게 말했다. "뭐라 말씀드려야 할까요? 제 주관적으로 보면 없습니다만 객관적으로 보면 있다고 할 수 있습니다." 샤루이진은 씩 웃었다. "역시 교수 출신이라 변증법을 잘 배우셨습니다. 좀 더 자세히 듣고 싶군요."

분위기가 좋다고 생각한 가오위량은 미소 띤 얼굴로 당당하고 차분하게 말했다. "주관적으로 말하자면 저는 단 한 번도 국민으로부터 받은 권력을 어느 한 명의 학생에게 몰래 주려고 한 적이 없습니다. 하지만 객관적으로 보면 아마도 그런 일이 있었을 겁니다. 오랫동안 법학 교수로 있었으니 제자도 적지 않지요. 자기의 제자에게 감정이 없는 사람이 어디 있겠습니까? 그러다 보니 인재를 발탁할 때 편애를 피하기 어려운 경우도 있었습니다." 톈궈푸는 농담 반 진담 반으로 말했다. "치퉁웨이가 바로 가장 편애한 제자 아닙니까!" 가오위량은 그 말에 깜짝 놀라 서둘러 해명했다. "하지만 개인적인 감정은 개인적인 감정이고, 원칙적인 입장은 원칙적인 입장 아니겠습니까!"

샤루이진은 자신의 성향을 슬며시 드러냈다. 그는 가오위량의 고충을 완전히 이해하며 그 기분을 알 것 같다고 하면서도, 이런 때일수록 확고한 의지가 있어야 한다고 말했다. 그러나 그는 제자를 비호한다는 말을 들을 것이 두려워 증거도 불충분한 상황에서 허우량핑에게 쌍규를 적용할 순 없다고 말했다. 톈궈푸는 옆에서 맞장구쳤다. "그렇습니다. 정식으로 입건해서 조사하는 일은 신중에 신중을 기해야 합니다."

　가오위량은 한발 물러날 수밖에 없었다. "알겠습니다. 어쨌든 제 할 말은 다 했으니 두 분이 정하십시오." 샤루이진은 잠시 생각하더니 입을 뗐다. "내 생각에는 경솔하게 움직이기보다는 가만히 있는 편이 나을 것 같습니다. 일단 현재 상태를 유지하도록 합시다. 계속 조사하고 증거를 확보해 신고가 사실로 드러나면 그때 다시 이야기하도록 하죠." 가오위량은 그래도 미련이 남는지 다시 한 번 언급했다. "현재는 두 핵심 증인이 갑자기 사라진 상태라 허우량핑의 문제를 정확히 조사하기 어렵습니다." 톈궈푸가 그의 말을 되짚었다. "그런 상황이 있었습니까? 일이 좀 복잡해졌군요." 가오위량은 슬쩍 떠보듯 한 가지 제의를 했다. "차라리 허우량핑을 정법 부문에서 전출시키면 어떻겠습니까?" 그러자 샤루이진이 잠시 생각하더니 뜻밖의 대답을 내놓았다. "그럴 필요가 있습니까? 그럴 바에야 허우 국장을 베이징으로 돌려보내는 게 나을 것 같은데요. 자기가 있던 곳으로 돌아가게 하는 겁니다. 그럼 우리도 시름을 덜 수 있지 않겠습니까?" 그 말에 가오위량은 눈빛을 반짝거렸다. "아, 그것도 좋은 선택일 것 같군요."

　샤루이진은 이 화제에 대해 더 이야기하는 대신 가오위량과 톈궈푸에게 한 가지 일을 통보했다. 홍콩에서 최근에 나온 《경감》이란 주간지에 기사가 하나 났는데 그가 H성에서 경극 〈샤지아방〉을 재현하고 있다며 호되게 비평했다는 것이다. 샤루이진은 불같이 화를 내며 말했다. "내가 〈샤지아방〉을 재현하고 있는지 아닌지는 중요하지 않습니다. 문제는 기사에서 샤 모 씨라는 서기가 H성이 이뤄온 개혁 개방을 부정하고 있다며 나를 공격했다는 겁니다! 이게 기사의 핵심이에요! 나는 선전부에 자료를 준비하게 해서 반박할 생각입니다." 톈궈푸는 위로하듯 말했다. "홍콩의 정치 잡지들은 종종 헛소리를 하니 굳이 신경 쓰실 필요 없습니다." 하지만 샤루이진은 탁자를 탁 치며 말했다. "그 글은 이간질을 하고 있습니다. 만약 전임 서기와 오랜 동지들이 그 기사를 본다면 어떻게 생각하시겠습니까? 특히 자오리춘 서기님 말입니다! 그 작자들은 어떻게 마음보가 그렇게 독하답니까?"

"특히 자오리춘 서기님 말입니다!" 이것이 바로 핵심이었다! 가오위량은 화를 내고 있는 성위원회 서기를 말없이 주목하며 속으로 생각했다. '이 신임 서기도 신경이 쓰였나 보군.' 그는 샤루이진의 말을 이어받아 감격한 듯 말했다. "그렇습니다. 자오리춘 서기는 성장으로 8년, 서기로 10년을 일하시며 우리 성의 개혁 역사에서 매우 중요한 페이지를 쓰신 분 아닙니까. 지금은 당과 국가의 지도자 가운데 한 분이시고……."

샤루이진 서기의 사무실이 있는 1호 건물을 나오는 가오위량의 기분은 한결 가벼워져 있었다. 성위원회 서기의 약점을 봤다고 확신했기 때문이다. 바로 샤루이진이 H성이란 들판에 불을 지르려 해도 한계가 있어, 이 불이 베이징의 자오 가문까지 번지지 않기를 바란다는 것이다. 그러니 먼저 허우량핑을 베이징으로 돌려보내면 어떻겠느냐고 제의한 것 아니겠는가. 성서기의 이런 생각은 가오위량에게도 매우 뜻밖이었다. 물론 샤루이진은 신중한 사람이라 상대가 허우량핑을 처치하는 것도 바라지 않으리라. 그렇다면 그도 다음 전략을 조정해야 하지 않을까?

43

  아침에 일어난 허우량핑은 졸음이 채 가시지 않은 상태로 창밖을 내다봤다. 이런, 또 눈이 내리는군. 이번 눈은 얼마나 많이 오는지 눈꽃이 하얀 나비처럼 무리 지어 파닥파닥 유리창에 부딪쳤다. 세상은 혼란스럽고 멀리 있는 빌딩도 흐릿했다. 허우량핑은 차를 우려내 창가에 앉아 마시며 눈 내리는 풍경을 구경했다. 창문의 밖과 안은 전혀 다른 세계로, 집 안은 유난히 고요했다. 지난 이틀은 신기할 정도로 조용해 그의 마음을 허하게 했다. 샤오강위 검찰장과 사건전담조는 더 이상 상황을 묻기 위해 찾아오지 않았다. 허우량핑은 그들이 충분한 증거를 모으는 중임을 알고 있었다. 그들은 어쩌면 진짜로 그의 자백 없이 사건을 처리할지도 모른다. 어젯밤 루이커가 전화를 걸어와 증인들이 실종된 상황을 알려줬다. 정말 나쁜 소식이 아닐 수 없었다. 허우량핑은 루이커의 말을 듣자마자 말했다. "두 증인이 어쩌면 이미 치퉁웨이 청장 손에 넘어갔을지도 모르지." 정말 그렇다면 샤오강위의 조사조는 곧 그에게 따져 물을 테고, 그의 선생 가오위량은 확실한 증거를 들고 샤루이진 서기를 찾아가 그를 사지로 몰아넣을 것이다. 이런 고요함 가운데 살기가 숨어 있는 법이다. 보이지 않는 밧줄이 이미 그의 목에 걸려 점점 조여오는 듯했다.

  허우량핑은 불쑥 눈이 쌓인 밖으로 뛰어나가 운동을 하고 싶은 충동을 느꼈다. 답답하고 고요한 작은 집이 그를 질식시키고 있었다. 그는 생명의 깃발을 높이 치켜들어야겠다고 생각했다.

허우량핑은 깔끔하게 차려입고 집 밖으로 나섰다. 엘리베이터를 타고 1층으로 내려온 그는 숨을 깊이 들이쉬고 흰 눈이 펄펄 내리는 운동장을 향해 단숨에 뛰어갔다. 그는 몸을 풀 듯 담을 따라 두 바퀴를 뛴 뒤에 사랑해마지않는 평행봉을 바라봤다. 평행봉 위에는 두꺼운 눈이 쌓여 있었다. 그는 장갑으로 눈을 털어낸 다음 패딩 점퍼를 벗고 가볍게 뛰어올라 평행봉을 잡고 앞뒤로 몸을 흔들기 시작했다. 허우량핑은 때로 물구나무를 서고 때로 몸을 이리저리 옮기며 몸을 강하게 단련했다. 얼마 지나지 않아 가슴속에 불꽃같은 열정이 살아나 하늘에 흩날리는 눈도 녹일 수 있을 것 같았다. 고민과 슬픔, 스트레스는 운동을 하며 점차 풀려 멀리 날아가버렸다.

밤이 되자 그는 어느 때보다 아내가 그리워졌다. 아내 종샤오아이는 마음이 잘 통해 이렇게 답답한 시기에 정신적, 감정적 지주가 되어줬다. 양복을 제때 차이청공에게 택배로 돌려보낼 수 있었던 것도 아내 덕분이다. 아내는 택배 영수증을 보관하지는 않았지만 택배를 받아 서명한 사람을 찾아냈다. 2만 3000위안짜리 뇌물을 받았다는 혐의는 이렇게 사라졌다. 종샤오아이가 확인한 양복 원가는 비싸봐야 300위안에서 500위안에 불과했다. 뇌물이라 부르기에도 우스운 가격이지만 상대는 그것만으로도 증거를 삼아 허우량핑을 처치하려 할 것이다. 기율검사 업무를 맡고 있는 아내는 이처럼 영리하고 적당히 조심할 줄 아는 사람이었다. 매일 밤마다 허우량핑은 컴퓨터 앞을 지키며 아내와 화상 채팅을 했다. 어제는 아내가 중앙기율검사위원회의 순시조가 곧 있으면 H성에

순시를 간다고 알려줬다. 회피 규정에 따라 그녀는 이 순시에 참
여할 수 없지만 연차를 내서 그를 만나러 갈 준비를 하고 있으며,
상관에게 허락도 받았다고 했다.

종샤오아이는 환한 목소리로 말했다. "여보, 기다리고 있어. 내
가 이번에 가서 화끈하게 지원해줄게!"

큰 눈이 그치고 얼마 지나지 않아 종샤오아이가 징저우에 왔다.
부부가 여러 달을 떨어져 살았으니 애틋함이야 두말할 필요가 없
었다. 허우량핑은 아내를 위해 라웨이뤄쓰와 징저우마야 등의 요
리를 한 상 가득 차려냈다. 또 이로 맥주 두 병을 따서 각자 한 병
씩 나눠 마셨다. 이빨로 병뚜껑을 따는 남편의 개인기를 그다지
좋아하지 않는 종샤오아이는 뾰로통하게 한마디 던졌다. "어이구,
당신은 왜 만날 그렇게 따? 언제 어른 될래?" 허우량핑은 맥주를
따르며 웃었다. "자연 병따개가 편해서."

두 사람은 정겹게 먹고 마시며 이야기를 나눴다. 그러는 사이
기적에 가까운 일이 조용히 일어나고 있음은 전혀 눈치채지 못했
다. 허우량핑이 이로 네 번째 맥주병 뚜껑을 따고 있을 때, 편지
봉투 하나가 소리도 없이 문 아래쪽 틈으로 밀려 들어왔다. 잠시
후 화장실에 가려고 일어선 허우량핑이 봉투를 발견했다. 봉투를
열어보니 안에는 세 장의 사진이 들어 있었다. 첫 번째는 어딘가
아파 보이는 가오위량이 잠옷을 입은 채 침대 머리맡에 앉아 있고
가오샤오친이 그에게 물을 먹이고 있는 사진이었다. 가오위량은
술에서 막 깬 듯한 모습이었다. 두 번째 사진에는 가오 선생과 가
오샤오친이 한 객실에서 조심스럽게 나오는 모습이 담겨 있었다.
마지막 세 번째 사진은 더욱 흥미로웠다. 가오 선생이자 가오 부
서기가 아칭사오 가오샤오친을 가볍게 껴안은 채 술잔을 들고 달

콤한 미소를 짓고 있는 게 아닌가.

허우량핑은 이게 웬 횡재인가 싶어 이마를 탁 치며 소리쳤다. "여보, 나 대박난 거 같아!"

종샤오아이가 다가와 사진을 살펴봤다. "맙소사, 우리 선생님이 플레이보이셨어? 나 진짜 깜짝 놀랐어!"

허우량핑은 아내에게 사진 분석을 도와달라고 부탁했다. 종샤오아이는 검찰원 숙소에 편지 봉투를 밀어 넣은 걸 보면 내부자 소행이 틀림없다고 금세 판단했다. 그 말인즉슨 검찰원 안에 허우량핑의 지지자가 있는데, 이 지지자가 근신하고 있는 반부패국 국장에게 적절한 때에 정보를 제공해 반격의 기회를 만들어줬다는 것이다. 하지만 허우량핑은 혹시 이게 또 다른 속임수는 아닌지 걱정됐다. 종샤오아이는 자신의 생각을 고집했다. 무엇보다 사진이 있고 진상이 있지 않은가. 마침 세 장의 사진은 이야기가 매끄럽게 연결되고 있었다. 한 장은 같이 술을 마시고, 다른 한 장은 침대에서 음식을 먹여주며, 마지막 한 장은 두 사람이 볼일을 마치고 객실을 나오는 모습이니 말이다. 허우량핑이 가오위량을 조사해 이 상황을 뒤집어주길 바라며 누군가가 이 사진들을 보낸 것이라고 종샤오아이는 확신했다.

하지만 허우량핑의 생각은 좀 달랐다. 어쩌면 상대편 내부에 갈등이 생긴 건 아닐까? 현재 파악한 상황에 따르면 가오샤오친을 비롯한 그들 이익 집단의 관계는 뒤죽박죽이다. 베이징의 자오 가문이 징저우에 지나친 횡포를 부렸기 때문이다. 그들이라고 언제까지 똘똘 뭉칠 수는 없지 않겠는가. 그렇다면 허우량핑을 이용해 내부 갈등을 해결하려는 것일 수도 있었다. 남편의 의견을 들은 종샤오아이는 좋은 아이디어를 떠올렸다. "허우 국장님, 제게 한 가지 제안이 있는데요. 이 사진 세 장을 가지고 가오 선생님 댁에 가서 다시 따자시에를 먹는 건 어떻습니까?" 허우량펑에게는 그럴 만한 자신이 없었다. "날 모함하려는 수작이 다 들통났는데 선생님이 나한테 또 밥을 먹자고 하시겠어? 게다가 이 겨울에 게가 어디 있어?" 종샤오아이는 자신만만하게 말했다. "당신이 게 요리 먹을 수 있다고 내가 보장한다! 게가 안 되면 다른 거라도 먹으면 되지. 선생님이 얼마나 눈치가 빠른 분이신데." 허우량펑은 잠시 생각한 후에 말했다. "마지막으로 저녁이라도 먹자고 하면 초대해 주실 것 같긴 하네. 나도 비장의 무기가 있고. 근데 괜히 건드려서 상대가 경계하도록 만드는 거 아닐까?" 종샤오아이는 피식 웃었다. "더 경계할 게 뭐 있어? 도망갈 놈들은 다 도망갔다며? 가오샤오친, 자오루이룽 둘 다 홍콩에서 돌아오지 않았잖아. 치퉁웨이도 도망가려고 했으면 벌써 도망갔겠지."

식사를 마친 뒤 부부는 낮잠을 자러 방에 들어가 사랑을 나눴고, 허우량펑은 푹 잠이 들었다. 종샤오아이는 조용히 일어나 바깥 거실에 앉아 자세히 사진을 살펴봤다. 잠시 후 잠에서 깬 허우량펑이 기지개를 켜며 나왔다. 그러자 종샤오아이는 눈웃음을 치며 사진 세 장에 대한 분석을 마쳤다고 말했다.

허우량펑은 종샤오아이 옆에 앉아 눈을 크게 뜨고 아내의 가르침을 구했다. 종샤오아이는 첫 번째 사진을 가리키며 말했다. "물을 먹이는 이 사진 좀 봐. 가오샤오친의 헤어스타일이 이제 막 한 거잖아. 근데 선생님은 머리가 좀 길지. 적어도 20일은 이발을 하지 않은 거야." 그녀는 다음 사진을 보며 말했다. "가오샤오친은 변화가 크지는 않지만 헤어스타일이 약간 바뀌었어. 선생님은 막 이발을 한 상태고." 허우량펑은 고개를 끄덕였다. "당신 진짜 섬세

하네."그때 종샤오아이가 마지막 사진을 가리켰다. "앞의 두 사진보다 두 사람 모두 훨씬 젊어 보이지 않아?" 허우량핑은 순간 아내의 말뜻을 깨달았다. "이 세 장의 사진은 같은 장소, 같은 시간에 찍은 게 아니다? 맞지?" 종샤오아이가 허우량핑의 이마를 콕 찍으며 결론을 내렸다. "상대는 선생님을 궁지로 몰려고 매우 정성들여 판을 짰어."

그렇다. 누군가가 일부러 판을 짰을 수 있다. 허우량핑은 생각에 잠겨 천천히 거실을 걸었다. 하지만 내내 마음에 걸리는 한 가지가 있었다. 선생님은 결코 이렇게 대놓고 가오샤오친과 만날 사람이 아니다. 가오샤오친은 누구나 다 아는 산쉐이 그룹의 미녀 회장이고, 징저우에서도 유명한 아칭사오 아닌가. 만약 선생님이 이렇게 대담하게 가오샤오친과 만났다면 절대 오늘날의 자리에 오를 수 없었다. 무엇보다 이런 모습은 선생님의 스타일이 아니다. 그 때문에 허우량핑은 상대 내부에 어떤 문제가 생겼다는 쪽으로 생각이 기울었다. 선생님은 누군가가 자신에게 손을 쓰고 있다는 사실을 아마 알지 못할 것이다.

여기까지 생각한 허우량핑은 선생님께 이 소식을 알려야겠다고, 웃으며 아내에게 말했다. "그래도 선생님이시잖아. 스승과 제자 사이에 정도 깊고." 종샤오아이는 콧방귀를 뀌며 질투하는 척 했다. "하긴 당신은 그 집 사위가 될 뻔도 했지." 허우량핑도 농담처럼 맞받아쳤다. "정말 선생님 사위가 됐으면 지 검찰장 자리가 아마 내 거였을 텐데. 치퉁웨이 선배 좀 봐. 사위도 아닌데 공안청장이잖아. 부성장 자리도 아깝게 떨어졌고." 종샤오아이는 남편을 툭 쳤다. "정말 그랬으면 내가 이번에 당신을 중점적으로 순시할 뻔했네!" 허우량핑은 목을 길게 빼며 말했다. "그럴 리가! 내가 치통웨이 선배도 아니고. 난 진흙탕에 빠졌다가 나와도 한 방울 안 젖을 사람이야." 종샤오아이는 남편에게 핀잔을 줬다. "진흙탕이 얼마나 편한데 하나도 안 젖는다고? 진즉에 푹 적셔졌을 걸 걱정해야 하지 않아?" 허우량펑은 손을 저었다. "아이고, 이 이야긴 이제 그만합시다! 아무튼 난 마음 정했어. 선생님께 이 사진들 보내드려야겠어. 우리만 마음 졸이고 있을 순 없지. 선생님도 고민 좀 하셔야 하지 않겠어? 불공평하잖아!"

종샤오아이가 피식 웃으며 물었다. "그럼 이 고민덩어리를 당신이 가져다드릴래, 아님 내가 전해드릴까?" 허우량펑이 말했다. "당신이 드리는 게 가장 좋을 거 같긴 하네. 내 남편이 선생님 때문에 억울한 누명을 썼다고 가서 따져야 하는 거 아냐?" 종샤오아이는 입을 삐죽거렸다. "이럴 때만 나더러 가라고?" 그녀는 잠시 생각하더니 말했다. "근데 여보, 당신이 잊지 말아야 할 사실이 두 가지 있어. 첫째는 내 신분을 고려하지 않을 수 없고, 둘째는 우리 순시조가 이미 징저우에 도착했다는 거야. 아무래도 당신이 얼굴을 비치는 쪽이 나을 거 같아. 어차피 이미 못 볼 꼴 다 본 사이잖아. 이게 최후의 만찬이다 생각하고 한번 부딪쳐 봐!" 허우량펑은 아내의 말에 일리가 있다고 인정하며 휴대전화를 꺼내 가오위량에게 전화했다.

초저녁 무렵, 허우량펑 부부는 익숙한 영국식 타운 하우스에 도착했다. 종샤오아이는 꽃 한 다발을 들고 허우량펑과 함께 가오위량에게 허리 굽혀 공손히 인사했다. "선생님, 안녕하셨어요?" 가오위량은 마치 아무 일도 없던 것처럼 허허 웃으며 그들을 맞았다. "그래, 그래. 량펑, 샤오아이, 잘 있었나?" 그는 종샤오아이가 건넨 꽃다발을 안고 농담 삼아 말했다. "허우 국장, 자네는 밑지는 장사는 안 하는구먼. 또 꽃인가?" 허우량핑이 씩 웃었다. "선생님, 이 꽃은 제가 아니라 샤오아이가 드리는 겁니다." 가오위량은 꽃향기를 맡았다. "우리 샤오아이처럼 예쁜 말리꽃이로군."

꽃을 화병에 꽂은 뒤 가오위량은 자리에 앉아 차를 마시더니 허우량핑은 쳐다보지도 않고 웃으며 종샤오아이하고만 이야기를 나눴다. 스승은 어색한 분위기를 깨기 위해 그녀에게 농담을 던졌다. "나한테 죄를 물으려고 온 것 아닌가?" 그러자 종샤오아이가 짐짓 억울한 듯 말했다. "저희 남편이 어떤 사람인지 선생님과 사모님은 아직도 모르세요? 물론 이 사람에게 이런저런 단점이 있긴 하지만 절대로 뇌물을 받거나 법을 어길 위인은 아니에요." 가오위량이 허우량핑을 흘깃 쳐다보며 말했다. "누가 허우 국장이 꼭 뇌물을 받고 법을 어겼다고 했나? 잠깐 근신하는 중 아닌가. 사정이 명확히 밝혀지면 그대로 처리하면 되지. 어쨌든 실명 신고가 있었으니 어쩌겠나." 허우량핑이 진지하게 고개를 끄덕였다. "맞습니다. 신고가 있었으니 조사해야죠. 당신도 선생님 탓하지 마." 가오위량은 바로 제자를 칭찬했다. "보게. 량핑이의 마음가짐이 참 훌륭하지 않나. 본래 강철은 이렇게 단련되는 법이네." 그러면서 그는 종샤오아이에게 얼굴을 가까이 하며 말했다. "사실 나도 량핑이에 대한 신고 내용을 믿고 싶지 않았어. 하지만 방법이 없는 걸 어쩌겠니? 량핑이가 원칙대로 하겠다고 하니 나도 원칙대로 할 수밖에. 속으로는 애가 타지만 말이야." 허우량핑은 자세를 가다듬으며 말했다. "선생님의 마음이 어떠셨을지 충분히 이해합니다."

옆에 있던 우후이펀은 유머 감각을 잃은 가오위량을 보며 진지한 목소리로 말했다. "량핑아, 네가 근신하게 된 뒤에 너희 선생님이 얼마나 상심했는지 모른다. 툭하면 잠도 못 들고 네 얘기만 하면 한숨을 쉬면서 가슴 아파하셨어. 심지어 20년 동안 끊었던 담배를 다시 피우고 있단다."

가오위량은 허우량핑을 한번 쳐다보며 고백처럼 담배 한 개비에 불을 붙였다. 담배 연기를 내뿜는 가오 선생의 모습은 평소 학자 같은 그의 이미지와는 큰 차이가 있었다. 스승은 제자에게 고충을 하소연했다. 차이청공이 신고한 데다 시검찰원에서 자료를 들이밀고 지창밍 검찰장도 현실을 받아들이니 자신이라고 어떻게 하겠느냐는 것이었다. 또한 그는 시검찰원의 샤오강위 검찰장 역시 바르고 곧은 사람이라 허우량핑처럼 성질이 고약하다는 말을 덧붙였다. 그러자 종샤오아이가 끼어들었다. "선생님, 어째서 허우 국장 성질이 고약하다고 강조하시는 거예요? 이 사람 성질을 싫어하셔서 혼내시려는 거예요? 교육의 한 방법인가요?" 허우량핑도 얼른 맞장구치며 자기도 그렇게 생각한다고 말했다. 대학에 다니던 시절 가오 선생이 장난기 많은 학생에게 어쩔 수 없이 호통쳤던 것처럼 말이다. "뭔가? 둘이 한목소리로 선생에게 대거리하는 거야?" 가오위량은 하하 웃으며 물었다. 허우량핑이 얼른 손을 저었다. "아닙니다, 저희는 선생님께 가르침을 받고 싶을 뿐이에요." 가오위량이 뼈 있는 말을 했다. "량핑아, 이 선생이 아직 자네를 가르칠 수 있겠나?" 종샤오아이는 생각이라곤 없는 것 같은 자신의 역할을 계속 연기했다. "어째서 못 가르치세요? 선생님, 하실 말씀 있으시면 그냥 하셔도 돼요. 허우 국장을 치퉁웨이 청장이라고 생각하시면 되잖아요."

가오위량은 담배를 몇 모금 피우더니 한참 후에 한숨을 내쉬었다. "량펑이 치퉁웨이인가? 량펑은 치퉁웨이를 겨냥해 트집을 잡았네. 나는 두 사람 사이에 갈등이 생기지 않았으면 하는 마음에 량펑에게 치퉁웨이가 규율을 어기고 주식을 산 일을 더 이상 조사하지 말라고 했어. 이 일이 어떤 학생에게 일어났다고 해도 선생으로서 보호해줘야 하지 않겠니?" 우후이펀도 말을 보탰다. "샤오아이, 자네는 모르겠지만 량펑과 퉁웨이, 천하이 이 세 제자는 가오 선생에게 세 아들이나 마찬가지야. 그런데 량펑이 좀처럼 선생님의 말을 들어주지 않더구나." 종샤오아이는 농담 반 진담 반으로 남편에게 핀잔을 줬다. "봐봐, 당신은 지능 지수만 높지 감성 지수가 낮다니까!" 허우량펑은 억울한 표정을 지었다. "나도 선생님을 위해서 그런 거야. 선생님이 연루되지 않을까 걱정하지 않았다면 내가 뭐 하러 치퉁웨이 선배의 지저분한 일을 선생님께 말씀드렸겠어? 반부패국 국장으로서 직접 치 청장을 처리했으면 되는데."

가오위량은 콧방귀를 뀌며 반쯤 태운 담배를 재떨이에 비벼 껐다. "치퉁웨이를 직접 처리한다고? 봐라, 그 녀석도 지금 식섭 너를 처리하고 있지 않니? 허우 국장, 자네도 성질 좀 죽여야 해." 종샤오아이는 순진한 얼굴로 의아한 것처럼 물었다. "선생님, 방금 선생님 말씀대로라면 치퉁웨이 청장이 징저우 시검찰원의 샤오강위 검찰장을 도와 저희 남편을 처리한 건가요? 공안청 청장에게 그런 의무가 있나요?" 아차 싶은 가오위량은 자신이 실언한 것을 알고 서둘러 다른 말을 찾았다. "샤오아이, 방금 내가 한 말은 그냥 나오는 대로 내뱉은 거란다."

허우량펑이 아내에게 말했다. "샤오아이, 난 무슨 뜻인지 알 것 같아. 선생님 말씀은 인과응보라는 거야." 가오위량은 바로 말을 이어받았다. "그럼 인과응보가 아니고 뭐겠니? 병법에 적을 천 명 죽이면 자기 사람은 800명이 죽는다고 했네. 그러니 적을 죽이려면 자신도 다칠 준비를 해야 하는 거야!" 그러자 허우량핑은 물렁한 척하면서도 허를 찌르는 말을 건넸다. "선생님, 사실 저도 그런 생각으로 준비를 해뒀습니다. 억울한 누명을 쓰게 되는 상황도 미리 준비해뒀는걸요." 가오위량은 인상을 찌푸리며 말했다. "그럼 대체 왜 나를 찾아왔나? 우 선생, 음식 다 됐어?" 주방에서 우후이펀의 목소리가 들려왔다. "거의 다 됐어요. 지금 냉채 만들고 있어요!" 가오위량은 짜증이 난 듯 아내를 재촉했다. "좀 서둘러요. 허우 국장의 귀한 시간을 허비할 수 없잖나." 허우량핑이 쓴웃음을 지었다. "선생님, 저를 빨리 쫓아내려고 하시는 겁니까?" 종샤오아이가 중재에 나섰다. "당신 무슨 말이 그래? 선생님, 이 사람이랑 얘기 나누세요. 저는 우 선생님 도와드릴게요."

종샤오아이가 주방으로 간 뒤에 허우량핑은 가방에서 사진 세 장을 꺼내 찻상 위에 올려놓았다. "선생님, 사실 보고드릴 일이 있어 찾아왔습니다. 보시죠. 선생님도 신고 당하셨습니다. 이것도 인과응보입니까?" 가오위량은 사진들을 살펴보곤 깜짝 놀라 이것들을 어디서 났느냐고 다급하게 물었다. "신고자가 누군가?" 허우량핑은 무표정한 얼굴로 말했다. "그건 말씀드리기 어렵습니다. 이해해주십시오, 선생님." 가오위량은 잠시 생각하더니 이해한다고 말했다. 정법위원회 서기가 보안 규정을 아는 것은 당연하지 않은가. 가오위량은 적잖이 감격한 듯했다. "이런 상황에서 네가 사진들을 가져오다니 나는 정말 감동했다." 그는 허우량핑의 무릎을 토닥이며 말했다. "네 마음속에 아직 이 선생이 있다는 뜻 아니냐!" 허우량핑이 대답했다. "지난 시간이 연기처럼 사라져버리는 건 아니라고 생각합니다. 어젯밤 꿈에 선생님이 법학 강의하시는 모습을 봤어요. 선생님께서 해서(海瑞)*가 자신의 관을 메고 황제를 찾아갔다는 강의를 하시면서 해서 정신을 강조하신 적도……."

하지만 가오위량은 이내 화제를 다시 돌렸다. "량펑아, 너는 반부패국 국장으로서 4개월 동안 산쉐이 그룹과 가오샤오친을 주목하지 않았더냐. 그럼 네가 보기에 네 선생과 가오샤오친이 무슨 관계인 것 같으냐?" 허우량펑은 장난치듯 말을 빙빙 돌렸다. "선생님과 미녀의 관계라……. 제자가 된 입장에서 어떻게 말씀드릴 수 있겠습니까?" 가오위량은 허우량펑을 가리키며 웃었다. "너 이 원숭이 녀석, 감성 지수가 정말 낮구나!" 그러더니 그가 갑자기 소리 높여 우후이펀을 불렀다. "어이, 우 선생, 얼른 와서 이것 좀 보시게. 이 가오 선생이 아직 매력이 있는가 봐. 늙었다 늙었다 해도 풍류는 살아 있는 게지!"

가오위량은 쾌활하고 환한 미소를 지었지만 허우량펑은 깜짝 놀라 순간 숨이 턱 막혔다. 주방에서 나온 우후이펀은 허우량펑이 가져온 세 장의 사진을 보며 조금 놀란 표정으로 물었다. "량펑아, 이걸 어디서 가져왔니?" 허우량펑은 누군가가 몰래 자신의 숙소 문 밑으로 밀어 넣었다고 솔직히 이야기했다. 이상하게도 가오위량보다 우후이펀이 훨씬 초조하고 불안해 보였다. "이건 누가 너희 선생님을 모함한 거야!" 허우량펑이 가오위량을 쳐다봤다. "선생님, 저는 선생님의 해명을 듣고 싶은데요."

"잠깐 기억을 좀 떠올려보자꾸나. 이게 언제……." 가오위량은 사진들을 보며 한참이나 생각하더니 돋보기를 벗고 사진을 탁자

---

* 1514~1587. 강직하고 청렴결백한 성품으로 유명한 중국 명나라 관리.

에 놓으며 말했다. "다 생각이 났다! 이 사진 세 장은 서로 다른 장소에서, 여러 번에 걸쳐 찍힌 거다." 허우량평이 물었다. "젊은 여자가 선생님께 물을 먹이고 있는 사진이 가장 자극적으로 보일 텐데, 이건 어떻게 된 겁니까?" 가오위량은 어느 해인가 산쉐이 그룹에서 민간 기업 연구토론회의가 열려 초대를 받아 참석했는데, 갑자기 저혈당으로 쓰러져 회의 주최자였던 가오샤오친이 자신에게 설탕물을 먹여준 것이라고 설명했다. 그러자 허우량평은 산쉐이 그룹에 아직 가오 회장과 선생이 함께 찍은 대형 사진이 걸려있다고 언급했다. "그 사진도 그날 찍은 거란다." 가오위량의 말에 허우량평이 다시 물었다. "아직도 거기 걸려 있습니까? 가오 회장이 그 사진을 무슨 간판 삼아 걸어놓은 것 같던데요. 그것 때문에 가오샤오친을 선생님 조카딸이라고 알고 있는 사람들이 많습니다." 가오위량이 우후이펀에게 부탁했다. "당신이 산쉐이 그룹에 전화해서 그 사진 좀 떼어버리라고 해요."

우후이펀은 알았다고 한 뒤 음식을 내와 식사를 하며 이야기를 나누라고 했다. 가오위량은 여전히 그 사진들을 걱정하고 있었다. 대체 그 사진들은 어디서 난 것이란 말인가? 생각할수록 가슴이 답답했다. 누군가가 이 사진들을 이용하려 하지는 않을까? 그는 허우량평이 어떤 단서라도 일러주면 좋겠다고 생각했다. 어쨌든 반부패국 국장 아닌가. 하지만 허우량평은 약간 비꼬는 말투로 말했다. "선생님 덕분에 반부패국 국장 자리에서 쫓겨나지 않습니까." 가오위량은 정색하며 말했다. "또 헛소리를 하는구나. 근신 아니냐. 게다가 성위원회에서 내린 결정이고." 허우량평은 때를 놓치지 않고 반격했다 "대체 언제까지 근신해야 하는 겁니까? 만약 두 핵심 증인을 찾지 못하면 영원히 문제를 정확히 밝힐 수 없게 되는 건가요?"

가오위량은 술 한 모금을 마신 뒤에 계속 이 상태로 둘 수는 없을 거라며 방법을 조율해보겠다고 말했다. 그는 술잔을 내려놓으며 허우량핑을 빤히 보다가 불쑥 비장의 카드를 꺼내들었다. "량핑아, 베이징으로 돌아가는 건 어떻겠니?" 허우량핑은 너무 뜻밖이라 순간 뭐라고 말해야 좋을지 알 수 없었다. 그러자 가오위량이 말했다. "거기서 왔으니 거기로 돌아가는 거지. 최고인민검찰원 반부패총국으로 가거라!" 허우량핑은 마뜩치 않은지 입맛을 다셨다. "전혀 생각해보지 않은 일인데요." 가오위량이 의미심장하게 말했다. "그럼 돌아가서 잘 생각해보고 나한테 알려주렴." 허우량핑은 선생과 술잔을 부딪치며 은근슬쩍 물어봤다. "지창밍 검찰장님이나 샤루이진 서기께서도 제가 가는 걸 동의하시겠습니까?" 가오위량이 대답했다. "지 검찰장의 동의는 그리 중요하지 않아. 샤루이진 서기만 동의하면 되는 일 아닌가?" 그러더니 가오위량은 허우량핑에게 얼굴을 가까이 하며 말했다. "사실 너를 베이징으로 보내자는 건 내 뜻이 아니라 샤루이진 서기의 뜻이다." 허우량핑은 반신반의했다. "제가 부임했을 때 샤 서기께서 따로 저를 불러 이야기도 나눴는데 4개월 만에 저를 보내려고 하신다고요? 어떻게 된 일입니까?" 가오위량은 씩 웃었다. "샤오아이가 이미 말하지 않았나. 자네는 감성 지수가 너무 낮다고!" 종샤오아이는 가오위량에게 술을 따르며 남편의 궁금증을 풀어달라고 부탁했다.

"좋다!" 가오위량은 샤오아이가 준 술을 마신 뒤, 술잔을 내려놓고 차분하게 이야기를 시작했다. 그 모습은 마치 허우량핑과 종샤오아이에게 수업을 하는 것처럼 보였다. "예전에 학교에서 해서

나 상앙에 대해 강의한 적은 있지만 악비(岳飛)에 대해 이야기해
준 적은 없을 게다. 오늘은 이 선생이 허우량핑 학생에게 악비와
막수유(莫須有)*에 대해 특별히 이야기해주마. 악비는 의심할 나위
없는 중국 역사상 가장 위대한 애국자로 몸과 마음을 다 바쳐 나
라에 충성한 영웅이었다. 고금을 통틀어 그만큼 완벽한 사람도 없
었지. 하지만 이 완벽한 악비도 '막수유'라는 말 때문에 목숨을 잃
어야 했다. 그렇다면 '막수유'란 무슨 뜻일까? 바로 '꼭 그런 것은
아니지만 있을 수도 있다'란 뜻이다. 있을지도 모르는 죄 때문에
고금의 완벽한 영웅이 억울한 누명을 쓰고 풍파정에서 죽음을 맞
은 게다. 이게 어떻게 된 일이겠니? 바로 그의 감성 지수가 너무
낮았기 때문이란다. 참으로 슬프고 애석한 일이 아닐 수 없다!"

　허우량핑은 강의실에서 질문을 할 때처럼 한 손을 들었다. "악
비가 감성 지수가 낮았기 때문에 죽었다고요? 그건 선생님의 새
로운 발견인가요?" 가오위량도 그 옛날 강의실로 돌아간 것처럼
자리에서 일어나 식탁 앞을 오가며 손을 내저었다. "아니, 이미 일
찍이 알려진 사실이지. 하지만 강의실에서는 젊은 학생들에게 부
정적인 영향을 줄까 봐 이야기하지 않았단다. 부패가 만연한 남송
에서 악비는 별종이었어. 다른 장군들이 군대의 재물을 탐하기 바
쁠 때 그는 자신의 녹봉으로 군사를 키웠지. 덕분에 악비의 군대
는 연전연승할 수 있었다. 도덕적 성품은 더 말할 것도 없지. 그가
한결같은 충성심으로 정강의 치욕(靖康之恥)을 당해 금나라에 포
로로 잡혀간 두 황제 휘종과 흠종을 남송으로 모셔 오려 한 걸 보

---

* 　악비를 모함한 송나라의 권신 진회가 악비의 범죄 사실을 따져 묻는 한세충에게
　　'꼭 그런 것은 아니지만 있을 수도 있다(莫須有)'라고 대답한 사건.

면 알 수 있어. 하지만 악비는 정강의 치욕과 두 황제를 모셔 오는 일만 생각했지 남송에 재위 중인 황제 조구를 어떻게 해야 할지는 생각하지 않았다. 감성 지수가 낮았던 악비가 조구의 마음을 헤아리지 못한 거지!" 허우량핑은 스승의 생각에 반대의 뜻을 표했다. "아니요. 제 생각에 악비는 아마도 고종의 마음을 헤아리고 싶지 않았을 겁니다!" 가오위량은 차갑게 말했다. "그렇다면 악비 스스로 죽을 길을 찾은 게로구나!" 그는 허우량핑을 빤히 보다가 입을 뗐다. "샤루이진 서기가 왜 너를 베이징으로 돌려보내려 하는지 아니?"

이유를 알 수 없던 허우량핑은 한 번도 이런 일을 생각해본 적이 없다고 대답했다. 종샤오아이는 남편을 툭 밀며 말했다. "당신이 황제의 마음을 헤아리지 않는다는 거잖아. 선생님, 이 사람이 무슨 뜻인지 알아듣게 좀 얘기해주세요. 눈치 없이 굴지 않게요." 가오위량은 고개를 절레절레 흔들며 말했다. "너는 지금 그 옛날의 악비나 다름없어. 싸움을 하며 돌진하는 데에만 골몰해 황제의 뜻이 뭔지 전혀 모르고 있다고." 그러면서 그는 허우량핑을 쳐다봤다. "머리를 좀 쓰거라. 샤루이진 서기가 지금 무슨 생각을 하겠나? 샤 서기가 나나 리다캉 서기와 얼굴을 붉히고 싶겠어? 아니면 자오리춘 전임 서기와 관계를 끊고 싶을까? 그럴 리가 없지! 그런데 너는 눈에 보이는 족족 목을 베려 하니 그게 샤 서기를 난처하게 하는 일이 아니고 뭐냐. 그렇게 위에서 아래까지 모두 죄를 물으려 하면 너도 반부패국 국장으로 우리 성에 계속 있을 수 없다. 어쩌면 지금 가는 것도 좋은 일이지. 만약 그러지 않는다면 풍파정이 널 기다리고 있을지도 모른다."

허우량핑은 목을 긋는 시늉을 하며 말했다. "아, 그럼 저도 꼭 그렇지는 않지만 있을 수도 있는 죄 때문에 죽어야 합니까?"

종샤오아이가 남편의 말에 끼어들었다. "여보, 생각 없이 말하지 좀 마. 선생님이 당신을 겁주시는 게 아니잖아!"

"우리 샤오아이가 자네보다 낫구먼! 샤오아이가 와서 다행이야!" 가오위량은 연신 고개를 끄덕이며 다시 정의의 깃발을 높이 치켜들고 능숙한 궤변을 자유자재로 구사했다. "지나치게 부정적이면 안 되네. 세상일을 다 그렇게 어둡게 보면 안 돼! 오늘날의 중국은 부패한 남송 왕조가 아니라 당이 이끄는 인민공화국 아닌가. 자네도 악비가 아니라 당의 지도를 받는 인민검찰관이고." 허우량핑은 쓴웃음을 지었다. "선생님, 또 변증법으로 이야기하시는 겁니까?" 가오위량은 감정이 격해져 언성을 높였다. "그래, 변증법으로 말하는 게 뭐 잘못인가? 변증법과 유물론은 우리 공산당원들의 철학적 기초 아닌가!"

마지막으로 스승은 감정적이 되지 말라는 듯 제자의 무릎을 지그시 누르며 말했다. "진지하게 생각해보렴. 베이징으로 돌아가는 게 어떨지 말이야. 만약 갈 생각이 있다면 내가 샤루이진 서기를 만나 신고 내용을 더 이상 조사하지 말자고 이야기해보겠다. 어차피 증인도 당장 찾을 수 없으니까." 허우량핑은 설사 베이징으로 돌아간다 해도 정확히 신고 내용을 조사해 뒤끝이 남지 않았으면 좋겠다고 말했다. 가오위량은 선생으로서 제자에게 어떤 지저분한 뒤끝도 남지 않고 좋은 평가를 받을 수 있게 해주겠다고 약속했다. 그제야 허우량핑은 그럴 수만 있으면 돌아가는 것도 괜찮겠다고 말했다.

가오위량의 집을 나온 허우량핑과 종샤오아이는 산책 삼아 걸어서 집으로 돌아갔다. 거리에는 행인이 거의 없고 이따금 자동차 한두 대만이 지나갔다. 주위가 지나치게 고요했다. 밤이긴 해도 날씨가 다시 따뜻해졌는지 매섭던 북풍도 멈추고 겨울이 잠시 물러간 것 같았다. 하지만 인도 한편의 플라타너스 아래에 아직 녹지 않은 눈이 쌓여, 큰 눈이 내린지 얼마 되지 않았다는 사실을 상기시켰다.

허우량핑과 종샤오아이는 사람이 없는 거리를 걸으며 이야기를 나눴다. 하지만 두 사람의 마음은 매우 무거웠다. "여보, 우리 이렇게 지난날과 작별하는 건가? 순수하고 이상과 열정으로 가득했던 우리 청춘과는 이제 안녕이야?" 허우량핑이 한숨을 푹 내쉬었다. "이렇게 끝난 것 같네. 오늘 밤 이후로는 지난날의 역사를 함께했던 사람들, 그게 선생이든 제자든, 상관이든 부하든 추억에서 행복할 수 없을 것 같아." 종샤오아이는 길가의 남은 눈을 툭툭 차며 고요하고 먼 밤하늘을 쳐다보면서 물었다. "말 좀 해봐. 선생님은 대체 어쩌다 저렇게 되신 거야? 얼마 안 남은 초라한 추억마저 부끄럽게 만들었잖아. 나도 우울하다." 허우량핑도 감정이 격해졌다. "그래, 지난날의 추억이 아름다운 건 지금의 현실과 비교할 수 있기 때문이잖아. H대학 정법과 4년 동안 우리는 재능과 열정이 넘쳐흐르는 법학 교수를 알고 있었어. 그런데 H성에 반부패국 국장으로 부임한 지 4개월 만에 교활한 정객의 허위와 몰염치, 악독함을 똑똑히 보게 되다니 정말 슬프고 가슴이 아프다!"

가오위량 선생이 어떤 사람인지를 알기까지는 하나의 과정이 있었다. 허우량핑은 얼마 전 태산석을 사서 낑낑거리며 가오위량의 집을 방문했던 일을 이야기했다. 당시 그는 반부패와의 싸움에서 선생님이 태산석처럼 든든하게 감당할 수 있길 바랐다. 하지만 싸움이 길어지고 상대의 핵심적 이익에 다가서자 스승은 끝내 본 모습을 드러내며 무정하게 그의 뒤통수를 후려쳤다. 게다가 스승은 지금 거래를 하며 그에게 전쟁터를 떠나라고 협박하고 있었다.

이야기를 할수록 기분이 울컥해진 허우량핑은 허공에 대고 주먹질을 해댔다. 종샤오아이는 따뜻하게 남편의 손을 잡고 묵묵히 앞으로 걸어갔다. 아직 가야 할 길이 멀기에 그저 견뎌내며 천천히 계속 걸어가야 했다.

44

　가오샤오친은 홍콩의 쓰리시즌 호텔 스위트룸에 머물고 있었다. 그녀는 밤낮으로 북쪽을 바라보며 고향의 사람들과 일을 걱정했다. 이 호텔에는 중국에서 건너온 손님들이 가득했다. 뒤가 구려서 이곳에 묵으며 위험을 피하고 있는 사람들이었다. 그들은 이 호텔에 망북루(望北樓)라는 별명을 붙였다. 집으로 돌아가지 못하는 사람들이 쓰리시즌 호텔에서 세월을 보내면서, 가족을 그리워하는 마음으로 대륙이 있는 북쪽을 보며 탄식했기 때문이다.

　쓰리시즌 호텔은 정말 이상한 곳으로 로비나 복도, 바, 객실 어디에나 요상한 사람들이 돌아다녔다. 예를 들어 정보 장사꾼은 물론이고 정치 브로커, 돈세탁을 전문으로 하는 돈 가게 사장, 사람을 건져내는 일을 주로 하는 신비로운 회사까지 별별 사람이 다 있었다. 그들은 종종 다과회나 파티, 향우회 등을 열어 사람들을 끌어모았다. 어떤 모임은 참석하는 데에만 몇 만 홍콩 달러를 내야 하기도 했다. 가오샤오친은 이곳으로 도주한 뒤 정보를 파는 스파이 몇 명과 접촉해 값을 흥정하고 이런 모임에 참석하려 했다. 어느 귀인을 만나기 위해서였다. 그 귀인은 인맥이 깊고 넓어 중국 H성 경제 사건에 관한 정보 제공과 위급한 사람을 건져내는 일을 주로 한다고 알려져 있었다. 그런데 뜻밖에도 조건이 조율되고 돈을 지급하려 할 때 치퉁웨이로부터 전화가 걸려 왔다.

치퉁웨이는 가오샤오친에게 H성의 상황에 긍정적인 변화가 생겼다며, 가오 선생이 샤루이진 서기의 약점을 파악했다고 말했다. 또한 그는 날뛰던 사자에게 더 이상 희망이 없게 돼, 감옥에 들어가지 않는다 해도 최소한 H성에서 쫓겨나게 생겼다고 전했다. 그는 요 몇 년 동안 샤오 모 씨에게 투자해놓은 보람이 있어 사건 처리에 적극적으로 임하고 있으며, 이번 판에서 지면 자신도 도망갈 수 없다는 걸 잘 알아 중간에서 농간을 부리지 못할 거라고 장담했다. 그러면서 치퉁웨이는 남들이 도둑이 제 발 저리는 거 아니냐고 하기 전에 얼른 자오루이룽과 함께 돌아오라고 가오샤오친에게 말했다.

하지만 가오샤오친이 이 말을 전했을 때 자오루이룽은 오히려 의심을 품었다.

쓰리시즌 호텔의 분위기가 좋지 않았기 때문이다. 중국 당국이 반부패에 열을 올리고 있는 데다 각처에서 좋지 않은 소식만 계속 들려왔다. 그 때문에 이미 크게 데어 새가슴이 된 자오루이룽의 상상력이 유난히 풍부해졌다. 그는 혹시 치퉁웨이의 전화가 누구의 강요로 걸려 온 것은 아닌지 의심했다. 치퉁웨이와 가오위량 서기가 허우량핑을 집어넣은 게 아니라면 허우량핑이 치퉁웨이와 가오위량 서기를 넣었을 수도 있지 않은가. 그렇다면 돌아가자마자 상대의 그물에 걸려들 수도 있다. 자오루이룽은 돌아가지 않겠다고 말하면서도 가오샤오친이 가는 것을 반대하지는 않았다. 당시 가오샤오친은 자오루이룽의 속셈이 무엇인지 눈치챘다. 행여 함정은 아닌지 그녀가 시험 삼아 먼저 가보기를 바란 것이다. 하지만 그녀는 치퉁웨이를 믿었다. 물론 미심쩍은 면도 있고 겁도 났지만 H성에서 처리해야 할 일이 많아 돌아가야만 했다.

치통웨이는 공항으로 직접 마중을 나왔다. 기분이 좋아진 그는 차를 몰고 가면서 가오샤오친과 많은 이야기를 나눴다. 그는 이번 싸움이 정말 위험했다며, 만약 선생님이 제때 나서서 허우량펑의 목을 움켜쥐지 않았다면 류신젠 회장이 다 털어놓을 뻔했다고 말했다. 또 가오 선생이 정법위원회 법률집행 감찰실에 녹화된 심문 영상을 확인하게 했는데, 다행히 류신젠은 자기 문제 외에 자오 가문과 산쉐이 그룹에 관련된 일은 미처 자백하지 않았다. 그제야 가오샤오친은 한숨을 돌렸다. 적어도 잠시 동안은 안전하다.

승용차는 익숙한 길을 지나 가오샤오친의 산쉐이 리조트로 들어서서 러시아식 별장 앞에 멈춰 섰다. 이 아름다운 별장은 산비탈 가장 높은 곳에 있어 외지고 조용했다. 이곳은 외부에 개방한 적이 없으며 그녀와 치통웨이의 밀회 장소로만 사용되는 둘만의 세계였다. 문을 열고 들어서자마자 두 사람은 꽉 끌어안고 뜨거운 키스를 나눴다. "드디어 돌아왔군. 더 이상 놀라고 걱정하지 마!" 가오샤오친은 한동안 홍콩에 머물며 살이 많이 빠지고 초췌해졌다. 그 모습을 본 치통웨이는 가슴이 아팠다. 그녀는 치통웨이의 눈 속에서 그의 아픔을 봤다. 그러나 뜨거운 포옹과 입맞춤 뒤에도 그녀에게는 여전히 두려움이 남아 있었다. "허우량펑에게 제대로 대처하지 못해 만약 뜻밖의 일이라도 벌어지면 어쩌지?" 그 말에 치통웨이가 답했다. "그럼 철수해야지. 뜻밖의 일이 일어나지 않는다 해도 철수해야 할지도 몰라. 그러니까 가능한 한 빨리 자산을 해외로 빼돌려야 해." 그러더니 그는 손을 휘휘 내저었다. "이제 허우량펑 얘기는 그만하지. 기분 잡치니까."

두 사람이 위층으로 올라가 샤워를 한 뒤 사랑을 나누려고 하는데 마침 휴대전화에 딩동 알림음이 울리더니 뭔가가 도착했다. 치퉁웨이가 휴대전화를 확인해보니 맙소사, 선생님의 컬러 사진 세 장이 있는 게 아닌가. 그는 순간 깜짝 놀라 정신이 멍해졌다.

가오샤오친이 옆에서 슬쩍 보더니 말했다. "세상에, 이건 분명 자오루이룽 때문에 일어난 일일 거예요." 치퉁웨이가 뭐라 대꾸하기도 전에 전화벨이 울렸다. 가오위량에게서 걸려 온 전화였다. 가오 선생 혹은 가오 서기는 화가 잔뜩 난 목소리로 질책했다. "퉁웨이, 우 선생이 보낸 사진 세 장 봤나? 이게 어떻게 된 일이야? 언제 어디서 찍힌 사진이냐고! 정확히 조사해서 나한테 연락해!"

치퉁웨이는 홀딱 벗은 채 침대 옆에 꼿꼿이 서서 연신 알겠다고 고개를 끄덕였다. 그의 머리에서 땀이 흘렀다. 가오 서기는 치 청장에게 공안청장으로서 어떻게 판단하느냐고 물었다. 설마 아무 생각도 없는 건 아니지 않겠는가. 치퉁웨이가 조심스럽게 한 가지 가능성을 언급했다. "오래전에 자오루이룽과 동업을 했던 두 사장이라는 자가 있는데 메이스청 주식 때문에 두 사람 사이가 틀어졌습니다. 혹시 두 사장이 옛날 일을 들춰낸 건 아닐까요?" 그러자 가오위량이 물었다. "자오루이룽은 홍콩에서 돌아왔나?" 치퉁웨이가 대답했다. "아직 돌아오지 않았습니다. 자오 공자가 워낙 의심이 많아서요." 가오위량이 버럭 화를 냈다. "어떻게든 빨리 돌아오게 하게! 따펑 공장 주식과 메이스청 일을 빨리 해결해야 할 것 아닌가. 그 빌어먹을 놈이 자기 뒤를 제대로 못 닦으면 전체 정세에 영향을 줄 거라고!" 또한 그는 씩씩거리며 마지막으로 말했다. "다행히 이 사진 세 장이 허우량핑 손에 들어가 그 녀석이 나한테 화해를 청하러 왔기에 망정이지, 아니었다면 이유도 모르고 죽을 뻔했어!" 치퉁웨이가 깜짝 놀라 물었다. "선생님, 허우량핑과 무슨 말씀을 나누셨습니까?" 가오위량이 대답했다. "기회가 있을 때

베이징으로 돌아가라고 했네." 치퉁웨이가 의심스럽다는 듯 물었다. "허우량핑이 순순히 간다고 합니까? 그 녀석이 이대로 끝내고 뒤끝도 개운하지 않은 채로 베이징으로 돌아간다고요?" 가오위량이 말했다. "무슨 뒤끝이 개운치 않다는 건가? 내가 깨끗이 마무리해주겠다고 허우량핑에게 약속했네."

통화를 마친 뒤에도 치퉁웨이의 의심은 가시지 않았다. 옆에서 지켜보던 가오샤오친이 치퉁웨이에게 주의를 줬다. "당장은 허우량핑에게 신경 쓰지 말고 얼른 자오루이룽을 찾아 사진이 어떻게 된 건지 물어봐요." 그 말에 치퉁웨이는 얼른 전화를 걸었다. 하지만 자오루이룽의 휴대전화 두 대 모두 전원이 꺼져 있어 잠시 연락이 되지 않았다.

치퉁웨이는 벌컥 화를 냈다. "이 나쁜 자식! 홍콩에 있는 친구한테 조치를 취하라고 해야겠어."

자오루이룽이 감히 징저우로 돌아가지 못하는 데에는 이유가 있었다. 일찍이 뤼저우에서 부동산을 매입하고 수상 메이스청을 지을 때 동창이었던 두보중에게 사장 자리를 맡기며 10퍼센트의 배당주를 주겠다고 약속했다. 하지만 훗날 그는 이 약속을 지키지 않았고 두보중은 메이스청을 떠났다. 이 일로 앙숙이 된 두 사람은 서로를 궁지에 빠뜨렸다. 4년 전 자오루이룽이 베이징에 있을 때 두보중이 자오루이룽의 회사가 밀수를 한다며 신고한 것이다. 깜짝 놀란 자오루이룽은 6개월 동안이나 중국을 떠나 있어야 했다. 2년 전에는 자오루이룽이 매춘 혐의로 신고해 두보중이 징저우 경찰서에 잡혀 들어갔다. 비록 15일 동안의 구류였지만 두보중은 적지 않은 고생을 해 하마터면 잠을 자다 죽을 뻔했다. 유치장에서 나온 두보중은 넌지시 화해의 제스처를 보였지만 자오루이룽은 상대도 하지 않았다. 그런 빌어먹을 인간과 무슨 화해란 말인가? 개가 웃을 일이지!

하지만 지금은 상황이 달라졌다. 반부패 바람이 거세게 불면서 빌어먹을 인간 두보중도 그처럼 홍콩으로 도망 와 있었다. 믿을 만한 소식에 따르면 두보중은 큰 회사를 말아먹고 부채가 쌓여 홍콩에서도 이리저리 도망 다니는 비참한 신세가 됐다고 한다. 어차피 똑같은 처지인데 계속 싸워봐야 뭘 하겠는가. 더 중요한 것은 두 사람이 과거 뤼저우에서 손을 잡고 갖가지 비밀스러운 일들을 진행하며 사진이나 영상으로 증거를 남겨뒀다는 사실이다. 만약 중국 정부 측에서 그런 사진이나 영상을 확보한다면 H성에서 모가지가 날아갈 관리가 한두 명이 아닐 것이다. 자오루이룽이 가장 걱정하는 점은 쥐도 궁지에 몰리면 고양이를 문다고, 두보중이 자신의 죄를 덜겠다며 그 자료들을 당국에 신고하는 것이었다. 그런데 두보중이 정말 재미있는 하드 드라이브 세 개를 친구에게 넘겨주겠다며 정보 브로커 류성을 통해 말을 전해왔다. 자오루이룽은 그 이야기를 듣는 순간 큰일이 날 수도 있음을 직감했다. 그는 류성에게 자신이 지금 그 어느 때보다 몹시 평화를 원하고 있다는 말을 두보중에게 전해달라고 부탁했다.

평화는 그렇게 불현듯 찾아왔다. 다시 만난 두 사람은 매우 품위 있고 살갑게 서로 안부를 물은 뒤 악수와 포옹을 나누며 미소 띤 얼굴로 연신 고개를 끄덕였다. 하지만 류성이 떠난 뒤 두 사람은 서로 정색했다. 자오루이룽은 염치도 없는 하드 드라이브 세 개를 생각할수록 화가 났다. 대체 이게 뭐란 말인가? 그에게 공갈쳐서 돈을 뜯어내겠다는 수작 아닌가. 그는 어두운 얼굴로 말했다. "두 사장, 자네 진짜 의리가 없군. 지금 같은 때에 꼭 케케묵은 옛날 일을 끄집어내야겠나?" 이 말을 들은 두보중도 굳은 얼굴로 대꾸했다. "자오 회장, 케케묵은 옛날 일이라 해도 짚고 넘어갈 건 짚고 넘어가야지. 자네도 언제까지 모른 척할 수는 없잖아?" 자오루이룽이 말했다. "룽후이 회사 주식 때문에 그러는 거지? 돌려주면 되지 않나." 두보중은 씩 웃으며 말했다. "그래야 옳지. 나도 자네가 원하는 걸 다 주겠네." 그러면서 그는 컴퓨터 하드 드라이브 세 개를 자오루이룽 앞에 올려놓았다.

자오루이룽은 하드 드라이브를 하나씩 살피며 물었다. "우리가 그때 녹화했던 자료 전부인가?" 두보중이 고개를 끄덕이며 조금 과장되게 말했다. "물론이야. 이게 전부라고! 가오위량, 류신젠, 가오샤오친, 치퉁웨이, 딩이전 등등 누구 하나 빠진 사람이 없지. 게다가 세상에 하나뿐인 원본이라 다른 건 없어."

공동의 비밀을 마주하고 난 뒤 분위기는 한결 누그러졌다. 두 사람은 실컷 술을 마시며 지난 추억을 떠올렸다. 창업은 녹록지 않고, 가오위량 서기와 상대하기도 쉽지 않았다. 당시 가오위량은 뤼저우시위원회 서기였다. 자오루이룽과 두보중은 처음 그를 찾아갔을 때 물렁하지도 딱딱하지도 않은 못에 부딪치고 말았다. 자오루이룽이 호반정원과 수상 메이스청 항목을 가오위량 앞에 밀어 넣자 그가 사람 좋은 미소를 지으며 리다캉을 찾아가보라고 한 것이다. 그때 리다캉은 뤼저우 시장이었는데 가오위량과 갈등이 심했다. 자오루이룽은 자신이 성위원회 서기인 아버지께 말씀드려 리다캉을 전출시켜주겠다고 약속했다. 가오위량은 당연히 힘센 시장인 리다캉이 쫓겨나길 바랐지만 설마 성위원회 서기가 장사꾼 아들의 말을 들어줄 것이라고는 믿지 않았다. 그런데 뜻밖에도 리다캉이 정말 린청으로 옮겨 가게 되었다. 하지만 가오위량은 이런저런 기술을 쓰며 쉽게 허가를 내주지 않았다. 그러자 자오루이룽은 유명한 화가 장다첸의 진귀한 서화를 가오위량에게 선물했다. 두보중이 어렵게 구입한 그 서화는 무려 60만 위안짜리였다. 하지만 당시만 해도 겁이 많았던 가오위량은 정색하며 그림을 돌려보냈다.

달리 방법이 없어진 자오루이룽과 두보중은 비장의 카드를 내밀었다. 바로 가오위량에게 미녀를 선물한 것이다. 세상에 돈을 좋아하지 않는 영웅은 있어도 미녀를 좋아하지 않는 영웅은 없는 법이다. 당시 두보중은 매우 중요한 공헌을 했다. 촌티 풀풀 나는 어촌 아가씨였던 작은 가오를 단시간에 학식과 교양이 있고 예절 바르며 사람의 마음을 잘 읽는 여성으로 변신시킨 것이다. 그는 작은 가오에게 젓가락을 물고 미소를 연습하게 했으며 하이힐을 신고 치파오를 입는 예의를 가르쳤다. 뿐만 아니라 뤼저우 사범대학의 명나라 역사 전문가를 모셔 작은 가오가 샅샅이 익히게 했다. 명나라 역사를 꿰고 있는 가오위량에게 호감을 얻기 위해서였다.

가오위량은 작은 가오를 매우 마음에 들어 했다. 아름다운 종업원이 시와 책에 박식하니 잘난 가오위량 서기라 해도 놀라지 않을 수 없었다. 심지어 그녀는 역사학자 황런위(黃仁宇)가 집필한 《만력십오년(萬曆十五年)》 내용으로 가오위량과 토론할 정도였다. 부동산 회사가 개업하던 날, 두보중은 낭만적인 이야기의 서막을 열기 위해 재미있는 드라마를 준비했다. 손님을 맞는 레드카펫 위에서 두 사람의 이야기가 무르익어갈 쯤 작은 가오가 현기증이 난다며 가오위량의 품에 슬쩍 안기게 한 것이다. 얼마 뒤 두보중은 작은 가오에게 별장을 선물했다. 가오위량을 별장으로 불러들여 두 사람이 함께 학문을 연구할 수 있게 하기 위해서였다. 비밀 영상 자료를 보면 알 수 있지만 그 별장에서 가오위량과 작은 가오가《만력십오년》과 명나라 역사를 두고 토론하는 일은 눈에 띄게 줄어들었다. 대신 가오위량은 글씨를 쓰고 작은 가오는 그 곁에서 벼루에 먹을 갈아줬다. 결국 가오위량은 작은 가오의 옷을 벗기고 이내 그녀를 덮쳤다. 그 영상 기록은 매우 생생하게 녹화됐다.

그때를 떠올리며 두보중은 감개무량해했다. 이제 와서 보면 가오위량 서기를 구워 삼는 일은 전방위로 굉장히 입체적 작업이었다. 자오루이룽이 맞장구쳤다. "그랬지. 두 사장이 아주 끝내주는 작업을 했어." 두보중은 겸손한 척했다. "별말씀을. 자오 회장, 자네야말로 총설계자 아닌가." 그러면서 두 동업자는 큰 소리로 웃음을 터뜨렸다.

"두 사장, 이제 와서 자네가 이 쓸모없는 자료들을 내게 주는 건 특별한 뜻이 있는 거 아닌가? 정확히 좀 말해보게." 두보중은 겸연쩍은 듯 말했다. "사오 회장, 날 이해하는 사람도 자네밖에 없군. 사실 가오위량과 작은 가오의 사진 세 장을 선의로 슬쩍 흘렸네." 자오루이룽은 그의 말에 펄쩍 뛰었다. "뭐? 이런 때에 가오위량 서기를 팔아먹었단 말인가? 선의라고?" 두보중이 굳은 표정으로 말했다. "당연히 선의지! 만약 선의가 아니었다면 여기 있는 하드 드라이브 세 개의 잠금을 모두 풀었을걸! 하드 드라이브에 담긴 비밀은 누구보다 우리 둘이 잘 알고 있지 않나. 가오위량과 작은 가오의 베드신은 물론이고 말이지. 그게 차마 사람이 볼꼴인가!" 자오루이룽은 한숨을 내쉬었다. "지금이 어떤 판국인가? 반부패 바람 때문에 너도나도 덜덜 떨고 있는데 이렇게 사고를 치나?" 두보중은 미간을 잔뜩 찌푸렸다. "나도 어쩔 수 없었어. 돈이 없는 걸 어떻게 하나? 당장 5000만 위안이 없으면 이 위기에서 벗어날 수 없다고. 그러지 말고 자오 회장, 이 비밀들 좀 사 가게."

자오루이룽은 고개를 삐딱하게 하고 생각에 잠겼다. 만약 자신이 사지 않는다면 어떻게 될까? 아마 두보중은 세 개의 하드 드라이브 속 비밀을 따로따로 나눠 가오위량과 작은 가오에게 소매가로 팔아넘길 것이다. 공안청장이랍시고 검은돈을 적지 않게 챙긴 치퉁웨이에게도 제법 비싼 값에 팔려 하겠지. 물론 두보중의 그런 거래는 목숨과 맞바꿀 수도 있는 매우 위험한 행위다. 다른 사람은 몰라도 치퉁웨이는 충분히 두보중을 없앨 수 있다. 하지만 요즘처럼 소문이 흉흉한 때에 감히 모험할 엄두가 나지 않는 자오루이룽은 두보중과 거래를 할 수밖에 없었다. 매매는 성립됐고, 자오루이룽은 현장에서 2000만 위안을 계약금으로 건네며 두보중에게 물었다. "두 사장, 이 영상 자료들이 다시 강호에 나올 일은 없겠지?" 두보중은 미소 지었다. "절대 없네. 자오 회장, 우리의 이 위대한 비밀을 자네에게 팔았으니 내게는 이제 판권이 없네. 내가 설마 불법으로 출판하겠나?" 자오루이룽은 콧방귀를 뀌었다. "안다니 다행이군. 불법 출판의 결과가 어떨지는 확실히 알아야 하네."

독사 같은 두보중을 상대하고 난 뒤 스트레스를 풀고 싶었던 자오루이룽은 그날 밤 고급 창녀를 방으로 불렀다. 그가 긴 소파 위에서 창녀에게 안마를 받고 있을 때 치퉁웨이에게서 전화가 걸려왔다. 그가 무슨 일이냐고 물으니 치퉁웨이가 어째서 휴대전화를 모두 꺼놨느냐고 물었다. 자오루이룽은 두보중과 담판 중이었다고 말했다. 그러자 치퉁웨이가 가오위량 서기와 가오샤오친의 사진에 대해 물었고, 자오루이룽이 대답했다. "두 사장이 보낸 거야. 안 그래도 그것 때문에 열 받아 죽겠어. 치 청장, 가오 서기에게 대응할 수 있는 방법 좀 생각해보라고 해. 무슨 침대에서 함께 있는 사진도 아니고 여지가 많이 있잖나!" 치퉁웨이는 으스스한 목소리로 말했다. "제 사진은 언제 보낸다고 합니까?" 자오루이룽이 얼른 대답했다. "치 청장 사진이 어디 있는데? 더군다나 두 사장한테 그런 배짱은 없어." 잠시 말이 없던 치퉁웨이가 다시 물었다. "두 사장이 더 이상 허튼짓하지 않는다고 보증할 수 있습니까?" 자오루이룽이 큰 소리로 대답했다. "내가 보증하네. 100퍼센트 보증해! 만약 사진이 한 장이라도 더 나타난다면 그 자리에서 날 쏴버리게."

공안청 청장인 치퉁웨이의 수단이 얼마나 대단한지 알고 있는 자오루이룽은 빌어먹을 두 사장을 처리하느라 오늘까지 홍콩에 남아 있노라고 변명했다. "이제 두보중이란 골칫거리를 해결했으니 내일 대륙으로 돌아가겠네. 만나서 자세히 이야기하지." 이야기를 들은 치퉁웨이는 한 마디 말도 없이 전화를 끊어버렸다. 자오루이룽은 치퉁웨이의 행동에 어이가 없어 한동안 넋을 놓았다.

그때 호텔방의 벨이 울렸다. 창녀가 문을 열러 나가니 잘생긴 호텔 직원이 꽃다발과 딱딱한 가죽으로 만든 편지 봉투가 놓인 쟁반을 들고 들어왔다. 자오루이룽이 누가 보냈느냐고 묻자 호텔 직원은 어느 남자 분이라고만 대답했다. 자오루이룽은 두보중이 사과 편지를 보냈다고 생각했다. 어쨌든 화해하기로 했으니 두보중도 성의는 표시해야겠지. 자오루이룽은 꽃과 봉투를 받고 호텔 직원에게 100홍콩달러 한 장을 팁으로 줬다.

호텔 직원이 나간 뒤 자오루이룽은 옷을 완전히 벗은 채 긴 소파에 몸을 반쯤 뉘였다. 그는 나른한 손길로 안마를 받으며 아무 생각 없이 봉투를 열었다. 그러자 그 안에서 순식간에 황금빛 총알 세 개가 쏟아져 나오더니 바닥으로 뎅그렁 떨어지는 게 아닌가. 총알들이 바닥에 튕겨 날아올라 그중 하나가 여자에게 맞았다. 여자는 깜짝 놀라 비명을 지르며 바닥에 풀썩 주저앉았다.

자오루이룽 역시 화들짝 놀라 당장 짐을 꾸려 밤 비행기를 타고 대륙으로 돌아갔다.

치퉁웨이는 아침에 일어나자마자 산쉐이 리조트 수영장으로 향했다. 운동을 좋아하는 그에게는 운동을 하며 생각하는 습관이 있다. 사람이 한 명도 없는 수영장 물은 거울처럼 깨끗하고 고요해 옅은 푸른빛을 띠었다. 수온은 항상 25도에 맞춰져 있지만 물에 들어가니 조금 차가운 느낌이 들었다. 덕분에 치퉁웨이는 맑아진 정신으로 팔을 저어 마치 큰 물고기처럼 앞으로 헤엄쳐 나갔다. 모터가 돌아가는 것처럼 머리도 활발히 움직이기 시작했다.

지금까지 정세는 좋은 편이다. 자오루이룽은 총알 세 개에 놀라 돌아왔고, 홍콩에서 두 사장의 비밀 정보도 사 왔다. 샤루이진 서기도 선생님과 리다캉 서기가 척을 지거나 자오리춘 서기의 노여움을 사고 싶어 하지 않는 속내를 드러냈다. 국면은 크게 좋아지고 있는 것처럼 보였다. 하지만 여전히 마음 한구석에 불안감이 있었다. 샤루이진 서기도, 허우량핑도 여전히 의심스러웠다. 특히 허우량핑은 이렇게 쉽게 패배를 인정할 후배가 아니었다. 샤루이진 서기가 공격을 원하지 않는다 해도 최고인민검찰원 반부패총국에서 온 허우량핑이 공격하지 않으리라는 보장은 확실히 할 수 없었다. 관건은 두 명의 핵심 증인이다. 현재 두 사람의 행방을 찾을 수 없다는 것이 무엇보다 큰 문제였다. 어쩌면 여기에 어떤 속임수가 있는 것은 아닐까? 어떻게 두 명의 증인이 동시에 실종될 수 있단 말인가? 혹시 허우량펑이 자오둥라이와 결탁해 무슨 꿍꿍이를 꾸미고 있는 게 아닐까? 그게 아니라면 어째서 모든 성의 공안 시스템을 다 동원해도 증인들을 찾을 수 없단 말인가?

선생님은 베이징으로 돌아가겠다는 허우량펑의 말이 연막작전일 수도 있다는 생각을 거의 하지 않고 있었다. 하지만 그렇게 완강하던 상대가 이리도 맥없이 무대를 떠난단 말인가? 치퉁웨이는 이 문제를 결코 소홀히 할 수 없었다. 이 일은 그의 목숨과 재산은 물론이고 평생 싸우며 얻어낸 성과와 관련돼 있었다. 당연히 경각심을 가질 수밖에 없다. 현재 관건은 증인을 찾는 일이다. 이는 승부를 결정할 조커가 될 것이다. 두 명의 증인이 그의 손에 들어오기만 한다면 모든 일이 완벽해진다. 그는 그들에게 자신의 뜻에 따라 증거를 내놓게 할 것이다. 하지만 허우량펑이 먼저 증인들을 찾아낸다면 판이 뒤집힐 수도 있다. 치퉁웨이는 머리를 물속에 담그고 천천히 숨을 내뱉으며 마음을 가라앉히고 생각했다. '다음 단계로 뭘 해야 하지? 두 증인을 어떻게 찾지?'

그는 요 며칠 동안 온갖 기술과 인맥, 단서를 이용해 증인들을 찾았다. 심지어 감시관리조를 동원해 관련된 사람들의 전화까지 샅샅이 감청하며 쓸모 있는 단서를 찾으려 애썼다. 이렇게 이상한 경우가 또 있을까? 따펑 공장의 경리와 운전기사는 혹시 죽은 게 아닐까? 정말 죽어버린 거라면 차라리 다행이다. 그렇다면 증거는 어디로 갔을까? 그들은 어디에서 어떻게 죽었을까? 젠장, 그거야 하늘만이 알 일 아닌가.

치퉁웨이는 머리를 흔들어 물방울을 털어내며 수영장 밖으로 올라왔다. 그러자 리조트 직원이 얼른 수건과 가운을 가져다줬다. 치퉁웨이는 수영장 한쪽에 서서 한참이나 머리와 몸에 묻은 물을 닦아냈다. 그때 수영장 물 위로 그의 모습이 거꾸로 비쳤다. 흔들리는 물결에 일그러진 그의 몸과 얼굴은 몹시도 흉악했다.

치퉁웨이는 허우량핑과 검찰원이 이미 공안청을 경계하고 있다고 생각했다. 어젯밤 감시관리조의 보고에 따르면 몇몇 핵심 목표들이 중요한 일을 전화로 이야기하지 않는다고 했다. 특히 천옌스는 검찰 출신이라 수사를 피하는 능력이 강하고, 허우량핑과의 관계도 남달랐다. 그들은 이 교활한 늙은이뿐만 아니라 루이커와 자오둥라이, 지창밍을 주시해야 한다고 말했다. 그들은 한 발 더 나아가 감청 범위를 넓혀야 하며, 감시 대상들이 전화로 언급하는 자그마한 단서도 놓치지 않아야 한다고 주장했다.

45

　법관 출신인 루이커의 어머니 야오신이는 퇴직한 뒤에도 일에 대한 열정이 남아 있지만 딱히 발휘할 곳이 없었다. 대신 그녀는 딸의 업무에 각별히 신경 썼다. 늦은 밤, 루이커는 컴퓨터 앞에 앉아 두 증인에 대한 단서를 찾고 있었다. 이 모습을 본 전 법관에게 흥미가 생겼다. 명색이 사건 판결을 내리던 법관 아닌가. 그녀는 이참에 자신의 실력을 발휘해보기로 마음먹었다. 그러기 위해 야오신이는 우선 피곤한 딸을 주방에 보내 렌즈탕을 마시게 하고 자신은 컴퓨터 앞에 앉아 자료를 살펴봤다. 야오 법관은 오랫동안 경제청 청장으로 일한 덕에 사건 처리 경험이 풍부하고 특히 각종 재산 분쟁에 관한 처리와 판단에 능했다. 그녀는 날카로운 눈빛으로 차이청공의 따펑 공장이 크고 작은 소송에 얽혀 여러 법원으로부터 자산을 압류당했다는 사실에 주목했다. 그녀는 딸에게 법률 상식 하나를 알려줬다. "차량 압류에는 두 종류가 있단다. 트럭이나 유조차, 일반 소형차는 법원에서 압류해도 차량 사용을 금지하지 않아. 다만 소유권을 양도하거나 변경 못 하게 하지. 반면에 가치가 백만 혹은 수백만 위안씩 하는 비싼 자동차는 사용 자체를 못 하게 해. 사용할 경우 차량의 가치에 영향을 줄 수 있을뿐더러 만약 심각한 교통사고라도 나면 압류 물품의 가치가 아예 사라질 수도 있으니까."

루이커가 말했다. "그건 저도 알아요. 차이청공의 벤츠는 사용할 수 없는 차잖아요."

법관 어머니가 갑자기 소리를 질렀다. "그래! 벤츠를 처음 압류한 곳이 다른 성이지 않니? 이커, 여기 봐라. 인터넷에 나와 있잖아. 이웃 성의 차오터우현 법원에서 압류를 걸었다고!" 루이커는 식탁 옆으로 머리를 내밀어 컴퓨터를 보며 말했다. "그러네. 그게 어쨌다고요?" 야오신이가 은밀한 미소를 지었다. "루 처장, 차량 사람이랑 내가 다 찾은 것 같은데!" 루이커는 반신반의하며 물었다. "정말요?" 그녀의 어머니는 당당하게 말했다. "쪄줄까 아님 끓여줄까? 말만 해!" 루이커는 눈을 반짝이며 어머니를 툭 밀었다. "뭔데? 빨리 말해봐요!"

야오 법관은 사건이 어찌 된 일인지 설명했다. 현재 단서에 따르면 사람과 차량은 옌타이시에서 실종됐으며 일시는 12월 15일이다. 그렇다면 옌타이시는 이웃 성의 어떤 현과 경계를 접하고 있을까? 바로 차오터우현이다. 두 사람은 분명 차오터우현 법원에 구류되어 있을 것이다. 야오 법관은 차오터우현 법원이 일찌감치 벤츠를 압류했으며, 차량 번호판도 몰수해 도로에서 운행하지 못하도록 했을 것이라고 냉정하게 분석했다. "두 사람이 차를 이리 숨기고 저리 숨기면서 몰래 옌타이시까지 끌고 가 팔려고 하다가 사법 집행을 방해한 죄로 잡혔겠지." 그녀는 손가락으로 헤아려보며 말했다. "12월 15일에 실종이 됐는데 오늘이 12월 29일이니까 14일째야. 사법 구류 기간은 15일이니까 두 사람은 내일 풀려나겠구나." 야오 법관은 얼른 그들을 데리러 가서 절대 놓치지 말라며 딸의 등을 떠밀었다.

루이커는 두 핵심 증인을 그렇게 찾아냈다. 땀 흘리며 열심히 찾으러 다닐 때는 안 보이더니 그야말로 우연히 발에 차인 격이었다. 루이커는 장화화와 함께 차오터우현 법원에 가서 벌금 1만 위안을 내고 요우 경리와 운전기사 샤오첸을 네리고 나왔다. 돌아오는 길에 지창밍 검찰장이 전화로 옌타이시 검찰원에서 그들을 심문하라고 지시했다. 하지만 성의 경계에 이르렀을 때 갑자기 다시 둥샹으로 길을 우회해 가라고 명령을 바꿨다. 나중에 안 일이지만 상대가 그들을 막기 위해 톨게이트에 검문소를 설치하고 기다리고 있었다. 옌타이시 검찰원 입구에 도착했을 때 지 검찰장이 다시 전화를 걸어 적의 허를 찌르기 위해 칭산구 검찰원 반부패국으로 가서 심문하라고 지시했다. 또한 심문을 하는 동안은 모든 휴대전화를 꺼두라고 말했다. 루이커는 검찰장의 명령에 따라 움직였다. 그녀와 장화화는 이번 상대가 보통이 아니라서 모든 공안 시스템을 동원하고 있다는 사실을 잘 알았다. 그 때문에 지창밍도 직접 검찰원에서 지휘하며 각별히 조심하는 것이다.

칭산구 검찰원 반부패국은 따로 떨어진 볼품없는 정원 안에 있어 매우 조용했다.

요우 경리는 차오터우현 법원을 떠난 지 얼마 안 돼 아직 놀란 가슴을 진정시키지 못한 터라 물어보면 무엇이든 솔직히 대답했다. 공개 채용으로 따펑 공장에 입사한 그는 차이칭공과 10년 동안 일하며 큰 신임을 받은 덕에 재무에 관해서는 모르는 것이 없었다. 그는 4년 전 차이칭공과 딩이전, 허우량핑이 함께 석탄 회사를 차린 일에 대해서도 잘 알고 있었다. 린청시 공상국에 가서 등기 수속을 밟은 사람도 그였다. 회사의 진짜 주주는 차이칭공 하나로 딩이전이나 허우량핑은 주주가 아니었다. 차이칭공이 두 사람의 이름을 적어 넣게 한 것은 대단한 권력을 업고 있는 척 허세를 부리기 위해서였다. 루이커가 물었다. "그럼 허우량핑 국장은 차이청공으로부터 이윤을 배당받은 적이 없습니까?" 요우 경리는 고맙게도 매우 단호하게 대답했다. "네. 그런 일은 절대 없습니다!"

루이커는 흥분되는 가슴을 억누르며 가장 중요한 질문을 던졌다. "요우 경리, 2014년 초에 허우량핑 국장에게 은행 카드를 준 적이 있습니까? 혹시 그 카드에 40만 위안이 들어 있었습니까?" 요우 경리는 의아하게 루이커를 쳐다봤다. "제가 허우량핑 국장에게 카드를 줬다고요? 그럴 리가요. 그런 기억이 없는데. 40만 위안이나 되는 큰돈을 제가 기억하지 못할 리가 없잖아요. 말이 안 되는데요." 옆에 앉은 장화화가 요우 경리에게 말했다. "다시 잘 생각해보시죠. 이 일은 매우 중요합니다." 요우 경리는 기억해내려고 애썼다. 허우량핑은 베이징 사람으로 당시 베이징에 있었고, 자신은 그와 만난 적이 없을뿐더러 그의 신분증을 쓴 적도 없는데 어떻게 그에게 카드를 만들어준단 말인가? 루이커는 그 카드가 있었다는 것은 사실로 증명됐으며 민성 은행에서 발행된 것이었다고 알려줬다. 그렇다면 차이청공이 직접 만들어 허우량핑에게 준 것은 아니었을까? 요우 경리는 그럴 가능성은 없다고 부인했다. "말도 안 돼요. 은행 카드 만드는 일은 전부 제 손을 거치는걸요. 전 허우량핑 국장에게 카드를 만들어준 적이 없는데요. 만약 있다면 장부에 기록이 있을 겁니다."

요우 경리는 한참이나 생각했지만 아무리 노력해도 기억해낼 수 없었다. 그는 요 몇 년 동안 만든 카드와 만진 돈이 한두 푼이 아니라 정말 기억하기가 쉽지 않다고 이야기했다. 가장 좋은 방법은 징저우로 돌아가 모든 은행 카드를 꺼내 허우량핑의 카드가 있는지 없는지 확인하는 것이었다. 요우 경리는 자신이 만든 은행 카드가 여러 서랍에 삼사백 장은 들어 있을 거라고 말했다. 루이커는 깜짝 놀라 어째서 그렇게 많은 은행 카드를 만들었느냐고 물었다. 정말 방법이 없어서 쥐어짜낸 방법이라고 했다. 차이청공 사장의 부채가 많아 따펑의 십여 개 계좌가 모두 법원에 압류되어 있었다. 그런데 1000명이 넘는 공장 직원들에게 월급을 주고 정상적인 생산을 유지하려면 카드에서 돈을 꺼내 써야 했다. 여기까지 말한 요우 경리는 득의만만함과 자부심을 얼굴에 그대로 드러냈다. "루 처장님, 세상에 수많은 직업이 있고 최선을 다하면 성공할 수 있다고 하지만, 이 경리란 일이 결코 쉽지 않습니다. 저는 이 수백 장의 은행 카드로 1년 넘게 버티면서 1000명이 넘는 직원들의 월급을 챙겨줬습니다. 적들이 아무리 겹겹이 포위하고 있어도 저는 끄덕하지 않았다 이겁니다!"

루이커가 비꼬듯 말했다. "보아하니 법률을 가지고 게릴라전을 벌이셨군요. 이제 말해보시죠. 그렇게 많은 은행 카드는 어떻게 만드셨습니까? 공장 노동자들의 신분증을 이용했나요?" 요우 경리는 콧방귀를 꼈다. "공장 직원들의 신분증을 감히 어떻게 씁니까? 안 그래도 공장 임금이 자주 밀렸는데 그건 죽겠다는 짓이죠. 우리는 주로 외지의 농민공이나 아는 친구의 신분증을 썼습니다. 신분증은 복사본만 있어도 됐고요. 보통 고객이 카드를 만들려고 하면 은행에서 본인의 신분증 원본을 요구하지만, 지방의 작은 은행들은 기업 같은 큰 고객에게 원본을 요구하지도 않고 직접 찾아와 카드를 만들어줍니다." 루이커가 물었다. "그 은행 카드들은 어디 있습니까?" 요우 경리가 대답했다. "징저우 젠셔로45호 징시가든 7동 1103호입니다."

멀리서 심문 상황을 확인하던 징저우 지휘 센터에서는 요우 경리의 말이 떨어지자마자 요원들이 출동했다. 수백 장의 은행 카드가 요우 경리가 말한 곳에 있었고, 그중에 허우량핑의 카드도 있었다. 작전조의 검찰관은 휴대전화로 사진을 찍어 지휘 센터로 바로 전송했다. 지휘 센터에서는 이 사진을 휴대전화 소셜 미디어를 통해 전송했고, 루이커는 사진을 보여주며 어떻게 된 일이냐고 물었다. 요우 경리는 좀처럼 기억해내지 못했다. 그러자 루이커가 물었다. "허우량핑 국장이 카드 안의 돈을 빼 간 적은 없습니까?" 요우 경리는 고개를 저었다. "돈을 빼 가는 건 불가능합니다. 제가 말하지 않았습니까. 그 카드들은 전부 직원들 월급 주고 원자재 사는 데에 썼다고요. 카드의 돈들이 어디에 쓰였는지는 장부에 다 적혀 있습니다. 허우량핑 국장은 카드의 존재도 몰랐고, 카드에 얼마가 들었든 그와는 아무런 상관도 없습니다."

중요한 문제가 해결되자 이후의 일은 일사천리였다. 운전기사는 차이청공 사장이 베이징에 갈 때 담배 한 상자와 마오타이주 두 상자를 사갔지만 허우량핑 국장이 받지 않았다고 진술했다. 그는 베이징에서 돌아온 뒤 그것들을 술과 담배를 파는 가게에 대신 팔아달라며 넘겼다고 한다. 하지만 사실 그 술과 담배는 잘 위조된 가짜로, 가게에서는 지금까지도 팔지 못하고 있었다. 운전기사가 그 가게의 주소를 말했고, 기동 검찰관들이 출동해 술과 담배의 실체를 확인했다.

그와 동시에 차이청공 심문이 진행됐다. 처음에 차이청공은 허우량핑에게 이윤을 배당해줬다며, 40만 위안이 든 민성 은행 카드를 만들어줬다고 우겼다. 하지만 요우 경리가 진상을 다 털어놓았다고 하자 갑자기 말을 바꿨다. "검찰원에서 언젠가 알아낼 줄 알고 거짓말한 겁니다. 나도 방법이 없었어요. 안 그러면 내 아들이 위험하다는데 어떻게 합니까?" 알고 보니 누군가가 차이청공의 아내에게 메모를 전해 위협한 것이다. 간수가 이 메모를 차이청공에게 전했는데 거기에는 두 마디가 적혀 있었다. '아들이 위험하다. 지시하는 대로 따라라.' 간수는 차이청공에게 허우량핑을 모함하도록 교사했다.

결국 차이청공은 위험한 방법으로 공공의 안전을 위해한 죄와 뇌물공여죄, 사기죄 등의 죄목으로 12년의 징역형을 선고받았다. 큰 눈이 펄펄 내리던 날 저녁, 허우량핑은 눈길을 걸어 어린 시절 친구를 면회하러 갔다. 차이청공은 그를 보고 엉엉 울며 목이 메어 말했다. "원숭아, 미안하다. 널 다치게 할 생각은 없었다. 그 녀석들이 날 위협했어. 나도 지금까지 살아내기가 쉽지 않았다. 나는 자오루이룽도, 류신젠도, 가오샤오친도 아니잖아. 나한테는 국영 기업의 자산을 꿀꺽하거나 특권층의 이익을 누려볼 기회도 없었다. 회사를 경영하면서 한 걸음 한 걸음이 힘들었고 무거운 대가를 치러야 했어! 다른 건 둘째치고 대출 말이야. 나는 정상적인 이자를 내는 은행 대출을 거의 써본 적이 없어. 만날 아랫돌 빼고 윗돌 괴느라 바빴지. 너에 대해서도, 따펑 공장 직원들에 대해서도, 은행 대출과 고리대금 회사에 대해서도 책임지고 싶었어. 하지만 결국 아무것도 책임지지 못했다! 거짓말하고 싶은 건 아니었는데 그럴 수밖에 없더라. 여길 속이면 저길 속여야 되고 그러다 보니 나도 이 모양 이 꼴이 되고 말았다."

허우량핑은 창문을 사이에 두고 마이크를 잡았다. "만두야, 사건이 이렇게 되기까지 나도 많은 일이 있었다는 걸 알았다. 사업하는 내내 쉽지 않았겠지. 심지어 빚을 독촉하는 놈들에게 잡혀서

개 우리에서 죽을 뻔했다며? 하지만 누구는 삶이 쉬웠겠니? 따펑 공장 노동자들은 쉬웠겠어? 나는 쉬웠겠냐? 다들 너 때문에 피해를 입었어. 따펑 공장 주식을 가진 직원들은 주식 관련 소송에서 이겼지만 거의 한 푼도 돌려받지 못했어. 만두야, 아무리 어려워도 사람으로서의 마지막 선을 넘어서는 안 되는 거야."

46

H성에 도착한 중앙 순시조는 천옌스를 찾아가 세 차례에 걸쳐 이야기를 나눴다. 어떤 대화가 오갔는지는 알 수 없지만 중앙 순시조가 천옌스와 이야기를 나눴다는 사실은 삽시간에 H성 정계에 알려졌다. 천옌스는 세 번째 대화를 나누던 중에 너무 흥분한 나머지 갑작스러운 심장마비를 일으켜 인민 병원에 후송돼 응급 처치를 받기도 했다. 다행히 제때 처치를 받은 천옌스는 몇 시간 뒤 정신을 차렸다. 천옌스가 무엇 때문에 그렇게 흥분했을까? 바로 그것이 사람들의 관심사였다. 나이 든 동지에게 드디어 기회가 왔고, 이 동지가 여태 기다린 것은 그를 핍박했던 자오리춘 전임 성서기와의 벼랑 끝 승부 아니겠는가? 어떤 이는 천옌스가 신고한 사람이 자오리춘 하나가 아니라 그와 관련된 가오위량, 리다캉 같은 여러 간부라고 했다.

천옌스를 아버지처럼 여기는 샤루이진은 그가 쓰러졌다는 소식을 듣고 바로 병문안을 갔다. 그런데 병문안을 마치고 병실 복도를 걸어가다가 뜻밖에도 리다캉과 마주쳤다. 리다캉은 병세가 위중한 시급(市級) 기관의 나이 많은 처장을 병문안하러 왔다고 했다. 그 처장은 리다캉의 첫 번째 상관이었다.

덕분에 샤루이진과 리다캉은 병원 정원에서 계획에도 없던 대화를 나누게 됐다.

중앙 순시조의 방문은 정기적인 순시이지만 분명 지향하는 방향이 있을 것이다. 느긋한 투로 말하는 샤루이진의 말 속에서 묵직한 무게가 느껴졌다. 그는 리다캉에게 전임 성서기 자오리춘의 아들 자오루이룽의 법률과 기율 위반이 오랫동안 계속되면서 간부와 주민 사이의 분위기가 매우 좋지 않다고 솔직히 말했다. 자오루이룽은 여전히 산쉐이 그룹 대주주 가운데 한 사람으로 따펑 공장 주식 일부도 불법으로 소유하고 있었다.

리다캉은 담배에 불을 붙인 뒤에 연기와 함께 길고 긴 숨을 토해냈다. "자오루이룽이 법을 어기고 나쁜 짓을 하는 데에는 자오리춘 서기의 책임도 적지 않습니다. 저도 그런 상황에 대해 말씀드린 적이 있지만 듣지 않으시더군요. 뤼저우에 있을 때는 자오루이룽의 호반정원과 수상 메이스청 항목을 허가해달라고 은근히 압력을 주셨지만 제가 허가를 내주지 않았습니다. 그 뒤로 자오리춘 서기께서 저를 점점 멀리하셨죠. 뤼저우 건 이후 자오리춘 서기는 무슨 일이든 가오위량 서기를 찾았습니다."

별이 총총한 하늘 아래 샤루이진은 팔짱을 낀 채 리다캉을 보며 물었다. "자오리춘 서기가 어떻게 은근히 압력을 줬나?"

정원의 분수에서 콸콸 물이 뿜어져 나오고, 가로등이 물기둥을 은빛으로 비췄다. 리다캉은 담배 연기에 싸인 채 기억을 더듬었다. "자오리춘 서기께서는 제 손을 잡고 말씀하셨습니다. 다캉, 내게는 딸 셋에 아들이라고는 루이룽 하나뿐이네. 자네가 루이룽을 도와줘야 해! 루이룽을 돕는 게 날 돕는 거네! 저는 한참이나 있다가 손을 빼고 답답한 마음에 한마디 드렸습니다. 자오 서기님, 300만 뤼저우 시민에게는 위에야호 하나뿐입니다. 조상 대대로 우리에게 물려주신 호수인데 만약 오염이 된다면 저는 역사의 죄인이 되는 것 아닙니까!"

그들 옆으로 어느 가족이 휠체어를 밀고 지나가고, 체크무늬 잠옷을 입은 환자가 웅얼웅얼 뭐라고 말하며 점점 멀어져갔다. 잠시 후 샤루이진은 리다캉을 칭찬하며 말했다. "리 서기, 그 점에 있어서는 가오위량 서기보다 참 강한 사람이네. 상부의 뜻을 무조건 따르지 않고, 현실에 맞게 일한 것 아닌가! 내일 중앙 순시조가 리 서기와 대화를 나누고 싶어 하던데, 자오리춘 서기가 우리 성에서 재임하던 기간에 있었던 일들에 대해 이야기 좀 해주면 좋겠네. 뤼저우의 위에야호 항목을 비롯해 있는 그대로만 말하게나."

리다캉은 고개를 끄덕였다. "알겠습니다. 저도 이미 통지를 받았습니다." 그는 다시 한숨을 쉬며 말했다. "사실 자오리춘 서기도 안타까운 면이 있습니다. 과거에 얼마나 능력 있는 서기였습니까. 우리 성의 경제 발전을 위해 GDP를 올리려고 과감하게 여러 일을 추진하셨죠. 자오리춘 서기는 공공장소에서 여러 번 말했습니다. 실수할 수는 있어도 개혁하지 않을 수는 없다고요. 당신이 개혁하지 않는다면 내가 사람을 바꾸겠다! 샤 서기님, 솔직히 말씀드리면 자오리춘 서기의 일하는 방식이 제게도 많은 영향을 끼쳤습니다."

샤루이진은 화단 앞에 가만히 서 있었다. 아직 녹지 않은 눈이 마른 가지를 덮고 있다가 스르륵 쏟아지는 모습이 처량하면서도 아름답게 보였다. 사실 샤 서기는 벌써부터 이 개성 뚜렷한 부하와 깊이 있는 대화를 나눠보고 싶었다. 일단 대화의 물꼬를 트니 그 뒤로는 이런저런 이야기가 술술 나왔다. "그러네. 리 서기가 말하지 않아도 내가 그 이야기를 할 참이었네. 자오리춘 서기에게는 물론 좋은 점도 있고 나쁜 점도 있지. 리 서기에게는 보통이 아니라 엄청난 영향을 줬고 말이야. 과감하고 시원시원한 일 처리는 자오리춘 서기에게서 배운 것 아닌가? 자기 고집 세고 막 밀어붙이는 업무 방식도 배웠고. 며칠 전에 징저우에서 정치적으로 태만한 학습반에 이야기하는 모습을 봤는데 성질이 아주 대단하더군!"

리다캉은 깜짝 놀라 일른 해명했다. "아니, 그건, 서기님, 정치적 태만 문제 해결은 제게 시범 삼아 먼저 해보라고 하지 않으셨습니까. 제가 무겁게 이야기하지 않으면 거기 간부들이 오래 기억할 수 있겠습니까? 물론 이럴 때 잘못된 것을 바로잡으려 하다 보면 좀 지나치게 되기도 합니다. 쑨롄청이 그만두겠다고 해서 제가 그러라고 하긴 했습니다."

샤루이진은 씩 미소를 지었다. "리 서기, 뭔가 오해한 것 같구먼. 나는 리 서기의 말이 틀렸다고 한 게 아닐세. 그때 리 서기가 한 말을 톈궈푸 서기는 물론이고 여러 간부들에게 참고 삼아 들어보라고 추천했네. 하지만 리 서기, 이렇게 좋은 경험이었다고 마무리할 수만은 없지 않나? 어쨌든 내가 그룹장인데 주의를 줘야 할 일은 주의를 주고, 엄격히 관리할 일은 관리해야 하지 않겠느냐 이 말이야."

리다캉도 빙그레 미소 지었다. "예. 무슨 말씀인지 알겠습니다. 서기님, 말씀하시면 제가 귀 기울여 듣겠습니다!"

샤루이진은 허리를 굽혀 화단의 들풀을 몇 가닥을 뽑았다. "리 서기, 듣자 하니 딩이전 부시장 사건이 터졌을 때 리 서기는 우선 자기반성이나 자기검사를 통해 자신의 부족한 점과 책임을 찾는 대신 아랫사람을 불러서 질책하고 나무랐다고 하던데. 시기율위원회 장슈리 서기도 엄청 꾸짖었다는 게 사실인가?"

리다캉은 잠시 멍하니 있다가 입을 뗐다. "예, 그런 일이 있었습니다. 당시 어쩐 일인지 깊이 생각해보지도 않고 아무 말이나 뱉어버렸습니다."

샤루이진은 들풀을 쓰레기통에 던져 넣고 손을 털며 말했다. "오랫동안 최고 책임자 자리에 있다 보면 자신에게 어떤 결점이 있는지 잘 느끼지 못하게 마련이지. 권력이 습관이 돼 감독을 받지 않으면 매우 위험할 수밖에 없다네!"

밤하늘에 달은 없었지만 구름 한 점 없이 맑아 가시거리가 좋았다. 덕분에 저 멀리 하늘에서 반짝이는 별들도 눈에 잘 보였다. 샤루이진은 조용하고 느릿한 말투로 자신에 대해 이야기하기 시작했다. 그는 현위원회 서기에서 시위원회 서기까지 오랫동안 일하면서 뭘 하든 안 되는 일 없이 거침없었다. 자신이 하고 싶지 않은 일은 누구도 할 수 없었고, 관직에 오래 있고 싶지 않은 경우가 아니고서는 그를 반대하는 부하들의 목소리도 매우 드물었다. 동급의 기율위원회나 검찰원은 물론이고 신문사나 방송국도 감히 그를 제대로 감독하지 못했다. 사실상 누구도 그를 감독하지 못한 것이다.

리다캉도 샤루이진의 이야기에 깊이 공감했다. "사실 저도 그렇습니다. 징저우에서 누가 저를 감독하겠습니까?"

"그게 바로 문제네. 리 서기, 이걸 어떻게 하면 좋을까? 해결해야 하지 않겠나? 그래서 말인데 정치적 태만 문제를 해결한 것처럼 징저우에서 한번 시험 삼아 해보면 어떨까 싶은데……. 오늘 리 서기에게 신중하게 의견을 묻고 싶은 일이 있네."

"예? 좋습니다. 말씀해보시죠, 서기님."

"리 서기의 오랜 친구 이슈에시에게 징저우시 기율위원회 서기를 맡겨 보고 싶은데 말이야."

리다캉은 매우 뜻밖이었다. "그 친구는 뤼저우시 시장대리가 된 지 며칠 안 됐는데 또 옮긴단 말씀이십니까?"

샤루이진은 미소를 지었다. "리 서기, 아마도 이 오랜 친구를 그리 환영하지 않나 보구먼?"

리다캉은 서둘러 부인했다. "아, 아닙니다. 제가 어떻게 그 친구를 환영하지 않겠습니까? 저는 이번 이슈에시의 파격 인사를 적극적으로 지지합니다. 다만…… 서기님, 제 생각에는 이슈에시도 징저우에 오고 싶어 하지 않을 겁니다. 그 친구가 H성에서 가장 오고 싶지 않은 곳이 아마 징저우일 텐데요. 일찍이 이슈에시는 저의 그룹장이었습니다. 그런 친구가 징저우로 온다면 서로 처신하기가 조금 애매합니다. 저는 서기님께서 이슈에시를 굳이 징저우에 보내시려는 이유를 모르겠습니다."

샤루이진은 고집스럽게 말했다. "그래서 이슈에시여야 하는 거네! 리 서기는 우리 H성 성도인 징저우의 최고 책임자이자 성위원회 상무위원으로 강한 업무 방식을 갖고 있네. 그런 리 서기가 누구의 말을 따르겠나?" 리다캉이 반문했다. "서기님, 그럼 제가 이슈에시의 말을 따를 거라고 생각하십니까?" 샤루이진이 말했다. "따르고 따르지 않고는 중요하지 않네. 하지만 적어도 이슈에시는 과감하게 말할 수 있을 걸세. 그는 리 서기의 오랜 친구이자 그룹장이었으니 자격도 리 서기보다 앞서지 않나? 그만하면 리 서기도 그를 인정할 수 있지 않겠어?" 그러면서 샤 서기는 리다캉을 빤히 바라봤다.

리다캉은 한동안 말이 없다가 불쑥 입을 열었다. "서기님, 그럼 저도 한 가지만 여쭤봐도 되겠습니까?" 샤루이진은 손을 내밀었다. "해보게. 오늘은 동지끼리 마음을 터놓고 이야기하는 중 아닌가." 리다캉은 잠시 망설이다가 쓴웃음을 지었다. "아, 아닙니다. 얘기하지 않겠습니다!" 샤루이진이 말했다. "아하, 이 양반, 어째서 또 말하지 않는 건가? 말해보게! 동지 사이에는 솔직히 대해야 하지 않겠나. 비판이나 질책도 다 괜찮네."

그제야 리다캉이 말했다. "이슈에시가 저를 감독한다면 서기님은 누가 감독합니까?" 샤루이진은 뒤통수를 세게 맞은 것처럼 리다캉을 바라보며 한동안 아무 말도 못 하고 속으로 생각했다. '역시 리다캉은 리다캉이로군. 좋은 질문이다. 이렇게 핵심을 찌르다니!' 아마도 H성에서 이런 질문을 할 수 있는 사람은 리다캉 외에는 없으리라. 리다캉은 샤루이진 서기가 아무 말이 없자 계속 이야기했다. "있다면 텐궈푸 서기 정도겠지요. 그런데 텐 서기가 당의 규정과 중앙의 요구에 따라 서기님께 효과적인 동급의 감독을 할 수 있을까요?"

샤루이진이 리다캉의 어깨를 가볍게 두드리며 말했다. "참 날카로운 지적이로군. 무게감이 느껴지네."

리다캉은 진지한 태도로 솔직히 말했다. "모두 한솥밥 먹는 식구인데 동급 간부를 효과적으로 감독하기란 쉽지 않습니다. 서기님, 이런 상황을 저희가 모르는 게 아니지 않습니까."

샤루이진은 그 말에 감탄했다. "맞는 말일세. 최근에 일어난 최고 책임자의 부패 문제 중에 동급의 기율위원회가 먼저 보고한 경우는 매우 적어. 이런 현상은 사실 비정상적인 것이라 반드시 바뀌어야 하네! 리 서기, 이왕 말이 나온 거 성에서는 나부터, 징저우시에서는 리 서기부터 바꿔나가세!"

리다캉은 어쩔 수 없이 억지 미소를 지었다. "좋습니다. 서기님,

이 일은 서기님의 결정대로 하시죠!" 샤루이진은 리다캉의 이런
마음도 모르는 듯 유쾌하게 그의 손을 잡으며 말했다. "리 서기가
받아줄 줄 알았네. 리 서기는 참 시원시원한 사람이로구먼!"

47

허우량핑은 아침 일찍 일어나 조깅을 나갔다. 흥분되는 기분 때문인지 발을 멈추지 않고 단숨에 광밍호까지 뛸 수 있었다. 모든 일이 명백히 밝혀져 오늘부터 다시 출근이었다. 조깅을 하며 그는 첫 출근하던 날을 떠올렸다. 그때도 출근하기에 앞서 새벽부터 조깅을 했다. 그때만 해도 젊었기 때문에 한번 흥분하면 어디까지 가는 줄도 모르고 정신없이 뛰곤 했다. 억울한 누명을 쓴 채로 여러 날을 보낸 그는 마치 우리를 박차고 나온 호랑이처럼 놀랄 만한 힘과 속도로 뛰며 마음속에 쌓인 분노를 토해냈다.

광밍호에는 잔교가 설치되어 있어 호수의 중심까지 갈 수 있었다. 허우량핑은 그 잔교 끝까지 뛰어가 작은 정자에서 먼 곳을 내다봤다. 하지만 옅은 안개가 끼어 호수를 빙 둘러 우뚝 솟은 고층 빌딩들은 안개 속에서 나타났다 사라지기를 반복했다. 겨울이라 물가의 늙은 버드나무들은 잎이 다 떨어졌지만 기다란 가지가 바람에 흔들려 호수 위를 가볍게 건드리며 우아한 자태를 뽐냈다. 잠시 뒤 태양이 떠올라 모든 도시를 비췄고, 허우량핑의 마음속 세계도 비췄다. 허우량핑은 깊이 숨을 들이쉬었다. 갑자기 눈물이 흐를 것 같은 기분이 들었다.

오늘은 류신젠 회장을 심문하는 날이다. 허우량핑이 루이커와 위풍당당하게 심문실로 들어서니 류신젠은 심문석에 앉아 여유롭게 눈을 감고 있었다. 한껏 여유를 즐기는 듯한 모습이었다. 발걸음 소리를 들은 눈을 뜬 류신젠은 허우량핑을 본 순간 벼락이라도 맞은 것처럼 한동안 꼼짝도 하지 않았다. 허우량핑은 얼굴이 사색이 된 류신젠의 눈동자를 빤히 쳐다봤다.

허우량핑은 탁자 앞에 앉아 중앙 순시조가 이미 H성에 왔으며, 자오루이룽과 자오 가문도 제 몸 하나 보전하기 어렵게 됐다는 사실을 분명히 일러줬다. "강호의 의리 어쩌고 하면서 혼자 계속 죄를 뒤집어쓰겠다고 해도 됩니다. 하지만 저는 류 회장님의 자백 없이도 반드시 죄를 물을 겁니다."

류신젠의 심리적 방어선이 무너지는 것은 이미 예상된 일이었다. 그는 더 이상 버틸 수 없는지 갑자기 눈물을 보이더니 이내 엉엉 소리 내어 울어댔다. "다 울었으면 화끈하게 자백하시죠."

류신젠의 자백에 따르면 그가 성 소유의 요우치 그룹 회장 겸 최고경영자가 된 뒤 회사는 자오 가문의 현금인출기가 되었다. 자오리춘 서기는 아들 자오루이룽을 돕게 하기 위해 그를 회장으로 삼았다고 분명히 이야기했다. 또한 조직은 믿을 만한 대상이 아니니 자신과 자오루이룽을 믿으라고 했다. 심지어 자오리춘은 이번 생에 두 명의 아들이 있는데, 하나는 자오루이룽이고 다른 하나는 류신젠이라고 말하기까지 했다. 실제로 자오리춘은 류신젠을 아들처럼 대하며 그의 앞길을 막는 정치적 장애물을 모두 제거해줬다. 덕분에 그는 하고 싶은 일은 뭐든 할 수 있었고, 원하는 것도 모두 가질 수 있었다. 자오리춘은 류신젠과 종종 마음속에 있는 말도 나눴다. "신젠, 어떤 일들은 정확히 알아야 하네. 요우치 그룹은 나라의 것으로 전 국민 소유제라고 하지. 전 국민이 소유한다는 건 누구도 소유하지 않는다는 뜻이야! 하지만 루이룽의 회사는 확실히 루이룽이 소유하지 않나. 루이룽이 있으니 우리가 노래 가사처럼 부를 수 있는 거야. 네가 있으니 나도 있고 모두 다 있다……."

오랫동안 모신 상관의 충동질에 류신젠은 미친 듯이 일했다. 요 몇 년 사이 자오루이룽 소유의 회사들에 적어도 30억 위안의 돈을 보냈다. 류신젠 본인도 흥청망청 돈을 썼다. 도박으로 5200여만 위안의 현금을 날리기도 했으며 마카오에서부터 라스베이거스, 포르투갈의 리스본까지 안 가본 곳이 없었다.

그날 류신젠이 쉬지 않고 떠들어댄 덕에 H성 사람들이 거의 알지 못하던 비밀까지 수면 위로 떠올랐다. 허우량핑은 일찌감치 류신젠을 범죄 용의자로 생각하고 있었지만 그가 자백한 구체적인 범죄 사실은 정말 깜짝 놀랄 만큼 대단했다. 그의 자백을 듣고 있노라니 9월 16일 밤 거세게 타올랐던 불길이 허우량핑의 눈앞에 나타났다. 그날의 화재는 부패와 비리가 직접적으로 야기한 참담한 결과였다. 징저우에서, H성에서, 또 이 나라에서 부패와 비리 때문에 이런 종류의 비극이 얼마나 많이 벌어지고 있을까? 또 이런 좀벌레들 때문에 얼마나 많은 국민들이 고통과 억울함을 겪었을까? 툭하면 국민을 입에 달고 사는 것들이 바로 국민들을 마구 짓밟지 않았는가.

류신젠의 자백은 마지막 승리를 결정짓는 한 수였다. 심문을 끝낸 허우량핑은 두꺼운 파일들을 지창밍 검찰장에게 건네며 길고 긴 한숨을 내쉬었다. 이미 하늘에 어둠이 내려앉고 있었다. 허우량핑은 유난히 아내가 보고 싶어 서둘러 숙소로 향했다. 그는 저녁상을 잔뜩 차려 아내 종샤오아이와 오늘 일을 축하하고 싶었다. 하지만 그가 숙소에 도착했을 때 뜻밖에도 종샤오아이는 이미 짐을 다 싸고 떠날 준비를 하고 있었다. 허우량핑이 물었다. "어떻게 된 거야? 저녁밥 먹을 시간도 없어?" 아내는 빙그레 웃으며 그를 바라봤다. "나도 일하러 가야지. 순시조에서 오늘 밤에 돌아오라고 통지가 왔어." 허우량핑은 멍하니 아내를 바라보다가 불쑥 뜨거운 눈물을 흘렸다. 심적으로 너무나 힘들었던 나날 동안 아내는 단 한 순간도 그를 의심하지 않고, 일부러 베이징에서 내려와 그와 함께하며 힘과 용기를 줬다. 부부의 정은 어려운 일을 당했을 때 더 소중해진다고 하지 않던가.

류신젠의 자백 이후 모든 일이 순조롭고 빠르게 해결됐다.

가장 먼저 자오루이룽이 뤼저우에서 체포됐다. 23일 뒤, 중앙에서 그의 아버지 자오리춘을 법률과 기율 위반 혐의로 입건해 조사했다. 이후 자오루이룽은 여러 죄를 함께 물어 사형집행유예*를 선고받았다. 뿐만 아니라 개인 자산 35억 위안을 몰수당하고 38억 위안의 벌금형을 선고받았다. 자오리춘은 20년 형의 유기징역에 처해졌다.

샤오강위는 자신의 집 문 앞에서 잡혀갔다. 기율검사조 조장과 성검찰원 간경 몇 명이 문을 두드렸을 때 샤오강위는 허우량핑 사건 때문에 자신을 찾아온 것으로 착각했다. 기율검사조 조장이 성기율위원회를 대표해 조사해야 한다고 하자 그제야 샤오강위는 경악하며 물었다. "어째서 나를 입건 조사한다는 건가? 자네들 뭘 잘못 알고 온 거 아니야?" 그러자 기율검사조 조장이 말했다. "틀림없습니다, 샤오 검찰장. 자신이 뭘 했는지는 잘 알 테니 괜히 이

---

* 중국에만 있는 독특한 사법 제도로 사형을 선고한 뒤 2년 동안 사형 집행을 보류하고, 그 기간 동안 수형자의 생활과 반성 여부를 살펴 이후에 무기 혹은 유기징역으로 형을 줄여주는 제도.

러쿵저러쿵 떠들지 맙시다." 샤오강위는 말을 더듬으며 물었다. "그럼 허우량핑 국장은? 그자도 입건 조사하나?" 기율조사조 조장이 쓴웃음을 지었다. "샤오 검찰장, 아직도 꿈에서 깨어나지 못한 겁니까? 오늘 이 작전은 허우량핑 국장의 지시입니다. 허우 국장은 샤오 검찰장을 상대할 틈도 없이 직접 산쉐이 리조트로 가오샤오친을 잡으러 갔습니다." 이후에 샤오강위는 뇌물 수수와 독직죄**로 12년 형의 유기징역을 선고받았다.

허우량핑은 팀을 이끌고 가오샤오친을 체포하기 위해 나섰다. 달빛 아래 경찰차는 인쉐이강을 따라 달렸다. 얼어붙은 수면은 대낮의 소란스러움을 가둬버리고 유유한 고요함을 응결시켰다. 마스산의 웅장한 윤곽은 차를 달릴수록 가까워졌고, 골프장의 잔디가 서서히 눈에 들어왔다. 야트막한 산비탈 아래 있는 별장의 지붕 위에는 아직 눈이 쌓여 있어 새하얀 빛을 반사시켰다. 산쉐이 리조트는 여전히 세상 밖 무릉도원처럼 평온했다.

익숙한 풍경을 바라보던 허우량핑은 정세를 살피려고 이곳에 두 번이나 왔던 때를 떠올렸다. 첫 번째 방문인 환영회에서는 그와 치퉁웨이, 가오샤오친이 함께 〈머리싸움〉을 생생하게 불렀다. 서로의 속내를 알아내기 위한 절묘한 충돌이 있었지만 승부가 가려지지 않은 전초전이었다. 당시만 해도 치퉁웨이는 자신은 진면목을 드러내지 않았고, 가오샤오친은 아칭사오의 영민함과 아름다운 몸매를 뽐내며 그에게 깊은 인상을 남겼다. 두 번째로 이곳에서 〈머리싸움〉을 불렀을 때는 근접 육박전이 펼쳐졌다. 부패와

** 공무원이 지위나 직무를 남용하여 저지르는 죄.

비리를 저지른 범죄자들은 정체가 들통나자 홍문연을 열어 그의 목숨을 노리는 살수를 매복시키기도 했다.

이제 대단원의 막을 내리게 되니 그는 가오샤오친이 아직도 아칭사오의 영민함과 아름다움으로 〈머리싸움〉을 부를 수 있을지 궁금해졌다. 그녀는 여전히 아칭사오처럼 영리할까? 어떤 자태로 커튼콜을 마치고 퇴장할까? 설마 징저우 아칭사오가 그사이에 꽃처럼 아름다운 미모를 잃고 스스로 무너지지는 않았겠지?

검찰 경찰차가 리조트 안 도로로 들어섰다. 그런데 흐릿한 달빛 아래 전방에서 너무나 익숙한 BMW가 달려오는 것이 아닌가. 허우량핑은 가오샤오친이 도망치려 한다는 것을 단숨에 눈치채고 앞뒤 경찰차에 그 차를 가로막으라는 명령을 내렸다. 결국 BMW는 멈춰 설 수밖에 없었다. 허우량핑은 경찰차에서 내려 BMW 옆으로 다가가 차창을 두드렸다. 잠시 후 차창이 서서히 내려가더니 가오샤오친이 아름다운 얼굴을 드러냈다. 가만히 허우량핑을 바라보는 그녀는 전혀 당황스러워하지 않는 눈빛이었다.

허우량핑은 신사의 품위를 잃지 않고 미소를 띠며 인사를 건넸다. "가오 회장님, 그동안 별일 없으셨습니까?"

가오샤오친은 사랑스러운 미소를 지으며 예의 바른 대답을 했다. "잘 지낸답니다. 허우 국장님은요?"

허우량핑은 자조하듯 말했다. "그리 잘 지내지 않았습니다. 하마터면 가오 회장님과 치 청장 덕분에 제가 먼저 울 뻔하지 않았습니까?"

가오샤오친은 가벼운 한숨을 쉬더니 진심 어린 얼굴로 말했다. "그건 제 본심이 아니었어요. 정말요."

허우량핑이 부탁하듯 말했다. "회장님은 역시 말씀을 잘하십니다. 장소를 좀 옮겨서 이야기하면 어떨까요?"

차에서 내리는 가오샤오친의 얼굴에 얼핏 슬픈 빛이 지나갔다. "언젠가 이런 날이 올 줄 알았답니다."

허우량펑은 안타까운 듯 고개를 저으며 말했다. "알고 계셨다면 처음부터 그러지 말았어야죠. 무례하지만 질문 하나만 할까요? 오늘 저녁에 제 선배 치퉁웨이 청장이 여기 와서 노래하지 않았습니까?"

"아뇨. 그럴 리가요. 치 청장님은 홍콩으로 출장간 것 같은데요." 가오샤오친이 침착하게 대답했다.

허우량펑은 상대를 주시하며 말했다. "정말 아쉽군요. 두 사람과 함께 〈머리싸움〉을 한 번 더 불러보고 싶었는데요."

가오샤오친은 손사래를 쳤다. "〈머리싸움〉은 무슨요. 목도 다 잠겼어요." 그러더니 그녀는 바로 검찰 경찰차에 올라탔다.

성검찰원 반부패국 심문실에 들어선 뒤에도 가오샤오친은 전혀 긴장하지 않는 모습이었다. 심지어 탁자를 마주하고 앉은 루이커와 장화회를 보며 예의상 미소를 가볍게 지어 보였다. 허우량펑과 지창밍은 지휘 센터 대형 스크린 앞에 서서 이 미녀 회장을 주시하며 감탄해마지않았다. "보통 여자가 아닌 건 분명합니다. 검찰원에 들어와서도 저렇게 침착하고 여유 있다니, 꼭 손님으로 온 것 같네요." 지창밍은 가오샤오친이 마음이 매우 강한 사람이라 판단하며 저런 여자는 흔치 않다고 말했다. 어쩌면 공안청 청장으로부터 오랫동안 교육받아온 결과인지도 모른다.

허우량펑은 지창밍 검찰장의 판단에 대해 심문을 시작할 때만 해도 아무런 의심이 없었다. 하지만 곧이어 심문실에서 벌어진 수상쩍은 상황이 그의 신경을 자극했다. 루이커를 대하는 가오샤오친의 반응이 비정상적이었기 때문이다. 대형 화면 속 가오샤오친은 루이커를 모르는 것처럼 물었다. "그쪽이 루 처장이신가 보군요?" 루이커는 어이가 없었다. "가오 회장님, 지금 절 놀리시는 겁니까? '루 처장이신가 보군요'라뇨?" 그러자 가오샤오친이 말을 얼버무렸다. "요즘 너무 바빠서 기억력이 나빠졌네요. 정말 죄송합니다."

루이커는 도무지 이해가 되지 않았다. "저한테 너무 상처를 주시네요. 저희가 만난 게 몇 번이고 좋은 이야기도 나눴는데 그새 저를 잊으셨단 말씀입니까? 아니면 다른 꿍꿍이가 있으신가요? 말씀해보시죠." 가오샤오친은 옅은 미소를 지었다. "저한테 무슨 다른 꿍꿍이가 있겠어요. 여기까지 왔는데 보시면 다 아실 거 아니에요."

루이커는 이때까지만 해도 문제를 발견하지 못했다. 그녀는 가오샤오친에게 지난번에 하던 이야기를 다시 나눠보자고 말했다. "어차피 심문실에 앉았는데 회사를 발전시키는 과정에서 있었던 문제를 다시 되짚어보죠. 교묘한 방법으로 경제적 이득을 취한 적 없으십니까? 회장님의 재산에 얼마나 많은 국민의 피눈물이 섞여 있나요?" 가오샤오친은 아무것도 모르는 얼굴로 루이커에게 물었다. "루 처장님, 우리가 그런 이야기를 나눴던가요?" 루이커는 눈앞의 노련한 상대를 주시하며 다시 한 번 일러줬다. "그것도 벌써 잊어버리셨습니까? 죽을힘을 다해야 이길 수 있는 요즘 같은 시대에 피눈물을 흘려야 하는 건 당연한 일 아니냐고 하셨잖아요. 남의 눈에 피눈물 나게 하지 않는다면 남이 회장님 눈에서 피눈물이 나게 한다면서요." 가오샤오친은 여전히 가벼운 미소를 띠며 말했다. "그랬군요. 제 기억력이 이러네요."

허우량펑은 대형 스크린을 보며 말했다. "검찰장님, 아무래도 뭔가 잘못된 것 같습니다." 지창밍이 허우량펑을 쳐다봤다. "뭐가 말인가?" 허우량펑이 갑자기 소리를 쳤다. "맙소사! 저희가 사람을 잘못 잡아왔습니다. 저 사람은 가오샤오친이 아닙니다. 분명히 아닙니다!" 지창밍은 매우 의아했다. "뭐라고? 허우 국장, 왜 그렇게 생각하나? 근거가 뭐야?" 허우량펑은 화면 속 가오샤오친을 가리키며 분석했다. "저 여성의 눈빛은 지나치게 차분합니다. 가오샤오친 회장 같은 독기가 없습니다. 심문실에 들어왔을 때도 루 처장을 못 알아보지 않았습니까? 두 사람은 매우 민감한 문제를 두고 이야기를 나눴는데 그걸 잊어버릴 리가 있습니까?" 지창밍이 여전히 의심스러운 눈으로 허우량펑을 쳐다봤다. "가오샤오친이 아니라면 저 여자는 누군가?" 허우량펑은 심각한 표정을 지었다. "모르겠습니다. 어쩌면 제가 민감한 걸 수도 있죠. 하지만 일단 심문을 멈추는 게 어떻겠습니까?" 지창밍 검찰장도 동의했다.

허우량펑은 침착하게 심문실로 들어가 가오샤오친과 루이커 등에게 잠시 쉬라며 너무 긴장할 필요 없다고 말했다. 루이커가 의심 어린 눈으로 허우량펑을 슬쩍 쳐다봤다. 반면 가오샤오친은 그제야 무거운 짐을 내려놓았다는 표정을 지었다. "허우 국장님, 감사합니다." 허우량펑은 씩 웃으며 말했다. "감사하긴요. 서로 잘 아는 사이 아닙니까? 분위기도 풀 겸 노래나 한 곡 하시죠." 그러더니 그는 가오샤오친에게 노래 번호표를 보여줬다. 가오샤오친은 조금 신이 난 것 같았다. "허우 국장님이 이렇게 신사답게 대해주시니 〈열심히 살아야 이길 수 있다(爱拼才会赢)〉 부를게요!" 허우량펑이 박수를 치자 직원들이 노래방 반주 기계를 밀고 들어왔다. 잠시 후 노랫소리가 심문실을 가득 채웠다. 가오샤오친은 민난어* 노래도 느낌을 살려 매우 잘 불렀다.

노래 한 곡이 끝나자 허우량펑은 아직 만족스럽지 않다는 듯 마이크를 들고 가오샤오친 앞으로 다가갔다. "가오 회장님, 노래 부르시는 모습을 보니 저도 목이 근질근질합니다. 같이 〈머리싸움〉이나 한번 부르시죠!" 가오샤오친은 조금 망설이며 웃었다. "여기까지 와서 머리싸움 할 게 뭐 있나요? 저는 싸우고 싶지 않네요." 허우량펑은 가오샤오친의 손에 마이크를 쥐여줬다. "그 무슨 아칭사오답지 않은 말씀이십니까? 싸워야 하면 싸워야죠. 샤지아방에 신사군이 있는지 없는지 제가 아직 모릅니다!" 그러더니 그는 주위를 둘러보며 아쉽다는 듯 말했다. "아, 우리 치퉁웨이 선배가 있어야 하는데. 후촨쿠이 사령관이 없군요. 아! 루 처장, 루 처장이 후 사령관을 합시다!" 루이커는 의외로 시원시원하게 마이크를 잡고 목을 가다듬었다. "당시 이 몸의 대오가 모였는데 모두 해서 사람은 열 몇 명인데 총은 일고여덟 개라……."

이렇게 〈머리싸움〉이 검찰원 반부패국 심문실에 울려 퍼졌다. 심문자와 피심문자 세 사람 모두 열심히 노래를 불렀다. 특히 가오샤오친은 온 신경을 집중해 노래방 기계의 화면 속 푸른 꽃무늬 옷을 입은 아칭사오를 뚫어지게 쳐다봤다. 허우량펑은 그녀가 부르는 노랫가락을 주의 깊게 들으며 의혹의 눈빛을 던졌다. 그녀는 허우량펑의 시선을 의식했는지 눈에 띄게 긴장하기 시작했다. 마침내 노래를 부르는 그녀의 이마 위에 송골송골 땀이 맺혔다.

허우량펑은 속으로 웃음이 났다. 〈머리싸움〉은 가장 좋은 테스트 항목이었다. 그는 가오샤오친과 처음 만났을 때부터 오늘까지

---

* 중국 푸젠성과 광둥성 동부, 타이완에서 쓰는 방언.

이 유명한 경극의 한 대목을 무려 세 번이나 함께 불렀다. 앞서 가오샤오친은 아칭사오를 꼭 닮은 모습으로 그에게 깊은 인상을 남겼다. 하지만 지금의 이 모습은 어딘가 잘못됐고, 분명 문제가 있었다. 분위기는 둘째치고 가오샤오친은 매우 정확한 억양과 성조를 구사하며 제대로 된 북경말로 노래했는데 지금 눈앞의 이 여자는 거기까지 배우지 못한 게 확실했다. 극단에서 은퇴한 호금 연주자의 평가에 따르면 가오샤오친의 노래 솜씨는 전문가 수준으로, 못해도 10년은 연습해야 그만큼 부를 수 있다고 했다. 반면 눈앞의 이 가오샤오친은 수련한 시간이 부족한지 경극이 아니라 일반 가요를 부르는 창법으로 노래해 경극의 맛을 조금도 살리지 못했다. 결론은 분명했다. 이 여자는 위조품이다. 진짜 가오샤오친은 어디로 사라졌는지 알 수 없다!

허우량핑은 결국 노래를 멈추고 정색을 하며 말했다. "이게 아니지 않습니까, 가오 회장님."

가오샤오친은 불안하고 겁먹은 얼굴로 허우량핑을 바라봤다. "어디가 말이죠, 허우 국장님?"

허우량핑이 말했다. "자, 가오 회장님. 다시 불러보시죠. 어디가 주도면밀한지 아닌지⋯⋯."

따라 할 수 없었던 가오샤오친은 마이크를 이어받지 못했다. "저, 저는 원래 이렇게 부르는데⋯⋯."

허우량핑은 마이크를 탁자 위에 무겁게 내려놓았다. "그럼 당신은 가오샤오친 회장이 아니군요!" 놀란 가오샤오친은 뒤쪽 의자에 풀썩 주저앉으며 긴 한숨을 내쉬었다. "세상에, 그걸 어떻게 아셨어요? 허우 국장님, 저는 사실⋯⋯ 가오샤오친이 아니라 쌍둥이 동생 가오샤오펑(高小風)이에요."

어떻게 된 일인지 파악한 허우량핑은 지휘 센터로 바로 돌아가 지창밍 검찰장에게 보고했다. "진짜 가오샤오친은 지금 해외로 도주하기 위해 징저우 국제공항이나 뤼저우 공항으로 갔을 겁니다. 어쩌면 치퉁웨이 청장도 함께 있을지 모릅니다." 지창밍은 뭔가가 퍼뜩 떠올랐는지 무릎을 탁 쳤다. "그랬군! 자오둥라이 국장과 시 공안국이 아무리 치퉁웨이를 찾아도 찾을 수 없다더니, 그래서 그런 거야!" 지창밍과 허우량핑은 수하의 직원들에게 징저우와 뤼저우는 물론이고 주변의 국제공항에 가오샤오친의 사진을 보내, 어느 나라 여권을 갖고 있든 어떤 이름이든 일률적으로 출국을 금지시키라고 지시했다.

48

치퉁웨이는 깊고 깊은 마른 우물 속으로 떨어진 듯 느껴졌다.
손바닥만 한 하늘을 빼면 주변이 칠흑같이 어두워 아무것도 보이
지 않았다. 이런 느낌은 핵심 증인 두 명을 놓친 뒤부터 시작됐다.
성검찰원이 이웃 성 차오터우현 법원에서 따펑 공장 경리와 운전
기사를 심문했다는 사실을 안 치퉁웨이는 이번 판이 완전히 끝났
음을 직감했다. 그는 두려움에 떨며 베이징의 자오리춘 서기에게
전화했지만 젊은 가정부가 서기 내외는 모두 회의에 가서 언제 올
지 모른다고 얼버무렸다. 불길한 예감은 검은 구름처럼 치퉁웨이
의 마음을 뒤덮었다. 그는 자오루이룽과 통화하고서야 자오리춘
에게 큰일이 생겼음을 알았다. 그제야 치퉁웨이는 모든 것이 끝장
났다는 것을 확실히 깨달았다.

돌이켜보면 샤루이진 서기가 정말 대단한 고수가 아닐 수 없었
다. 허우량핑에게 우선 근신 처분을 내린 뒤 그가 베이징으로 돌
아간다는 소문을 낸 것은 정말 신의 한 수였다. 그 한 수로 허우량
핑의 결백을 증명하고 가오위량 같은 늙은 여우의 경계심을 늦추
지 않는가. 자오루이룽이나 가오샤오친처럼 정치 싸움을 해본
경험이 없는 바보들은 더 말할 필요도 없었다. 홍콩으로 도주했던
그들은 하나하나 제 발로 돌아왔다. 가만히 생각해보면 치퉁웨이
자신도 바보이기는 마찬가지다. 자오루이룽이나 가오샤오친 모두

그가 직접 돌아오라고 독촉하지 않았던가. 자오루이룽의 귀국을
위해서는 홍콩의 범죄 조직까지 동원해 아까운 총알 세 개만 낭비
했다. 대국이 끝날 때가 가까워오니 포석이 분명히 보였다. 중앙
에서 샤루이진 서기를 H성에 보냈을 때부터 사달이 날 사람들은
정해져 있었다.

이제는 결사적으로 싸워야 할 때가 왔다. 치퉁웨이는 그 어느
때보다 냉정한 머리로 가정주부 가오샤오펑을 쌍둥이 언니 가오
샤오친 대신 내세우고 자신들은 감쪽같이 도망갈 계획을 짰다. 그
는 우선 직접 차를 몰고 가오샤오친이 있는 산쉐이 리조트 별장으
로 달려갔다. 그런 다음 별장 안에 있는 값비싼 귀금속과 해외 예
금증서 등을 챙기고 옷장 안에 넣어둔 제식 권총과 저격용 소총을
꺼냈다. 뜻밖의 상황에 대비하기 위해서였다. 또한 자오루이룽과
의 통화가 꼬리 밟혔을 것을 고려해 자신과 가오샤오친의 휴대전
화 전원을 켜고 매너 모드로 설정해 별장 안에 놓아뒀다. 그 뒤 차
를 몰고 징저우 국제공항으로 가서 가오샤오친이 다시 홍콩으로
도주할 수 있게 배웅했다.

상황은 그의 생각보다 훨씬 심각했다. "우리는 함정에 빠진 거
야!" 치퉁웨이가 중얼거리자 가오샤오친이 불안한 듯 물었다. "그
럼 가오위량 서기를 찾아가야 하는 거 아니에요?"

치퉁웨이는 탄식했다. "지금 가오위량 서기를 찾아서 뭐 하게?
아마 선생님도 꼼짝 못하는 신세가 됐을걸."

가오샤오친을 데리고 징저우 국제공항에 도착하니 어느새 새
벽 4시였다. 눈물을 머금고 가오샤오친에게 입을 맞춘 치퉁웨이
는 다시 차를 몰아 삼거리 입구에 이르렀다. 그 길은 징저우 국제
공항에서 25킬로미터, 구잉링(孤鷹嶺)에서 180킬로미터 떨어진 곳

이었다. 차를 도로 표지판 앞에 세운 치퉁웨이는 차에서 내려 담배를 피워 물고 수시로 휴대전화를 확인했다. 그의 계획에 따르면 가오샤오친은 위조 여권으로 첫 비행기를 타고 홍콩으로 떠나야 했다. 만약 모든 일이 순조롭다면 "Yes"라는 문자를 보내라고 했다. 그러면 그도 같은 방식으로 출국해 홍콩의 쓰리시즌 호텔에서 가오샤오친과 다시 만날 예정이었다. 계획대로 되지 않았다면 가오샤오친이 "No"라는 문자를 보내 다른 방법을 연구해 몸을 피하기로 했다. 치퉁웨이는 하늘을 향해 고리 모양 담배 연기를 하나씩 뿜어내며 초조하게 운명의 결정을 기다렸다.

날이 샐 무렵, 운전석에 앉아 잠시 눈을 붙이고 있던 치퉁웨이의 휴대전화 알림음이 울리면서 문자가 도착했다. 치퉁웨이는 서둘러 휴대전화를 잡고 이마에 가져다 대며 제발 좋은 소식이길 기도했다. 하지만 찾아올 운명은 어떻게든 찾아오는 것일까. 그가 휴대전화를 켜 문자를 확인했을 때 화면에는 선명한 영어 한 단어 "No!"가 찍혀 있었다. 그 즉시 치퉁웨이는 차 시동을 켜고 구잉링 방향으로 향했다.

구잉링으로 가는 길에 있는 산을 휘감은 도로는 위아래로 꺾인 곳이 많아 그의 속을 뒤집었다. 그는 인생의 모든 달고 쓰고 맵고 시고 짠 맛이 담긴 깡통이 가슴에 주르륵 쏟아진 것처럼 느껴졌다. 치퉁웨이는 점점 눈앞이 흐려져 결국 차를 어느 낭떠러지 옆에 세웠다.

빽빽한 산봉우리들은 처음 떠오르는 태양을 가로막았지만 아침놀이 물처럼 산들의 주름 사이사이에 배어들었다. 온 산의 마미송들은 겨울에도 여전히 푸르름을 간직하고 있었다. 마른 풀 위를 덮은 녹지 않은 눈들이 그런 마미송을 더욱 돋보이게 했다.

거센 바람이 협곡을 가로지르자 날카로운 울음소리가 들려왔다. 마치 흉악한 괴물이 그의 곁을 휙 지나친 것 같았다. 맞은편에 우뚝 솟은 산의 암벽들은 분재 같기도 하고 병풍 같기도 했는데, 햇빛이 비추자 강렬한 흰빛을 반사했다. 양 날개를 활짝 펼친 참매가 암벽 위 하늘을 맴돌고 있었다.

잠시 후 펑 소리가 산속의 고요함을 깨뜨리더니 참매가 곧장 개울로 추락했다.

"끝내주는군!" 우쭐해하는 치퉁웨이에게서는 결연함이 느껴졌다. 저격용 소총을 받쳐 들고 있는 그의 얼굴이 벼랑에 드리워진 어두운 그림자에 가려졌다. 잠시 제자리에 서 있던 그는 벨벳 천으로 총구는 물론 총신을 꼼꼼하게 닦고서 다시 차 트렁크 뒤에 고이 모셔 넣었다.

치퉁웨이는 다시 차를 몰고 길을 나섰다. 겹겹의 산 깊은 곳, 버려지다시피 한 작은 마을의 다 허물어져가는 농가에서 흔치 않은 밥 짓는 연기가 피어나고 있었다. 길은 갈수록 엉망이고, 차는 오르락내리락하느라 정신이 없었다. 하지만 치퉁웨이는 어두운 얼굴을 하고 밥 짓는 연기가 나는 곳만 보며 운전했다. 그곳이 바로 그에게는 행운의 땅이었다.

성위원회 샤루이진 서기부터 시공안국 자오둥라이 국장까지 모든 간부가 가오샤오친의 심문에 주목했다. 그녀를 심문해 치퉁웨이 청장을 찾아야 했기 때문이다. 치퉁웨이는 제식 권총 한 정과 저격용 소총 한 정은 물론이고 많은 양의 총알을 소지하고 있었다. 일단 그가 궁지에 몰려 위험을 불사한다면 어떤 결과가 발생할지 예측하기가 어려웠다. 가오샤오친은 심문실에 앉자마자 치통웨이에게 총이 있다는 사실을 숨김없이 인정했다. 그녀는 이런 상황을 다 알고 있으며 총 두 정은 치통웨이가 공안청 장비처에서 수렵용으로 받아온 것일 뿐이라고 말했다. 그녀는 치 청장이 총을 갖고 노는 것을 가장 좋아한다고 치켜세웠다. 또한 산쉐이 리조트 안에 치 청장을 위해 마련한 사격실이 있다고도 했다. 치 청장은 양손으로 동시 사격을 해 10여 초 안에 이동하는 열 개의 표적을 맞추는 보기 드문 명사수라고 자랑도 했다. 하지만 치통웨이가 사라진 뒤의 행방에 대해서는 입을 다물었다. 이 미녀 회장은 이미 정신적으로 치통웨이와 일심동체가 된 듯 그의 이야기를 할 때마다 거드름을 피웠다.

허우량핑은 묵묵히 가오샤오친을 바라보다가 말했다. "가오 회장님, 저는 치통웨이 청장에 대한 회장님의 감정이 진심이라고 믿습니다. 하지만 치통웨이 청장도 회장님을 그렇게 대했습니까? 그는 자기 자신만 잘되기를 바랄 뿐 남이야 어떻게 되든 상관하지 않는 사람입니다."

"아니요!" 가오샤오친은 눈물을 글썽이며 말했다. "그 사람은 사랑하는 연인들은 언젠가 부부가 될 수 있다고 믿는 사람이에요!"

"치통웨이 청장은 보통 사람보다 정신력이 강합니다. 그러니 지금 잘 알려지지 않은 곳에 몸을 숨기기로 철저하게 판단했겠죠. 거기가 그의 재산이 있는 곳 아니겠습니까?"

가오샤오친은 비꼬는 듯한 말투로 말했다. "허우 국장님도 너무 자기 판단만 믿으시는 거 아닌가요? 치 청장이 돈을 보러 갔을 리 없어요. 그 사람은 효자라 팔순의 노모가 재산보다 더 소중한 사람이라고요."

그녀의 말은 틀리지 않았다. 치퉁웨이는 확실히 효자였다. 하지만 지금 이 시점에서 그가 고향인 린청으로 어머니를 만나러 내려갔을까? 허우량핑은 결코 그러지 않을 것이라고 생각했다. 수사 전문가인 치퉁웨이는 자신을 잡으려는 인력이 이미 거기에 배치되어 있어, 죽음을 각오하고 혈전을 벌여야 할 것이란 사실을 누구보다 잘 알았다. 함정이 있다는 걸 알면서 스스로 거기에 빠진다? 절대 그럴 리 없다. 소란이 잠잠해지면 노모를 뵈러 갈 지도 모르지만 지금은 아니다. 가오샤오친은 잘못 생각하고 있다. 어쨌든 이 여자는 체포되기 직전까지 치퉁웨이와 긴밀한 연락을 유지하고 있었다. 때를 놓치지 않고 그에게 경고 메시지를 보냈다는 사실도 그녀의 휴대전화 문자를 통해 밝혀졌다. 하지만 가오샤오친은 이런 사실을 부인하며 우연히 잘못 누른 것이라고 우겼다.

허우량핑은 가오샤오친의 눈을 바라보며 말했다. "좋습니다. 끝까지 침묵하셔도 됩니다. 하지만 제가 내린 판단을 하나 알려드리고 싶습니다." 이때 그는 좀 더 무거운 말투로 말했다. "치퉁웨이 청장은 자살할 수도 있습니다."

가오샤오친은 그 말에 충격받은 것이 분명했다. 그녀는 놀랍고도 당황스러운 얼굴을 보였다. "그…… 그럴 리가요."

허우량핑이 말했다. "회장님, 치퉁웨이 청장과 인연이 있다고 하시면서 그의 마음속 거만함을 모르십니까? 치 청장이 여기 앉아서 제 심문을 받을 수 있겠습니까? 잘 생각해보시죠."

가오샤오친의 이마에 땀이 맺혔다. 그녀의 두 눈은 가만히 앞을 바라보고 있었다. 한참 뒤 그녀가 말했다. "허우 국장님, 국장님 말씀이 맞아요. 그 사람에게는 거만하고 단호한 면이 있죠."

가오샤오친이 마침내 입을 열었다. 치퉁웨이와 헤어질 때 그들은 몇몇 장소를 약속했다. 순조롭게 출국할 수 있다면 홍콩의 쓰리시즌 호텔에서 만나기로 했고, 못 한다면 가오샤오친의 고향에서 만나기로 했다. 그녀의 고향은 옌타이시 따베이호에 있는 후신다오라는 매우 외진 섬으로 별천지나 마찬가지였다.

허우량핑은 심문실 안을 걸으며 생각했지만 여전히 뭔가 딱 들어맞지 않았다. 전반적으로 봤을 때 그곳은 뭔가 부족했다. 분명히 더 중요한 다른 곳이 있으리라. 이런 생각을 하던 허우량핑이 가오샤오친 앞에 멈춰 섰다. "가오 회장님, 말씀하신 두 곳 말고 혹시 치 청장이 구잉링이란 곳을 이야기한 적이 있습니까?"

가오샤오친은 멍하니 허우량핑을 바라봤다. "구잉링은 어디죠? 거기가 치 청장이랑 무슨 관련이 있나요?"

허우량핑은 매우 뜻밖이었다. "아, 치 청장이 회장님께 그곳에 대해 말한 적이 없습니까?"

가오샤오친은 진지하게 대답했다. "아니요, 한 번도요. 허우 국장님, 제가 지금 국장님을 속일 이유가 뭐가 있겠어요? 저는 치 청장이 자살하기를 바라지 않아요. 우리 사이에는 여섯 살 난 아이도 있는걸요."

맙소사, 이거야말로 허우량핑이 전혀 생각지도 못한 일이었다. "두 사람 사이에 아이가 있다고요? 아이는 어디 있습니까?"

가오샤오친은 눈물을 주르륵 흘렸다. "홍콩에 있어요. 제 동생 샤오펑이 줄곧 데리고 있었는데……."

그 순간 허우량핑에게 큰 깨달음이 왔다. 아이는 이미 홍콩에 있고 가오샤오친의 죄는 사형에 이를 정도가 아니다. 그렇다면 치퉁웨이는 분명 구잉링에 있을 것이다. 그는 루이커에게 심문실 업무를 맡기고 서둘러 지휘 센터로 돌아와 흥분한 목소리로 지창밍과 자오둥라이에게 말했다. "치퉁웨이 청장이 어디에 있는지 알 것 같습니다!"

허우량핑은 지창밍과 자오둥라이에게 한 가지 옛날이야기를 들려줬다. 20여 년 전, 구잉링은 세상과 단절된 작은 산골 마을이었다. 자연 조건이 험악한 탓에 마을 사람 대부분이 마약을 만들어 생계를 꾸렸다. 당시 치퉁웨이는 마약 수사를 맡은 경찰로 과급(科級)* 중대장이었다. 그는 깊은 밤 산 뒤편 낭떠러지 쪽에서 마약 마을로 잠입해 수사를 벌였는데, 그곳에 경비 초소가 있었을뿐더러 수시로 순찰을 도는 탓에 결국 발각돼 추격을 당했다. 양측은 총을 쏘며 공격했다. 그때 치퉁웨이는 몸에 세 발의 총알을 맞았지만 동요 한 곡 덕분에 마을에서 유일하게 마약 거래와 관련이 없는 친 선생의 도움을 받아 목숨을 건졌다.

지창밍은 신기한 듯 물었다. "허우 국장, 그게 대체 무슨 동요였나?"

허우량핑이 대답했다. "다들 아는 〈나는 길에서 동전 하나를 주웠어〉라는 동요입니다."

자오둥라이가 친근하게 허우량핑을 툭 치며 물었다. "허우 국장은 그런 자세한 사정을 어떻게 알았습니까?"

허우량핑이 대답했다. "2002년에 치퉁웨이 청장이 《공안통신》이란 잡지에 기고한 내용입니다. 세상 모든 프롤레타리아는 〈국제가〉로 동지를 찾지만 자신은 어려운 순간에 동요로 사람을 찾았다고 했죠. 그 일 때문에 상당히 오랜 기간 동안 저도 치퉁웨이 선배를 존경했습니다."

---

* 한국의 과장급.

자오둥라이는 꽤 감명 받은 것 같았다. "허우 국장, 치퉁웨이 청장에 대해 정말 많이 공부했나 봅니다. 공안 내부 간행물인《공안통신》까지 주의 깊게 보다니. 사실 나도 구잉령의 마약 소탕 작전에 대해서는 어느 정도 알고 있는데 그런 내부 간행물에 실린 치퉁웨이 청장의 글까지는 유심히 보지 못했습니다."

허우량핑이 말했다. "주의 깊게 보지 않을 수 있겠습니까? 천하이가 쓰러진 뒤에 나는 절대로 상대를 얕잡아보지 않기로 했습니다." 그는 분석을 이어갔다. "치퉁웨이 청장이 구잉령으로 숨어든 것은 첫째로 몸을 숨기기 위함이고, 둘째로 자신의 목숨을 구해줬던 친 선생을 만나기 위해서일 겁니다. 완전히 궁지에 몰린 상황에서 내릴 수 있는 괜찮은 선택이죠. 가장 중요한 사실은 가오샤오친 회장에게도 구잉령을 알려주지 않았다는 겁니다. 그곳이 치퉁웨이 청장의 마음속에 얼마나 크게 자리 잡고 있는 곳인지 알 수 있죠."

지창밍과 자오둥라이는 허우량핑의 판단에 동의했다. 행동 계획을 연구하고 있을 때 허우량핑이 불쑥 생각지도 못한 아이디어를 내놓았다. "이러면 어떻습니까? 검찰장님과 자오 국장이 지휘하시고 저는 형사 경찰들과 함께 헬기를 타고 구잉령으로 날아가 현장에서 투항을 권유하는 겁니다. 정말 어쩔 수 없는 상황이 아니라면 그를 사살해서는 안 됩니다." 지창밍 검찰장이 물었다. "투항을 권한다고 성공하겠나? 가능성이 얼마나 되겠나?" 허우량핑이 곰곰이 생각하더니 말했다. "30퍼센트 정도 될 것 같습니다." 자오둥라이는 미간을 찌푸렸다. "허우 국장, 치 청장 손에는 저격용 소총이 있어서 한 방이면 허우 국장을 쏴 죽일 수 있습니다. 이건 100퍼센트예요. 그런데 30퍼센트의 확률을 믿고 100퍼센트와 싸울 만한 가치가 있습니까?"

　허우량펑은 조금 망설이며 말했다. "치 청장이 구잉령에 갔다면 쉽게 쏘지 못할 겁니다."

49

치퉁웨이가 친 선생의 집 안마당에 들어섰을 때, 선생은 마침 집 안에서 밥을 짓고 있었다. 굴뚝으로 통풍이 잘 안 되는 탓에 부뚜막이 연기로 자욱해 친 선생은 눈물을 줄줄 흘리던 중이었다. 밖에서 인기척이 들리자 친 선생은 자리에서 일어나 눈을 부비고는 검고 반들반들한 나무문을 열고 나왔다. 누가 왔나 살피던 친 선생은 치퉁웨이를 보자 깜짝 놀라며 두 팔을 활짝 벌리고 다가와 그의 어깨를 꽉 끌어안았다. "치 대장, 어떻게 온 거야?" 치퉁웨이의 손에 있는 저격용 소총을 본 선생이 몇 마디 덧붙였다. "어떻게? 임무를 수행하고 있나? 다른 사람들은?"

치퉁웨이는 소총을 조심스럽게 흙벽에 기대어 놓더니 손수건을 꺼내 노인의 눈물을 닦아줬다. "아무 임무도 없습니다. 특별히 선생님 뵈러 온 거예요. 오는 김에 야생 토끼나 몇 마리 잡을까 해서 가져온 거고요." 그때 치퉁웨이는 친 선생의 얼굴에 주름이 더 깊어진 것을 발견했다. 세월의 조각칼은 이리도 무정하구나. 치퉁웨이는 어쩐지 마음이 아팠다. 그는 노인의 손을 잡고 말했다. "제가 불을 지필 테니 선생님이 밥하세요. 저도 배고파요."

"아니야. 조금만 더 하면 불이 붙을 텐데." 친 선생은 치퉁웨이를 말렸다. "치 대장, 여기는 연기 때문에 눈이 매우니까 저기 마당에서 좀 기다려. 아니면 잠깐 마을을 돌아보고 오든지. 내가 토종 달걀 볶아서 요리해줄 테니까."

치퉁웨이는 산골 마을의 골목길을 걸었다. 하지만 눈에 들어오는 것들은 하나같이 낡아빠진 옛날 집뿐이었다. 어떤 곳은 담장이 무너지고 어떤 곳은 지붕이 내려앉았는데, 집집마다 문에 녹이 슨 자물쇠가 채워져 있었다. 우연히 만난, 이가 다 빠진 할머니는 무표정한 얼굴로 길 입구 받침돌 위에 앉아 있었다. 길가에는 들풀만 가득 자라 황량하기 그지없었다. 마을에서 생기라고는 찾아볼 수 없었다. 젊은이들은 모두 떠나버렸다.

치퉁웨이의 머릿속에 옛날 일이 절로 떠올랐다. 그 잊을 수 없는 날 밤, 그는 이곳의 토담길 사이를 내달리며 손으로는 총을 쏘고 눈으로는 몸을 숨길 곳을 찾고 있었다. 마약범에게 쫓기며 몸에 세 발의 총알을 맞은 그의 가슴에서 피가 흘렀고, 상처도 심각했다. 더욱 큰일은 총알이 다 떨어진 것이었다. 그때 사방에서 마약범들의 외침이 들려왔다. "그 사복 경찰 절대 놓치면 안 돼. 쏴 죽이는 사람에게 상금으로 1만 위안 준다……." 당시 치퉁웨이는 몹시 절망적이었다. 하늘은 시커멓고 사람은 깊은 우물에 빠졌는데 심지어 벽조차 보이지 않는 기분이랄까. 그는 자신의 인생이 끝자락에 다다라 이 낯선 산골 마을에서 비참한 청춘의 종지부를 찍게 됐다고 생각했다. 먼 산에서 천둥소리가 들려오더니 하늘이 어둡고 쓸쓸해졌다. 막상 비는 내리지 않고 공기만 더 습해져서 그는 숨쉬기조차 힘들었다. 비틀거리며 얼마나 오래 골목길을 뛰었는지 모른다. 더 이상 버틸 수 없다고 느낀 그는 금방이라도 머리를 처박고 쓰러질 것 같았다.

바로 그때 그의 귀에 갑자기 동요 한 자락이 들려왔다. "나는 길에서 동전 하나를 주웠어. 하지만 그 동전을 경찰 아저씨 손에 전해드렸지…….” 이 친근하고 익숙한 노랫소리는 살고자 하는 그의 희망에 다시 불을 지폈다. 그는 비틀비틀 노랫소리를 따라 친 선생의 집 앞에 이르러, 마지막 힘을 다해 문을 두드린 뒤 그대로 기절해버렸다. 추격하는 사람들의 소리가 점점 가까워졌고, 친 선생은 위험을 무릅쓰고 치퉁웨이를 집 안으로 끌고 들어와 곡물 통가리 안에 숨겼다. 그때 친 선생의 아들 따슌즈는 호롱불 아래에서 숙제를 하고 있었다. 치퉁웨이가 들었던 동요는 바로 그 아이가 부른 것이었다. 친 선생은 치퉁웨이를 찾는 마약범들을 상대한 뒤, 밤사이에 산을 내려가 경찰에 신고했다. 다음 날 이른 아침부터 헬기가 구잉령을 맴돌고 무장한 공안들이 이 산골 마을을 겹겹이 포위했다. 격전이 치러진 뒤에 마약범들이 결국 무기를 내려놓고 투항했다. 덕분에 치퉁웨이도 위험에서 벗어날 수 있었다.

그때 생각을 하며 걷던 치퉁웨이의 눈가에 꿈에서 깨어난 듯 불쑥 뜨거운 눈물이 고였다.

친 선생은 본래 공립학교 교사였지만 고향 아이들이 학교에 가지 못하는 것을 알고 상급 기관에 구잉령에 작은 초등학교를 세워달라고 신청했다. 그의 사심 없는 봉사 정신에 마을 사람들은 존경을 표했다. 덕분에 그는 마약 제조나 판매에 참여하지 않을 수 있었고 누구도 그것을 문제 삼지 않았다. 하지만 그때의 마약 소탕 작전 이후 많은 사람들이 사형에 처해졌으며 이웃들은 그를 원망했다. 그렇게 세월이 흐르면서 젊은 사람들은 다들 외지로 나가 일자리를 찾았고, 아이들의 수도 점점 줄어 초등학교도 결국 문을 닫고 말았다.

치퉁웨이는 요 몇 해 동안 마음먹은 대로 일이 되지 않을 때마다 구잉령에 와서 친 선생을 뵈었다. 좋은 술 두 병을 들고 찾아와

친 선생과 술을 마시다 보면 마음속에 쌓인 응어리를 풀 수 있었다. 그는 여기에서 깨달음과 위로를 얻었고, 친 선생은 그가 마음속에 숨겨둔 등불이었다. 이 모든 것은 완벽한 비밀이어서 누구도 공안청 청장과 산골 마을의 각별한 인연을 알지 못했다. 치퉁웨이는 어렴풋이 구잉링이 그의 귀착점이 되리라고 예감했다. 그에게 이곳은 영광의 땅이자 목숨을 구한 곳이기 때문이었다.

하늘에서 눈꽃이 날리기 시작하자 구잉링의 기묘한 봉우리와 바위들이 눈보라에 가려 흐릿해졌다.

치퉁웨이는 자기 인생의 소중한 발걸음을 힘겹게 찾으며 휘청휘청 마을을 거닐었다. 그 시절의 전설적인 마약 단속 영웅이 오늘날 이 지경이 될 줄은 그 자신도 미처 예상 못했다. 대체 어디에서 발을 헛디뎌 이런 심연으로 한 걸음 한 걸음 미끄러져 들어왔을까? 그의 눈앞에 불현듯 가오샤오친의 모습이 떠올랐다. 이 아름다운 여인이 이내 그를 향해 한 발 한 발 다가왔다.

누구보다 맑고 깨끗했던 가오샤오친은 쌍둥이 여동생 가오샤오평과 배를 타고 고향 후신다오를 떠날 때만 해도 그럴듯한 신발 한 켤레 신어본 적이 없었다. 자오루이룽의 파트너 두보중이 백합럼 아름다운 어부의 딸들을 우연히 발견해 번화한 도시 뤼저우로 데려와 시내 백화점에서 새 옷을 사줬다. 가오샤오친은 낡아빠진 운동화를 벗고 난생처음 하이힐을 신었을 때 한동안 제대로 걷지도 못했다. 엄격한 훈련을 거쳐 두 자매는 보는 이들의 마음을 흔들어놓을 만큼 아름답게 변신했다. 그러자 자오루이룽과 두보중의 검은 손길이 그녀들에게 뻗쳐왔고, 가오샤오친은 여러 차례 강간을 당했다. 여동생 샤오평을 지키기 위해 샤오친은 매번 희생을 자처했다. 하지만 결국 가오샤오평도 뤼저우시서기 가오위량에게 선물로 바쳐지고 말았다.

치퉁웨이는 메이스청의 호화로운 방 안에서 가오샤오친과 처음 만났다. 당시 그는 징저우공안국 부국장이었는데 그를 통해 대형 주차장 항목을 따내려 한 자오루이룽이 가오샤오친을 데려왔다. "치 국장, 이 아름다운 아가씨 낯이 익지 않은가?" 치퉁웨이는 가오샤오친을 보며 미소 지었다. "본 적 있습니다. 저희 선생님의 아름다운 친구분 아닙니까." 자오루이룽은 그를 놀릴 요량으로 말했다. "치 국장, 그럼 사모님이라고 불러보게. 어서!" 치퉁웨이도 농담으로 받아넘겼다. "행여 아주머니라고 부를까 봐 겁나네요."

가오샤오친은 어여쁜 눈으로 눈짓을 하며 꾀꼬리처럼 웃었다. "치 국장님, 자오 회장님 말씀 듣지 마세요. 가오 서기님의 아름다운 친구는 '작은 가오'예요. 저는 '큰 가오'고요. 우리는 쌍둥이랍니다. 제가 언니고, 걔가 동생이죠."

치퉁웨이는 멍하니 가오샤오친을 보다가 감탄하며 말했다. "세상에, 한 쌍의 미인이란 말입니까?" 그와 가오샤오친은 사실 첫눈에 반했고, 금세 무슨 말이든 나누는 사이가 됐다.

치퉁웨이는 자신의 운명을 바꾸고자 권력에 머리 숙였고, 억지로 H대학 운동장에 무릎을 꿇고 자기보다 열 살이나 많은 여자에게 청혼했다고 가오샤오친에게 고백했다. 그 나이 많은 여자의 아버지가 정법 계통 권력을 손에 쥐고 있는 성정법위원회 서기였기 때문에 산골 사법소에서 나와 운명을 바꾸려면 어쩔 수 없는 선택이었다. 치퉁웨이는 그때 무릎을 꿇으면서 자신의 마음도 딱딱하게 굳어버려, 이후에는 그 무엇에도 마음을 두지 않게 되었다고 말하기도 했다. 가오샤오친도 가난한 어부의 딸로 태어나 지금까지 얼마나 많은 곡절을 겪었는지 치퉁웨이에게 털어놓았다. 그녀는 하루 종일 자오루이룽과 두보중 사이를 오가며 그들 손안의 노리개가 돼야 했다. 치퉁웨이는 그 말을 듣는 순간 가오샤오친을 꼭 끌어안으며 말했다. "이제 그런 날들은 다 지나갔어. 우리 다시 시작하자. 우리만의 행복을 찾는 거야. 날 믿어줘. 내가 너에게, 또 나에게 평생의 행복을 만들어줄 테니까!"

눈꽃이 고요히 흩날렸다. 바람이 불지 않자 눈은 마치 새하얀 목화솜처럼 따뜻하게 지붕 위에, 나뭇가지 위에, 마을 입구의 연자방아 받침돌 위에 내려앉았다. 어느새 대지 위에는 하얀 융단이 깔렸다. 눈꽃은 작은 산골 마을의 고요함을 도드라지게 해 사람의 마음을 반하게 하고 또 아프게 했다. 치퉁웨이는 어젯밤에 도주하려다가 실패한 일을 떠올렸다. 가오샤오친은 지금쯤 심문실에서 심문을 받고 있으리라. 아마 이번 생에는 다시 만나지 못할 것이다. 두 사람은 진심으로 서로를 사랑했고 아들도 낳았으니 진정한 의미의 부부였다. 치퉁웨이는 사는 동안 이런 여인을 얻었다는 사실을 조금도 후회하지 않았다. 다만 사랑과 물질적 이익이 함께하게 되면서부터 두 사람의 사랑은 그 성질에 변화가 생겼고, 결국 오늘의 비극에 이르고 말았다.

치퉁웨이는 마을 뒤편의 늙은 홰나무 아래 서서 멍하니 옛일들을 떠올렸다. 눈앞에 딩이전 부시장의 비굴한 미소가 함께 떠올랐다. 그게 어느 해 봄이던가? 징저우시 교외의 시골 도로가에서 딩이전은 그와 가오샤오친을 데리고 땅을 보러 갔다. 그는 온통 푸른 산과 맑은 물이 있는 땅을 보고 단번에 그곳이 행운의 땅임을 확신했다. 그 자리에서 그들은 딩이전과 공모해 땅을 1묘*당 4만

---

*   중국식 토지 면적 단위로 1묘가 200평 정도.

위안의 공업 용지 가격으로 사들였다. 그 뒤 토지의 용도를 다시 상업 용지로 변경해 산쉐이 리조트를 건설하기 시작했다. 2년 뒤, 그가 가오샤오친과 함께 막 준공된 클럽하우스 1번 건물에 들어섰을 때 가오샤오친은 두 눈을 믿을 수 없었다. 그녀는 치퉁웨이의 어깨를 감싸 안으며 더듬더듬 말했다. "우리가 정말 매…… 맨손으로 이걸 다 일군 거야?"

치퉁웨이는 씩 웃어 보였다. "왜 아니겠어? 가오 회장, 당신은 안목도 있고 능력도 있어. 당신이 개혁 개방의 기회를 꽉 잡은 거라고. 8000만 위안의 은행 대출금으로 10억 위안이 넘는 기적을 만들어낸 거야!"

가오샤오친은 미친 사람처럼 한참이나 웃다가 끝내 눈물을 글썽였다. "치 청장님, 이 기적은 우리 둘이 함께 만든 거예요! 당신이 없었다면 딩이전이 1묘에 60만 위안이나 하는 땅을 4만 위안에 나한테 허가해줄 리 없었을걸. 은행도 토지를 담보로 내게 8000만 위안이나 대출해주지 않았을 거고……."

그는 손으로 가오샤오친의 작은 입을 막으며 말했다. "그렇게 말하지 마. 앞으로도 그런 말 하면 안 돼!"

가오샤오친은 눈물을 머금고 팔짝 뛰어올라 그를 껴안고 미친 듯이 키스를 퍼부었다. 그날 두 사람은 훤한 대낮에 새 양탄자가 깔린 계단 위에서 땀에 흠뻑 젖도록 뜨거운 사랑을 나누면서, 마치 꿈을 꾸는 것처럼 인생에서 경험하기 어려운 최고의 오르가슴을 느꼈다.

어디선가 들려온 까마귀 소리가 치퉁웨이의 생각을 방해했다. 눈이 멈추고 햇살이 늙은 홰나무의 굳센 가지와 줄기를 비추자 까마귀들이 둥지를 날아올라 따뜻한 태양을 마음껏 즐겼다. 그때 야생 토끼 한 마리가 그의 눈앞을 가로질러 뛰어가더니 산비탈의 상수리나무들 사이로 사라졌다. 치퉁웨이는 껍질이 벗겨진 나무에 비스듬히 기댔다가 늙은 홰나무의 굵은 줄기를 양팔로 껴안았다. 그렇다, 가오샤오친과 산쉐이 그룹은 이렇게 빈손으로 시작해 다른 사람들의 투자를 받아 그 이익을 나누거나 독점하는 방식으로 성장했다. 그때부터 그와 가오샤오친의 사랑은 그 성질이 바뀌었다. 그들은 사업 파트너가 되어 한 사람은 무대 위에서, 한 사람은 뒤에서 활동하며 둘만의 비밀스러운 비즈니스 제국을 건설했다. 사람의 탐욕은 끝이 없다고 그들은 각종 불법적인 수단으로 이익을 거둬들였고 모든 기회를 활용해 재산을 긁어모았다. 가난한 가정 출신인 두 사람은 막대한 부를 쌓을 수 있는 기회를 놓치지 않았다. 그들은 백배 더 미치고, 천배 더 탐욕을 부렸다! 따펑 공장 주식을 착복한 것이 그 예였다. 지금 생각해보면 확실히 너무 흥분한 나머지 지켜야 할 최소한의 선마저 잊고 말았다. 게다가 교활하기 짝이 없는 차이청공을 만난 것도 불행한 일이었다. 빌어먹을 차이청공은 우리사주조합의 결의를 날조해 일이 이 지경까지 이르는 화근을 만들었다.

그 일을 생각하니 치퉁웨이의 머릿속에 또 다른 장면이 떠올랐다. 그와 천칭쳰, 가오샤오친은 골프 클럽하우스에서 휴식을 취하며 따펑 공장 소송에 대해 이야기를 나눴다. 천칭쳰은 이 일이 결코 쉬운 일이 아니며 노동자들의 이익을 침범했다고 지적했다. 또한 그는 노동자들이 주식에 목숨을 걸 수 있으니 조심해야 한다고 말했다. 하지만 치퉁웨이는 산쉐이 그룹이 손해를 본다면 자기가 목숨을 걸 거라고 서슴없이 대답했다. 치퉁웨이의 말뜻을 알아챈 천칭쳰이 어떻게 판결해주면 좋겠느냐고 물었다. 하지만 치퉁웨이는 분명히 대답하지 않고 이렇게 말했다. "어떻게 판결을 내릴지는 법원의 일 아니겠습니까? 하지만 어떤 판결을 내리든 법률에 의거해야 합니다." 천칭첸은 자신이 법률적 근거를 찾아보겠다며 그 정도의 자율 재량권은 있지 않느냐고 말했다. 그러더니 바로 자신의 조건을 이야기하며 딸이 부처급* 간부로 승진할 수 있으면 좋겠다고 은근슬쩍 얘기했다. 치퉁웨이는 의미심장하게 천칭첸의 어깨를 두드렸다. "부처급이 아니라 처급입니다!" 이 적나라한 거래로 그는 지켜야 할 마지막 선까지 넘고 말았다.

어느새 친 선생이 치퉁웨이에게 다가와 밥이 다 됐으니 돌아가서 함께 먹자고 말했다.

방 안 앉은뱅이 탁자 앞에 앉아 간단한 몇 가지 반찬과 함께 밥을 먹으려니 치퉁웨이는 감개무량했다. 변변찮은 음식이 어찌 이리도 맛있을 수 있단 말인가. 역시 여기만큼 좋은 곳은 없다. 다툼도, 추격도 없을뿐더러 너 죽고 나 살겠다고 애쓸 필요도 없지 않은가.

식사를 마친 치퉁웨이는 안마당으로 나가 힘쓸 일을 찾았다. 막을 재간이 없는 친 선생은 옆에서 일손을 돕겠다고 했다. 두 사람은 우선 마당에 쌓인 눈을 치웠고, 벽 한편의 곧 무너질 것 같은 닭장에 진흙을 한 무더기 발랐다. 치퉁웨이는 고생을 많이 하며 자란 덕에 이런 일은 누구보다 잘 알았다. 몸이 뜨거워지고 막힌 혈이 뚫리자 기분이 상쾌해졌다. 그런데 마지막 작업으로 이 작은 농가의 닭장 위에 풀로 만든 지붕을 얹으려는 차에 갑자기 하늘에서 "다다다다!" 하는 모터 소리가 들려왔다. 고개를 들어 하늘을

---

* 한국의 과장 바로 아래 정도 등급.

본 치퉁웨이의 얼굴이 창백해졌다. 그는 들고 있던 도구를 집어던지고 서둘러 안마당을 가로질러 집으로 들어가 저격용 소총을 집어 들었다.

경찰 헬기 한 대가 구잉령을 넘어 친 선생의 마당 상공에서 선회했다. 손차양을 하고 하늘을 본 친 선생은 헬기를 보고 깜짝 놀라 물었다. "치 대장, 저게 뭔가? 또 마약을 발견했나?"

치퉁웨이는 한숨을 푹 내쉬었다. "저를 발견한 겁니다. 선생님은 빨리 여기서 떠나십시오!"

"자네 혹시…… 무슨 일 있나?" 친 선생은 믿을 수 없다는 듯한 눈으로 그를 바라봤다.

치퉁웨이는 친 선생을 집 안으로 잡아당겼다. "그만 물어보십시오. 얼른 들어오세요. 밖은 위험합니다!"

그때 공중에서 또렷한 목소리가 들려왔다. "선배, 같이 집에 갑시다!"

치퉁웨이는 긴장한 채 창문 앞에 서서 저격용 소총으로 헬기를 조준했다. 그러자 친 선생이 그를 붙잡았다. "치 대장, 자네 이게 무슨 짓이야? 자네더러 집에 가자고 하지 않나!" 치퉁웨이는 고개를 저었다. "이제는 돌아갈 수 없습니다. 저자는 제 천적입니다. 제가 여기 있다는 걸 추측할 수 있는 유일한 사람이죠."

그렇다. 헬기의 그 천적은 그가 여기 있다는 사실뿐만 아니라 영혼 깊은 곳의 불안과 두려움도 알고 있다. 그때 어렴풋이 지난날의 순수했던 노랫소리가 치퉁웨이의 귀에 들려 왔다. "나는 길에서 동전 하나를 주웠어. 하지만 그 동전을 경찰 아저씨 손에 전해드렸지……." 이건 환청일까? 아니, 그 소리는 경찰 헬기의 스피커를 통해 들려오고 있었다. 헬기는 저공으로 선회하며 계속 동요를 틀어댔다. 노랫소리가 샘물처럼 흘러 그의 마음속 바위에 부딪치며 사방으로 맑고 깨끗한 물방울을 튀겼다. 그가 눈을 감자 두 줄기 눈물이 얼굴을 따라 천천히 흘러내렸다.

친 선생은 여전히 무슨 일이 벌어지고 있는지 알 수 없었다. "치 대장, 무슨 오해가 있는 거 아닌가?"

치퉁웨이가 고개를 끄덕였다. "예. 오해가 아주 커졌습니다. 여기는 곧 총탄이 날아다닐 테니 얼른 나가십시오!"

친 선생이 불안한 목소리로 말했다. "아무리 큰 오해가 있다 해도 정확히 말로 해명할 수 있지 않겠나? 절대로 총을 쓰면 안 되네! 자네는 공안청 청장이야. 어떻게 자기 부하에게 총을 쏠 수 있나?"

하지만 치퉁웨이는 단호했다. "저는 저 나쁜 놈을 없애야 합니다. 그는 경찰도 아닙니다!"

"그…… 그럼 누구란 말인가? 함께 집에 가자고 하지 않던가? 그냥 집에 가게!"

치퉁웨이는 마음속으로 흐느껴 울었다. 그도 돌아가고 싶었다. 미치도록, 꿈에라도 돌아가고 싶었다. 그러나 이제는 돌아갈 수 없다. 영원히 돌아갈 수 없다. 그는 이미 너무 멀고 먼 곳까지 와버렸다.

부처님 말씀에 "고해는 끝이 없으나 고개를 돌리면 물가가 있다(苦海無邊, 回頭是岸)"라고 했다. 하지만 그가 탄 배는 이미 물가를 떠난 지 너무 오래됐다. 그가 서 있는 배에서는 물가가 전혀 보이지 않고 끝없이 펼쳐진 고해와 하늘에 닿을 듯한 파도만 보일뿐이었다.

친 선생의 목소리가 떨리기 시작했다. "치 대장, 자네…… 자네

내 말 한 마디만 들어……."

치퉁웨이가 발을 구르며 말했다. "그만하세요, 선생님. 빨리 가시라고요! 이 오해는 더 이상 해명할 수 없습니다."

친 선생은 답답한 듯 고개를 젓고 탄식하며 몇 걸음 걷다가 되돌아보고는 문을 열고 나갔다.

그때 경찰 헬기가 마을의 넓은 땅 가까이 내려왔다. 10여 명의 무장 경찰과 형사 경찰들이 완전 무장을 한 채 한 명씩 헬기에서 뛰어내렸다. 치퉁웨이는 흙으로 만든 집 창문 너머로 그의 숙적 허우량핑이 사복을 입고 뛰어내리는 모습을 보았다. 헬기의 프로펠러가 일으키는 바람에 허우량핑의 트렌치코트가 마치 깃발처럼 흩날렸다.

다시 하늘에서 눈이 내리기 시작했다. 이번에는 바람이 불며 눈꽃들이 부스러기처럼 흩어졌다. 눈꽃이 공중에서 맴돌아 제대로 눈을 뜨기 어려울 정도였다. 태양이 구름 속으로 숨은 하늘은 온통 흐리고 어두웠다. 구잉령의 험준한 낭떠러지에서 위압감이 느껴졌다. 헬기에서 뛰어내려 친 선생의 집으로 향하는 허우량핑의 한 걸음 한 걸음은 마치 발에 납을 단 것처럼 힘겹게 나아갔다.

치퉁웨이 선배와 결국 이 산꼭대기에서 대결을 벌이게 됐다. 목숨을 걸고 서로 필사적으로 싸우는 장면이 몇 분 뒤면 일어날 것이다. 서로의 재능을 아꼈던 오랜 친구로서 허우량핑은 이런 상황만큼은 일어나지 않기를 누구보다 바랐다. 하지만 이제는 피할 길이 없게 됐다. 그는 반드시 치퉁웨이의 총구를 마주해야 한다. 돌이켜 보니 그때 길거리 포장마차에서 함께 맥주를 마시며 서로 총을 뽑아들면 누가 먼저 쓰러지겠냐고 했던 농담이 실제가 돼버렸다. 하지만 허우량핑은 총을 뽑지 않을 생각이었다. 대신 진심으로 상대의 양심에 호소해 총을 버리고 투항하라고 권유할 것이다. 이게 가능할까? 만약 불가능하다면 허우량핑도 삶의 마지막 길로 가게 될지 모른다. 세상에 자신의 목숨이 소중하지 않은 사람이 어디 있겠는가. 그러니 내딛는 한 걸음 한 걸음이 무거울 수밖에 없었다. 하지만 그는 앞으로 걸어가야만 한다. 반드시 이 사명을 완수해야 했다. 친 선생의 집 마당 밖 사립문에 가까워질수록 마지막 결말에 가까워졌다.

집 안의 치퉁웨이는 한 손을 창틀 위 저격용 소총에 걸치고 다른 한 손으로 제식 권총을 쥔 채 한참이나 숨죽이고 있었다. 안마당은 텅 비어 몸을 숨길 만한 곳이 전혀 없었다. 허우량핑의 그림자가 나타나자 소총 조준기 안에 흔들리는 머리가 잡혔다.

허우량핑이 두 손을 높이 치켜들었다. "선배, 잘 봐요. 나 무기 없어요!"

치퉁웨이가 소리 질렀다. "허우량핑, 내가 가장 죽이고 싶은 사람이 너란 걸 모르냐!"

허우량핑은 안마당 사립문 앞에 서서 문 쪽으로 기댄 채 팔짱을 끼고 친한 친구와 이야기 나누듯 말했다. "선배, 선배가 무슨 생각 하는지 다 알아요. 하지만 해야 할 말은 꼭 해야겠어요. 오늘 진짜 어렵게 여기까지 왔어요. 진심으로 선배랑 집으로 돌아가고 싶어요. 저는 선배가 죽지 않았으면 좋겠어요. 하지만 누군가는 선배가 죽기를 바란다는 걸 알아야 해요. 선배가 죽어야 자기들이 안전할 테니까요. 그들은 계속 인민의 이름으로 헛소리나 해대겠죠! 선배, 선배도 여기 사람을 찾으러 온 거잖아요. 그럼 선배도 인민의 이름으로 생각 좀 해봐요. 남아 있는 양심으로 생각 좀 해보라고요. 이제 멈춰야 되는 건 아닌지 말이에요."

"허우량펑, 입만 열면 선배, 선배, 도대체 왜 이 선배를 그냥 놔두지 못하냐!" 흙집 안에서 치퉁웨이의 절망적인 목소리가 들려왔다.

허우량펑이 휘몰아치는 눈보라 속에서 한 걸음씩 천천히 앞으로 걸어갔다. "선배가 잘못을 저질렀으니까요. 선배나 나나 법률을 공부한 사람이잖아요. 한때는 법률에 충실하겠다고 맹세했고요. 잘못인 줄 알면서도 법을 어겼다면 피할 게 아니라 용감히 마주해야 하는 거 아니에요? 선배의 일이니까 스스로 감당해야죠. 선배의 일이 아닌 건 솔직히 이야기하고 책임져야 할 사람이 책임지게……."

"탕!" 갑자기 어디선가 총성이 울렸!

허우량펑은 잠시 얼이 빠졌다가 즉각 뒤를 돌아보며 경찰들에게 큰 소리로 외쳤다. "사격 금지!" 집 마당 입구에 서 있는 경찰들과 친 선생이 긴장한 얼굴로 허우량펑을 쳐다봤다. 그제야 허우량펑은 총을 쏜 것이 뒤에 있는 경찰들이 아니라 치퉁웨이임을 알았다. 그에게 보내는 경고였다.

"선배, 선배가 날 죽이고 싶었다면 분명 내가 땅에 누워 있어야겠죠. 선배가 총구를 조금 높여서 쐈다는 걸 알아요! 기왕 그런 거라면 우리 얘기나 계속하죠. 천하이에 대해 말해봅시다. 선배는 내가 자길 가만 안 둔다고 하는데 입장을 바꿔놓고 생각해봐요. 선배가 나라면 형제나 다름없는 친구를 교통사고로 죽이려 한 사람이 법망을 빠져나가도록 내버려두겠어요? H성에서 선배는 공안청 청장이었고 천하이는 반부패국 국장이었어요. 두 사람이 함께한 작전이 얼마나 많은데 어떻게 천하이에게 손을 쓸 수 있어요? 그때 나는 천하이와 통화하고 반부패총국 상관에게 보고하겠다고 약속했었어요. 그런데 선배가 먼저 손을 썼잖아요."

그때 치퉁웨이의 목소리가 들려왔다. "천하이를 죽일 생각은 없었어. 하지만 나도 가만히 앉아서 죽는 날을 기다릴 순 없잖아."

"그래요. 그러니까 사람을 죽여 입을 막으려 했겠죠. 하지만 선배는 영광과 꿈이 있던 사람이잖아요. 자기 죄가 조금도 두렵지 않아요? 꿈에서라도 천하이와 만날 수 있어요?"

치퉁웨이가 울음 섞인 목소리로 외쳤다. "허우량핑, 그만해! 내목숨을 천하이에게 돌려줄 거니까!"

눈이 점점 더 거세게 내렸다. 허우량핑은 몸 위에 흰 눈이 잔뜩 쌓여 마치 움직이는 눈사람 같았다. 그는 다시 흙집으로 몇 걸음 다가갔다. "선배, 날 죽이고 싶은 게 아니라면 그냥 나랑 집으로 돌아갑시다! 죽더라도 집에서 죽어야 내가 배웅이라도……."

"아니, 원숭아, 더 다가오지 마라. 내가 총 쏘게 만들지 마! 난 다른 사람의 심판을 받을 수 없어. 나는…… 내가 심판할 거야. 그러니까 빨리 꺼져. 아니면 너도 같이 데려갈 테니까!"

허우량핑은 상관하지 않고 앞으로 다가가며 말했다. "선배, 여기가 어딘지 잊지 말아요. 여기는 구잉령이잖아요. 선배에게는 영광의 땅이자 목숨을 구했던……."

허우량핑이 흙집 문지방을 넘으려는 순간, 정말 뜻밖에도 집 안에서 귀청을 울리는 총성이 들려왔다. 젠장! 허우량핑은 헐레벌떡 안으로 뛰어 들어갔다. 치퉁웨이가 제식 권총으로 자신의 머리를 쏴 그가 쓰러져 있는 바닥이 붉은 피로 흥건했다. 그토록 익숙했던 선배의 얼굴이 너무나도 낯설게 느껴졌다.

50

　가오위량은 괴상한 결정을 내렸다. 집 앞 정원에 있는 모든 화초를 뿌리까지 파낸 다음 불을 질러 깨끗이 정리한 것이다. 그것들은 그가 오랜 세월 동안 피땀 흘려 키운 녀석들로, 쉽게 보기 힘든 귀한 꽃이나 풀도 많았다. 가오위량은 엄숙한 표정으로 불꽃을 바라보며 자신이 정성들여 키운 화초가 잿더미로 변하는 모습을 지켜봤다. 그의 취미가 원예라는 것은 누구나 잘 아는 사실이었다. 그런데 지금 와서 그 취미를 포기하는 영문을 도무지 알 수 없었다. 화초를 다 태운 뒤에 그는 땅을 갈아엎기 시작했다. 이를 위해 가오위량은 특별히 새 곡괭이와 가래, 갈퀴 등의 도구를 구입해 전문가처럼 열심히 땅을 갈아엎었다. 한겨울 음력 섣달에 땅을 파기란 결코 쉬운 일이 아니었다. 곡괭이를 휘둘러도 앞머리가 꽁꽁 언 땅에 박혀 작은 흙덩이밖에 딸려 나오지 않았다. 하지만 가오위량은 묵묵히 하다 보면 못할 게 없다는 듯이 고집스럽게 조금씩 조금씩 땅을 파냈다. 이 모습을 본 우후이펀은 뭐 하러 이걸 계속 하느냐고 물었다. 가오위량은 빙그레 미소 지으며 간단히 대답했다. “원예사가 아니라 농민이 되고 싶어서 그래.” 그는 땅을 팔 때마다 마치 진짜 농민처럼 입지 않고 버려뒀던 옛날 옷을 꺼내 입었고, 시골에 내려가 빈민 구제 활동을 하던 때나 신던 낡은 솜신발을 신었다. 그 모습은 어딘가 익살맞아 보였다.

낮에는 양복에 가죽 구두를 신고 출근했고, 땅을 갈아엎는 작업은 주로 밤에 진행했다. 불면증에 시달리던 가오위량은 한밤중까지 일하며 지쳐 곯아떨어지길 바랐다. 하지만 효과는 그리 좋지 않았다. 고요한 밤에 땅을 파며 고민하다 보니 머리가 더 맑고 예민해진 것이다. 당시 여러 사건이 연이어 터지며 그의 머릿속에서는 핵분열처럼 사고의 연쇄 반응이 일어났다. 이제 때가 왔다. 그는 앞날을 준비해야 했다. 앞날은 과연 어떤 모습일까? 이 문제에 대한 답은 이미 가슴속에 있는 것 같았다. "봐봐, 정원이 농지가 되고, 서기가 농부가 됐잖아!"

그는 교수 출신이지만 오랫동안 원예를 취미로 했기 때문에 농사일에 매우 능숙한 편이었다. 그는 정원의 갈아엎은 땅 위에 구획을 정해 반듯이 모양을 잡고 깨끗이 치워 그럴듯한 이랑을 만들었다. 하지만 영 마음에 들지 않았는지 완성된 땅을 다시 갈아엎어 타원형과 삼각형, 하트 모양 등 다양한 모양의 이랑으로 바꿨다. 얼핏 보면 추상파 그림 같기도 했다. 가오위량도 그 땅을 자신의 작품처럼 여기며 여러 번 파내고 모양 바꾸기를 반복했다. 마치 영원히 끝나지 않을 것처럼 말이다.

하지만 두 가지만은 변하지 않았는데 바로 남쪽 담 밑에 놓아둔 커다란 바위 두 개의 위치였다. 정원 안에서 옛것은 그 바위들뿐이었다. 그 중 하나는 크기가 비교적 작았는데, 가오위량이 기억하기로는 허우량핑이 꽃과 새를 파는 시장에서 사 온 것이었다. 바위 위에 '태산석감당'이란 글씨가 힘 있는 필치로 써 있어 눈길을 끌었다.

다른 것은 치퉁웨이가 어디선가 찾아온 매우 큰 바위로, 온갖 힘을 다 쓴 뒤에야 간신히 정원에 옮겨놓을 수 있었다. 언젠가 치통웨이는 가오위량에게 귓속말로 이것이 '고산석*'이라고 말한 적이 있다. 당시는 자오루이룽이 한창 시끄럽게 말썽을 피우던 때라 그는 베이징의 자오리춘 서기에게 큰일이 생길 수도 있겠다고 은연중에 생각했다. 이제 와서 보니 정말 큰일이 생겼고 이 고산석도 아무래도 풍화되지 싶다. 가오위량은 땅을 파다 지치면 이 두 바위를 보며 넋을 놓았다. 두 바위에 얽힌 사정을 아는 사람은 그 자신뿐이었다.

달이 밝고 별이 드문 깊은 밤이면 가오위량은 치퉁웨이를 떠올렸다. 그럴 때마다 얼마나 마음이 아픈지 차마 말로 표현할 수 없었다. 스승과 제자의 정도 있었지만, 치퉁웨이를 보면 자신이 어떻게 될지 가늠돼 더욱 애달픈 마음이 들었다. 그는 치퉁웨이에게 문제가 생겼다는 걸 안 순간 정확한 선택을 내렸다. 그날 그는 비서로부터 허우량펑이 이미 헬기를 타고 출발했다는 보고를 받았다. 마음을 가라앉힌 그는 빨간색 비밀 전화로 샤루이진 서기에게 전화를 걸어 치퉁웨이가 구잉링에 숨어 있다면 과감히 사살해야 한다고 제의했다. 하지만 허우량펑과 경찰들이 단호하게 사살하지 못하고 오히려 치퉁웨이가 제식 권총의 방아쇠를 당겨 자살하리라고는 전혀 예상 못했다. 치퉁웨이의 자살 소식을 들은 가오위량은 몹시도 가슴이 아팠다. 그의 비열함이 어쩔 수 없이 드러나지 않았는가. 대세는 기울어졌고 어쩔 도리가 없게 됐다.

아침이 밝아오자 우후이펀은 문 앞 계단에 서서 우울한 표정으로 가오위량을 바라봤다. 고개를 든 가오위량과 눈이 마주치자 우

---

* 중국에서 흔히 일반 가정집이나 정원의 뒤쪽에 장식용이나 풍수지리용으로 두는 돌을 말하며, '고산(靠山)'에는 '산을 끼고 있다'란 뜻 외에 '믿을 만한 뒷배가 있다'는 뜻이 있다.

후이펀이 물었다. "가오 선생, 오늘은 출근 안 해요?"

가오위량이 삽을 내려놓으며 말했다. "왜 안 하겠어? 안 그래도 량핑이가 보고하러 온다고 했는데."

우후이펀이 말했다. "그럼 그거 그만하고 빨리 씻고 밥 먹고 나가요."

가오위량은 알았다며 정원에서 걸어 나왔다. "우 선생, 땅은 내가 여러 번 갈아엎었어. 겨울이라도 햇볕을 잘 쐬었으니까 다음 봄에는 채소 좀 심어요. 내가 없을 텐데 당신은 화초를 잘 모르니……."

우후이펀의 눈가에 갑자기 눈물이 고였다. "당신도 없는데 내가 여기 살 수 있겠어요?"

가오위량은 잠깐 멍하니 있다가 쓴웃음을 지으며 더듬더듬 말했다. "그것도 그러네. 그래, 그렇지……."

함께 아침밥을 먹는 아내의 기분은 엉망이었다. "오늘 이렇게 될 줄 알았으면 처음부터 왜 그랬어요?"

가오위량은 아무렇지 않은 척했다. "처음에도 별거 없었어. 우 선생, 걱정하지 마. 내가 이대로 무너질 사람인가? 나는 자오리춘도 아니고 치퉁웨이도 아니잖나. 샤루이진 서기와 톈궈푸 서기에게도 말했어. 요 몇 년 동안 배움을 게을리해서 실수를 저질렀지만 죄를 짓지는 않았다고."

"아직도 그런 말이 나와요? 현실을 똑똑히 봐요. 치퉁웨이도 죽고, 큰 가오도 잡혀 갔어요."

가오위량은 정색을 했다. "나는 가오샤오친이나 치퉁웨이가 벌인 범죄 행위와 직접적인 관계가 없어!"

"직접적인 관계가 없어도 간접적인 관계는 있잖아요? 치퉁웨이가 당신의 잘난 제자 아니었어요? 당신이 줄곧 부성급 간부로 민 사람이 누구예요? 가오 선생, 이런 일들은 억지 부릴 수 있는 게 아니에요!"

"그래, 그래. 내가 사람을 잘못 봤지, 사람을 잘못 썼어. 이번에 깨달은 바가 아주 커요."

"이게 그렇게 간단한 문제예요? 치퉁웨이가 없었으면 당신 작은 가오는 어떻게 됐겠어요?"

"그래, 그래. 작은 가오 일은 내가 잘못했지. 젊었을 때 저지른 실수 같은……."

아침 식사를 마친 뒤 가오위량은 겉옷을 입고 집을 나서려 했다. 그때 우후이펀이 그를 불러 세우더니 조금 망설이다가 말했다. "가오 선생, 당신한테 할 말이 있어요. 성기율위원회 텐 서기가 나한테 이야기 좀 하자고 하던데요."

가오위량은 현관에 서서 멍하니 있다가 말했다. "아, 텐궈푸 서기가 당신이랑 직접 이야기를 하겠다고?"

우후이펀은 고개를 끄덕였다. "학교에서 그렇게 전해줬어요."

가오위량이 말했다. "그래, 그럼 가봐야지. 조직에 있는 그대로 말해요. 내 일은 당신이랑 무관하니까."

우후이펀은 한숨을 내쉬며 평소와 달리 남편의 이름을 불렀다. "위량, 당신 정말 후회 안 해요?"

가오위량은 쓴웃음을 지으며 양팔을 벌렸다. "후회한다고 무슨 소용이 있나? 이렇게 살아왔는걸." 그는 잠시 말을 멈췄다가 다시 우울하게 말했다. "솔직히 말하자면 후이펀, 치퉁웨이가 자살했다는 소식을 듣고 많이 힘들었어. 며칠 동안 많이 생각했는데 당신에게 미안하게 됐어! 그래도 당신한테는 우리 딸 슈슈가 있어서 마음이 놓여."

우후이펀이 목이 메여 말했다. "하지만 우리가 여태 이렇게 살아온 걸 슈슈에게 어떻게 이야기해요?"

가오위량은 가만히 우후이펀의 어깨를 다독이며 평소와 달리 다정하게 말했다. "천천히 이야기해요. 슈슈도 이제 어른인데 아무리 냉혹한 현실이라 해도 마주해야지. 후이펀, 슈슈랑 잘 살아, 응?"

이날 허우량핑은 일찍부터 가오위량의 사무실 문 앞에서 기다리고 있었다. 이번 만남은 그가 어렵게 얻어낸 시간으로, 성기율위원회 톈궈푸 서기는 물론이고 성위원회 샤루이진 서기에게 간신히 허락을 받았다. 허우량핑은 스승과의 마지막 대화를 통해 긍정적인 결과를 얻고 싶었다. 또한 선생님이 대체 어떤 사람인지, 그의 내면세계는 어떠한지 이해해보고 싶은 강한 호기심도 있었다. 선생님은 정말 수수께끼 같은 인물이었다. 허우량핑은 오랫동안 직무 범죄를 수사해왔지만 이런 유형의 사람은 처음이었다. 그 때문에 더욱더 선생님과 이야기를 나눌 만한 가치가 있다고 생각했다.

딱히 말하지 않아도 어떤 상황인지 알고 있기에 스승과 제자의 만남은 각별히 깍듯했다. 선생은 최고급 룽징차를 꺼냈고, 제자는 잔을 씻고 찻물을 우렸다. 제자는 차를 우리면서 구잉령 대결에 대해 보고했다. 차를 가오위량 앞에 내려놓으며 허우량핑이 말했다. "저는 치퉁웨이 선배가 자살할 줄 몰랐습니다."

가오위량은 천장을 바라보며 긴 탄식을 했다. "안타까운 일이지. 어쨌든 치퉁웨이는 좋은 인재였는데."

허우량핑도 고개를 끄덕였다. "인재였을 뿐만 아니라 오래전에는 마약 단속 영웅이었죠."

"그랬지. 공안부에서도 1급 영웅으로 표창하지 않았나. 량핑아, 너나 치퉁웨이나 내게는 특출한 제자들이었다. 그런데 오늘날 이렇게……. 뭐라고 말해야 할까? 이미 주유를 세상에 내셨는데 어째서 또 공명을 내리셨는지 모르겠구나!" 스승은 나지막한 목소리에 진지한 얼굴로 제자에게 거짓말을 했다. "행여 뜻밖의 사고가 생기면 어쩌나 해서 일부러 샤루이진 서기에게 전화했다. 절대로 치퉁웨이를 죽게 하면 안 된다고 강조했지. 하지만 퉁웨이는 죽고 말았다. 그것도 자살로 말이야. 나로서는 정말 예상치도 못한 일이었다."

"선생님, 선생님은 예상하지 않으셨습니까? 치퉁웨이 선배는 집으로 돌아갈 길을 찾지 못했습니다."

"아, 량핑아, 퉁웨이가 네게 총을 쐈을 때 총구를 조금 높였다고?"

"그렇습니다. 치퉁웨이 선배는 저를 죽일 생각이 없었습니다. 정말 죽이려 했다면 제가 오늘 선생님을 뵙지 못했겠죠."

허우량핑을 빤히 보고 있던 가오위량의 눈가에 설핏 눈물이 어렸다. "량핑아, 퉁웨이가 왜 그랬는지 아니?" 잠시 말을 멈춘 그는 한숨을 내쉬며 말했다. "퉁웨이는 너를 아꼈던 거다."

허우량핑도 그의 말을 인정했다. "저도 알고 있습니다. 사실 저희 두 사람은 쭉 그런 느낌을 갖고 있었으니까요."

가오위량은 지난날을 떠올리며 안타까움을 감추지 못했다. "량핑아, 치퉁웨이는 너희 동창들 중에 너를 가장 좋아했다. 몇 번이나 내 앞에서 너의 담력과 재능이 부럽고 질투난다고 말했지. 네 머리는 보통 사람의 머리가 아니라고 한 적도 있단다. 그런 너를 앞에 두고 차마 총을 쏠 수 없었을 거야!"

"어쩌면 그럴지도 모르죠." 허우량핑은 잠시 멈췄다가 다시 강조하듯 말했다. "하지만 선생님, 제 생각에는 그 동요도 큰 작용을 한 것 같습니다. 아이들의 티 없고 맑은 노랫소리가 치퉁웨이 선배의 어두운 영혼에 빛을 비춰 잠들어 있던 그의 인간적인 면모를 일깨운 겁니다. 영혼이 리셋됐다고 할까요?"

가오위량은 멍하니 허우량핑을 바라봤다. "영혼이 리셋됐다? 그 표현 아주 신선하군. 나도 동의하네."

허우량핑은 사실 치퉁웨이가 이렇게 죽었으니 어떤 사람은 안심하고 있을 거라고 말하고 싶었다. 하지만 목구멍까지 치밀어 오른 말을 꾹 참았다. 그래도 선생님인데 이렇게까지 자극하는 것은 아니지 않은가.

두 사람이 대화를 나누는 동안에도 사무실 안의 텔레비전은 계속 켜져 있었다. 방송에서는 마침 가오위량이 전(全) 성정법업무회의에서 발표한 담화 내용을 내보내는 중이었다. 아나운서는 정확한 발음과 부드러운 어조로 회의 소식을 전했다. "가오위량 서기는 인민이 국가의 주인이며 모든 권력은 인민에게서 비롯된 것으로 인민이 부여한 권력을 인민을 위해 봉사하는 일에 사용해야 한다는 사실을 모든 당원과 간부들이 명심해야 한다고 강조했습니다."

'선생님 부류의 사람들은 뭐든지 알고 있다! 저들을 보라. 회의에서나 텔레비전 뉴스에서 청산유수로 얼마나 잘 떠들어대는가. 입만 열었다 하면 인민, 인민……. 하지만 그들이 인민의 이름으로 신나게 떠들고 있을 때 정작 사람들은 인민은 이름으로만 존재하는 것 아니냐며 비웃고 있다.' 이런 생각을 하던 허우량핑은 가오위량을 빤히 보다가 텔레비전을 가리키며 입을 열었다. "선생님, 한 가지 여쭤보고 싶은 게 있는데요. 저 연단에서 하신 말씀은 진짜 선생님의 속마음에서 우러나온 건가요?"

가오위량은 태연하게 웃으며 대답했다. "너 이 원숭이 녀석, 반격이라도 할 셈이냐?"

"아니요. 그게 아니라 저는 선생님께 가르침을 청하는 겁니다. 제 의혹을 좀 풀어주십시오. 저는 정말 혼란스럽습니다."

가오위량은 흥 하고 콧방귀를 뀌었다. "너무 그렇게 예의 지킬 필요 없다. 함께 이야기 나누며 연구해보자꾸나."

허우량핑은 자세를 바르게 고쳐 앉으며 말했다. "그것도 좋죠! 선생님, 사건을 처리한 제 느낌이 어떤지 들어보시겠습니까?"

가오위량이 말했다. "물론이지. 말해봐라. 나도 교훈을 얻어서 경계로 삼으마."

"제 생각에 부패와 비리는 자기 몸에 시한폭탄을 메고 있는 거나 마찬가지라고 생각합니다. 아주 위험하죠."

"말로 해서 뭐 하겠니? 위험하지. 정말 위험하고말고. 언젠가 터지면 모두 끝장나는 거 아니냐."

"그겁니다! 보통 사람이 눈앞의 사소한 이익을 탐하면 붙잡혀서 잠깐 곤란해지고 욕먹으면 그만입니다. 잘못했던 일을 두고두고 기억하면서 앞으로의 생활을 그럭저럭 이어갈 수 있죠. 하지만 관리가 눈앞의 이익을 탐하면, 특히 고위 간부가 함부로 손을 뻗치면 세상을 뒤흔드는 엄청난 죄가 되는 겁니다!"

가오위량은 찻잔을 내려놓고 집게손가락을 바로 세우며 진지하게 말했다. "그러니까 내가 항상 간부들에게 말하지 않더냐. 관리라면 마음을 바르게 해야 한다고 말이다. 마음이 바르면 그 마음이 편안하고, 마음이 편안하면 세상이 평안해진단다. 그렇지 않으냐?"

허우량펑이 쓴웃음을 지었다. "선생님과 문제를 토론하면 정말 견문이 넓어지는 것 같습니다. 선생님은 정말 뭐든지 다 아시는군요."

"량펑아, 이런 간단한 도리도 모른다면 내가 네 선생이라고 할 수 있겠니?"

텔레비전 속 아나운서는 여전히 뉴스를 전하며 가오위량이 한 이야기를 간결하게 설명하고 있었다. "가오위량 서기는 한발 더 나아가 '공생명, 염생위(公生明, 廉生威)'라고 했는데요. 이는 청렴하게 정치를 해야 사람들의 믿음을 살 수 있고, 공정하게 권력을 사용해야 사람들의 마음을 얻을 수 있다는 뜻입니다. 가족이나 친구 앞에서도 자신의 분수를 잊지 않아야 하며 사사로운 정 때문에 원칙을 저버려서는 안 된다, 미색에 맞서 자신을 순수하게 지켜내며 스스로 타락해서는 안 된다고……."

허우량펑은 박수를 쳤다. "정말 좋은 말씀입니다! 하지만 선생님 자신은 어떠십니까?"

분위기는 금세 경직됐다. 더 이상 이야기를 하고 싶지 않은 가오위량은 자기 책상 앞에 가서 앉더니 서류를 읽고 지시 사항을 적기 시작했다. "허우 국장, 하고 싶은 말이 있으면 그냥 하게. 빙빙 돌리지 말고!"

허우량펑도 가오위량 맞은편에 있는 의자에 앉았다. "가오샤오펑은 어떻게 된 일입니까?"

가오위량은 손에 있던 서류와 볼펜을 내려놓았다. "아, 자네도 그 일을 아나?" 그는 빙긋 웃더니 말을 이어갔다. "너 이 원숭이 녀석, 사실 너한테 꼭 말해줄 필요는 없는데. 반부패국 국장은 나를 조사할 권한이 없지 않냐. 하지만 네 호기심을 채워주기 위해 대답해주지. 가오샤오펑의 일은 정말 비밀이라 아무에게도 알리고 싶지 않았다. 이렇게 말하니 당연히 거기 무슨 문제가 있다고 생각하겠지? 하지만 그건 유치한 생각이다." 그러더니 가오위량은 책상 서랍을 열고 결혼증서 하나를 꺼내 허우량펑 앞에 밀어놓았다. "허우 국장, 자네가 직접 보게. 자네 새로운 사모일세!"

결혼증서에 적힌 가오위량과 가오샤오펑의 이름을 확인한 허우량펑은 깜짝 놀라 순식간에 정신이 멍해졌다.

가오위량이 말했다. "나와 네 전 사모 우후이펀은 2008년 3월에 이혼했다. 가오샤오펑과는 2개월 뒤에 홍콩에서 결혼했지. 솔직히 말해 재혼하지 않을 수 없었다. 여러 해 서로 사랑했고 샤오펑이 곧 아기를 낳아야 했으니까. 그렇다고 여기저기 소문나게 할 순 없었다."

허우량펑은 충격에서 벗어나 두 손으로 결혼증서를 쥐었다. "정말 뜻밖이네요. 이렇게 새로운 사모님을 알게 되다니. 선생님, 그럼 우 선생님과는……."

"네가 뭘 물어보는지는 안다. 우리는 이혼했지만 집을 떠나지 않았다. 나나 우 선생이나 보통 사람은 아니지 않냐. 사회에 끼칠 영향을 고려하지 않을 수 없었어. 그래서 나는 우 선생과 약속했다. 내가 은퇴하면 홍콩에 가서 네 새로운 사모와 함께 살고, 중국에 있는 모든 재산은 우 선생에게 주겠다고 말이야. 어떠냐? 이래도 내가 네 치퉁웨이 선배와 가오샤오친의 지저분한 일에 연관되어 있다고 말할 거냐?"

허우량핑은 속으로 가오 선생이 정말 눈 가리고 아웅 한다고 생각했다. 연관돼 있지 않다고? 선생님과 치퉁웨이는 한 사람은 동생을, 한 사람은 언니를 취해 사실상 동서 사이나 마찬가지인데 어떻게 아무 관계가 없다고 할 수 있는가? 선생님은 그렇게 자신이 있는 걸까?

가오위량이 미소 지었다. "량핑아, 아직도 혼란스러우냐?"

허우량핑은 결혼증서를 내려놓았다. "예. 선생님께서 제 의혹을 좀 풀어주십시오. 저는 도무지 납득이 안 됩니다."

가오위량은 정색하며 말했다. "그렇다면 굳은 의지와 원칙, 지켜야 할 최소한의 선에 대해 이야기를 해야 할 텐데……."

허우량핑은 자신의 귀를 믿을 수 없었다. 뭐라고? 선생님이 지금 이런 말을 할 수 있나? 어떻게 이런 말이 나오지? 가오위량의 후안무치함에 그는 소스라치도록 놀랐다. 처음 상상을 완전히 뛰어넘는 수준이었다.

가오위량은 책상 앞에서 일어나 사무실 안을 걸으며 시시때때로 손을 내저으면서 당당하고 차분하게 말을 이어갔다. 그는 열정이 넘치는 목소리로 허우량핑에게 마지막 수업을 들려줬다. "우리나라의 개혁 개방은 폭넓게 진행됐고 사람들 누구나가 그 거센 파도를 타야 했지. 그중 어떤 사람은 자신의 노력으로 또 어떤 사람은 행운이 따라준 덕분에 파도의 꼭대기에 서게 됐다. 파도 꼭대기에 서면 풍광과 유혹이 끝이 없다. 하지만 그만큼 위험도 끝없게 마련이지. 그것들을 어떻게 대처해야 할까? 미래를 내다보는 일은 과거를 돌아보는 것만큼 정확하지 않기 때문에 격앙과 곤혹이 교차되어 수많은 사람들의 마음에……."

허우량핑은 감탄을 금치 못했다. "선생님, 이렇게 설득력 있고 열정적인 강의라니 대단합니다. 제 생각에 선생님께서는 H대학에서 나와 관리가 되실 분이 아니었습니다. 너무나 뛰어난 교수님이시지 않습니까!"

가오위량은 허우량핑 앞으로 걸어오더니 가볍게 그의 어깨를 치며 의미심장하게 말했다. "그러니 마음에 경외심을 갖고 있어야 하는 거다! 다른 것을 볼 때는 눈이 흐릿해질 수 있지만 최소한 지켜야 할 선은 분명히 봐야 해. 법률과 맞서려 해서는 안 돼. 관리라면 국민을 위하면서 성실하게 살아야지."

허우량핑은 더 이상 참지 못하고 말했다. "선생님은 국민을 위해 성실하게 사셨습니까? 저는 정말 의심스러운데요."

가오위량이 손을 저었다. "허우량핑 학생, 그건 의심할 필요 없어요. 지금까지 이 선생이 했던 행동들은 모두 합법이었으니까. 내가 법학을 그렇게 오래 가르쳤는데 그런 기초 지식도 없겠니?"

허우량핑은 도저히 더 참을 수 없었다. "모두 합법이었다고요? 이혼하고 6년, 홍콩의 여성과 재혼하고 6년, 거기다 아이까지 낳으셨는데 이런 중대한 사항을 조직에 보고하셨습니까? 우 선생님은 당외(党外) 교수시고 체면이나 딸 슈슈를 위해 보고하지 않으셨을 수도 있습니다. 하지만 선생님께서는 성위원회 부서기로서 반드시 보고하셨어야 합니다. 이런 간단한 정치적 규칙도 정말 모르십니까?"

어떻게 모를 수 있겠는가? 가오위량은 결국 솔직히 말했다. "그래서 중앙에서 나한테 이야기 좀 하자고 하는 거 아니냐. 하지만 수사 고수인 제자와 이렇게 실전에 가까운 리허설을 할 수 있었으니 다행이다."

허우량핑은 어이가 없어 두 팔을 활짝 벌리며 외쳤다. "맙소사,

선생님, 어쩌다 이런 지경이 되셨습니까? 제가 선생님께 이용당한 겁니까? 제가 중앙과 대화를 나누기 위한 리허설 상대였습니까?"

하지만 스승은 역시 스승이었다. 호랑이는 죽어도 쓰러지지 않는다고 가오 선생은 여전히 제자 앞에서 고자세를 유지했다. "그렇지. 선생을 이기고 싶다면 량핑 학생, 숙제로 예습을 잘했어야지!"

허우량핑은 억울한 척을 했다. "저는 예습을 했습니다. 여기 올 때 얼마나 열심히 준비했다고요. 제 기억에 대학 3학년 때인가 천하이가 예습을 안 했다가 선생님께 욕이란 욕은 다 먹지 않았습니까?"

가오위량이 말했다. "그래, 뛰어난 학생이라 기억력이 좋구먼. 그럼 예습했다고 하니 한번 말해보거라!"

그러자 허우량핑은 자신이 조사한 내용을 이야기하기 시작했다. 가오샤오친과 가오샤오핑 쌍둥이 자매가 어떻게 인생의 첫 구두를 신게 됐는지, 또 어떻게 뤼저우 룽후이 회사의 의전 도우미가 됐고, 이를 위해 어떤 교육을 받았는지 이야기했다. 그녀들은 웃는 법과 걷는 법을 배웠고, 특히 가오샤오핑은 가오위량 선생에게 선물로 보내기 위해 자오루이룽이 특별히 뤼저우사범대학의 교수를 모셔 오기도 했다. 가오샤오핑은 악착같이 《만력십오년》을 익혀야 했다.

가오위량은 제자의 말이 거슬렸다. "뭘 악착같이 익혔단 말이냐? 샤오핑은 혼자 공부한 거다. 그 사람이 그런 환경에서 혼자 명나라 역사를 공부하고 《만력십오년》이란 책에 깊이 있는 견해를 갖게 된 건 결코 쉬운 일이 아니었어."

허우량핑은 고개를 저으며 탄식을 했다. "아니요, 선생님. 선생님은 속으신 겁니다. 명나라 역사에 대해 논하고 싶다면 우 선생님이 있지 않습니까? 선생님의 전처이신 우후이펀 선생이야말로 명나라 역사 전문가 아닙니까! 제 생각에 선생님은 가오샤오핑과 시시콜콜한 이야기나 하셨지 명나라 역사 이야기는 하지 않으신 것 같습니다. 스승과 제자의 도의상 제가 정보를 하나 드리자면 자오루이룽이 이런 자백을 했습니다. 선생님을 끌어들이려고 심혈을 기울였다고요. 선생님의 사랑 역시 그들의 치밀한 계획에 따라 이뤄진 겁니다. 가오샤오핑이 선생님과 명나라 황제와 대신들의 대립에 대해 토론할 때 어지럽다면서 선생님 품에 안기도록……."

가오위량은 제자를 볼 낯이 없는지 손을 저으며 말했다. "됐다, 됐어. 더 말할 필요 없다! 량펑아, 이 사실 하나만 기억해라. 우리는 결혼한 지 6년 됐고, 가오샤오핑은 네 사모야."

허우량펑은 쓴웃음을 지었다. "알겠습니다. 어쨌든 사실이니 저도 존중하겠습니다."

가오위량은 침울한 표정으로 말했다. "보아하니 예습을 제대로 했구나. 공을 많이 들였어."

왜 아니겠는가? 허우량펑은 손목시계를 확인했다. "시간이 정말 빠르네요. 이제 수업을 마쳐야겠죠?"

가오위량은 무표정한 얼굴로 책상 위의 자질구레한 것들을 정리했다. "그래, 수업 끝내사꾸나!"

하지만 허우량펑은 자리를 뜨지 않았다. "수업 끝나기 전에 드릴 말씀이 있습니다. 선생님, 사실 선생님께서 잘못 계산하셨습니다! 선생님은 가오샤오핑과 결혼했으니 아무것도 걸릴 게 없다고 생각하시죠? 아니요! 만약 선생님이 가오샤오핑과 결혼하시지 않았다면 뤼저우의 별장과 홍콩의 2억 홍콩달러에 대해 그럴듯한 변명을 하실 수 있었을 겁니다. 하지만 결혼하셨다니 어떻게 합니까? 12년 전, 가오샤오펑은 선생님과의 관계 때문에 자오루이룽에게 1500만 위안 상당의 별장을 공짜로 받았습니다. 6년 전에는 2억 홍콩달러에 이르는 신탁기금을 설립했죠. 그 기금은 선생님의 아들과 치퉁웨이 선배의 아들을 위해 설립됐습니다. 치퉁웨이의 정부이자 선생님의 처형인 가오샤오친이 경영하는 산쉐이 그룹 홍콩 지사에서 출자했고요."

그때 미리 약속해놓은 시간이 다 됐다. 가오위량의 사무실 문이 정시에 열렸고, 성기율위원회 톈궈푸 서기와 중앙기율검사위원회의 사람 몇 명이 들어왔다.

가오위량은 모든 것이 확실해졌다. "량핑아, 이제 그만해라. 이번 수업은 끝났다!"

허우량핑은 톈궈푸 서기와 눈빛을 교환하고 뒤로 물러나 가오위량에게 공손히 허리 숙여 인사했다. "선생님, 저는 앞으로 어디에 계시든 지난날 제게 법학을 가르쳐주셨던 선생님, 누구보다 바르고 열정이 넘쳤던 선생님을 잊지 않겠습니다!"

조금 뜻밖이었던 가오위량은 잠시 망설이다가 제자에게 깊숙이 허리 숙여 인사했다. "허우량핑 학생, 고마웠네. 이 선생도 한때 자네처럼 뛰어난 제자가 있었다는 걸 잊지 않겠네."

뛰어난 제자는 자신의 부정부패한 스승이 잡혀가는 모습을 지켜봤다. 붙들려 가는 가오위량 선생은 그 어느 때보다 나이 들고 의기소침해 보였다. 비틀비틀 떠나는 뒷모습을 바라보는 허우량핑의 눈앞에, 그 옛날 품위 있고 열정적으로 손짓하며 목소리를 높이던 가오위량 교수의 모습이 떠올랐다.

51

정시포의 집에는 구식 탁상용 괘종시계가 있다. 30년 전 아내와 결혼할 때 산 것으로, 낡기는 했어도 30분마다 어김없이 종소리를 울렸다. 요즘 들어 정시포는 탁상용 괘종시계가 새벽 4시 30분을 알릴 때마다 잠에서 깨어났다. 그 이후로는 통 잠이 오지 않았다. 시계가 다시 새벽 5시를 알리는 종을 울리면 도무지 누워 있을 수도 없어 잠자리에서 일어나 이런저런 일을 시작했다. 죽을 끓이고, 달걀을 삶고, 반찬을 만든 다음 바닥을 쓸고 탁자를 닦으며 바쁘게 일해도 6시 전에 일이 끝났다. 그러면 작은 거실의 긴 나무 의자에 앉아 창밖을 보며 하늘이 밝아오길 기다렸다. 나이가 들고 고민거리가 늘어나면서 이른 새벽에 즐기던 달콤한 잠이 모두 사라져버렸다. 아무래도 그의 생체 시계가 구식 탁상용 괘종시계보다 정확한 모양이다.

집 안에는 아들 정성리와 며느리 바오바오가 자고 있다. 그들은 7시가 넘어서야 일어나 서둘러 세수를 하고 아버지가 미리 차려놓은 아침 식사를 한 뒤 바람처럼 쌩하니 돈을 벌려고 나갔다. 아들은 최근에 이름을 정첸(鄭乾)으로 개명했다. 정시포는 아들이 이름을 '돈을 벌다'라는 뜻의 '정첸(掙錢)'으로 바꾼 줄 알고 한마디 했다. "세상에 아무리 돈을 벌고 싶어도 그렇게 노골적으로 '정첸'이라고 지으면 되겠니? 무슨 함축적인 의미가 담겨 있어야 하지 않겠어?" 아들은 아버지를 빤히 보며 말했다. "그러는 아버지 이름에는 함축적인 뜻이 있어요? 소동파 시인 따라서 정시포라고 지은 거잖아요! 시인들 다 굶어죽는 시대에 너무 뻔뻔한 거 아니에요?" 겸연쩍어진 정시포는 더 이상 말싸움을 하지 않았다. '돈벌자'란 이름으로 불리고 싶으면 그러라지. 그제야 아들은 자기 이름의 '첸'은 '건곤(乾坤)'에서 따온 것이라며 가슴에 '하늘과 땅'을 품겠다는 뜻이라고 설명했다. 이런 토끼 같은 녀석! 토끼 같은 아들놈도 결국 결혼을 했다. 결혼을 하지 않을 수 없었다고 할까. 바오바오가 임신했는데 이미 유산할 수도 없는 시기였다. 정시포는 오랜 고민이 해결돼 속으로 한숨을 돌렸다. 하지만 돈을 모두 신따핑 공장에 넣은 터라 당장 새 집을 사줄 수 없어 할 수 없이 아들 내외는 그와 함께 살게 됐다.

집은 이제 막 새롭게 인테리어를 마쳤으며 가구도 새것으로 샀다. 그 때문인지 집 안에서는 약간 코를 찌르는 냄새가 났다. 창문에 기쁠 희(喜) 자를 잘라 붙이고, 벽에 신혼부부의 결혼증서를 걸어놓으니 낡은 집에서 제법 새로운 분위기가 느껴졌다. 날이 밝기를 기다리는 동안 정시포는 마음속으로 마누라와 대화를 나누곤 했다. 마누라의 영정 사진은 낮은 장롱 위 구식 탁상용 괘종시계 가까이에 놓아두었다. "어이, 보라고!" 정시포는 마누라를 보며 말했다. "우리 성리랑 바오바오가 결혼했어. 연말에는 손주도 나온다는구먼. 시간 참 빠르네. 당신은 갔고, 나는 늙었고, 우리 아들놈은 어른이 다 됐어. 능력이 있으니 언제 이 아버지를 넘겠다고 쿠데타를 벌일지 모르지."

아들의 쿠데타가 일어나리란 것은 정시포의 예상 안에 있었다. 하지만 그렇게 갑자기 일어날 줄은 미처 몰랐다. 정성리는 이름을 정첸으로 바꾼 지 며칠 되지 않아 사장 라오마, 재무 총감 요우 경리와 손을 잡고 불시에 주주 총회를 열었다. 라오마의 조종으로 정첸은 새로운 대주주 '알파 정보회사'의 이사로 지명됐으며, 신따펑 회사의 이사로 추가 선임돼 회장으로 선출됐다. 회장에 당선된 정첸은 감사 인사말을 하며 '인터넷+'의 시대에 들어선 현재에 자신은 실업을 기초로 하되 인터넷을 플랫폼 삼아 대주주와 직원 모두 큰돈을 벌 수 있게 해주겠다고 큰소리쳤다. 그러자 연단 아래에서 우레 같은 박수 소리가 들리더니 "정첸, 정첸(돈 벌자, 돈 벌자)!"이라는 함성이 주위를 가득 채웠다. 정시포는 얼이 빠져서 바오바오에게 물었다. "인터넷 플러스가 뭐냐?" 그러자 바오바오가 말했다. "아버님, 그런 것도 모르시면 자리에서 물러나셔야 하지 않아요?" 그렇게 정시포는 회장 자리에서 물러났다. 그날 밤, 집으로 돌아오는 길에 정시포는 술에 잔뜩 취했다. 하지만 한편으로는 마음이 시원하기도 했다. "늙었지. 정말 늙었어." 그는 더 이상 악착같이 돈을 벌어야 하는, 심지어 돈을 빼앗아야 하는 시대에 적응할 수 없었다.

세상일이 조금씩 낯설어지기 시작했다. 그것은 어쩌면 사람과 사람 사이의 관계가 바뀌었기 때문이리라. 아들 정첸이 연단에 오르자 음모자 라오마는 수많은 노동자와 함께 정시포를 둘러싸고 마음에도 없는 축하 인사를 건넸다. "아들이 회장이 됐으니 자랑스러워하셔야죠!" 자랑스럽기는 개뿔! 그들은 어쩌면 그렇게 그의 답답한 마음을 알아주지 못할까? 아들의 성공은 그의 실패를 의미했다. 언제부터인지 모르게 사람들이 그를 싫어하기 시작했으며 쓸모없는 사람 취급했다. 정시포는 도무지 알 수 없었다. 아들이 머리가 잘 돌아가는 것은 사실이지만 돈을 위해 합법과 불법

사이를 오가는 일들이 많아 언제든 문제가 생길 가능성이 있었다. 사람들은 그래도 상관이 없을까? 하지만 또 한편으로 생각해보면 돈이 된다고 규칙을 무시하는 사람들이 한둘이던가. 지금은 그 자신만 돈이 안 되는 것이 아니라 앞선 노동자 계급의 우수한 전통 모두가 돈이 안 되는 시대였다.

정시포에게 한 가지 뜻밖이었던 사실은 아들이 생각보다 꽤 책임감 있는 사람이었다는 점이다. 회장 자리에 오른 정첸은 새 구장의 협조로 신따평 공장 부지를 찾아 10년 임대 계약을 맺고, 바로 조직 이전을 시작했다. 또 공장을 옮긴 지 열흘도 되지 않아 OEM 생산을 회복했다. 더구나 아들은 매우 효자라 어제는 정시포의 예순 살 생일도 크게 축하해줬다. 그러면서 아들은 그에게 남은 열정을 발휘할 수 있는 일을 해보라며 어렵게 입을 열었다. "아버지, 아버지도 이제 예순이면 노인이 되셨잖아요. 몸과 마음을 잘 수양해야 장수한다고 하던데요. 어떤 일은 아버지 같은 노인이 아니면 안 되기도 해요." 정시포는 아들의 말에 금세 가슴이 두근거렸다. "내가 할 수 있는 일이 뭔데?" 그의 남은 열정은 아직 제대로 발휘된 적이 없지 않던가. 하지만 아들이 건넨 뜻밖의 말에 그는 맥이 빠지고 말았다. "아버지, 그냥 쉬시느니 옛 따평 주주 직원들이랑 정부에 항의 방문을 가시는 건 어때요?" 정시포는 단숨에 거절했다. "나한테 정부에 가서 폐를 끼치란 말이냐? 너 지금 무슨 말 하는지 알기는 하냐?" 아들은 쓴웃음을 지었다. "예, 됐어요. 그럼 그만 얘기하죠." 하지만 바오바오는 참지 못하고 끼어들었다. "아버님, 정말 아무것도 모르세요? 지금 사람들이 뒤에서 아버님 보고 배신자라고 한다고요!"

정시포는 자신도 모르는 새에 노동자들의 배신자가 되어 있었다! 어쩐지 공장의 늙은이든 젊은이든 그를 고깝게 보더라니. 하지만 어떻게 그들의 일을 가지고 정부 탓을 할 수 있겠는가? 9·16 사건 이후 정부는 퇴직안정지원금을 지원해줬고, 공장 부지를 찾는 데에도 도움을 줬으며, 기계 설비도 신따펑으로 옮길 수 있게 해줬다. 이 이상 정부가 뭘 어떻게 해준단 말인가? 주식은 정부와 단돈 한 푼도 관련 없이 모두 차이청공의 탓이었다. 차이청공은 교활한 장사꾼이었고 사건의 진상도 명백히 밝혀졌다. 이 나쁜 장사꾼이 우리사주조합이 주식을 담보로 잡혀도 좋다는 결의를 했다고 서류를 위조하고, 공장 토지와 공장을 중복으로 은행에 저당 잡힌 것이다. 최근 소송에서 승리해 담보는 무효가 되고 주식도 되찾았지만, 따펑 공장이 파산 처리되며 주식도 휴지 조각이 되고 말았다. 하지만 옛 따펑 주식을 갖고 있던 직원들은 사흘이 멀다하고 무작정 시정부를 찾아가 항의하고 있었다. 여러 사람이 정시포에게 함께 가자고 했지만 그는 의미 없는 소동에 휘말리고 싶지 않았다.

아들 내외가 출근한 뒤 자전거를 타고 집을 나선 정시포는 익숙한 길을 지나 옛 따펑 공장에 도착했다. 어젯밤 아들에게 신따펑으로 가는 마지막 기계가 실려 나갔으며, 옛 공장이 곧 철거된다는 소식을 들었기 때문이다. 그는 따펑 공장과 한 시대를 함께한 사람으로서 공장의 마지막을 자기 눈으로 직접 보고 싶었다.

예정된 철거 시간이 아직 되지 않아서인지 공장 주변은 폐허 속에서도 고요했다. 9·16의 피와 불로 더럽혀진 커다란 국기는 여전히 공중에 휘날리고 있었다. 국기는 이미 낡아 색이 바래고 테두리 실밥이 다 뜯어진 상태였다. 정시포는 국기 게양대 주위를 빙빙 돌며 텅 빈 공장과 길가의 감탕나무들을 번갈아 쳐다봤다. 익숙했던 모든 것을 둘러보며 그는 마음속으로 외쳤다. '내 공장아, 내가 사랑했던 공장아!' 그러자 가슴이 뜨거워지면서 눈가에 점점 눈물이 차올라 앞이 흐릿해졌다.

아주 오래전 첫 출근을 하던 날, 그는 이곳 식당에서 일하는 긴 머리를 곱게 땋은 류구이화와 처음 마주쳤다. 당시 따펑 공장은 시의 제2경공업국 소속으로 세워진 지 얼마 되지 않아 직원도 겨우 100명 남짓이었다. 그의 청춘은 이곳에서 시작됐다. 일하고 배우며 시를 지었고, 식당 배식 창구에 기대어 구이화와 이야기를 나눴다. 그 뒤 그는 류구이화와 결혼했다. 결혼식은 지금도 눈앞에 선명하게 그려졌다. 공장 노동조합에서 열어준 합동 결혼식이었다. 눈 깜짝할 사이에 수십 년이 흘렀다. 공장의 노인들은 모두 그의 형제자매였으며 청장년의 노동자들은 그의 도제나 다름없었다. 그와 따펑 공장은 피와 살을 나눈 것처럼 함께 성장했다.

훗날 개혁 개방이 시작되면서 일부 사람들이 먼저 부유해지기 시작했다. 그 무렵 천옌스가 정부의 제도 개혁 계획이 담긴 서류를 한 아름 안고 찾아왔다. 이후에 그 서류들은 정부의 확정 서류로 발표됐고, 거대해진 공장은 차이청공의 손에 넘어갔다. 다행히 공평함을 강조하는 천옌스 부검찰장이 있었기에 그와 노동자들도 주식을 얻게 됐다. 주식이 있으니 진짜 공장의 주인이 된 게 아닌가! 매달 임금을 받는 것 외에도 주주인 직원들은 해마다 순이익을 배당받았다. 아직 제도 개혁을 하지 않은 국영 기업 직원들은 그들을 무척이나 부러워했다. 그의 통장에 있던 20만 위안도 몇 년 동안 배당받은 이윤을 모아둔 것이었다. 하지만 훗날 사회 분위기가 조금씩 바뀌어갔다. 투기 광풍이 불면서 부동산에 대한 관심이 폭발했다. 평생 고생하며 사업을 하느니 집을 몇 채 사서 쟁여두는 편이 낫다고들 말했다. 징저우의 민영 기업들은 대부분 문을 닫았다. 차이청공처럼 닳고 닳은 사업가도 버텨내지 못하고 불법으로 대출받거나 고리대금을 쓰다가 결국 공장을 끝장내고 말았다. 갑작스럽게 따펑이 무너지면서 정시포와 노동자들은 한동안 제정신이 아니었다.

그때 태양 아래 어두운 그림자가 점점 늘어졌다. 누군가가 다가오는 것 같아 정시포가 몸을 돌려보니 요우 경리가 있었다. 요우 경리는 헤헤 웃으며 인사를 건넸다. "나오셨어요?" 정시포는 아들과 거사를 도모한 요우 경리가 마음에 들지 않았다. "요우 총감 왔나? 자네도 작별 인사 하러 왔어?" 요우 경리는 어리둥절한 표정을 지었다. "작별요? 누구랑요?" 정시포가 대꾸했다. "누구겠나? 우리 공장이지. 오늘 철거된다고 하지 않나." 요우 경리는 어이가 없다는 듯 말했다. "이 낡아빠진 공장, 철거하려면 하래죠. 어차피 우리는 새 공장으로 이사갔잖아요." 정시포가 물었다. "그럼 자네는 여기 왜 왔어?" 그러자 요우 경리가 대답했다. "아저씨 뵈러 왔죠. 정 회장은 그래도 아저씨가 좀 나서서 용감하게 항의 방문에 참여해주길 바라던데요."

정시포가 손을 내저었다. "가려면 정 회장이랑 같이 가게. 나는 안 갈 테니까. 어차피 배신자로 찍힌 몸 아닌가. 그런 데에 쓸 용기 없네." 요우 경리가 중얼거렸다. "하지만 정 회장이 이사회 사람들이나 고위 관리자들은 항의 방문에 참여 못 한다던데요. 예순 살 넘은 노인들만 갈 수 있대요." 정시포는 그제야 아들이 자신의 생일을 축하해준 이유를 알았다. 그는 단호하게 말했다. "참여할 수 있다고 해도 나는 안 가겠네. 이 얘기는 어젯밤에 이미 정 회장이랑 다 했어. 정 회장도 강요하지 않는데 자네가 왜 나한테 강요하나?" 그러자 요우 경리가 우거지상을 하며 말했다. "아저씨, 정회장이 제 등을 떠민 거예요. 아저씨가 남은 열정을 발휘해 빼앗긴 권익을 되찾아오게 만들라고요. 솔직히 말해서 정 회장 입장봐서 참는 거지 아니었으면 사람들 모두 아저씨 같은 배신자 가만두지 않는다고 했어요."

요우 경리의 말은 사실이었다. 도제인 왕원거도 그에게 비슷한 말을 한 적이 있다. "주식이 있는 직원들은 대부분이 항의 방문에 동원됐습니다. 남은 몇 명은 선생님만 보고 있는 거예요." 정시포는 반드시 이 문제를 진지하게 대해야 했다. 자신이 노동자들의 배신자라고 욕먹는 것은 괜찮지만 아들까지 연루시키는 것은 아니지 않은가. 그래도 그의 친아들인데 회장으로 있는 놈을 항의 방문의 일선에 서라고 할 수는 없다. 이렇게 생각하니 정시포는 딱 잘라 말할 수가 없어 한숨을 내쉬었다. "우리 일이 정부랑 무슨 상관인가? 탓을 하려면 차이청공을 탓해야지!" 요우 경리가 따졌다. "차이청공을 누가 썼습니까? 정부 아닙니까! 천옌스 검찰장님이 정부를 대표해 차이청공을 대주주로 끌어들였잖아요! 그걸 정부가 책임지지 않으면 누가 져요?"

정시포가 말했다. "그럼 우리 우선 천옌스 검찰장님의 의견을 들어보세." 요우 경리는 콧방귀를 꼈다. "지금 천옌스 검찰장님 의견을 들어서 뭐 하게요? 현직에 계신 것도 아니고, 아무리 좋은 말씀하셔도 소용없어요." 정시포가 말했다. "하지만 천옌스 검찰장님이 샤루이진 성위원회 서기님과 잘 알지 않나. 그날도 봐. 샤 서기님이 직접 오셔서 작업장 출입 금지 표지를 다 떼어주셨잖아." 요우 경리가 목소리를 높였다. "그러니까 저희가 더 정부에 항의 방문을 해야 하는 거예요. 시끄럽게 안 하고 가만히 있으면 성위원회 서기가 들어줘요?"정시포가 가만히 생각해보니 그 말도 틀린 것은 아니었다. 9월 16일 밤에 세상을 깜짝 놀라게 할 화재가 일어나지 않았다면 그와 노동자들은 퇴직안정지원금도 못 받았을지 모른다. 그의 마음은 조금 더 흔들렸다. "한 번은 가봐야 하나?" 요우 경리가 눈치를 보며 정시포를 부추겼다. "생각해보세요. 우리가 권익을 쟁취해서 되찾아오면 어떻게 하실 거예요? 위험은 감수하지도 않고서 누리기만 하실 거예요? 그래도 아저씨가 우리 공회 주석이시잖아요. 진짜 배신자도 아니고요!"정시포는 요우 경리가 자신을 충동질한다는 것을 알고 본능적으로 몸을 사리며, 자신은 이미 배신자라도 상관없다고 말했다.

하지만 요우 경리는 나름 정치적 수완이 있는 사람이었다. "아저씨, 어쩜 그렇게 생각이 꽉 막히셨어요? 아저씨는 정부를 생각해주지만, 정부가 아저씨를 생각해요? 정부의 그 탐관오리들 보세요. 한번 해처먹으면 몇 억, 몇 십억 위안이에요! 그 얘기 들으셨어요? 자오리춘이랑 그 아들이 100억 위안도 넘게 해먹었데요. 가오위량도 수십억 위안 해먹고 해외로 날았다던. 세상이 이런데 우리의 피땀 어린 돈을 못 찾아올 게 뭐예요?"

요우 경리의 말은 마치 횃불처럼 정시포의 마음속 마른 장작에 불을 지폈다. 맞는 말이다! 정부의 돈을 그 탐관들이 가져가게 두느니 그들에게 배상해주는 게 낫지 않은가. 어쨌든 그 주식은 그들의 피땀 어린 돈이다.

정시포는 요우 경리와 입씨름하는 대신 잠시 눈을 감고 생각한 뒤에 마음을 정했다. 그는 요우 경리가 모는 전동차 뒤에 올라탔다. 신이 난 요우 경리는 역시 자랑스러운 노동자들의 지도자라며 정시포를 치켜세웠다. 하지만 정시포는 어쩐지 부끄러운 마음이 들었다. 자신은 노동자들의 지도자라기보다는 루쉰(魯迅)의 소설 《아Q정전(阿Q正傳)》 속 아Q 같다는 생각이 들었다. '반역이라고? 재미있겠네, 재미있겠어! 하얀 투구에 하얀 갑옷을 입은 혁명당 무리가 그를 불렀다. 아Q, 같이 가야지, 같이 가. 그래서 같이 갔다.' 정시포는 이런 생각을 하며 혼자 웃었다. 그러자 요우 경리가 고개를 돌려 뒤를 보며 물었다. "아저씨, 왜 웃으세요?" 정시포는 설명해주는 대신 딱딱하게 말했다. "자네는 전동차나 잘 몰아. 말해줘도 모르니까."

요우 경리는 시정부 입구에서 200미터 정도 떨어진 산티아오샹 골목 어귀에 정시포를 내려줬다. 그는 더 데려다주면 들통난다고 말했다. 신따핑 회사 간부들이 항의 방문 제일선에 있다는 사실이 절대로 탄로 나면 안 된다고 정 회장이 지시했다는 것이다. 정시포는 고개를 끄덕였다. "그래, 그래! 얼른 돌아가봐!" 솔직히 정시포는 요우 경리만 가면 집에 가서 아침에 못 잔 잠이나 자야겠다고 생각하고 있었다. 하지만 요우 경리는 이런 정시포의 속내를 알았는지 가지도 않고 제자리에 서서 그가 노동자 무리에 합류할 때까지 기다렸다. 정시포는 할 수 없이 몽유라도 하는 것처럼 앞으로 걸어갔다.

이날 산티아오샹 입구는 따핑 공장에서 퇴직한 노인들로 득실거렸다. 그들을 이끌고 있는 사람은 정시포의 큰 도제이자 공장 수호대 대장이던 왕원거였다. 정시포는 본래 아무 소리도 내지 않고 사람들 뒤쪽에서 잠깐 얼쩡거릴 작정이었다. 하지만 요우 경리 녀석이 대체 무슨 생각인지 소리를 냅다 질러 그의 존재를 무정하게 폭로해버렸다. "다들 보세요. 우리 공회 정 주석님이 오셨습니다!"맙소사, 그러자 골목 입구에 모여 있던 노인들이 무슨 대단한 구세주라도 만난 것처럼 환호했다. "정 주석, 정 주석!" 사람들이 가지런히 길을 터준 덕분에 정시포는 난데없이 항의 방문을 하는 무리의 가장 앞줄에 등 떠밀려 나가게 됐다.

게다가 왕원거가 얼마나 눈치 빠르고 효도를 잘하는지 그를 보자마자 종이 팻말을 그의 손에 쥐여줬다. 정시포는 팻말의 글씨를 보고 깜짝 놀랐다. '인민정부는 인민을 위해 우리 따펑 공장 노동자들의 피땀 어린 돈을 돌려달라!' 정시포는 도무지 말이 되지 않는다고 생각했다. 정부가 언제 따펑 공장 노동자들에게 빚을 졌단 말인가? 정시포가 한사코 거절하자 왕원거는 할 수 없이 자신이 종이 팻말을 들었다. 대신 팻말을 정시포의 머리 위로 들어 누가 봐도 그가 항의 방문 리더처럼 보이게 했다. 사실 이 항의 방문의 리더는 은퇴한 정비공 장티에주이였다. 하지만 왕원거는 제 마음대로 떠들어댔다. "장티에주이 아저씨의 시대는 끝났습니다. 아저씨가 세 번이나 체포돼서 정부가 더 이상 아저씨를 찾지 않거든요. 대신 장 아저씨의 공무원 아들과 며느리에게 아저씨를 지키는 임무를 맡겼죠. 아저씨를 무슨 경찰보다 더 삼엄하게 지키고 있다니까요." 그 뒤를 왕원거가 이어받은 모양인데 그는 자조하듯 이야기했다. "장강의 뒷물결이 앞물결을 밀어낸다고 하지 않습니까." 하지만 이 뒷물결은 워낙 건장하고 쇠써레 같은 데다 9·16 화재가 있던 날 밤 얼굴에 화상까지 입어 지금은 더욱더 험상궂어 보였다. 말로는 정시포의 보디가드가 돼주겠다고 하지만 남들이 보기에는 납치범에 가까웠다. 왕원거는 전혀 논리에 맞지 않는 종이 팻말을 든 채 다른 한 손으로 정시포의 팔을 잡아당겼다. 당기기는 또 얼마나 세게 잡아당기는지 팔이 아플 지경이었다. 이렇게 정시포는 반쯤 등 떠밀려 산티아오샹 골목 입구에서 역사적 발걸음을 내딛었다.

그날 시정부 앞은 항의 방문하는 팀이 셋이나 몰려 상당히 번잡했다. 규모가 가장 큰 팀은 징저우 철강 그룹 노동자들로 1000명이 넘는 사람들이 모여 있었다. 또 다른 팀은 불법 자금 모집 피해자들로 110명이 있었다. 마지막 팀이 바로 따펑 공장 주식을 보유한 노동자들이었다. 이미 소식을 들었는지 방패를 든 경찰들이 시정부 입구의 광장을 봉쇄하고 있었다. 항의 방문 경험이 비교적 풍부한 왕원거는 정시포와 앞으로 걸어가면서 안심시키듯 말했다. "선생님, 염려 마세요. 다들 할머니, 할아버지 들이라 경찰들도 기껏 해봐야 방패로 미는 것밖에 못합니다."

하지만 사방이 소란스럽다 보니 정시포는 왕원거의 말을 알아듣지 못했다.

산티아오샹 입구를 나서니 국장(國章)이 걸린 징저우시 인민정부 정문이 눈앞에 보였다. 더불어 경찰과 경찰 방패도 눈앞에 보였다. 정시포는 더럭 겁이 났다. 그는 어쩐지 이 세상이 허황되게 느껴졌다. 사실 그는 오랜 공산당원으로서 이런 모습으로 시 인민정부 앞에 나타나리란 생각은 해본 적이 없었다. 국장이 걸린 대문 앞으로 다가가고 싶지 않았지만 달리 방법이 없었다. 그의 팔은 기골이 장대한 도제 왕원거에게 단단히 잡혀 있는 데다 뒤에서는 같은 공장의 형제자매들이 밀고 나오고 있었다. 그는 앞으로 갈 수도, 또 가지 않을 수도 없었다.

52

징저우시기율위원회로 부임한 뒤에야 이슈에시는 정치 거물 리다캉의 위세가 얼마나 대단한지를 확실히 깨달았다. 지난날 현장이었으나 오늘날 시위원회 서기가 된 리다캉은 자신이 알던 리다캉과는 다른 사람처럼 느껴졌다. 현장 시절의 리다캉은 어떤 일을 할 때 조금 망설일 줄 알았다. 현서기인 자신이 있었기 때문에 독단적으로 일을 결정하지 않은 것이다. 물론 당시 간부들의 기풍이 지금보다 낫기도 했다. 하지만 지금의 리다캉은 남의 의견을 전혀 묻지 않았다. 그가 어떤 일을 하겠다고 하면 만장일치로 상무위원회에서 통과됐다. 반면 그가 원하지 않는 일은 누가 말해도 소용없었다. 예를 들어 이슈에시가 징저우에 부임한 뒤에 상무위원회를 열어 기율검사와 감찰 업무를 주제로 연구 회의를 하자고 했지만, 리다캉은 시간을 끌기만 했다. 오히려 그는 이슈에시에게 먼저 징저우에 대해 조사하고 연구해보라며 오자마자 일을 벌일 필요가 없다고 말했다.

리다캉의 그 말이 틀린 것은 아니지만 이슈에시는 느낌이 좋지 않았다. 징저우에 부임하기 전에 샤루이진 서기와 톈궈푸 서기와 개별적으로 이야기를 나눴을 때, 그들은 모두 이슈에시가 동급 간부를 제대로 감독할 수 있기를 바랐다. 특히 그들은 전임 기율위원회 서기 장슈리처럼 나약하게 굴지 말고 먼저 강하게 부딪치길

원했다. 샤루이진 서기는 과감한 감독과 문책으로 후환이 될 만한 화근을 남겨 부패의 비극이 다시 반복되면 안 된다고 의미심장하게 말했다. 톈궈푸 서기는 더 확실하게 지적했다. "징저우는 일언당(一言堂)*이 될 가능성이 농후합니다. 전임 장슈리 서기는 리다캉 시서기 아래서 아무 역할도 하지 못하는 장식품에 불과했어요. 리다캉 서기는 능력 있고 지역 발전을 위해 큰 공헌을 한 간부입니다. 그 때문에 누구도 그가 중간에 낙마하지 않기를 바라고 있어요. 하지만 권력이 지속적인 감시를 받지 못한다면 리다캉 서기도 언젠가 고꾸라지지 않을 거라고 보증할 수 없습니다. 그렇기 때문에 이슈에서 서기의 책임이 막중한 겁니다."

그렇다. 이슈에서는 막중한 책임을 지고 있어, 생각만으로도 두려운 기분이 들었다. 그는 지난날의 동료였던 리다캉이 개혁 개방을 위해 얼마나 각고의 노력을 기울였는지 잘 알았다. 그렇기에 그는 리다캉이 언젠가 부패의 늪에 빠져들지 않도록 지켜봐야 했다. 실제로 리다캉 같은 간부가 중도에 낙마하는 경우를 얼마나 많이 봐왔던가. 실로 가슴 아픈 일이 아닐 수 없었다. 더구나 샤루이진 서기와 톈궈푸 서기는 그에게는 상관이자 백락이었다. 그들은 정치의 잿더미 속에서 그를 찾아내 발굴하고 또 중용했다. 그런 두 사람에게 미안할 일을 할 수는 없지 않나. 무엇보다 그는 징저우시기율위원회 서기로서 징저우의 청렴한 미래 정치 건설에 큰 책임감을 느꼈다.

이런 책임감 때문에 이슈에서는 동료이자 새로운 상관인 리다

---

* 가격을 흥정하지 않는 가게를 일컫는 말로, 주변이나 대중의 의견을 무시하는 지도자의 독단적인 태도를 가리킨다.

캉을 열심히 쫓아다녔는데, 이날은 어쩌다 보니 리다캉의 집까지 쫓아가게 됐다. 구도시에서 현장 회의를 하고 돌아오는 길에 리다캉은 차에서 별생각 없이 한마디를 건넸다. "슈에시, 우리 집에 와서 좀 앉았다 가지." 이슈에시는 그 말에 정말 리다캉의 집까지 따라가 한번 앉고서는 좀처럼 일어나지 않았다. 어차피 리다캉은 이혼하고 홀몸인지라 집이나 사무실이나 별 차이가 없었다. 오히려 리다캉은 시원시원하게 말했다. "이왕 왔으니까 같이 술이나 한잔하자고!" 이슈에시도 대답했다. "좋지. 좋은 술 있으면 꺼내 와봐. 그리고 환영회 한번 해줘야 하는 거 아닌가?" 그 말에 리다캉이 웃었다. "자네가 누군가? 기율위원회 서기잖아. 그런데 환영회를 해달라고? 자네한테 총이라도 맞으면 어쩌려고?" 이슈에시는 손사래를 쳤다. "기율위원회 서기가 뭐 어쨌다고. 기율위원회 서기는 사람도 아닌가? 어차피 우린 친구 사이잖아. 좋은 술이나 가져와보게!"

그러자 리다캉은 우량예*와 마오타이주를 한 병씩 가지고 나와 이슈에시에게 고르게 했다. 이슈에시는 마오타이주를 골랐다. 가정부가 몇 가지 음식을 만들어 냈고, 두 사람은 오랜만에 신나게 술을 들이켰다. 술이 몇 잔 들어가자 가슴이 뜨거워지면서 옛 추억이 떠올랐다. 부침이 있었던 여러 사람과 일에 대한 이야기가 나오자 절로 한숨이 나왔다.

이슈에시가 앉은 거실 맞은편 자리의 벽에 마침 징저우시 건설 계획도가 떡하니 걸려 있었다. 이슈에시는 만감이 교차했다. 리다캉은 분명 일을 좋아하고 잘하는 간부다. 25년 전 진산에서부터

---

* 찹쌀·옥수수·밀 등 다섯 가지 곡물을 재료로 빚은 백주의 일종.

시작해 지금까지 주옥같은 문장을 대지에 새겨왔으며, 이는 이슈에시에서도 찬탄하는 바였다. "다캉, 우리 징저우가 오늘날 이렇게 발전하게 된 데에는 자네의 공이 크네!"

그 말을 들은 리다캉은 힘이 났는지 술잔을 내려놓고 이슈에시를 끌고 계획도 옆으로 가 지시봉으로 가리키며 설명했다. "슈에시, 이거 잘 보게. 이제 우리 징저우는 대도시로서의 구조를 다 갖췄네. 도시의 기초 건설이 다 완성됐으니 다음 단계는 오래된 지역을 개조하는 거야! 여기, 또 여기가 전부 중점적으로 개조해야 하는 곳이야. 그리고 광밍호 항목이 있는데 9·16 사건으로 시간이 5개월이나 지체됐어. 따펑 공장은 철거도 못 하고 있다가 이제 하고 있고."

이슈에시가 물었다. "따펑 공장 노동자들의 주식과 철거 이후 새 공장 부지 문제는 다 해결됐나?"

리다캉이 대답했다. "공장 부지 문제는 해결됐네. 내가 직접 가서 신경을 썼으니까. 하지만 주식 문제는 좀 복잡하게 됐어. 소송은 이겼지만 원래 공장이 파산하면서 은행과 채권자 들에게 빚을 청산해주고 나니 갖고 있는 주식이 한 푼 가치도 없게 됐거든. 그 빌어먹을 차이청공이 일을 잔뜩 벌여놓은 탓에 우리 정부가 다 부담하게 됐어. 요즘 따펑 공장의 나이 든 노동자들이 사흘이 멀다 하고 시정부 앞에 찾아와 진을 치고 있다네!"

이슈에시는 흥분해서 목소리를 높였다. "우리는 만능 정부인데 책임을 져야 하면 져야지!"

리다캉이 쓴웃음 지었다. "그러게 말일세. 주민들은 무슨 일이든 다 정부를 찾으니까. 따펑 공장 직원들의 항의 방문은 그렇다 쳐도 불법 자금 모집 피해자들의 항의 방문은 정말 황당하네. 높은 이자를 받을 때는 정부에 와서 감사 인사 한 번 하는 사람이 없더니만 원금을 손해 보게 되니 찾아와 항의하고 난리야. 정부가 무슨 죄인가?"

이때만 해도 분위기가 좋았다. 어차피 옛 동료이자 친구 아니던가. 이슈에시는 리다캉과 업무 이야기를 나눠도 괜찮겠다고 생각했다. 그는 청렴한 정치를 위한 책임 제도 이야기를 하려 했다. 그가 리다캉과 술잔을 부딪치며 입을 떼려는 순간, 뜻밖에도 리다캉이 먼저 진지한 이야기를 시작했다. "슈에시, 솔직히 말해 나는 자네가 징저우에 오지 않길 바랐네. 하지만 조직이 보내겠다고 하니 환영하는 수밖에."

이슈에시는 하는 수 없이 말을 이어받았다. "다캉, 자네도 알겠지만 나도 오고 싶어서 온 게 아니네. 본래는 뤼저우 간부들을 데리고 와서 자네에게 건설 경험을 배워볼까 하고 있었는데 조직에서 나한테 꼭 기율위원회 서기를 하라고 하더군."

리다캉은 술을 조금 마시며 말했다. "자네가 기율위원회로 자리를 갈아타면서 우리 징저우 정부나 민간에 모두 큰 충격을 줬네." 이슈에시는 기분이 썩 좋지 않았지만 여전히 미소를 띤 채 물었다. "내가 무슨 대단한 위력이 있다고? 다캉, 자네 그 말은 나를 칭찬하는 건가 아니면 비꼬는 건가?" 리다캉은 술잔을 내려놓으며 엄숙한 표정으로 말했다. "슈에시, 나는 지금 농담하는 게 아니네. 정부 소식통에 따르면 최근 유명 투자상 네 명이 대륙 밖에서 돌아오지 못하고 있다더군. 혹시 자네가 차라도 같이 마시자고 할까 봐 그런다는 거야. 둘은 싱가포르, 하나는 타이완, 또 하나는 홍콩에서 앞으로 상황이 어떻게 될지 관망하고 있단 말일세."

이슈에시는 더 이상 술이 넘어가지 않았다. "다캉, 그건 그 투자상 네 명의 마음속에 다른 꿍꿍이가 있어서 그런 것 아니겠나?"

리다캉은 음식을 먹으며 이슈에시에게도 건넸다. "슈에시, 꿍꿍이가 있든 말든 우리 징저우는 경제 발전을 해야 하고, 그러려면 투자가 필요하단 말일세! 맞아, 개발구에서 보고하길 투자 의향이 있는 이들이 둘 있었는데 자네가 왔다고 하니 잘 논의되고 있던 협의에 서명하지 않겠다고 했다더군."

더 이상 듣고 있을 수 없던 이슈에시는 젓가락을 내려놓고 탁 일어섰다. "다캉, 내가 여기 기율위원회 서기로 온 지 얼마나 됐나? 아마 열흘도 안 됐지? 여기 징저우의 당위원회, 인민대표회의, 시정부, 정치협상회의, 기율검사위원회에 누가 있는지도 채 알지 못하고, 사무실 의자에도 아직 몇 번 앉아보지 않았는데 내가 징저우 경제 발전에 그런 영향을 끼친단 말인가? 나는 아직까지 일을 제대로 시작도 못했네. 상무위원회를 열어서 기율검사와 감찰 업무를 위한 주제 연구라도 한번 하자고 했지만 성사가 됐나?"

리다캉은 자기가 지나쳤다 싶었는지 억지웃음을 지으며 말했다. "미안하네, 슈에시. 내 말이 좀 무거웠네. 자네가 뤼저우에서 자오 가문의 메이스청을 철거한 영향이 큰지 우리 성의 저승사자가 됐네! 내게 다른 뜻이 있는 건 아니야. 그저 전반적인 정세를 고려해서 한 말일세. 앉아, 앉으시게!"

이슈에시는 자리에 앉는 대신 식탁 앞을 거닐며 말했다. "다캉, 난 정말 모르겠네. 부패를 반대하고 청렴한 정치를 실현해 민심을 살피겠다는 거 아닌가. 이게 어째서 경제에 영향을 주나? 자네 9·16 사건이 다시 일어나기를 바라나? 이미 무거운 대가를 치르지 않았나. 이런 경험을 바탕으로 교훈을 받아들여야 하지 않나?"

리다캉도 자리에서 일어섰다. "슈에시, 9·16 사건은 이미 지나갔네. 연루된 탐관오리들도 들어갈 놈은 다 들어갔어. 그런데 자네는 또 뭘 하겠다는 건가?" 이슈에시는 리다캉과 첨예하게 맞섰다. "그럼 교훈을 받아들이지 않겠다는 건가? 경험은 없던 일이 되는 거야? 다캉, 내가 오늘 당장 어떻게 하겠다는 게 아닐세. 다만 당도, 주민들도 이미 당할 만큼 당하지 않았나. 더 이상 부패와 비리가 이곳 징저우에 범람 못 하게 해야지. 그게 민심을 따르는 길 아닌가!"

리다캉은 답답하다는 듯 언성을 높였다. "슈에시, 이 친구야, 자네 어쩌면 이렇게 고집스럽나? 물론 자네 말이 다 옳지. 하지만 징저우에서 할 일이 부패 청산과 청렴 정치뿐인가? 여러 방면으로 얽혀 있는 일이 한두 가지가 아니라고! 883만 주민이 생존하고 발전하고 취업하고 먹고살아야 해. 내가 그런 도시의 최고 책임자라고! 슈에시, 그거 아나? 올해 우리 도시 GDP가 3퍼센트 가까이 뚝 떨어졌네. 제조업이 위기를 겪고 있단 말일세. 멀리서 관망하고 있다는 투자상 넷이 수백억 위안의 투자에만 관련된 게 아니라 십만 명에 가까운 주민들의 일자리와도 관련이 있다고! 어제는 징저우 철강 그룹에 문제가 생겨서 1000명이 넘는 해고 직원들이 시정부 앞에 앉아서 항의하고 있네. 슈에시, 내가 어떻게 하면 좋겠나? 말해보게."

이슈에시도 이런 상황에 대해서는 당연히 잘 알고 있었다. 징저우 철강 그룹에는 확실히 문제가 생겼으며 부패 혐의도 있었다. 시정부 앞의 직원들도 먹고사는 문제와 일자리뿐만 아니라 부패에 반대해 항의 중이기도 했다. 그런 의미에서 이슈에시가 말했다. "그러니까 당을 잘 관리하는 것 역시 자네가 마땅히 져야 할 책임 아닌가. 자네가 최고 책임자니까 말일세. 다캉, 이왕 말이 나왔으니 내가 보고 하나 하겠네. 내가 징저우시 청렴 정치 실현을 위한 책임조사 제도를 준비하고 있는데 엄격한 문책으로 압력을 줘서……."

리다캉이 다시 자리에 앉았다. "슈에시, 잠깐 멈춰보게. 남들 하는 일도 결코 쉽지 않다는 걸 좀 알아주게. 현재 징저우 경제는 전국의 다른 도시들과 마찬가지로 전환기에 있어. 징저우 철강 산업이 통합되면 3년 안에 철강 생산량이 절반으로 줄 거야. 이 일을 린 시장이 책임지고 있는데 자네가 보조를 좀 해주게."

이슈에시도 자리에 앉으며 마음에도 없는 허락을 했다. "좋네. 다캉, 그 임무는 내가 맡지."

물론 그에게는 기율조사위원회의 감찰 업무가 우선이었다. 하지만 리다캉은 이슈에시에게 계속 다른 업무를 맡겼다. "정치적으로 태만한 간부들의 제3기 학습반이 곧 시작되네. 1기에는 내가 가서 강의를 했고, 2기는 린 시장이 강의를 했는데 이번에는 자네가 좀 해보면 어떻겠나? 정치적 태만 역시 부패 아닌가!" 이번에도 이슈에시는 꾹 참고 허락했다. "알았네. 자네 지시대로 따르지. 정치적 태만도 부패란 이야기를 하면 되겠군. 하지만 다캉, 우리 기율조사위원회의 임무도 중요하게 생각해주게." 리다캉이 말했다. "그거야 당연히 중요하게 생각하지. 슈에시, 시기율조사위원회에 자네가 있어서 마음이 놓이네. 뭐든 자네가 하고 싶은 대로하면 돼. 나는 자네의 결정을 지지하니까!"

말로는 지지한다고 했지만 기율검사 및 감찰 업무 연구를 위한 상무위원회는 여전히 열리지 않고 있지 않은가. 리다캉은 현재 정치적 태만이 간부들 사이에 만연해서 맡은 일을 제대로 하는 간부가 없고, 큰일이든 작은 일이든 모두 시위원회에 보고해 자신의 결정만 기다린다며 핑계를 댔다. 심지어 정부의 항목 공사도 전부 보고해서 해야 할 일이 너무 많다나. "내가 오늘 저녁만 해도 간부들 몇 명을 조사했는지 모르네. 나는 그들을 고칠 수 없다고 생각하지 않아……." 이슈에시는 굳은 마음을 먹고 화제를 돌렸다. "다캉, 날 좀 믿어주게. 나는 자네에게 어떤 나쁜 감정도 없네!" 리다캉은 답답하다는 듯 말했다. "슈에시, 자네도 날 믿고 마음 좀 놓게! 이 리다캉은 절대로 그 어떤 부패 간부의 보호막도 되지 않을 테니까! 전임 기율조사위원회 서기 장슈리가 나에 대해서는 잘 알고 있네. 나와 장슈리 서기는 한 그룹에서 5년 넘게 일했기 때문에 줄곧 손발이 잘……."

이슈에시가 불쑥 입을 열었다. "두 사람이 손발이 잘 맞는다고? 자네 그거 아나? 오늘 중앙기율검사위원회에서 장슈리를 불러서 베이징에 차 마시러 갔네. 이 이야기는 안 하려고 했는데……." 리다캉은 너무 놀라 씹고 있던 만두를 뱉어냈다. "뭐라고? 장슈리한테 문제가 생겼다는 건가? 그 친구가 얼마나 성실한 사람인데. 자네 뭘 잘못 안 거 아냐? 정말 중앙기율검사위원회에서 불렀어?"

이슈에시는 위를 쳐다보며 긴 한숨을 쉬었다. "리 서기, 내가 어떻게 말하면 좋겠나? 장슈리가 성실하다고? 그자가 얼마나 대담했는지 아나? 중앙기율조사위원회가 순시를 왔을 때 발견했는데, 딩이전이 도주하고 자네가 그와 시기율위원회에게 광밍호 항목을 기율조사하라고 한 동안에도 그자는 광밍호 항목으로 문제가 된 간부와 기업으로부터 뇌물을 받았네. 심지어 그 책임을 자네에게 미뤄버렸지. 자네가 광밍호 항목을 지키고 싶어 하기 때문에 어떤 부패 인사도 잡고 싶어 하지 않는다는 거야. 딩이전 부시장의 일로 가오위량 서기와 회의를 하고 돌아온 뒤에 자신과 광밍구 구장 쑨롄청을 사무실로 급히 호출했다고 하더군. 그러면서 그들에게 린청의 교훈을 기억하라며 같은 구덩이에 또다시 걸려 넘어질 수는 없다고……."

리다캉이 반박했다. "하지만 슈에시, 나는 절대 누구의 보호막이 되어주려 한 게 아닐세!" 이슈에시는 정색하며 딱 부러지게 말했다. "하지만 다캉, 객관적으로 봤을 때 자네는 부패한 관리의 보호막이 되고 말았네. 자네 눈에는 오직 경제, 오직 정치적 업적, 오직 GDP밖에 없으니까……."

리다캉은 분노에 휩싸여 몸을 떨었다. "오늘날 사회가 경제 건설 중심이 됐는데 내 눈에 경제 말고 뭐가 더 있겠나? GDP는 그냥 차가운 숫자가 아니야. 한 성, 한 시, 한 지역 주민이 잘 먹고 잘사는 문제란 말일세! 슈에시, 나는 정말 밤낮으로 노력했네. 내 진심은 하늘에 대고 맹세할 수 있어!"

이슈에시가 의미심장하게 말했다. "다캉, 기억하게. 당의 기율과 국가의 법이 바로 하늘일세."

리다캉은 말없이 이슈에시를 멍하니 바라보더니 갑자기 분노를 폭발시키며 탁자를 내리쳤다. 그는 노여움을 참지 못하고 이슈에시에게 삿대질을 하며 소리 질렀다. "이슈에시, 이 서기! 내가 지금 자네에게 내 죄라도 자백해야 하나? 내가 자네랑 성기율조사위원회나 중앙기율조사위원회에 가서 차라도 마셔야 해?"

이슈에시도 리다캉과의 대화가 이런 결과를 불러오리라고는 전혀 생각지 못했다. 상황은 그의 상상보다 훨씬 심각했고, 동급 간부를 감독하는 일은 결코 쉽지 않았다. 그처럼 공무를 최우선으로 여기는 기율검사 간부라 해도 리다캉 같은 최고 책임자는 감독하기 어려울 것이다. 이런 최고 책임자는 혼자 생겨난 것이 아니며 체제의 필연적인 산물이다. 그들은 높은 자리에서 무거운 권력을 누리는 것이 오랫동안 습관이 되어 권력을 자기 마음대로 다루려 한다.

이슈에시는 깊은 한숨과 함께 고개를 절레절레 흔들며 의연히 자리를 떠났다.

53

우후이펀은 공항 식당가 어느 구석에 앉아 커피를 마시고 있었다. 그녀의 시각에서 봤을 때 대합실 로비는 그렇게 바쁘고 시끄럽지 않았다. 그저 공기 중에 음식 냄새가 살짝 풍기고, 이런저런 음식을 먹기 위해 남녀가 가게 안을 드나들 뿐이었다. 우후이펀은 순간 자신이 외국으로 나간다는 사실도 잊은 채 어느 식당가에 앉아 있는 것 같은 착각이 들었다. 가오위량이 쌍규를 당하게 된 이후, 그 차가운 영국식 타운 하우스는 그녀에게 벗어나기 힘든 악몽이 됐다. 딸 슈슈가 자기를 만나러 오라며 비행기 표를 끊어줬고, 오늘 그녀는 드디어 미국으로 가게 됐다. 우후이펀에게는 고향 땅을 떠난다는 슬픔도, 새로운 생활을 시작한다는 흥분도 없었다. 그녀는 그저 주위의 모든 것과 아무런 상관이 없다는 듯 무표정하게 커피를 마셨다.

다모클레스의 검*은 결국 떨어졌고, 이제는 차라리 안심할 수 있었다. 하지만 이상하게도 우후이펀의 마음속에는 계속 불안함이 도사렸다. 마치 구멍에 숨은 생쥐처럼 언제 재난이 일어날지

---

* 기원전 4세기 고대 그리스의 디오니시우스 왕이 자신을 부러워하는 신하 다모클레스에게 왕좌에 앉아보라고 제안했는데, 막상 왕좌에 앉아 위를 보니 한 올의 말총에 매달린 칼이 자신의 머리를 겨냥하고 있음을 알게 된다는 이야기로 권력의 무상함과 위험을 강조하는 뜻으로 종종 인용된다.

몰라 걱정이 태산이었다. 사실 이는 오랜 세월에 걸쳐 형성된 심리 상태였다. 가오위량의 일거수일투족을 보며 우후이펀은 오늘의 결말을 예상했다. 이후에 이어진 반응들도 그녀는 이미 예측하고 있었다. 성위원회의 위세 등등하던 간부는 부패 관리의 수괴가 됐고, 학교 안에는 별별 소문이 다 돌았다. 어떤 소문은 현실보다 훨씬 과장돼 있어 우후이펀까지 소문에 끌어들였다. 이를테면 그들 부부가 이미 오래전에 비밀 이혼을 하고도 줄곧 손을 잡고 범죄를 저질러 수십 억 위안에 이르는 돈을 해외로 빼돌렸다는 식이었다. 가오위량이 중앙기율조사위원회에 잡혀가고 사흘째 되던 날, 그가 H대학 정법대를 위해 썼던 커다란 현판은 교체되고 말았다. 그녀를 웃음거리로 삼으려고 벼르고 있던 교수들은 공공연히 웃어댔다.

치퉁웨이의 아내 량루가 우후이펀을 만나러 와 눈물을 펑펑 쏟으며 하소연했다. "제가 그 사람 개인 물품을 정리하러 갔는데 세상에, 공안에 그 사람 흔적이라고는 하나도 남아 있지 않더라고요. 꼭 그 사람이 공안청에 없었던 것처럼 말이에요. 학교에서도 치퉁웨이를 우수 학우 명단에서 빼버렸어요. 가오위량 선생님의 이름도 없어졌고요!" 우후이펀은 멍하니 있다가 한숨을 쉬었다. "그렇게 될 줄 알았어. 권력 때문에 얻었던 빛과 영광이니까 권력을 따라 사라진 거지." 량루는 눈물을 훔치며 죽은 남편을 욕했다. "평생 성공하겠다고 기를 쓰더니 겨우 이 모양 이 꼴이 돼버렸네요." 우후이펀은 담담하게 말했다. "자네도 현명한 사람이라 이렇게 될 줄 알았잖아. 그러니까 치퉁웨이가 무릎 꿇었을 때 받아주지 않았으면 좋았을 거 아냐. 어차피 이렇게 된 거 자기 상처 여러 사람한테 보여주지 마. 누가 자기한테 소금을 뿌릴지 약을 발라줄지 알아?"

그 말이 가슴에 와닿은 량루는 고개를 끄덕이며 한숨만 쉬다가 입을 꾹 다물었다. 우후이펀은 량루가 금방 떠날 것이라고 생각했지만 그녀는 뜻밖에도 차 한 잔만 우려달라고 했다. 할 수 없이 우후이펀은 룽징차 두 잔을 우려 한 잔은 량루에게 주고 다른 한 잔은 자신이 마셨다. 사실 이 룽징차는 나온 지 얼마 안 된 신상품으로 치퉁웨이가 보내준 것이었다. 차를 마시던 량루는 결국 우후이펀을 입에 올렸다. "우 선생님, 저는 정말 저희 둘이 같은 신세가 될 거라고는 상상도 못했어요. 선생님이랑 가오 선생님은 서로 존경하며 사시지 않았나요?"

우후이펀은 그저 쓴웃음만 지었다. "연기였지. 인생은 한 편의 연극이라잖아. 량 선생, 내가 이렇게 되니까 자네한테 위로가 돼?" 량루가 말했다. "위로는요, 무슨. 더 길이 없어진 것 같은걸요. 사실 저는 제 실패한 결혼에 대해 이런저런 핑계를 많이 댔어요. 저는 선생님을 이상적인 모델로 생각했어요. 선생님처럼 몇 살 더 많은 남자랑 결혼해서 아이 잘 키우면 그게 행복이라고 말이에요. 선생님처럼 마음이 넓고 따뜻한 분은 결혼에 실패하지 않을 줄 알았어요. 그런데 지금 보니 눈앞에 아무 빛도 보이지 않네요." 우후이펀은 탄식하듯 말했다. "량 선생, 결혼이란 본래 여자의 관용과 어진 성품으로 성공할 수 있는 게 아니야. 가오위량 선생이 나한테 《만력십오년》 때문에 작은 가오를 사랑하게 됐다고 고백했을 때, 나는 그 사람에 대한 마음을 버렸어. 세상에 그보다 더 말도 안 되는 이유가 어디 있어?" 량루가 고개를 끄덕였다. "그러니까요. 그건 명나라 역사 전문가인 선생님에 대한 모욕이잖아요." 우후이펀은 차가운 미소를 지었다. "그 사람은 이혼에 성공하려고 날 모욕한 거야. 나를 아주 잘 알고 있던 거지." 량루가 한숨을 쉬었다. "두 분이 연기하신 작품이 영화 〈무간도〉를 뛰어넘을지도 모르겠네요." 우후이펀은 상관없다는 듯 남 이야기처럼 말했다. "밖에는 그렇게 알려졌다지. 내가 가오위량 선생이랑 손잡고 범죄를 저질렀다고 말이야. 하지만 정말 그렇다면 성기율위원회에서 나를 가만히 놔뒀겠어?"

량루는 마침 잘됐다는 듯 서둘러 물었다. "우 선생님, 성기율위원회에서 뭐라고 하던가요?" 우후이펀이 대답했다. "나랑 가오 선생의 결혼 상황에 대해 알고 싶어 하기에 솔직히 말해줬지. 어차피 나는 당외 교수라 성위원회나 학교 당조직에 내 결혼에 어떤 변동 사항이 생겼다고 보고할 의무가 없어. 하지만 기율조사위원회 서기 말이 가오 선생에게는 보고 의무가 있다더군. 그 서기 말도 맞지. 가오 선생은 이혼했다는 사실을 오랫동안 조직에 숨긴 거니까." 량루는 도무지 믿을 수 없는 눈치였다. "우 선생님, 정말 아무 일도 없으셨어요?" 우후이펀은 그 순간 마음에 한기가 스쳐 지나가는 것 같았다. "량 선생, 자기도 나한테 무슨 일이 있으면 좋겠어?" 량루는 얼른 손을 내저었다. "아니, 아니에요. 저는, 그냥……."

우후이펀은 더 이상 량루에게 뭐라고 해명하고 싶지 않아서 탄식하듯 말했다. "량 선생, 자기에게는 나랑 가오 선생이 서로 정체를 숨긴 무간도 부부 같겠지. 서로 눈치를 채지 못했느냐고? 가오 선생이 자기 진짜 속내를 내가 알게 했을까? 그 사람이 자기 비밀들을 내가 알게 했겠어? 나한테 정말 무슨 일이 생겼으면 학교에서 내가 미국에 가족을 만나러 가도 된다고 허락해줬겠어?" 량루는 우후이펀의 말에 깜짝 놀랐다. "우 선생님, 출국하세요? 외국에 머무르는 거 싫어하시잖아요." 우후이펀이 처량한 목소리로 말했다. "스스로 귀양 가는 거지." 량루는 그녀의 말뜻을 이해했다. "선생님, 안 돌아오실 거예요?" 우후이펀은 고개를 끄덕였다. "명나라 역사를 전공한 역사학 교수가 외국에 나가서 뭐 하겠어? 하지만 그렇다고 안 가면 얼굴을 들고 다닐 수 있겠어? 내가 사랑하는 강단에 설 수 있을까? 내가 가오 선생과 그런 연극을 한 이유 중 하나는 강단을 떠나고 싶지 않아서였어. 나는 누구보다 강단을 사랑해. 수업할 때마다 강의실 계단까지 빽빽이 앉아서 초롱초롱한 눈으로 나를 바라보는 학생들을 보면 정말 행복하고 만족스럽지. 아, 이제 그만 얘기하자."

하지만 량루는 계속 질문을 던졌다. "우 선생님, 이렇게 가셔서 안 오신다는 건 가오 선생님이 어떻게 될지 기다리지 않으시겠다는 뜻인가요?" 잠시 멈칫한 우후이펀은 찻잔을 들고 차 한 모금을 마셨다. 찻잎을 많이 넣어서인지 찻물이 너무 우러나와 맛이 썼다. 우후이펀은 찻잔을 내려놓으며 차분하게 말했다. "량 선생, 그 말 참 이상하네. 가오 선생이 어떻게 되든 나랑 무슨 상관이야? 그 사람은 부인도 따로 있잖아. 우리 연극은 막을 내렸어."

모든 것이 딴 세상 이야기 같았다. 그녀는 이렇게 오늘날까지 걸어와 거짓된 인생의 끝에 이르렀고, 징저우 국제공항에 도착했다. 공항의 커피는 정말 별로였다. 가슴 쓰리게 하는 떫은 맛 외에는 어떤 여운도 없었다. 계산을 마친 그녀는 작은 캐리어를 끌고 보안 검사대 쪽으로 향했다. 그때 어느 중년 남자가 묘한 표정으로 그녀를 보며 웃었다. 어쩐지 가슴이 두근거리고 긴장됐다. '아는 사람인가? 아니, 모르는 사람인데. 왜 웃지? 무슨 뜻일까?' 아직 출국하지 않은 민감한 때인 만큼 그녀는 경계하지 않을 수 없었다. 우후이펀은 걸음을 빨리해 보안 검색대로 걸어갔다. 줄을 설 때도 다급하기는 마찬가지였다. 빨리, 서둘러야 해! 보안 검색대 안으로 들어가야 안전할 수 있을 것만 같았다.

그런데 그때 허우량펑이 그녀의 눈에 들어왔다. 지난날의 제자이자 오늘날의 반부패국 국장이 그녀를 향해 미소 지으며 걸어왔다. 우후이펀은 두 다리에 힘이 풀려 금방이라도 고꾸라질 것 같았다. 속이 뒤집힐 것처럼 견딜 수 없었다.

그녀는 간신히 정신을 수습하며 창백한 얼굴에 가는 미소를 띠었다. "아, 량펑아, 나를 데리러 왔니?" 허우량펑은 얼떨떨한 얼굴로 쳐다보다가 서둘러 해명했다. "아닙니다, 우 선생님. 저는 배웅해드리려고 온 거예요. 댁에 찾아가니 문도 잠겨 있고 학교에 물어보니 슈슈를 만나러 가신다고 해서요." 허우량펑은 우후이펀의 작은 캐리어를 끌고 사람들이 서 있는 줄에서 나왔다. 그녀는 제자의 주변에 다른 사람은 없는지 두리번거렸다. 정말 잡으러 온 것은 아닌 듯했다. 제자의 태도는 친절하고 따뜻했으며, 입가에는 예전처럼 장난기 많은 미소가 어려 있었다. 자신도 모르게 가슴이 따뜻해진 우후이펀은 사람들 사이를 빠져나와 제자를 따라갔다.

비어 있는 휴식 공간에 앉아 스승과 제자는 이야기를 나눴다. 허우량펑은 먼저 생물학 분야에서 뛰어난 성적을 내고 있는 여동생을 왕년의 원숭이 오빠가 존경한다면서 안부 인사를 전해달라고 말했다. 그의 따뜻하고 친절한 말 한 마디에 우후이펀은 어쩐지 단단했던 마음속 얼음이 녹아내리는 것 같았다. 그녀는 그동안 자신을 미워했고, 그 어떤 추악함도 무너뜨릴 수 없을 만큼 마음이 딱딱하게 굳어 있었다. 하지만 진심 어린 작은 배려 혹은 따뜻한 말 한 마디에 약해지다니, 그녀도 나이를 먹은 걸까? 우후이펀은 자기도 모르게 마음속에 묻어두었던 이야기를 제자에게 털어놓았다. 그녀는 슈슈에게 아버지의 일을 어떻게 말해야 좋을지 알 수 없었다. 특히 아버지가 이혼한 뒤 가오샤오펑과 재혼한 일을 뭐라고 이야기한단 말인가. 허우량펑은 그녀를 위로하며 슈슈는 영리한 아이니까 복잡한 세상일을 이해할 수 있을 거라고 말했다. 우후이펀의 눈가가 이내 촉촉해지며 불만 많은 중년 부인처럼 그동안 가슴속에 응어리졌던 것들이 제자 앞에서 터져 나왔다. "량펑아, 여자로서 나는 평생 최선을 다했다. 일 때문에 가정을 소홀히 한 적도 없었고, 딸도 잘 키워냈어. 하지만 그 모든 게 검은 머리가 파뿌리 될 때까지의 결혼 생활을 보장해주는 건 아니더라. 내가 뭘 잘못한 거니?"

제자는 직접적으로 대답하지 못하고 에둘러 말했다. "선생님, 가오샤오펑 일을 일찍 조직에 보고하지 그러셨어요?" 그녀는 고개를 저었다. "보고한다고 무슨 소용이 있니? 가오샤오펑이 아니면 왕샤오펑, 장샤오펑이 나오겠지. 솔직히 말하자면 네 가오 선생도 처음에는 부정한 거래나 제안을 많이 거절했단다. 하지만 사회에는 유혹이 참 많더구나." 제자도 동의했다. "더군다나 가오 선생님께 딱 맞춘 파이와 함정이었을 테니까요!" 우후이펀이 말했다. "나중에는 나도 뭔가 깨달음이 오더구나. 자연의 순리대로 내버려두자. 내가 어떻게 젊디젊은 아가씨를 이길 수 있겠니? 어차피 짧은 인생 각자 살고 싶은 대로 살라고 하지!"

잠시 말이 없던 허우량펑이 조심스럽게 물었다. "우 선생님, 사적인 질문 하나 드려도 될까요?" 우후이펀은 제자를 슬쩍 보며 대답했다. "량펑아, 하고 싶은 말이 있으면 그냥 하렴." 그러자 제자가 물었다. "선생님, 그때 선생님도 콧대 높은 미녀 교수셨지 않습니까. 그런데 왜 그런 생활을 받아들이셨어요? 단순히 슈슈를 위해서였습니까? 그런가요?" 우후이펀은 한참이나 말이 없더니 천천히 입을 열었다. "그건 어쩔 수 없는, 또 어쩌면 지혜로운 선택이었단다." 제자는 이해가 되지 않는 듯 물었다. "가오 선생님은 이미 가오샤오핑과 결혼했는데 그렇게 오랫동안 한집에 사시는 게 괜찮았습니까?" 우후이펀은 반부패국 국장인 제자의 생각을 읽고 의미심장하게 말했다. "한집에 살지 않으면 서로 더 힘들었을 거다. 탁 터놓고 말해볼까? 가오 선생은 나라는 허수아비가 필요했고, 나는 가오 선생의 권력이 가져다주는 영광과 편리가 필요했다. 더구나 나는 줄곧 날 질투하던 사람들의 웃음거리가 되고 싶지 않았어. 사람 마음이란 게 얼마나 무서운지, 누군가는 네가 재수 없지 않을까 봐 걱정한단다. 량핑아, 너는…… 그냥 나를 정교한 이기주의자라고 생각하렴."

허우량핑은 뭐라고 하면 좋을지 몰라 잠시 침묵했다. 우후이펀은 아마도 제자가 스승과 자신을 모범 부부를 가장한 사람들이었다고 생각할 것이라 추측했다. 한참 뒤 제자는 한숨을 푹 내쉬었다. "안타깝네요. 가오 선생님은 대학에서 계속 강의를 하셨다면 좋았을 텐데." 우후이펀은 고개를 저었다. "대학은 깨끗한 곳이니? 거기는 부패가 없을까? 대학 학장이나 학교 당위원회 서기라고 문제가 안 생기니?" 제자가 말했다. "그래도 대학에서의 유혹은 성위원회 고관보다는 적을 것 아닙니까. 권력도 훨씬 작고요." 우후이펀이 대답했다. "그것도 그렇구나."

제자는 불쑥 열정을 불태우며 말했다. "우 선생님, 사실 가오 선생님께 드리고 싶었던 말씀이 있는데 지금 선생님께 드리고 싶습니다. 사실 가오 선생님의 변화는 현재 우리 사회와 인심의 병적 상태와 관련이 있다고 생각합니다. 제 어린 시절 친구인 차이청공도 본래 교활한 장사꾼에다 여러 결점이 있긴 했지만, 사회 환경이 그의 결점을 더 확대하고 발전시켰습니다. 반대로 그의 불법 행위가 이 사회의 병적 상태를 가중시키기도 했고요. 이런 악순환의 결과는 그야말로 무시무시합니다. 저도 오랫동안 반부패 업무에 몸담으면서 많은 탐관들을 잡았지만 항상 이런 의문이 듭니다. '다 잡았나?' 관리는 탐관이 되고, 장사꾼은 악덕 상인이 되고, 보통 사람은 공짜를 보면 가지려 하고 빼앗으려 하죠. 일단 권력을 손에 쥐면 누구도 탐관이 되지 않으리라고 보장할 수 없어요. 그렇기 때문에 우리는 병이 있는 사회의 토양을 바꿔야 합니다. 사람들 모두 자신의 병에서부터 시작해 개인과 사회가 서로 감염되는 악순환을 끊어야 합니다. 나부터 시작해 깨끗한 땅을 만들려고 최선을 다해야⋯⋯."

　이야기가 흥미진진해질 때쯤 우후이펀이 떠날 시간이 돼버렸다. 이제 막 이야기가 시작된 것 같은데 말이다. 제자는 완곡하게 그녀를 비판했지만 오히려 그 이야기가 가슴에 와닿았다. 예전에는 어째서 제자와 이렇고 마음 터놓고 대화하지 않았을까? 그녀는 생각만으로도 몹시 후회스러웠다. 하다못해 허우량이 H성에 부임했던 5개월 전에 이야기를 나눴더라면 좋았을 뻔했다. 그러나 그녀는 늘 정교한 이기주의자의 입장에 서서 성위원회 간부의 현명한 아내 역할만 연기하며, 가오위량을 도와 사방으로 바람이 숭숭 통하는 정치라는 깨진 벽을 도배하고 있었다. 사람은 본래 일정한 조건이 갖춰져야 비로소 가슴을 활짝 열 수 있는 모양이다. 그녀는 늘 마음속으로 허우량핑을 아꼈고 심지어 딸의 배우자로까지 생각했다. 그런데 뜻밖에도 그 제자가 전남편의 무덤을 파는 사람이 되고 말았다. 인정과 직책의 충돌은 참혹한 것으로 건강한 사회가 이뤄질 때에만 이런 충돌을 피하거나 줄일 수 있다. 그렇다면 오늘 그녀의 제자가 한 모든 일은 내일의 따뜻한 세상을 위한 노력 아닐까?

제자는 작은 캐리어를 끌고 스승을 보안 검사대까지 공손히 마중했다. 국제공항의 보안 검사는 세심하고 번거로워 시간을 좀 지체했다. 우후이펀이 보안 검사를 마친 뒤 돌아보니 뜻밖에도 자신의 제자가 여전히 자리를 떠나지 않고 반듯이 서서 그녀를 눈으로 배웅하고 있었다. 그녀가 고개를 돌리자 제자가 그녀를 향해 손을 흔들었다. 입가에는 늘 그렇듯 장난기 가득한 미소가 어려 있었다. 그 모습을 보며 마음이 따뜻해진 우후이펀은 제자를 향해 손을 흔들었다. 하지만 인사를 마치고 돌아선 순간 가슴이 시큰해지면서 줄곧 참아왔던 눈물이 봇물 터지듯 쏟아졌다.

54

모든 진상이 천하에 명명백백히 드러났다. 사건을 보다 심층적으로 조사해 징저우기율조사위원회 전임 서기 장슈리가 체포되면서 광밍호의 어두운 그림자는 완전히 모습을 드러냈다. 딩이전 도주 뒤에 이뤄진 기율조사는 황당무계 그 자체로 사람들을 놀라게 했다. 장슈리는 두 명의 친척을 내세워 거짓 입찰 공고를 통해 딩이전 손에 있던 광밍호의 대형 보조 공사 두 건을 따냈다. 하지만 이런 위법 행위가 적발될 수 있었겠는가? 그러니 차이청공만 조질 수밖에. 심지어 장슈리는 자오루이룽에게 청탁도 받았다. 따펑 공장을 리다캉 눈에 띄게 해 가오샤오친을 돕게 하라는 부탁이었다. 이를 위해 자오루이룽은 장슈리에게 작은 성의로 100만 위안짜리 스위스 블랑팡 손목시계를 선물했다. 조사를 통해 드러난 바에 따르면 장슈리가 받은 현금과 선물은 모두 670여만 위안에 이르렀다.

샤루이진은 기율조사위원회와 검찰의 내부 회의에서 탁자를 내리치며 분노했다.

"이렇게 충격적인 일이 있을 수 있습니까? 반부패에 대한 의지가 그 어느 때보다 추상같은데도 부정부패한 공작자들과 부패 행위가 여전히 끝이 없습니다! 기율조사위원회 서기라는 작자가 사건을 조사하는 기회를 이용해 위법을 저지르고 경제 사범에게 뇌물을 받다니! 1차 조사에 의하면 다섯 개 항목에 세 명의 간부와 다섯 명의 기업인이 연루되어 있었습니다. 그런데 '줄줄이 사탕'이란 말이 농담이 아닌 엄연한 현실이더란 말입니다."

허우량핑과 지창밍은 물론이고 H성 각 시의 기율조사위원회 서기와 검찰장, 반부패국 국장들이 회의에 참석했다. 회의는 H성 검찰관 훈련 센터에서 열렸는데 이 훈련 센터는 징저우 시내에서 10여 킬로미터 떨어진 생태원 안에 있어서 매우 조용하고 일반 사람들이 찾기 힘들었다.

샤루이진은 대단히 상심한 모습이었다. "단순히 징저우 하나, 광밍호 하나의 문제가 아니라 우리 성의 부패 상황이 매우 심각합니다. 최근 3년 동안 열두 개의 지급시 가운데 여섯 군데 시와 시위원회 서기, 시장에게 문제가 있어 쌍규를 당하거나 사법 절차에 들어갔습니다. 여러분, 반쪽짜리 강산은 무너지게 마련입니다. 모든 성의 간부 중 현재 비어 있는 자리가 153명입니다. 자오리춘 전임 서기가 남긴 명단에서 3분의 1에 이르는 사람들이 입건됐고, 58명이 매관매직에 관련돼 있었습니다."

허우량핑은 회의실 첫 번째 줄에 앉아 몸과 마음이 모두 지친 성위원회 서기를 빤히 쳐다봤다. H성에 부임하고 6개월이 흘렀을 뿐인데 샤루이진 서기는 많이 늙어 있었다. 머리도 많이 희끗희끗해지고 구레나룻도 희어졌으며 눈가의 주름도 깊어졌다. 허우량핑이 기억하기에 샤루이진 서기는 부임할 때만 해도 이런 모습이 아니었다. 머리카락도 새카맣고 눈가의 주름도 그렇게 눈에 띄지 않았다. 물론 처음에는 염색을 했는데 일이 바빠지면서 못한 것일 수도 있다. 하지만 이 성위원회 서기의 표정에서 허우량핑은 감출 수 없는 피로를 느꼈다. 반부패와 청렴 정치는 아직 갈 길이 먼데

H성의 경제 성장률은 28년 만에 급격하게 하락했다. 특히 샤루이진 서기가 부임한 4분기에 눈에 띄는 하락세가 이어져 국내외에서 의론이 분분했다. 인구만 6000만 명이 되는 성을 이끈다는 것은 결코 쉬운 일이 아니다. 인구수로만 치면 유럽의 대국 하나와 맞먹는 정도인데 그가 피곤하지 않고 가볍고 경쾌하다면 그게 더 이상할 것이다.

허우량핑도 피곤하기는 마찬가지였다. 그와 H성 이야기는 뇌물을 받은 말단 간부 자오더한으로부터 시작됐다. 자오더한 사건은 여전히 발효 중으로 지금까지 열 군데 성과 시, 자치구에서 130여 명의 뇌물 수수 관련자가 드러났다. 아직 H성 사건이 마무리되지 않은 상황에서 H성 검찰원 반부패국 국장인 허우량핑을 베이징 반부패총국을 비롯해 이웃 성과 시 검찰원에서 수시로 찾아 관련 단서를 확인해달라고 부탁했다. 자오더한도 웃기는 것이 자신의 탐욕을 전원시로 승화시키지 않나, 조사를 기회로 삼아 장부는 자신이 자발적으로 넘겨준 것이니 공을 인정해달라며 허우량핑에게 억지를 부렸다.

한참 이야기하고 있던 샤루이진이 갑자기 화제를 돌리더니 매우 슬프고 침통한 얼굴로 말했다. "동지 여러분, 이런 이야기를 하다 보니 우리의 오랜 동지였던 평범한 공산당원 한 분이 떠오릅니다. 바로 어제 그 오랜 동지께서 세상을 떠나셨습니다. 아마 여기 계신 분들 중에도 적지 않게 알고 계시리라 생각합니다. 바로 우리 성의 퇴임 간부로 성검찰원의 상무부검찰장이셨던 천옌스 동지입니다."

허우량핑은 순간 어리둥절해졌다. 뭐라고? 천옌스 아저씨가 돌아가셨다고? 도대체 언제 그런 일이 있었단 말인가? 이렇게 큰일을 어떻게 자신이 모를 수 있는가? 아저씨는 계속 병원에 입원해 계시지 않았던가? 허우량핑은 불과 며칠 전에 병문안을 갔고, 아저씨는 괜찮다고 하면서 어서 가 사건이나 해결하라고 하셨다. 어떻게 이렇게 갑자기 가셨단 말인가? 언제 영결식이 거행됐지? 지창밍 검찰장은? 검찰장님도 이 사실을 몰랐을까? 검찰원에서 영결식을 치르지 않은 것 같은데. 허우량핑은 곁에 있는 지창밍 검찰장을 바라봤다. 그 역시 황망해하기는 마찬가지였다.

그때 샤루이진 서기가 허우량핑과 지창밍의 의문을 풀어줬다.

천옌스는 줄곧 심장이 좋지 않았는데 지난달 중앙순시조와 이야기를 나누면서 지나치게 흥분한 탓에 그날 생명의 위험을 겪었었다. 다행히 응급실에 제때 도착해 목숨을 구했지만 어제 오후에 일어난 2차 심근경색은 의사들도 손쓰지 못했다. 천옌스는 생전에 유언을 하나 남겼다. '죽은 뒤 시신을 기증해 가족들에게 폐를 끼치지 않겠다.' 그 때문에 천옌스가 죽은 뒤 병원에서 그의 시신을 거둬 갔다. 천옌스는 살았을 때 불의한 돈은 단 한 푼도 욕심내지 않았으며 자신의 유일한 재산인 공무원 주택마저 팔아서 수백만 위안을 자선기금에 기부했다. 그는 세상을 떠난 뒤에도 이 소식을 사람들에게 알려 폐를 끼치지 않았으며 몸을 뉘일 땅 한 평조차 차지하지 않았다.

허우량핑의 눈에 점점 눈물이 차오르더니 이내 시야가 흐려졌다. 그는 알 것 같았다. 어떤 의미에서 천옌스 아저씨도 반부패의 전쟁터에 서 있었다는 사실을 말이다. 중앙순시조가 왔을 때 아저씨는 매번 증언하기를 마다하지 않았다. 목청을 높여 이야기를 나누며 진리를 위해 투쟁하는 여정 속에서, 뜨거운 피가 많은 고통을 견뎌왔던 쇠약한 심장과 부딪치면서 그를 쓰러지게 한 것이다.

며칠 전 허우량펑은 아내 종샤오아이로부터 천옌스 아저씨가 거물 자오리춘에 맞서 갖가지 방식으로 12년 동안 싸워왔다는 이야기를 들었다. 당과 국가의 생사존망과 관련된 이 투쟁 속에서 천옌스 아저씨는 고령에도 불구하고 정의를 위해 기꺼이 탄약 가방을 멘 것이다.

적막함과 쓸쓸함만이 회의실 안을 감돌았다. 차가운 공기 속에 샤루이진 서기의 낮은 목소리가 울렸다.

"일주일 전, 저는 마지막으로 천옌스 동지를 만나러 갔습니다. 당시에는 그것이 마지막 만남이 될지 몰랐지만 천옌스 검찰장님은 어떤 예감이 있으셨던 것 같습니다. 검찰장님은 흥분한 목소리로 제 손을 꼭 잡고 오랜 세월이 흘렀지만 드디어 우리 당이 깨어났다며 아직 세상인심을 수습할 기회가 있다고……."

눈앞에 있는 샤루이진 서기의 얼굴이 흐릿하고 낯설어졌다. 허우량펑의 뺨을 따라 천천히 눈물이 흘렀다. 하지만 샤루이진 서기의 목소리는 그의 귀에 더욱 또렷하게 들려왔다.

회의가 끝난 뒤 허우량펑은 지창밍 검찰장과 함께 차를 타고 돌아왔다. 무거웠던 회의 분위기가 차 안까지 이어져 두 사람은 한동안 말이 없었다. 차가 생태원을 빠져나오자 인공으로 조성한 녹색식물들이 점차 사라졌다. 차 앞쪽으로 보이는 끝없는 논과 밭은 잿빛으로 변해버렸다. 거센 서북풍이 불어와 길가의 낙엽과 잡초를 이리저리 날리며 차 앞에 처량한 겨울 풍경화를 만들었다.

허우량펑이 먼저 입을 뗐다. "천옌스 부검찰장님을 이렇게 보낼 수는 없습니다. 추모회라도 여는 게 어떨까요?"

지창밍도 고개를 끄덕였다. "가능한 한 빨리 열어서 천옌스 부검찰장님에 대한 샤루이진 서기의 높은 평가를 전달하도록 하세."

눈앞의 하늘은 흐리고 어두웠지만 커다란 구름이 움직이면서 그 틈으로 가는 햇빛이 내려왔다.

잠시 말이 없던 지창밍은 한숨을 내쉬며 자책했다. "허우 국장, 지금 생각해보니 나도 참 후회가 되네. 자오리춘 서기의 일을 전혀 모르지도 않았는데 천옌스 부검찰장님 같은 강한 의지가 없었어. 만약 모든 관리가 천옌스가 될 수 있다면 우리 성의 정세와 정치 생태가 지금처럼 엉망진창은 아닐 텐데."

허우량핑은 창밖의 스산한 풍경을 보며 더듬더듬 말했다. "그, 그렇겠죠. 하지만…… 천옌스 부검찰장님 말씀이 맞는 것 같습니다. 다행히 우리 당은 이제 깨어났고 아직은 세상인심을 수습할 기회가 있다고……."

창밖의 냉혹한 겨울은 넓디넓은 대지의 알록달록 고운 빛깔을 퇴색시키고 화장을 지운 어머니처럼 소박한 본연의 색을 드러냈다. 매서운 북풍은 들판의 시든 풀과 마른 잎을 휩쓸고 지나가 이따금 길 위를 툭툭 스쳤다. 그러나 이토록 차가운 황폐함 속에서도 봄날의 희망은 싹을 틔울 준비를 하고 있지 않을까?

발자크에게 경의를 표하며

저우메이썬

오노레 드 발자크는 좋은 작가이기는 했지만 결코 좋은 장사꾼은 아니었다. 그는 평생 인쇄와 활자 주조부터 향수, 비누까지 다양한 장사를 시도했지만 모두 실패하고 말았다. 사업의 부침으로 발자크는 파산과 도산, 청산, 부채의 고통을 충분히 맛봤다. 동시대의 작가 중에 발자크처럼 돈에 대해 철저한 인식과 생각을 가진 사람은 없었다. 연이은 불행과 실패 속에 그는 같은 시대의 어느 작가보다 훨씬 풍성한 삶을 체험할 수 있었다. 하지만 이런 불운들 덕분에 그는 폭넓은 지식을 쌓았으며, 프랑스 사회의 여러 비밀과 자본으로 인해 빚어지는 갖가지 죄악을 엿봤다. 그는 이런 것들을 하나로 모아 〈인간 희극〉이란 위대한 작품집을 완성했다. 소년 시절, 내가 문화의 황무지에서 문학에 빠질 수 있었던 것도 《발자크 전기》 덕분이었다. 실제로 나는 환갑을 넘긴 지금도 발자크가 나폴레옹의 조각상 아래 새겼다는 그 울림 있는 글귀를 또렷

이 기억한다. '그가 칼로 완수하지 못한 일을 내가 펜으로 완수하리라!'

발자크는 정말 펜으로 세계를 정복했다. 그의 작품집 〈인간 희극〉은 19세기 초반 봉건주의와 자본주의가 교차하던 역사적 시기의 웅장한 프랑스 사회 풍경을 제대로 묘사했다. 이 시기의 특징은 금전지상주의로 돈이 명예로운 귀족의 칭호를 대신했으며, 신흥 부르주아 계급이 프랑스 정치 무대에 역사적으로 등장했다. 그들은 부를 쌓기 위해서라면 속임수와 폭력, 약탈 등 갖가지 수단과 방법을 마다하지 않았다. 예리한 관찰력을 지닌 발자크는 갖가지 사고와 부침을 겪으며 얻은 깊이 있는 경험을 바탕으로 〈인간 희극〉 속 고리오 영감과 외제니 그랑데, 라스티냐, 보트랭 등과 같은 전형적이고 의미 있는 문학적 인물의 이미지를 창조해 현실주의 문학의 기초를 닦았고, 이를 통해 후세의 문학에도 큰 영향을 끼쳤다.

나는 늦게 태어난 탓에 200년 전 발자크가 묘사한, 혁명이 진행되던 프랑스 사회의 모습을 볼 수 없지만 그와 흡사한 모습을 사회주의 초기 단계의 중국에서 보았다.

발자크처럼 나 역시 급변하는 시대를 따랐으며, 중국의 경제 발전 과정을 경험했다. 뿐만 아니라 상업계에 매료되어 젊은 시절 부동산법이 나오기도 전에 부동산 개발에 뛰어들어 우표만 한 땅만 있어도 집을 지은 적이 있으며, 지금도 주식 투자를 하고 있다. 솔직히 말해 나는 발자크보다 운이 좋은 편이다. 그 사이에 적지 않은 좌절과 실패를 겪으며 하마터면 집이 넘어갈 뻔하기도 했지만 발자크처럼 비참한 상황을 겪지는 않았다. 나는 하루아침에 부자가 되지는 않았지만 중국 경제 발전의 성과를 누렸으며, 물질적 자유를 얻었다. 적어도 발자크처럼 작품 고료로 밀린 빚을 갚지는 않았다. 물론 오늘날 소설을 쓰는 것만으로 큰 빚을 갚는 일은 거의 불가능해 자기 배나 채우면 괜찮은 수준이지만 말이다.

평생 금전의 압박에 시달렸던 발자크는 돈의 비밀에 매우 큰 관심을 쏟았다. 나는 우리 사회가 금욕의 시대에서 물욕이 넘치는 시대로 변화해가는 동안 돈의 흐름에 많은 관심을 기울였다. 이를 통해 나는 놀랍게도 지금이 바로 중국 역사상 돈이 가장 큰 영광을 누리는 시절이란 사실을 깨달았다. 오늘날 사람들은 돈을 벌어 더 큰 부를 쌓기 위해 서로 속이고 빼앗는 일도 마다하지 않는다. 또한 각종 의심스러운 주장과 생각에 돈이라는 낙인이 찍혀 있다. 뿐만 아니라 세상 모든 것이 산업화돼 교육과 문화, 의료 등도 예외가 아니다. 덕분에 어설픈 혹은 정교한 이기주의자들이 세상에 넘쳐나게 됐다. 돈이 최고인 시대라 돈만 벌 수 있다면 무슨 짓을 해도 용납되는 세상이 돼버렸다.

하지만 우리가 그 무엇보다 용인할 수 없는 일은 부패한 관료들의 탐욕과 뻔뻔스러움이 끝도 없이 이어지는 것이다. 실제로 위로는 국가급 지도자와 부장, 장군부터 아래로는 처장, 과장, 일반 사무원까지 호랑이든 파리든 부패 사건에 연루되는 일이 우리 사회에서 끊이지 않고 있다. 선임자의 부패를 후임자가 이어받는다는 민간의 농담은 오늘날 중국의 냉혹한 현실이다. 그나마 다행인 것은 새로운 지도자 그룹이 이런 심각한 시기에 반부패를 외치고 일어나 당과 국민들의 마음을 얻었다는 사실이다. 덕분에 나 역시 이런 현실에 관심을 쏟게 됐다.

발자크는 작가라면 반드시 현실에 관심을 집중하고 자신이 속한 사회의 풍속사가(風俗史家)가 되어 사회 현상을 묘사할 뿐만 아니라 이런 현상이 일어나게 된 원인을 설명할 수 있어야 한다고 말했다. 또한 그는 인물과 욕망, 사건 배후의 깊은 의미를 밝혀 전형적인 인물을 창조할 수 있어야 한다고 주장했다. 특히 예술은 사회를 위해 봉사해야 하며, 예술가는 죄와 선을 묘사할 뿐만 아니라 그 속의 교육적 의의를 밝혀야 한다고 강조했다. 예술가는 도덕가이자 정치가여야 하는 것이다.

발자크의 이런 주장은 신진 작가들의 눈에는 이미 낡아빠진 것일 수 있지만, 나는 지금도 신줏단지 모시듯 믿고 있다. 발자크와 그의 현실비판주의는 내 일생의 창작에 큰 영향을 끼쳤다. 일찍이 썼던 역사에서 오늘날 쓰고 있는 현실까지, 모든 역사는 당대의 역사이며 당대의 현실은 언젠가 역사가 된다. 발자크는 내게 매우 중요한 의미를 지닌다. 바로 역사와 사회에 대한 그 작품의 엄청난 사고량(思考量)의 추구 때문이다. 당대 작가의 수많은 작품 가운데 〈인간 희극〉처럼 사회에 대한 엄청나게 많은 양의 사고를 담고 있는 작품이 얼마나 되는가? 또한 얼마나 많은 작가가 사회에 대한 사고량을 중요하게 여기는가? 평론가 히폴리트 텐은 사물에 대한 전반적인 관점을 가지는 것이 높은 재능과 지혜의 상징이라고 했다. 하지만 현재의 장편 소설들은 사물에 대한 전체적인 관점이나 파악이 필요 없는 듯하며, 생활의 축적이나 깊이 있는 사고도 요구하지 않는다. 세숫대야나 욕조에서 만들어진 물보라도 충분히 작품이 된다니 장편 소설의 문턱이 한참이나 낮아지고 말았다. 이런 현상에 대해 어느 평론가는 다음과 같이 지적했다. "이런 국면이 주류가 된다면 장편 소설은 본래의 문화 기능을 이루기 어려워져 유명무실해질 것이다."

사회 현실의 거대한 사고량을 수용하는 장편 소설에는 힘이 필요하다.

《인민의 이름으로》의 창작에는 이 시대의 복잡한 정치 사회 현상에 대한 사고와 호응, 부패한 현실을 비판할 용기, 사람들을 고취할 호방함이 필요했다. 이를 위해 나는 글을 쓸 때 현실주의 원칙에 충실했고, 인물과 욕망, 사건 배후의 의미를 찾으려 노력했으며, 최선을 다해 전형적인 인물 이미지를 창조해냈다. 또한 인성의 각도에서 인물의 성장 환경을 근거로 특정한 인물의 운명을 써냈고, 이 시대의 사회 각계각층 사람들의 통절한 마음을 털어놓았다. 특히 인물의 긍정적인 면과 부정적인 면이 모두 담긴 전형을 형상화했다. 허우량핑과 샤루이진, 가오위량, 치퉁웨이가 그런 예다. 또한 정시포 부자와 차이청공, 가오샤오친처럼 다양한 사회 계층에 속한 인물들을 묘사했다. 작품을 보면 알겠지만 내게는 줄곧 영웅 콤플렉스가 있었다. 허우량핑과 리다캉, 이슈에시 같은 인물의 형상화는 사람들의 마음속 영웅에 대한 심미적 콤플렉스를 되살리기 위함이었다.

문학 평론가 왕정(汪政) 선생께서 《인민의 이름으로》를 평론할 때 "이 책은 영웅적인 인물이 이끄는 작품으로 전반적인 사회 반영과 철학적 의미의 반성이 풍성히 담겨 있어 장편 소설이 다시 한 번 서사시의 빛을 드러내게 했다. 이는 의심할 나위없는 숭고한 아름다움이다"라고 말씀하셨다. 이 글을 통해 왕정 선생의 적절한 긍정에 감사드린다.

삼가 《인민의 이름으로》 발자크와 그의 영원히 변치 않을 정신에 경의를 표한다.

2016년 12월 31일

옮긴이 **정 세 경**

북경 영화대학에서 수학했으며 싸이더스픽처스에서 근무했다. 현재 중국어 출판 전문 기획 및 번역가로 활동하며 소설과 자기계발, 심리학, 철학, 교양 등 다양한 분야의 책을 번역하고 있다. 옮긴 책으로는 《너의 세계를 지나칠 때》, 《너와 그리고 잠 못 이루던 밤들》, 《집의 모양》, 《야옹야옹 고양이 대백과》, 《잠시 멈춤이 필요한 순간》, 《그림으로 읽는 매일 아침 1분 철학》, 《느리게 더 느리게 2》, 《내 삶을 내 것으로 만드는 것들》 등이 있다.

인민의 이름으로

초판 1쇄 인쇄 2018년 4월 20일
초판 1쇄 발행 2018년 5월 8일

지은이 | 저우메이썬
옮긴이 | 정세경
발행인 | 강봉자, 김은경

펴낸곳 | (주)문학수첩
주소 | 경기도 파주시 회동길 192(문발동 513-10) 출판문화단지
전화 | 031-955-4445(마케팅부), 4500(편집부)
팩스 | 031-955-4455
등록 | 1991년 11월 27일 제16-482호

홈페이지 | www.moonhak.co.kr
블로그 | blog.naver.com/moonhak91
이메일 | moonhak@moonhak.co.kr

ISBN 978-89-8392-698-2 03820

「이 도서의 국립중앙도서관 출판예정도서목록(CIP)은 서지정보유통지원시스템 홈페이지(http://seoji.nl.go.kr)와 국가자료공동목록시스템(http://www.nl.go.kr/kolisnet)에서 이용하실 수 있습니다.(CIP제어번호: CIP2018011465)」

* 파본은 구매처에서 바꾸어 드립니다.